양 철 북 I

G. 그라스

일신서적출판사

안나 그라스를 위하여

이 책의 인물과 줄거리는 창작된 것이다. 현존하거나 또는 고인이 된 사람과의 유사함은 모두 우연에 지나지 않는다.

차 례

제 1 부

헐렁한 치마 / 7 뗏목 밑에서 / 21
나방과 전구 / 36 사 진 첩 / 50
유리 유리 쪼끄만 유리 / 65 시 간 표 / 80
라스푸틴과 ABC / 94
시토크 탑에서 울리는 원격 작용의 노래 / 108
연 단(演壇) / 123 진 열 장 / 142
기적은 일어나지 않는다 / 155 성 금요일의 식사 / 170
다리 쪽으로 갈수록 좁아진다 / 187
헤르베르트 트루친스키의 등 / 200
니 오 베 / 217 믿음 소망 사랑 / 233

제 2 부

고철더미 / 248 폴란드 우체국 / 264
카드로 세운 집 / 281 그가 자스페에 잠들다 / 294
마 리 아 / 308 비 등 산 / 322 임시 뉴스 / 337
그 무기력을 그레프 부인에게 가져가다 / 351

〈Ⅱ권에 계속〉

양철북
제1부

헐렁한 치마

 그렇다, 나는 정신 병원에 수용된 사람이다. 내 간호인은 거의 잠시도 나로부터 눈을 떼지 않고 나를 지켜 보고 있다. 문에 엿보기창이 달려 있기 때문이다. 그러나 간호인의 눈은 예의 갈색이므로 파란 눈을 가진 나를 꿰뚫어볼 수는 없다.
 따라서 간호인은 결코 내 적이 될 수는 없다. 나는 그에게 애정마저 느끼고 있다. 이 문 뒤에서 엿보고 있는 사나이가 내 방에 발을 들여놓기가 무섭게 나는 내 생애에 일어났던 갖가지 일을 그에게 들려 주곤 한다. 엿보기창의 방해 같은 것은 무시하고 나를 이해시키고 싶은 것이다. 이 선량한 사나이는 내 얘기를 높이 평가하고 있는 것 같다. 무슨 엉터리 같은 얘기를 해주어도 그는 당장에 거기에 대한 사례의 표시라도 하듯이 노끈을 엮어서 만든 최신 작품을 보여 주기 때문이다. 그가 예술가인지 아닌지는 일체 언급하지 않기로 하겠다. 그러나 그의 작품이 진열되면 신문은 호의적으로 그것을 취급하고 몇몇 구매자의 흥미를 끌 수도 있을 것이다. 면회 시간이 끝나면 그는 자기가 담당한 환자들의 방에서 수집해온 모든 노끈을 풀어헤치고는 그 노끈을 다시 엮어서 연골 모양의 복잡한 물건을 만든다. 그리고는 석고(石膏)에 담가서 응고시킨 후 나무 받침대에 고정시킨 뜨개바늘에 꽂아 놓는다.
 그는 이따금 자기 작품에 채색해야겠다는 공상에 빠지곤 한다. 나는 그러한 짓은 그만두라고 말하고 하얀 래커 칠을 한 쇠침대를 가리키며 그야말로 완전한 이 침대가 야단스럽게 칠해진 모습을 상상해 보라고 타이른다. 그러면 그는 깜짝 놀라서 간호인의 손을 머리 위에서 마주

쥐고 얼굴을 조금 경직시킨 채 놀랍다는 표정을 한꺼번에 나타내려 하며 채색에 대한 계획을 포기하는 것이다.
 하얀 래커 칠을 한 내 쇠침대는 그래서 하나의 척도가 된다. 더욱이 나에게는 그 이상의 것이 된다. 이 침대는 곧 마지막으로 당도한 목적지이며 나의 위안이며, 만일 병원 당국이 약간 손을 볼 수 있게 허락해 준다면 나의 신앙이 될 수도 있을 것이다. 즉 이제는 아무도 나에게 접근할 수 없도록 침대의 격자(格子)를 높이고 싶은 것이다.
 일주일에 한 번 있는 면회일이 하얀 철격자 사이에 빚어진 나의 정적을 중단한다. 그날이면 나를 구출하려는 자들이 찾아온다. 자기 자신을 나와 비교해서 자만하고 싶어하고 새삼스럽게 자기 자신을 인식하고 싶어하는 그들에게 있어서 나를 사랑한다는 것은 즐거움이다. 정말 어리석고 신경질적이고 교양이 없는 놈들이다. 그들은 손톱 끝으로 하얀 래커 칠을 한 내 침대의 격자를 긁어대고 볼펜이나 파란 연필로 래커 위에 길다랗고 음탕한 남창(男娼)을 그려댄다. 나의 변호사는 안녕 하고 소리지르며 방안으로 들어와서는 언제나 침대의 왼쪽 기둥에 나일론 모자를 건다. 그는 방 안에 있는 동안 내내——정말이지 변호사라는 작자는 말도 많이 한다——난폭한 행동으로 나에게서 안정과 명랑을 빼앗아간다.
 문병객들은 아네모네의 수채화 밑에 있는, 방수천을 씌운 하얀 탁자 위에 선물을 놓고는 나에 대한 구출이 여러 가지로 계획되고 또는 현재 진행되고 있다는 것을 설명한다. 그들은 지칠 줄도 모르고 나를 구출하려 하고 있지만 그들의 이웃 사랑이 얼마나 훌륭한 것인가를 나에게 납득시킬 수 있었다고 생각되면 그들은 또다시 자기들의 일이 재미있어져서 나에게서 떠나가는 것이다. 그러면 간호인이 들어와서 방을 환기시키고 선물을 포장했던 노끈을 주워 모은다. 어떤 때는 환기시킨 뒤에 아직도 시간이 있으면 그는 내 침대에 걸터앉아서 노끈을 풀기도 한다. 오랜 정적이 주위를 지배한다. 그리고 마지막으로「정적이란 브루노를 뜻하고 브루노란 정적을 말하는군.」하고 내가 말할 때까지──.
 브루노 뮌스터베르크는──나는 언어 유희를 하고 있는 것이 아니다. 이것이 간호인의 이름인 것이다──내가 준 돈으로 원고 용지 오백 매를 사왔다. 독신으로서 자식이 없는, 사워란트 출신의 브루노는 예비품이 떨어지기 전에 어린이의 장난감도 팔고 있는 조그만 문방구점에 가서 줄이 그어져 있지 않은 백지를 구해다 줄 것이다. 정확한 내 기억력을 위해서 필요한 종이이다. 나는 결코 문병객들, 예컨대 변호사라든가 클레프들에게 이 일을 부탁할 수는 없을 것이다. 친구들은 모두 내가 하는 일이 걱정되어서 견딜 수 없다는 투의 애정을 나에게 품고 있었기 때문에 아무것도 씌어져 있지 않은 종이같이 위험한 것을 나에게 주어 끊임없이 언어를 분비하고 싶어하는 나의 정신이 그 종이를 사용하게 만들지는 않았을 것이다.

내가 브루노에게 말했다.

「이봐 브루노, 처녀지(處女紙 : 아무것도 씌어 있지 않은 종이)를 오백 매 사다 줄 수 있겠어?」

그러면 브루노는 천장을 쳐다보며 이러한 종이를 말하는 거겠지 하는 듯이 집게손가락으로 그곳을 가리키며 대답하곤 했다.

「하얀 종이 말이죠, 오스카르 씨?」

나는 처녀라는 말에 집착하면서 가게에 가서도 그렇게 말해 달라고 브루노에게 부탁했다. 오후 늦게 꾸러미를 들고 돌아왔을 때 그는 감개에 잠기는 브루노라는 식의 표정을 하고 있었다. 그는 그의 영감의 원천인 천장을 몇 번이나 물끄러미 쳐다보고 있었으나 잠시 뒤에 말했다.

「당신은 좋은 말씀을 해주셨습니다. 처녀 종이를 달라고 나는 말했지요, 그랬더니 점원 아가씨는 얼굴이 빨개지면서 내가 요구한 것을 꺼내 주었습니다.」

여러 문방구점의 점원 아가씨를 화제에 올려 잠시 이야기가 계속되었으나 이야기가 길어질 것을 두려워하여 나는 『처녀지』 운운한 것을 후회했다. 그래서 나는 입을 다물고 마침내 브루노가 방에서 나갈 때까지 기다리고 있었다. 그리고 나서야 겨우 원고 용지 오백 매가 들어 있는 꾸러미를 풀었다.

나는 끈질기게 엉켜 돌아가는 꾸러미를 그렇게 오랫동안 손으로 들어올리거나 무게를 재지는 않았다. 열 장만 빼내고 나머지는 나이트테

이불에 집어 넣었다. 만년필이 서랍 속의 사진첩 옆에 있었다. 잉크는 가득히 들어 있다. 앞으로 쓸 잉크도 충분하다. 자, 어떻게 시작한다지?
 이야기를 중도에서부터 시작하여 대담하게 앞으로 나가거나 뒤로 물러서거나 하여 혼란을 일으켜도 좋을 것이다. 현대풍으로 행동하여 모든 시대와 거리(距離)를 없애고 나중에 가서 공간과 시간의 문제가 마지막에는 해결되었다고 선언하거나 선언케 할 수도 있다. 초장에서 오늘날에는 소설을 쓴다는 것이 불가능하다고 주장해 놓고 그런 다음에 이른바 자기 자신의 배후에서 쉽게 강렬한 히트작을 써서 마지막에는 가망 있는 최후의 소설가로서 존재할 수도 있는 것이다.
 나는 또, 이제 소설의 주인공은 없는 것이라고 처음에 단언하면 남의 눈에도 좋게 비치고 겸손하게 보인다는 것을 알고 있다. 즉, 이미 개성적인 인간은 없으니까, 개성은 상실되었으니까, 인간은 고독하고 누구나 마찬가지로 고독해서 개성적인 고독을 주장할 권리도 없고 이름도 주인공도 없는 고독한 집단을 형성하고 있으니까 소설의 주인공은 이미 없는 것이라고 말이다. 모든 것은 그러하며 그것이 당연한 것인지도 모른다. 나, 즉 오스카르와 내 간호인 브루노를 위해서, 그럼에도 불구하고 나는 확인해 두고 싶다, 우리 두 사람이 주인공이라는 것을. 엿보기창 저쪽에 있는 그와 엿보기창 이쪽에 있는 나, 그야말로 완전히 서로 다른 주인공인 것이다. 그리고 그가 문을 연다고 하더라도 우리 두 사람은 그 우정이나 고독에도 불구하고 역시 이름도 주인공도 갖지 않은 집단은 아니다.
 내가 태어나기 훨씬 이전의 일부터 이야기를 시작하자. 왜냐하면 자기가 이 세상에 태어난 날짜를 기록하기 전에 하다못해 조부모의 한쪽만이라도 기억해낼 끈기가 없는 인간은 누구든 자기의 생애를 서술해서는 안 되기 때문이다. 우리의 정신 병원 밖에서 복잡한 생활을 보내지 않으면 안 되는 독자 여러분에게, 또 내 원고 용지의 비축 따위에는 신경도 쓰지 않는 친구 여러분과 매주 찾아오는 방문객 여러분에게 나는 오스카르의 외할머니를 소개하겠다.
 나의 할머니 안나 브론스키는 10월의 어느 날 오후 늦게 치마를 몇 벌이나 겹쳐 입고 감자밭 언저리에 앉아 있었다. 오전중이었다면 할머니가 얼마만큼 능숙하게 시든 줄기와 잎을 긁어 모아서 차곡차곡 쌓아 올리는가를 볼 수 있었을 것이다. 그녀는 점심에 시럽으로 달게 한 라드를 바른 빵을 먹고 그런 뒤에 마지막으로 밭을 고르게 하고 몇 벌의 치마를 입은 채 한시름 놓으며 거의 가득히 찬 두 개의 바구니 사이에 앉아 있었다. 수직으로 위를 향하게 발끝을 나란히 세우고 있는 장화 바닥 앞에서 불이 감자 잎을 태우며 타고 있었는데 그 불은 이따금 천식처럼 타오르고 연기는 거의 경사가 없는 지표를 따라서 스믈스믈 옆으로 퍼져 나가고 있었다. 1899년의 일이었다. 그녀는 카슈바이 중심부에 있는 비사우 근처에, 아니 오히려 벽돌 공장에 더 가깝게 앉아 있었다. 람카우의 앞에 있는 피레크의 배후에 앉아 있었다. 브렌타우로 통하는 가도에 있는 디르샤우와 카르트하우스 사이에, 골트크루크의 시커먼 숲을 등지고 앉아 있었다. 그리고 앞끝이 타서 까맣게 그을은 개암나무 가지로 감자를 뜨거운 잿더미 속으로 밀어넣었다.

나는 방금 할머니의 치마에 대해서 언급하면서 분명히 그녀는 치마를 몇 벌이나 입고 앉아 있었다고 말했을 테지만——그렇다, 이 장에는 『헐렁한 치마』라는 표제가 붙어 있다——그것은 내가 이 옷에 유래가 있음을 알고 있기 때문이다. 할머니는 치마를 한 벌뿐이 아니라 네 벌을 겹쳐 입고 있었다. 한 벌의 치마와 세 벌의 페티코트를 입고 있었다는 이야기가 아니다. 네 벌이 모두 치마이고 그 한 벌이 다음의 한 벌을 받쳐 주고 있었는데 그녀는 그 네 벌을 모두 일정한 체계에 맞추어서 입고 있었다. 즉 치마의 순서를 매일 바꾸었던 것이다. 어제 맨 위에 입고 있던 치마가 오늘은 두 번째가 되고 어제 두 번째였던 것이 세 번째가 되었다. 어제는 세 번째였던 치마가 오늘은 그녀의 살갗 가까이에 있는 것이다. 어제 그녀의 살갗에 닿아 있던 치마는 오늘 그 모습을 분명히 드러내보였는데 그것은 아무런 무늬도 없는 것이었다. 즉 나의 할머니 안나 브론스키의 치마는 모두 똑같이 감자빛깔을 우대하고 있었다. 그 빛깔이 그녀에게 어울렸던 것임에 틀림없다.

이 빛깔을 제외하면 할머니의 치마는 터무니없이 천을 많이 사용하고 있다는 점에서 두드러지고 있었다. 그것들은 종(鍾) 모양으로 둥글게 만들어져 있었는데 바람이 불면 크게 부풀어오르고 바람이 그것에 만족하면 축 늘어지고 바람이 스치고 지나가면 펄럭펄럭 소리를 냈다. 그리고 할머니가 바람을 등지고 서면 치마는 네 벌이 모두 그녀의 앞쪽으로 휘날렸고 앉을 때면 그녀는 치마를 몸 둘레에 휘감아 당겼다.

언제나 부풀어오르거나 늘어지거나 주름이 잡혀 있는 네 벌의 치마, 또는 빳빳하게 속이 빈 채 침대와 가지런히 늘어서 있는 외에도 할머니는 다섯 번째의 치마를 가지고 있었다. 이것은 감자 빛깔을 하고 있는 다른 네 벌과 모든 점에서 다른 데가 없었다. 또 이 다섯 번째의 치마는 언제나 꼭 다섯 번째도 아니었고 또 똑같은 것도 아니었다. 그 형제들과 마찬가지로——이렇게 말하는 것은 치마는 남성 명사이기 때문이다——그것은 교대의 법칙에 지배되고 몸에 걸친 네 벌의 치마에 종속되고 있어서 차례가 오면 다른 치마와 마찬가지로 닷새쩨인 금요일마다 빨래 대야 속에 넣어지고 토요일에는 부엌 창문 앞에 있는 건조대에 널려지고 마르면 다리미판에 얹혀지지 않으면 안 되었다.

할머니는 청소, 요리, 세탁, 다리미질을 하는 토요일이 지나서 소의 젖을 짜고 먹이를 준 뒤 욕조에 몸을 푹 담그고 비누 거품에 무언가를 하소연하고 다시 목욕물의 수위를 맞춘 뒤 큰 꽃무늬 수건에 몸을 감싸고 침대 언저리에 걸터앉는다. 그때 몸에 걸치고 있던 네 벌의 치마와 갓 세탁한 한 벌의 치마가 그녀 앞의 마룻바닥에 펼쳐져 있었다. 그녀는 오른손 집게손가락으로 오른쪽 눈의 아래 눈꺼풀을 누르고 아무에게도, 오빠인 빈첸트에게조차도 의논하지 않고, 그렇기 때문에 더욱 빨리 결심했다. 그녀는 맨발로 일어서서 발끝으로 감자빛 광택이 거의 바랜 치마를 옆 쪽으로 밀어냈다. 그리고는 깨끗한 치마로 그 빈 자리를 메웠다.

그녀가 확고한 관념을 품고 있는 예수님에게 경의를 표하기 위해 다음날인 일요일 아침에는 람카우의 교회로 갔는데 그때 새로운 순서로 쌓여진 치마의 착용 개시가 행해졌다. 할머니는 갓 세탁한 치마를 어디에 입었을까? 그녀는 단정할 뿐만 아니라 약간 허영심이 있는 여인이었기 때문에 제일 좋은 치마를 사람들의 눈에 띄는 곳에, 즉 날씨가 좋은 날에는 햇빛이 닿는 곳에 입곤 했다.

그런데 할머니가 감자를 굽는 불의 맞은편에 앉아 있었던 때는 월요일 오후의 일이었다. 일요일의 치마는 월요일에는 한 벌만큼 그녀의 피부에 다가가 있어서 일요일에 그녀의 살갗에 닿아 있던 치마는 월요일에는 그야말로 월요일답게 침울하게, 다른 치마보다 위에서, 즉 허리에서부터 밑으로 축 늘어져 있었다. 그녀는 휘파람을 불었으나 노래가 되지는 않았다. 그리고 첫번째로 구워진 감자 하나를 개암나무 가지로 잿더미 속에서 끄집어냈다. 그녀는 그것을 바람에 쐬어서 식히기 위해 계속 타고 있는 불더미에서 충분히 떨어진 곳으로 밀어냈다. 그리고는 그을어서 껍질이 벗겨진 감자를 뾰족한 가지로 찍어서 입으로 가져갔다. 그녀의 입은 이제는 이미 휘파람을 멈추고 바람으로 인해 바싹 마르고 갈라진 입술을 벌려 껍질에 묻은 재와 흙을 불어대고 있었다.

불어대면서 할머니는 눈을 감고 있었다. 충분히 불었다고 생각했을 때 그녀는 한쪽씩 눈을 뜨고 틈이 좀 벌어지기는 했으나 벌레가 먹지는 않은 앞니로 덥석 물었는데 곧 다시 씹기를 그치고 반으로 베어진, 아직도 뜨겁고 김이 모락모락 나는 감자를 벌린 입 속에 넣은 채 연기와 10월의 공기를 들이마셔서 한껏 부푼 콧구멍 너머로 밭을 따라 가까운 지평선까지 동그란 눈을 뜨고 말똥히 바라보는 것이었다. 거기에는 점점이 이어진 전신주와 벽돌 공장 굴뚝의 윗부분 3분의 1이 겨우 얼굴을 내밀고 있었다.

전신주 사이로 무언가 움직이는 것이 있었다. 할머니는 입을 다물고 입술을 지그시 오무리고는 미간을 찡그린 채 감자를 우물우물 씹고 있었다. 전신주 사이에서 무엇인가가 움직였다. 무엇인가가 껑충껑충 뛰었다. 세 사나이가 전신주 사이에서 굴뚝 쪽으로 뛰어간 것이었다. 그리고는 선두에 선 사나이가 휙 방향을 바꾸어 다시 뛰기 시작했다. 작고 똥똥해 보였다. 갑자기 벽돌 공장 위에 나타났는가 싶더니 그것을 넘었다. 나머지 두 사람은 좀더 깡마르고 키가 컸으나 그들도 이럭저럭 벽돌 공장을 넘는가 싶더니 다시 또 전신주 사이에 모습을 나타냈다. 작고 똥똥한 사나이는 갑자기 몸을 돌렸는데 깡마르고 키가 큰 사나이보다도 서두르고 있는 것 같았다. 그러한 그가 이미 굴뚝 저편으로 뛰어갔으니까 두 사나이도 다시 굴뚝 쪽으로 뛰어넘지 않으면 안 되었는데도 그때 두 개의 엄지손가락처럼 뛰어넘는 것을 그만두고 그대로 달리기 시작하여 갑자기 사라지고 말았다. 할 마음이 없어진 것 같았다. 그리고 작은 사나이도 뛰어넘으면서 굴뚝에서 지평선 너머로 떨어져갔다.

그들은 지금 거기에 있으면서 휴식을 취하거나 옷을 갈아입거나 벽돌을 만들어 그 품삯을 받거나 사고 있었을 것이다.

할머니는 그 중간 휴식을 이용하여 두 번째의 감자를 찍으려다가 그만 헛찌르고 말았다. 작고 뚱뚱하게 보인 그 사나이가 같은 옷을 입은 채 지평선 위로 기어올라온 것이다. 지평선은 마치 나무 울타리 같았고 그 사나이는 그의 뒤를 따라 넘은 두 사나이를 울타리 저편의 벽돌 사이나 브렌타우로 가는 가도에 남겨 두고 온 것 같았다. 그럼에도 불구하고 그 사나이는 서둘러 전신주보다도 빨리 걸으려고 성큼성큼 큰 걸음으로 밭을 뛰어넘었다. 구두 밑의 진흙을 튕겼고 진흙에서 몸을 뗴었다. 그러나 그는 아무리 큰 보폭으로 뛰어넘으려 해도 실은 매우 참을성 있게 진흙 위를 기어가고 있었던 것이다. 때때로 그는 땅바닥에 엎드리고 그리고는 다시 작지만 뚱뚱한 몸으로 뛰어넘으면서 이마의 땀을 닦고 있는 동안 잠시 공중에 정지하고 있는 것처럼 보였다. 그런 다음에 그의 탄력성 있는 다리는 길과 직각으로 이랑을 낸 십 에이커의 감자밭에 인접한, 갓 경작된 밭을 디디고 설 수 있었다.

그리고 그는 그 길에 도달했다. 그 작고 뚱뚱한 몸이 그 길에서 사라졌을까 말까 하는 동안에, 그럭저럭 하는 동안에 벽돌 공장에 갔다온 듯한 깡마르고 키가 큰 두 사람도 이미 지평선 위로 기어올라 천천히 진흙 길 위로 걸어왔다. 결코 수척하지는 않았지만 너무나도 키가 크고 깡말랐기 때문에 할머니는 또다시 감자를 헛찍은 것이었다. 즉 각각 다르게 성장했다고는 하나 어른 세 사람이 전신주 사이를 뛰어넘고 벽돌 공장의 굴뚝을 꺾을 듯한 기세로, 그리고 우선 작고 뚱뚱한 자가, 이어서 깡마르고 키가 큰 자가 서로 간격을 두고는 있었지만, 세 사람이 모두 구두 밑창에 달라붙는 진흙을 애써 참을성 있게 질질 끌고 와서 진흙을 깨끗이 털어 버리고는 이틀 전에 빈첸트가 갈아 놓은 밭을 뛰어와서 길

쪽으로 모습을 감추는 그림은 매일 볼 수 있는 것은 아니었기 때문이다.
 이제는 세 사람 모두 사라지고 말았기 때문에 나의 할머니는 거의 식어 빠진 감자를 마음놓고 찍을 수 있었다. 엷은 껍질에 붙은 흙과 재를 훅 불어 버리고는 곧 통째로 입 안에 집어 넣고 이렇게 생각했다. 만일 생각했다고 할 수 있다면──그들은 아마 벽돌 공장의 사람들임이 틀림없다고. 그리고 한 사람이 길에서 뛰어나왔을 때에도 아직 우물우물 씹고 있었다. 그 사나이는 검고 큰 턱수염 너머로 주위를 두리번두리번 둘러보고는 달음박질하여 모닥불이 있는 곳으로 다가와 불의 앞과 뒤, 그리고 옆에 동시에 서 있었다. 이쪽에서 저주의 말을 내뱉을라치면 저쪽에서 겁먹은 얼굴을 하고 어디로 가야 할지를 몰라 했고 되돌아갈 수도 없었다. 길을 따라 뒤에서 깡마르고 키가 큰 두 사람이 다가오고 있었기 때문이다. 그러자 그는 무릎을 탁 쳤고 얼굴에서는 두 눈이 튀어나올 듯했다. 이마에서는 땀도 흘러나왔다. 턱수염을 부들부들 떨고 숨을 헐떡이면서 그는 무엄하게도 좀더 가까이까지 다가왔다. 구두의 바로 앞까지 왔다. 그 사나이는 할머니의 눈과 코 앞까지 다가와서는 작고 똥똥한 동물처럼 할머니를 바라보았다. 할머니는 크게 한숨을 쉬지 않을 수 없었다. 이제 감자 따위를 씹고 있을 수는 없었다. 구두 밑창을 기울이고는 이제 벽돌 공장의 일, 벽돌이나 벽돌공의 일 따위는 생각하지 않고 치마를, 아니 네 벌의 치마를 모두 높이 걷어올렸다. 그 벽돌 공장의 사나이가 아닌 작고 똥똥한 자가 기어들어 갈 수 있을 만큼 단숨에 높이 쳐든 것이다. 턱수염이 사라지고 이제는 동물처럼 보이지도 않았다. 람카우의 사나이도 아니었고 피레크의 사나이도 아니었다. 치마 밑에서 겁에 질려 이제는 무릎을 치지도 않았고 똥똥하지도 또 작지도 않았다. 그럼에도 불구하고 그는 거기에 털썩 앉아 헐떡이지도 떨지도 않았고 손으로 무릎을 치는 것도 잊고 있었다. 즉 세계 최초의 날이거나 최후의 날처럼 주위는 조용하기만 했다. 산들바람이 모닥불과 조잘거리고 전신주는 소리도 없이 자기들의 수를 헤아리고 벽돌 공장의 굴뚝은 태도를 흐트리지 않았다. 그리고 그녀, 즉 나의 할머니는 두 번째 것을 덮고 있는 맨 위 치마의 주름을 짐짓 엄숙한 표정으로 쓰다듬어 폈다. 네 번째 치마 밑에 있는 그는 거의 의식하지 않았다. 세 번째의 치마에서도 그녀의 피부로서는 최초의 놀라운 경험이 되려 하고 있는 것이 무엇인지 아직도 전혀 이해하지 못했다. 그것은 놀라운 일이었지만 맨 위는 점잖게 가로누워 있고 두 번째 세 번째는 아직 이해하고 있지 못했기 때문에 그녀는 감자를 두세 개 잿더미에서 끄집어내었다. 그리고 오른쪽 팔꿈치 밑에 있는 바구니에서 날것을 네 개 꺼내어 뜨거운 재 속으로 밀어넣고 거기에다 좀더 많은 재를 씌워서 연기가 피어나도록 불을 쑤셔댄 것이었다──그녀로서는 그 외에 무엇을 할 수 있었을까?

할머니의 치마가 겨우 안정을 되찾았을 때였다. 심하게 무릎을 친다거나 장소를 바꾼다거나 불을 쑤실 때마다 방향을 잃고 있던 모닥불의 짙은 연기가 다시 바람을 타고 밭을 기듯이 남서쪽으로 노랗게 뻗쳐 나가기 시작했을 때 치마 밑에 앉아 있는, 작고 똥똥한 자를 뒤쫓아온 키가 크고 깡마른 두 사나이가 길에서부터 모습을 나타냈다. 키가 크고 깡마른 자들은 직업상 지방 경찰의 제복을 입고 있는 것을 알 수 있었다.

그들은 거의 날아가듯이 할머니의 옆을 지나갔다. 더욱이 한 사람은 모닥불 위를 뛰어넘기까지 하지 않았던가? 그러나 그들은 갑자기 자기들이 뒤꿈치를 가지고 있다는 것을 깨닫고는 제동을 걸어 홱 돌아서더니 성큼성큼 할머니에게 다가와 제복에다 장화를 신은 모습으로 연기 속에 서 있었다. 그리고는 기침을 하면서 연기 속에서 제복 차림을 끌어냈으나 연기도 함께 따라왔다. 그래서 할머니에게 말을 걸었을 때도 여전히 기침을 하고 있었다. 그들은 할머니가 콜야이체크를 보았는지 어떤지 알고 싶었던 것이다. 즉 그녀는 이 길가에 앉아 있었고 콜야이체크는 이 길가를 지나 달아났으니까 그녀는 틀림없이 그를 보았을 것이다.

할머니는 콜야이체크를 보지 못했다, 그녀는 콜야이체크를 몰랐기 때문에. 그 사나이가 벽돌 공장 사람인지 아닌지를 그녀는 알고 싶다고 했다. 벽돌 공장 사람이라면 알고 있었기 때문이다. 제복의 사나이들은 그러나 콜야이체크는 벽돌과는 아무런 관계도 없는 단지 작고 똥똥한 사나이라고 알려 주었다. 할머니는 알고 있다. 그런 사나이가 달려가는 것을 보았다고 말하고 결승점을 가리키듯이 뾰족한 가지로 찌른, 김이 나는 감자로 비사우 쪽을 가리켰다. 감자가 가리킨 곳은 벽돌 공장 굴뚝에서부터 오른쪽으로 여섯 번째와 일곱 번째의 전신주 사이였다. 그러나 달려간 그 사나이가 콜야이체크인지 누구인지 할머니는 몰랐다. 모든 것을 발 밑에 있는 모닥불 탓으로 돌렸다. 불을 땐다는 것은 여러 가지로 번거로운 일로서 불은 알맞게 피우지 않으면 안 된다, 따라서 옆을 지나간 사람이든 연기 속에 서 있는 사람이든 남의 일에 신경을 쓸 수는 없다, 더욱이 그녀가 모르는 사람들의 일에 신경쓸 수는 없다, 다만 비사우, 람카우, 피레크, 그리고 벽돌 공장에 누가 있는가를 알고 있을 뿐이다──정말 그것만으로 충분하다고 그녀는 말한 것이다.

할머니는 이렇게 말하고는 살며시 한숨을 쉬었다. 그러나 무엇 때문에 한숨을 쉬었는지를 제복의 사나이들이 알아차릴 만큼 분명하게. 그녀는 모닥불을 향해 끄덕거렸다. 그것은 그녀가 한숨을 쉰 것은 불을 알맞게 유지하기 위해서이며 또 약간은 연기 속에 서 있는 많은 사람들 때문이라는 것을 뜻하고 있었다. 그리고 나서 그녀는 입을 크게 벌려 앞니로 감자를 반쯤 베어 물고는 말없이 그것을 씹으면서 눈알을 왼쪽 위로 이동시켰다.

지방 경찰의 제복을 입은 사나이들은 할머니의 공허한 눈길에서는 아무런 말도 읽을 수 없었다. 그들은 전신주 저편에 있는 비사우를 수색해야 할지 어떨지 모르는 채, 그래서 당장은 옆에 있는 아직 태우지 않은 산더미 같은 감자 잎을 허리에 찬 칼을 빼서 쿡쿡 찔렀다. 갑자기 머리에 뭔가 떠오른 것이 있었는지 그들은 거의 동시에 할머니가 양옆 구리 밑에 안고 있던 감자가 거의 가득히 든 바구니를 홱 뒤집어 엎었다. 그리고 어째서 바구니에서 그녀의 발 밑으로 굴러나오는 것이 감자뿐이고 콜야이체크는 도무지 모습을 나타내지 않는가 하고 한동안 이해하지 못하고 있었다. 미심쩍은 듯이 그들은 감자더미 주위를 살금살금 걷고 있었다. 마치 콜야이체크가 순식간에 그 속에 숨어 버리기라도 한 것처럼 말이다. 그들은 겨냥해서 쿡 찔렀으나 사나이의 비명이 들려오지 않았기 때문에 의아스러운 표정을 지었다. 그들의 의혹은 이미 시들어 버린

헐렁한 치마   19

덤불의 하나하나에, 쥐구멍 하나하나에, 그리고 무리를 지은 두더지의 흙무덤에 향해졌고 다시 몇 번이고 내 할머니에게로 향해졌다. 그녀는 뿌리가 돋은 듯이 거기에 앉아 한숨을 쉬고 눈동자를 눈꺼풀 밑에 넣어 흰 자위를 보이게 하고 온갖 카슈바이의 성도들 이름을 외고 있었다―― 그것은 홀홀 타고 있는 모닥불과 뒤엎어진 두 개의 감자 바구니 때문에 한결 비통하게 과장되었고 또 소리가 높아졌다.

제복의 사나이들은 족히 반 시간은 그곳에 있었다. 이따금 모닥불에서 멀리 떨어졌다가는 다시 다가왔다. 그들은 벽돌 공장의 굴뚝을 목표로 하여 비사우도 점거하려고 했지만 공격을 연기하여 보랏빛 손을 모닥불에 쬐고 있다가 결국은 한숨을 그치지 않고 있는 할머니에게서 잔가지에 꽂혀 있는 껍질이 벗겨진 감자를 한 개씩 빼앗고 말았다. 그러나 입을 우물거리고 있는 동안에도 제복을 입은 사나이들은 자기들이 제복을 입고 있다는 것을 잊지 않고 길가의 금작화를 따라 밭 속으로 조금 달려 들어갔다. 그러자 토끼가 깜짝 놀라서 깡총깡총 뛰었으나 그것은 콜야이체크라는 사람은 아니었다. 그들은 모닥불에서 또다시 모락모락 김이 나는, 재가 묻어 있는 감자를 발견했다. 그런 다음 그들은 약간 전투에 지치고 평화를 희망하게 되어 날감자를 바구니 속에 주워 담을 생각을 했다. 아까 그 바구니를 뒤집어 엎은 것도 그들의 의무에서 한 짓이었던 것이다.

황혼이 10월의 하늘에서 비스듬히 내리는 가랑비와 먹물 같은 어스름을 짜내기 시작했을 때에 그들은 비로소 마지못한 듯 총총히 멀리 있는 경계석 쪽으로 공격을 감행하기 시작했다. 그러나 그것을 끝내자 그들은 만족하고 있었다. 게다가 약간 다리를 뻔 그들은 비에 젖어 주변 일대에 연기를 뿜고 있는 모닥불 위에서 손을 비비며 초록빛 연기 속에서 다시 한 번 재채기를 하고 황색의 연기 때문에 눈물을 흘렸다. 그리고는 다시 기침을 하고 눈물을 흘리면서 비사우 쪽으로 성큼성큼 사라져갔다. 콜야이체크가 이곳에 없다면 그는 틀림없이 비사우에 있을 것이다. 경찰관이란 언제나 두 개의 가능성밖에는 모르니까.

천천히 꺼져가는 모닥불 연기가 마치 다섯 장째의 헐렁한 치마처럼 할머니를 감쌌다. 따라서 네 벌의 치마를 입고 한숨을 쉬며 성도의 이름을 외고 있던 그녀는 콜야이체크와 마찬가지로 치마 밑에 있었던 것이다. 제복의 사나이들이 이제는 날이 저문 전신주 사이에 천천히 빠져들어 허우적거리고 있는 조그만 점(點)에 지나지 않게 되었을 때에야 비로소 할머니는 자리에서 일어났다. 마치 완전히 뿌리를 내린 수염뿌리나 흙 덩이를 함께 끌어당겨서 갓 시작된 성장을 중단하고 만 것 같은 형세였다.

콜야이체크는 갑자기 덮고 있던 것을 빼앗겨 누워 있던 작고 똥똥한 몸이 비에 노출되자 추위를 느꼈다. 그는 치마 밑에서 끌러 놓았던 바지 단추를 재빨리 잠갔다. 불안감과 무턱대고 은신처를 찾고 싶은 나머지 그는 단추를 끌르고 있었던 것이다. 그의 곤봉(여기에서는 음경)이 너무나도 급속히 냉각되는 것을 두려워하여 그는 서둘러 단추를 잠갔다. 완전히 얼어붙을 염려가 있을 만큼 싸늘한 가을 날씨였던 것이다.

뜨거운 감자 네 개가 아직도 잿더미 속에 있는 것을 발견한 것은 할머니였다. 세 개를 콜야이체크에게 주고 자기는 한 개를 들고 베어 물기 전에 그가 벽돌 공장에 있는 사람인지 아닌지를 물었다. 콜야이체크가 벽돌 공장이 아닌 어느 다른 곳에서 온 사람임을 분명히 알고 있으면서. 그런 다음 그녀는 그의 대답 따위는 무시하고 가벼운 쪽의 바구니를 그에게 지우고 자기는 무거운 것을 짊어진 다음 빈 손에는 갈퀴와 괭이를 들었다. 그리고는 넉 장의 치마를 단단히 고쳐 입고 바구니와 감자 그리고 갈퀴와 괭이를 든 그녀는 바람과 함께 비사우의 채굴장 쪽으로 사라져 갔다.

비사우 채굴장은 비사우 그 자체와는 달리 오히려 람카우 쪽에 있었다. 두 사람은 벽돌 공장을 왼쪽에 바라보면서 검은 숲 쪽으로 길을 잡았다. 그 속에 골트크루크가 있고 그 너머에 브렌타우가 있었다. 그러나 비사우 채굴장은 숲에 못 미처 우묵한 지대에 있었다. 나의 할머니는 그곳으로 작고 똥똥한 요셉 콜야이체크를 데리고 갔다. 그는 이미 치마에서 떠날 수 없었던 것이다.

뗏목 밑에서

　브루노의 눈이 지켜보고 있는 유리가 끼워진 엿보기창의 시야 속에 누운 채 이곳, 즉 비누로 씻겨진 정신 병원 쇠침대에서 카슈바이의 감자잎을 태우는 모닥불의 연기와 가는 실 같은 10월의 비를 묘사한다는 것은 결코 쉬운 일이 아니다. 교묘하고 끈기있게 사용함으로써, 중요한 일을 종이에 적기 위해 필요한 자질구레한 일들을 무엇이든지 떠오르게 해주는 나의 북이 없다면, 또 매일 세 시간에서 네 시간 동안 나의 양철북으로 하여금 이야기하게 하는 것을 병원에서 허용해 주지 않는다면 나는 조부모에 대해 아무것도 명백하게 말할 수 없는 비참한 인간일 수밖에 없다.
　어떻든 북이 말하는 바는 이러하다――그 1899년의 10월 오후, 남아프리카에서는 그뤄거 아저씨(1825~1904. 남아연방 트란스뷔르의 추장. 영국에 대한 부르 인의 봉기를 지도했다)가 영국을 적대시하는, 탐스러운 눈썹에 솔질하고 있을 때 디르샤우와 카르트하우스 사이에 있는 비사우의 벽돌 공장 근처에서는 같은 빛깔인 넉 장의 치마 밑에서 연기와 불안과 한숨에 싸이고 비스듬히 내리는 비에 노출된 가운데 처절하게 성도의 이름을 외며, 연기가 매워 눈을 깜박거리고 있는 두 경찰관으로부터 어수룩한 심문을 받으면서 작고 똥똥한 요셉 콜야이체크에 의해 나의 어머니 아그네스의 씨가 잉태되었다.
　나의 할머니 안나 브론스키는 그날 밤 안으로 어둠 속에서 이름을 바꾸었다. 즉, 싹싹하게 성사(聖事)를 베풀어 주는 사제에게 부탁하여 안나 콜야이체크가 되었고 요셉을 따라 이집트는 아니지만 모틀라우 강가에 있는 현청 소재지로 간 것이다. 그는 그곳에서 뗏목꾼의 직업을 얻어 한동안 경찰의 눈을 피할 수 있었다.
　모틀라우 강가에 있는 그 도시는 내 어머니의 탄생지이므로 이름을 밝혀야 옳겠지만 다만 약간이라도 독자의 흥미를 자아내기 위해 아직은 이름을 밝히지 않기로 한다. 1900년 7월 말에――마침 제국 해군의 군함

건조 계획을 두 배로 늘릴 것이 결정되었다──어머니는 사자좌의 별 밑에서 이 세상에 태어났다. 자신(自信)과 공상, 관용과 허영의 별이다. 운세의 별로서는 도무스 비테라고도 불리는 제1궁은 영향을 받기 쉬운 쌍어궁(雙魚宮)이다. 제7궁 또는 도무스 마트리모니 욱조리스라고도 불리는 태양의 해왕성의 위치에서 보면 혼란이 일어나게 되어 있다. 금성은 토성과 마주 보고 있는데 토성은 까다로운 별이라고 일컬어지고 있으며 주지하는 바와 같이 비장(脾臟)과 간장에 병을 가져다 주고 산양좌(山羊座)를 지배하여 사자좌에서 스스로의 소멸을 축하한다. 해왕성에 뱀장어를 제공하는 여신 두더지를 받고 벨라도나와 양파와 사탕무를 사랑하며 용암을 뱉어내고 포도주를 발효시키는 것이다. 그것은 금성과 함께 죽음의 제8궁에 살며 불행을 예언하고 있었다. 한편 감자밭에서의 임신은 친척집에서 수성(水星)의 보호를 받으며 충분한 행운이 약속되어 있었다.

　여기에서 나는 어머니의 항의를 삽입하지 않으면 안 된다. 왜냐하면 그녀는 언제나 감자밭에서 씨를 받았다는 사실에 이의를 제기하고 있었기 때문이다. 물론 그녀의 아버지는──이것은 그녀도 인정하고 있는 것이지만──거기에서 확실히 시도하기는 했으나 그의 체위와 안나 브론스키의 자세로는 콜야이체크가 임신했다고 가정하기에 충분할 만큼 적절하지는 않았다는 것이다.

　「도망치던 도중의 밤이거나 빈첸트 백부님의 궤짝차 안이거나 또는 가까스로 뗏목꾼의 집에서 방과 은신처를 발견한 트로일에서 틀림없이 그렇게 되었을 거야.」

　이러한 말로 나의 어머니는 그 존재가 비롯된 날짜를 확인하는 것이 보통이었다. 그때 확실히 사실을 알고 있는 할머니는 끈기있게 고개를 끄덕거리며 모든 사람에게 이렇게 암시하였다──「그렇단다, 궤짝차 안 이거나 또는 트로일에 와서 겨우 그렇게 되었을 거다. 결코 밭에서가 아니야, 왜냐하면 바람이 불고 있었고 악마가 나올 것처럼 비도 내리고 있었으니까 말이다.」

　빈첸트라는 것은 할머니의 오빠 이름이었다. 아내를 일찍 여읜 뒤

첸스토하우를 순례하였는데 그때 마트카 보스카 체스토호브스카(성모 마리아의 이콘, 폴란드 인의 신앙이 두텁다)로부터 그녀를 미래의 폴란드 여왕으로 생각하라는 계시를 받았다. 그후부터 그는 기묘한 책만 뒤적거리며 숱한 문장에서 성모 마리아가 폴란드의 왕위를 요구할 권리가 있음을 발견했다. 그리고는 누이동생에게 집과 밭 약간을 물려주고 말았다. 당시 그의 아들 얀은 네 살로서 곧잘 울음을 터뜨리는 허약한 아이였는데 그 아이가 거위를 기르고 갖가지 그림을 모으고 불길하게도 그 어린 나이에 우표까지 수집하고 있었다.

할머니는 폴란드의 이 훌륭한 여왕에게 바쳐진 저택으로 감자 바구니와 콜야이체크를 데리고 왔다. 그래서 빈첸트는 사건의 개요를 알게 되어 람카우로 달려가 사제에게 안나와 요셉을 결혼시키기 위한 성사를 준비해 달라고 부탁하고 억지로 데리고 왔다. 사제님이 하품을 하며 졸린 눈으로 김빠진 축복을 베풀고 베이컨의 맛있는 부분을 얻어 가지고 거룩한 등을 돌리자마자 빈첸트는 궤짝차에 말을 매어 볏짚과 빈 푸대로 침대를 만들어 주고는 신랑 신부를 싣고 추위에 떨며 칭얼칭얼 울고 있는 얀을 마부석의 자기 옆에 앉히고 말에 채찍을 가하여 어둠 속으로 곧장 달려나갔다. 신혼 여행을 떠나는 두 사람에게는 서둘러야 할 사정이 있었기 때문이다.

주위는 아직 어두웠지만 밤도 거의 샐 무렵 일행은 현청 소재지에 있는 재목 저장소에 도착했다. 곧 친절한 사나이들이 콜야이체크에게 뗏목꾼의 일을 주선해 주어 도피중인 두 사람을 숨겨 주었다. 빈첸트는 방향을 바꾸어 다시 말을 비사우 방향으로 몰고 갈 수 있었다. 젖소 한 마리, 산양, 젖먹이 새끼를 거느린 돼지, 거위 여덟 마리, 그리고 집을 지키는 개에게 먹이를 주지 않으면 안 되었고 미열이 있는 아들 얀을 침대에 눕히지 않으면 안 되었기 때문이다.

요셉 콜야이체크는 삼 주일 동안 숨어 있었다. 머리는 가르마를 탄 새 머리 모양으로 바꾸고 턱수염을 깎아 버린 뒤 버젓한 신분 증명서를 갖추고 요셉 브랑카라는 가명으로 뗏목꾼이 되었다. 그러나 어째서 콜야이체크는 싸움을 하다 뗏목에서 밀려 떨어져 사직당국의 눈에 띄지 않고 부크 강의 모들린 상류에서 익사한 뗏목꾼 브랑카의 신분 증명서를 주머니에 넣고 재목상과 제재소에 모습을 나타내지 않으면 안 되었던가? 잠시 동안 뗏목꾼의 일을 그만두고 시베츠의 제재소에서 일을 하고 있던 그는 그곳에서 일부러 담벽에 하얀 색과 빨간 색으로 페인트칠을 함으로써 지배인과 싸움을 한 것이다. 꼬투리를 잡아서 싸움을 시작한다는 말이 있지만 바로 그 말 그대로 제재소의 지배인은 담벽에서 하얗고 빨간 판자를 한 장씩 뜯어내고 그 폴란드의 판자(폴란드 국기는 하얀 색과 빨간 색 두 빛깔로 되어 있다)로 하얗고 빨간 자국이 잔뜩 생길 만큼 카슈바이 태생인 콜야이체크의 등을 때린 것이다. 그래서 매를 맞은 사나이는 나름대로 충분한 이유가 있는 법이어서 다음날 밤, 그렇다, 별이 밝은 밤이었다, 분발하기는 하지만 그렇기 때문에 더욱 통일되어야 할 폴란드에게 충성을 다짐하며 하얀 회칠을 한 새로 지은 물방앗간을 시뻘겋게 타오르게 한 것이었다.

즉 콜야이체크는 방화범이었다. 그것도 겹치기 방화범이었다. 서(西) 프로이센 전토의 제재소에 있는 물방앗간과 재목 적치장이 그날 이후 두 빛깔로 타오르는 애국심을 위해서 도화선이 되었으니까.

폴란드의 장래가 문제될 때면 언제나 그러하지만 이들 화재의 경우에도 성모 마리아가 한몫을 하고 있었다. 목격자가 있었던 것 같다——어쩌면 오늘날까지도 그 중의 몇 사람은 살아 있을 듯하다——그들은 불타는 몇몇 물방앗간의 지붕 위에서 폴란드 왕관을 쓴 성모를 보았다고 말하고 있다. 큰 화재에는 따르기 마련인 구경꾼들은 보구로지카, 즉 성모의 노래를 부르기 시작했다는 것이다——우리들로서는 콜야이체크의 방화가 엄숙하게 행해졌다는 것을 믿을 만한 이유가 있다. 즉 맹세가 행해졌던 것이다.

방화범 콜야이체크는 이러한 죄를 저지른 수배자였다. 한편 뗏목꾼 요셉 브랑카는 꺼림칙한 점이라고는 없는 순진하고 융통성 없는 고아로서 누가 찾고 있지도 않았고 또 거의 사람들 눈에 띄지 않는 사나이였다. 그는 씹는 담배를 하루분씩 정확하게 나누어 가지고 다녔는데 마지막에 부크 강에 빠져 죽었을 때 신분 증명서가 든 잠바에는 사흘분의 씹는 담배가 남아 있었다. 익사한 브랑카는 다시 세상에 나타나는 일도 없었고 누구도 이미 익사한 브랑카에 대해 이것저것 따지는 일도 없었기 때문에 죽은 사나이와 키도 비슷하고 머리의 크기도 비슷한 콜야이체크는 우선 그 사나이의 잠바를 입고 다음에는 어엿한 신분 증명서를 가진 전과(前科) 없는 사나이 행세를 했다. 피워오던 파이프 담배를 끊고 완전히 씹는 담배로 바꾸고 브랑카의 가장 브랑카다운 점과 그가 쓰는 사투리까지도 익혀서 그로부터 몇 년 동안 약간 말을 더듬는 착실한 뗏목꾼이 되어 예멘, 보브르, 부크, 바이크셀 유역의 숲에서 재목을 뗏목으로 엮어서 흘려보냈다. 단 그가 마켄젠 휘하에 있는 황태자 친위 경비병의 병장 브랑카로까지 출세한 사실도 말해 두지 않으면 안 되겠다. 브랑카는 아직도 병역을 끝내고 있지 않았다. 그러나 익사한 이 사나이보다 네 살이 위인 콜야이체크는 토루니의 포병대에 형편없는 성적을 남기고 왔다.

   모든 도둑, 살인자, 방화범 가운데 가장 위험한 사람은 도둑질을 하고 살인을 하고 불을 지르는 동안에도 좀더 착실한 직업을 가질 수 있는 기회를 기다리고 있기 마련이다. 그것을 찾기 위해 애쓴 결과이든 또는 우연이든 간에 꽤 많은 사람들이 그 기회를 가지게 된다. 콜야이체크는 브랑카라는 이름을 가진 선량한 남편이고 불과 같은 악업으로부터 발을 씻고 있었기 때문에 성냥을 보기만 해도 벌써 몸을 떨 정도였다. 이보란 듯이 편안하게 부엌의 탁자 위에 놓여 있는 성냥갑은, 필요하다면 자기가 성냥을 발명했을지도 모르는 그의 앞에서는 결코 안전하지 않았다. 그는 유혹을 창 밖으로 내던졌다. 나의 할머니로서는 따끈한 점심을 때맞추어 탁자에 늘어놓는다는 것이 매우 힘든 일이었다. 이따금은 온 가족이 어둠 속에 앉아 있는 일도 있었다. 석유 램프에 불이 켜지지 않았기 때문이다.

   그러나 브랑카는 결코 폭군은 아니었다. 일요일에 그는 안나 브랑카를 아랫마을에 있는 교회로 데리고 가서 버젓하게 아내로 입적이 된 그녀에게 감자밭에서와 마찬가지로 넉 장의 치마를 겹쳐 입는 것을 허락했다. 강이 얼어붙어서 뗏목꾼이 할 일이 없게 되는 겨울에는 그는 대견스럽게도 뗏목꾼과 하역 인부 그리고 부두 노동자들 외에는 살지 않는 트로일에 들어박혀서 아버지를 닮았다고 생각되는 딸 아그네스를 보살펴 주었다. 딸은 침대 속에 들어가 있지 않을 때에는 옷장 속에 숨어 있기가 일쑤이고 손님이 있을 때에는 낡은 인형을 안고 탁자 밑에 앉아 있곤 했다.

즉 소녀인 아그네스에게는 요셉이 안나의 치마 밑에서 발견한 즐거움과는 다른 즐거움을 발견했다고는 하더라도 역시 안전하게 언제까지나 숨어 있는 것이 중요했다. 방화범인 콜야이체크로서는 자기도 경험한 일이었으므로 딸이 숨을 장소를 찾고 있는 기분을 충분히 이해할 수 있었다. 그래서 그는 한 칸 반의 살림집에 마련된 발코니 비슷한 돌출부에 토끼장을 만들 필요가 생겼을 때 딸의 치수에 맞춘 작은 방을 여분으로 만들어 주었다. 나의 어머니는 어렸을 때 상자 비슷한 곳에 앉아 있었다. 그리고 인형과 놀면서 자랐다. 나중에 학교에 가게 되었을 때 어머니는 인형을 버리고 유리알이나 빛깔이 있는 깃털을 장난감으로 삼았고 이때부터 깨지기 쉬운 아름다움에 대한 최초의 감각을 나타내게 되었다.

나는 내 자신의 인생의 시초를 돌아다보고싶어서 몸살을 앓고 있으니까 『컬럼버스 호』가 시하우에서 진수한 1913년까지 내가 브랑카 가(家)라는 뗏목이 평온하게 흘러가는 데에 주의를 기울이지 않는 것을 여러분은 용서해 주리라고 믿는다. 즉 그해에 기억력이 좋은 경찰은 브랑카가 가짜라는 실마리를 잡았다.

그것은 이렇게 시작되었다. 콜야이체크는 여느 해의 늦은 여름과 마찬가지로 1913년의 8월에도 키예프에서 프리페트 강을 거슬러올라가 운하를 지나서 부크 강을 따라 모들린으로, 그리고 거기에서 비스라 강을 따라 내려가 큰 뗏목을 운반하지 않으면 안 되었다. 모두 열두 명의 뗏목꾼들은 제재소가 구입한 예인선『라다우네 호』를 타고 베스트리히 노이페르에서 옛 비스라 강을 거슬러 올라가 아인라게까지 가고 거기에서 다시 비스라 강을 거슬러 케제마르크, 레츠카우, 차트카우, 디르샤우, 피케르를 지나 저녁녘에 토르니에 배를 붙잡아 매었다. 거기에서 키예프에서 구입할 목재를 감독하게 되어 있는 제재소의 새 지배인이 배에 올라탔다. 새벽 네 시에『라다우네 호』가 기슭을 떠났을 때 그 사나이는 배에 타고 있었다. 콜야이체크는 식당에서 아침을 먹을 때 처음 그 사나이를 보았다. 그들은 입을 우물거리며 보리 커피를 마시면서 마주 보며 앉아 있었다. 콜야이체크는 그 사나이가 누구인지 곧 알 수 있었다. 어깨가 떡 벌어지고 머리가 벗겨진 사나이는 보드카를 가져오게 하여 빈 커피 잔에 따르게 했다. 식탁의 저쪽 끝에서 아직도 보드카를 따르고 있는 동안에 그는 입을 우물거리면서 자기 소개를 했다.

「소개하겠는데 나는 새 지배인인 뒤카호프요, 내 명령대로 따라 주기를 바래요.」

요구하는 대로 뗏목꾼들은 앉아 있는 순서에 따라 이름을 대고 찻잔을 기울여 술을 마셨다. 콜야이체크가 먼저 마시고 나서『브랑카요.』하고 말하고 뒤카호프를 물끄러미 바라보았다. 그 사나이는 한 사람 한 사람에게 끄덕거린 것과 똑같이 끄덕거리고 다른 뗏목꾼의 이름을 되풀이한 것과 똑같이 브랑카라는 이름을 되풀이했다. 그러나 콜야이체크에게는 뒤카호프가 익사한 그 뗏목꾼의 이름을 특별하게, 말하자면 분명하지 않게 무언가 생각에 잠기는 듯이 강조한 것처럼 들리는 것을 어쩔 수가 없었다.

『라다우네 호』는 교대한 수로 안내인의 도움을 받아 모래톱을 교묘하게 피하면서 진흙으로 잔뜩 탁해진 물을 출렁이며 흐르고 있는 강 쪽으로 천천히 전진했다. 왼쪽이나 오른쪽 모두 제방 저편에는 이미 추수를 끝낸 평야나 언덕이 변함없이 이어져 있었다. 울타리와 길, 그리고 금작화가 자라고 있는 우묵한 땅, 그리고 또 여기저기 점점이 흩어져 있는 농가들 사이는 평탄해서 기병대가 습격하기에 알맞은 곳이다. 창기병 부대는 도상 연습용 모래 상자 왼쪽에서 선회하고 울타리를 넘어 경기병은 추격하고 젊은 기병 대위를 꿈꾸며 이미 전투가 있었고 또 전투가 되풀이해서 행해질 것이라는 투로 말이다. 그리고 타타르 인은 말 잔등에 납작하게 엎드리고 용기병은 우뚝 일어나 서고 기사는 추락하고 기사단장은 망토를 피로 물들인다. 가슴의 단추는 하나도 떨어지지 않았다. 그는 마조프셰 대공에게 당한 것이다. 그리고 말들은, 어떤 서커스단에도 이런 백마는 없을 테지만, 신경을 곤두세우고 풍성한 갈기를 가지를 가지고 있다. 다리의 힘줄을 팽팽하게 긴장시키고 붉은 콧구멍을 벌름

거리며 흰 콧김을 내뿜고 있다. 작은 깃발을 단 창에 찔린 것이다. 그리고 칼이 하늘과 저녁놀을 단절시키고 있다. 배경에는——어떤 그림에도 배경은 있는 법이니까——검은 말의 뒷다리 사이에 평화롭게 연기를 뿜어올리는 조그만 마을이 지평선에 납작하게 깔려 있고 이끼 낀 초가집이 웅크리고 있다. 그리고 옛날부터 변함없이 그들 오두막 초가집에서는 아름다운 몇 쌍의 갑옷과 투구가 그 그림 속으로, 즉 비스라 강의 제방 너머에 있는 평야로 출격할 수 있는 날을 꿈꾸고 있는 것이다. 중후한 기병대 안의 가벼운 망아지같이.

보차베크 근처에서 뒤카호프는 콜야이체크의 웃옷을 가볍게 두드렸다.
「미리 말해 두지만 브랑카, 몇 년쯤 전에 시베츠의 물방앗간에서 일한 적이 없었소? 아마 그 오두막은 나중에 불타 버렸지?」

콜야이체크는 무슨 저항이라도 받은 듯이 완강하게 고개를 흔들었다. 그는 용케도 슬프고 지친 눈빛을 꾸밀 수 있었기 때문에 그러한 눈빛에 부닥친 뒤카호프는 더 이상 질문을 계속할 수 없었다.

뗏목꾼들은 모두들 그렇게 하지만, 콜야이체크도 부크 강이 비스라 강으로 흘러드는 모들린 근처에서 『라다우네 호』가 방향을 틀었을 때 난간에 기대어 세 번 침을 뱉었는데 그때 뒤카호프는 궐련을 입에 물고 그의 옆에 와서 서며 불을 붙여 달라고 말하였다. 이 불이라는 한 마디, 또 성냥이라는 말이 콜야이체크의 피부 속으로 파고들었다.

「이봐요, 내가 불을 붙여 달라고 했다고 해서 얼굴을 붉힐 건 없잖소? 수줍은 아가씨도 아닐 테고, 그러고 보면?」

벌써 아까 모들린을 지난 참이었다. 겨우 콜야이체크의 얼굴에서 붉은 기가 가시고 있었지만 그것은 수치심에서 온 붉은 기가 아니라 그가 방화한 제재소의 잔영(殘影)이었다.

모들린과 키예프 사이에서는, 즉 부크 강을 거슬러올라가 부크 강과 프리페트 강을 연결하는 운하를 지나 『라다우네 호』가 프리페트 강의 물줄기를 따라 마침내 다니에플 강에 도착할 때까지 콜야이체크에게는 브랑카와 뒤카호프 사이에서 오고간 이야기 뒤에 특별히 기록할 만한 일은 아무것도 일어나지 않았다.

예인선 위에서는 뗏목꾼들끼리, 화부(火夫)와 뗏목꾼 사이에서, 타수들끼리, 또 화부와 선장 사이에서, 선장과 끊임없이 교대하는 수로 안내인 사이에서, 물론 남자들끼리의 사이에서는 당연하다고 일컬어지고 있는 일, 아마도 현실적으로 그렇게 되고 있는 일이 여러 가지로 일어났을 것이다. 나로서도 카슈바이의 뗏목꾼들과 시테틴 태생의 타수들 사이에 일어난 싸움을 상상할 수 있다. 아마도 큰 소동이 벌어졌을 것이다. 즉 갑판에 모여 제비를 뽑고 신호를 주고받고 각기 단도를 꺼내어 갈았을 것이다.

그 이야기는 이 정도로 해두자. 정치적인 싸움, 독일과 폴란드 사이에 칼부림이 일어난 것도 아니고 사회적인 폐해에서 생긴 대폭동이라는 활극이 시작된 것도 아니다.

『라다우네 호』는 석탄을 무진장 먹어대며 줄기차게 앞으로 나아갔다. 한 번——플로크를 갓 지난 곳에서였다고 생각하지만——모래톱에 좌초했으나 자력으로 탈출할 수 있었다. 노이파르바사 출신의 선장 바르부시와 우크라이나의 수로 안내인 사이에서 짧은 대화가 오고간 것이 전부였다——그리고 항해 일지에는 보고할 만한 일이 이제 거의 없는 듯하다.

그러나 만일 콜야이체크의 기억에 있는 항해 일지라든가 혹은 제재소의 지배인 뒤카호프의 마음의 일기를 뒤적거리지 않을 수 없고 또 뒤적거려 본다면 그 속에서 변화와 파란, 의심과 확신은 얼마든지 발견할 수 있다. 시기하고, 거의 동시에 냉큼 그것이 사라지는 모습을 적을 수 있다. 두 사람 모두 불안했다. 콜야이체크보다는 오히려 뒤카호프 쪽이 좀더 심했지만, 왜냐하면 그들은 러시아에 있었기 때문이다. 뒤카호프는 옛날의 불쌍한 브랑카처럼 갑판에서 추락했을지도 모를 일이었다——그리고 이제 우리는 키예프에 도착했지만——재목으로 된 미궁에 빠져든다면, 스스로의 수호신을 상실하고 말지도 모를 만큼 눈에 보이는 것은 온통 재목뿐인 거대한 재목 저장소에서는, 그는 한 차례만 떠밀려도 갑자기 받침을 잃은 한 개의 재목으로 화했을 것이다——혹은 구조될 수도 있었겠지. 구조하는 사람은 콜야이체크 같은 사나이로서 그는 처음에 프리페트 강이나 부크 강에서 제재소의 지배인을 건져 올리고 수호신이 없어진 키예프의 목재 저장소에서는 마지막 순간에 뒤카호프를 날쌔게 되끌어내어 재목이 무너져 내리는 진로에서 구출해냈을 것이다. 물에 빠질 뻔하거나 또는 깔려 죽기 직전의 뒤카호프가 눈에 죽음의 그림자를 띠고 숨을 헐떡거리면서 브랑카라고 자칭하는 사나이의 귀에 대고 『고맙소, 콜야이체크, 고맙소.』라고 속삭인다. 그리고 나서 잠시 생각에 잠겼다가 『이것으로 피장파장이오, 결말은 났소.』라고 말한다──지금 이런 광경을 쓸 수 있다면 얼마나 멋있을까.

그리고 그들은 씁쓸한 우정을 되씹으며 계면쩍게 미소짓고 거의 눈물이 글썽이는 사나이의 눈으로 서로 마주 보았을 것이다. 멋쩍어하면서 못 박힌 손으로 악수를 나누었을 것이다.

우리는 이러한 광경을 잘 만들어진 눈물짜기 영화에서 많이 보고 있다. 영화 감독이라는 자는 유명한 배우가 출연하는, 서로 적대시하던 형제가 그뒤 동지가 되어 고락을 같이하며 파란만장한 생애를 헤쳐나간다는 줄거리를 잘도 생각해내는 법이다.

그러나 콜야이체크는 뒤카호프를 익사시키는 기회도 찾지 못했고 건들건들 흔들리는 재목으로 만들어 버리는 죽음의 발톱으로부터 그를 떼어낼 기회도 갖지 못했다. 뒤카호프는 신중하게, 그리고 회사의 이익을 생각하면서 키예프에서 재목을 사들였고, 다시 그것을 아홉 개의 뗏목으로 편성하는 것을 감독했고, 여느 때와 마찬가지로 돌아가는 착수금을 약속대로 러시아 통화로 뗏목꾼들에게 나눠 주었다. 그리고 자기는 철도편으로 바르샤바, 모들린, 도이치=아일라우, 마리엔부르크, 디르샤우를 거쳐 클라비타 조선소와 시하우 조선소 사이에 있는 저장소에 제재소가 딸려 있는 자기 회사로 돌아갔다.

키예프에서 몇 주일 동안 아주 열심히 일한 뗏목꾼들로 하여금 몇 개의 강과 운하, 그리고 마지막으로 비스라 강을 내려가도록 하기 전에 나는 브랑카가 방화범 콜야이체크라는 것을 뒤카호프가 알았는지 어떤지 차분히 생각해 보기로 한다. 나는 이렇게 말하고 싶다, 즉 제재소의 지배인은, 옹졸하기는 하지만 누구에게나 사랑받고 있는 순진하고 마음씨 착한 브랑카와 같은 예인선에 타고 있는 동안에는 이 여행의 길동무가 무턱대고 날뛰려고 결심하는 콜야이체크가 되지 말았으면 하고 바라고 있었다. 그는 이 바람을 기차 좌석에 앉을 때에야 비로소 포기했다. 그리고 열차가 목적지에 도착했을 때, 단치히 중앙역에──지금 나는 단치히라고 발음한다──미끄러져 들어갔을 때 뒤카호프는 나름대로 결심했다. 트 렁크를 마차에 실어서 집으로 보내어 홀가분해진 그는 의기양양하게 근처에 있는 비벤바르의 경찰서를 찾아가서 정던 현관의 층계를 뛰어올라갔다. 목적하던 방은 쉽게 발견되었다. 그야말로 쌀쌀맞은 방으로서 뒤카호프는 어쩔 수 없이 사실만을 늘어놓은 간결한 보고로 참을 수밖에 없었다. 제재소의 지배인은 고소 같은 것은 하지 않았다. 그는 콜야이체크=브랑카에 대해서 조사해 달라고 아무렇지도 않게 부탁했을 뿐이다. 경찰은 조사해 보겠노라고 약속했다.

그로부터 몇 주일 후, 갈대로 지붕을 이은 오두막과 뗏목꾼들을 실은 뗏목이 천천히 강을 따라 내려가고 있는 동안에 몇몇 관청에서 많은 서류가 만들어졌다. 그 가운데는 서(西) 프로이센의 모 야전포(野戰砲) 연대의 하급 포수였던 요셉 콜야이체크의 복무 조서가 있었다. 이 불량 포수는 사흘 동안 두 번이나 취해서 폴란드 어와 독일어를 뒤섞어가며 무정부주의적인 언사를 큰소리로 떠들어댄 혐의로 중금고(重禁錮)에 처해지지 않으면 안 되었다. 이러한 오점은 랑푸르의 제2 근위 경기병 연대에 근무한 브랑카 병장의 조서에서는 찾아볼 수 없었다. 브랑카는 두드러진 모범병이었고 연습 때에는 대대의 전령으로서 황태자의 눈에 띄어 언제나 은화를 주머니에 넣고 다니는 황태자로부터 은화를 하사받은 일도 있었다. 이 은화에 관한 일은 브랑카 병장의 복무 조서에는 기재되어 있지 않았지만 나의 할머니 안나가 오빠 빈체트와 함께 심문받았을 때 큰소리로 한탄하면서 이야기한 것이었다.

그녀는 이 은화를 방패삼아 방화범이라는 말과 싸웠을 뿐 아니라 요셉 브랑카가 이미 1904년에 단치히=니다시타트의 소방단에 자발적으로 참가하여 뗏목꾼들이 모두 휴가를 즐기고 있는 겨울 동안, 소방수로서 크고작은 숱한 화재에 출동한 사실이 여러 가지로 기재되어 있는 증거 서류를 제출할 수도 있었다. 또 소방수 브랑카가 1909년의 트로일 철도 공장의 화재에 즈음하여 소화 작업에 종사했을 뿐 아니라 두 사람의 철공 도제(徒弟)를 구출한 사실을 증명하는 서류도 있었다. 비슷한 일로 소환되어 심문받은 소방 대장 헤히트도 증언했다. 그는 다음과 같이 진술했다.

「어째서 불을 끈 사람이 방화범이 될 수 있단 말입니까! 호이부데의 교회가 불에 탔을 때 사다리 위에 있는 그를 내가 언제나 보고 있지 않았다는 겁니까? 불사조 한 마리가 재와 불길 속에서 날아올라 단지 불을 껐을 뿐만 아니라 이 세계의 큰불과 우리 주님의 갈증을 해소한 것입니다. 나는 여러분에게 분명히 이렇게 말씀드립니다. 소방수 모자를 쓴 이 사나이, 자동차의 추월권을 가지고 보험으로부터 사랑받고, 그것이 어떤 표지이든 직업상이든 언제나 소량의 재를 주머니에 가지고 있는 이 사나이를, 이 훌륭한 불사조를 빨간 수탉이라는 사람이 있다면 그 사람은 돌절구를 목에 걸어야 합니다…….」

눈치챘겠지만 의용 소방단의 헤히트 대장은 말주변이 좋은 목사였다. 그는 일요일마다 랑가르텐의 성 바르바라 교회의 설교 연단에 서서 콜야이체크=브랑카에 대한 취조가 행해지고 있는 동안 겁없이 비슷한 말로 천국의 소방수와 지옥의 방화범에 대한 비유를 교구 사람들의 머리에 주입시켰다.

그러나 형사 경찰의 관리는 성 바르바라 교회에는 가지 않았고 불사조 운운하는 말에서 브랑카에 대한 변호보다는 오히려 불경스러운 느낌을 받았기 때문에 브랑카가 의용 소방단원이었다는 것이 결과적으로 불리하게 되었다.

이곳저곳의 제재소에서 증거가 수집되고 고향 사람들로부터 사정이 청취되었다. 그것에 의하면 브랑카는 투호라에서 이 세상의 빛을 보았는데 콜야이체크는 토루니 태생이었다. 나이 많은 뗏목꾼들과 먼 친척들이 하는 얘기에는 차이가 약간 있었다. 나쁜 짓은 결국 탄로나게 마련이다. 심문이 거의 끝나갈 무렵 마침 큰 뗏목은 독일 제국의 영내에 도착했다. 토루니에서는 눈치채지 못하도록 감시하였고 부두에는 형사가

뗏목 밑에서   33

잠복하였다.
 나의 할아버지가 미행당하고 있다는 것을 눈치챈 것은 디르샤우를 지나고 나서였다. 그는 그것을 짐작하고 있었다. 그는 우울증과 종이 한 장 차이인 무기력 상태에 이따금 빠졌기 때문에 레츠카우라든가 케제마르크 근처에서 탈주 시도를 방해당했다. 잘 아는 지방이었고 그에게 호의를 가진 뗏목꾼도 몇 사람 있었으니까 그가 그럴 마음만 먹으면 할 수 없는 일도 아니었다. 아인라게를 지나 뗏목이 천천히 서로 부딪치면서 옛 비스라 강으로 접어들었을 때 승무원을 넘칠 만큼 태운 한 척의 커터가 보였다숨었다 하면서 뗏목 쪽으로 다가왔다. 플레넨도르프를 지난 지 얼마 안 되어 수상 경찰 두 척의 란치가 갈대가 우거진 기슭에서 튀어나와 종횡으로 엇갈리면서 점점 소금기를 더하여 항구가 가까이에 있음을 말해 주고 있는 옛 비스라 강물을 소용돌이치게 했다. 호이부데로 가는 다리 저쪽에서는 『푸른 제복』들이 감시망을 펴기 시작했다. 클라비타 조선소에 면한 목재 저장소, 좀더 작은 보트용 부두 모틀라우 강 쪽으로 차츰 넓어지고 있는 뗏목용 항구, 여러 제재소의 잔교, 가족들이 기다리고 있는 자기 회사의 잔교──어디에나 온통 『푸른 제복』들뿐이었다. 다만 맞은편인 시하우 근처에만 없었다. 그곳만은 온통 깃발로 장식되어 어딘가 다른 분위기였다. 아마 진수식이라도 있는 것이리라. 사람이 잔뜩 모여 있었다. 갈매기가 날아올랐다. 축제가 시작되고 있었다──내 할아버지를 위한 축제일까?
 나의 할아버지가 푸른 제복으로 가득찬 항구를 보았을 때, 란치가 점점 더 불길한 경로를 취하여 뗏목에 물살을 뒤집어씌웠을 때, 그리고 할아버지가 이 물샐 틈 없는 대규모 동원이 자기를 위한 것이라는 사실을 깨달았을 때, 그때 비로소 옛날의 콜야이체크다운 방화범의 본성이 눈떴다. 그는 온화한 브랑카의 가면을 벗어 버리고 소방 의용병 브랑카의 껍질에서 빠져나왔다. 망설이는 일 없이 단숨에 말더듬이 브랑카를 단념하고 뗏목을 건너 도망쳤다. 출렁이는 넓은 수면을 넘어 맨발로 거친 나무 판자를 건너고 통나무에서 통나무로, 시하우를 향해 달아났다. 그곳에서는 깃발이 여러 개 바람에 휘날리고 있다. 그는 재목을 건너뛰어

돌진했다. 진수대 위에는 무엇인가가 있다. 그러나 군자는 위험한 곳에 가까이 가지 않는 법이다. 그럴 듯한 연설이 들려오고 있었으나 브랑카를 부르는 사람도, 하물며 콜야이체크를 부르는 사람은 아무도 없었다. 연설 소리가 들렸다──제국 선박(帝國船舶) 컬럼버스라고 명명합니다. 아메리카 항로, 배수량 사만 톤 이상, 삼만 마력, 제국 선박, 일등 끽연실, 이등 좌현 조리실, 대리석으로 된 체육실, 도서실, 아메리카, 제국 선박, 축로(舳艫 : 이물과 고물), 유보(遊步) 갑판, 월계관으로 장식된 선박이여, 만세.

모항에 펄럭이는 선수기(船首旗), 하인리히 황태자가 키를 잡고 있다, 그리고 나의 할아버지 콜야이체크는 맨발이다, 좀처럼 통나무에 발이 익숙해지지 않는다. 브라스 밴드의 음악을 향해 달린다. 이러한 왕후들을 가지고 있는 민족, 뗏목에서 뗏목으로, 사람들이 그를 향해 환성을 지른다. 월계관으로 장식된 선박이여 만세, 부두라는 부두에서는 일제히 사이렌이 울린다. 항구에 있는 배, 예인선, 유람선의 사이렌, 컬럼버스, 아메리카, 자유, 두 척의 란치가 환희에 날뛰며 미친 듯이 그의 옆을 빠져나간다, 뗏목에서 뗏목으로, 제국의 뗏목과 란치는 그의 앞길을 방해하고 가로막는다. 그 때문에 그는 겨우 발이 익었다고 생각했는데 멈추어 서지 않으면 안 된다, 혼자 뗏목 위에 서 있다, 벌써 아메리카가 보인다, 현 쪽에는 란치가 있다, 그는 뛰어들지 않으면 안 된다──나의 할아버지가 헤엄치는 것이 보였다. 모틀라우 강으로 미끄러져 가는 뗏목을 향해 헤엄치고 있었다. 그리고 자맥질을 하지 않으면 안 되고 란치가 있기 때문에 물 속에서 정지하지 않으면 안 되었다.

뗏목은 그의 위를 미끄러져 갔고 그리고는 이젠 멈추려고 하지 않았다. 그러나 끊임없이 새로운 뗏목을 낳았다. 당신의 뗏목의 뗏목을, 영원히 뗏목을.

란치는 모터를 껐다. 냉혹한 눈이 수면 속에서 찾고 있었다. 그러나 콜야이체크는 영원한 이별을 고하고 있었다. 브라스 밴드의 음악으로부터, 사이렌으로부터, 배에 달린 종과 제국 선박으로부터, 하인리히 황태자의 진수식 연설과 난무하는 제국의 갈매기로부터, 월계관으로 장식된 '선박이여 만세'로부터, 제국 선박용 진수대의 제국 연(軟)비누로부터, 아메리카와 『컬럼버스 호』로부터, 경찰의 모든 추적으로부터, 그는 무한히 계속되는 재목 밑에서 멀어져갔다.

할아버지의 시체는 발견되지 않았다. 그가 뗏목 밑에서 죽었음을 확신하는 나는 그 확신을 언제까지나 잃지 않기 위해서, 싫건 좋건 간에 기적적으로 구조된 이야기를 여기에서 낱낱이 재현하지 않을 수 없다.

일설에 의하면 그는 뗏목 밑에서 재목과 재목 사이의 틈바구니를 발견했다는 것이었다. 그 아래는 호흡 기관을 물 밖으로 내놓고 있을 만큼 충분히 넓었다. 그러나 위에서 보면 틈이 좁아서 밤이 되기까지 뗏목이나 뗏목 위에 갈대로 지붕을 이은 오두막집을 찾아다닌 경찰의 눈에 띄지 않았다는 것이다. 그리고는 어둠을 이용해서——라고 이야기는 계속되었다——그는 움직이기 시작하여 몇 가지 행운에 도움을 받아 모틀라우 강의 맞은편 기슭에 있는 시하우 조선소의 한 귀퉁이에 당도했다. 그리고는 고철 처리장에 은닉처를 발견했고 그런 다음 그리스 인 선원의 도움으로 지금까지도 숱한 도망자에게 구원의 손길을 뻗쳤다는 기름투성이인 유조선 중의 한 척에 도달했다는 것이다.

다른 사람들의 이야기는 또 이러했다. 남달리 뛰어난 폐를 가진 수영의 명수인 콜야이체크는 뗏목 밑에서 헤엄쳤을 뿐만 아니라 보기에도 폭이 넓은 모틀라우 강의 나머지 절반까지도 잠수한 채 헤엄쳐 건너 다행히도 시하우 조선소의 식장에 도착했다. 거기에서 사람의 눈에 띄지 않게 조선공들 속에 숨어 들어가 결국은 열광하고 있는 사람들 속에 섞여 함께 『월계관으로 장식된 선박이여 만세』를 노래하고 게다가 갈채까지 보내면서 제국 선박 『컬럼버스 호』 위에 있는 하인리히 황태자의 진수식 연설을 듣고 진수가 성공리에 끝난 다음 군중 틈에 섞여서 반쯤 젖은 옷을 그대로 입은 채 식장을 떠났다. 그리고 그 다음날에는 이미——이 점은 제1과 제2의 구출담이 일치한다——악명 높은 그리스 유조선 중의 한 척에 밀항자로서 타게 되었다는 것이다.

완벽을 기하기 위해 여기에서 다시 제3의 터무니없는 이야기도 적어두겠다. 내 할아버지는 물 위를 흘러다니는 나무처럼 공해로 떠내려갔는데 거기에서 본자크의 어부에 의해 건져져 삼 마일 영해 밖에서 스웨덴의 외양(外洋) 커터에 인도되었다. 그 이야기에 의하면 그는 스웨덴에서 기적적으로 서서히 체력을 회복하여 마르메로 갔다는 것이다——그 밖에도 여러 가지 이야기가 또 있다.

그러나 모두 어처구니없고 어부들이 부질없이 지껄이는 이야기에 지나지 않는다. 또 나는 제1차 세계대전이 끝난 뒤 얼마 안 되어 미국의 버팔로에서 할아버지를 보았다고 하는, 어느 항구 도시에나 있었다는 투의 불확실한 목격자의 이야기도 믿지 않는다. 할아버지는 조 콜치크라는 이름으로 행세하고 있었다고 한다. 또 할아버지는 캐나다와 재목 거래를 하고 있었다고 말하는 사람도 있다. 성냥 공장의 주주, 화재 보험회사의 창립자, 엄청난 재산을 가졌지만 고독하기 짝이 없다고 내 할아버지에 대해서 말하는 사람도 있었다. 마천루의 큰 책상 앞에 앉아 있다, 어느 손가락에나 번쩍이는 보석 반지를 끼고 있다, 소방단의 제복을 입고 폴란드 어로 노래할 수 있는 불사조 친위병이라는 이름을 가진 경호원을 훈련하고 있다는 등이었다.

나방과 전구

한 사나이가 주위의 것을 모두 남겨 둔 채 바다를 건너 미국으로 가서 부자가 되었다——나의 할아버지가 지금 폴란드 어로 골야이체크, 카슈바이 방언으로 콜야이체크, 영어로 조 콜치크라는 이름으로 행세하고 있는지 어떤지는 문제삼지 않기로 하자.

장난감 가게나 백화점에서 살 수 있는 간단한 양철북으로 강줄기를 따라 거의 수평선까지 흘러가는 나무 뗏목을 연주한다는 것은 여러 가지로 어려움이 있다. 그러나 나는 목재 저장소를, 강 입구에서 건들건들 흔들리거나 갈대 속에 뒤얽혀 있는 모든, 물 위를 흘러가는 나무를 북으로 연주하는 데에 성공했다. 조금만 노력하면 시하우 조선소나 클라비타

조선소, 일부분을 완전히 보트 수선용으로 충당하고 있는 많은 수리 공장을, 차량 공장의 고철 처리장을, 마가린 공장의 기름내 풍기는 야자 열매 적치장을, 창고가 늘어서 있는, 내가 잘 알고 있는 섬의 모든 은닉처를 연주할 수 있었다.

할아버지는 나에게 아무런 해답도 남기지 않고 돌아가셨고 제국 선박의 진수에, 그리고 이 진수와 함께 시작되어 몇십 년 동안이나 계속된 배 한 척의 몰락에 대해서 아무런 관심도 보여 주지 않았다. 그것은 이 경우, 『컬럼버스 호』라고 명명되고 상선대(商船隊)의 꽃이라고 일컬어진 배로서 물론 미국 항로에 사용되었고, 나중에 침몰하거나 또는 스스로 가라앉고 말았지만 아마도 인양되어 재건되고 개병되고 그리고는 다시 해체되었을 것이다.

아마도 그『컬럼버스 호』는 할아버지를 흉내내어 가라앉은 데에 지나지 않을 것이다. 그리고 끽연실, 대리석으로 된 체육실, 풀장, 마사지실을 갖춘 사만 톤의 거대한 몸집은 오늘날에도 필리핀 해구(海溝)나 엠덴 해연(海淵)의 육천 미터나 되는 심해에서 방황하고 있다. 이 배에 대해서는 『웨이어』나 상선 연감(商船年鑑)을 보면 알 수 있을 것이다——최초인지 두 번째인지『컬럼버스 호』는 선장이 전쟁에 따르기 마련인 굴욕을 참으면서까지 살기를 원하지 않았기 때문에 스스로 침몰한 것이라고 한다.

나는 지금까지도 전해지고 있는 이야기의 일부를 브루노에게 해주었다. 그리고 이야기에 객관성을 부여하기 위해 내가 생각하는 의문점도 말해 주었다.

『멋진 죽음이군!』하고 브루노는 열광했다. 그리고는 곧 익사한 할아버지를 예의 노끈을 엮어서 만드는 요괴로 조형하기 시작했다. 나는 그의 회답에 만족하여 미국에 건너가서 유산을 후무리려는 쓸데없는 생각은 당연히 버려야만 했다.

친구인 클레프와 비트랄이 나를 찾아왔다. 클레프는 앞뒷면이 모두 킹 올리버의 재즈 음악으로 된 레코드를 가져다 주었고 비트랄은 멋을 부리느라고 장미빛 리본을 맨 하트형 초콜릿을 주었다. 두 사람은 온갖 바보스러운 짓을 했고 내 재판 장면을 몇 군데 우스꽝스럽게 모방해 보였다. 나는 그들을 기쁘게 해주려고, 면회일에는 언제나 그렇게 하듯이, 명랑하게 행동하며 바보스러운 농담에 대해서도 큰소리로 웃어 주었다. 그리고 클레프가 재즈와 마르크스주의의 관계라는, 판에 박은 설교를 시작하기 전에 그럴 듯한 기회를 포착해서 1913년, 즉 서로 총을 마주 쏘기 직전에 죽은 한 사나이의 이야기를 했다. 거의 끊이지 않고 떠내려오는 뗏목 밑에 끼여서 두 번 다시 모습을 나타내지 않았고 시체조차도 발견되지 않은 사나이의 이야기를.

나의 의문에 대해——나는 가벼운 마음으로 일부러 따분한 얼굴을 하고 의문을 제기하였다——클레프는 기름진 자라목을 불쾌한 듯이 돌리고 단추를 끌렀다잠갔다 했고 수영이라도 하듯이 손발을 움직이며 마치 뗏목 아래에 있는 것 같은 동작을 취했다. 마침내 그는 내 의문을 묵살했고 대답을 보류하는 이유는 아직도 오후가 된 지 얼마 안 되었기 때문이라고 했다.

비트랄은 잔뜩 긴장해서 바지 주름에 신경쓰면서 다리를 다시 포개고 있었는데 그 얼굴에는 이제 하늘의 천사에게나 어울릴 그 기묘한 점잖음이 희미하게 엿보였다. 그는 말했다.

「나는 뗏목 위에 있다. 뗏목 위는 쾌적하다. 모기가 물어서 좀 불쾌하기는 하지만——나는 뗏목 밑에 있다. 뗏목 밑은 쾌적하다. 모기가 물지도 않아서 기분이 아주 좋다. 생각건대 뗏목 밑에서 살아야 해. 물론 뗏목 위에서 어물거리다가 모기에 물리고 싶지 않을 때의 이야기지만.」

비트랄은 언제나 그렇듯이 잠시 사이를 두고 나를 찬찬히 바라보고 있었다. 그리고는 올빼미 흉내를 낼 때면 언제나 그렇게 했듯이 가뜩이나 치켜져 올라간 눈썹을 한층 더 치켜 올리고 과장된 목소리로 말했다.

「익사한 사나이, 즉 뗏목 밑에 있었던 것이 자네의 할아버지가 아니라 자네의 종조부였다고 가정하세. 그 사람은 종조부로서 자네에 대해 할아버지보다 훨씬 큰 책임을 느끼고 있었기 때문에 돌아가신 걸세. 즉 자네에게 살아 있는 할아버지가 있는 것보다 더 싫은 일은 없을 거야.

자네는 종조부를 돌아가시게 했을 뿐만 아니라 할아버지를 돌아가시게 한 거야. 하지만 진짜 할아버지라면 누구나가 기꺼이 그렇게 하듯이 그 사람은 아주 가볍게 자네를 벌주려고 한 거야. 그래서 손자인 자네가 물에 부푼 시체를 자랑스럽게 손가락질하면서 자, 보세요, 죽은 내 할아버지를 하고 말하며 보상하는 것을 용서하지 않았던 거야. 그는 영웅이었어! 추적당할 때 물에 뛰어들었다──자네 할아버지는 이 세상에서, 그리고 손자의 눈에서 시체를 감추었어. 후세 사람들이나 손자에게 자기를 오래도록 기억케 하기 위해서 말일세.」

이쯤에서 교활한 비트랄은 가볍게 머리를 숙여 화해할 뜻을 비치고 갑자기 어조를 바꾸어서 말했다.

「미국이라고! 기뻐하게 오스카르! 자네에게는 목적이 있어. 사명이 있단 말일세. 자네는 여기에서 무죄 방면이 될 걸세. 미국이 아니라면 어디에 갈 데가 있겠나? 미국에 가면 모든 것을 발견할 걸세. 행방불명이 된 할아버지까지도!」

사실 비트랄의 대답은 모욕적이고 사람의 마음에 상처입히는 것이기는 했으나 거의 생사를 분간할 수 없게 하는 내 친구 클레프의 넋두리나 『제국 선박 컬럼버스』가 할아버지의 바로 뒤를 따르듯이 진수하여 큰 물살을 일으켰다는 단지 그 이유만으로 그 죽음을 멋진 죽음이라고 하는 간호인 브루노의 대답에 비해 훨씬 나에게 확신을 주었다.

그래서 나는 할아버지들을 보호하는 미국, 즉 임시 목적지를 찬양했다. 미국이야말로 내가 유럽에 싫증이 나서 북과 붓을 놓으려 할 때 나에게 용기를 주는 모범이다.

『계속해서 쳐라, 오스카르, 미국의 버팔로에서 재목상을 경영하고 거대한 재산을 얻었지만 지쳐 있는 너의 할아버지 콜야이체크를 위해서, 마천루의 어느 한 방에서 성냥을 만지작거리고 있을 할아버지를 위해서 쓰는 것이다!』

클레프와 비트랄이 작별을 고하고 가까스로 물러갔을 때 브루노는 방안을 탁탁 털어 친구가 남기고 간 고약한 냄새를 몰아냈다. 그리고 나도 다시 북을 끄집어냈는데 이제는 죽음을 은폐하는 뗏목의 나무를 연주하지 않고 1914년 8월 이래 사람이면 누구나 따르지 않으면 안 되었던 튀는 듯한 빠른 리듬을 두들겼다. 이리하여 나의 이야기도 어쩔 수 없이, 내가 탄생할 때까지 할아버지가 유럽에 남기고 간, 회장자들이 걸어온 길을 그저 대충 훑어보는 것으로 끝나게 될 것이다.

콜야이체크가 뗏목 밑으로 사라졌을 때 제재소의 잔교 위에서는 뗏목꾼들의 관계자에 섞여 나의 할머니와 딸 아그네스, 그리고 빈첸트 브론스키와 그 아들인 일곱 살 난 얀이 걱정스러운 듯이 서 있었다. 조금 떨어져서 요셉의 형 그레고르 콜야이체크가 있었는데 그는 심문받기 위해서 이 도시로 호출되었다. 그레고르는 경찰에 호출되면 언제나 같은 대답을 준비하고 있었다.

『동생에 대해서는 아는 것이 거의 없습니다. 실상 알고 있는 것은 요셉이라는 이름뿐입니다. 마지막으로 만난 때는 그가 아마 열 살 때인가 열두 살 때입니다. 그애는 내 구두를 닦아 주고 어머니와 내가 맥주를 마시고 싶어하면 맥주를 가져다 주었습니다.』라고 대답하기로 되어 있었다.

내 증조모가 술을 마셨다는 것은 알았지만 경찰에게 그레고르 콜야이체크의 대답은 아무런 도움도 되지 않았다. 그러나 반대로 형 콜야이체크의 존재는 그만큼 점점 더 나의 할머니 안나에게는 도움이 되었다. 시테틴, 베를린, 그리고 마지막에는 시나이데뮐에서 살았던 그레고르는 단치히에 머물면서 『바스티온 카르헨』의 화약 공장에 일자리를 얻고 몇 년 뒤에는 가짜 브랑카의 부부 관계 같은 여러 가지 귀찮은 문제를 청산하고 모든 것을 정리한 뒤 나의 할머니와 결혼했다. 그녀는 콜야이체크가를 떠나고 싶지 않았다. 만일 상대가 콜야이체크 가 사람이 아니었다면 그레고르와 절대로, 또는 이렇게 빨리 결혼하지는 않았을 것이다.

화약 공장에서의 일은 평시에도, 또 곧 시작된 전쟁 때에도, 회색 제복을 입은 병사가 되지 않아도 되도록 그레고르를 지켜 주었다. 그들은 셋이서 방화범을 몇 년 동안 숨겨 준 한 칸 반짜리 같은 방에서 살았다. 그러나 콜야이체크의 피를 이어받았다고 해서 가장 가까운 콜야이체크, 즉 동생과 똑같아야 할 필요가 없음은 분명했다. 즉 나의 할머니는 결혼한

지 불과 일 년 안에 트로일에서 마침 비어 있던 지하실에 점포를 빌어 바늘에서부터 양배추까지 취급하는 잡화상을 열어 푼돈을 벌지 않으면 안될 처지에 놓였음을 알게 되었다. 왜냐하면 그레고르는 화약 공장에서 적잖은 급료를 받고는 있었으나 필요한 최소한의 돈조차도 집에는 가져오지 않고 전부 술마시는 데 써버리고 말았기 때문이다. 그레고르는 어쩌면 나의 증조모로부터 물려받은 듯 술고래였으나 나의 할아버지인 요셉은 이따금 브랜디 한 잔을 즐기는 정도였다. 그레고르는 슬퍼서 마시는 것이 아니었다. 즐거워 보일 때조차도——그런 일은 우울병에 걸려 있는 그에게는 극히 드문 일이었지만——즐거움을 위해서 마시는 것이 아니었다. 모든 일의 근본을 구명하기 위해서, 알콜의 깊은 뜻을 구명하기 위해서 마셨다. 그레고르 콜야이체크가 그의 생애 동안 진을 마시다 만 채로 잔을 놓아 둔 것을 본 사람은 하나도 없었다.

그 무렵 오동통하게 살찐 열다섯 살의 소녀였던 나의 어머니는 도움이 되었다. 가게 일을 돕고 식료품에 딱지를 붙이고 토요일에는 물건을 배달하고 외상으로 물건을 가져가는 단골에게는 지불을 재촉하는, 서툴지만 상상력이 넘치는 편지를 썼다. 여기에서 한쪽 부모가 없는 아이의——왜냐하면 그레고르 콜야이체크는 양부로서 해야 할 의무를 다하지 않았기 때문이다——편지에서 볼 수 있는, 반은 어린애 같고 반은 소녀다운, 필요에 쫓긴 외침을 몇 마디라도 인용할 수 있다면 얼마나 멋있을까? 나의 할머니와 그 딸은 대개는 동화(銅貨)이고 어쩌다가 은화(銀貨)가 들어 있는 이중으로 된 양철제 돈 상자를, 언제나 돈에 굶주리고 있는, 화약 공장 직공인 콜야이체크 특유의 우울한 눈길로부터 지키기 위해 무척이나 고생하고 있었다. 1917년에 그레고르 콜야이체크가 유행성 감기로 죽고 나서야 겨우 이 조그만 가게의 벌이도 조금 나아졌지만 그래도 대단한 것은 아니었다. 즉, 1917년에 무엇을 팔 수 있었겠는가?

화약 공장 직공이 죽은 뒤, 나의 어머니가 도깨비를 무서워하여 들어가려 하지 않았기 때문에 비어 있던 한 칸 반짜리 집에는, 그 무렵 스무 살 안팎이었던 어머니의 외사촌 얀 브론스키가 이사왔다. 그는 카르타우스의 중등 학교를 좋은 성적으로 졸업한 후 지방 도시의 우체국에서 견습을 끝내고 지금 단치히 제1 중앙 우체국의 중간 관리직으로 취임하기 위해 비사우에 있는 아버지 빈첸트에게서 떠나왔다. 얀은 트렁크 외에 방대한 우표 수집철을 숙모의 집으로 가지고 왔다. 그는 어렸을 때부터 우표를 수집하고 있었기 때문에 우체국과는 직업상으로뿐만이 아니라 사적으로도 내내 특별한 관계에 있었다. 조금 앞으로 구부정하게 걷는, 야윈 이 젊은이는 지나칠 만큼 귀여운 달걀 모양의 얼굴과 파란 눈을 가지고 있었기 때문에 당시 열일곱 살이었던 나의 어머니가 그에게 반한 것도 무리는 아니었다. 얀은 지금까지 징병 검사를 세 번 받았으나 허약 체질이었기 때문에 그때마다 징병을 유예받았다. 프랑스의 대지 위에서 영원히 수평의 위치를 취하도록 하기 위해 어느 정도 자란 사람이면 누구나 베르됭으로 보내지는 시대이고 보면 얀 브론스키의 체질은 이것만으로도 모든 것을 알 수 있다.

함께 우표 수집철을 들여다보고 있노라면, 특히 귀중한 우표의 들쭉날쭉한 가장자리에 얼굴을 맞대고 살피고 있노라면, 연애로까지 번지지 않는 것이 오히려 이상하다. 연애가 시작되었다, 아니 얀이 네 번째 징병 검사에 불려나갔을 때 비로소 폭발했다고 하는 것이 옳을 것이다. 나의 어머니는, 어차피 시내에 볼일이 있기는 했지만 얀을 따라 징병구 사령부 앞까지 가서 국민병이 보초를 서는 초소 옆에서 기다리고 있었다. 이번에야말로 얀이 쇠와 납을 머금은 그 나라의 공기로 앓는 가슴을 치료하기 위해 프랑스로 가야 한다는 점에서 두 사람은 같은 의견이었다. 아마도 나의 어머니는 국민병 군복의 단추 수를 몇 번이나 세었을 테고 그때마다 언제나 숫자가 달랐을 것이다. 나로서는 상상할 수 있다. 모든 군복의 단추를 세어 보면 마지막에 헤아린 단추는 언제나 숱한 하르트만스바이라쾨페 고지의 하나인 베르됭이라든가 솜 강 또는 마른 강과 같은 강을 뜻하였다.

한 시간쯤 지나서 네 번째 검사를 받은 사나이가 징병구 사령부의 현관에서 떠밀려져 층계를 비틀거리며 내려와서 나의 어머니 아그네스의 목에 매달리며 「엉덩이를 내놓지 마, 발가벗지 마, 일 년 뒤면 돌아올 테니까!」라는 당시 유행한 말을 속삭였을 때 나의 어머니는 비로소 얀 브론스키를 껴안았다. 그뒤 언젠가 좀더 행복하게 그를 안아 주었는지 어떤지는 나로서는 알 수 없다.

그 전쟁중의 풋사랑에 대해서 나는 자세히 알지 못한다. 얀은 우표 수집철 중의 일부를 팔아서 아름다운 것, 몸에 맞는 것, 값비싼 것에 대해서 좋은 감각을 가지고 있던 내 어머니의 요구에 응해 주었다. 그 무렵 일기를 쓰고 있었다고 하지만 유감스럽게도 나중에 분실하고 말았다. 나의 할머니는 젊은 두 사람의 결합을——그것은 친척간의 접촉을 넘어선 것이라고 하지 않을 수 없다——참고 있었던 것 같다. 왜냐하면 얀 브론스키는 전후에도 잠시 동안 트로일의 좁은 집에서 살고 있었기 때문이다. 그는 마체라트라는 사나이의 존재를 도저히 부정할 수 없게 되고 그것을 인정하기에 이르렀을 때에야 비로소 이사갔다. 그 사나이는 나의 어머니가 올리바 근처에 있는 질버하머 야전 병원에서 보조 간호사로서 근무하고 있던 1918년 여름에 틀림없이 어머니와 알게 되었을 것이다. 알프레트 마체라트는 라인란트 태생으로서 대퇴부에 관통상을 입고 그곳 병원에 들어와 있었는데 라인란트 인 특유의 쾌활성으로 곧 모든 간호사의 호감을 사게 되었다——간호사 아그네스도 예외는 아니었다. 그는 상처가 아물기 시작하자 이 간호사 저 간호사의 팔에 매달려 복도를 깡총깡총 뛰면서 아그네스 간호사가 있는 취사장으로 일을 도우러 갔다. 왜냐하면 그녀의 동그란 얼굴에 간호사의 조그만 모자가 잘 어울렸기 때문이며, 또 그는 수프에 갖가지 감정을 담을 수 있는 열광적인 요리사였기 때문이다.

상처가 완전히 나은 뒤에도 알프레트 마체라트는 단치히에 눌러앉았고 거기에서 곧 종이 가공을 꽤 광범위하게 벌이고 있는 라인란트의 회사 대리점에 일자리를 얻었다. 전쟁은 이미 완전히 끝나 있었다. 사람들은 장래의 전쟁 원인이 될 강화 조약을 만들어내고 있었다. 비스라 강의 하구 일대, 즉 네룽 강 기슭에 있는 포게르장에서 노가트 강을 따라 피켈에 이르고 거기에서 비스라 강과 합류하여 차트카우까지 내려가고 직각으로 왼쪽으로 꺾어 쉰플리스까지, 다시 거기에서 사스코신의 숲을 우회하여 오트신 호로 가고 마테른, 람카우, 할머니가 살고 있는 비사우를 지나 클라인 카츠에서 발트 해에 도달하는 이 일대는 자유 국가로 지정되어 국제연맹의 관할하에 놓였다. 폴란드는 구 시가지에 자유항과 탄약고가 있는 베스타플라테를 확인하여 철도를 지배했고 헤베리우스 광장에 독자적인 우체국을 가지게 되었다.

자유 국가의 우표가 한자 동맹의 배와 문장(紋章)을 나타내는 빨강과 금빛의 화려함을 편지에 부여한 데 대해 폴란드 인은 카지메시 대왕과 바트리 왕의 역사를 도안한 음침한 보랏빛 우표를 붙였다.

얀 브론스키는 폴란드의 우체국으로 옮겼다. 그의 전근은 자발적으로 이루어진 것이며 그가 폴란드 국적을 선택한 것도 마찬가지였다. 많은 사람들이 말하는 바에 의하면 그가 폴란드 국적을 가지게 된 것은 내 어머니의 태도에 원인이 있었다고 한다. 1920년, 피우스츠키 원수가 바르샤바 근교에서 적군(赤軍)을 격파하여 빈첸트 브론스키 같은 사람들은 처녀 마리아 님의 덕분이라고 말하고 전쟁 전문가들은 시코르스키 장군이나 베이간트 장군의 공적이라고 말하는 비스라 강변의 기적이 일어난 폴란드의 해에 나의 어머니는 독일 제국인인 마체라트와 약혼했다. 나의 할머니 안나는 얀과 마찬가지로 이 혼약에 찬성하지 않았다고 나는 생각하고 싶다. 그녀는 어느 정도 번창하고 있던 트로일의 지하실 가게를 딸에게 물려주고 오빠 빈첸트가 있는 비사우, 즉 폴란드 땅으로 옮겨갔다. 그리고 콜야이체크와 만나기 전처럼 무우와 감자밭이 있는 농장을 인수하고 점점 더 은총에 매달려 있는 오빠를 미혼인 폴란드 여왕과 회견시켜 주고 그리고는 치마를 넉 장 껴입고 가을에는 감자 잎을 태우는 모닥불 저편에 웅크리고 앉아 여전히 전신주로 구획지어진 하늘을 힘없는 눈으로 바라보는 것으로 만족하고 있었다.

얀 브론스키가 도시에 살고 있지만 아직도 람카우에 밭을 가지고 있는 카슈바이의 여자 헤트비히를 발견하여 결혼하고 나서야 겨우 얀과 나의 어머니 사이의 관계는 호전되었다. 카페 보이케의 댄스 파티에서 어머니는 우연히 얀을 만나 마체라트에게 소개했다는 것이었다. 매우 차이가 있기는 하지만 어머니와의 관계에서 의견을 같이하는 이 두 사나이는 서로 호의를 느끼고 있었다. 물론 마체라트는 라인란트 인 특유의 솔직함으로 얀이 폴란드 우체국으로 옮겨간 것을 술에 취한 나머지 저지른 어리석은 행동이라고 극언을 퍼붓기는 했지만 말이다. 얀은 어머니와 춤을 추고 마체라트는 뼈대가 굵고 몸집이 큰 헤트비히와 춤을 추었다. 그녀는 소처럼 걷잡을 수 없는 눈을 가지고 있어서 그것이 주위 사람들에게 그녀를 임신한 여자라고 생각케 하는 원인이 되었다. 그들은 몇 번이나 함께 추거나 또는 상대를 바꾸어가면서 춤을 추었다. 춤을 추면서 다음 댄스에 대해서 생각하고 있었다. 선두에 서서 서툰 원스텝을 밟았고 영국풍 왈츠 때에는 쉬었다. 결국 찰스턴을 출 때 자신을 얻었고 슬로우 폭스트로트를 출 때 종교와 종이 한 장 차이의 육욕(肉欲)을 느꼈던 것이다.

누구나 성냥갑의 값으로, 즉 거저나 다름없는 비용으로 침실의 벽지를 바꿀 수 있었던 1923년에 알프레트 마체라트가 나의 어머니와 결혼했을 때 얀이 한쪽의 결혼 증인이 되었고 다른 한쪽의 증인은 뮐렌이라는 식료품상이 서주었다. 그 뮐렌이라는 사나이에 대해서는 보고할 만한 일이 별로 없다. 어머니와 마체라트가 렌텐마르크가 실시되었을 때 그 사나이로부터 교외 랑푸르에 있는, 빚과 외상 때문에 파산하여 이러지도 저러지도 못 하게 된 식료품상을 인수한 일이 있기 때문에 그 사나이의 이름을 들었을 뿐이다. 트로일의 지하실에서 가게를 하고 있을 때 어떤 종류의 외상 고객으로부터도 불쾌감을 주지 않고 돈을 받아내곤 했던 어머니는 게다가 천부적인 상재와 임기응변의 기지(機智)를 지니고 있었기 때문에 쓰러져가던 가게를 순식간에 다시 일으켜 세우는 데 성공했다. 그 때문에 마체라트는 그 장사를 돕기 위해 꽤나 번창하고 있던 종이 도매상 지점의 판매직을 그만두지 않으면 안 되었다.

두 사람은 멋지게 서로의 부족함을 보완했다. 어머니가 계산대 저편에서 고객을 상대로 해내는 일을 라인란트의 사나이는 판매 교섭이나 시장에서의 물품 구입에서 달성했다. 게다가 마체라트의 앞치마에 대한 애착, 즉 뒷설거지를 포함한 부엌일에 대한 애착은 즉석 요리로 끝내고 싶어하는 어머니의 부담을 덜어 주었다.

가게와 이어져 있는 살림집은 비좁고 방의 구조도 엉망이었지만 내가 이야기로밖에는 듣지 못한 트로일의 집과 비교하면 소시민의 집으로서는 만족할 만했다. 사실 어머니는 적어도 결혼 초기의 몇 년 동안은 틀림없이 라베스 거리에서 쾌적하게 살았을 것이다.

대개는 페르질 세제의 용기가 쌓여 있는 약간 허술하고 긴 복도 외에 넓은 방과 주방이 있었지만 그곳도 어차피 절반은 통조림이나 밀가루 부대 또는 귀리 부대 등의 상품으로 가득차 있었다. 두 개의 창문을 통해 여름에는 발트 해의 조개 껍질로 장식된 앞뜰이나 길거리를 바라볼 수 있는 거실은 이 단층집의 핵심을 이루고 있었다. 벽지가 포도빛이었던 데 대해 소파는 온통 진홍빛이었다. 크게 펼칠 수도 있는 모서리를 둥글게 깎은 식탁, 네 개의 다리에 검은 가죽을 입힌 의자, 끊임없이 위치를 바꾸고 있던 끽연용의 둥글고 조그만 탁자, 그것들이 검은 다리를 드러낸 채 푸른 융단 위에 서 있었다. 두 개의 창문 사이에는 검은 빛과 금빛으로 된 세로 모양의 큰 시계가 걸려 있었다. 진홍빛 의자와는 대조적으로 처음에는 세를 내었으나 나중에 월부로 값을 지불한 피아노가 시꺼멓게 도사리고 있고 회전 의자가 백황색의 털이 부수수한 깔개 위에 놓여 있었다. 피아노 맞은편에 찬장이 있었다. 검은 발톱이 달린 다리와 검은 머리 장식을 가진 검은 찬장에는 까만 쇠시리로 테를 두른 유리문이 끼워져 있고 식기와 탁자 덮개천이 들어 있는 아래 선반의 문에는 과일 장식이 검게 새겨져 있었다──그리고 장식 과일을 담은 크리스탈 접시와 제비뽑기에서 경품으로 타온 녹색 컵 사이는 비어 있었으나 거기에는 나중에 내 어머니의 상재(商才) 덕분에 밤빛의 라디오가 놓이게 되었다.

침실은 황색으로 통일되어 있고 오층 건물인 아파트의 안뜰을 향하고 있었다. 아무쪼록 내 말을 믿어 주길 바라지만 넓은 부부 생활의 성(城)을 가려 주고 있는 천개는 담청색이었고 베개맡에는 담청색의 빛을 받으며 유리가 달려 있는 액자에 든, 속죄하는 살색의 막달레나가 우묵히 패인 곳에 안치되어 있었다. 그 그림의 오른쪽 위끝은 탄식하며 가슴께에서 많은 손가락을 고통스러운 듯이 마주 비비고 있었는데 몇 번을 세어 보아도 열 개가 넘는 것처럼 생각될 정도였다. 부부 침대와 마주 보며 거울이 달린 하얀 니스칠을 한 옷장이 있고 왼쪽에는 화장대, 오른쪽에는 위에 대리석을 깐 장롱이 있고 천장에서는 침실용 전등이 늘어뜨려져 있었는데 그것은 거실에 있는, 비단을 입힌 것과는 달리 엷은 분홍빛 사기갓을 놋쇠의 버팀목으로 받친 것으로서 그 때문에 전구가 드러나 보이면서 빛이 사방으로 퍼지게 되어 있었다.

나는 오늘 오전중 내내 북을 두들기면서 보냈는데 침실의 전구가 40와트였는지 60와트였는지 알고 싶어서 나의 북에게 물어 보았다. 나에게는 꽤 중요한 이 의문을 나와 그리고 나의 북에게 제기하는 것은 이것이 처음은 아니었다. 그 전구가 있는 곳까지 되돌아간다는 것은 흔히 몇 시간이나 걸리는 일이었다. 즉 내가 미사여구 따위는 완전히 생략하고 북을 두들김으로써 표준적 조명 기구의 숲에서 라베스 거리에 있는 내 침실의 불빛에까지 되돌아오는 데는, 그때마다 많은 방에 드나들 때 스위치를 껐다켰다 하여 밝게 하거나 잠들게 한 몇천 개의 광원(光源)을 잊지 않으면 안 되는 걸까?

어머니는 집에서 해산을 했다. 진통이 시작되었을 때도 어머니는 아직 가게에 서서 설탕을 일 파운드짜리나 반 파운드짜리 봉지에 집어 넣고 있었다. 결국 산원으로 옮길 시간이 없어서 이제는 어쩌다가 한 번씩밖에 산파의 가방을 손에 들지 않게 된 중년의 산파를 가까운 헤르타 거리에서 불러오지 않으면 안 되었다. 그녀는 침실에서, 나와 어머니가 두 개의 몸으로 분리되는 것을 도와 주었다.

나는 두 개의 60와트 전구라는 모습을 한 이 세상의 빛을 바라보았다. 그래서 오늘날까지도 『빛이 있으라고 하시면 빛이 있나니.』라는 성서의 한 구절이 오스람 회사(전구 제조 회사의 이름)의 선전 문구로서 가장 성공한 것처럼 나에게는 생각된다. 어쩔 수 없었던 회음(會陰)파열을 제외한다면 나의 출산은 무사히 끝났다. 임부와 태아, 그리고 산파 누구에게나 가장 편리한 머리 부위에서부터 나는 고통없이 자유로워졌다.

당장 말해 두고 싶지만 나는 정신의 발육이 태어날 때 이미 완성되고 말아, 다만 그것이 나중에 확인된 데에 지나지 않는 총명한 영아였다. 태아 때는 전혀 다른 영향을 받지 않고 다만 자기의 목소리에만 귀를 기울이며 양수(羊水)에 비치는 자기의 모습을 바라보고 있을 뿐이었지만 이제는 전구 밑에서 자기와 양친의 입에서 새어나오는 발언에 비판적인 귀를 곤두세우고 있었다. 내 귀는 빈틈이 없었다. 설사 그것이 작고 구부러지고 착 달라붙어서 어쨌든 귀여운 귀라는 얘기는 들었지만, 어떻든 처음에 들은 소리이기 때문에 그뒤의 나에게 중요한 의미를 가지는 그 말을 한 마디도 빠뜨리지 않고 기억에 새겨 두었다. 더구나 내가 귀로 포착한 것을 조그만 두뇌로 즉시 평가하고 주위 들은 것을 모두 충분히 음미한 끝에 이것과 저것은 실행하고 다른 것은 깨끗이 버리리라고 결심했다.

「사내애로군.」하고 자기가 아버지라고 생각하고 있는 마체라트 씨가 말했다. 「이애는 나중에 언젠간 장사를 이어받아 주겠지. 이제야 겨우 우리가 이렇게 악착같이 일하고 있는 뜻을 알았소.」

어머니는 장사 일 따위는 별로 생각하지 않고 오히려 아들의 배내옷에 대해 생각하고 있었다. 「나는 때때로 딸일 것이라고 말하고 있었지만 사내애라는 것을 알고 있었어요.」

이리하여 나는 일찌감치 여자의 논리를 알았다. 그런 다음에 나는 이렇게 말하는 것을 들었다. 「오스카르가 세 살이 되면 양철북을 사다 줘야지.」

한동안 나 즉 오스카르는 어머니와 아버지의 약속을 번갈아 저울에 달면서 방으로 날아들어온 나방을 관찰하며 그 날개짓 소리에 귀를 기울이고 있었다. 중간 크기에다 털이 돋아 있는 그 나방은 두 개의 60와트 전구에 다가가 갖가지 모양의 그림자를 던져 주었다. 그 그림자는 날개의 넓이와 과장된 관계를 가지고 있어서 가냘프게 떨면서 가구와 함께 그 방을 가리기도 하고 채우기도 하고 또 넓히기도 했다. 그러나 그 빛과 그림자의 희롱은 별로 내 기억에 남아 있지 않다. 오히려 기억에 남아 있는 것은 나방과 전구 사이에서 일어나는 그 큰 소음 쪽이다. 나방은 끊임없이 날개짓 소리를 냈다. 마치 자기의 지식을 서둘러 떨쳐 버리고 있는 것 같았고 마치 이제부터는 광원(光源)과 장난칠 시간이 없는 것 같았고 마치 나방과 전구 사이의 대화가 어떤 경우에나 나방에게는 마지막 참회이며 전구에게 일종의 사면을 부여하고 나면 결단코 죄를 저

지르고 열광할 기회가 다시는 없을 것 같았다.
 오늘 오스카르는 나방이 북을 두들겼다고 간단하게 말하고 있다. 나는 토끼나 여우 그리고 들고양이가 북을 두들기는 소리를 들었다. 개구리는 함께 어울려서 북을 두들기며 폭풍을 예고할 수도 있다. 딱따구리는 북으로 벌레들을 그들의 집에서 두들겨 쫓는다고 한다. 그리고 인간은 팀파니, 심벌즈, 솥 모양의 드럼, 북을 친다. 인간은 북의 연발 권총, 북의 속사 권총에 대해서 말한다. 북을 두들겨 누군가를 불러내고 함께 두들기다가 무덤으로 보낸다. 북치는 소년, 북치는 어린 중이 그 일을 한다. 현악기와 타악기를 위한 협주곡을 쓰는 작곡가가 있다. 나는 크고작은 귀영(歸營) 나팔을 연상케 할 수 있고 지금까지의 오스카르의 시도를 지적할 수 있다. 이것들은 모두 나의 탄생을 기회로 두 개의 흔해빠진 60와트 전구 위에서 나방이 베푼 북에 의한 소란과 다르지 않다. 아마도 암흑의 아프리카에는 흑인들이 있고 미국에도 아직 아프리카를 잊지 못하는 흑인이 있을 것이다. 아마도 나의 나방과 마찬가지이거나 그것과 비슷하거나 또는 아프리카의 나방——주지하는 바와 같이 그것은 동유럽의 나방보다 훨씬 크고 화려하다——을 흉내내어 리듬으로 조직되어 있는 사람들은 규칙적으로, 더욱이 해방감 있게 북을 두들길 수있을 것이다. 나는 동유럽적인 기준을 지키는, 즉 나의 탄생 때의 갈색 인분(鱗粉)을 뒤집어쓸 중간 크기의 나방을 표준으로 하여 오스카르의 스승이라고 부르기로 한다.
 9월 초순의 일이었다. 태양은 처녀좌(處女座)에 위치하고 있었다. 멀리에서 늦여름의 폭풍이 상자와 선반을 흔들면서 어둠을 타고 다가왔다. 수성(水星)은 나를 비판적으로 만들었고 천왕성은 변덕쟁이로, 금성은 조촐한 행복을, 화성은 내 패기를 믿게 했다. 탄생의 별자리에서 천칭좌(天秤座)로 올라가 그것이 나를 초조하게 만들었고 정도를 초과하게 했다. 해왕성은 제10궁, 즉 삶의 중심궁으로 이주하고 나를 기적과 환멸 사이에 붙잡아맸다. 토성은 목성과 대립하는 제3궁으로서 나의 기질에 의문을 나타냈다. 대체 누가 나방을 파견하여 나의 어머니가 약속한 양철북에 대한 애착을 높이고 그 악기가 나에게 점점 더 갖고 싶어서 견딜 수 없는 적절한 물건이 되는 것을 나방과 고교 교사처럼 술렁이는 늦여름의 폭풍에게 허용했을까 ?

겉으로는 울음 소리를 내어 푸르스름해진 갓난아기처럼 보이게 하면서 나는 아버지의 제안, 즉 식료품 가게에 관한 모든 것을 단호하게 거절하고 정해진 시기에, 즉 나의 세 번째 생일을 기회로 어머니의 소원을 호의적으로 검토해 보리라고 결심했다.

나의 장래에 대해 이런 식으로 여러 가지 생각을 하는 한편, 어머니와 마체라트라는 아버지는 나의 반론이나 결심을 이해하거나 경우에 따라서는 칭찬하기도 하는 기관(器管)을 가지고 있지 않다는 것을 확인했다. 마음을 이해받지 못한 채 오스카르는 혼자 전구 밑에서 자고 있었다. 그리고 육십 년이나 칠십 년 후에 모든 전원이 단절되어 전류가 끊길 때까지 이것은 그대로 있을 것이라고 추론하고 그렇기 때문에 이 인생을 전구 밑에서 시작하기 전에 그런 기분을 잃고 말았다. 그리고 약속된 양철북만이 그때 태아의 머리 위치로 돌아가고 싶은 바람을 좀더 강하게 표현하려는 나를 방해했다.

더욱이 산파는 이미 내 배꼽의 탯줄을 끊어 버리고 있었다. 이제는 어쩔 수 없었다.

사진첩

나는 보물 하나를 소중하게 간직하고 있다. 다만 달력의 하루하루로 이루어지고 있을 뿐인 불쾌한 수년 동안 내내 나는 그것을 지켰고 숨겼으며 그리고는 또다시 끄집어냈다. 화물 자동차를 타고 여행하는 동안 나는 그것을 소중하게 가슴에 안았고 잠을 잘 때 오스카르는 그 보물, 즉 사진첩 위에서 자곤 했다.

무슨 일이든지 알고 있는, 백일하에 드러난 가족의 무덤이 없었다면 나는 어떻게 해야 좋았을까? 그것은 백이십 페이지로 되어 있었다. 어느 페이지에나 상하 좌우로 직각으로 배열되고 면밀하게 나뉘어져 있어서 여기에서는 시메트릭하게, 저기에서는 무엇을 묻기라도 하듯이 넉 장이나 여섯 장, 또 때로는 단지 두 장의 사진이 붙어 있다. 사진첩은 가죽으로 장정되어 있는데 낡아지면서 점점 더 가죽 냄새가 강해졌다. 풍설에 노출된 사진첩이었다. 사진이 떨어질 듯해서 도저히 방치해 둘 수 없는 상태가 되면 나는 시간과 기회를 이용하여 떨어져가는 조그만 사진을 본래의 자리에 풀로 붙이지 않으면 안 되었다.

이 세상의 무엇이, 또 어떤 소설이 한 권의 사진첩에 대해 장황한 이야기를 늘어놓았을까? 사랑하는 신은 근면한 아마추어로서 일요일마다 천상에서, 즉 아주 간단하게 우리의 스냅 사진을 찍으면서 노출이 잘된 것이나 서툰 것이나 모두 그 사진첩에 붙이시는데 나는 신에게 부탁하고 싶다. 내가 너무 즐거운 나머지 너무나도 오랫동안 그 사진 한 장 한 장에 사로잡히는 것을 방해하여 안전하게 사진첩에서 나를 빠져나오게 하고 혼돈에 대한 애착으로부터 나를 멀어지게 해달라고. 뭐니뭐니 해도 나는 그 사진들과 실물을 결부시키고 싶어서 견딜 수 없으니까.

그런데 그 사진첩에는 참으로 가지각색의 제복차림이 있다. 유행과 머리 모양이 달라지고 있다. 어머니는 뚱뚱해지고 얀은 느슨해지고 있다. 내가 전혀 모르는 사람들이 있다. 누가 촬영했는지 알아맞힐 수 있다. 결국 사진의 질은 점점 더 나빠지고 있다. 세기말의 예술 사진에서 오늘날의 실용 사진으로 타락하고 있다. 할아버지 콜야이체크의 기념 사진과 내 친구 클레프의 여권용 사진을 들어 보기로 하자. 암갈색으로 바랜 할아버지의 초상과 스탬프를 찍어 달라고 호소하는 듯한 클레프의 여권용 사진을 늘어놓기만 해도 사진술의 진보가 우리를 어디로 데리고 가는지 나는 거듭 납득할 수 있다. 이 스냅 사진을 촬영할 때 얽힌 사태를 생각하기만 해도 그것을 알 수 있다. 동시에 클레프에 대한 것 이상으로 나 자신을 비난하지 않으면 안 된다. 이 사진첩의 소유자인 나에게는 일정한 수준을 지킬 의무가 있었으니까. 어느 날 우리들 앞에 지옥이

활짝 열린다면 도저히 참을 수 없는 한 고통은 발가벗은 인간을 살아 있을 때 액자에 넣은 사진으로서 하나의 공간에 가두고 만 사실일 것이다. 서둘러 몇 장의 사진에 대해서 설명하기로 하자. 속성 사진, 스냅 쇼트, 여권용 사진 사이에 낀 인간! 플래시를 받은 인간, 피사의 사탑 앞에 똑바로 서 있는 인간, 여권을 만들기 위해 오른쪽 옆얼굴을 찍지 않으면 안 되는 사진 스튜디오 속의 인간! 또 그리고──사진 이야기는 끝내 겠다, 아마도 이런 지옥까지도 참을 수 있을 것이다, 왜냐하면 가장 참혹한 사진은 상상만 되어질 뿐 찍히는 일은 없을 테고 만일 찍힌다고 하더라도 현상되는 일은 없을 테니까.

 클레프와 내가 처음 만났을 때 우리는 함께 스파게티를 먹으며 우정을 맺은 율리히 거리에서 사진을 찍었고 현상해서 받았다. 나는 그 무렵 여행 계획으로 가슴이 부풀어 있었다. 즉, 슬픈 일이 있었기 때문에 나는 여행을 떠나려고 했고 그 때문에 여권을 신청할 생각이었다. 그러나 나는 값어치 있는 여행, 즉 로마와 나폴리, 적어도 파리를 포함한 여행을 감당할 만한 돈을 가지고 있지 못했기 때문에 현금이 모자라는 것을 오히려 기뻐했다. 주눅이 든 기분으로 여행을 하지 않으면 안 되는 일처럼 슬픈 일은 없을 것이다. 그러나 우리 두 사람은 영화를 보러 갈 돈은 충분히 가지고 있었기 때문에 우리는 그때 몇몇 영화관을 찾아갔다. 클레프의 취미에 따라 들어간 영화관에서는 서부극을 하고 있었다. 내가 보고 싶었던 것은 마리아 셸이 분한 간호사가 울고, 보르셰가 분한 의사가 매우 어려운 수술을 막 끝내고 발코니의 문을 열어 놓고 베토벤의 소나타를 치면서 책임감 있는 장면을 보여 주는 영화였다. 우리는 영화가 단지 두 시간밖에 계속되지 않는 것이 괴로웠다. 웬만한 프로그램이라면 두 번 보고 싶었다. 영화가 끝나면 다시 일어서서 같은 영화 표를 사기 위해 다시 한 번 매표구에 서는 일이 가끔 있었다. 그러나 영화관을 나가서 당일분의 표를 파는 창구앞에──길 때도 있고 짧을 때도 있지만──사람들이 줄을 서 있는 것을 보면 용기가 없어졌다. 매표구의 여자에 대해서뿐 아니라 그야말로 염치도 없이 우리 얼굴을 빤히 쳐다보고 있는, 만난 적이 없는 전혀 모르는 사람에 대해서 우리도 부끄럽기 짝이 없었기 때문에 더 이상 창구의 행렬을 길게 만드는 일을 굳이 하지 않았던 것이다.

그 무렵 우리는 영화를 본 뒤에는 거의 반드시라고 해도 좋을 만큼 여권용 사진을 찍기 위해 그라프 아돌프 광장 가까이에 있는 사진관으로 갔다. 그곳 사람들은 우리를 알고 있어서 우리가 들어서기만 하면 미소로 맞이하고 친절하게 의자를 권했다. 우리는 고객이기 때문에 소중하게 취급받았다. 스튜디오가 비면 한 소녀가──나는 그녀가 사람들이 좋아할 만큼 상냥했다는 것밖에 기억하고 있지 않다──우리를 차례로 스튜디오로 밀어넣는 것이었다. 처음에 나를, 다음에 클레프를 두세 번 밀거나 끌어당기거나 하여 자세를 바르게 만든 뒤 플래시가 터지고 그에 연동하는 벨이 울려서 잇따라 여섯 번 우리의 모습이 건판에 새겨질 때까지 어느 한 점을 바라보고 있도록 명령했다.

소녀는 촬영이 끝나면 아직도 입을 가볍게 오무리고 있는 우리를 쾌적한 등의자에 앉히고는 마냥 상냥하게──그녀는 옷차림까지 세련되었다──오 분간만 기다려 달라고 했다. 우리는 기꺼이 기다리고 있었다. 결국 우리는 무엇인가를, 즉 우리의 여권 사진을 기다리지 않으면 안 되었는데 그것이 어떻게 만들어질지 무척 흥미있었다. 정확히 칠 분 뒤에 여전히 인상이 좋다고밖에 표현할 수 없는 소녀가 봉투 두 개를 내밀었고 우리는 돈을 지불했다.

클레프의 조금 튀어나온 눈에는 승리의 빛이 역력했다. 우리는 봉투를 받아들고는 가까이에 있는 맥주홀로 가지 않을 수 없었다. 어떤 사람이라도 먼지투성이의 한길에 서서 통행인의 흐름을 가로막고서까지 자기의 여권용 사진을 들여다보지는 않을 것이다. 우리는 사진관에 대해 충실했듯이 언제나 똑같은 프리드리히 거리의 술집에만 가기로 하고 있었다. 맥주와 양파가 곁들여진 선지를 넣은 소시지, 그리고 흑빵을 주문하고 나서 우리는 그것이 미처 오기도 전에 약간 축축한 사진을 나무 탁자 위에 빙 둘러가며 펼쳐 놓았다. 그리고는 곧 날라져 온 맥주와 선지가 든 소시지를 먹으면서 긴장한 자기의 얼굴을 들여다보았다.

우리는 언제나 지난번에 영화를 본 날 찍은 사진을 가지고 있었기 때문에 비교할 수 있었다. 비교의 기회가 주어졌음은 맥주를 두 잔째, 석 잔째, 넉 잔째 맥주를 주문할 구실을 만들어 즐거움이 배로 늘어났고 이른바 라인란트에서 말하는 『기분』이 고조되곤 했다.

그러나 슬픈 인간이 자기 자신의 여권용 사진을 기화로 슬픔을 객관화할 수는 없다고 여기에서 말할 생각은 없다. 즉 참된 슬픔은 그 자체로는 객관화할 수 없는 것이며 적어도 나와 클레프의 슬픔은 그 무엇으로도 환원할 수는 없었고 바로 거의 자유분방한 비객관성 때문에 그 무엇으로도 위협받지 않는 강함을 나타내고 있었다. 우리의 슬픔에 개입할 가능성이 있었다면 그것은 단지 사진을 통해서만 그러했을 것이다. 그것은 우리가 잇따라 찍은 사진 속에서 우리 자신을, 물론 분명하지는 않지만 소극적이나마 중성화(中性化)된 모습으로——이것이 좀더 중요한 것이다——발견했기 때문이다. 우리는 멋대로 자기 자신과 접촉할 수 있었다. 그러면서 맥주를 마시고 선지가 든 소시지를 먹으면서 사나워지고 기분을 고조시켜가며 놀 수 있었다. 우리는 이 사진들을 꺾기도 하고 접기도 하면서 또 이 목적을 위해 언제나 일부러 가지고 다니던 가위로 잘게잘게 썰기도 했다. 낡은 사진과 새 사진을 함께 늘어놓고 애꾸눈이나 또는 세 개의 눈을 가진 기형으로 만들기도 하고 코를 귀에다가 겹치기도 하고 오른쪽 귀로 지껄이거나 침묵케 하기도 하고 턱에다 이마를 붙이기도 했다. 이 몽타주를 자기의 닮은꼴로 만들기만 한 것이 아니었다. 클레프는 미세한 부분을 나에게서 빌리고 나는 나대로 그의 특징을 이루는 부분을 그에게서 빌렸다. 우리는 우리가 바라던 훨씬 행복한 새로운 생물을 만들어내는 데 성공했다. 때로는 그러한 사진 한 장을 남에게 선물한 적도 있다.

우리들은——나와 클레프 두 사람으로 한정하고 인공의 인물은 제외한다——적어도 일주일에 한 번은 맥주홀을 찾았는데 그때마다 루디라고 그 가게의 급사에게 사진 한장을 주는 습관이 생기고 말았다. 루디는 열두 명의 어린이를 거느리고 게다가 여덟 명의 어린이를 후견인으로 삼을 수도 있는 타입의 사나이였는데 그는 우리들의 고생을 알고 있었고 이미 옆얼굴과 그보다 정면에서 더 많이 찍은 사진 수십 장을 가지고 있었다. 그런데도 우리가 오랫동안 의논하고 엄선한 사진을 건네 주면 언제나 동정을 금할 수 없다는 표정을 지으며 고맙다는 말을 하였다.
　오스카르는 계산대에 있는 여급과 담배를 팔러 다니는 여우 같은 소녀에게는 결코 사진을 한 장도 주지 않았다. 여자에게는 사진을 주어서는 안 된다――그녀들은 그것을 악용할 뿐이니까. 그런데도 클레프는 넘쳐나고 있는 주제에 여자에 대해서는 만족하는 일이 없어 누구에게나 뻔뻔스럽게 말을 걸어 잇따라 상대를 바꾸었다. 그는 어느 날 내가 모르는 새에 담배팔이 소녀에게 사진을 한 장 준 것 같다. 그리고 녹색 옷을 입은 그 건방진 아가씨와 약혼을 하고 어느 날 결혼하고 말았는데 그 이유는 그 사진을 되찾고 싶었기 때문이다. 나는 앞질러서 사진첩에 있는 마지막 사진 몇 장에 대한 말을 너무 많이 하고 말았다. 이런 시시한 스냅 사진은 이야기할 만한 값어치가 없고 이야기를 하더라도 사진첩의 처음 몇 페이지에 있는 나의 할아버지 콜야이체크의 초상 사진이 오늘날에도 나에게 얼마나 큰, 그리고 얼마나 다가가기 어려운, 그러면서도 예술적인 감명을 주고 있는가를 밝히기 위해 다만 비교하는 뜻에서 그렇게 할 뿐이다.
　작고 뚱뚱한 그가 잘 닦여진 작은 탁자 옆에 서 있다. 그가 사진을 찍게 된 것은 유감스럽게도 방화범으로서가 아니라 의용 소방단원 브랑카로서였다. 그렇기 때문에 큰 콧수염은 달고 있지 않다. 그러나 몸에 꼭 맞는 소방단 제복에는 인명 구조 훈장이 빛나고 소방단의 헬멧이 작은 탁자를 제단으로 바꿈으로써 거의 방화범의 콧수염 구실을 하고 있다. 그는 얼마나 엄숙하고 또 세기말의 고민을 모두 알고 있는 듯한 얼굴을 하고 바라보고 있는 것인가. 온갖 비극을 이겨내고 그러면서도 의기양양한 그 눈초리는 제2 제국 시대에 흔히 유행하고 있었던 모양이지만 주정뱅이면서도 사진에서는 오히려 냉정한 얼굴로 보이는 화약 직공 그레고르 콜야이체크도 비슷한 눈을 하고 있었다. 거룩한 촛불을 손에 들고 있는 빈첸트 브론스키의 사진은 체스토하우에서 찍은 것인 만큼 좀더 신비스러운 분위기를 띠고 있다. 깡마른 얀 브론스키의 젊은 날의 사진은 초기의 사진술로써 의식적으로 우울한 얼굴을 한 사나이를 보여 준다.
 그 시대에는 이런 눈초리를 하고 거기에 알맞는 자세를 취한 사람일지라도 여자들과 제대로 되는 일은 거의 없었다. 맹세코 말하지만 보잘것없는 인물이었던 할머니 안나조차도 제1차 대전이 시작되기 전에 찍은 사진에서는 짐짓 점잖은 체하고 어리석은 미소를 짓고 있다. 그리고 그녀의 넉 장을 겹쳐 입은, 말없는 치마 자락 밑에 은신처가 있었으리라고 예상케 하는 것은 아무것도 없다.
 그녀들은 전쟁중에도 검은 천 밑에서 춤추듯이 꿈틀거리며 찰칵 하고 셔터를 눌러대는 사진사에 대해서는 미소를 잊지 않았다. 질버하며 야전 병원의 보조 간호사였던 어머니와 스물세 명의 간호사 사진도 있다. 그녀들은 부끄러운 듯이 자기들이 의지하고 있는 군의관 주위에 떼를 지어 몰려 서서 엽서 두 장 크기의 두꺼운 종이 위에 찍혀 있는데 그것을 손에 드는 나도 그녀들과 마찬가지로 부끄러워진다. 야전 병원의 여자들은 거의 회복된 군인들과 함께 베푼 가장 무도회의 사진에서는 훨씬 즐겁게 행동하고 있다. 어머니는 일부러 윙크를 하며 입을 오무리고 있는데 그 입은 천사의 날개를 달고 금빛 머리를 가지고 있어도 천사에게도 성깔이 있어요 하고 말하고 있는 것 같다. 그녀 앞에 무릎을 꿇고 있는 마체라트는 가능하다면 매일이라도 입고 싶은 옷으로 변장하고 있었다. 즉, 산뜻한 요리사 모자를 쓰고 주걱을 휘두르는 요리사 모습을 하고 있다. 거기에 비해 이등 철십자 훈장을 단 군복차림일 때는 콜야이체크나 브론스키 등과 비슷하게 그도 의식적으로 비장한 눈빛으로 전방을 바라보고 있다. 그리고 어느 사진에서나 여자들을 능가하고 있다.
 전후에는 얼굴 표정이 달라졌다. 남자들은 고향으로 돌아와 안도하는 눈빛을 하고 있다. 그리고 이제야말로 자랑스러운 얼굴로 사진에 등장하는 사람들은 여자들이다. 그녀들이 진지한 표정을 지은 데에는 이유가 있으며 미소를 지을 때조차도 그녀들은 본바탕으로 굳어 버린 오랜 고생을 숨기려고 하지 않는다. 그것이 그녀들에게, 즉 스무 살의 여자들에게 우수(憂愁)가 잘 어울렸다. 여자들은 앉기도 하고 서기도 하고 또는 반쯤 눕기도 하여 곱슬곱슬하게 지진 검은 머리를 이마에 붙이기도 하면서 마돈나와 매춘부를 화해시키고 결부시키는 데에 성공하지 못하는 것일까?

어머니가 스물세 살 때 찍은 사진에는――그것은 임신하기 직전에 찍은 것임에 틀림없다――단단하게 살이 찐 목 위의 부드럽고 둥근 얼굴을 약간 갸우뚱하고 있는 젊은 여자의 얼굴이었다. 그러나 그것은 이따금 그 사진을 바라보는 사람을 똑바로 쏘아보고 있으며 이른바 우울한 미소와 두 눈으로 열심히 육감적인 윤곽을 해소시키고 있다. 그리고 그 눈은 파랗다기보다는 오히려 잿빛으로서 자기 자신의 영혼과 마찬가지로 동포의 영혼을 마치 저 확고한 대상――커피잔이라든가 퀼런의 파이프 같은 것을 말하지만――처럼 바라보는 습관이 붙어 버린 것 같다. 어머니의 눈이 가지고 있는 성질을 표현하는 데에는 영혼이 담겨져 있다는 말만으로는 물론 충분하지 않을 것이다.

그 시대의 그룹 사진은 흥미를 자아내지는 않지만 그런 만큼 비평하기도 쉽고 따라서 얻는 바도 많다. 라팔로 조약(1920년)이 조인된 무렵의 신부(新婦) 의상이 오늘날에 비해 얼마나 아름답고 얼마나 싱싱한지 놀랄 정도이다. 마체라트는 결혼 사진에서 아직도 딱딱한 칼라를 달고 있다. 선량하고 우아하며 거의 지적으로 보이기까지 한다. 그는 오른쪽 발을 앞으로 내놓고 있는데 아마도 당시의 영화 배우 하리 리트케를 흉내낼 생각이었던 것 같다. 그 무렵의 드레스는 짧았다. 순결해 보이는 어머니의 신부 의상은 하얀 주름치마였는데 겨우 무릎에 닿을 정도여서 맵씨 있는 다리와 쇠고리가 달린 하얀 구두를 신은, 금세라도 춤을 추기 시작할 듯한 귀여운 발이 보인다. 다른 사진에서는 출석자 전원이 모여 있다. 도회식 몸차림으로 잘난 체하고 있는 사람들 속에서 할머니 안나와 그 오빠 빈첸트는 여전히 꼼꼼함과 신뢰감을 불러 일으키는 딱딱한 시골 사람의 모습으로서 두드러져 보인다. 자기의 숙모인 안나 처녀 마리아에게 귀의하는 아버지처럼 같은 감자밭에서 태어난 얀 브론스키는 나의 어머니와 마찬가지로 폴란드 우체국원의 결혼식에 어울리는 옷치장의 배후에 카슈바이의 시골뜨기임을 숨기는 방법을 알고 있다. 내노라 하고 행동하는 건강한 사람들 속에 서 있는 그의 모습은 작고 허약하지만 그

범상치 않은 눈, 부드럽고 균형잡힌 얼굴은 사진의 한쪽 끝에 서 있을 때조차도 언제나 중심점을 형성하고 있다.

꽤 오랫동안 나는 결혼식 직후에 찍은 한 장의 그룹 사진을 들여다보고 있다. 나는 북과 채를 들고 빛바랜 갈색의 네모꼴 앞에서 두꺼운 종이 위에서 볼 수 있는 삼연성(三連星)을 니스칠한 양철에서 이끌어내도록 시도하지 않으면 안 된다.

이 사진은 공교롭게도 마크데부르크 거리와 폴란드 학생들의 기숙사 가까이에 있는 연병장의 모서리, 즉 브론스키의 집에서 찍혀진 것인 듯하다. 왜냐하면 배경으로 담쟁이 비슷한 콩덩굴이 반쯤 엉켜 있는 양지바른 발코니가 보이는데 이러한 종류의 발코니는 폴란드 인의 집 앞에만 있었기 때문이다. 어머니는 앉아 있고 마체라트와 얀 브론스키는 서 있다. 하지만 어째서 어머니는 앉아 있고 두 사람은 서 있을까? 한참 동안 나는 이 삼두 정치의——어머니는 완전히 한 사나이의 대리 구실을 하고 있었다——성좌를 자와 삼각자, 그리고 브루노에게 사오게 한 컴퍼스를 사용해서 재보려고 했을 만큼 어리석었다. 고개를 기울이고 있는 각도, 부등변(不等邊) 삼각형, 그것을 평행으로 옮겨서 억지로 합동시키고 컴퍼스로 줄을 그으면 삼각형 밖, 즉 담쟁이덩굴처럼 얽혀 있는 콩 속에서 의미심장하게 맞부딪쳐 하나의 점을 낳게 했다. 나는 하나의 점을 찾고 있었으니까, 점을 믿고 점을 구하여 입각점은 아니더라도 지점(支點), 기점(起點)을 얻으려고 애쓰고 있었으니까.

이런 호기심 어린 측량을 계속해 보았자 귀중한 사진의 가장 중요한 부분에 컴퍼스 끝으로 파는 조그마한, 그러나 방해가 되는 구멍 이외에는 아무것도 생기지 않았다. 이 사진의 특별한 점은 무엇일까? 나는 무엇으로부터 충동질되어 이 네모꼴 위에 실상 우습기 짝이 없는 수학적이고 우주적인 관계를 찾고 게다가 가능하다면 그것을 발견하려고 하는 것인가. 세 사람의 인간, 앉아 있는 한 여자와 서 있는 두 사나이. 여자는 검은 웨이브의 머리칼, 마체라트는 곱슬곱슬한 금발, 얀은 찰싹 빗어 붙인 밤색 머리. 세 사람 모두 미소짓고 있다. 얀 브론스키보다도 마체라트 쪽이 좀더 크게 웃고 있다. 두 사람 모두 윗니를 드러내고 있다. 두 사람의 웃음을 합치면, 눈은 웃지 않고 다만 입가에만 웃음의 흔적을 담고 있는 어머니보다 다섯 배는 된다.

마체라트는 왼손을 어머니의 오른쪽 어깨에 얹어 놓고 있다. 얀은 오른손을 가볍게 의자의 등받이에 얹어 놓는 것으로 만족하고 있다. 어머니는 무릎을 오른쪽으로 돌리고 허리 위쪽은 정면을 향한 채 무릎 위에 작은 책자 한 권을 올려 놓고 있다. 나는 잠시 동안 그것을 브론스키의 우표 수집철의 한 권이라고 생각하고 다음에는 모드 잡지라고 생각하고 마지막에는 담배갑에서 도려낸 유명한 영화 배우 사진의 수집철이라고 생각했다. 어머니의 두 손은 건판이 감광되어 촬영이 끝나면 금세라도 그 페이지를 넘기려고 하는 것 같다. 세 사람 모두 서로가 서로를 인정하고 행복스러워 보여서 이 삼인 동맹(三人同盟)의 한 사람이 비밀의 벽을 쌓거나 혹은 처음부터 그것을 숨겨 두고 싶을 때에만 직면하게 되는 낭패 따위와는 전혀 관계없는 것처럼 보인다. 그들이 한결같이 의지하고 있는 것은 제4의 인물, 즉 얀의 처 헤트비히 브론스키, 옛 성 렘케이다. 그녀는 그때 아마도 훗날 태어날 시테판을 잉태하고 있었을 것이다. 세 사람의 행복을 최소한 사진술의 도움을 빌어서 정착시키기 위해 그녀는 이 세 사람에게, 이 세 사람의 행복을 향해 카메라를 돌리지 않으면 안 되었으니까 말이다.

나는 사진첩에서 다른 네모꼴을 떼내어 이 네모꼴 옆에 가지런히 놓았다. 어머니와 마체라트, 또는 어머니와 얀 브론스키가 함께 찍혀져 있는 사진이다. 이것들 중 어느 한 장도 발코니의 사진과 마찬가지로 변하지 않는, 즉 최종적인 해결을 뚜렷이 나타내고 있지는 않다. 어떤 사진에서 보이는 얀과 어머니, 거기에서는 비극, 금광 채굴, 그리고 기괴한 냄새가 난다. 그것은 싫증날 정도이다. 싫증이 날 정도의 괴이함이 붙어다니고 있다. 어머니와 가지런히 서 있는 마체라트. 거기에서는 주말의 생식력이 방울져 떨어지고 프라이팬 속에서 커틀릿이 지글지글 소리를 내고 식사 전에 투덜투덜 불평을 늘어놓고 식후에는 하품한다. 부부가 정신적인 배경을 획득하기 위해 자기 전에 재담을 주고받고 세금 공제 때문에 말다툼을 벌이지 않으면 안 된다. 그러나 나는 이 사진에서 볼 수 있는 권태로움이 프로이덴탈에 가까운 올리브 숲을 배경으로 하여 어머니가 얀 브론스키의 무릎 위에 앉아 있는 몇 년 뒤의 불쾌한 스냅 사진보다도 좋다. 왜냐하면 이 외설스러운 사진은——얀은 한쪽 손을 어머니의 옷 속으로 집어 넣고 있다——마체라트와 결혼한 첫날부터 간통한 불행한 두 사람의 맹목적인 정열만을 생생하게 포착하고 있기 때문이다. 생각건대 이 두 사람에게 무신경한 사진사를 소개한 사람은 마체라트였던 것 같다. 그 침착한 모습이나 발코니의 사진에서처럼 조심스럽게 서로 통하고 있는 몸짓에서는 아무것도 밝혀지지 않는다. 아마도 두 사나이는 어머니의 뒤나 옆에 자리를 차지할 때라든가 호이부데 해안의 모래 속에서 어머니의 발 밑에 누워 있을 때에만 그런 몸짓을 할 수 있었을 것이다. 사진을 참조하라.

다시 내가 한 살 때, 가장 중요한 이 세 사람이 삼각형을 이루고 찍은 사진이 한 장 있다. 발코니의 사진만큼 밀도가 진하지는 않지만 그러나 똑같이 긴장된 평화가 환히 드러나 있다. 아마 세 사람 사이에서만 맺어지고 시인된 평화일 것이다. 연극에서 인기 있는 삼각 관계에 마냥 비난을 퍼붓는 사람이 있을 것이다. 무대에는 인물이 두 사람만 있다. 그리고 논쟁에 지쳤다든지 내심 세 번째 인물의 등장을 고대하고 있을 때는 어떻게 하면 좋은가. 내 사진에는 세 사람이 있다. 그들은 트럼프의 스카트 놀이를 하고 있다. 즉, 깨끗이 갖추어진 부챗살처럼 카드를 손에 들고 점수를 키워나가려고 하면서 카드는 보지 않고 카메라로 눈을 돌리고 있다. 얀의 손은 집게손가락을 세우고 있는 외에 잔돈 위에 평평하게 놓여 있다. 마체라트는 탁자 덮개천에 손가락을 세우고 있다. 어머니는 소탈하게 농담을 던지고 그것이 제대로 들어맞은 것이리라, 나는 그렇게 생각하고 싶다. 즉 그녀는 카드를 한 장 뽑아 그것을 카메라 렌즈에 보이고 있지만 상대방에게는 보이지 않겠다는 장면이다. 스카트 놀이에서 하트의 퀸을 제시해 보인다는 하나의 동작으로써 공교롭게도 그다지 뻔뻔스럽지 않은 상징을 얼마나 쉽게 끌어낼 수 있는 것인가. 다시 말하면 누가 하트의 퀸을 신뢰하지 않을 것인가 말이다.

스카트 놀이——아시다시피 세 사람밖에 놀 수 없다——그것은 어머니와 두 사나이에게는 단순히 가장 성미에 맞는 놀이였다는 것만이 아니라 그들의 은신처이며 삶이 그들을 유혹하여 육십육(六十六)이나 서양 바둑 같은 시시한 놀이를 하기 위해 두 사람을 짝지으려고 할 때 언제나 그들이 발견한 항구(港口)이다.

어디라고 꼬집어서 결점이 있었던 것은 아니지만, 셋에서 나를 이 세상에 태어나게 한 이 사람들의 이야기는 이것으로 끝내기로 하자. 나 자신의 이야기로 돌아가기 전에 어머니의 친구인 그레트헨 셰프라와 그 남편인 빵집 주인 알렉산더 셰프라에 대해 한 마디 하기로 하자. 그는 대머리이고 그녀는 반은 금니를 한, 말 같은 입을 벌리고 웃고 있다. 그는 다리가 짧아서 의자에 앉아도 결코 융단에 발이 닿지 않는다. 그녀는 자기가 직접 뜨개질한 옷을 입고 있는데 그것은 결코 종이본 그대로는 아니다. 그 다음해에 찍은 셰프라 부처의 사진이 몇 장인가 있다. 환희역행단(歡喜力行團 : 나치 시대의 노동자 계급의 레저 조직)의 배 『빌헬름 구스트로프 호』의 갑판 의자에 앉은 것이라든가 구명 보트 앞에서 찍은 것, 또 동(東) 프로이센 해운의 『탄넨베르크 호』의 산책 갑판에서 찍은 사진이다. 그들은 해마다 여행을 했고 필라우, 노르웨이, 아조레스 제도, 이탈리아에서 클라인하머 거리에 있는 집으로 추억을 가지고 무사히 돌아오곤 했다. 그가 롤빵을 굽고 그녀가 베개 커버에 레이스 장식을 달고 있는 집으로 말이다. 알렉산더 셰프라는 말을 하지 않을 때도 쉴 새 없이 혀 끝으로 윗입술을 적시곤 했는데 내 집과 비스듬히 맞은편에 살고 있던, 마체라트의 친구인 채소 장수 그레프는 버릇없는 악취미라고 마구 욕을 하고 있었다.

그레프는 결혼한 몸이었지만 남편으로서의 임무를 다하기보다 보이 스카우트 지도자로서 더 바빴다. 사진에서 보면 어깨가 떡 벌어지고 무미건조하고 건강한 몸을 반바지 제복으로 감싸고 지도자의 장식끈이 달린 보이 스카우트의 모자를 쓰고 있다. 그와 나란히 같은 제복을 입은 약간 눈이 큰, 열세 살 정도의 금발 소년이 서 있는데 그레프는 왼쪽 손으로 그애의 어깨를 누르고 애정을 숨기지 않고 꽉 끌어당기고 있다. 나는 그 소년을 몰랐지만 그레프와는 나중에 리나 부인을 통해서 알게 되었고 그의 인품에 대해서도 알게 되었다.

환희 역행단의 여행자 스냅 사진이나 상냥한 보이 스카우트 내부에서 애정 행위의 증거 사진에 휘말려들고 말았지만 냉큼 몇 페이지를 그냥 넘겨 나 자신에게로, 나의 최초의 사진으로 이야기를 가져갈까 한다.

나는 귀여운 아이였다. 이것은 1925년의 성령 강림제 때 찍은 사진이다. 나는 태어난 지 여덟 달로서 다음 페이지에 있는 같은 크기의 사진 속에서 뭐라고 형용할 수 없는 진부함을 발산하고 있는 시테판 브론스키보다 두 달 늦게 태어났다. 그 그림 엽서는 예술적인 물결 모양으로 테두리 지어졌고 뒤에는 주소와 이름을 적기 위한 줄이 그어져 있다. 아마도 꽤 대량으로 인쇄되어서 가족들이 사용할 수 있도록 제공된 것이었으리라. 대형의 네모난 종이에 극단적으로 시메트릭한 달걀 모양의 사진이 인쇄되어 있다. 달걀의 노른자를 연상시키는 모습으로 나는 발가벗은 채 하얀 모피 위에 엎드려 있는데 그 모피는 어린이 사진을 전문으로 찍는 동구(東歐) 사진사를 위해서 어느 북극의 흰곰으로 만들어진 것임에 틀림없다.

그 시대의 많은 사진과 마찬가지로 내 최초의 초상을 위해서도 절대로 흉내낼 수 없는, 갈색을 띤 따뜻한 색조가 선택되었다. 나는 그 빛깔을 오늘날의 비인간적인 매끌매끌한 흑백 사진과는 반대로 인간적인 것이라고 말하고 싶다. 아마도 그려진 것인 듯한 잎사귀 모양의 장식은 희미하게 바래져 있지만 빛을 약간 대기만 해도 떠올라 보이는 배경을 이루고 있다. 엎드려 있는, 매끄럽고 건강한 나의 몸은 모피 위에 약간 비스듬히 누워서 흰곰의 고향이 북극이라는 것을 명심하고 있는 한편 둥글둥글한 머리를 억지로 높이 쳐들어서 나의 나체를 이따금 구경하는 사람들을 또릿또릿한 눈으로 바라보고 있다.

흔해빠진 어린이 사진이 아니냐고 말씀하실지도 모른다. 아무쪼록 두 손을 보아 주기 바란다. 나의 가장 낡은 초상 사진은 다른 숱한 사진첩의 비슷하게 귀여운 어린이들의 무수한 사진과는 분명히 다르다는 것을 인정하지 않을 수 없을 것이다. 나는 주먹을 쥐고 있다. 어떤 소시지 같은 손가락도 나를 잊고 어두운 촉각과 관계 있는 본능이 명하는 대로 흰

곰으로 만든 모피의 더부룩한 털과 희롱하고 있는 것은 하나도 없다. 열심히 정신을 집중하여 머리 옆의 조그만 손은 공중에 들려 있는데 내리쳐서 소리를 내려고 끊임없이 자세를 가다듬고 있다. 무슨 소리일까? 바로 북소리이다.

내가 전구 밑에서 태어났을 때 세 번째 생일에 주겠다고 약속한 북은 아직 없다. 그러나 숙련된 사진 기사에게는 내 머리의 위치를 약간이라도 수정하는 일 없이 그 자리에 어울리는, 즉 축소한 어린이 북의 스테레오 타입을 삽입한다는 것은 아주 쉬운 일일 것이다. 다만 내가 거들떠보지도 않는 시시한 헝겊 장난감 동물을 비켜 놓기만 하면 되는 것이다. 그것은 최초의 젖니가 돋아나기 시작하는, 민감하고 시력이 선명한 나이를 주제로 한, 다른 점에서는 성공한 이 구도에 어울리지 않는 하나의 기이한 물건이다.

나중에 내가 흰곰 모피에 뉘어진 일은 두 번 다시 없었다. 내가 한 살 반 무렵이라고 생각하지만 누군가가 나를 바퀴가 큰 유모차에 태우고 담쟁이가 있는 곳까지 밀고 갔다. 그 철책과 엇갈려 눈이 쌓여 있는 것이 똑똑히 찍혀 있으니까 1826년 1월에 찍은 것이라고 생각하지 않으면 안될 것이다. 콜타르를 칠한 재목 냄새가 나는 이런 종류의 조잡한 담장을 잠시 바라보고 있노라면 교외인 호흐스트와 결부되는 듯한 느낌이 든다. 그곳의 넓은 병영은 예전에는 마켄젠 경비병이, 그리고 내가 자랄 무렵에는 자유 국가의 보안 경찰이 숙사로 사용하고 있었다. 그러나 나로서는 그런 이름을 가진, 교외에 살고 있던 사람을 생각해낼 수 없으니까 이 사진은 나의 양친이 어쩌다가 오가는 길에 만났을 뿐 두 번 다시 만난 일이 없는 사람들을 한 차례 방문했을 때에 찍은 것일 게다.

유모차를 사이에 둔 어머니와 마체라트는 추운 계절인데도 외투를 입고 있지 않다. 뿐만 아니라 어머니는 소매가 긴 러시아 풍의 저고리를 입고 있어서 그 위에 수놓은 장식이 이 겨울 사진에 러시아의 오지에서 러시아 황제의 가족이 사진찍은 듯한 인상을 뚜렷하게 주고 있다. 라스푸틴이 카메라를 들고 있고 나는 러시아의 황태자이며 울타리 저편에서는 멘셰비키와 볼셰비키가 웅크리고 앉아서 폭탄을 만들어 독재자였던 우리

가족의 몰락을 결정짓는 것이다. 마체라트의 꼼꼼하고 중구적(中歐的)이며 보시다시피 장래 계획에 여념이 없는 소시민성이 이 사진 속에 깃들어 있는 지옥 같은 참혹함에서 폭력적인 첨예함을 제거해 주고 있다. 우리는 평화로운 호르시트리스에 있었던 것이다. 아주 잠깐 동안 외투도 입지 않고 방문한 집에서 나왔다. 바라던 대로 어리둥절한 눈을 두리번거리고 있는 어린 오스카르를 가운데 두고 그 집 주인에게 사진을 찍어받고 곧 커피와 과자 그리고 생크림이 있는 곳으로 되돌아가 따뜻하고 달콤하게 만족스러운 기분에 잠겼다.

그 밖에도 잠을 자거나 앉아 있거나 기거나 달리고 있는 한 살, 두 살, 두 살 반짜리 오스카르의 사진이 충분히 한 다스쯤은 있다. 모두 그런 대로 잘 찍혀져 있는데 그것들은 모두 세 살을 맞는 생일에 찍은 전신상에 이르기까지의 모든 단계를 보여 주고 있을 뿐이다.

그 사진에서 나는 그것을, 즉 북을 가지고 있다. 톱니 모양으로 빨강과 하양으로 나누어 칠해진 새 북이 내 배 앞에 매달려 있다. 나는 진지한 얼굴로 자랑스러운 듯이 나무로 된 북채를 양철 위에서 교차시키고 있다. 줄무늬가 있는 스웨터를 입고 있다. 반짝반짝 윤이 나는 에나멜 구두를 신고 있다. 머리털은 멋을 부리고 싶어서 견딜 수 없는 빗처럼 머리 위에 빳빳하게 서 있고 파란 눈은 둘 다 다른 사람의 도움 같은 것은 필요 없다는 듯이 힘의 의지를 나타내고 있다.

그 사진에서 보면 나는 그 무렵 어떤 태도를 취하는 데에 성공하고 있었으나 그것을 버릴 계기를 좀처럼 찾지 못하고 있었다. 그 무렵 나는 말로서 표명했고 결심도 하고 있었지만 어떤 경우에도 정치가가 되지는 않겠다, 결코 식료품상은 되지 않겠다, 차라리 마침표를 찍고 지금의 상태에 머무르고 말겠다고 결심하였다——그리고 나는 그 상태에서 머물렀고 오랜 세월에 걸쳐 신체도 복장도 그대로 있었다.

작은 사람들과 큰 사람들, 그리고 작은 해협과 큰 해협, 작은 문자 ABC와 큰 문자 ABC, 작은 한스와 칼 대제, 다윗과 골리앗, 난쟁이와 거인. 나는 언제까지나 세 살박이 어린이이고 꼬마이고 엄지손가락만한 아이이고 키가 자라지 않는 난쟁이 그대로였다. 그것은 크고작은 공교 요리

(公教要理)와 같은 구별에서 해방되기 위해서이고 백칠십이 센티의 이른바 성인이 되어 거울 앞에서 수염을 깎고 있는 아버지라고 일컫는 사나이의 언명에 따라 억지로 장사꾼이 되지 않기 위해서이다. 마체라트가 바라는 바로는 스물한 살의 오스카르가 어른의 세계에 들어감은 식료품상이 되는 것이었기 때문이다. 또 현금을 잘랑거리지 않아도 되게끔 나는 북에 매달려 세 살이 되는 생일 이후 단 일 센티도 성장하지 않았다. 나는 세 살박이 어린애 그대로였으나 세 배나 영리한 어린애였다. 즉 어른들보다 키는 작지만 어른들을 능가하고 자기의 그림자를 어른의 그림자로 재려 하지 않고 어른들은 백발이 될 때가지 발육 운운하고 바보같은 소리를 하지 않으면 안 되는데 반해 안팎이 모두 완전하여 어른이 가까스로 때로는 뼈아픈 일을 당하여 경험한 것을 확인하기만 하면 되었고 해마다 큰 구두와 바지를 입고 다만 조금쯤 성장한 것을 증명해 보일 필요가 없었다.

그러나 여기에 이르러 오스카르도 발육을 인정하지 않으면 안 된다. 약간은 성장한 것이다――꼭 나를 위해서는 아니다――그리고 결국 구세주의 신장을 획득했다. 그러나 오늘날 어른 중 누가 영원히 세 살박이인 양철북 주자 오스카르에 대해 눈과 귀를 가지고 있었을까?

유리, 유리, 쪼끄만 유리

나는 방금, 북과 북채를 손에 든 오스카르의 전신상이 찍혀져 있는 한 장의 사진에 대해서 말하고 동시에 촛불 세 개가 켜져 있는 케이크를 둘러싼 채 생일 축하에 모인 사람들 앞에서 사진 찍히면서 오스카르가 오랫동안 품고 있던 계획을 어떻게 결심했는가를 밝혔지만 사진첩이 덮여져 내 옆에서 침묵을 지키고 있는 지금 그 사건에 대해서 이야기하지 않으면 안 된다. 그것은 내가 언제까지나 세 살박이로 있는 데 대한 설명이 되지는 않더라도 어떻든――내가 일으켰기 때문에――발생한 사건인 것이다.
　처음부터 나에게는 모든 것이 분명했다. 어른들은 너를 이해하지 못할 것이다. 네가 어른들을 위해서 눈에 띄게 성장하지 않을 때는 너를 발육 부진이라고 생각해, 돈을 아끼지 않고 여러 의사에게 끌고 다닐 것이다. 그리고 회복되지 않을 때는 너의 병에 대한 설명을 요구할 것이다라는 것을. 따라서 나는 의사의 진찰을 참을 수 있는 범위에 한정시키기 위해 의사가 진단을 내리기 전에 내 쪽에서 먼저 어째서 성장하지 않는가에 대한 납득할 만한 이유를 설명하지 않으면 안 되었다.
　맑게 갠 9월 어느 날이 나의 세 번째 생일이었다. 유리 공장같이 온화하고 따뜻한 날씨여서 그레트헨 셰프라의 웃음 소리마저 숨을 죽일 정도였다. 피아노 앞에 앉은 어머니는 집시 남작 중에 나오는 한 곡을 노래하고 그녀의 의자 뒤에 서 있는 얀은 그녀의 어깨에 손을 얹고 악보를 눈으로 쫓으려 하고 있다. 마체라트는 부엌에서 벌써 저녁 준비를 하고 있다. 안나 할머니는 헤트비히 브론스키와 알렉산더 셰프라와 함께 채소 장수 그레프 쪽으로 갔다. 그레프는 언제나 여러 가지 이야기를, 충성과 용기를 발휘하지 않으면 안 되는 보이 스카우트의 이야기를 알고 있었기 때문이다. 그리고 세로 모양의 큰 시계는 섬세한 9월의 하루를 단 십오 분도 내버려 두지는 않았다. 모인 사람들은 모두 이 시계처럼 바빠 보였다. 행렬을 짓고 집시 남작의 헝가리에서 보게젠 산맥을 여행하는 그레프의 보이 스카우트를 지나 마체라트의 부엌을 가로지르고 프라이팬 속에 풀어놓은 달걀과 베이컨이 든 카슈바이 풍의 버섯 요리를 놀라게 한 뒤 복도를 지나 가게까지 갔다. 나도 북을 가볍게 두들기면서 행렬의 뒤를 따라갔다. 나는 이미 가게의 계산대 뒤에 서 있었다. 피아노와 버섯 요리, 그리고 보게젠은 멀었다. 그리고 지하실로 통하는 판자 뚜껑이 열려 있는 것을 깨달았다. 후식용의 과일 통조림을 가지러 온 마체라트가 뚜껑 닫는 것을 잊은 모양이다.
　어떻든 지하 창고로 들어가는 판자 뚜껑이 나에게 요구하는 것이 무엇인가를 이해하는 데에는 단 일 분도 걸리지 않았다. 맹세코 말하지만 결코 자살은 아니다. 자살을 하려고 했다면 그렇게 간단한 일은 없었다. 그러나 자살을 하지 않으려고 들면 그것은 어려웠고 또 가슴이 아팠다. 희생이 요구되었다. 희생이 요구될 때는 언제나 그렇듯이 그때도 이미 내 이마에는 땀이 배어나오는 것이었다. 무엇보다도 우선 내 북을 손상시켜서는 안 되었다. 닳아빠진 열여섯 개의 층계를 내려가서 다치지 않게 북을 운반하여 어째서 북이 망가지지 않았는지 그 이유를 알 수 있도록 밀가루 부대 사이에 놓는 것이 중요했다. 그리고는 다시 여덟 단의 층계를 올라가고, 아니 한 단 밑이나 다섯 단째라도 좋을 것이다. 그러나 거기에서 떨어져서는 생명은 안전하고 부상당한다는 보장도 확실히 없었다. 더 올라갔다. 좀더 위인 열 단째까지. 그리고 결국 아홉 단째에서 나는 추락했다. 딸기 시럽병이 가득 들어 있는 선반을 끌어당기듯이 하면서 우리집 지하 창고의 시멘트 바닥 위에 곤두박질친 것이다.

나의 의식 앞에 커튼이 처지기에 앞서 실험이 성공했음을 나는 확인했다. 즉, 일부러 끌고 들어간 딸기 시럽병이 큰소리를 냈기 때문에 마체라트를 부엌에서, 어머니를 피아노에서, 그리고 생일을 축하하기 위해 모인 그 밖의 사람들을 보게젠에서, 입을 벌린 판자 뚜껑이 있는 곳으로, 다시 층계 밑으로 유인할 수 있었던 것이다.

사람들이 오기 전에 나는 아직도 흘러내리는 딸기 시럽의 냄새를 흠뻑 맡을 수 있는 시간이 있었다. 또 내 머리에서 피가 나오고 있다는 것도 확인했다. 그리고 또 사람들이 층계 위로 몰려든 뒤에도 이렇게 아찔할 만큼 달콤한 냄새를 풍기는 것이 오스카르의 피인가 딸기인가를 생각할 여유가 있었다. 어떻든 모든 것이 엉망으로 망가졌는데도 내가 조심했기 때문에 북만은 전혀 다치지 않은 것이 기뻤다.

그레프가 나를 들어다가 옮긴 것으로 생각된다. 오스카르는 거실에 와서야 비로소 아마도 반은 딸기 시럽, 반은 나의 어린 피로 범벅이 된, 몽롱한 것 속에서 다시 떠올랐다. 의사는 아직 와 있지 않았다. 어머니는 나를 달래려고 하는 마체라트의 얼굴을 손바닥뿐만 아니라 손등으로도 여러 차례 때렸다. 살인자라고 소리소리 지르면서.

이렇게 해서 나는──의사들이 거듭 확인한 일이지만──확실히 말 쌍하지는 못했지만 교묘하게 조합된 한 번의 추락으로 어른들에게 있어서는 매우 중요한, 성장이 정지된 데 대한 이유로 삼을 수 있었을 뿐만 아니라 게다가, 전혀 생각도 하지 못했던 일이지만, 선량하고 사람이 좋은 마체라트를 죄인 마체라트로 만들어 버리고 만 것이다. 그는 판자 뚜껑을 열어 놓은 채 두었다. 어머니는 모든 책임을 그에게 뒤집어씌웠다. 그리고 그는 몇 년에 걸쳐서 이 책임을 짊어져야만 했다. 실제로 어머니는 그렇게 자주 힐난하지는 않았지만 힐난할 때는 인정사정이 없었던 것이다.

이 추락 덕분에 나는 사 주일 동안을 병원에서 보낼 수 있었다. 그뒤에도 꽤 오랫동안 수요일마다 홀라츠 박사에게 진찰을 받으러 다녔는데 의사들 앞에서는 비교적 평온했다. 이미 내가 북을 두들기기 시작한 날로부터 나는 세상 사람들에게 하나의 징후를 나타내 보일 수가 있었는데 나의 경우는 내가 예정한 실상을 보고 어른들이 그것을 이해하기 전에 그것을 분명히 알고 있었던 것이다. 그런 뒤에는 모두가 이렇게 말했다. 우리집의 작은 오스카르는 세 살이 되는 생일에 지하실 층계에서 떨어졌다. 그런데 다른 곳은 아무렇지도 않은데 단지 이제는 전혀 자라지 않게 되었다라고.

그리고 나는 북을 두들기기 시작했다. 우리 아파트는 구층 건물이었다. 일층에서 다락방까지 나는 북을 두들기면서 올라갔고 다시 북을 두들기면서 내려왔다. 라베스 거리에서 막스 할베 광장으로, 거기에서 노이 쇼트란트, 안톤 뮐러 거리, 마리엔 거리, 클라인하머 공원, 아크티엔 맥주 공장, 아크티엔 연못, 프레벨 평원, 페스탈로치 학교, 새 시장을 돌아서 다시 라베스 거리로 되돌아왔다. 나의 북은 거기에 견디었다. 어른들은 참을 수 없는 모양으로 나의 북을 가로막으려 했고 나의 양철을 방해하려고 했고 나의 북채에 다리를 걸어 쓰러뜨리려 했다──그러나 자연은 나에게 신경을 써주었다.

어린이의 양철북을 두들김으로써 나와 어른들 사이에 필요한 거리(距離)를 만들 수 있는 능력은 지하실 층계에서 추락한 뒤 곧 완성되었으나 또 거의 그와 동시에 목소리도 커져서 고음으로 유지한 채 떨게 하면서 노래를 부르기도 하고 고함을 지르기도 하고 고함을 지르면서 노래할 수도 있게 되었다. 그렇기 때문에 아무도 귀청을 쩌렁쩌렁 울리는 나의 북을 나에게서 빼앗으려고 하지는 않았다. 북을 빼앗으면 나는 큰소리를 질렀고 큰소리를 지르면 아무리 값비싼 것이라도 산산조각이 나고 말았기 때문이었다. 나는 노래로 유리를 부술 수 있었다. 나의 고함소리는 꽃병을 깨뜨렸다. 나의 노래는 유리창을 여지없이 무너뜨려 틈새기 바람의 세상으로 만들었다. 나의 목소리는 순결하기 때문에 가차없는 다이아몬드와 마찬가지로 유리 찬장을 뚫고 들어가 순결을 상실하는 일 없이 사랑하는 사람으로부터 받은 선물인 부옇게 먼지를 뒤집어쓴 고귀하고 조화를 이룬 리큐르 병에 유리 찬장 안에서 폭행을 가했다.

나의 능력이 우리들의 도시, 즉 브레젠 거리에서 비행장 옆의 주택지까지, 다시 말해서 도시 전체에 알려지게 되는 데에는 그다지 오래 걸리지 않았다. 이웃 어린이들은 나를 보면——나는 어린이들의 놀이인 『식초에 절인 청어, 하나 둘 셋』이라든가 『검둥이 식모는 있냐』라든가 『네가 보지 못하는 것을 나는 본다』라든가에 흥미가 없었다——기다리고 있었다는 듯이 일제히 소리를 높여 서툰 합창을 했다.

      유리 유리 쪼끄만 유리
      맥주는 없이 설탕만 있네
      홀레 아주머니는 창문을 열고
      피아노를 치누나.

확실히 문제가 되지 않는 어처구니없는 어린이의 노래다. 그런 노래에 나는 거의 방해받지 않았다. 나는 북을 앞세우고 한가운데를 뚫고 쪼끄만 유리나 홀레 아주머니를 짓밟고 지나가 매력이 없지도 않은 단조로운 리듬을 빌어 유리, 유리, 쪼끄만 유리 하고 북을 두들기면서 어린이들을 끌어모았는데 그렇다고 내가 『하멜른의 쥐잡기』가 된 것은 아니다.

오늘날에도 나는 브루노가 내 방의 유리창을 닦고 있거나 할 때 이 노래의 가사와 리듬을 조금씩 북으로 두들겨 보는 수가 있다. 내가 두들겨대는 북소리는 근처 어린이의 떠들썩한 노래보다도 방해가 되고, 특히 나의 양친이 화가 난 것은 비용이 너무 들어서 견딜 수 없다는 것이었다. 이 일대의 교양 없고 불량한 꼬마들이 깨부순 유리창은 모두 내 탓으로, 또는 오히려 내 목소리의 탓으로 돌려졌기 때문이다. 처음에는 어머니도 고지식하게 또박또박, 대개는 새총으로 파괴된 부엌 유리창을 변상해 주었으나 나중에는 어머니도 내 목소리의 현상을 이해하게 되어 변상하라고 요구하면 증거를 대라고 맞서며 냉담하게 회색 눈을 부릅떠 보였다. 근처 사람들은 부당하게 나를 괴롭혔다. 이 시점에서 내가 어린이의 파괴욕에 사로잡혀 유리나 유리 제품을 보면 어린이가 때때로 살인광처럼 되어서 자기의 어둡고 충동적인 혐오감을 내보이는 것과 마찬가지로 뭐라고 설명할 수 없는 방법으로 유리를 증오한다고 사람들이 생각하고 있다면 그것보다 더 가혹한 착각은 없을 것이다. 놀기를 좋아하는 사람만이 닥치는 대로 파괴하는 것이다. 나는 결코 놀지 않았다. 나는 북을 공부하고 있었던 것이다. 그리고 나의 목소리에 대해서 말한다면 목소리를 내는 것은 우선 무엇보다도 정당 방위를 위해서였다. 내가 북에 대한 공부를 계속할 수 있을지 어떨지 걱정이 될 때만 목적 달성을 위해서 성대를 사용할 필요가 있었던 것이다. 만일 그레트헨 셰프라의 공상에서 생겨나는, 가로세로 열십자로 수를 놓은 약간 따분한 무늬의 탁자 덮개천을 같은 음(音), 같은 방법으로 찢어 발기거나 피아노의 검은 니스를 벗길 수 있었다면 나는 기꺼이 모든 유리 제품을 손상하지 않고 음향이 풍부한 상태 그대로 놓아 두었을 것이다.

그러나 나의 목소리에 있어서 탁자 덮개천이나 니스 따위는 여전히 아무래도 좋았다. 나는 지칠 줄 모르는 고함 소리로 탁자 덮개천의 무늬를 지울 수도 없었고 석기 시대처럼 열심히 비벼대지 않으면 나오지 않는, 상하로 늘어나고 꼬리를 길게 끄는 두 음으로 열(熱)을 발생켜 고열(高熱)로 바꾸고 마지막에는 필요한 불꽃을 발하여 거실의 두 개의 창문에 걸린, 담배 연기에 찌들어 바삭바삭 마른 커튼을 깨끗한 무늬의 불꽃으로 만드는 데에도 성공하지 못했다. 마체라트라든가 알렉산더 셰프라가 앉아 있는 의자의 다리를 노래로 뽑아 버릴 수도 없었다. 가능하다면 나는 좀더 해롭지 않고 좀더 자연스러운 방법으로 몸을 보호하고 싶었다.

유리, 유리, 쪼끄만 유리   71

그러나 해(害)가 없는 것은 어느 것 하나도 내 말을 들으려 하지 않았다. 다만 유리만이 내 말을 들어 주었다. 그 대신 변상하지 않으면 안 되었던 것이다.
 이런 종류의 구경거리로서 내가 최초로 성공한 것은 세 살을 맞는 생일이 조금 지났을 때였다. 그때 나는 북을 손에 들고, 아마도 사 주일은 족히 걸렸을 테지만, 그 동안 천부적인 근면성으로 북을 두들겨 부수고만 것이다. 물론 빨강과 하양으로 나누어 칠해진 몸통은 아직도 북의 밑부분과 윗면을 결합시키고 있었지만 소리를 내는 면의 한가운데에 뚫린 구멍은 이제 그냥 지나칠 수 없게 되어 있었다. 나는 북의 밑바닥을 모멸하고 있었기 때문에 구멍은 점점 커지고 완전히 고물이 되어 테두리는 날카로운 톱니 모양으로 변했고 가냘픈 소리를 내는 양철은 찢어져서 북 속으로 떨어져 버려 두들길 때마다 불쾌하게 덜컹덜컹 소리를 냈다. 그리고 거실의 융단이나 침실의 적갈색 바닥 등 도처에서 내 수난의 북의 양철 위에서는 더 이상 참을 수 없게 된 하얀 니스 조각이 반짝반짝 빛나고 있었다.
 사람들은 내가 그 날카롭고 위험한 양철 모서리에 손을 베지나 않을까 하고 걱정했다. 특히 지하실 층계에서 굴러떨어진 뒤부터 언제나 나에게 주의를 기울이고 있던 마체라트는 북을 두들길 때 조심하라고 말했다. 사실 나는 언제나 가장 심하게 두들길 때는 손목이 뾰족뾰족한 분화구 언저리에 닿을 것 같았기 때문에 마체라트의 걱정이 좀 과장되긴 했으나 전혀 이유가 없는 것은 아니라고 인정하게 되었다. 새 북을 사주면 모든 위험을 없앨 수 있을 터인데도 아무도 새 북 같은 것은 전혀 생각하지 않고 오랫동안 길들여진 내 낡은 양철북을 빼앗을 생각만 하고 있었다. 나와 함께 추락하여 병원에 입원했다가 또 동시에 퇴원했고 나와 함께 층계를 오르내리며 나와 함께 자갈로 포장된 길이나 보도를 『식초에 절인 청어, 하나 둘 셋』 사이를 지나 『네가 보지 못하는 것을 나는 본다.』라든가 『검둥이 식모』 옆을 통과해온 이 양철북을 나에게서 빼앗고 그 대신의 것을 주려고는 하지 않았다. 시시한 초콜릿으로 나를 낚으려고 했다. 어머니니는 초콜릿을 내밀며 게다가 휘파람까지 불었다. 마체라트는 일부러 무서운 얼굴을 하고 불구가 된 내 악기에 손을 뻗쳤다. 나는 이 잔해에 매달렸다. 그는 잡아당겼다. 나의 북을 겨우 두들길 수 있을 정도로 힘은 벌써 쇠퇴하기 시작했다. 빨간 불꽃이 나에게서 상대방 쪽으로 서서히 미끄러져 가서 몸통 언저리가 내 손에서 떠나갈 것처럼 되었다. 그때, 지금까지는 얌전하기만 하고 거의 순종적인 어린이라고 여겨지고 있던 오스카르가 파괴적인 힘을 가진 최초의 고함을 지르는 데에 성공한 것이다. 우리집의 세로 모양인 큰 시계의 벌꿀빛 문자판을, 먼지와 죽어가는 파리로부터 보호하고 있는 잘 닦여진 둥근 유리가 산산이 부서져 적갈색 바닥에 떨어지고——융단은 시계가 놓인 곳까지 깔려져 있지 않았으므로——일부는 다시 한 번 산산조각이 난 것이다. 그러나 값비싼 기계 내부는 아무런 손상도 입지 않았다. 시계추는——그것을 일종의 시계추라고 할 수 있다면——천천히 계속 움직이고 있었고 바늘도 마찬가지였다. 평소에는 아주 조그만 충격에도, 밖에서 지나가는 맥주를 실은 트럭에도 신경질적인, 거의 히스테릭한 반응을 나타내던 음향 장치도 내 고함 소리에 영향을 받은 것 같지는 않았다. 그러나 유리는 산산이 흩어진 것이다. 아니, 아주 박살이 나고 만 것이다.

「시계가 부서졌다.」 하고 마체라트는 소리지르며 북을 놓았다. 얼핏 보았을 때 내 고함 소리는 시계의 본체에는 아무런 손상도 입히지 않고 다만 유리가 깨어졌을 뿐이라는 것을 나는 확신했다. 그러나 마체라트에게도 또 어머니에게도, 그리고 또 일요일 오후면 가끔 집에 오곤 하던 백부인 얀 브론스키에게도 문자판의 유리가 깨어졌을 뿐이 아니라고 생각되었다. 파랗게 질린 그들은 당혹한 얼굴로 서로 마주 보며 타일을 입힌 난로를 더듬거나 피아노와 찬장에 매달려 그 자리에서 움직이려 하지 않았다. 얀 브론스키가 기도하듯이 흰자위를 드러내고 마른 입술을 움직였다. 나는 오늘까지도 믿고 있지만 백부의 노력은 구원과 자비를 추구하는 기도의 문구, 예를 들면 『세상의 죄를 제거해 주시는 천주의 어린 양——우리를 불쌍히 여기소서.』에 향해지고 있었다고 생각한다. 그리고 이 문구를 세 번, 그리고는 다시 한 번 외었다. 오오 주여, 당신을 우리 지붕 밑에 모셔들이기는 황송하오나, 다만 한 말씀만 해주시면……

 물론 신은 한 말씀도 해주시지 않았다. 사실 깨어진 것은 시계가 아니라 단지 유리뿐이었으니까. 그러나 어른들과 시계에 대한 관계는 참으로 기묘하고 어린애 같다. 그런 의미에서 나는 결코 어린애가 아니었다. 더욱이 시계는 어쩌면 어른들이 만들어낸 가장 훌륭한 제품이었을 것이다. 그러나 아무래도 사정이 그러하니까 근면과 야심, 그리고 약간의 행운의 결과라고 하더라도 어른은 창조자일 수 있는 동시에, 곧 자기의 획기적인 발명품의 노예가 되고 마는 것이다.

 게다가 시계는 어른이 없으면 여전히 아무것도 아니다. 시계의 태엽을 감아 주고 바늘을 앞으로 돌리기도 하고 또 늦추기도 한다. 시계점에 가지고 가서 조정하기도 하고 말끔히 청소하기도 하고 필요하다면 수선을 부탁하기도 한다. 금세 소리가 나지 않게 되는 뻐꾸기 시계의 경우, 쓰러진 소금통의 경우, 아침의 거미나 왼쪽에 있는 검은 고양이의 경우, 청소할 때 못이 느슨해져서 벽에서 떨어지는 백부님의 유화(油畵)의 경우, 거울의 경우와 마찬가지로 어른은 시계의 배후나 속에서 시계가 제시하는 것 이상의 것을 보는 것이다.

 어머니는 꿈꾸는 듯한 표정을 짓고 있으면서도 매우 냉정한 눈을 가지고 있고 또 어떤 위태로운 징후도 자기에게 유리하도록 해석해 버리는 경박한 여자였는데 이때에도 역시 위급한 장면을 구제하는 말을 생각해냈다.

 「유리 파편은 행복을 가져다 줘요.」 하고 그녀는 손가락을 딱 소리가 나게 꺾으면서 소리질렀다. 그리고는 쓰레받이와 빗자루를 가지고 와서 파편, 또는 행복을 쓸어모았다.

 어머니의 말을 인용한다면 나는 양친이나 친척들, 또는 친지나 미지의 사람들에게 많은 행복을 가져다 준 셈이 된다. 내 북을 빼앗으려고 한 그 누구를 막론하고 맥주가 가득히 부어진 잔, 빈 맥주병, 봄을 해방하는 향수병, 장식 과일을 담은 크리스탈 접시, 즉 유리 공장에서 유리 직공의 입김 덕분에 유리로서 태어나고 일부는 단지 유리 그 자체의 가치로, 일부는 예술적인 유리 제품으로서 시장에 내놓아진 모든 것을 고함 소리로 파괴하고 노래로 파괴하고 산산이 부숨으로써 행복을 가져다 준 것이다.
　너무 크게 손해가 나지 않게 하기 위해──이렇게 말하는 것은 나는 아름다운 형태를 지닌 유리 제품을 사랑하고 있었고 또 지금도 사랑하고 있기 때문이지만──밤에 나와 함께 침대에 들어 있는 북을 빼앗길 지경이 되면 우리집 거실에서 수고하고 있는 매달린 네 전등 중에서 한 개 또는 두세 개를 깨뜨리곤 했다. 이윽고 나는 네 살이 되는 생일을 맞이했다. 1928년 9월 초의 일로서 생일을 축하하기 위해서 모인 사람들, 양친, 브론스키의 가족들, 할머니인 콜야이체크, 셰프라 및 그레프의 가족들은 온갖 선물을 주었다. 납으로 만든 군인, 돛배, 소방 자동차──그러나 양철북만은 없었다. 그들은 모두 내가 납으로 만든 군인과 친해지고 소방놀이 같은 엉뚱한 장난을 하며 시간을 보내면 좋겠다고 생각하고 있었던 것이다. 그래서 부서졌지만 아직도 건재한 저 북을 나에게 주지는 않고 나에게서 양철북을 빼앗는 대신 바보스럽고 게다가 쓸모도 없는 돛을 단 작은 배를 억지로 내 손에 쥐어 주려고 했는데 나와 내 희망을 꿰뚫어보지 못하는 눈밖에 가지지 못한 그들 모두를 나는 매달린 전구를 네 개 모두 잇따라 살육하는 고함 소리로써 전세의 암흑 속으로 밀어 넣었다.
　어른들의 꼴이란 참으로 가관이었다. 처음에는 공포의 외마디 소리를 지르고 빛의 재래(再來)를 마음속으로 빈 뒤 그들은 어둠에 익숙해졌다. 작은 시테판 브론스키를 제외하고 단지 한 사람 어둠 속에서 아무것도 빼앗을 수 없었던 할머니 콜야이체크가 울부짖고 있는 시테판에게 치마를 붙들게 한 채 가게에 수지(獸脂) 양초를 사러 가서 밝은 촛불을 손에 들고 돌아와 방 안을 비추었을 때 생일 축하주에 잔뜩 취한 나머지 사람들은 기묘하게 짝을 짓고 두 사람씩 엉겨붙어 있었다.
　생각했던 대로 어머니는 블라우스의 깃을 흐트러뜨리고 얀 브론스키의 무릎 위에 옹크리고 있었다. 다리가 짧은 빵집 주인 알렉산더 셰프라가 그레프 부인 속으로 숨어들 듯이 하고 있는 것을 보면 역겨웠다. 마체라트는 그레트헨 셰프라의 마치 말 입 같은 금니를 핥고 있었다. 헤트비히 브론스키만은 촛불 속에서 보니까 경건한 소의 눈을 하고 두 손을 무릎에 놓은 채 채소 장수 그레프 가까이에, 그러나 그다지 가깝지는 않은 곳에 앉아 있었다. 그레프는 술을 마시지 않았으나 노래는 불렀다. 달콤하고 감상적으로 우수를 자아내듯이 노래하고 헤트비히 브론스키를 합창으로 끌어들이듯이 노래를 부른 것이다. 그들은 보이 스카우트의 노래를 이중창으로 불렀다. 그 가사에 의하면 산신령 뤼베차르는 리젠게비르게 산맥을 헤매지 않으면 안 되는 것이었다.

모두들 내 일 같은 것은 잊어버리고 있었다. 오스카르는 북의 잔해를 안고 탁자 밑에 앉아 그래도 리듬 같은 것을 양철에서 끄집어냈다. 가냘프고 그러면서도 균일한 북소리가 부부를 바꾸어 짝짓고 그 방에 눕거나 앉아 있는 그 사람들에게 그저 황홀하고 기분좋은 것일 수 있음이 결과로서 나타난 것이리라. 즉, 니스를 칠하듯이 북소리가 그들의 근면함을 열렬하게, 그러면서도 진지하게 증명할 때에 발하는 키스 소리와 빨아대는 소리를 가려 주고 덮어 준 것이다.

할머니가 돌아왔을 때 나는 여전히 탁자 밑에 있었는데 촛불을 들고 있는 할머니의 모습은 성난 천사와도 같았다. 그녀는 촛불 빛으로 소돔을 시찰하고 고모라를 가려낸 뒤 촛불을 흔들며 욕을 퍼붓고 모든 것이 불결하다고 말했다. 그리고는 촛불을 접시 위에 세우고 찬장에서 스카트의 트럼프를 가지고 와서 탁자에 집어 던지며 아직도 울고 있는 시테판을 달래면서 생일 축하의 제2부를 시작하겠다고 알림으로써 이 리젠게비르게를 아는 뤼베차르의 산책과도 같은 목가적 풍경을 끝나게 한 것이다. 이윽고 마체라트가 매달린 전등의 낡은 소켓에 새 전구를 갈아 끼우고 의자가 옮겨지면서 맥주병이 흔들려 달깍달깍 소리를 냈다. 내 머리 위에서 10분의 1 프페니히 스카트 놀이가 시작되었다. 어머니는 시작하자마자 4분의 1 프페니히 스카트를 제안했으나 백부인 얀에게 그것은 너무나도 모험적이었다. 만일 수산양이나 으뜸패 넉 장이 이따금 일거에 판돈을 올리지 않았다면 10분의 1 프페니히의 인색한 승부가 계속되었을 것이다.

나는 탁자 아래로 늘어뜨려진 탁자 덮개천 뒤에 있어서 기분이 좋았다.

가볍게 북을 두들기면서 나는 머리 위에서 카드에 열중하고 있는 주먹과 마주쳤다. 나는 놀이의 진행을 쫓아갔는데 한 시간 뒤에 스카트가 선언되었다. 얀 브론스키가 진 것이었다. 그는 솜씨가 좋았음에도 불구하고 졌다. 그의 주의력이 부족했으니까 이상할 것도 없다. 그는 2가 없는 다이아몬드와는 전혀 상관이 없는 딴일을 생각하고 있었던 것이다. 놀이가 시작되자 여전히 조금 전의 조그만 소란을 무의미하게 만드는 이야기를 그의 숙모와 하면서 검은 단화를 벗고 회색 양말을 신은 왼발로 내 얼굴의 옆을 지나 맞은편에 앉아 있는 내 어머니의 무릎을 찾았고 그리고는 찾아냈다. 어머니가 그의 발이 닿자마자 탁자 쪽으로 몸을 바싹 접근시켰기 때문에 마체라트에게 밀어올려져 33점을 획득한 얀은 처음에 발끝으로 어머니의 옷자락을 걷어올리고 알맹이가 들어 있는 양말 전체로——물론 그날 신은 것은 거의 새 양말이었지만——어머니의 넓적다리 사이를 편력할 수 있었던 것이다. 참으로 놀라운 것은, 어머니는 탁자 밑에서 순모(純毛)의 공격을 받았음에도 불구하고 빳빳하게 풀을 먹인 탁자 덮개천 위에서 가장 대담하게 놀이를 진행하여——그 속에는 4가 없는 클럽이 있었다——그야말로 유머러스한 대화를 확실하게 반주하면서 승리를 거두었다. 한편 얀은 아래 쪽에서 점점 더 맹렬해졌기 때문에 위에서는 오스카르가 놀이를 하더라도 졸면서도 이길 수 있는 승부를 몇 번이나 놓치고 말았다.

 나중에는 지쳐 버린 시테판도 탁자 밑으로 기어들어와 이윽고 거기에서 잠이 들고 말았는데 잠들기 전에 그의 아버지의 다리가 내 어머니의 치마 밑에서 무엇을 찾고 있는지 그로서는 알 수가 없었다.

 개었던 하늘이 흐려지기 시작하고 오후에는 후두둑후두둑 소나기가 내렸다. 다음날에 벌써 얀 브론스키는 생일 선물로 준 돛배를 가지러 와서 이 째째한 장난감을 병기창 거리의 지기스문트 마르크스의 가게에서 양철북과 바꾸어 가지고 오후 늦게 조금 비에 젖으면서 나로서는 눈에 익은 하양과 빨강으로 불길 무늬를 그린 북을 집으로 가지고 와서 내게 내밀며 동시에 하양과 빨강의 니스의 단편밖에 남아 있지 않은 정든 양철북을 움켜쥐었다. 얀이 낡은 양철을, 그리고 내가 새 양철을 손에 들고 있는 동안 얀과 어머니와 마체라트의 눈은 오스카르에게 집중되어 있었다――나는 거의 미소짓지 않을 수 없었다――대체 그들은 내가 예로부터의 좋지 않은 습관을 지키고 가슴속의 원칙을 바꾸지 않았다는 것을 생각이나 했을까?

모든 사람의 기대와는 달리 고함 소리도 지르지 않고 유리를 부수는 노래를 목청껏 부르지도 않고 나는 고철이 된 북을 건네 주고, 곧 두 손으로 새 악기를 만지작거리기 시작했다. 세심한 주의를 기울여 두 시간 가량 북을 두들기는 동안에 새 북이 차츰 손에 익었다.

그러나 내 주위의 어른들이 모두 얀 브론스키 같은 이해심을 보여 준 것은 아니다. 1929년, 다섯 살의 생일을 보낸 뒤 곧――그 무렵 뉴욕의 주식 공황에 대한 것이 여러 가지로 화제가 되고 있어서 목재 장사를 하는 할아버지 콜야이체크도 먼 버팔로에서 손해를 입은 것은 아닐까 하고 나는 생각하기도 했다――어머니는 이미 그냥 지나칠 수 없을 만큼 내 성장이 정지하고 있는 것이 불안해져서 내 손을 끌고 수요일마다 브룬스회프 거리에 있는 홀라츠 박사에게 치료를 받으러 다니기 시작했다. 나는 그야말로 성가신, 언제까지나 계속되는 진찰을 참았다. 그것은 홀라츠 박사의 옆에 서서 거들고 있는 잉게 간호사의 산뜻한 흰 옷이 그 무렵 이미 내 마음에 들었기 때문이고 전쟁중 간호사 시절의 사진에 남아 있는 어머니 모습을 생각해냈기 때문이다. 그리고 언제나 새로운 흰 옷의 주름을 열심히 만지작거림으로써 강조하기 때문에 힘이 들어 있고 그리고 또다시 백부의 말처럼 불쾌하게 들리는 도도한 의사의 변설을 흘려 버릴 수가 있었기 때문이다.

진료실의 도구를 안경 유리에 비추면서――그 속에는 많은 크롬, 니켈, 연마용(研磨用) 니스가 있고 또한 선반과 유리 찬장이 있고 그 속에는 또 뱀, 영원, 개구리, 돼지, 사람, 원숭이의 태아라고 깨끗한 글씨로 씌어진 유리병이 진열되어 있었다――이러한 알콜에 담겨진 과실을 안경 유리로 포착하면서 홀라츠는 여러 가지로 진찰을 한 뒤 내 병력을 뒤적거리고는 걱정스러운 듯이 고개를 흔들고 또다시 어머니에게 내가 지하실 층계에서 추락한 경위를 설명하게 했다. 그리고 그녀가 판자 뚜껑을 열어 놓은 채

방치한 마체라트를 끝없이 매도하며 영원히 그 죄는 사라지지 않을 것이라고 말하자 의사는 그만해 두라면서 어머니를 달랬다.

몇 달 뒤, 예의 수요일에 진찰을 받으러 갔을 때 의사는 어쩌면 자기를 위해서, 또 어쩌면 잉게 간호사를 위해서 지금까지의 치료 성과를 증명하려고 나에게서 북을 빼앗으려 했는데 그때 나는 그의 뱀과 개구리 수집품의 대부분, 그리고 그가 각종 혈통의 태아에 관해서 수집한 모든 것을 파괴하고 만 것이다.

가득 부어져 있지만 뚜껑은 따지 않은 맥주컵과 어머니의 향수병을 제외하고 오스카르는 이렇게 많은, 알맹이가 들어 있고 단단히 봉인되어 있는 유리병에 솜씨를 시험해 본 적은 없었다. 그것은 유례를 볼 수 없을 만큼 성공을 거두어 그 자리에 있던 모든 사람에게, 또 나와 유리와의 관계를 알고 있는 어머니에게조차도 압도적이며 놀라운 일이었다. 최초에 지른 짧은 소리로 나는 홀라츠의 구역질을 자아내게 할 만큼 기묘한 수집품이 들어 있는 유리 선반을 종횡으로 헤쳐 버리고 그런 다음 선반의 전면에 끼워져 있는, 거의 정사각형의 유리를 건들건들 앞쪽으로 흔들어 리놀륨 바닥 위에 떨어뜨렸다. 유리는 정방형의 형태를 유지하여 짤랑하고 바닥에 떨어져서는 산산이 부서졌다. 다시 나는 고함 소리에 좀더 표정을 넣고 그야말로 최대의 날카로움을 거기에 더했다. 그리고 완전히 무장된 소리를 가지고 차례로 시험관을 엄습한 것이다.

유리는 쨍그랑 소리를 내면서 사방으로 흩어졌다. 일부에서는 농축된 푸르스름한 알콜이 쏟아져 나와 빛이 바래어 약간 지쳐 보이는 그 속의 표본과 함께 치료실의 붉은 리놀륨 바닥에 흘렀고 이렇게 말해도 괜찮다면 역겨운 냄새가 방안에 가득 찼기 때문에 어머니가 기분이 언짢아져서 잉게 간호사는 브룬스회프 거리에 면한 창문을 열지 않으면 안 되었다.

홀라츠 박사는 그의 수집품의 손실을 하나의 성과로 바꾸는 방법을 알고 있었다. 내가 소동을 벌이고 나서 몇 주일 뒤에 〈의사와 세계〉라는 전문지에 그가 직접 쓴 나에 관한 논문이 발표되었다. 『노래로 유리를 파괴하는 목소리의 현상, 오스카르 M』이라는 것이었다. 홀라츠 박사가 거기에서 이십 페이지 이상에 걸쳐 전개한 주장은 국내외의 전문가들 사이에 관심을 불러일으켜 전문가들의 입에서 반대 의견도 찬성 의견도, 나왔다는 이야기였다. 그 잡지를 두세 부 송부받은 어머니는 그 논문이 자랑스러워 견딜 수 없었는데 거기에 대해서는 나도 생각에 잠기지 않을 수 없었다. 어머니는 그레프의 가족들 셰프라의 가족들, 그리고 그녀의 얀에게, 또 남편인 마체라트에게는 식사 후에 몇 번씩이나 그 일부를 읽어 주기에 여념이 없었다. 식료품 가게의 고객들조차도 참아가며 그 것을 읽지 않으면 안 되었고 전문 용어를 잘못 이해하고 있기는 하지만 기상천외하게 해석해 보이는 어머니에게 적당한 칭찬도 아끼지 않았다.

신문에 처음으로 내 이름이 실렸다는 사실은 나 자신에 대해서는 전혀 아무 이야기도 하지 않은 것이나 마찬가지였다. 당시 이미 눈뜨고 있었던 내 회의적인 눈으로 본다면 홀라츠 박사의 논문은 자세히 검토하면 알 수 있는 일이지만 교수 자리를 노리고 있는 의사가 그럴 듯하게 꾸며낸 장황하고 빗나간 의견이라고 말하지 않을 수 없다.

그 목소리는 양치질용 물컵도 움직일 수 없는, 오늘날 홀라츠와 같은 의사들이 드나들며 이른바 로르샤하 테스트나 연상 테스트, 또는 그 밖의 테스트를 실시하여 감금을 지시하기에 적당한 그럴 듯한 병명을 어떻게 해서든지 찾아내려고 하고 있는 정신 병원에서 오스카르는 자기 목소리의 선사 시대(先史時代)를 회고하기를 좋아하는 것이다.

그는 그 최초의 시기에는 다만 어쩔 수 없이, 다음에는 물론 철저히 규사(珪砂) 제품을 노래로 부수었지만 나중에 그의 예술의 전성기나 쇠퇴기에는 바깥으로부터의 압박을 느끼는 일 없이 그 힘을 발휘했다. 단순한 유희 충동에서, 또 말기에는 매너리즘에 빠져서, 또 예술을 위한 예술에 탐닉하여 오스카르는 유리 조직 속에 자기의 생각을 노래로 주입하고 그렇게 하면서 차츰 나이를 먹은 것이다.

시간표

클레프는 이따금 시간표를 만드는 일로 시간을 소비한다. 그가 시간표를 만들면서 항상 선지가 든 소시지와 따뜻한 콩을 먹고 있음은 한 마디로 말하면 몽상가는 대식가라는 나의 주장을 뒷받침하는 것이다. 클레프가 빈 칸을 메우는 일에 열중함은 참으로 게으른 자만이 노동을 절약하는 방법을 발명할 수 있다고 하는 나의 또하나의 주장을 확증해 준다.

이해에도 클레프는 두 주간에 걸친 노력 끝에 하루의 시간표를 작성했다. 어제 나를 찾아왔을 때, 그는 처음 한동안 감추고 있었으나 이윽고 아홉 번 접은 종이를 안주머니에서 꺼내어 환한 얼굴로 나에게 내밀었다. 그 얼굴은 이미 자랑스러워 보였다. 그는 다시 한 번 노동을 절약하는 방법을 발명한 것이었다.

나는 대충 훑어보았으나 특별히 새로운 점은 찾을 수 없었다. 열 시에 아침식사, 점심 때까지는 사색, 식후의 한 시간은 낮잠, 그리고 커피——가능하다면 침대까지 날라오게 한다. 침대에 앉아서 한 시간 동안 플루트, 일어나서 백파이프를 불며 방안을 한 시간 동안 행진, 문 밖 안뜰에서 반 시간 동안 백파이프, 이틀째마다 바꾸어 두 시간씩 맥주와 선지가 든 소시지, 아니면 두 시간 동안 영화, 그러나 어느 경우에나 영화관 앞이나 맥주를 마시면서 비합법적인 독일 공산당을 위해 눈에 띄지 않게 선전——반 시간을 초과해서는 안 된다!——주 사흘 밤은 『일각수(一角獸)』에서의 댄스 음악 연주가 적혀 있고 토요일엔 공산당 선전을 포함한 오후의 맥주가 밤으로 연기되었다. 오후에는 그린 거리에서의 목욕과 마사지 예약이 되어 있었으므로, 그뒤『U9』로 가서 사십오 분간 소녀와 건강법, 이어서 그 소녀와 소녀의 여자 친구를 데리고 쉬바프에서 커피와 케이크를 먹고 폐점이 임박했을 때 수염을 깎는다. 필요하다면 이발도 한다. 서둘러 자동 사진 촬영 박스에서 촬영, 그런 다음 맥주, 선지가 든 소시지, 공산당 선전, 그리고 나서 안식.
 나는 클레프가 시간표의 틈새에 예쁘게 그린 고딕 풍의 곡선 무늬를 칭찬하고 한 장 복사해 달라고 부탁했다. 그가 때때로 생기는 빈 시간을 어떻게 메우고 있는지 알고 싶었다. 클레프는 잠시 생각하고 나서「잠을 자거나 공산당에 대해서 생각한다.」라고 대답해 주었다.
 나는 그에게 오스카르가 어떻게 해서 최초의 시간표를 알게 되었는지를 이야기했을까?
 그것은 순진하게, 카우어 아주머니의 유치원과 함께 시작되었다. 헤트비히 브론스키가 매일 나를 마중나와서 시테판과 나를 포사도브스키 거리에 있는 카우어 아주머니에게로 데리고 갔다. 거기에서 우리는 여섯 명에서 열 명의 어린이들과——몇 명은 언제나 앓고 있었다——싫도록 놀지 않으면 안 되었다. 다행스럽게도 나의 북은 장난감으로 간주되어 집짓기를 하며 억지로 놀지 않아도 되었다. 그리고 종이 투구를 쓰고 북을 두들기는 기수(騎手)가 필요한 때에만 흔들목마에 태워졌다. 카우어 아주머니의 검은 비단으로 된, 천 번이나 단추를 채워야 하는 옷은 내 북을 실험하는 데 도움이 되었다. 자신있게 나는 말할 수 있다. 나는 내 양철을 가지고 하루에 몇 번씩이나 잔주름투성이인 이 야윈 올드 미스의 옷을 입혔다벗겼다 하는 데에 성공했다. 그런 때 나는 그녀의 육체 같은 것은 생각도 하지 않고 북을 두들김으로써 그녀의 단추를 끌렀다채웠다 한 것이다.
 오후의 산책은 밤나무 가로수 길을 지나 예시켄탈의 숲으로 가고 거기에서 에르프스 산에 올라가 구텐베르크 기념비 옆을 통과했는데 그것은 기분이 좋을 만큼 지루하면서도 즐겁고 어수룩한 것이었으므로 나는 오늘에라도 카우어 아주머니의 종잇장 같은 손을 끌고 그림 같은 그곳을 산책하고 싶을 정도이다.
 우리는 여덟 명이든 열두 명이든 열심히 잡아끌지 않으면 안 되었다. 이 견인구는 수레채를 뜻하는 담청색의 엮은그물로 되어 있었다. 모두 어린이 열두 명을 위한, 모직물로 된 재갈이 좌우에 여섯 개씩 이 모직물의 채에 달려 있고 십 센티 간격으로 방울이 매달려 있었다. 고삐를 잡은 카우어 아주머니 앞을 우리는 딸랑딸랑 방울을 울리고 재잘재잘 이야기를 나누면서, 그리고 나는 끈질기게 북을 두들기면서 가을의 교외 길을 천천히 앞으로 나아갔다. 이따금 카우어 아주머니는 『예수님, 나는 당신을 위해서 살고 예수님, 나는 당신을 위해서 죽습니다.』라든가 또 『바다의 별님, 안녕하세요?』라고 소리질렀고 우리들이 『마리아 님, 도와 주소서.』라든가 『성모 마리아, 인자하셔라.』를 맑게 갠 10월의 하늘에 털어놓으면 그것을 듣고 지나가던 사람들은 감동하였다. 우리가 한길을 건널 때면 교통은 차단되지 않으면 안 되었다. 우리가 바다의 별을 노래하면서 차도를 건너갈 때 시내 전차, 자동차, 마차의 움직임이 정지했다. 그러한 때에는 언제나 카우어 아주머니는 으드득으드득 소리를 낼 듯한 손을 흔들며 우리에게 길을 열어 준 교통 순경에게 인사를 하는 것이었다.
「예수님이 당신에게 보답할 것입니다.」 하고 그녀는 약속했고 옷자락 스치는 소리를 냈다.
오스카르가 여섯 살의 생일을 지내고 난 봄에 시테판 때문에 둘이 함께, 단추를 잠갔다끌렀다 해준 카우어 아주머니 곁을 떠나지 않으면 안 되었는데 나는 그것을 조금도 서운하게 생각하지 않았다. 정치가 입을 열 때는 언제나 그러했지만 폭동이 일어났다. 우리는 에르프스 산에 있었다. 카우어 아주머니는 모직물의 견인구를 우리에게서 풀어 주었다. 어린 나무가 반짝이고 가지마다 새 생명이 숨을 쉬기 시작하고 있었다. 카우어 아주머니는 이끼로 덮인 돌로 된 이정표에 앉아 있었는데 거기에는 한두 시간이면 갈 수 있는 산책로가 여러 방향으로 표시되어 있었다. 봄에는 어떤 기분을 느끼는지 알 수 없는 소녀처럼 그녀는 까딱까딱 머리를 움직이면서 노래를 읊조렸는데 그런 머리 동작은 뿔닭에게서나 볼 수 있는 것이었다. 그녀는 우리에게 새로운 견인구를 짜주었다. 그것은 빨간 밧줄로 만들 작정이었지만 유감스럽게도 나는 그것을 쥘 수 없었다. 왜냐하면 그때 수풀 속에서 고함 소리가 들렸기 때문이다. 카우어 아주머니는 옷자락을 날리면서 일어나서는 빨간 털실을 끌어당겨 짜고 있던 밧줄을 손에 든 채 굳어 버린 표정으로 고함 소리가 들리는 수풀 쪽으로 걸어갔다. 나는 그녀와 이제 곧 좀더 빨갛게 보일 털실 뒤를 따라갔다.

시테판의 코에서 몹시 피가 나고 있었다. 고수머리에다 관자놀이에 파란 정맥이 불거진 로타르라는 아이가 보기에도 애처로운 어린이의 가슴 위에 올라타고 마치 시테판의 코를 뭉개뜨리기라도 하려는 듯이 마구 때리고 있었다.
「폴라크(폴란드 인을 가리킴).」하고 그 아이는 때리면서 내뱉듯이 말했다.「폴라크!」
 오 분 뒤에 카우어 아주머니가 다시 우리를 담청색의 견인구에 붙들어맸을 때——나만은 마음대로 달려서 빨간 털실을 칭칭 감았다——그녀는 우리들 모두를 향해 보통 헌당식이나 성찬식 때 외우는 기도문을 읊어 주었다.「삼가 고개 숙이고 깊이 뉘우치는 마음으로……」
 그런 다음 에르프스 산에서 내려와 구텐베르크 기념비 앞에서 멈춰섰다. 훌쩍거리면서 손수건을 코에 대고 있는 시테판을 긴 손가락으로 가리키면서 그녀는 다정하게 이렇게 가르쳐 주었다.「저애가 폴란드 사람인 것은 결코 저애의 책임이 아니란다.」
 시테판은 카우어 아주머니의 권고에도 불구하고 두 번 다시 유치원에 가는 것을 허락받지 못했다. 오스카르는 폴란드 인이 아니었고 시테판과 특별히 사이좋게 지낸 것도 아니었지만 그와 함께 그만두기로 했다. 이윽고 부활제가 되어 간단한 검사가 실시되었다. 넓은 뿔테 안경을 쓴 홀라츠 박사는 지장이 없다는 것을 확인하고「오스카르 군은 지장이 없다.」라는 소견을 공표했다.
 부활제 뒤에 마찬가지로 시테판을 폴란드 국민학교에 넣으려고 생각한 얀 브론스키는 충고를 받아들이지 않고 나의 어머니와 마체라트에게 몇 번이나 이렇게 되풀이했다. 자기는 폴란드 관청의 관리이다, 폴란드 우체국에서 꼬박꼬박 급료를 주는 것이다. 즉 자기는 폴란드 인이며 헤트비히도 신청이 받아들여지면 폴란드 인이 되는 것이다. 게다가 시테판처럼 영리하고 정상적인 재능을 가진 아이는 집에서 독일어를 배울 수 있다. 그리고 오스카르 군에 대해서이지만——그는 오스카르라고 말할 때 조금 한숨을 쉬었다——오스카르는 시테판과 마찬가지로 여섯 살이지만 아직도 말을 제대로 못 한다. 나이에 비해 꽤 더딘 편이다. 성장에 대해서 말하고 있지만 어떻든 시도를 해보는 것이 좋다. 의무교육은 의무교육이니까——물론 학교 당국이 반대하지 않을 때의 이야기이지만.

학교 당국은 의심스럽다면서 의사의 증명서를 요구했다. 홀라츠는 나를 건강한 소년이라고 말해 주었다. 성장은 세 살짜리 어린애와 같지만 제대로 말은 못 하더라도 정신적으로는 다섯 살짜리, 여섯 살짜리에 비해 손색이 없다. 그는 또 나의 갑상선에 대한 소견을 늘어놓았다.

나는 진찰을 받고 이제는 익숙해진 테스트를 받는 동안 조용하고 무관심하게, 호의적이라고도 할 수 있을 정도의 태도를 취했다. 왜냐하면 아무도 나의 북을 빼앗으려고 하지 않았기 때문이다. 홀라츠의 뱀과 개구리, 그리고 태아의 수집품을 파괴한 것은 나를 진찰하고 시험하는 모든 사람에게 아직도 어제의 일 같았고 또 무서운 일이었기 때문이다.

아직도 집에 있을 때였는데 학교에 가는 첫날, 나는 내 목소리에 숨어 있는 다이아몬드의 효력을 발휘하지 않으면 안될 처지에 놓였다는 것을 알았다. 마체라트는 좀더 분별이 있을 터인데도 내가 북을 가지지 않고 프레벨 평원 맞은편에 있는 페스탈로치 학교에 갈 것을, 그리고 페스탈로치 학교 안으로도 양철북을 가지고 들어가지 말 것을 나에게 요구했기 때문이다.

끝내 그가 손을 내밀어 그의 것도 아닌, 그와 전혀 관계가 없는, 그가 신경조차 쓰고 있지 않던 것을 빼앗으려고 했을 때 나는 크게 소리를 질러 모두가 진짜다 진짜다 하고 감탄하고 있던 꽃병을 완전히 두 조각내고 말았다. 그 진짜 꽃병이 진짜 파편이 되어서 융단 위에 흩어져 버리자 그 꽃병에 대해 마음으로부터 애착을 느끼고 있던 마체라트는 나를 손으로 치려고 했다. 그러나 그때 어머니가 뛰어들었고 학용품 주머니를 손에 든 얀이 마침 시테판을 데리고 지나가다가 들른 것 같은 모습으로 냉큼 우리들 사이에 끼여들었다.

「이러지 마, 알프레트.」 하고 그는 침착하고 의젓한 어조로 말했다. 마체라트는 자기를 노려보는 얀의 파란 눈과 어머니의 잿빛 눈에 기가 질려 손을 내리더니 바지 주머니에 찔러 넣었다.

페스탈로치 학교는 벽화와 프레스코로 현대적으로 장식한, 붉은 벽돌로 된 사층 건물로서 지붕이 평평하고 길다란 사각형의 새 건물이었는데 그 무렵에는 아직도 한창 왕성하게 활동하고 있던 사회민주당의 당원에게 호되게 당한 끝에 어린이가 많은 교외의 시 참사회(參事會)에 의해 세워진 것이었다. 그 네모난 건물은 내 마음에 들었다. 그 냄새는 차치하고라도 벽화와 프레스코에 그려진 유겐트 양식으로 운동하는 소년들도 나쁘지는 않았다.

부자연스러울 만큼 작고 게다가 녹색을 띠기 시작한 나무가 현관 앞의, 자갈을 둘러싼 굽은 지팡이 같은 철봉 사이에 서 있었다. 여기저기에서 각양각색의 뾰족한 주머니를 들고 시끄럽게 떠들거나 모범생인 체하는 소년을 거느린 어머니들이 모여들었다. 오스카르는 아직까지 이렇게 많은 어머니가 한곳에 모여드는 것을 본 적이 없었다. 마치 어머니들이 자기의 장남과 차남을 팔아 버리기 위해 시장을 순례하러 오는 것 같은 느낌이 들었다.

이미 입구에서, 벌써 몇 번이나 묘사한 적이 있는 학교 특유의 냄새가 났는데 그것은 이 세상에서 알려져 있는 그 어떤 냄새보다도 친밀감을 느끼게 한다는 점에서 뛰어난 것이었다. 홀의 타일 위에는 네 개인가 다섯 개의 화강암 수반(水盤)이 자유로이 놓여져 있고 그 바닥으로부터는 몇몇 수원(水源)에서 끌어온 물이 동시에 높이 뿜어오르고 있었다. 나와 비슷한 나이의 어린이도 포함해서 소년들이 그 주위에 밀치락 달치락 모여들었는데 그들은 나에게 비사우의 빈첸트 백부네 집에 있는 암돼지를 연상시켰다. 이따금 옆으로 밀려나면서도 똑같이 목이 말라 있는, 몰려드는 새끼 돼지들을 찾고 있는 암돼지들을.

소년들은 수반 위에 끊임없이 한덩어리가 되어 수직으로 쏟아져 내리는 물의 탑 위에 웅크리고 머리카락을 앞쪽으로 늘어뜨린 채 벌린 입 속으로 샘물을 손으로 떠넣고 있는 것이었다. 놀고 있는 것인지 마시고 있는 것인지 나로서는 알 수가 없었다. 이따금 두 소년이 거의 동시에 볼을 부풀리고 얼굴을 들고는 틀림없이 침과 빵 찌꺼기가 섞여 있을, 입에 넣었던 미지근한 물을 큰소리를 내면서 버릇없이 서로의 얼굴에 내뿜곤 했다. 대기실 입구에서 왼쪽으로 이어진, 문이 열린 체육관을 무심히 바라보고 있는 나는 가죽으로 만든 뜀틀, 클라이밍폴과 클라이밍로프, 언제나 대차륜(大車輪 : 기계 체조에서의 대차)을 요구하는 무서운 철봉을 보면서 무엇으로도 해소되지 않을 갈증을 느껴 당장이라도 다른 소년들을 밀쳐 버리고 한 모금 마시고 싶은 충동을 느꼈다. 그러나 내 손을 잡고 있는 어머니에게 부탁해서 꼬마 오스카르를 저 수반 위에 올려 놓아 달라고 할 수는 없는 일이었다. 설사 북을 발판으로 삼더라도 분수에 까지는 미치지 않았을 것이다. 그러나 가볍게 뛰어올라 하나의 수반 언저리 너머를 바라보자 기름기가 도는 빵 찌꺼기가 물의 흐름을 가로막아 수반 속에 더러운 물이 괴어 있는 것을 분명히 확인할 수 있었기 때문에 갈증은 싹 가시고 말았다. 나의 몸이 체육관의 사막 같은 체조 기구 사이를 헤매고 있을 때는 확실히 갈증이 마음속에 누적되어 있었는데.

어머니는 나의 손을 끌고 거인을 위해서 만들어진 기념비적인 층계를 올라가 소리가 울리는 복도를 지나 문 위에 1A라고 씌어진 팻말이 매달려 있는 교실로 들어갔다. 교실은 나와 같은 나이의 소년들로 꽉 차 있었다. 소년의 어머니들은 창을 향해 벽 쪽에 모여 서서 윗부분이 파라핀 종이로 막아진, 나보다도 키가 큰 전통적인 각양각색의 종이 주머니를 앞에서 깍지낀 팔에다 매달고 있었는데 그것이 학교에 처음으로 가는 날의 관습이었다. 내 어머니도 똑같은 주머니를 가지고 있었다.

내가 어머니에게 이끌려 교실에 발을 들여놓았을 때 학생도, 학생의 어머니들도 모두 웃었다. 나는 내 북을 두들기려고 한, 뚱뚱한 소년의 정강이를 몇 번이나 걷어차지 않으면 안 되었다, 노래로 유리를 깨지 않기 위해서, 그러자 그 아이는 넘어져서 깨끗하게 빗은 머리를 걸상에 부딪혔다. 덕분에 나는 어머니에게 뒤통수를 한 대 얻어맞았다. 그 아이는 큰소리를 질렀다. 물론 나는 소리지르지 않았다. 내가 소리를 지르는 것은 북을 빼앗길 지경에 이르렀을 때뿐인 것이다. 다른 어머니들 앞에서 이런 소란을 피운 데에 마음을 상한 어머니는 창문 옆 좌석의 맨 앞 의자에 나를 밀어넣었다. 당연한 일이지만 의자는 너무 컸다. 그러나 뒤로 감에 따라 의자는 점점 더 커지고 거기에는 좀더 난폭하고 좀더 주근깨가 많은 아이들이 앉아 있었다.
 나는 만족하여 의젓하게 앉아 있었다. 흥분할 이유는 아무것도 없었던 것이다. 여전히 당혹해하고 있는 듯한 어머니는 다른 어머니들 사이에 잔뜩 위축되어 있었다. 아마도 이른바 나의 발육부진 때문에 다른 어머니들 보기가 부끄러웠던 것이리라. 그녀들은 내 느낌으로는 너무나도 빨리 자란 자기들의 개구쟁이를 자랑스럽게 생각할 이유가 있는 듯한 얼굴을 하고 있었다.
 창문의 높이가 걸상의 높이와 마찬가지로 내 체격에는 맞지 않게 되어 있었으므로 나는 창문을 통해 프레벨 평원을 바라볼 수는 없었다. 그때, 될 수만 있다면 프레벨 평원을 한 번 보고 싶었던 것이다. 거기에서는 내가 알고 있는 대로 채소 장수 그레프의 지휘 아래 보이 스카우트가 텐트를 치고 카드 놀이를 하고 있었고 보이 스카우트로서는 당연한 친절을 베풀고 있었다. 나는 이 텐트 생활을 과장해서 찬미하는 일 따위에 흥미를 가진 적은 없었다. 다만 그레프의 반바지 차림에 흥미가 있을 뿐이었다. 비록 창백하더라도 되도록 눈이 크고 야윈 소년들에 대한 그의 애정은 그가 보이 스카우트의 창설자 베이도 파우엘의 제복을 그 애정에 입힐 만큼 큰 것이 아니었을까.
 지겨운 건축물 때문에 모처럼의 조망(眺望)을 빼앗긴 나는 가까스로 하늘을 바라볼 수 있었을 뿐인데 나중에는 그것으로 만족했다. 끊임없이 새구름이 북서쪽에서 남동쪽으로 흘렀다. 마치 그 방향이 구름에게 무언가 특별한 것을 내밀어 보이기라도 할 수 있는 것 같았다. 지금까지 단 한 번도 방랑을 생각해 본 적이 없는 나의 북을 나는 무릎과 걸상의 칸막이 사이에 끼워 넣었다. 등을 기대기 위한 등받이가 오스카르의 뒷머리를 받쳐 주고 있었다. 내 뒤에서는 이른바 동급생들이 재잘대고 짖어대며 웃고 울고 또 떠들어대고 있었다. 종이 뭉치를 나에게 던지는 놈도 있었지만 나는 뒤돌아보지 않았다. 목표를 정하고 흘러가는 구름을 바라보는 쪽이 찡그린 얼굴을 하고 마치 머리가 돌아버린 것처럼 날뛰는 이 개구쟁이들을 바라보는 것보다는 훨씬 더 미적(美的)이라고 생각했다.
 1A의 학급은 조용해지고 한 여자가 들어왔다. 그녀는 나중에 스폴렌

하우어라고 자기를 소개했다. 나는 조용해질 필요는 없었다. 나는 아까부터 조용했고 거의 명상에 잠긴 채 다음에 시작될 일을 기다리고 있었으니까. 솔직히 말하면 오스카르는 다음에 시작될 일을 기다릴 필요 같은 것은 조금도 느끼고 있지 않았다. 그는 결코 기분풀이를 할 필요는 없었다. 즉 그는 기다리고 있는 것이 아니라 다만 북의 감촉을 피부로 느끼면서 걸상에 앉아 있었다. 그리고 부활제 때문에 잘 닦여진 유리창 너머의——아니 어쩌면 그 앞의——구름을 바라보면서 만족하고 있었던 것이다.

스폴렌하우어 선생은 직선으로 재단한 양복을 입고 있었는데 그것은 그녀에게서 딱딱한 남자 같은 인상을 풍기게 했다. 이러한 인상은 목줄기에서 주름을 늘이고 목의 중심부에서 죄어진, 세탁이 가능해 보이는 좁고 딱딱한 칼라에 의해 한층 더 강해졌다. 그녀는 평평한 운동화를 신고 교실 안으로 들어서자마자 학생들의 비위를 맞추듯이 이렇게 질문했다.

「자 여러분, 노래부를 줄 알아요?」

어린이들은 저마다 와아와아 하고 대답했는데 그녀는 그것을 찬성의 대답이라고 생각하고 아직 4월 중순인데도 한껏 목소리를 가다듬어 봄의 노래 『5월이 왔네』를 부르기 시작했다. 그녀가 노래로 5월을 알리자 갑자기 벌집을 쑤신 것처럼 되었다. 노래를 시작하라는 신호도 기다리지 않은 채 가사도 제대로 모르고, 이 노래의 단순한 리듬에 대한 감각도 없으면서 내 뒤에 있는 한 떼는 벽의 장식이 흔들릴 만큼 저마다 고래고래 소리를 지르기 시작한 것이다.

스폴렌하우어는 그 누르스름한 피부 빛깔에도 불구하고, 단발과 칼라 밑으로 비져나온 남자 같은 넥타이에도 불구하고 나는 그녀에게 별로 호감을 느끼지 못했다. 나는 분명히 학교 따위에 아랑곳없는 구름에서 눈을 떼고 벌떡 일어나 바지의 멜빵 밑에서 북채를 꺼내들고는 소리높여 분명하게 그 노래의 박자를 북으로 두들겼다. 그러나 뒤에 있는 개구쟁이 무리들은 거기에 대한 감각도 없었고 귀도 가지고 있지 않았다. 스폴렌하우어 선생만은 용기를 북돋우듯이 나에게 고개를 끄덕여 보이고 벽에 달라붙어 서 있는 어머니들에게는 미소를 보냈다. 그리고 특히 나의 어머니에게는 눈짓까지 해보였는데 그 눈짓은 마치 침착하게 북을 계속 두들기고 마지막에는 복잡한 곡을 연주해서 내 모든 작품을 발표해도 좋다는 것을 나에게 알리려는 신호처럼 느껴졌다. 아까부터 등 뒤의 악대는 야만스러운 아우성 소리를 중지하고 있었다. 이미 나는 내 북이 수업(授業)을 하고 가르치고 동급생 중의 몇 사람인가를 제자로 만드는 것이라고 생각하고 있었다. 그때 스폴렌하우어가 내 의자 앞에 와 서서 주의 깊게 그리고 결코 일부러 그러는 것이 아니라 오히려 자기 자신을 잊은 듯이 미소지으면서 내 손과 북채를 바라보았다. 그리고는 나와 함께 박자를 맞추려고 하여 순간 인상이 나쁘지 않은 연상의 아가씨처럼 행동한 것이다. 그리고 자기가 교직에 있다는 것을 잊고 판에 박은 교사의 풍자화에서 빠져나와 인간적인 모습으로, 즉 어린애 같고, 호기심에 넘치고, 복잡한, 세상에 대한 체면 따위를 돌보지 않는 아가씨가 된 것이다.

그러나 스폴렌하우어 선생은 내 북의 리듬을 당장은 정확하게 따라갈 수 없다는 것을 알게 되자 다시 본래의 우직스럽기만 한, 게다가 보수가 적은 교사라는 직업으로 돌아가 여교사가 이따금 나타내지 않으면 안 되는 결단을 내리는 듯한 인상을 보이면서 이렇게 말했다.

「너는 정말로 그 오스카르 군이로구나. 너에 대해서는 여러 가지로 듣고 있었단다. 정말 북을 잘 치는구나. 여러분. 그렇지요? 우리의 오스카르 군은 북의 명인이지요?」

어린이들은 큰소리로 고함을 질렀고 어머니들은 한층 더 서로의 몸을 가까이 했다. 스폴렌하우어 양은 스스로를 억제했다. 그녀는 약간 꾸민 듯한 목소리로 계속해서 말했다.「하지만 북은 교실 선반에 넣어 두기로 해요, 북은 지쳐서 쉬고 싶어하고 있으니까. 나중에 수업이 끝나면 북을 가져가도 괜찮아요.」

이 그럴 듯한 말을 장황하게 늘어놓고 있는 동안에도 그녀는 교사답게 짧게 깎은 손톱을 나에게 보이고는, 맹세코 말하지만 지치지도 않고 졸리지도 않은 북을 짧은 손톱으로 열 번이나 잡으려다가는 놓쳤다. 처음에 나는 꼭 붙잡고 있었다. 스웨터 소매에 가려진 팔을 하양과 빨강의 무늬가 그려진 북 언저리에 감고 그녀를 쳐다보았다. 그리고는 그녀가 의연하게 예로부터 판에 박은 국민학교 교사의 태도를 무너뜨리지 않았기 때문에 그녀의 본질을 간파하고 스폴렌하우어 선생의 마음속에서 3장(章)에 걸쳐 엮어나기기에 충분한 부도덕한 이야기를 발견했다. 그러나 문제는 내 북이었기 때문에 그녀의 내면 생활에서 몸을 뺐다. 그리고 내 눈이 그녀의 견갑골 사이에서, 손질이 잘된 피부 위에서, 긴 털이 돋아 있는 굴덴 금화만한 크기의 주근깨를 발견했을 때 그것을 기록해 두었다.

그녀는 나에게 무시당했음을 느꼈기 때문인지 내 목소리가 그녀에게 경고를 하기 위해 손해가 가지 않는 방향에서 오른쪽 안경알을 금가게 했기 때문인지는 모르지만 그녀는 손가락 마디가 하얗게 될 만큼 집중시키고 있던 힘을 뺐다. 아마도 안경을 금가게 한 데에 기분을 상한 모양이었다. 그녀는 몸서리를 치며 북에서 손을 떼고 말했다.「너는 나쁜 오스카르로구나.」그리고는 어디에 시선을 두어야 할지 모르고 있는 어머니에게 비난에 찬 눈길을 보내고 빈틈없는 북을 나에게 맡기고는 홱 방향을 돌려 굽이 낮은 구두로 교탁으로 돌아갔다. 그녀는 손가방에서 돋보기인 듯한 다른 안경을 꺼내더니 손톱으로 유리창을 할퀴듯이 내 목소리에 의해 금간 안경을 단호하게 콧등에서 벗었다. 그리고는 마치 내가 그녀의 안경을 손상시켰다는 듯한 동작을 취하고 새끼손가락을 탁 퉁기면서 다른 안경을 코에다 걸쳤다. 그리고 딱 소리가 날 정도로 등골을 펴고 다시 한 번 손가방에 손을 넣으면서 입을 열었다.「그럼 여러분, 시간표를 알려 드리겠어요.」

한 뭉치의 종이 다발을 가방에서 꺼내어 자기 것 한 장을 빼놓고는 나머지를 어머니들에게 돌렸다. 물론 나의 어머니에게도. 그리고는 마지막으로 이미 떠들어대기 시작한 여섯 살짜리들에게 시간표에 씌어 있는 것을 확실하게 알려 주었다.「월요일, 종교·작문·산수·유희. 화요일, 산수·습자·음악·박물. 수요일, 산수·습자·그림·그림. 목요일, 향토지(鄕土誌)·산수·작문·종교. 금요일, 산수·작문·유희·습자. 토요일, 산수·음악·유희·유희.」

스폴렌하우어 선생은 바꿀 수 없는 운명인 것처럼 이 시간표를 발표하고 이 국민학교 교원 회의의 산물에 일자 일구도 소홀히 하지 않는 엄숙한 목소리를 부여했다. 그리고는 자기의 사범학교 시대를 돌이켜 생각하여 갑자기 상냥해지며 만면에 교사 특유의 쾌활성을 띠고 즐거운 듯한 소리를 냈다. 「자 여러분, 모두 함께 다시 한 번, 처음부터 끝까지 되풀이합시다. 자——월요일」

모두가 월요일 하고 소리질렀다.

다음에 그녀가 소리쳤다. 「종교!」 하고. 세례를 받은 탐탁치 않은 신자들이 종교라는 단어를 외웠다. 나는 목소리를 아껴 그 대신 양철 북으로 종교라는 철자를 두들겼다.

내 뒤에서는 스폴렌하우어가 부추기는 대로 소리쳤다. 「작무운!」 내 북은 두 번 대답했다. 「산수우!」 다시 한 번 두 차례 두들겼다.

이런 식으로 내 뒤의 고함 소리와 내 앞의 스폴렌하우어 선생의 선창이 계속되었다. 나는 이런 어처구니없는 놀이에도 싫은 얼굴을 하지 않고 얌전하게 북을 두들겼다. 그러다가 마침내 스폴렌하우어 선생은——누구의 명령인지 나로서는 알 수 없지만——분명히 화가 나서 일어섰다——그러나 그녀가 못마땅해진 것은 내 뒤에서 일어난 소동 때문이 아니었다——나는 그에게 폐병 환자 같은 불그레한 볼을 지어보였다. 오스카르의 순진한 북은 그녀에게 박자를 흐트리지 않는 한 사람의 북치기를 준엄하게 추궁하기에 충분할 만큼 신경쓰이는 방해물이었던 것이다.

「오스카르, 내가 하는 말을 잘 들어요. 목요일, 향토지.」 목요일이라는 말은 생략하고 나는 향토지를 위해 세 번 북을 쳤다. 산수와 작문은 각각 두 번이었다. 종교에서는 보통 같으면 두 번 두들길 것을 삼위 일체의 가톨릭적 타격을 세 번 바쳤다.

그러나 스폴렌하우어로서는 그러한 구별을 이해할 수가 없었다. 그녀에게는 모든 북소리가 하나같이 마음에 들지 않았던 것이다. 그녀는 아까와 마찬가지로 짧게 깎은 손톱 열 개를 나에게 내보였고 열 번이나 내 북을 붙잡으려 했다.

그러나 그녀가 내 북에 손을 대기 전에 나는 재빨리 유리를 부수는 고함 소리를 지른 것이다. 목소리는 유난히도 큰 세 개의 교실 창문 위의 유리를 파괴했다. 두 번째 고함으로 가운데 유리가 희생되었다. 활개짓을 하며 부드러운 봄바람이 교실 안으로 들어왔다. 내가 세 번째 고함으로 맨 아래의 유리창까지도 없애 버리고 말았다는 것은 거의 부질없는 일이었고 명백히 무모한 일이었다. 왜냐하면 스폴렌하우어 선생은 이미 위와 가운데 유리가 파괴되었을 때 북을 붙잡으려는 행위를 그만두었기 때문이다. 예술적으로는 전혀 의문이 없는 변덕 때문에 마지막 유리에 폭력을 행사하는 대신, 만일 오스카르가 비틀거리면서 뒷걸음질치는 스폴렌하우어를 눈으로 쫓고 있었다면 맹세코 말하지만 좀더 현명하게 행동했을 것이다.

그녀가 채찍을 마법처럼 어디서 끄집어낼 수 있었는지는 악마만이 알 수 있는 일이다. 어쨌든 채찍은 갑자기 거기에 있었고 봄바람과 교차하는 교실의 공기 속에서 떨고 있었다. 그리고 이 뒤섞인 공기로 그녀는 채찍을 윙윙 울리고 휘게 하여 굶주려 목마른 피부에 열중케 하고 쌩 하고 바람을 가르는 소리, 많은 커튼처럼 보이게 할 수 있는 채찍의 움직임, 이 두 가지를 모두 만족시키는 일에 열중케 한 것이다.

그리고 그녀는 내 책상 위에서 채찍을 획 하고 내리쳤다. 병 속의 잉크가 보랏빛 물보라를 뿜었다. 내가 두 번 다시 내리치지 못하도록 손을 내밀려고 했을 때 그녀는 내 북을 두들겼다. 내 양철을 때린 것이다. 스폴렌하우어가 내 양철북을 때린 것이다! 그녀에게 때릴 이유가 있었을까? 좋다. 그녀가 때리고 싶었다고 하더라도 어째서 내 북을 때렸을까? 얼굴을 씻고 온 개구쟁이들이 내 뒤에 잔뜩 앉아 있지 않았는가? 꼭 내 북을 때려야만 했을까? 북을 때리는 것이 무엇인지 모르는 그녀는 내 북에 폭력을 휘두르지 않으면 안 되었던가? 그때 그녀의 눈 속에서 번뜩인 것은 무엇인가? 때리려고 한 동물은 뭐라고 하는 이름이었던가? 어느 동물원에서 도망쳐 나와 어떤 먹이를 노리고 무엇을 구하고 있었는가?——그러한 생각이 오스카르를 엄습하고 오스카르에게 다가왔다. 그것은 어떤 깊이에서인지는 알 수 없지만 솟아올라서 구두 뒤꿈치를 지나 발꿈치를 통해 높이 올라 그의 성대(聲帶)에 달라붙어 성대에서 갑자기 격정의 고함 소리를 내지르게 했다. 완전하고 훌륭한, 아름다운 창의 빛을 포착하고 빛을 뿜어 고딕의 대성당 유리까지도 깨뜨릴 수 있는 그런 고함 소리였다.
 나는 스폴렌하우어 양의 안경알을 두 개 모두 박살낸 이중의 고함 소리를 각각 다른 말로 내질렀다. 눈썹을 엷게 피로 물들이고 이제 알이 없어진 안경테 속에서 눈을 깜빡거리며 그녀는 손더듬으로 뒷걸음질쳤고 결국은 국민학교 교사로서의 자제심도 잃고 꼴사납게 엉엉 울기 시작했다. 한편 내 등 뒤에 있는 학생들은 불안한 듯이 침묵했고 의자 밑에 숨는 자가 있는가 하면 이를 달달 떨고 있는 아이도 있었다. 몇몇 아이는 의자에서 의자로 뛰어넘어 어머니에게로 도망쳐갔다. 그러나 피해를 입었음을 안 어머니들은 범인을 찾아 나의 어머니에게 덤벼들려고 했다. 설사 나의 어머니가 습격을 당했다고 하더라도 나는 북을 움켜쥔 채 의자에서 움직이지 않았으리라.
 반 장님이 된 스폴렌하우어의 옆을 지나 나는 복수의 여신들에게 위협받고 있는 어머니에게로 가서 손을 잡고는 바람이 쌩쌩 부는 1A 학급의 교실에서 어머니를 끌고 나왔다. 소리가 울리는 복도. 거인(巨人) 어린이용 돌층계. 물을 뿜어 올리고 있는 화강암 수반 속의 빵 찌꺼기. 문이 열려 있는 체육관에서는 철봉 밑에서 소년들이 떨고 있었다. 어머니는 아직도 종이 쪽지를 쥐고 있었다. 페스탈로치 학교의 현관 앞에서 나는 그 시간표 종이를 빼앗아들고 무의미한 종이 장난감을 만들었다.
 그러나 현관의 문기둥 사이에 서서 종이 주머니를 든 일학년생과 어머니를 기다리고 있는 사진사에게 오스카르는 대혼란 속에서도 잃어버리지 않은 종이 주머니를 들고 사진을 한 장 찍게 했다. 태양이 얼굴을 내밀고 머리 위의 교실에서 와글와글 떠드는 소리가 들렸다. 사진사는 『나의 최초의 수업날』이라고 씌어져 있는 흑판 앞에 오스카르를 세웠다.

라스푸틴과 ABC

　친구인 클레프와 한쪽 귀를 바싹 곤두세우고 있는 간호인 브루노에게 나는 오스카르와 시간표의 최초의 만남을 들려 주고 이렇게 말했다. 즉, 사진사가 란도셀과 종이 주머니를 가지고 있는 여섯 살짜리 소년의 엽서 크기만한 사진을 찍기 위해 전통적으로 배경으로 사용해온 그 칠판에는 『나의 최초의 수업날』이라고 씌어져 있었다고.
　물론 이 문구는 사진사 뒤에 서서 자기 아들보다도 흥분하고 있는 어머니밖에는 읽지 않았다. 글자가 씌어진 칠판 앞에 있는 소년들은 겨우 일 년 뒤에야 새로운 일학년생이 부활제 뒤에 입학을 했다든가 남아 있는 사진을 보고서야 그 아름다운 사진이 처음 학교에 간 날 찍혀진 것이라는 사실을 해독할 수 있었다.
　인생의 한 단계의 시작을 알리는 이 문구는 쥐테를린 체(體)(1915~45년 사이에 학교에서 사용된 독일어의 표준 서체)로 칠판 위에 백묵으로 씌어졌는데 그 필적이 악필이어서 칠판을 구불구불 기어다니고 죄다 일그러져서 제 모양을 갖춘 것이 없을 정도였다. 사실 쥐테를린 서체는 인상적인 것, 간결한 표현, 일상적인 신호를 위해서 사용되고 있다. 또 나는 본 적이 없지만 쥐테를린 서체로 썼다고 생각되는 어떤 종류의 문서도 있다. 나는 이 서체로 쓴 종두 증명서, 스포츠의 기록, 사형 선고서를 생각한다. 이미 그 무렵, 나는 쥐테를린 서체를 읽지는 못해도 알아볼 수는 있었는데 그 문구의 첫머리에 있는 쥐테를린 식의 이중의 고리는 음험하게 삼베 냄새를 풍기면서 나에게 단두대를 연상시키려 하고 있었다. 그러나 나는 한 자 한 자 그것을 읽고 싶었고 어두운 예감 따위는 가지고 싶지 않았다. 내가 스폴렌하우어 양을 만났을 때 고압적인 태도를 취하고 노래로 유리를 산산조각 내고 반항적으로 북을 두들겨 폭동을 일으킨 이유가 내가 ABC에 숙달해 있었기 때문이라고 생각하면 곤란하다. 반대로 쥐테를린 서체를 알아보는 것만으로 일이 끝나는 것이 아니다.

나에게는 가장 단순한 학교 지식이 결여되어 있다는 것을 나는 너무나도
잘 알고 있었다. 스폴렌하우어 양이 가르치려는 방법이 유감스럽지만
오스카르의 마음에 들지 않았던 것이다.
 따라서 내가 페스탈로치 학교를 뒤로 했을 때 나의 최초의 수업날이
최후의 수업날이 되도록 결정한 것은 결코 아니었다. 학교가 끝나고
우리는 지금 집으로 돌아간다. 이런 일은 두 번 다시 없을 것이다!
사진사가 나를 영원히 사진 속에 가두어 놓고 있는 동안에 나는 이미
이렇게 생각하고 있었다──너는 여기 칠판 앞에 서 있다, 어쩌면 의미가
있는, 어쩌면 숙명적인 문구 아래에 서 있다. 물론 너는 문자의 형태에서
그 문자를 판단하고 독방 감금, 보호 감금, 검열, 일망 타진 같은 것을
잇따라 연상할 수는 있지만 그 문구를 해독할 수는 없다. 그때 너는 반쯤
구름에 가려진 하늘을 향해 소리칠 만큼 무학(無學)인데도 이 시간표
대로 두 번 다시 학교에는 발을 들여놓지 않으려고 생각하고 있다.
오스카르여, 너는 어디에서 ABC의 대소문자를 배울 생각인가?
 나는 소문자 ABC로 충분했지만 ABC에 대문자와 소문자가 있다는 것을,
특히 이 세상에는 부정할 수 없는, 성인이라고 자칭하는 무수한 어른들의
존재로 해서 추측하고 있었다. 결국에 그들은 대소문자 ABC의 생존권을
대소의 공교 요리나 대소의 구구(九九)가 있다는 것으로서 증명하려 들
것이다. 그리고 국가의 공식 방문 때는 수훈(授勳) 외교관이나 작위를
가진 사람들의 행렬의 크고작음에 따라 역(驛)의 크고작음이 문제가 된다.
 마체라트도 어머니도 그뒤 수개월 동안 나의 교육에 대해서는 신경쓰지
않았다. 양친에게는 어머니를 그토록 괴롭히고 부끄러운 꼴을 당하게
한 입학식 날의 소동 하나로 충분했던 것이다. 그들은 백부인 얀 브론
스키와 경쟁이라도 하듯이 나를 위에서 바라보고는 한숨을 쉬고 나의
세 번째 생일 때 있었던 옛 이야기를 늘어놓는 것이었다.
 「판자 뚜껑이 열려 있었어요! 당신이 열어 놓은 채 그냥 두었지.
그렇지요? 당신은 부엌에 있다가 그보다 앞서 지하실로 내려갔어요,
그렇지요? 당신이 디저트로 먹을 과일 통조림을 가지러 말예요, 그렇
죠? 그리고는 지하실 뚜껑을 그냥 열어 놓았던 거예요, 그렇지요?」

어머니가 마체라트를 비난한 말은 모두 사실이었다. 그러나 우리가 알고 있는 그대로는 아니었다. 그러나 그는 죄를 뒤집어썼고 마음이 착했으므로 때로는 눈물까지도 흘렸다. 그렇게 되면 어머니와 얀 브론스키는 그를 위로하지 않으면 안 되었다. 그리고 그들은 나 오스카르를, 사람이 짊어지지 않으면 안 되는 십자가, 바꿀 수 없는 운명, 어째서인지는 모르지만 떠맡게 된 시련이라고 말하였다.

이러한 운명에 짓눌려 숱한 쓰라림을 맛본 수난자들로부터는 따라서 어떤 도움도 기대할 수 없었다. 내가 두 살박이 마르가와 스테펜스 공원의 모래밭에서 놀 수 있도록 이따금 나를 데리러 온 백모 헤트비히 브론스키도 가르치는 사람으로서는 나에게 문제 밖이었다. 즉 그녀는 성품은 좋았으나 푸른 하늘처럼 멍청했다. 마찬가지로 홀라츠 박사의 병원에 있는 간호사 잉게는 푸른 하늘 같지도 않았고 마음씨도 좋지는 않았으나 제외하지 않으면 안 되었다. 왜냐하면 그녀는 현명한 여자였기 때문에 보통 진찰에 입회하는 간호사가 아니라 무엇과도 바꿀 수 없는 조수였다. 따라서 나를 위한 시간 같은 것은 가지고 있지 않았다.

나는 하루에도 몇 차례씩 백 계단이 넘는 이 오층 아파트의 층계를 마음대로 오르내리고 각 층에서 조언을 구하면서 북을 두들기고 열아홉 세대의 입주자들 집에서는 점심에 무엇을 먹는지 냄새를 맡고 다니기도 했으나 문을 두드리지는 않았다. 나는 늙은 하일란트에게서도, 시계 상인 라우프샤트에게서도 또 뚱뚱한 가터 부인에게서는 말할 것도 없고 나와 성격이 맞는 트루친스키 아주머니에게서도 내 장래의 선생으로 인정할 수 있는 자질을 발견하지는 못했기 때문이다.

같은 지붕 아래에 음악가인 트럼펫 주자 마인이 있었다. 마인 씨는 네 마리의 고양이를 기르며 언제나 술에 취해 있었다. 『칭글러스 회』에서 댄스 음악을 연주하고 있었는데 성탄절 밤에는 비슷한 술꾼 다섯 사람들과 함께 눈덮인 거리를 터덜터덜 거닐며 성가를 불러 추위를 이기곤 했다. 나는 다락방에서 한 번 그를 만났다. 검은 바지, 예장용 와이셔츠를 입고 벌렁 누워 있었다. 그리고 구두를 신지 않은 맨발로 빈 진 병을 굴리며 정말 멋지게 트럼펫을 불었다. 그는 악기를 입에서 떼지 않고 다만 등 뒤에 서 있는 나에게 가볍게 눈을 돌리고는 그의 반주에 맞추어 북을 두들기는 나를 곁눈질로 흘겨보았다. 그의 양철 악기는 그에게 내 양철 이상의 가치를 갖고 있지 않았다. 우리의 이중주는 그의 고양이 네 마리를 지붕 위로 내쫓고 기와 지붕을 가볍게 뒤흔들었다.

우리가 음악을 끝내고 양철을 밑에다 내려 놓았을 때 나는 스웨터 밑에서 〈시사 신보〉를 꺼내어 페이지를 넘기며 트럼펫 주인 마인 옆에 앉아 그에게 그 신문을 내밀고 대문자와 소문자 ABC를 가르쳐 달라고 부탁했다.

그러나 마인 씨는 그의 트럼펫에서 곧장 잠 속으로 빠져들고 말았다. 그에게 참된 용기(容器)는 세 가지가 있을 뿐이었다. 즉 진 병과 트럼펫 그리고 잠을 잔다는 것이었다. 그런데도 우리는 이따금, 정확하게 말한다면 그가 음악가로서 기병 돌격대에 들어가 몇 년 동안 진을 단념하게 될 때까지 다락방에서 굴뚝, 기와 지붕, 비둘기, 고양이를 앞에 놓고 미리 연습도 하지 않고 이중주를 하곤 했는데 그에게는 무언가를 가르치겠다는 생각은 털끝만치도 없었다.

나는 채소 장수 그레프에게 배워야겠다고 생각했다. 나는 북을 가지지 않았다. 왜냐하면 그레프는 양철북 두들기는 소리를 매우 듣기 싫어했기 때문인데, 맞은편에 비스듬히 있는 그의 지하실 가게로 몇 번인가 찾아갔다. 기초 공부를 위한 전제 조건은 모두 갖추어져 있는 것 같았다. 방이 두 개뿐인 살림집의 곳곳에, 그리고 가게에까지도, 가게의 계산대 뒤나 위에도, 나아가서는 비교적 건조한 감자를 저장해 둔 지하 창고에까지도 책들이 쌓여 있었기 때문이다. 모험 소설, 노래 교본, 케루빈의 방랑자, 발터 플렉스의 저서, 비헤르트의 단순한 생활, 다프니스와 클로에, 예술가 연구서, 스포츠 잡지의 묶음, 반라(半裸)의 소년을 그린 그림이 들어 있는 책도 있었다. 그 소년들은 어째서인지는 모르지만 대개는 해안의 모래언덕에서 공을 쫓아 뛰놀며 기름을 칠한 것처럼 반들거리는 근육을 과시하고 있었다.

그레프는 그 무렵에 이미 장사 때문에 귀찮은 문제를 많이 안고 있었다. 도량형 검정국의 검사관이 저울과 추를 검사하여 몇 가지 트집을 잡고 있었던 것이다. 사기(詐欺)라는 말도 사용했다. 그레프는 벌금을 물고 새로운 추를 사지 않으면 안 되었다. 걱정이 많은 그에게 기운을 북돋아 줄 수 있었던 것은 그의 서적과 가정에서 보내는 단란한 밤과 보이 스카우트와 함께 하는 주말 여행뿐이었다.

그는 내가 가게 안으로 들어서는 것도 거의 깨닫지 못하고 계속 가격표를 쓰고 있었다. 나는 그가 가격표에 무언가 적고 있을 때가 절호의 기회라고 생각하고 서넛너덧 장의 회고 두꺼운 종이와 빨간 연필을 손에 들고 아주 진지한 얼굴로 쥐테를린 서체를 흉내낸 글씨로 이미 적어 넣은 가격표를 본으로 삼아 그것으로써 그레프의 주의를 끌려고 했다.

오스카르는 그에게 있어서 너무나도 작았다. 눈이 충분히 크지도 않았고 창백한 아이도 아니었다. 그래서 나는 빨간 연필을 버리고 곧 그레프의 눈에 띌, 발가벗은 어린이를 가득 실은 낡은 책을 한 권 꺼내어 그 책이 금방 눈에 띄도록 몸을 굽히거나 손발을 뻗치거나 하고 있는 소년의 사진, 그레프에게 있어서는 무엇인가를 뜻하고 있음을 상상할 수 있는 사진을 그에게도 보이도록 비스듬하게 들었다.

어쩌다가 손님이 가게에 와서 사탕무를 달라고 말하지 않을 때는 채소 장수는 지나치게 꼼꼼할 만큼 가격표에 서툰 글씨를 끄적거리고 있었기 때문에 나는 귀찮을 만큼 표지를 탁탁 치거나 페이지를 펄럭펄럭 소리가 나게 넘기지 않으면 안 되었다. 그렇게 하지 않으면 그는 가격표에만 사로잡혀 글자를 읽을 수 없는 나에게 관심을 기울이지 않았다.

솔직히 말해서 그레프는 나를 이해하지 못했다. 보이 스카우트의 소년이 가게에 있을 때에는——오후에는 언제나 두세 명의 하급간부가 그를 에워싸고 있었다——오스카르 따위는 거들떠보지도 않았다. 그러나 그는 혼자 있을 때는 신경질적일 만큼 엄격하고 방해를 받았다며 펄펄 뛰면서 화를 내고 명령을 내리기도 하는 것이었다.

「책을 놔둬라, 오스카르! 너는 그런 책을 어떻게도 할 수 없어. 너는 아직 바보이고 너무 작아. 게다가 책이 망가져. 육 굴덴도 더 주었다고. 놀고 싶으면 감자나 흰 양배추 대가리가 얼마든지 있어!」

그러면서 그는 나에게서 헌 책을 빼앗고 얼굴도 찡그리지 않은 채

페이지를 넘기고 그리고는 쪼글쪼글한 양배추, 새끼 양배추, 빨간 양배추, 흰 양배추 사이, 또는 순무와 감자 사이에 나를 혼자 세워 두었다. 왜냐하면 오스카르는 손에 북을 가지고 있지 않았기 때문이다.

아직도 그레프 부인이 남아 있었다. 나는 채소 장수에게 거절당한 뒤 그들 부부의 침실 쪽으로 어슬렁어슬렁 걸어갔다. 부인인 리나 그레프는 그때 이미 몇 주일째 자리에 누워 있어서 그야말로 쇠약해 보였다. 잠옷에서는 썩은 냄새가 났고 닥치는 대로 아무거나 집어들었으나 나에게 교육을 베풀 만한 책만은 들지 않았다.

가벼운 선망의 마음을 누르면서 그뒤 잠시 동안 오스카르는 같은 또래의 소년 란드셀에게 눈을 돌리고 있었다. 란드셀의 양쪽에는 석반(石盤) 용의 해면과 헝겊 조각이 의젓하게 매달려 건들건들 흔들리고 있었다. 그럼에도 불구하고 그는, 오스카르여 너는 스스로 실수를 저질렀단 말이다라는 생각을 일찍이 가져 본 적이 있다는 것을 생각해낼 수 없다. 너는 기꺼이 학교 놀이에 참가했더라면 좋았을 것이다. 스폴렌하우어 선생과 언제나 사이좋게 지냈더라면 좋을 것이다, 저 개구쟁이들은 너를 앞지를 것이다! 그들은 ABC의 대문자와 소문자를 습득했는데 너는 〈시사 신보〉를 제대로 읽지도 못하고 있으니 말이다.

나는 지금 가벼운 선망의 마음이라고 했지만 확실히 그 이상은 아니었다. 학교 냄새로 결정적으로 코를 가득 채우기 위해서는 냄새를 약간만 맡아도 되었으니까. 여러분은 벗겨질 듯한 누런 테가 달린 석반의, 잘 씻겨지지 않은 반쯤 닳아빠진 해면이나 헝겊 냄새를 맡은 적이 있는가? 란드셀의 가장 값싼 가죽 속에서 습자의 발산물이나 크고작은 구구표의 냄새, 또는 삐걱이거나 걸치적거리거나 미끄러지는, 침에 젖은 석필의 땀을 보존하고 있는 해면의 냄새를.

이따금 학교에서 돌아오는 학생들이 나와 가까이에 란드셀을 놓고 축구나 공놀이를 할 때 나는 볕에 쬐어서 말라 버린 해면 위에 쭈그리고 앉아 존재할지도 모르는 악마가 그 겨드랑이 밑에서 이런 식의 시큼한 냄새를 배양하고 있는 것을 상상했다.

그렇기 때문에 석반의 학교는 내 취미에 거의 맞지 않았다. 그러나 오스카르는 그뒤 곧 그의 교육을 맡아 준 그레트헨 셰프라가 그에게 어울리는 취미를 지닌 사람이었다고 말하고 싶지는 않다.

클라인하머 거리의 빵집인 셰프라의 집에 있는 가구는 어느 것이나 모두 내 마음에 들지 않았다. 장식이 달린 이불, 문장(紋章)을 기워 넣은 쿠션, 소파 구석에서 대기하고 있는 케테 크루제의 인형, 어디에 가나 있는 봉제로 된 장난감 동물, 코끼리를 본뜬 도기, 어디를 향해도 눈에 띄는 여행 기념품, 초심자가 뜨개바늘로 짠 것, 털실로 짠 것, 수를 놓은 것, 엮은 것, 묶은 것, 레이스로 짠 것, 톱니 모양으로 테를 두른 것. 조촐하고 황홀할 만큼 쾌적하고, 그러면서 숨이 막힐 만큼 작아서 겨울에는 무더울 만큼 난방이 잘 되고 여름에는 꽃으로 가득 차는 이 집에 대해서 나로서는 다만 한 가지, 다음과 같은 설명이 떠오를 뿐이다. 즉 그레트헨 셰프라에게는 어린아이가 없었다. 그래서 짠 것을 입히기 위해서 작은 아이가 필요했던 것이다. 셰프라 부부의 마음에 간절했던 일로서 짠 것을 입히고 진주와 레이스로 장식한 아기 이불에 키스를 퍼부으며 눈에 넣어도 아프지 않을 만큼 아기를 귀여워해 주고 싶었던 것이다.

나는 ABC의 대문자와 소문자를 배우기 위해 이 집으로 갔다. 나는 도기나 여행 기념품을 손상하지 않기 위해 무척 조심했다. 유리를 부수는 소리는 말하자면 집에 놓고 왔으므로 그레트헨이 이제는 충분히 북을 두들겼다고 생각하여 큰 입을 벌리고 금이빨을 드러내 보이며 미소짓고 내 무릎에서 북을 빼앗아 봉제로 된 장난감 곰 옆에 놓았을 때도 나는 한쪽 눈을 감아 보였을 뿐이었다.

나는 케테 크루제의 두 인형과 사이가 좋아져서 허리를 껴안고 마치 연인처럼 언제나 놀라서 눈을 말똥말똥 뜨고 있는 그 부인의 속눈썹을 쓰다듬어 주었다. 덕분에 가짜이기는 하지만 그만큼 박진감이 있는 인형과의 우정이 두 코는 겉으로, 두 코는 안으로 짜여진 그레트헨의 마음을 사로잡았다.

내 계획은 나쁘지 않았다. 이미 두 번째 방문으로 그레트헨은 흉금을 털어놓았다. 즉, 그녀는 양말을 풀 듯이 마음을 풀어 이미 몇 군데인가

매듭이 보이는 닳고닳은 실 전체를 나에게 보여 주었다. 그렇게 하면서 그녀는 모든 선박과 상자, 또는 작은 상자를 내 앞에 열어 놓고 진주로 장식한 속옷을 눈앞에 펼쳐 놓고는 다섯 살짜리에게나 맞을 듯한 저고리, 앞치마, 바지 등을 나에게 내밀고 그것을 나에게 몇 번이나 입혔다가는 또 벗기곤 하였다.

그리고 나서 그녀는 셰프라가 재향 군인회에서 얻은 사격 회원장을, 다음에는 우리 집 사진과 일부 중복되는 사진을 보여 주고 그리고 마지막으로——이렇게 말하는 것은 그녀가 다시 한 번 어린이의 잡동사니 옷의 치수를 재고 어딘가 석연치 않은 점을 찾았기 때문에——책이 나타났다. 오스카르는 어린이의 잡동사니 뒤에 책이 있다는 것을 미리 계산에 넣고 있었다. 오스카르는 그녀가 어머니와 책에 대해서 이야기하는 것을 들었다. 약혼중에도, 또 거의 동시에 젊어서 결혼한 뒤에도 두 사람이 얼마나 열심히 서로 책을 교환했고 영화관 옆에 있는 대본 가게에서 책을 빌려다가 독서에서 듬뿍 지식을 흡수하여 식료품상 부부와 빵집 부부에게 좀더 많은 세계와 넓이, 그리고 광채를 서로 전달했음을 오스카르는 알고 있었기 때문이다.

그레트헨이 나에게 내밀어 보일 수 있는 것은 많지 않았다. 편물을 시작하면서부터 독서를 하지 않게 된 그녀는 얀 브론스키 때문에 책을 읽지 않게 된 어머니와 마찬가지로 두 사람 모두 줄곧 회원으로 있었던 독서회의 엄청나게 많은 책을 편물도 하지 않고 얀 브론스키 같은 사람도 없기 때문에 아직도 책을 읽고 있는 사람들에게 주어 버리고 만 것이리라.

나쁜 책도 책이고 그렇기 때문에 신성하다. 내가 그곳에서 발견한 것은 잡다한 책이었고 일부는 도거뱅크 해전에서 죽은 그녀의 오빠 테오의 책장에서 가지고 온 것이었다. 쾰러의 해군 연감이 일고여덟 권 있었는데 훨씬 전에 침몰한 배, 제국 해군의 위계 훈등(位階勳等), 바다의 영웅 파울 베네케 등이 가득 실려 있었다——그것은 아마도 그레트헨의 마음이 원하고 있던 식량은 아니었을 것이다. 에리히 카이리의 《단치히 시사(市史)》와 펠릭스 단이라는 사나이가 틀림없이 토틸라와 테야, 베르살리우스와 나르세스의 도움으로 썼을 《로마 쟁탈전》은 아마도 마찬가지로 바다로 간 오빠의 손때가 묻어 광택과 가죽 표지가 닳아빠지고 말았을 것이다. 나는 그레트헨의 책장 앞에서 책 한 권을 빌려 달라고 부탁했다. 『대여와 대차』에 대해서 청산한 책, 괴테의 《친화력》에 관한 책, 또 《라스푸틴과 여인들》이라는 제목의 많은 그림이 든 두꺼운 책.

잠시 망설인 끝에——선택이 너무나도 조촐한 것이었기 때문에 나는 빨리 결심하고 싶지 않았다——나는 내가 무엇을 쥐었는지도 모르고 예의 마음속의 목소리가 명령하는 대로 우선 라스푸틴을, 다음에는 괴테를 골랐다.

이 두 가지를 골랐다는 것이 나의 인생, 적어도 굳이 북에서 떠나려고 했던 그 인생을 구속하고 영향을 미쳤다고 해도 좋을 것이다. 나는 오늘날까지——오스카르가 교양에 힘쓰는 나머지 정신 병원의 장서를 차츰차츰 자기의 방으로 끌어들이고 있는——실러와 그 일당을 무시하고 괴테와 라스푸틴 사이를 오락가락하고 있다. 가지 기도자(加持祈禱者)라고 아는 체하는 사람, 여자들을 사로잡은 음험한 사나이와 여자들에게 사로잡히고 싶어하는 밝은 시성(詩聖) 사이를 말이다. 나는 이따금 어느 편인가 하면 자기를 라스푸틴 형이라고 생각하고 괴테의 엄격함을 두려워했는데 또 그것이 어쩐지 의심스럽기도 했다. 오스카르여, 네가 괴테의 시대에 북을 두들겼다면 괴테는 네 속에서 다만 부자연스러움만을 인정했을 것이다, 너를 육체를 가진 부자연이라고 몰아붙였을 것이다. 그리고 그의 자연을——자연이 부자연스러운 만큼 거드름을 피우고 있을 때조차도 너는 결국 언제나 자연을 찬양하고 열망하고 있었지만——그의 자연스러움을 그는 너무나도 달콤한 과자로 키우고 불쌍한 인간인 너를 주먹(파우스트)이 아니라면 권수가 많은 색채론으로 내리쳤을 것이리라.

그러나 라스푸틴으로 돌아가자. 그는 그레트헨 셰프라를 조수로 하여 나에게 크고작은 ABC를 설명하고 여자들을 주의깊게 다룰 것을 가르치고 그리고 내가 괴테에게 모욕당했을 때는 위로를 해주었다.

인생을 배우고 동시에 무지를 가장한다는 것은 결코 그렇게 쉬운 일이 아니었다. 그것은 수년에 걸쳐서 어린애 같은 야뇨증 행세를 하는 것보다도 훨씬 어려웠다고 할 수 있다. 야뇨증의 경우라면 원래 나에게는 불필요한 결함을 아침마다 과시하기만 하면 되는 것이니까. 그러나 무지를 가장한다는 것은 나에게 급속한 진보를 일부러 감추고 싹트기 시작한 지적 허영심과 끊임없이 싸운다는 것을 의미했다. 어른들이 나를 오줌싸개로 생각하는 것을 나는 어깨를 움츠리며 감수했으나 세월이 가고 해가 바뀌어도 여전히 바보로 취급된다는 것은 나를 손상시켰고 또 그 여교사까지도 손상시켰다.

그레트헨은 내가 어린이의 속옷 속에서 책을 구해내자마자 당장 신나게 환성을 지르며 자기에게는 교사의 임무가 있다는 것을 이해했다. 나는 편물에 얽매어 있는, 자식이 없는 여자를 털실에서 끌어내어 거의 행복하게 해주는 데에 성공했다. 당초 그녀는 내가 대여와 대차를 거의 교과서로 삼았다면 좀더 기뻐했을 것이다. 그러나 그녀가 두 번째 수업에 ABC 일학년용의 정규 소책자를 샀을 때 나는 라스푸틴을 고집하여 라스푸틴을 원했다. 그리고 그녀가 광부의 소설이나 코쟁이 꼬마 또는 난쟁이 이야기 같은 동화를 번갈아 끄집어냈기 때문에 마침내 입을 열기로 결심했다. 나는 『라푸핀』이라든가 『라슈신』 하고 소리질렀다. 때로는 완전히 바보 행세를 했다. 오스카르가 『라슈, 라슈』 하고 지껄이는 것이 들렸는데 그것은 한편으로는 그레트헨에게 어느 읽을거리가 나에게 바람직한가를 이해시키고 한편으로는 문자를 쪼아먹는 천재의 깨달음을 그녀로 하여금 깨닫지 못하게 하기 위해서였다.

나는 부지런히 규칙적으로, 옆길로 새나간 일을 이것저것 생각하지 않고 공부했다. 일 년 뒤에 나는 마치 집에 있는 것처럼 페테르스부르크에 있다는 느낌을 가졌다. 러시아 인민에 군림하는 독재자의 사실(私室)에, 언제나 앓고 있는 러시아 황태자의 어린이방에, 모반자와 승려 사이에, 그리고 특히 중대한 것은 라스푸틴의 난행의 목격자로서 입회하고 있는 듯한 느낌을 가졌다. 그것은 내 성미에 맞는 색채를 가지고 있었다. 여기에서는 한 사람의 중심 인물이 문제였다. 그 책에 흩뿌려진 같은 시대의 동판화도 그것을 말해 주고 있었고 거기에는 검은 양말을 신거나 아니면 발가벗은 여인들에게 둘러싸인 검은 눈을 가진 수염투성이의 라스푸틴이 그려져 있었다. 라스푸틴의 죽음은 내 마음에서 떠나지 않았다. 그는 독이

든 파이와 독이 든 포도주로 살해되었다. 그리고 그가 좀더 파이를 원했을 때 피스톨로 사살되었다. 그리고 가슴속의 납이 그로 하여금 춤이라도 추고 싶은 기분이 들게 했을 때 꽁꽁 묶여서 네바 강의 얼음 구멍 속에 가라앉혀졌다. 그렇게 한 것은 모두 남자 장교들이었다. 수도 페테르스부르크의 여인들은 그녀들의 아버지 라스푸틴에게 결코 독이 든 파이 같은 것을 주지 않았을 테지만 평소에는 그가 요구하는 것을 모두 주었다. 여자들은 그를 믿고 있었다. 그러나 장교들은 또다시 자기 자신을 믿기 위해서는 우선 그를 배제하지 않으면 안 되었다.

체격이 늠름한 가지 기도자의 삶과 죽음을 마음에 들어하는 사람이나 한 사람이 아니었다는 것은 이상한 일이었을까? 그레트헨은 다시 결혼 당시의 독서 습관을 서서히 되찾아 책을 소리내어 읽으면서 이따금 울음을 터뜨리기도 하고 난행이라는 말에 부딪치면 몸을 떨며 난행이라는 주문을 한 마디씩 뱉어내고 난행이라고 말하면서 이미 난행의 준비를 갖추고 그러나 난행이라는 말에서 어떤 난행도 떠올릴 수 없었다.

어머니가 클라인하머 거리에 함께 따라와서 빵집 위의 집에서 내 수업에 입회할 때는 사태가 심상치 않게 되었다. 수업이 자칫 난행으로 바뀌고 그것이 목적으로 변하여 작은 오스카르를 위한 수업은 이미 아니게 되었다. 세 번째 문장에 와서는 반드시 두 사람은 목소리를 함께 내어 키득키득 웃었고 입술은 말라서 터지곤 했다. 두 기혼 부인은 만일 라스푸틴이 원하기만 하면 점점 더 바싹 다가붙어 소파의 쿠션 위에서 안정을 잃고 넓적다리를 맞부딪치려는 생각에 도달했다. 그러면 최초의 키득거림은 마침내 한숨으로 바뀌고 열두 페이지나 되는 라스푸틴을 읽은 뒤에는 어쩌면 전혀 희망하지 않았고 기대하지도 않았으나 밝은 오후에는 손에 넣고 싶었던 것을 손에 넣었다. 라스푸틴이라면 틀림없이 반대하지도 않았고 오히려 무료로 언제까지나 분배해 주었을 그러한 것을.

마지막으로 두 여인은 오오라든가 아아라고 말하고 옷자락을 흐트러뜨리며 쭈뼛거리면서 서로 뒤얽혔는데 그러한 때 어머니는 걱정스러운 듯이 말했다.

「오스카르는 정말로 이 일에 대해서는 아무것도 모를까?」 그러면

라스푸틴과 ABC   105

그레트헨이 달랬다.
「무슨 소리예요, 나는 무척 애를 쓰고 있어요. 하지만 전혀 배우려 하지 않아요, 아마 절대로 읽을 수 없을 거예요.」
무엇으로도 움직일 수 없는 나의 무지를 증명하기 위해서 그녀는 다시 덧붙였다.
「글쎄 상상이라도 해보세요, 아그네스, 이애는 우리의 라스푸틴의 페이지를 찢어서는 꼬깃꼬깃 뭉쳐 놓곤 해요, 그것으로 책은 끝장이에요. 이따금 나는 그만두고 싶어져요. 하지만 이애가 행복스럽게 책과 놀고 있는 것을 보면 책을 갈기갈기 찢도록 내버려 두어요. 이미 알렉스에게 말했지만 크리스마스에는 새로운 라스푸틴을 선물하게 할 거예요.」
즉 나는 성공한 것이다──여러분이 깨달은 것처럼──삼 년, 사 년이 지나는 동안에 점점──좀더 오래 그레트헨 셰프라가 나를 교육하는 한은──라스푸틴의 페이지를 절반 이상 갈기갈기 찢어 놓고 장난치는 척하며 신중하게 말아 가지고 집으로 돌아와서 내 북을 두들기는 방 구석에서 스웨터 밑에서 종이를 꺼내어 주름을 펴고 차곡차곡 쌓아서 여자들의 방해를 받지 않고 몰래 독서를 즐길 수 있었다.
내가 언제나 네 시간째에 『데테』라고 발음하여 그레트헨에게 요구한 괴테의 경우도 비슷한 짓을 했다. 나는 라스푸틴에만 의지할 생각이 없었다. 왜냐하면 이 세상에서는 모든 라스푸틴에게 한 사람의 괴테가 필적한다는 것이 명백해졌기 때문이다. 즉 라스푸틴 괴테 또는 괴테가 한 사람의 라스푸틴을 끌어당겨 필요하다면 창조하고 그런 다음에 유죄 판결을 내릴 수 있는 것이다.
오스카르는 그 흐트러뜨린 책을 가지고 다락방이나 자전거를 넣어 두는 늙은 하일란트 씨의 헛간에 웅크리고 앉아 친화력이 흐트러진 페이지를 카드를 섞듯이 라스푸틴 다발과 뒤섞어 가지고 새로 만들어진 책의 한 페이지마다에 점점 더 싫증을 느끼며 그래도 미소를 지으면서 읽었다. 오틸리에가 우아하게 라스푸틴의 팔에 매달려 중부 독일의 정원을 거닐고 괴테가 방탕한 귀족 올가와 썰매를 타고 한겨울의 페테르스부르크를 이곳저곳 야단법석을 떨며 돌아다니는 것을 보았다.

그러나 다시 한 번 클라인하머 거리에 있는 내 교실로 돌아가자. 그레트헨은 내가 전혀 발전하지 않는 것처럼 보이는데도 순진한 소녀 같은 기쁨을 나에 대해서 품고 있었다. 내 옆에 있는 그녀는, 보이지는 않아도 확실히 털이 더부룩한 러시아의 가지 기도사의 손에 축복받고 있을 때조차 힘이 넘치고 방안의 보리수나 선인장 화분의 마음을 빼앗을 만큼 아름답게 꽃피었다. 셰프라가 수년 동안에 이따금 밀가루에서 손가락을 빼내어 굽고 있는 롤빵을 다른 롤빵과 교환하기만 하면 되었다. 그레트헨은 기꺼이 그에 의해 반죽되고 표백당하고 솔로 칠해지고 구워졌을 것이다. 솥에서 무엇이 나올는지 누가 알겠는가? 마지막에는 아마 갓난아기라도 나오겠지. 이렇게 구워지는 즐거움이 그레트헨에게 허용되었을 것이다. 그런데도 그녀는 흥분하여 라스푸틴을 읽은 뒤 눈을 빛내고 머리칼을 약간 흐트러뜨린 채 그곳에 앉아 있었다. 말처럼 큰 금니를 움직였으나 씹을 것이 아무것도 없었기 때문에 그녀는 아아, 아아 하면서 먼 옛날의 효모(이스트)에 대해서 생각했다. 어머니는 얀에 얽매여서 그레트헨을 도울 수 없었기 때문에 만일 그레트헨이 명랑하지 않았다면 나의 이 수업의 뒷부분 몇 분 동안은 약간 불행한 채 끝났을지도 모른다.
　그러한 때 그녀는 부엌으로 달려가서 커피빻는 기계를 가지고 올라왔다. 그리고는 연인처럼 그것을 손에 들고 커피를 빻으면서 슬픈 듯이 정열을 담고 어머니의 도움을 받으며 『검은 눈동자』라든가 『빨간 사라판』을 노래하고 검은 눈동자를 부엌으로 운반했다. 그리고 나서는 물을 불 위에 얹어 놓고 가스 위에서 물이 끓는 동안에 빵집으로 달려가 이따금 셰프라의 잔소리를 무시하면서 갓 구운 빵 또는 묵은 빵을 가져다가 작은 탁자에 예쁜 컵, 우유 깡통, 설탕 단지, 과자용 포크 등과 함께 늘어놓았다. 그러는 동안에 팬지를 흩뿌리고 그런 다음 커피를 따르고는 『러시아 황태자』의 멜로디로 옮아가고 리베스크노헨이나 비네시티히(모두 과자 이름), 『한 사람의 병사가 볼가 강변에 서다』 『편도(扁桃) 알을 가득 넣은 프랑크푸르트의 왕관』 『천상에서 너의 곁에는 많은 천사가 있는가』 그리고는 달디 단 생크림을 친 멜랑에 이른다. 모두들 입을 우물거리면서 그러나 이번에는 필요한 거리를 두고 라스푸틴에게로 화제를 옮기고 이윽고 잠시 뒤 과자에 질린 다음에는 근본부터 썩은 지겨운 차르 시대에 대해 진지하게 분노할 수 있었다.

그 무렵 나는 그야말로 많은 과자를 먹었다. 사진으로 조사하면 알 수 있는 일이지만 덕분에 내 키는 자라지 않았지만 뚱뚱해져서 볼품없게 되었다. 흔히 나는 너무나도 감미로운 클라인하머 거리에서의 수업 시간 뒤에는 라베스 거리 가게의 계산대 뒤에서 거들 수 있는 일이라곤 마체라트의 눈을 속여 건빵 한 개에 끈을 달아 소금에 절인 청어가 든 노르웨이의 통에 담갔다가 소금물이 빵에 흠뻑 밴 뒤에 끌어올리는 일 외에는 없었다. 과자를 닥치는 대로 먹은 뒤에 이 한 모금이 구토제로서 얼마나 유효한지 여러분은 상상할 수도 없을 것이다. 이따금 오스카르는 살을 빼기 위해 우리집 변소에서 일 단치히 굴덴도 더하는 셰프라 빵집의 과자를 토하곤 했는데 이것은 당시로서는 큰 돈이었다.

다시 좀더 다른 얘기로 돌아가서 나는 그레트헨에게 수업료를 지불하지 않으면 안 되었다. 어린이의 옷을 깁거나 짜기를 좋아하는 그녀는 나를 마네킹 삼아 입혀 보기를 좋아했다. 온갖 스타일, 온갖 색채, 여러 가지 천의 작업복, 모자, 바지, 머리 덮개가 달린 망토 혹은 달리지 않은 망토를 나는 참고 입어야만 했다.

여덟 살이 되는 생일에 사살되어야 마땅한 작은 러시아 황제의 복장을 나에게 입힌 것이 어머니였는지 그레트헨이었는지 나는 모른다. 그 무렵 두 사람의 라스푸틴 숭배가 최고에 달한 것이었다. 그날 찍은 한 장의 사진에 초가 흘러내리지 않는 양초 여덟 개에 둘러싸인 생일 케이크와 가지런히 서서 찍혀 있는데 수를 놓은 러시아 풍의 작업복을 입고 멋지게 코작 모자를 삐딱하게 쓰고 탄약대를 어깨에 걸친 채 헐렁헐렁한 흰 바지와 반장화를 신고 서 있었다.

내 북을 함께 찍지 않은 것은 다행이었다. 좀더 다행스러운 것은 그레트헨 셰프라가 아마 나에게 강요당해서일 테지만 옷을 한 벌 재단하고 재봉하고 마지막으로 가봉해 주었다. 그것은 비다마이어(19세기 전반의 간소한 풍속 양식) 풍의 충분히 친화력이 있는 옷으로서 오늘날에는 내 사진첩 속에서 괴테의 정신을 불러일으키고 내 두 개의 영혼을 증명하는 것이다. 즉 나를 단 하나의 북과 함께, 동시에 페테르스부르크와 바이마르에서 어머니들이 있는 곳으로 내려가게 하여 여자들과 한바탕 법석을 떨게 해주는 것이다.

시토크 탑에서 울리는 원격 작용의 노래

여의사 호른시테타 박사는 거의 매일 담배 한 대를 피울 정도의 짧은 시간 동안 내 방에 와서 나를 진찰하기로 되어 있었는데 나를 치료하는 덕분에 언제나 진찰하러 올 때보다는 훨씬 신경질이 누그러진 상태가 되어서 방을 나선다. 무척 수줍음을 잘 타서 도통 담배하고밖에는 친하게 지내지 않는 그녀는 내가 어렸을 때 사람과의 접촉이 적었다, 아니 다른 아이와 노는 일이 너무나도 없었다고 되풀이 주장한다.

그런데 다른 어린이와의 관계라는 점에서 그녀의 말은 그야말로 옳았다. 나는 그레트헨 셰프라의 교육 활동의 도구로 되어 있고 괴테와 라스푸틴 사이를 이곳저곳 끌려 다니고 있었기 때문에 나 자신이 아무리 원해도 윤무(輪舞)나 숫자풀이 노래에 시간을 할애할 수 없었기 때문이다. 그러나 내가 어떤 학자처럼 책을 멀리하고 문자 말살론자처럼 책을 저주하고 단순한 사람들과의 접촉을 뜻할 때마다 우리집 아파트의 장난꾸러기 개구쟁이들과 마주치곤 했는데 그 야만인들과 약간 어울려 논 뒤에 무사히 나의 독서로 돌아오면 안도의 숨을 쉴 수 있었다.

오스카르가 양친의 집을 나가기 위해서는 점포 하나를 지나야만 했고 그러면 라베스 거리로 나가게 되었다. 또는 집 쪽의 문을 나서면 그곳은 계단실이었고 그곳에서 곧장 왼쪽으로 가면 한길로 나갈 수도 있었는데 네 개의 층계를 밟고 올라가면 음악가인 마인이 트럼펫을 불고 있는 다락방이 있었다. 마지막 방법은 아파트의 안뜰로 나가는 것이었다. 거리는 자갈로 포장되어 있었다. 밟혀서 굳어진 안뜰의 모래 위에서는 토끼가 번식하고 융단의 먼지가 털리곤 했다. 다락방은 가끔 술에 취한 마인 씨와 이중주를 하는 것 외에도 전망이 좋아서 멀리까지 바라보였다. 그리고 탑에 오르는 사람들이 모두 원하고 다락방에 사는 사람을 열광시키는, 멋지기는 하지만 속임수인 해방감을 주었다.

안뜰이 오스카르에게 위험하기 짝이 없었던 데 비해 다락방은 악셀 미시케와 그 부하에게는 그곳으로부터 추방당하기 전까지는 어떻든 안전했다. 안뜰은 아파트와 폭이 같았으나 일곱 보쯤 낮았다. 그리고 타르를 칠하고 위에 가시 철망을 친 판자 담은 세 개의 다른 안뜰과 접하고 있었다. 다락방에서는 이 미로(迷路)가 잘 바라보였다. 라베스 거리, 헤르타 거리와 루이제 거리에 있는 두 개의 십자로, 떨어져서 마주 보고 있는 마리엔 거리의 집들이 이들 안뜰로 이루어진 복잡한 한 귀퉁이를 에워싸고 있고 그곳에는 기침을 멈추는 사탕 공장이나 작은 공장들도 몇 개 있었다. 이곳저곳에는 안뜰의 수목과 수풀이 우거져 있어서 계절을 알려 주고 있었다. 그 밖에 안뜰의 크기는 각각 달랐으나 융단을 너는 장대와 토끼가 있다는 점에서는 모두 같았다. 토끼는 일 년 동안 줄곧 있었으나 입주자의 규칙에 따라 융단은 화요일과 금요일에만 두들길 수 있게 되어 있었다. 그날은 안뜰을 둘러싸고 있는 집들의 크기가 뚜렷이 드러났다. 다락방에서 오스카르는 듣거나 보거나 했다. 백 개도 넘는 융단, 복도의 깔개, 침대용의 작은 융단이 소금에 절인 양배추로 문질러지고 솔질이 되고 두들겨져서 마지막에는 무늬가 선명하게 드러나는 것을. 백 명도 넘는 주부가 집에서 융단의 시체를 끄집어냈는데 그때 높이 쳐든 팔이 송두리째 드러나고 머리털을 짧게 묶은 머리 모양은 스카프에 의해 보호되고 있었다. 그녀들은 융단을 장대 위에 던져 올리고 버들가지로 엮은 털채를 손에 쥔 채 메마른 소리를 안뜰의 구석구석에까지 울리게 했다.

오스카르는 모두가 함께 부르는 청소에 대한 찬가를 싫어했다. 그는 북으로 그 소음과 싸웠으나 워낙 멀리 떨어져 있는 다락방이다 보니 주부들에 대한 자신의 무력(無力)을 인정하지 않을 수 없었다. 융단을 두들기는 백 명의 여자들은 하늘의 한 귀퉁이를 점령할 수 있었고 젊은 제비들의 날개를 무디게 할 수 있었고 오스카르가 북을 쳐서 4월의 하늘에 쌓아올린 사원(寺院)을, 몇 차례 융단을 두들김으로써 무너뜨릴 수 있었다.

융단을 두들기지 않는 날에는 아파트의 악동들이 융단용 장대를 가지고 체조했다. 내가 안뜰에 내려가는 일은 드물었다. 안뜰에서는 하일란트 노인의 헛간만이 나에게 약간의 안전을 보장해 주었다. 노인은 나에게만은 그 잡동사니 헛간에 들어가는 것을 허용했고 악동들에게는 녹슨 재봉틀, 움직이지 않는 자전거, 나사 바이스, 도르래, 성냥갑에 보존된 구부러지거나 곧게 바로 펴진 못을 바라보는 일조차 거의 허용하지 않았기 때문이다. 그것은 바쁜 일이었다. 그는 낡은 상자의 못을 뽑지 않을 때에는 전날에 뽑은 못을 모두 위에서 두들겨 바로 펴는 일을 하고 있었다. 못을 썩히지 않기 위한 작업에 종사하고 있는 경우를 제외하고는 그도 사나이였으므로 이사하는 일을 거들어 주거나 축제 전에는 토끼를 잡거나 했고 안뜰, 계단실, 다락방 등 장소를 가리지 않고 씹는 담배의 침을 마구 뱉었다.

어느 날, 어린이가 곧잘 하듯이 악동들이 그의 헛간 옆에서 수프를 끓이고 있을 때 누히 아이케가 늙은 하일란트에게 수프 속에 세 번 침을 뱉어 달라고 부탁했다. 노인은 마지못해 그렇게 하고는 어두컴컴한 방으로 사라졌고 악셀 미시케가 다시 향신료를, 즉 잘게 빻은 벽돌 가루를 수프에 타고 있을 때는 이미 못을 두들기고 있었다. 오스카르는 이 소꿉장난을 신기한 듯이 바라보고 있었는데 한몫 낄 수는 없었다. 악셀 미시케와 하리 실라거가 모포와 누더기 조각으로 천막 비슷한 것을 만들었기 때문에 어른들은 수프 속을 들여다볼 수가 없었다. 벽돌 가루가 다 끓었을 때 작은 한스 콜린이 호주머니를 뒤집어 아크티엔 못에서 잡아온 산 개구리 두 마리를 수프에다 넣었다. 개구리들이 더 이상 노래도 부르지 않고 울지도 않고 또 어떤 최후의 도약을 시도하는 일도 없이 수프 속에 가라앉았을 때 천막 속에서 유일한 여자애였던 즈지 카터의 입 언저리에는 안타까운 환멸의 그림자가 나타났다. 맨 처음 누히 아이케가 즈지가 있는 것도 아랑곳하지 않고 바지 단추를 끄르고 그

시토크 탑에서 울리는 원격 작용의 노래   111

간소한 냄비 요리에 오줌을 쌌다. 악셀, 하리, 한스 콜린이 그 뒤를 따랐다. 제일 어린 치즈가 열 살짜리 사내애들을 흉내내려고 했지만 그 작은 부분에서는 아무것도 나오지 않았다. 이번에는 모두들 즈지를 바라보았다. 악셀 미시케가 가장자리가 떨어져 나가고 푸른 에나멜이 입혀져 있는 냄비를 그녀에게 내밀었다. 정말로 오스카르는 당장에라도 도망치고 싶었다. 그러나 그는 꾹 참고 기다렸다. 그러자 치마 밑에 속치마를 입고 있지 않은 즈지가 웅크리더니 무릎을 감싸안고 냄비를 몸 밑으로 집어넣고는 태연스러운 눈으로 멍하니 앞을 바라보았다. 그리고 냄비가 양철 소리를 내어 즈지가 그 수프를 좋아한다는 것이 명백해졌을 때 오스카르는 코를 찡그렸다.

　그때 나는 달음질했다. 달리지 않고 천천히 걸어갔어야 했을 것이다. 모두들 그때까지 냄비에 시선을 집중하고 있었으나 내가 달리기 시작했기 때문에 내 뒷모습에 눈을 돌렸다. 나는 등 뒤에서 즈지 카터의 목소리를 들었다.

　「저 자식이 우리를 고자질하려는 거야. 그래서 뛰어가는 거야!」그 목소리는 내가 비틀거리면서 층계를 네 개 올라가 다락방에서 겨우 한숨을 돌렸을 때까지도 내 가슴을 찔렀다.

　나는 일곱 살 반이었다. 즈지는 아마 아홉 살이고 어린 치즈는 겨우 여덟 살, 악셀, 누히, 한스, 하리는 열 살이거나 열한 살이었다. 또 마리아 프루친스키가 있었다. 그녀는 나보다 조금 나이가 많았는데 절대로 안뜰에서는 놀지 않고 어머니의 부엌에서 인형과 놀거나 신교의 유치원 일을 돕고 있는 이미 어른이 된 언니 구스테와 놀았다.

　내가 오늘날에도 여자들이 요강에 오줌을 누는 소리를 차마 듣고 있지 못하는 것은 조금도 이상한 일이 아니다. 그때 오스카르는 북을 가볍게 쳐서 귀를 달래며 다락방에 앉아 밑에서 끓고 있는 수프에 열중해 있음을 느끼고 있었는데 그때 수프에 장난친 아이들이 모두 맨발이거나 또는 평상화를 신고 올라왔다. 누히가 수프를 가지고 왔다. 그들은 오스카르 주위에 둘러앉았다. 뒤늦게 작은 치즈가 왔다. 그들은 서로 쿡쿡 찌르며 「자, 하라고!」하고 작은 목소리로 말했다. 마침내 악셀이 오스카르를 뒤에서 붙잡고 팔을 꺾어 그들의 뜻대로 할 수 있게 했다. 이가 가지런히 예쁜 즈지는 젖은 이 사이로 혀를 내밀고 웃으면서 마셔도 걱정할 것은 없다고 말했다. 그녀는 그 양철제품을 넓적다리에 문질러 은빛으로 만들고는 누히에게 숟가락을 빼앗아 김이 나는 냄비에 넣어 양갓집 가정 주부처럼 흐물흐물한 수프 맛을 보려는 듯이 천천히 저었다. 그리고는 숟가락으로 가득 뜬 수프를 식히려는 듯이 후우후우 불고 마지막으로 오스카르에게 먹여 주었다. 그녀는 나에게 그것을 먹인 것이다. 나는 두 번 다시 그런 것은 먹지 않았으나 그 맛은 나의 혀에 언제까지나 남아 있을 것이다.

 내 몸을 위해서 이토록 걱정해 준 그 아이들이 나를 저버리고 간 것은 누히가 속이 언짢아져서 냄비 속에 먹은 것을 토했기 때문인데 그때 비로소 나도 그날은 몇 장의 시트밖에 널려 있지 않았던 건조실 구석으로 기어가서 두 숟가락 분량의 불그스름한 수프를 토했다. 토사물 속에 개구리의 잔해는 보이지 않았다. 나는 열려 있던 천창 밑의 상자로 기어올라가 멀리 안뜰을 바라보며 이빨 사이의 벽돌 가루를 지근지근 씹었다. 그리고는 행위에 대한 충동을 느껴 마리엔 거리의 집들에 나 있는, 멀리 보이는 창, 반짝이는 유리를 살펴보고는 원격 작용으로 그 방향을 향해 소리지르고 노래했다. 물론 결과를 확인할 수는 없었지만 원격 작용에 의한 노래의 가능성을 확신한 결과 나에게 이 안뜰이나 다른 모든 안뜰은 너무나도 좁은 것이 되었다. 그래서 원방, 거리(距離), 파노라마에 굶주린 나는 모든 기회를 포착하여 나 혼자만 어머니의 손에 매달려 라베스 거리에서 교외로 나가 우리집의 좁은 안뜰에서 수프를 끓이고 있는 모든 요리인의 추적으로부터 도망친 것이었다.

 매주 목요일에 어머니는 시내로 물건을 사러 나갔다. 대개 어머니는 나를 데리고 갔다. 석탄 시장에 면한 병기창 거리의 지기스문트 마르크스 가게에서 새 북을 살 때는 언제나 데리고 갔다. 내가 일곱 살에서 열 살에 이르기까지 나는 어김없이 두 주일마다 한 개의 북을 손에 넣었다. 열 살부터 열네 살까지는 한 개의 양철북을 두들겨서 부수는 데에 한 주일도 걸리지 않았다. 그 뒤로는 한편으로는 새 북을 단 하루 만에 엉망으로 만드는가 하면 다른 한편 기분이 가라앉았을 때는 3개월이나 4개월에 걸쳐 조심스럽게, 그러나 힘차게 두들겨도 내 양철은 니스 부분에 몇 군데 금이 간 것을 제외하고는 단 한 군데의 상처도 볼 수 없는 일도 있었다.

그러나 지금은 내가 융단을 널어 놓는 장대, 못을 두들기는 하일란트 노인, 수프를 발명한 악동들이 있던 우리집 안뜰과 헤어져 두 주일마다 어머니와 함께 지기스문트 마르크스의 가게에 가서 어린이용 양철북이 여러 가지 갖추어져 있는 속에서 새로운 양철을 한 개 고를 수 있었던 그 무렵의 일로 이야기를 국한시키겠다. 어떤 때는 북이 아직 절반밖에 상하지 않았는데도 어머니는 나를 데리고 갔다. 나는 끊임없이 이곳저곳의 교회 종이 울리고 빛깔이 찬란하며 언제나 왠지 모르게 뮤즈의 신이 있는 듯한 구(舊) 시내의 오후를 만끽했다.

장난감 가게를 찾아가는 일은 대개 즐겁고 평온하게 이루어졌다. 라이저나 스테른펠트 또는 마호비츠에서 몇 가지 물건을 산 뒤 마르크스의 가게를 찾아갔는데 마르크스는 나의 어머니에게 지나칠 만큼 상냥하게 알랑거리는 것이 언제부터인가 버릇이 되어 있었다. 그가 어머니에게 추파를 던진 것은 의심할 바 없는 일이었지만 내가 아는 한에서는 황금에 버금간다는 어머니의 손을 꼭 붙잡고 그 손에 소리를 내지 않고 키스를 하는 이상의 환영을 무의식중에라도 하는 일은 결코 없었다──그 방문 때 무릎을 꿇은 것을 제외한다면 말이다. 그 사실을 여기에서 말해 주겠다.

할머니 콜야이체크로부터 당당하고 튼튼한 체격을, 또 착한 마음씨와 대조를 이루는 허영심을 둘 다 이어받은 어머니는 이따금 그로부터 터무니없이 싼 한 질의 비단실이나 투매 시장에서 산 것이지만 흠이 없는 부인용 스타킹을 나누어 받는다고 할까, 오히려 선물로 받곤 했지만 그것보다도 그녀는 마르크스의 호의를 더 인정하고 있었다. 두 주일마다 놀랄 만큼 싼 값으로 가게의 계산대 너머로 건네 주는 내 북에 대해서는 물론 말할 나위도 없다.

언제나 가게를 방문하고 있는 동안에 정각 오후 네 시 반이 되면 어머니는 나, 즉 오스카르를 지기스문트의 가게에 맡겨 두었으면 좋겠다고 그에게 부탁했다. 중요하고 급한 일이 아직도 남아 있다는 것이었다. 그러면 마르크스는 이상한 웃음을 띠고 허리를 굽히며 이가 들뜨는 듯한 말로 그녀가 중요한 일을 보는 동안 나, 즉 오스카르를 조심해서 보고 있겠노라고 약속했다. 사람을 손상시킬 정도는 아닌 가벼운 냉소가 그의 말끝마다 뚜렷이 나타나 있었기 때문에 어머니는 그 말을 들을 때마다 얼굴을 붉히고, 마르크스가 사정을 알고 있다는 것을 어렴풋이 느끼곤 했다.

그러나 나 역시 어머니가 너무나도 열을 올리고 있는 그 중요한 용건이 무엇인지 알고 있었다. 한때 나는 어머니에게 끌려서 가구점 골목에 있는 싸구려 호텔에 가보곤 했기 때문이다. 그곳 계단에서 어머니는 사라졌고 꼭 사십오 분 동안이나 돌아오지 않았다. 그 동안에 나는 대개는 맘페 (리큐르의 일종)를 홀짝거리고 있는 안주인에게 가서 그녀가 잠자코 내놓는 언제나 똑같은 기분 나쁜 라무네를 앞에 놓고 기다리고 있지 않으면 안 되었다. 이윽고 어머니는 거의 얼굴빛도 변하지 않은 채 돌아와서는 애매한 태도로 거의 쳐다보지도 않는 안주인에게 한 마디 인사를 하고 내 손을 잡았는데 어머니 손의 체온이 그녀의 비밀을 말해 주고 있는 것을 까맣게 모르고 있었다. 뜨거운 손에 이끌려서 우리는 다음에 볼베바 골목에 있는 카페 바이츠케로 갔다. 어머니는 자기를 위해서 모카 커피를, 오스카르를 위해서는 레몬 아이스를 주문하고 우연인 듯한 표정으로 곧 얀 브론스키가 지나가는 것을 기다렸다. 그는 우리의 탁자에 앉고는 똑같이 모카 커피를 주문하고 그것의 흥분을 가라앉혀 주는 차가운 대리석 위에 놓게 했다.

그들은 내 앞에서 아무 거리낌도 없이 이야기를 했는데 그 이야기는 내가 훨씬 전부터 알고 있던 일을 확증시켜 주었다. 즉 어머니와 백부인 얀은 거의 매주 목요일마다 얀이 돈을 내어 빌리고 있는 가구점 골목의 호텔방에서 만나 사십오 분 간을 함께 지냈던 것이다. 아마도 나를 가구점 골목과 거기에 이어 카페 바이츠케에도 데려오지 말라고 말한 것은 아마도 얀이었을 것이다. 그는 이따금 무척이나 수줍어했다. 어머니보다도 훨씬 더 수줍음을 탔다. 어머니는 밀회가 끝난 뒤에 내가 함께 있어도 태연했고 밀회의 정당성을, 언제나 그리고 그 뒤에도 확신하고 있는 것 같았다.

 그런 이유로 나는 얀의 희망에 따라 거의 매주 목요일 오후 네 시 반부터 여섯 시 가까이까지 지기스문트 마르크스의 가게에서 여러 가지로 갖추어 놓은 양철북을 바라보거나 두들길 수 있었다——이런 일이 오스카르에게 허용되는 곳이 달리 또 있었을까——몇 개의 북을 동시에 울리며 마르크스의 슬픈 듯한 얼굴을 마음껏 바라볼 수 있었던 것이다. 그의 생각이 어디에서 왔는지 나로서는 알 수가 없었지만 그것이 어디로 가는지는 어렴풋이 느낄 수 있었다. 그것은 가구점 골목에 머물러 번호를 매긴 그곳의 방문을 할퀴거나 가련한 환자처럼 카페 바이츠케의 대리석 탁자 밑에 웅크리거나 하는 것이다. 그리고 무엇을 기다리고 있는 건가? 부스러기를?

 어머니와 얀 브론스키는 한 조각도 남기지 않았다. 두 사람은 깨끗이 먹어치웠다. 대단한 식욕이어서 결코 끝나는 일 없이 자기의 꽁지까지도 씹어먹을 형세였다. 그들은 열중해 있었으므로 탁자 밑의 마르크스의 생각을 어쩌면 주제넘은 바람의 애무라고 생각했을지도 모른다.

 어느 날 그러한 오후의 한때——9월이었을 것이다, 어머니는 적갈색의 가을 옷을 입고 마르크스의 가게를 나섰기 때문이다——나는 마르크스가 가게의 계산대 뒤에 숨듯이 하여 생각에 잠기고 어쩌면 절망도 하고 있다는 것을 알고 있었기 때문에 가만히 있을 수 없어서 새로 산 북을 가지고 병기창 거리의 썰렁하고 어두운 아케이드로 갔다. 양쪽에는 보석 가게, 식료품점, 서점 같은 멋진 가게들이 늘어서 있었다. 그러나 어차피 내 손에는 들어오지 않을, 틀림없이 값비싼 진열품 앞에는 발을 멈추지 않고 차라리 아케이드를 지나서 석탄 시장으로 나갔다. 먼지가 자욱한 햇빛 속에서 나는 병기창의 정면에 섰다. 그 현무암 같은 회색의 정면에는 여러 차례의 포위 공격 때 만들어진 갖가지 크기의 대포 탄환이 끼워져 있었는데 그것은 그 강철의 융기로 통행인 모두에게 도시의 역사를 상기시키기 위해서였다. 나에게 탄환은 아무 말도 하지 않았다. 특히 나는 탄환이 혼자서 끼워진 채로 있는 것은 아니라는 것을 알고 있었다. 이

도시에 석공이 한 사람 있었는데 지상 공사국(地上工事局)이 기념물 보존국(記念物保存局)과 연락을 취하여 그 사나이에게 돈을 주어 일을 시키고 과거 수세기 동안의 탄환을 몇몇 교회, 시청 건물의 정면, 그리고 병기창의 정면과 후면에 끼워 넣게 한 것이다.

나는 병기창과 햇볕이 닿지 않는 좁은 골목길을 사이에 두고 있을 뿐인, 오른편에 열주(列柱)의 현관이 보이는 시립 극장으로 들어가려고 했다. 그러나 생각했던 대로 이 시각에는 시립 극장이 닫혀 있음을 알고 있으므로——매표 창구는 저녁 일곱 시가 되지 않으면 열리지 않았다——나는 그만 돌아갈까 하고 생각하면서도 북을 두들기고 어슬렁어슬렁 왼쪽으로 걸어갔다. 그러자 그곳은 시토크 탑과 랑가세 문의 중간이었다. 문을 지나서 랑가세로 나가 다시 왼쪽으로 꺾어져 대(大) 볼베바 골목으로 나갈 마음은 생기지 않았다. 거기에는 어머니와 얀 브론스키가 앉아 있을 것이었기 때문이다. 만일 아직 앉아 있지 않다면 대리석 탁자의 기분을 상쾌하게 하는 모카를 위해서 가구점 골목에서 어쩌면 막 시작하려는 참이거나 또는 한창 일을 벌이고 있을 것이다.

나는 어떻게 해서 석탄 시장의 차도를 건넜는지 모른다. 그곳은 끊임없이 시내 전차가 문을 통과하기도 하고 또는 땡땡 종을 울리거나 커브길에서 차체를 삐걱이면서 문에서 나와 석탄 시장, 재목 시장에서 중앙역 쪽으로 향하는 것이었다. 아마 어떤 어른이, 순경이었을 테지만, 내 손을 잡고 위험한 한길을 틀림없이 조심스럽게 건네 주었을 것이다.

나는 하늘을 향해 날카롭게 솟아 있는 시토크 탑의 벽돌 앞에 서 있었다. 그러다가 그만 싫증이 나서 내가 벽과 탑의 문에 쇠를 박은 게시판 사이에 북채를 끼워 넣은 것은 정말 우연이었다. 내가 벽돌을 따라 위를 쳐다보자 이미 탑의 높이를 따라 눈을 아래위로 움직이기는 어려웠다. 왜냐하면 비둘기가 벽의 우묵한 곳이나 탑의 창에서 끊임없이 내려왔다가는 곧 다시 비둘기에게 할당된 아주 잠깐 동안 지붕의 배출구나 돌출창에 앉았다가 다시 내려와서는 내 눈을 벽에서부터 떼게 했기 때문이다.

비둘기들의 움직임에 나는 초조해졌다. 나는 내 눈이 불쌍해졌다. 나는 눈을 되찾고 초조감을 진정시키기 위해서라도 마음을 가다듬고 두 개의 북채를 지렛대 대신 사용하지 않으면 안 되었다. 문이 느슨해져서 완전히 밀어 열지 않고서도 이제는 탑 안으로 들어갈 수 있었다. 이미 나선형 층계에 와 있었다. 그리고 이미 언제나 오른발을 앞으로, 왼발을 뒤로 하여 올라가고 있었다. 격자가 끼워진 최초의 감옥에 다다르고 다시 빙글빙글 올라가 설명서가 붙은 손질이 잘된 기구가 놓여 있는 고문실(拷問室)을 뒤로 하고 다시 올라가면서——이번에는 왼발을 앞으로, 오른발을 뒤로 하고 있었다——가느다란 격자가 끼워진 창에서 밖을 바라보며 높이를 재보고, 벽의 두께를 손으로 재보고, 비둘기를 놀라게 하고, 그리고는 다시 나선형 층계를 한바퀴 돌아 다시 그 비둘기를 만나고, 또다시 오른발을 앞으로, 왼발을 뒤로 하여 앞으로 나아갔다. 그리고 오스카르가 다시 발을 바꿔서 정상에 다다랐을 때 오른발도 왼발도 무거워지기는 했지만 좀더 끝없이 위로 올라가고 싶을 정도였다. 그러나 층계는 이것으로 끝나 있었다. 그는 탑의 무의미함과 무력함을 깨달았다.

  나는 시토크 탑의 높이가 어느 정도였는지, 또 현재——라는 것은 탑이 전쟁에 견디었기 때문이지만——높이가 어느 정도인지를 모른다. 또 동독(東獨)의 벽돌로 된 고딕 건축에 대해서 간호인인 브루노에게 백과사전을 조사해 달라고 싶은 생각도 없다. 내 추측으로는 탑의 첨단까지 사십오 미터는 족히 되었을 것이라고 생각한다.

  나는——그것은 너무나 빨리 지치게 하는 나선형 층계의 책임이었지만——첨탑을 둘러싼 고랑(高廊)에서 한숨 돌리지 않으면 안 되었다. 나는 주저앉아서 두 다리를 난간 사이에 집어 넣고 몸을 앞으로 숙였다. 그리고는 한 개의 난간 기둥을 오른손으로 꽉 붙잡고 올라오는 동안 줄곧 놓지 않았던 북을 왼손으로 확인하면서 주위를 노려보고 석탄 공장을 내려다보았다.

  나는 탑이 많고, 종소리가 울려퍼지고, 이른바 아직까지도 중세의 숨결을 전해 주는 많은 뛰어난 동판화가 그려져 있는 파노라마, 고도(古都) 단치히의 조감도를 이야기함으로써 여러분을 지루하게 만들 생각은 없다. 마찬가지로 비둘기에 대해서 잘 쓴다고 누가 열 번을 칭찬해 준대도 나는 비둘기들과는 관계가 없다. 비둘기는 나에게 아무 말도 해주지 않는다.

차라리 갈매기 쪽이 낫다. 평화의 비둘기라는 표현은 나에게는 단지 역설(逆說)로밖에는 들리지 않는다. 차라리 나는 하늘 아래에서 가장 싸움을 좋아하는 비둘기보다도 보라매나 독수리를 더 신용할 것이다. 즉 시토크 탑에는 비둘기가 있었던 것이다. 그러나 그에 어울리는 기념물 관리인의 도움을 받아 거만한 얼굴을 하고 있는 유명한 탑에는 어디에나 비둘기가 있게 마련이다.

내 눈길은 전혀 다른 것을 겨냥했다. 내가 병기창 거리에서 나왔을 때 닫혀 있던 시립 극장의 건물이다. 그 둥근 지붕이 달린 사각의 상자는 의고전주의(疑古典主義) 시대의 커피 가는 맷돌을 터무니없이 크게 만든 것과 매우 흡사했다. 그 단추 같은 둥근 천장에는 매일 밤 만원이 되는 뮤즈와 교양의 사원 속에서 5막의 연극을, 배우, 배경, 프롬프터, 소도구, 온갖 무대막을 모두 소름끼치는 가루로 빻는 데에 필요한 저 손잡이가 없었다고 하더라도 말이다. 이 건물은 그 열주에 의해 보호되고 있는 로비의 창에서 점점 더 붉은 기운을 더해가며 가라앉고 있는 오후의 태양이 떠나려 하지 않기 때문에 내 마음을 초조하게 만들었다.

석탄 시장의 상공 약 삼십 미터 지점에 있던 그때, 전차와 종업(終業) 시간을 축하하는 종업원들의 머리 위, 감미로운 향기가 감도는 마르크스의 잡동사니 가게 위, 카페 바이츠케의 차가운 대리석 탁자와 모카 두 잔, 그리고 어머니와 얀 브론스키 위에 솟아 있던 그때, 우리집 아파트, 그 안뜰, 별개의 안뜰, 구부러진 못과 펴진 못, 근처 어린이와 그 벽돌 수프를 발 밑에 거느리고 있던 그때, 지금까지 부득이한 이유가 없으면 소리를 지른 적이 없는 나는 이유도 없고 강요를 당한 것도 아닌데 큰 소리로 고함을 지른 것이다. 시토크 탑에 올라갈 때까지는 북을 빼앗길 듯한 때에만 내 부득이한 소리를 유리의 이음새, 전구의 내부, 김빠진 맥주병 속에 보냈던 것인데 내 북과는 관계없이 나는 탑 위에서 소리를 질렀다.

누구도 오스카르의 북을 빼앗으려 한 자는 없었다. 그럼에도 불구하고 그는 소리를 질렀다. 그에게서 목소리를 끌어내기 위해 비둘기가 그의 북에 똥을 갈긴 것도 아닌 것 같았다. 근처에는 동판에 등록이 슬고 있었으나 유리는 없었다. 그런데도 오스카르는 소리를 지른 것이다. 비둘기들은 불그스레한 눈을 빛내고 있었으나 유리 눈으로 그를 바라보고 있는 것은 아니었다. 그런데도 그는 소리질렀다. 무엇을 향해서 그는 소리를 질렀는가? 어떤 거리(距離)가 그를 유혹했는가? 다락방에서 벽돌 가루가 든 수프를 먹은 뒤 아무런 목표도 없이 안뜰 너머로 실험해 본 것을 여기에서 목표를 정하고 증명해 보이려 한 것인가? 어느 유리를 오스카르는 노린 것인가? 어느 유리에——어떻든 문제는 유리뿐인 것이다——오스카르는 실험해 보려고 한 것일까?

그것은 거리의 극장이었다. 처음 우리집 다락방에서 실험한, 이렇게 말해도 좋다면 부자연에 가까운 내 새로운 목소리를 저녁 노을을 받은 유리창으로 유혹한 것은 저 커피를 가는 맷돌 같은 극장이었다. 갖가지 에너지를 담아서 소리쳤으나 아무 일도 일어나지 않았다. 그러나 몇 분 뒤에 나는 거의 소리 없는 소리를 내는 데 성공했다. 그리고 오스카르는 기쁨과 참을 수 없는 자부심을 가지고 자신에게 이렇게 알릴 수 있었다. 로비 왼쪽 창의 한가운데에 있는 유리 두 장이 석양에 반짝이는 것을 단념하지 않으면 안 되었다. 그리고 즉시 새로운 유리가 끼워져야 할 두 개의 검은 네모꼴이 확인되었다라고.

성공을 확인할 필요가 있었다. 수년 동안 찾고 있다가 마침내 발견한 형식으로, 한결같이 장대하고 대담하며 한결같은 가치를 가지고 이따금 한결같은 크기로 그 기법의 온갖 연습 과정을 아연해 있는 세상 사람들에게 보여 줌으로써 마지막 마무리를 하는 어느 현대의 화가처럼 나는 행동한 것이다.

불과 십오 분 동안에 나는 로비의 모든 창과 문의 일부 유리를 파괴하는 데에 성공했다. 극장 앞에는 위에서 보니까 흥분한 군중이 모여 있었다. 어느 세상에나 호기심 많은 사람이 있기 마련이다. 내 예술의 찬미자들이 특히 나를 감동시킨 것은 아니었다. 고작해야 그들은 오스카르가 좀더 엄격하게, 좀더 형식에 사로잡혀서 연습하는 원인을 만들어 주었을 뿐이다. 때마침 나는 모든 것의 내부를 제거하려는 좀더 대담한 실험에 착수하려 하고 있었다. 즉, 창이 열려 있는 로비를 지나 칸막이 좌석 문의 열쇠 구멍을 통해 어두운 극장 내부에까지 특별한 고함 소리를 들여보내어 예약객 전원의 자기 도취와 거울처럼 반짝이도록 닦여져서 빛을 굴절시키는 네 귀퉁이가 달린 쇠붙이와 함께 극장의 샹들리에 전체에 목소리를 퍼부을 생각이었다. 그때 극장 앞에 있는 인파 속에 갈색 양복이 눈에 띄었다. 어머니가 모카를 즐기고 얀 브론스키와 헤어져서 카페 바이츠케에서부터 돌아오는 길이었던 것이다.

그러나 오스카르가 저 거만한 샹들리에에 고함을 퍼부었다고 하더라도 그것은 용납이 될 것이다. 그러나 그는 성공하지 못한 것 같다. 다음날의 신문은 다만 이해할 수 없는 이유로 로비와 문의 유리가 파괴되었다고 밖에는 보도하지 않았기 때문이다. 신문의 학예란에 실린 통속 과학적인, 또 과학적인 조사는 수주일에 걸쳐 지리멸렬한 엉뚱한 헛소리를 퍼뜨렸다. 〈시사 신보〉는 우주 광선 이야기를 하고 있었다. 천문대 사람들, 즉 고도의 능력을 가진 정신 노동자는 태양의 흑점에 관해서 이야기했다.

그때 나는 짧은 다리가 허용하는 한도의 속력을 내어 시토크 탑의 나선형 층계를 내려와 차라리 숨을 죽이고 극장 현관 앞의 군중 속에 섞여들었다. 어머니의 갈색 가을 앙상블은 이미 빛나고 있지 않았다. 마르크스의 가게로 간 것이 틀림없었다. 그리고 아마도 내 목소리가 분명히 원인이 된 손해에 대해서 보고했을 것이다. 나의 이른바 발육 부진이나 또 나의 다이아몬드의 목소리를 지극히 자연스러운 현상이라고 생각하고 있는 마르크스는 혀끝을 설레설레 흔들면서 엷은 황색의 두 손을 비비고 있으리라고 오스카르는 생각했다.

가게 입구에서 나의 눈앞에 하나의 광경이 전개되었다. 그것은 즉시 멀리에서 유리를 깰 수 있는 노래의 성공을 깡그리 잊게 만드는 것이었다. 지기스문트 마르크스가 내 어머니 앞에서 무릎을 꿇고 있었던 것이다. 그리고 모든 봉제 장난감 동물, 즉 곰, 원숭이, 개, 그리고 눈을 떴다감았다 하는 인형, 또 그리고 소방 자동차, 흔들 목마, 또 그의 가게를 지키고 있는 꼭두각시 인형이 모두 그와 함께 무릎을 꿇으려고 하는 것처럼 생각되었다. 그는 두 손으로 어머니의 두 손을 감싸고 손등에 솜털이 난 엷은 갈색의 얼룩을 보이면서 울고 있었다.

어머니도 그 자리의 분위기에 걸맞게 진지한 눈빛을 하고 말했다.
「안 돼요, 마르크스 씨, 이 가게가 아닌 곳에서 그래요.」
그러나 마르크스는 그만두지 않았다. 그의 이야기는 내가 잊을 수 없을 만큼 애원하는 듯한, 동시에 뻔뻔스러운 어조를 띠고 있었다.
「이제 브론스키와는 그만하세요. 그가 폴란드의 우체국에 있으니까 그건 좋지 않아요. 말해 두지만 그 사람은 폴란드와 사이가 좋아요. 폴란드에 걸지 말아 줘요. 걸고 싶으면 독일인에게 걸어 줘요. 오늘은 나쁘더라도 내일은 경기가 좋아지니까요. 또 조금 나쁘더라도 곧 좋아져요. 그런데도 아그네스 부인은 여전히 브론스키에게 걸고 있으니 말예요. 이미 당신의 것이 되어 있는 마체라트에게 건다면 모를까. 또는 실례지만 마르크스에게 걸어 줘요, 갓 세례를 받은 마르크스와 함께 갑시다. 우리 런던으로 가요, 아그네스 부인, 그곳에는 동료가 있고 주권(株券)도 많이 가지고 있어요, 당신이 가자고만 한다면. 혹시 마르크스와는 싫다고 한다면 당신은 나를 경멸하고 있는 거예요. 그렇다면 경멸해도 좋아요. 하지만 나는 충심으로 바라고 있어요, 폴란드 우체국에 있는 브론스키에게는 이제 걸지 말아 주세요, 독일인이 오면 폴란드 인은 끝장이니까요!」

많은 가능한 일, 불가능한 일을 생각하여 마음이 흐트러지기 시작한 어머니는 금세라도 눈물을 흘릴 것만 같았다. 바로 그때 마르크스는 가게 문에 서 있는 나를 발견하고는 어머니의 한쪽 손을 놓고 다섯 손가락으로 나를 가리켰다.

「어서 와요, 어서. 이애도 런던으로 함께 데리고 갑시다. 왕자님처럼 소중하게 기르지요, 왕자님처럼 말예요!」

그러자 어머니도 나를 바라보았고 조금 미소를 띠었다. 아마 그녀는 유리가 없어진 시립 극장 로비의 창문을 생각하고 있었거나 약속의 땅 런던의 일로 마음이 들떠 있었을지도 모른다. 그러나 놀랍게도 그녀는 고개를 저으며 마치 댄스 신청을 거절하는 것처럼 딱 잘라말했다.

「고마워요, 마르크스 씨, 하지만 그럴 수는 없어요, 정말 안 돼요— 브론스키 때문이에요.」

백부의 이름이 나온 것을 기화로 마르크스는 냉큼 일어서서 마치 재크 나이프처럼 퍼뜩 허리를 펴면서 말했다.
「마르크스를 용서해 주세요. 그 사나이 때문에 안 되리라는 것은 금방 생각했던 일이에요.」
우리가 병기창 거리의 가게를 나왔을 때 아직 폐점 시간도 아닌데 장난감 가게 주인은 바깥에서 가게 문을 닫고 5번선 정류장까지 우리를 배웅해 주었다. 시립 극장 정면에는 아직도 통행인과 몇몇 경찰관이 서 있었다. 그러나 나는 무섭지 않았다. 유리에 대한 나의 성공 같은 것은 이제 거의 염두에도 없었다. 마르크스는 내 위에 몸을 굽히고 우리에게보다도 자기 자신에게 들려 주듯이 이렇게 속삭였다.
「이애는 무엇을 할 수 없을까, 오스카르. 북은 두드리겠다, 극장 앞에서 소란은 일으키겠다……」
그는 유리 파편을 보고 불안해지기 시작한 어머니를 손을 움직여서 달래 주었다. 그리고 전차가 와서 우리가 연결차에 발을 올려 놓았을 때 그는 때마침 듣고 있는 사람이 있는 것이 두려운 듯이 다시 한 번 나직한 목소리로 간청했다.
「아무쪼록 당신이 손에 넣은 마체라트에게 계속 있어 주세요, 이제 폴란드에게는 걸지 말아 주세요.」
오스카르가 오늘, 철재 침대에서 누웠다일어났다 하며 어떤 자세로도 북을 두들기면서 병기창 거리, 시토크 탑의 감옥 벽에 씌어진 서툰 글씨, 시토크 탑 그 자체, 기름을 친 고문 기구, 시립 극장 열주 뒤에 있는 로비의 세 창문, 그리고 또다시 병기창 거리와 지기스문트 마르크스의 가게를 찾아서 9월 어느 날의 하나하나의 모습을 모사(模寫)할 때 그는 또 동시에 폴란드 인의 나라도 찾지 않으면 안 되는 것이다. 무엇을 실마리로 해서? 그는 북채로 찾는 것이다. 그는 폴란드 인의 나라를 또 그의 영혼으로 찾는가? 모든 기관(器官)을 작용시켜서 그는 찾는다. 그러나 영혼은 기관이 아니다.
그리고 나는 상실하고 말았고 아직도 상실하지 않은 폴란드 인의 나라를 찾는다. 다른 사람들은 말한다. 대부분 상실했다. 이미 상실했다,

또다시 상실했다. 이 나라에서 사람들은 폴란드 인의 나라를 또다시 신용으로, 라이카로, 나침반으로, 레이더로, 마법의 지팡이로, 사절(使節)로, 휴머니즘으로, 야당 당수로, 방충제를 넣어서 수장해 둔 현인회의 의상으로 찾고 있다. 이 나라에서 사람들은 폴란드 인의 나라를 영혼으로 찾고 있다──반은 쇼팽으로, 반은 마음속의 복수로──폴란드의 제1차에서 제4차까지의 분할을 비난하고 제5차 분할을 계획하고 있다. 프랑스 항공으로 바르샤바로 날아가고 일찍이 게토가 있던 곳에서 연민을 느끼며 꽃다발을 바친다. 그리고 이곳에서 폴란드 인의 나라를 로켓으로 찾을 것이다. 그 사이에 나는 폴란드를 북으로 찾고 그리고 이렇게 북을 두들긴다. 상실되었다, 아직 상실되지 않았다, 이미 또다시 상실되었다. 누군가를 위해서 상실되었다, 대부분 상실되었다, 이미 상실되었다, 폴란드는 상실되었다, 모든 것은 상실되었다, 아직도 폴란드는 상실되지 않았다라고.

연 단(演壇)

나의 노래가 시립 극장 로비의 창문을 깸으로써 나는 비로소 무대 예술과 접촉을 원하게 되었고 그리고 그것을 발견했다. 어머니는 그날 오후 장난감 가게 주인 마르크스로부터 강력하게 요구받았음에도 불구하고 내가 극장과 직접 관계있다는 것을 깨닫고 있었음이 틀림없다. 왜냐하면 다음 크리스마스 기간에 자기 자신과 시테판 및 마르가 브론스키와 오스카르를 위해서 표 넉 장을 사가지고 우리들 세 사람에게 강림절의 마지막 일요일에 크리스마스 동화극을 보여 주기 위해 데리고 갔기 때문이다. 우리는 삼층 맨 앞에 앉아 있었다. 무대 앞 칸막이 관람석 위의 오만한 샹들리에는 한껏 아름다움을 뽐내고 있었다. 나는 시토크 탑에서 노래로 파괴시키지 않은 것을 기뻐했다.

그날은 이미 어린이들로 꽉 차 있었다. 어느 층이나 어머니들보다는 어린이가 많았는데 비교적 돈이 많거나 산아 제한에 열심인 사람들이 앉는 무대 앞 특별석에는 어머니와 아이들의 수가 거의 균형을 이루고 있었다. 아이들은 어째서 가만히 앉아 있지 못하는 것일까! 나와 비교적 얌전한 시테판 사이에 앉아 있는 마르가 브론스키는 튕김 의자의 쿠션에서 미끄러 떨어졌는데 다시 기어오르려다 곧 다시 난간을 붙들고 체조하는 것이 멋지리라고 생각했다가 의자의 용수철 장치에 낄 뻔하기도 했다. 그런데도 어머니가 이 어리석은 아이의 입에 사탕을 쑤셔 넣었기 때문에 고함 소리만은 우리들 주위에서 떠들고 있는 다른 아이들에 비해 아직 참을 수 있었고 그것도 노상 끊기곤 했다. 사탕을 씹으면서 쿠션을 더듬거리다가 시작도 하기 전에 지치고 만 시테판의 작은 누이동생은 막이 오르자마자 곧 잠이 들고 말았기 때문에 막이 내릴 때마다 그녀도 열심히 신경을 쓰고 있던 박수를 위해서 깨워 주지 않으면 안 되었다.

난쟁이의 동화를 하고 있었는데 그것은 제1장부터 나를 사로잡아 나한 사람을 향해서 알아듣도록 말해 주고 있었다. 능숙한 연출이어서 난쟁이는 전혀 모습을 보이지 않았고 목소리만이 들려왔다. 그리고 모습은 보이지 않지만 이 극의 제명으로도 되어 있는 진짜 주역의 배후에서 성인 배우들이 튀어나왔다. 난쟁이는 어떤 때는 말 귀에 앉고 어떤 때는 아버지가 큰돈을 받는 대신에 두 건달에게 팔려가고 또 어떤 때는 건달의 모자 차양 위에서 산책을 하며 거기에서 말을 걸기도 하고 나중에는 쥐구멍이나 달팽이 껍질 속으로 들어가 도둑들을 돕고 건초 속으로 들어가 건초와 함께 소의 밥통 속으로 들어가고 말았다. 그러나 소는 난쟁이의 목소리로 말했기 때문에 도살당했다. 흐르고 흘러서 소의 밥통은 사로잡힌 난쟁이와 함께 비료가 되어 이리에게 먹히고 말았다. 그러나 난쟁이는 교묘한 말로 이리를 꾀어 아버지의 집과 헛간으로 인도하고 거기에서 이리가 바야흐로 도둑질하려고 할 때 위급을 알리는 북소리를 울렸다. 결말은 모든 동화가 다 그렇듯이 아버지가 나쁜 이리를 때려 죽이고 어머니가 가위로 이리의 몸뚱이와 밥통을 가르자 난쟁이가 모습을 나타내어 다음과 같이 말한다는 줄거리이다.

『아아, 아버지, 나는 쥐구멍 속에, 소의 뱃속에, 이리의 밥주머니 속에 있었어요. 하지만 이제부터는 아버지와 어머니 곁을 절대로 떠나지 않겠어요.』

이 결말은 나를 감동시켰다. 어머니 쪽을 힐끗 바라보자 손수건으로 코를 누르고 있음을 알 수 있었다. 어머니도 나와 마찬가지로 무대의 줄거리 전개에 감동한 것이다. 어머니는 곧잘 감동하는 기질을 가졌다. 그로부터 몇 주일 동안, 특히 크리스마스 축제가 계속되고 있는 동안, 몇 번이나 나를 끌어안고 입맞춤했고 어떤 때는 장난삼아, 어떤 때는 슬픈 듯이 오스카르를 가리켜 난쟁이라고 불렀다. 또는 나의 작은 난쟁이라든가 또는 나의 불쌍한, 가련한 난쟁이라고.

1933년 여름이 되어서야 비로소 나는 또다시 극장에 따라갈 수 있게 되었다. 나의 어떤 오해로 인해 일은 순조롭게 진행되지 않았으나 훗날까지 두고두고 깊은 인상을 나에게 주었다. 오늘에 이르기까지도 내 뇌리 속에서 울려퍼지고 맥박치는 것이 있다. 즉 그것은 초포트 숲의 오페라에서 일어났던 일인데 그곳에서는 여름마다 옥외의 밤하늘 밑에서 바그너 음악이 자연에게 바쳐지게 되어 있었다.

오페라 그 자체를 좋아한 사람은 어머니뿐이었다. 마체라트에게는 오페레타조차도 벅찼다. 얀은 어머니를 본따서 몇 개의 아리아에 열광했으나 음악적인 풍모를 지니고 있으면서도 아름다운 음에 대해서는 완전히 귀머거리였다. 그 대신 그는 포르멜라 형제를 알고 있었다. 옛날 카르타우스 고등학교의 동급생으로서 초포트에 살고 있었고 호반의 길이나 온천 호텔 그리고 카지노 앞 분수의 조명을 맡고 있어서 그 숲의 오페라 축제 때는 조명 기사로서 일하고 있었다.

초포트로 가려면 올리바를 지나야만 했다. 성(城) 안에 있는 공원에서의 어느 날 오전의 일이다. 금붕어와 백조 그리고 어머니와 얀 브론스키는 유명한 속삭임의 동굴에 있었다. 그리고는 다시 금붕어와 백조는 서로 손을 마주 잡고 사진사에게 협력했다. 촬영이 진행되는 동안 마체라트는 나를 어깨에 태워 주었다. 나는 북을 그의 머리 꼭대기에서 받쳐들었다. 나중에 사진첩에 붙여진 그 사진을 보고는 모두들 크게 웃었다. 우리는 금붕어와 백조와 헤어져서 속삭임의 동굴을 떠났다. 성 안에 있는 공원뿐이 아니라 철책 앞에도, 글레트카우로 가는 전차도, 우리가 점심을 먹은 글레트카우의 온천 호텔도 일요일이었고, 그리고 발트 해는 마치 달리 할 일이 없는 듯이 의젓하게 해수욕으로 유인하고 있는 등 가는 곳마다에서 일요일임을 실감할 수 있었다. 우리가 해안의 산책로를 따라 초포트로 걸어갔을 때 일요일이 우리를 마중나왔다. 그리고 마체라트는 우리 모두의 입장료를 지불하지 않으면 안 되었다.

우리는 남쪽 해변에서 해수욕을 했다. 북쪽 해변보다는 덜 붐빈다고 했기 때문이다. 남자들은 남자 전용 해수욕장에서 옷을 갈아입고 어머니는 나를 여자 전용 해수욕장의 탈의실로 데리고 갔는데 당시에 이미 한계를 넘어 살이 쪘던 어머니는 그 몸뚱이를 밝은 다갈색 수영복에 집어넣는 동안 나에게는 남녀 공용의 해수욕장에서 발가벗으라고 일렀다. 남녀 공용 해수욕장에서 많은 사람들의 눈에 너무 노출된 모습을 드러내고 싶지 않았기 때문에 나는 성기를 북으로 가렸다. 나중에 모래밭으로 나갔을 때는 배를 깔고 엎드려서 손짓하는 발트 해의 물 속에는 들어가려고도 하지 않은 채 모래 속에 부끄러움을 감추고 오로지 쫓기는 타조처럼 눈을 감고 있으려고 했다. 마체라트도 얀 브론스키도 이제는 배가 나오기 시작하고 있어서 우습기도 하고 거의 가련할 정도로 비참하게 보이기도 했으므로 그날 오후 늦게 욕실로 가서 모두들 볕에 탄 피부에 크림을 바르고 니베아 유를 칠한 뒤 다시 일요일의 외출복으로 갈아입었을 때 나는 유쾌해서 견딜 수 없었다.

『불가사리』에서의 커피와 과자. 어머니는 오층짜리 케이크 3분의 1을 주문하려고 했다. 마체라트는 반대했고 얀은 찬성도 반대도 하지 않았다. 어머니는 주문했고 마체라트의 몫에서 한 조각 잘라서 얀에게 주어 두 사나이를 만족시킨 뒤 지나치게 단 케이크를 한 숟가락 한 숟가락 위 속에다 쓸어 넣었다.

아아, 거룩한 크림이여, 너, 가루 설탕을 바른 『맑음』에서 『흐림』으로 바뀌는 일요일 오후여! 폴란드의 귀족들은 푸른 선글라스를 끼고 짙은 레몬수를 앞에 놓고 앉아 있었으나 거기에는 손을 대려고도 하지 않았다.

부인들은 보랏빛 손톱을 만지작거렸고 바닷바람은 그녀들이 여름 동안에 가끔씩 빌려 입는 모피 케이프에서 나는 방충제 냄새를 우리들 쪽으로 실어 보냈다. 마체라트에게는 그것이 어마어마한 일로 생각되었다. 마찬가지로 어머니는 이런 모피 케이프를 하다못해 오후에만이라도 빌려 입고 싶었을 것이다. 폴란드 귀족의 무료함은 이제 극한에 달했기 때문에 빌린 삯이 늘고 있음에도 불구하고 그들은 이제는 프랑스 말을 하지 않고 그야말로 신사 기질을 드러내어 가장 평범한 폴란드 말로 지껄이고 있는 것이라고 얀은 주장했다.

더 이상 『불가사리』에 눌러앉아서 볼품 없는 폴란드 귀족의 푸른 선글라스와 보랏빛 손톱을 보고 있을 수는 없었다. 케이크를 먹어서 배가 부른 어머니는 조금 움직이자고 했다. 우리는 온천 공원으로 갔고 나는 당나귀를 타고 다시 한 번 사진을 찍기 위해 꼼짝도 하지 않고 가만히 있지 않으면 안 되었다. 금붕어와 백조――어째서 자연은 다른 것을 생각해내지 못하는 것일까――그리고 또다시 담수(淡水)를 가치 있는 것으로 만드는 금붕어와 백조.

사람이 말하는 것처럼 별로 속삭이지도 않는 말끔하게 다듬어진 주목나무 사이에서 우리는 포르멜라 형제를 만났다. 카지노의 조명 기사 포르멜라, 숲의 오페라에서 조명을 받고 있는 포르멜라이다. 동생인 포르멜라는 처음에 조명이라는 직업 때문에 얻어들은 농담을 언제나 뭐든지 털어놓지 않고는 못 배기는 사나이였다. 형인 포르멜라는 그 농담을 알아듣고, 게다가 형제애 때문에 거기에 장단을 맞추어 적당한 대목에서 웃어 주었다. 웃으면 금니 한 개가 세 개의 금니를 가지고 있는 동생보다도 더 뚜렷하게 드러났다. 우리는 스프링거의 가게로 진을 마시러 갔다. 어머니는 쿠르퓌르스트를 좋아했다. 그런 다음 여전히 비장의 농담을 한 마디씩 털어놓고 있는 호기 있는 동생 포르멜라는 『앵무새』로 저녁을 먹으러 가자고 모두를 초대했다. 그곳에서 투셸을 만났다. 투셸은 반쯤 초포트의 사나이로서 숲의 오페라와 영화관 다섯 개와 관계가 있었다. 또 그는 포르멜라 형제의 두목 격이어서 우리가 그와 알게 됨을 기뻐한 것과 마찬가지로 우리와 알게 되어 기뻐했다.

투셀은 손가락에 낀 반지를 마냥 돌리고 있었는데 그것은 소원을 풀어 주는 반지도 아니었고 마법의 반지도 아니었다. 즉 그도 그대로 농담을 하는 것 외에는 아무 일도 일어나지 않았기 때문이다. 그나마 아까 포르멜라가 한 농담과 똑같은 농담이었는데 다만 금니를 드러내는 정도가 적었고 내용이 좀더 자세하다는 것뿐이었다. 그래도 식탁에 앉은 사람들은 모두 웃었다. 농담을 한 사람이 투셀이었기 때문이다. 하지만 나만은 진지한 태도를 흐트리지 않고 얼굴을 경직시킨 채 농담의 급소를 피하려고 했다. 아아, 웃음의 향유(香油)는, 얼마나 설사 진짜가 아니더라도, 우리가 게걸스럽게 먹고 있는 한 귀퉁이를 나누고 있는 유리창의 부풀음과도 같이 유쾌함을 넓혀 주고 있었던가.

투셀은 감사의 뜻을 표시하고 여전히 농담을 늘어놓으며 리큐르를 가져오게 했고 웃음과 리큐르 사이를 헤엄치면서 갑자기 행복한 듯이, 아까와는 다른 방법으로 반지를 빙그르르 돌렸다. 그러자 확실히 어떤 일인가가 일어났다. 투셀은 우리들 전원을 숲의 오페라에 초대했다. 숲의 오페라의 일부는 그의 것이었기 때문이다. 유감스럽지만 그는 우리와 함께 갈 수는 없다, 우리가 그의 좌석에서 보아 주기 바란다, 어린이는 피곤하면 쿠션이 달린 의자에서 잠을 잘 수 있다고 말했다. 그리고 그는 은으로 된 샤프펜으로 그의 명함에 투셀이라는 서명을 하고는 이것은 무료 입장권입니다라고 말했다——확실히 그대로였다.

무엇이 일어났는지는 두세 마디로 말할 수 있다. 즉 그야말로 여름 밤이어서 숲의 오페라는 만원이었고 외국인들로 가득차 있었다. 시작하기 전부터 모기가 있었다. 그러나 그것이 고상한 일이라고 생각하여 언제나 조금 늦게 오는 마지막 모기가 피를 찾아 윙윙거리며 도착을 알린 것과 동시에 가까스로 정말로 막이 올랐다.『방황하는 네덜란드 인』이었다. 배 한 척이 해적선이라기보다는 숲의 악당 같은 모습으로 숲의 오페라라는 이름이 유래된 그 숲에서부터 나타났다. 선원들은 나무들을 향해서 노래불렀다. 나는 투셀의 쿠션에서 잠이 들었다. 눈을 떴을 때 여전히 선원들이, 아니 이미 또다시 선원들이 노래를 부르고 있었다. 키잡이는 파수를 본다……, 그러나 오스카르는 다시 잠들었다, 나는 꾸벅꾸벅 졸면서 어머니가 네덜란드 인에 관심을 기울이며 큰 파도에 흔들리면서 바그너 식으로 호흡하고 있는 것이 즐거웠다. 그녀는 마체라트와 그녀의 얀이 깍지낀 손을 앞으로 내밀어 각기 딱딱한 나무를 톱으로 자르고 있는 것도, 또 내가 몇 번이나 되풀이하여 바그너의 손가락에서 미끄러져 내리는 것도 깨닫지 못했다. 마침내 오스카르가 말똥 말똥 눈을 뜬 것은 숲 한가운데에 한 여인이 혼자 서서 큰소리를 지르고 있었기 때문이다. 머리털이 노란 그 여인은 조명 기사가——아마 동생 포르멜라일 것이다——그녀를 라이트로 귀찮게 쫓아다니며 비추었기 때문에 큰소리로 외친 것이다.
「안 돼요.」하고 그녀는 외쳤다.「나는 슬퍼요. 누가 나를 괴롭히지요?」그러나 그녀를 괴롭히는 포르멜라는 라이트를 비키지 않았다. 고독하게 외친 여인이 독창자라고 나중에 어머니가 가르쳐 주었지만 때때로 그 외침은 은빛 거품을 내뿜는 신음 소리로 변했다. 그 목소리는 초포트 숲의 나무들 잎새를 때아니게 시들게는 했지만 포르멜라가 라이트에 맞추어 그것을 깨버릴 수는 없었다. 그녀의 목소리는 재능에 넘쳐 있기는 했지만 힘이 없었다. 오스카르는 뛰어나가 버릇없는 광원(光源)을 발견하고 낮은 목소리로 귀찮게 따라다니는 모기보다도 낮은 음정으로 원격 작용의 고함을 한 번 질러 공격하지 않으면 안 되었다.
전기가 꺼지고 어둠이 왔다. 불길이 확 타오르고 산불이 났다. 그러나 그것은 곧 꺼지고 소란이 일어났다. 이런 일까지 내가 의도한 것은 아니었다. 나는 혼란 속에서 어머니와 거칠게 눈뜬 두 사나이를 놓쳤을 뿐만 아니라 내 북도 혼잡 속에서 잃고 말았다.
나와 극장의 이 세 번째 만남의 결과 숲의 오페라의 바그너를 쉽게 편곡하여 집에서 피아노를 치고 있던 어머니는 1934년 봄에는 나를 서커스의 공기에 접촉시키려는 생각을 하기에 이르렀다.
오스카르로서는 여기에서 그네를 타는 은빛 여인들이나 부시 서커스의 호랑이들, 그리고 재주가 비범한 바다표범에 대해서 이야기하고 싶은 생각은 없다. 아무도 서커스의 둥근 천장에서 추락하지 않았다. 맹수를 다루는 사람은 전혀 물리지 않았다. 바다표범도 배운 것을 그대로 했다.

즉 공을 능숙하게 받았고 상으로 산 청어를 받았다. 나는 서커스에 대해 즐거운 어린이 프로그램과 나에게는 매우 중요한 음악 광대인 베브라와 알게 된 것을 감사하고 있다. 그는 병으로 『호랑이 지미』를 연주했는데 소인국(小人國) 주민 그룹의 리더였다.

우리는 동물원에서 만났다. 어머니와 그녀의 두 사나이는 원숭이 우리 앞에서 기분을 상했다. 특별히 한몫 낀 헤트비히 브론스키는 어린이들에게 망아지를 보여 주었다. 사자가 나를 향해 큰 입을 벌리고 하품한 뒤, 나는 경솔하게도 부엉이와 어울리게 되었다. 나는 새를 응시하려고 했지만 반대로 응시당하고 말았다. 오스카르는 귀를 붉히며 마음의 중심을 손상당하여 거기에서 살금살금 도망쳐 나와 파란 색과 하얀 색으로 칠한 서커스 차량 사이에 몸을 숨겼다. 거기에는 매어져 있는 난쟁이의 산양 몇 마리 외에 동물은 없었기 때문이다.

그는 바지 멜빵과 슬리퍼 차림으로 내 옆을 지나갔다. 그는 양동이를 운반하고 있었다. 두 사람의 눈이 얼핏 마주쳤을 뿐이었다. 그런데도 우리는 당장 상대방을 알아보았다. 그는 양동이를 놓고 큰 머리를 갸웃거리며 나에게로 다가왔다. 나는 그가 나보다도 키가 구 센티 가량 크다는 것을 알았다.

「아니, 이런」 하고 내 머리 위에서 부러운 듯한 목쉰 소리가 들려왔다. 「이제는 세 살에서 더 이상 크려고 하지 않는군.」

내가 대답을 하지 않고 있으니까 그는 더욱 나에게로 다가왔다. 「베브라, 이게 내 이름이지, 오이겐 왕자의 직계요. 그 아버지는 루이 14세로서 세상에서 말하는 사보아 인 따위가 아니요.」 내가 여전히 말을 하지 않고 있으니까 그는 다시 지껄이기 시작했다. 「열 살이 되는 생일에 성장이 멎어 버렸지. 조금 늦었지만 뭐 어떻든 좋아.」

그가 스스럼없이 말했기 때문에 나도 자기 소개를 했는데 계보에 대해서는 거짓말하지 않고 다만 오스카르라고만 말했다.

「말해 주게, 오스카르 군. 지금 열넷, 열다섯, 아니면 열여섯 살인가? 자네의 말은 믿을 수가 없어, 이제 겨우 아홉 살 반이라고?……」

이번에는 내가 그의 나이를 맞힐 차례였다. 그리고 일부러 젊은 나이를 말했다.
「그런 소리 하지 마, 젊은이. 서른다섯이라니 그건 옛날 얘기야. 팔월이면 쉰세 살을 맞게 된다네. 자네의 할아버지 뻘이 되는 셈이지.」
 나는 그의 광대로서의 곡예 솜씨에 두세 마디 칭찬을 해주고 매우 음악적이라고 찬양했다. 그리고 약간의 공명심도 작용하여 조그만 재주를 한 가지 보여 주었다. 서커스 장을 비추는 전구 세 개 때문에 그것을 믿지 않으면 안 되었다. 베브라 씨는 브라보, 브라비시모라고 외치며 당장 나와 계약을 맺자고 했다.
 이따금 오늘에 와서도 유감스럽게 생각하는 것은 내가 그 제의를 거부한 사실이다. 나는 구실을 만들어서 이렇게 말했다.
「아시겠죠. 베브라 씨, 나는 차라리 관객으로 있고 싶습니다. 내 하찮은 재주를 모든 박수 갈채로부터 떨어진 곳에서 남몰래 꽃피우고 싶습니다. 하지만 나는 당신들의 재주에 누구보다도 박수 갈채를 아끼지 않습니다.」
 베브라 씨는 주름투성이의 집게손가락을 세우며 나에게 충고했다.
「오스카르 군. 경험을 쌓은 동료의 말을 믿으세요. 우리 같은 사람은 절대로 손님이 될 수는 없어요. 우리 같은 사람은 남들 앞에서 재주를 보이고 줄거리를 정하지 않으면 안 돼요. 그렇게 하지 않으면 저기에 있는 사람들에게 놀림을 당하고 말아요. 저기에 있는 사람들은 우리를 학대하기를 좋아하니까.」
 그는 거의 내 귀에 파고들 듯이 속삭이고 늙은 승려 같은 눈짓을 했다.
「모두들 오고 있어. 식장을 점령할 테지. 횃불 행렬을 하려는 거야. 연단을 만들고 주위에 사람을 모으고 연단에서 우리의 몰락을 설교하지. 두고 보라고, 연단에서 무엇이 시작되는지. 언제나 연단 위에 앉고 절대로 연단 앞에는 서지 않아야 해.」
 그때 내 이름이 불렸기 때문에 베브라 씨는 양동이를 붙잡았다.
「자네를 찾고 있군. 그럼 다시 만나세. 우리는 너무 작기 때문에 서로 놓치는 일은 없을 거야. 이 베브라는 몇 번이고 말하겠는데 우리 같은 난쟁이는 아무리 만원인 연단 위에서도 빈 자리를 발견할 수 있단 말이오. 연단 위가 아니면 연단 아래에 말이오, 결코 연단 앞이 아니라. 이게 오이겐 왕자의 직계인 베브라의 말이오.」
　오스카르의 이름을 부르면서 서커스 차량 앞에 나타난 어머니는 공교롭게도 베브라가 내 이마에 입맞추고 나서 양둥이를 들고 어깨를 흔들면서 서커스 차량 쪽으로 가는 것을 보고 말았다.
　「글쎄, 생각해 봐요.」 하고 어머니는 나중에 마체라트와 브론스키에게 분개했다. 「소인국 주민이 있는 곳에 있었어요. 이애가 말예요. 게다가 난쟁이가 이애의 이마에 입맞췄어요. 제발 무슨 주술(呪術)이 아니면 좋겠는데.」
　베브라가 이마에 해준 입맞춤은 나에게 큰 의미를 가지게 되었다. 다음해의 정치적 사건이 그의 주장의 정당성을 증명했다. 즉 횃불 행렬과 연단 앞에서 행진하는 시대가 시작된 것이다.
　내가 베브라 씨의 충고에 따랐듯이 어머니는 병기창 거리의 지기스문트 마르크스에게서 목요일에 방문할 때마다 되풀이해서 들은 충고의 일부를 마음에 두었다. 어머니는 마르크스와 런던에 가지는 않았지만——나는 이사에 반대할 이유를 별로 많이 가지고 있지 않았다——그녀는 마체라트 곁에 머물렀다 적당히 얀 브론스키와 만나고 있었다. 즉 얀이 빌리고 있는 가구점 골목에서, 또 얀이 언제나 지고 있어서 좋은 봉이 되고 있는, 집에서 하는 스카트 놀이 때이다. 어머니는 마르크스의 충고에 따라 판돈을 두 배로 늘리지는 않았지만 마체라트에게 계속 걸고 있었는데 어머니가 건 마체라트는 1934년에, 즉 비교적 빨리 조직의 세력을 간파하여 당에 들어갔고 그런대로 반장으로까지 출세했다. 색다른 일이 있으면 어떻게 해서든 스카트 놀이를 벌일 이유로 삼고 있던 그들은 이 승진도 간과하지 않았는데 지금까지 언제나 폴란드 우체국의 관리라는 이유로 얀 브론스키에게 경고하고 있던 마체라트는 이때 비로소 여느 때보다도 엄격한, 그러나 신경이 쓰이는 듯한 투로 얀을 타일렀다.
　다른 점에서는 별로 달라진 것이 없었다. 피아노 위에 놓여 있던, 그 레프로부터 받은 선물인 베토벤의 초상이 치워지고 바로 그 자리에 마찬가지로 음울한 눈을 가진 히틀러의 모습을 볼 수 있게 되었다. 진지한 음악이 싫은 마체라트는 거의 귀머거리인 음악가 따위는 추방하고 싶어서 견딜 수 없었던 것이다. 그러나 베토벤 소나타의 느릿느릿한 악장을 매우 좋아하여 두세 가지를 지정된 속도보다도 느리게 집에 있는 피아노로 연습하고, 때로는 손가락 하나로 땡땡거리며 치곤 하던 어머니는 베토벤의 초상을 소파 위나 식기 선반 위에 옮겨 놓을 것을 주장했다. 이리하여 음울한 자들끼리 서로 대결하게 되었다. 히틀러와 천재가 서로 마주 보게 걸려지고 서로 눈을 흘기며 마음을 꿰뚫어보았으나 유쾌한 기분이 될 수는 없었다.

차츰차츰 마체라트는 제복을 사서 갖추었다. 내가 기억하는 바로는 처음에는 제모였다. 그는 그것을 날씨가 좋은 날에도 턱 밑을 스치는 턱끈을 매고 다니기를 좋아했다. 잠시 뒤에 그는 이 모자에 맞추어서 검은 넥타이가 딸린 하얀 와이셔츠나 완장이 달린 자켓을 몸에 걸쳤다. 그는 처음에 갈색 셔츠를 샀고 일주일 뒤에는 황토색의 승마 바지와 장화도 손에 넣으려고 했다. 하지만 어머니는 반대였다. 그로부터 몇 주일이 지나자 마체라트는 마침내 제복을 완전히 갖추어 입게 되었다.

일주일에도 몇 번씩 이 제복을 입을 기회가 있었으나 마체라트는 체육관 옆에 있는 5월의 들에서 열리는 일요일의 시위 운동에 참가할 때 밖에는 입지 않았다. 그러나 그곳에서는 아무리 날씨가 나빠도 엄격한 태도를 흐트리지 않았고 제복을 입은 채 우산을 받치기를 거부했다. 우리는 이따금씩 진부한 헛소리가 되고 마는 이야기를 싫도록 듣지 않으면 안 되었다.

「봉사(奉仕)는 봉사이다.」라고 마체라트는 말하고 「그리고 화주(火酒)는 화주이다.」라고 말하며 일요일 아침, 한낮의 불고기 준비를 갖춘 뒤에 어머니를 남겨 놓은 채 가버려 나를 난처한 입장에 놓이게 했다. 왜냐하면 일요일의 정치적 상황을 깨달은 얀 브론스키가 신사복 차림으로 대담하게 마체라트가 대오를 형성하고 있는 동안에 버려진 어머니를 방문했기 때문이다.

살금살금 도망치는 이외에 내가 무엇을 할 수 있었겠는가. 소파에 있는 두 사람을 방해할 생각은 없었고 그렇다고 해서 바라보고 있을 수도 없었다. 그래서 나는 제복 차림의 아버지가 시야에서 사라지고 그 무렵 진짜 아버지라고 내가 추정하고 있던 신사복 차림의 아버지가 도착할 시간이 다가오면 북을 두들기면서 집에서 나가 5월의 들 쪽으로 향하였다.
 꼭 5월의 들이어야 했는가고 말씀하실지도 모른다. 아무쪼록 내가 하는 말을 믿어 주기 바란다. 일요일에는 항구에서 아무 일도 일어나지 않았고 나에게는 숲으로 산책을 나설 마음이 생기지 않았고 그 무렵 아직도 성심 교회(聖心敎會)의 내부는 나에게 아무 말도 해주지 않았다는 것을. 물론 아직도 그레프 씨의 보이 스카우트들이 있었으나 이곳에서 인정받고 있다고 하더라도 왜곡된 에로티시즘보다도 5월의 들의 소란 쪽이 훨씬 더 좋았던 것이다. 설사 지금, 내가 동조자라고 불리더라도 말이다.
 그라이저나 대관구(大管區) 교육부장인 뢰프자크가 연설을 했다. 그라이저는 나에게 특별히 기이한 느낌을 주지 않았다. 그는 매우 온후한 사람으로서 나중에 포르스타라는 대관구장이 된, 바이에른 출신의 정보원 앞잡이 비슷한 사나이에 의해 좌천되었다. 그런데 뢰프자크는 포르스타 같은 사나이도 좌천시킬 만한 사나이였다. 확실히 뢰프자크의 등에 혹이 없었다면 이 퓌르트에서 온 사나이가 항구 도시의 포석(鋪石) 위에 확고한 지위를 구축하기는 어려웠을 것이다. 뢰프자크를 올바르게 평가한 그 혹에서 높은 지성의 표시를 보고, 당은 그를 대관구 교육부장으로 발탁한 것이다. 이 사나이는 자기가 할 일을 알고 있었다. 포르스타가 비천한 바이에른 사투리로 언제나 입버릇처럼 『제국(帝國)으로 돌아가라.』라고 외친 데 대해 뢰프자크는 좀더 자세한 설명을 붙여 온갖 종류의 단치히 사투리를 구사하며 보라만과 불즈츠기(독일인과 폴란드 인을 상징한다)에 대해서 기지에 찬 열변을 토하고 시하우의 항만 노동자, 오라의 민중, 에마우스, 시드리츠, 비르가비젠, 프라우스트(모두 단치히의 지구명)의 시민에게 호소할 수 있었다. 그가 극단적으로 진지한 공산당원이나 맥 빠진 환성을 지르는 몇몇 사회당원과 어울리고 있을 때 갈색 제복 위에 혹이 두드러지게 솟아 있는 이 곱사등이 사나이에게 귀기울이기를 누구나 좋아했다.
 뢰프자크는 재치가 풍부해서 그것을 모두 혹에서 끄집어냈고 그의 혹을 분명하게 혹이라고 말했다. 대중은 그러한 것을 언제나 좋아하는 법이다.

공산당이 대두할 정도라면 이 혹을 없애버리는 것이 차라리 나을 것이라고 그는 주장했다. 그는 혹을 상실하지 않을 것이고 혹도 변하지 않으리라고 예상되었다. 따라서 혹은 어디까지나 정당하고 혹과 더불어 당도 정당했다. 거기에서부터 혹이 하나의 이념의 이상적인 토대를 형성하고 있다고 추론할 수 있다.

그라이저, 뢰프자크, 또는 나중에 포르스타가 연설할 때 그들은 연단에서 이야기했다. 난쟁이 베브라 씨가 나에게 불어넣은 그 연단이었다. 따라서 나는 꽤 오랫동안 곱사등이이고 재능이 풍부한 뢰프자크가 연단에 모습을 나타내어 연설을 시작하면, 그를 베브라에 의해 파견되어 베브라의 입장을──그것은 또 근본적으로는 나의 입장이기도 했지만──갈색으로 변장하여 연단 위에서 옹호하고 있는 것은 아닐까 하고 생각했다.

연단이란 무엇인가? 연단은 누구에 대해서도, 또 누구의 앞에서도 그야말로 한결같이 만들어진다. 어쨌든 그것은 좌우동형이 아니면 안 된다. 그래서 체육관 옆에 있는 5월의 들의 연단도 분명히 좌우동형으로 만들어졌다. 위에서 아래로, 여섯 개의 갈고리 십자의 깃발이 늘어서 있다, 다음에 또 각종 깃발, 기드림, 군기(軍紀). 다음에 턱끈을 건 검은 친위대가 한 줄, 또 그 다음에는 노래나 연설을 할 때 두 손을 벨트 끝에 걸치고 있는 돌격대가 두 줄, 그리고 다음에는 제복차림의 당원이 몇 줄 앉아 있다. 연설자의 작은 탁자 뒤에는 역시 당원, 여느 어머니의 얼굴과 다름없는 부녀 부장들, 신사복 차림을 한 시 참사회의 대표자들, 제국(帝國)에서 온 내빈들, 그리고 경찰서장이나 그 대리인들.

연단 아래는 히틀러 청소년단의 젊음으로 넘쳐 있다. 정확하게 말하면 히틀러 청소년단 소국민부 관구 팡파레대와 청소년단 관구 고적대이다. 대개의 시위 행진 때는 여전히 좌우동형으로 늘어선 혼성 합창대가 구호를 외치거나 모두가 좋아하는 『동풍(東風)』을 노래하는 것이 허용되고 있었다. 동풍은 그 가사에 의하면 다른 어떤 바람보다도 깃발을 펄럭이게 하는 데 정당하였다.

내 이마에 입맞춘 베브라는 이렇게도 말했다.

『오스카르, 절대로 연단 앞에 서지 말아. 우리 같은 사람은 연단 위에 있지 않으면 안돼.』

대개의 경우 나는 부녀부장들 사이 어딘가에 자리를 찾을 수 있었다. 유감스럽게도 이 부인들은 선전을 위한 시위 행진을 하는 동안 나를 쓰다듬지 않고는 못 배겼다. 연단 밑의 팀파니와 팡파레 그리고 북 사이로 뚫고 들어가는 것은 내가 북을 가지고 있기 때문에 할 수 없었다. 그들은 비천한 자가 북을 치는 것을 거부한 것이다. 대관구 교육부장 뢰프자크와 협상을 해보았으나 유감스럽게도 잘 되지 않았다. 나는 이 사나이를 아주 잘못 생각하고 있었다. 그는 내가 바란 것처럼 베브라가 파견한 사람도 아니었고 그 전도유망한 혹에도 불구하고 내 진짜 크기를 아주 조금밖에 이해하고 있지 못했다.

어느 일요일에 내가 그의 작은 탁자 바로 앞까지 다가가서 나치스 식의 인사를 하고 처음으로 그를 직시한 다음 눈으로 윙크를 하면서「베브라는 우리의 총통입니다.」라고 속삭였을 때 그는 도무지 일의 전말을 깨닫지 못하고 나치스 부인부의 아주머니들과 마찬가지로 나를 쓰다듬고는 마지막으로 오스카르를——그는 연설을 시작하지 않으면 안 되었다——연단에서 내려 보내라고 지시했다. 오스카르는 두 여자 청년단장 사이에 끼워져서 시위 행진을 하는 동안 내내『아빠와 엄마』를 찾았다.

따라서 이미 1934년 여름, 룀의 봉기에 영향을 받은 것은 아니지만 내가 당에 대해 실망을 느끼기 시작한 것도 이상한 일은 아니다. 나에게는 연단 앞에 서서 연단을 바라보는 일이 길어짐에 따라 뢰프자크의 혹에 의해 불충분하나마 균형이 깨뜨려지고 있을 뿐인 그 좌우동형이 못내 수상쩍게 여겨지기 시작했다. 나의 비판이 특히 고수(鼓手)와 팡파레 주자에게 향해진 것은 당연한 일이다. 그리고 1935년 8월, 시위 행진이 있었던 어느 울적한 일요일에 연단의 발 밑에서 나는 고적 대원 및 팡파레 대원과 시비를 벌였다.

마체라트는 아홉 시에는 이미 집을 나섰다. 그가 늦지 않게 집을 나설 수 있도록 나는 갈색의 가죽 각반을 닦는 것을 도와 주었다. 이렇게 이른 시간인데도 벌써 견딜 수 없을 만큼 더웠다. 밖에 나가기도 전에 점점 커지는 검은 얼룩이 생겼을 만큼 그는 제복의 와이셔츠 소매 밑에 땀을 흘렸다. 아홉 시 반 정각에 회색 메시 단화에 맥고 모자를 쓰고 통풍이 잘 되는 밝은 여름옷을 입은 얀 브론스키가 모습을 나타냈다. 얀은 아주 잠깐 동안 나와 놀았으나 나와 놀면서도 전날 밤에 머리를 감은 어머니에게서 눈을 떼지 않았다. 이윽고 나는 내가 있는 것이 두 사람의 이야기에 방해되고 두 사람의 태도를 어색하게 만들며 얀의 동작을 방해하고 있다는 것을 깨달았다. 얀의 얇은 여름 바지가 그에게 답답해지기 시작했음이 분명했다. 그래서 나는 종종걸음으로 도망쳐 나가 마체라트의 뒤를 따랐다. 별로 그를 본받아서가 아니었다. 제복 차림이 꽉 차서 5월의 들을 향해 열심히 걸어가고 있는 한길은 신중히 피하고, 처음으로 체육관 옆에 있는 테니스 코트를 통해서 시위 운동이 벌어지는 광장 쪽으로 다가갔다. 연단의 뒤를 볼 수 있는 것은 이 우회로 덕분이다.

여러분은 이미 연단을 뒤에서 보신 적이 있는가? 이것은 하나의 제안에 지나지 않지만──모든 사람에게 연단 앞에 모이기 전에 연단 뒤의 모습을 충분히 보여 주어야 한다. 한 번 연단을 뒤에서 본 사람은──똑똑히 본 사람은──그때부터 이미 면역되어, 그 결과 형태의 차이는 있을 망정, 연단 위에서 거행되는 어떤 마술에 대해서도 동요하지 않게 된다. 비슷한 일은 교회의 제단 뒤의 모습에 대해서도 말할 수 있지만 그것은 또 다른 이야기이다.

그러나 무슨 일에나 철저하지 않고서는 견딜 수 없었던 오스카르는 추악하기 이를 데 없는 노출된 발판을 바라보는 것만으로는 만족할 수 없었다. 그는 스승 베브라의 말을 생각해내고 전면만 깨끗한 연단의 허술한 뒤쪽에서 접근하여 외출할 때 언제나 손에서 놓지 않는 북과 함께 버팀목 사이로 몸을 밀어넣었다. 그리고는 머리 위 지붕의 평고대에 부딪치고 심술궂게 재목에서 나와 있는 못에 무릎을 짓찧고, 머리 위에서 당원의 장화가 삐걱거리는 소리와 부녀부원의 작은 구두 소리를 들으면서 마침내 8월에 가장 어울리는, 가장 답답한 장소에 당도했다. 즉 연단의 기둥다리 앞에 대어 있는 한 장의 베니어 판자 뒤에 숨을 장소를 발견한 것이다. 그곳이라면 깃발에 방해받지 않고 제복 차림 때문에 눈을 번

거롭게 하는 일 없이 그야말로 조용하게 정치적 시위 운동의 음향의 매력을 충분히 만끽할 수 있을 것이다.

나는 연설용 소탁자 밑에 쭈그리고 앉았다. 나의 왼쪽에도 오른쪽에도 그리고 머리 위에도 다리를 버티고, 내가 알고 있는 대로 부신 듯이 눈을 가느다랗게 뜨고 비교적 어린 소년부의 고수와 그보다 연상인 히틀러 청소년단의 고수들이 서 있었다, 그리고 군중이.

나는 연단의 판자 틈새로 그들의 냄새를 맡았다. 군중은 서 있었다. 그리고 팔꿈치와 팔꿈치, 화려한 옷과 옷을 맞대고 있었다. 걸어오거나 전차를 타고 온 사람들이다. 일부는 아침시장에 갔다가 돌아오는 길이었고 거기에서 만족스럽게 시장을 보지 못한 것이다. 팔에 매달린 신부(新婦)에게 무언가를 바치려고 온 것이다. 역사가 만들어질 때 그 자리에 배석하고 싶었던 것이다. 설사 오전 한때를 허비한다고 하더라도.

아니 하고 오스카르는 자기 자신에게 타일렀다. 그들에게 헛걸음질을 시키지는 않을 테다. 그리고 그는 판자의 마디 구멍에 한쪽 눈을 대고 힌덴부르크 가도로부터 소란이 다가오고 있음을 확인했다. 그들은 당도했다. 그의 머리 위에서 명령 소리가 커졌다. 고적 대장은 지휘봉을 휘둘렀고 그들은 나팔에 숨을 불어넣고 아귀에 입술을 대었다. 그리고는 이미 이를 데 없이 비천한 용병(傭兵) 같은 방법으로 그들의 가짜 양철북을 두들겼다. 그 때문에 오스카르는 슬퍼져서 자신에게 말했다.

『불쌍한 돌격대원 브란트. 불쌍한 히틀러 청소년단의 크벡스 (두 사람 모두 선전 영화나 대중적인 읽을거리에 나오는 나치스의 영웅으로서 공산주의의 희생자로 되어 있다), 너희들은 헛되이 쓰러진 것이다.』

운동의 희생자에 대한 그의 이 애도의 말을 승인하는 것처럼 거기에 이어서 곧 송아지 가죽을 입힌 북을 두들기는 소리가 트럼펫 소리에 섞여나왔다. 군중의 한가운데를 지나 연단으로 통하는 그 좁은 길은 멀리에서 제복 차림이 다가오고 있음을 예감케 했다. 오스카르는 소리를 질렀다.

「지금이야말로 정신 차려야 해요, 여러분.」

북은 이미 내가 주문한 위치에 와 있었다. 나는 두 손의 북채를 빙그르르 허공에 들어 올리고 손목의 힘을 빼고는 교묘하고 밝은 왈츠 리듬을 양철 위에 표시하고 빈과 도나우 강을 불러대면서 점점 더 효과적으로 소리를 높였다. 그 결과 머리 위에 있는 제1과 제2의 비천한 북은 나의 왈츠에 호의를 느꼈고 나이든 소년이 치는 단조로운 북도 크던 작던 교묘하게 나의 전주에 동조하고 말았다. 그 중에는 미처 알아듣지도 못하고 내가 대중이 좋아하는 4분의 3박자를 생각하고 있는데도 계속 둥둥 또는 두 둥둥 하고 두들기고 있는 완고한 놈도 있었다. 이에 오스카르는 절망 단계에 와 있었다. 그때 팡파레는 겨우 미몽에서 깨어났고 그리고 플루트는 오오, 도나우 강을 그야말로 소리높여 불었다. 팡파레 대장과 고적 대장만은 왈츠의 왕을 믿지 않고 끈질기게 명령을 내리고 있었으나 나는 그 명령을 밀어내고 말았다. 그것은 이제 나의 음악이었던 것이다. 그리고 대중은 그것을 나에게 감사했다. 연단 앞의 웃음 소리는 커지고 그 중의 몇 사람인가는 이미 『오오, 도나우 강』하고 노래하고 있었다. 회장 전체를 완전히 뒤덮고 힌덴부르크 가도에까지 미치고 다시 시테펜스 공원에까지 퍼져나갔다. 나의 리듬은 나의 머리 위에 있는, 소리를 한껏 높인 마이크로 확대되어서 튀어나갔다. 내가——물론 열심히 북을 치면서——마디 구멍으로 밖을 내다보았을 때 대중이 나의 왈츠를 기뻐하며 열광하여 깡총깡총 뛰거나 다리를 움직이고 있는 것을 알 수 있었다. 즉, 이미 아홉 쌍이, 다시 한 쌍이 가담하여 열 쌍이 춤을 추고 있었다. 왈츠의 왕이 쌍을 맺어 준 것이다. 뢰프자크는 지구 지도자나 대대장, 포르스타, 그라이저, 라우시닝과 함께 긴 갈색 지휘봉의 끝을 잡고 연단에 이르는 좁은 길이 막힐 것처럼 되어서 군중 한가운데서 분격하고 있었으나 그에게만은 놀랍게도 왈츠의 리듬이 옮아가지 않았다. 그는 직선적인 행진곡과 함께 연단으로 향하는 것이 버릇처럼 되어 있었다. 이제는 이 낙천적인 음악이 그에게서 대중에 대한 신뢰를 빼앗았다. 마디 구멍을 통해서 나는 그의 고뇌를 보았다. 고뇌는 구멍을 꿰뚫었다. 사실 나의 눈은 거의 염증을 일으키고 있었지만 그래도 나는 그가 불쌍했다. 그래서 나는 곡을 찰스턴의 『호랑이 지미』로 바꾸었다. 서커스의 광대 베브라가 젤타 광천수의 빈 병으로 두들기던 리듬이다. 그런데 연단 앞의 소년들은 찰스턴을 이해하지 못했다. 그야말로 세대가 다른 것이다. 이 세대는 말할 것도 없이 찰스턴과 『호랑이 지미』를 전혀 모르는 것이다. 그들은——아아, 베브라 씨여——지미와 호랑이를 두들긴 적이 없는 것이다. 그들이 꽝꽝 두들긴 것은 야채와 무이며 그들이 팡파레로 분 것은 소돔과 고모라였다. 그때 피리를 부는 사람들은 그게 그거로구나 하고 생각하고 있었다. 그때 팡파레 대장은 어리석은 어중이떠중이를 마구 욕하고 있었다. 그러나 그런 속에서도 팡파레 대와 고적대의 소년들은 힘차게 북을 두들기고 피리를 불고 나팔을 불어제꼈다. 그 때문에 지미는 호랑이의 달 8월의 무더위가 한창인데도 신바람이 났다. 연단 앞에 천 명, 아니 이천 명도 넘게 밀치락달치락하던 동포는 마침내 이해했다. 사람들에게 호소하여 찰스턴으로 유인하고 있는 것은 호랑이 지미임을.

  5월의 들에서 아직 춤추고 있지 않던 사람들은 뒤지지 않으려고 아직 상대가 없는, 남아 있는 여자들을 붙잡았다. 뢰프자크만은 그의 혹을 상대로 춤을 추지 않으면 안 되었다. 그의 근처에 있는, 치마를 입은 사람들에게는 모두 상대가 있었기 때문이며 그를 도와 주게 되어 있는 부녀부원들은 멀리 그를 혼자 남겨 둔 채 연단의 딱딱한 나무 벤치 위에서 안절부절 못 하고 있었기 때문이다. 그래도 그는——그의 혹이 그에게 충고한 것이다——춤을 추었다. 그리고 심술궂은 지미의 음악과는 대조적으로 입을 벌리고 웃으며 아직도 구제할 것이 있으면 구제하려고 생각했다.

  그러나 구제할 수 있는 것은 아무것도 없었다. 사람들은 춤을 추면서 5월의 들을 떠나갔고 뒤에는 몹시 짓밟히기는 했지만 어떻든 사람이라고는 하나도 없는 녹색의 들판만이 펼쳐져 있었다. 사람들은 『호랑이 지미』와 함께 이웃에 있는 넓은 시테펜스 공원에서 뿔뿔이 흩어졌다. 그 공원에 지미가 약속하고 있던 정글이 나타났다. 호랑이들은 비로드 위를 걷듯이 살금살금 걸었고 아직도 5월의 들에서 서로 떠밀고 있는 사람들을 위해서 대용품의 원시림이 나타났다. 법과 질서의 정신은 피리를 불면서 떠나갔다. 그러나 좀더 문화를 사랑하는 사람은 힌덴부르크 가도의 나무가 심어진 넓은 산책로에서——그것은 18세기에 처음으로 나무가 심어지고 1807년 나폴레옹 군에게 포위되었을 때 벌채되었다가 1810년에 나폴레옹을 기념하여 다시 나무가 심어진 것이지만——그 역사적인 땅인 힌덴부르크 가도에서 나의 음악에 맞추어 춤출 수 있었다. 왜냐하면 내 머리 위의 마이크는 끊기지 않았기 때문이며 나의 음악은 올리바 문에까지도 들렸기 때문이며 연단 아래에 있는 나와 또 씩씩한 소년들이 지미의 사슬에서 풀려난 호랑이와 더불어 민들레만을 남기고 5월의 들을 정리해 버릴 때까지 나는 해방되지 않았기 때문이다.

내가 양철북에게 오래 일을 시킨 뒤 당연히 받아야 할 휴식을 준 뒤에까지도 고적대의 소년들은 여전히 연주를 그치려고 하지 않았다. 내 음악의 영향이 그 힘에 미치지 않게 될 때까지는 그만한 시간이 필요했기 때문이다.

아직도 이야기할 것이 남아 있다. 오스카르가 즉시 연단의 내부에서 떠날 수 없었던 것은 돌격대와 친위대의 대표자들이 한 시간 이상이나 장화를 신은 발로 마룻바닥을 울리며 오가고 있었기 때문이었다. 그들은 검정이나 갈색 제복을 찢기면서 연단 주위에서 무엇인가 찾느라고 혈안이 되어 있는 것 같았다. 아마도 사회당이나 공산당의 교란분자가 있었던 것이리라. 여기에서 오스카르의 궤계(詭計)나 기만 전술을 하나하나 열거하는 일은 생략하고 짤막하게 확인해 두겠다. 그들은 오스카르를 발견하지 못했다. 그들은 오스카르만큼 성장하지 못했기 때문이다.

마지막으로 재목의 미궁은 조용해졌다. 그곳은 예언자인 요나가 앉아서 썩은 생선처럼 된 그 고래 뱃속과 거의 같은 크기였다. 아니 아니, 오스카르는 예언자는 아니었다. 그는 공복을 느꼈다. 그곳에는 『일어나 저 큰 성읍 니느웨로 가서 내가 네게 명한 바를 그들에게 선포하라.』라고 말해 주는 하느님은 없었다. 하느님은 또 나를 위해서 나중에 하느님의 명령에 따라 벌레에게 먹히고 마는 호리병박 나무를 자라게 할 필요는 없었다. 나는 그 성서의 호리병박을 아쉬워하지 않았고 설사 그것이 단치히라는 이름이라고 하더라도 니느웨를 아쉬워하지도 않았다. 나는 성서에는 나오지 않는 북을 스웨터 밑에 감추고 온통 나의 일만을 생각하고 있었다. 그리고 머리를 부딪치거나 못에 긁히는 일 없이 그 예언자를 삼킨 고래와 크기만 똑같은, 온갖 종류의 시위 운동을 위해서 만들어진 연단의 내장(內臟)에서 나올 수 있었다.

이제는 휘파람을 불면서 5월의 들의 언저리를 체육관 쪽으로, 세 살 난 어린애처럼 천천히 걸어가는 조그만 소년을 누가 의심하겠는가? 테니스 코트 저쪽에서는 연단의 발 밑에 있던 나의 소년들이 비천한 북과 단조로운 북, 그리고 플루트와 팡파레를 손에 들고 깡충깡충 뛰고 있었다. 나는 형벌로서의 연습이라는 것을 확인하고 관구장의 피리 소리에 따라서 뛰고 있는 어린이들을 약간 불쌍하다고 생각했다. 모여 있는 막료들로부터 혼자 떨어져서 뢰프자크가 고독한 혹을 등에 짊어지고 왔다갔다 하고 있었다. 구두 뒤꿈치로 『우로 돌아.』를 하고 있는 그는 목표를 정한 출세 코스의 난관에 부닥칠 때마다 온갖 풀과 민들레를 도태시키는 일에 성공해온 것이었다.

오스카르가 집에 돌아왔을 때 점심은 이미 식탁에 차려져 있었다. 소금에 데친 감자와 빨간 양배추를 곁들인 다져진 고기 요리였다. 후식으로는 바닐라 소스를 친 초콜릿 푸딩이 나왔다. 마체라트는 한 마디도 하지 않았다. 오스카르의 어머니는 식사하는 동안 내내 무언가 다른 생각에 골똘해 있었다. 그 대신 오후에는 질투와 폴란드 우체국이 원인이 된 부부 싸움이 벌어졌다. 저녁에는 차축을 떠내려가게 할 것 같은 호우와 절묘한 북을 생각케 하는 우박이 잠시 동안 계속되어 만물을 소생시켰다. 오스카르의 피곤한 양철은 휴식을 취하며 황홀한 기분으로 듣고 있을 수 있었다.

진열장

잠시 동안, 정확하게 말하면 1938년 11월까지, 나는 북을 가지고 연단 아래에 쭈그리고 앉아 크고작은 성공을 확인하고 시위 운동을 폭파하여 연설하는 사람들을 더듬거리게 만들고 행진곡도 찬가나 왈츠 또는 폭스트롯으로 변형시키고 말았다.

정신 병원의 개인 환자인 오늘날, 모든 것은 이미 역사가 되고――붉은 여전히 뜨거워지는 경우도 있기는 하지만――싸늘한 쇠로 다시 주조되고 말았다. 그러나 나는 연단 아래에서 북을 두들긴 그날 일을 냉정히 회상할 수 있다. 여섯 번인가 일곱 번 시위 운동을 엉망으로 만들고 세 번인가 네 번 열병과 분열 행진 대열을 흐트러뜨렸다고 해서 내 속에서 저항의 용사를 보려고 한다면 당치도 않은 일이다. 저항이라는 말은 무척이나 유행하고 있었다. 사람들은 저항 정신에 대해서, 또 저항의 조직에 대해서 말했다. 게다가 저항을 내면화시킬 수도 있다는 이야기이다. 그런 때는 그것을 국내 저항이라고 말한다. 전쟁중 침실의 등화관제를 게을리했다고 해서 방공 감시원으로부터 벌금형에 처해진 것을 이용하여 현재 저항의 용사, 저항의 사나이 등으로 자칭하고 있는, 성서와 친한 신사들의 일은 언급하지 않기로 한다.

우리는 다시 한 번 오스카르의 연단 아래를 살펴보기로 하자. 오스카르는 사람들 앞에서 무엇인가를 북으로 친 것인가? 그는 스승 베브라의 충고에 따라 의식(儀式)의 진행을 자기 뜻대로 바꾸고 연단 앞의 군중을 춤추게 했는가? 그는 두들기면 울릴 것 같은 닳고 닳은 대관구 교육부장 뢰프자크의 계획을 허사로 만들었던가? 그는 1935년 8월의 일품요리 일요일(一品料理日曜日 : 간소한 식사로 절약된 돈을 구제 사업에 바치는 날)에 처음으로, 그리고 그뒤 몇 차례에 걸쳐 갈색의 시위 운동을 빨강과 하양의, 그러나 폴란드의 것이 아닌 양철북으로써 혼란시키고 해산시켰던가?

나는 그러한 일을 모두 실천했다. 그것을 인정해 주지 않으면 안 된다. 그렇다면 정신 병원의 식구가 된 나는 저항의 용사인가? 나는 이 물음을 부정하지 않으면 안 된다. 그리고 정신 병원의 식구가 아닌 여러분이 나를 어딘가 색다른 인간으로 보아 주지 않기를 바란다. 나는 개인적인, 나아가서는 미적(美的)인 이유에서, 또 스승 베브라의 계고(戒告)를 명심하여 제복의 색과 재단법, 연단 위에서 언제나 연주되는 음악의 리듬과 소리에 반대한 것이며 그렇기 때문에 단순한 어린아이의 장난감을 두들김으로써 약간 항의했을 뿐이다.
 그 무렵은 아직도 연단 위, 그리고 연단 앞의 사람들에게 초라한 북을 가지고 접근할 수 있었다. 그리고 원격 작용의 노래로 유리를 부순다는 식의 나의 술책은 완성의 경지에 도달했다는 것을 나는 덧붙이지 않으면 안 된다. 나는 다만 갈색의 집회에서만 북을 두들긴 것이 아니었다. 오스카르는 붉은 깃발이나 검은 깃발의 집회, 보이 스카우트, PX의 시금치 빛깔의 셔츠, 여호와의 증인, 키프호이저 동맹, 채식주의자, 청년 폴란드의 오존 운동 같은 집회에서도 연단 아래에 앉았다. 그들이 설사 무엇을 노래하고 울리고 기도하고 알려 준다 하더라도 그들보다는 내 북이 더 잘할 수 있었던 것이다.
 즉 내가 하는 일은 파괴하는 작업이었다. 내 북으로 할 수 없는 것을 나의 목소리로 죽였다. 이리하여 나는 밝은 한낮에 연단의 좌우동형에 대해 싸움을 걺과 동시에 밤의 행동도 개시했다. 즉 1936년부터 37년에 걸친 겨울 동안에 나는 유혹자의 역할을 했다. 나는 동포를 유혹하는 최초의 가르침을 추운 겨울 랑푸르에서 매주 열리는 시장에서 노점상을 하고 있던 할머니 콜야이체크로부터 받았다. 즉 그녀는 치마 넉 장을 입고 진열대 뒤에 쭈그리고 앉아 장이 서는 날마다 슬픈 목소리로 손님에게 권하고 있었다. 「갓 낳은 계란, 황금빛 버터, 거위, 지나치게 살이 찌지도 않고 지나치게 야위지도 않았답니다.」
 매주 화요일이 장이 서는 날이었다. 그녀는 경편 철도로 피레크에서 왔다. 전차 속에서 신고 있던 모피 슬리퍼를 랑푸르 못 미친 곳에서 벗고 볼품없는 고무신으로 바꾸어 신은 뒤 바구니 두 개에 매달리듯이 하며 역전 거리에 자리를 잡고 『안나 콜야이체크, 비사우』라는 명패를 달았다. 그 무렵 계란은 얼마나 쌌던가! 일 굴덴에 열다섯 개나 주었다. 카슈바이의 버터는 마가린보다도 쌌다. 할머니는 생선을 파는 두 여자 사이에 웅크리고 앉아 있었다. 여인들은 『넙치나 대구는 어때요?』 하고 소리치고 있었다. 추위 때문에 버터는 돌처럼 굳어졌고 계란은 언제까지나 신선도를 잃지 않았고 생선 비늘은 아주 엷은 면도날처럼 날카로워졌다.

덕분에 시베르트페가라는 이름의 애꾸눈 사나이는 직업과 대가를 얻을 수 있었다. 즉 그는 옥외에 있는 숯불 위에다 벽돌을 달구고 그것을 신문지에 싸서 시장의 여인들에게 빌려 준 것이다.

나의 할머니는 시베르트페가에게 부탁하여 꼭 한 시간 간격으로 뜨거운 벽돌을 받아 넉 장의 치마 밑에 넣었다. 시베르트페가는 그것을 긴 쇠삽으로 밀어넣었다. 그는 김이 서리는 신문지 뭉치를 거의 부풀지 않은 치마 천 밑으로 밀어넣었다. 신문지 뭉치를 삽으로 냉큼 떠서 대번에 밀어넣는 것이다. 그리고 거의 식어 버린 벽돌과 함께 시베르트페가의 삽은 할머니의 치마 밑에서 얼굴을 내밀었다.

나는 신문지 속에서 열을 저장하고 열을 소비하는 벽돌을 얼마나 부러워했던가. 오늘에 와서도 나는 되풀이하여 나 자신이 이렇게 달구어진 벽돌이 되어 할머니의 치마 밑에 있을 수 있다면 하고 생각한다. 오스카르는 할머니의 치마 밑에서 무엇을 찾는가라고 물을지도 모른다. 그는 할아버지인 콜야이체크를 흉내내어 노파를 범하겠다는 것인가? 그는 망각과 고향 그리고 최후의 열반(涅槃)을 찾고 있단 말인가?

오스카르는 대답한다. 나는 치마 밑에서 아프리카를, 어쩌면 모두 아는 바와 같이 누구나 틀림없이 보았을 나폴리를 찾은 것이다. 거기에서는 여러 개의 강이 합류했다. 거기에는 분수령이 있었다. 거기에서는 특별한 바람이 불고 있었다. 그곳은 그러나 바람이 잔잔하게 나부낄 때도 있었다. 거기에서는 비가 주룩주룩 내렸다. 그러나 사람들은 마른 곳에 앉아 있었다. 거기에서는 여러 척의 배가 혹은 매어져 있고 혹은 닻이 올려졌다. 거기에는 언제나 따뜻한 곳을 좋아하는 사랑하는 신(神)이 오스카르와 나란히 앉아 있었다. 거기에서 악마는 망원경을 닦았다. 거기에서 천사들은 눈가림 놀이를 했다. 할머니의 치마 밑은 언제나 여름이었다, 크리스마스 트리에 불이 켜져 있을 때도 또 내가 부활제의 계란을 찾거나 만성절을 축하할 때도 나는 할머니의 치마 밑보다 좀더 차분하게 마음을 가라앉히고 달력대로 생활할 수 있는 장소를 알지 못했다.

하지만 그녀는 매주 장이 서는 날에는 내가 그녀에게 들리는 것을 절대로 허용하지 않았으나 평소에는 아주 드물게나마 허용해 주었다.

제 1 부

나는 그녀와 가지런히 조그만 상자 위에 쪼그리고 앉아 대용품인 그녀의
팔에 안겨 몸을 녹이곤 했다. 그리고 벽돌이 왔다가 도로 가는 것을
바라보며 할머니에게서 유혹의 기술을 배웠다. 그녀는 빈첸트 브론스키의
낡아빠진 지갑을 한 가닥의 끈에다 매어 짓밟혀서 굳어진 보도의 눈 위에
던졌다. 보도는 모래가 뿌려져서 더러워져 있었으므로 지갑에 매단 끈은
나와 할머니밖에는 볼 수 없었다.

주부들이 왔다가는 사라졌다. 뭐든지 싸지만 무엇 하나 사려고 하지
않았다. 그녀들은 선물로 받을 생각이었을 것이다. 게다가 무언가 다른
것까지. 왜냐하면 한 여인이 허리를 굽히고 버려진 빈첸트의 지갑을
주우려고 이미 가죽에 손가락을 대었기 때문이다. 그때 나의 할머니는
약간 당황한 아낙네가 걸려든 낚싯줄을 당겨 그 옷차림이 좋은 물고기를
자기의 상자 쪽으로 유인했다. 그러나 친절한 태도는 조금도 바꾸지 않고
말했다.

「아주머니, 버터를 좀 들여가세요, 황금빛이에요, 아니면 계란은 어떨
까요, 일 굴덴에 열다섯 개 드리겠어요.」

이런 방식으로 안나 콜야이체크는 자연의 산물을 팔았다. 나는 유혹의
마술을 이해했으나 의사 놀이를 하기 위해 열네 살의 개구쟁이들을 즈지
카터와 함께 지하실로 유혹하는 그런 방식은 아니었다. 그런 일은 나를
유혹하지 못했다. 악셀 미시케와 누히 아이케가 혈청(血淸)을 제공하고
즈지 카터가 여의사가 되어 우리 아파트의 개구쟁이들이 나를 환자로
만들어 벽돌 돌 수프만큼 모래가 서걱이지 않았으나 썩은 생선의 뒷맛이
나는 약을 강제로 복용당한 뒤로 나는 그러한 일을 하지 않았다. 나의
유혹 방식에는 형태가 없었고 상대방과 거리를 두고 있었다.

어두워지기 시작하면서부터 꽤 시간이 지난 뒤 가게가 닫혔고 한두
시간 뒤에 나와 어머니는 마체라트의 집을 빠져나왔다. 나는 겨울밤
속으로 섞여들었다. 조용하고 거의 사람이 없는 큰 거리, 바람을 차단해
주는 건물 출입구의 우묵한 곳에 몸을 숨기고 나는 맞은편에 있는 식료품
가게, 잡화점, 구두, 시계, 장신구, 즉 일용적이고 갖고 싶은 것이 장식되어
있는 모든 상점의 진열장을 관찰했다. 어느 진열장에나 불이 켜져 있는

것은 아니었다. 나는 가로등에서 떨어져 있고 어스름 속에 물건이 장식되어 있는 가게를 좋아했다. 빛은 만인을, 가장 평범한 사람까지도 끌어당기지만 어스름은 선택된 사람만을 멈추게 하기 때문이다.

어슬렁어슬렁 걸으면서 화려한 진열장의 물건보다도 정가표에 눈을 돌리는 사람들이나 유리를 거울삼아 모자가 비뚤어지지나 않았나 확인하는 사람들은 나에게 문제가 되지 않았다. 바람이 조용하고 건조한 추위 속에서, 또는 눈이 많이 내린 날에, 그리고 또 소리도 없이 사락사락 눈이 내려 쌓이는 속에서, 또는 추위와 함께 커져가는 달 아래에서 내가 기다리고 있던 손님, 이 손님들은 누가 부르기라도 한 것처럼 진열장 앞에 멈춰 서서 오랫동안 진열장을 두리번거리지도 않고 아주 잠깐 동안 또는 즉석에서 단 하나의 진열품에 눈을 고정시켰다.

나의 의도는 사냥꾼의 그것이었다. 거기에는 인내와 몰인정 그리고 자유롭고 확실한 눈이 필요했다. 이러한 전제가 모두 주어졌을 때 비로소 피도 흘리지 않고 아픔도 없이 야수를 쓰러뜨리고 유혹하는 힘이 나의 목소리에 갖추어졌다. 무엇을 위해서인가?

훔치기 위해서이다. 즉 나는 전혀 소리가 나지 않는 고함으로 정확하게 맨 아래에 있는 진열품의 높이만큼 진열장을 잘랐다. 될 수 있는 대로 목적하는 물건을 향해 둥글게 잘랐다. 그리고는 최대한 소리를 높여 진열장의 절단면을 진열 케이스의 내부에 찔러 넣었다. 그러자 갑자기 숨이 멎을 것만 같은 잘그랑 소리가 들렸으나 그것은 유리 깨지는 소리가 아니었다――나에게는 들리지 않았다. 오스카르는 훨씬 멀리 떨어져서 서 있었기 때문이다. 그러나 확실히 한 번 뒤집어 고친 갈색 외투 깃에 토끼털을 댄 그 젊은 부인은 둥글게 잘리는 소리를 듣고 토끼털 속까지 흠칫하고는 눈 속에서 그곳을 떠나려고 했으나 그녀는 움직이지 않았다. 아마도 눈이 내리고 있었기 때문이며 또 눈이 내릴 때는, 쉼없이 눈이 내릴 때는 모든 것을 용서받을 수 있기 때문이다. 그래도 그녀는 주위를 둘러보았고, 눈송이를 눈여겨보았고, 눈송이 뒤에는 다른 눈송이가 없는 것처럼 주위를 둘러보고 또 둘러보았으나 그때 이미 그녀의 오른손은 똑같은 토끼털로 테를 두른 토시에서 미끄러져 나왔다. 그리고 이제 주위는 둘러보지 않고 둥글게 잘린 구멍으로 손을 집어 넣어 우선 목 표하는 진열품 위에 비스듬히 얹혀져 있는 떨어진 유리를 밀어내고 칙 칙한 검정 펌프스 한 짝을 끄집어내고 이어서 왼쪽 것을 끄집어냈다. 뒷굽을 손상시키는 일도 없었고 날카로운 절단면에 손을 다치는 일도 없었다. 구두는 외투 주머니의 왼쪽과 오른쪽으로 사라졌다. 순간, 눈 다섯 송이가 떨어지는 동안, 오스카르는 아무렇지도 않은 표정의 아름다운 옆얼굴을 보고 벌써 이것은 시테른펠트 백화점의 모델이로군, 때마침 지나치게 되었군 하고 생각했다. 그때 그녀는 내리는 눈에 가려서 보이지 않았고 다음 가로등의 노란빛을 받아 다시 한 번 모습을 또렷이 드러 냈으나 빛의 고리에서 벗어나자 갓 결혼한 젊은 여자로서이든 해방된 모델로서이든 어떻든 자취를 감추고 말았다.

일을 끝내자──기다린다는 것, 엿본다는 것, 북을 두들길 수 없다는 것, 마지막으로 얼음 같은 유리를 노래로 녹인다는 것은 고된 노동이 었다──나에게는 저 여자 도둑과 마찬가지로, 그러나 노획품도 가지지 않고 어떻든 흥분하고 그리고 싸늘해진 마음을 안고 집으로 돌아가는 일 외에는 아무것도 남아 있지 않았다.

위에서 서술한 여자 모델의 경우처럼 나는 반드시 유혹의 기술을 이 렇게 분명하게 성공시킬 수 있었던 것은 아니다. 나의 야심은 두 남녀를 도둑으로 만드는 일에 올려졌다. 두 사람이 모두 훔치지 않으려는 경우도 있었고 남자가 물건을 집었을 때 여자가 그 손을 도로 집어 넣게 한 일도 있었다. 또는 여자 쪽이 대담했으나 남자가 무릎을 꿇고 애원한 결과 여자가 그것을 받아들이고 그뒤 사나이를 경멸하게 된 일도 있었다. 또 어떤 때는 눈이 내리는 가운데 향수 가게 앞에 있던 무척이나 젊은 연 인들을 유혹한 일도 있다. 사나이가 영웅 기질을 발휘하여 오드콜로뉴를 훔쳤다. 여자는 슬퍼하며 앞으로 좋은 향수는 모두 단념할 생각이라고 말했다. 그러나 남자는 여자에게서 좋은 냄새가 나기를 바랐고 그 생각을 다음 가로등에 다다를 때까지 이루어냈다. 그러나 거기까지 오자 마치 그 젊은이들은 나를 화나게 하려는 것처럼 이보란듯이 발뒤꿈치를 들고 여자가 사나이에게 키스했다. 끝내 사나이는 온 길을 되돌아가서 오드콜로뉴를 진열장에 갖다 놓았다.
 이와 비슷한 일은 좀더 나이든 신사의 경우에도 몇 번인가 일어났다. 그러한 사나이들로부터는 겨울밤을 걸어오는 그 씩씩한 발소리가 약속한 이상의 것을 나는 기대했다. 그들은 눈을 집중시키고 담배 가게의 진열장 앞에 서 있었다. 하바나로 할 것인지 브라질로 할 것인지 또는 브리사고 섬으로 할 것인지를 생각하고 있었던 것이다. 그때 나의 목소리가 알맞은 크기로 절단했고 마지막으로 그 절단면을 『검은 지혜』의 작은 상자에다 쟁그랑 하고 부딪치게 하자 그 신사들 속에서도 재크나이프가 찰카닥 하고 함께 소리를 냈다. 거기에서 그들은 오른편으로 돌아 지팡이를 손에 들고 헤엄치듯이 길을 가로질렀고 나를 깨닫지 못한 채 내가 서 있는 출입문 앞을 종종걸음으로 지나쳐갔다. 오스카르는 혼란된, 마치 악마에 뒤흔들린 것 같은 노신사의 얼굴에 미소를 보내지 않을 수 없었지만──그 미소에는 가벼운 염려가 섞여 있었다. 왜냐하면 그들은 대개 나이 많은 끽연자였기 때문에 식은땀이나 더운 땀을 흘리면, 특히 변덕스러운 날씨일 때는 감기에 걸릴 우려가 있었던 것이다.
 보험회사는 그해 겨울 우리가 사는 교외에서 도난 보험에 들어 있던 대개의 가게에 대해 적잖은 보험금을 지불하지 않으면 안 되었다. 나는 큰 도둑이라고 불릴 만한 일은 절대로 하지 않았고 어쩌다 겨우 물건을 한두 개 진열장에서 빼낼 목적으로 유리를 자른 데에 지나지 않지만 그러나 절도라고 불리는 사건이 거듭되었기 때문에 경찰은 거의 쉴 틈도 없었다. 그럼에도 불구하고 경찰은 신문으로부터 무능하다는 질책을 받았다. 1936년 11월부터 코크 대령이 바르샤바에서 국민전선 정부를 만든 1937년 3월까지 64회 시도되어 28회 성공한 이러한 종류의 절도 사건이 기록되었다. 더욱이 누구 한 사람 열광적인 도둑은 아니었던 이들 중년 부인, 점원, 하녀, 연금이 있는 상급 교사 등이 훔친 물건 일부는 경찰관이 되찾을 수 있었고, 아니면 초보적인 진열장 파괴범들은 원하던 물건을 손에 넣는 덕분에 잠 못 이루는 하룻밤을 새운 다음날 경찰에 출두하여 다음과 같이 말하는 것을 생각해낸 것이다.
 「아아, 용서해 주십시오. 두 번 다시는 그런 일을 하지 않겠습니다.

갑자기 유리에 구멍이 뚫린 것입니다. 그리고 공포 속에서 반쯤 정신을 차리고 구멍이 뚫린 진열장으로부터 십자로를 세 개나 건넜을 때 나는 깨닫지 않으면 안 되었습니다. 멋진, 돈을 지불하지 못할 것은 아니지만, 어떻든 값비싼 예쁜 장갑을 나는 내 외투의 왼쪽 주머니에 집어 넣고 있었던 것입니다.」

 경찰은 기적을 믿지 않기 때문에 체포된 사람도 또 경찰에 자수한 사람도 모두 하나같이 사 주일에서 이 개월의 금고형에 처하지 않으면 안 되었다.

 나 자신은 이따금 집에서 처벌을 받았다. 어머니는 인정하지도 않았고 현명하게도 경찰서에서 자백하지도 않았으나 유리를 깨는 내 목소리가 그 범행과 관계있다는 것을 물론 깨닫고 있었다.

 나는 자신이 남달리 명예심이 강하다는 것을 보이려고 꼬치꼬치 캐묻는 마체라트에 대해서는 묵비권을 행사함으로써 점점 더 교묘하게 내 양철북 뒤에 숨었고 내가 영원히 세 살짜리 아이인 채 도무지 성장하지 않는다는 것을 방패로 삼았다. 이러한 심문 뒤에 어머니는 되풀이해서 소리질렀다.
「그 난쟁이 탓이에요, 오스카르의 이마에 입맞춘 난쟁이 말예요. 그 입맞춤이 어떤 뜻인지 그때 바로 알았어요. 오스카르는 그때부터 완전히 변해 버리고 말았거든요.」

 베브라 씨의 영향이 약간이기는 하지만 지금까지도 꼬리를 끌고 있음을 나는 인정한다. 왜냐하면 아무리 처벌을 받아도 나는 행운의 도움으로 이러쿵저러쿵 간섭을 받지 않는 한 시간을 내어 노래로 잡화점 진열장 유리에 악명 높은 둥근 구멍을 뚫고 그 가게의 물건을 탐내고 있는 전도 유망한 한 젊은이를 빨강과 하양의 실크 넥타이의 소유자로 만들어 주는 일을 그만둘 수 없었기 때문이다.

 예쁘게 닦여진 진열장 유리가 어떻든 강한 유혹으로 손바닥 크기의 구멍을 뚫음으로써 더욱 더 강화시키도록 오스카르에게 명령한 것은 악(惡)이 아닌가고 물으신다면 나는 그렇다고 대답하지 않을 수 없다. 내가 어두운 문간에 서 있었다는 이유만으로도 그것은 악인 것이다. 문간은 아시다시피 악이 가장 즐겨 서는 장소인 것이다. 한편 나의 유혹에서 악의 부분을 작게 하려고 하지는 않고 유혹의 기회도 없으며 그런 마음도 느끼고 있지 않는 오늘날 나는 간호인 브루노에게 이렇게 말하지 않으면 안 된다. 즉 오스카르여, 너는 갖고 싶은 물건에 홀딱 반해 있는 사람을, 조용히 겨울 거리를 산책하고 있는 모든 사람들의 조촐한 소망, 중간 정도의 소망을 이루어 주었을 뿐만 아니라, 또 진열장 유리 앞에 있는 사람들이 자기를 인식하는 것을 도와 준 것이다. 만일 너의 목소리가 그들을 도둑질로 유인하지 않았다면, 더욱이 지금까지 아무리 서툰 소매치기도 저주해야 할 위험한 악인으로 간주하고 있던 시민들을 바꾸어 놓지 않았다면, 많은 고상한 부인들과 많은 씩씩한 아저씨, 그리고 신앙심에 매달려 언제까지나 젊게 살려는 많은 노처녀들은 결코 자신 속에 도벽이 있다는 것을 인식하지는 않았을 것이다.

내가 매일 밤 매복하고 있었을 때 검사이며 상급 재판소의 무서운 기소인이었던 에르빈 숄티스 박사는 손을 내밀기 전에 도둑질하는 것을 나에게 세 번이나 거절했으나 마침내 절대로 경찰에 발각되지 않는 도둑이 된 뒤에는 온후하고 조심스러우며 판결에 있어서는 인간미가 넘치는 법률가로 변신했다는 이야기이다. 왜냐하면 그는 도둑의 작은 반신(半神)인 나의 제물이 되어서 진짜 오소리털로 만든 면도용 솔을 훔쳤기 때문이다.

1937년 1월, 나는 오랫동안 추위에 얼어가면서 어느 보석 가게의 맞은편에 서 있었다. 그 가게는 규칙적으로 단풍나무를 심은 교외의 가로수길이라는 조용한 장소에 있었음에도 불구하고 평판이 좋은 가게로 통하고 있었다. 여러 가지 종류의 짐승이 장신구와 시계를 장식한 진열장 앞에 모습을 나타냈다. 다른 진열장 앞, 즉 부인용 양말이라든가 벨로아의 모자 또는 리큐르 병 앞이었다면 나는 주저하지 않고 즉석에서 그 짐승을 쏘아 맞추었을 것이다.

장신구의 경우에는 어쩔 수 없을 테지만 물건을 고르는 데에는 아무래도 시간이 걸린다. 무한한 목걸이의 흐름에 장단맞추고 따라서 시간을 이미 분(分)으로서가 아니라 진주의 나이로 잰다. 진주가 목보다는 오래 가고 손목은 여위어도 팔찌는 여위지 않고 손가락은 없어졌는데도 무덤

속에서 반지는 발견된다는 것이 원인이다. 간단하게 말하면 장신구를 지니기 위해서 진열장을 들여다보는 어떤 한 사람은 자기가 너무나도 부자라는 것을 내세우고 다른 한 사람은 너무나도 인색하였다.

반제마 보석 가게의 진열장에는 물건이 넘쳐나고 있을 정도는 아니었다. 골라놓은 시계 몇 개는 정교한 스위스 세공품이었다. 담청색 비로드 위에는 한 쌍의 결혼 반지가 있었다. 그리고 진열장 중앙에는 아마 여섯 개의, 아니 일곱 개의 최고급 상품이 장식되어 있다. 즉 갖가지 빛깔의 금으로 만들어진 몸을 세 번 사린 뱀, 섬세하게 다듬어진 목은 한 개의 토파즈와 두 개의 다이아몬드, 그리고 두 개의 사파이어 눈으로 장식되어 있어서 그야말로 값비싸게 보였다. 나는 평소에는 검은 비로드를 좋아하지 않지만 반제마 보석 가게의 뱀에게는 이 바닥천이 잘 어울렸다. 마찬가지로 균형 잡힌 형태 때문에 두드러져 보이는 날씬하고 매혹적인 은제품 밑에서 자극적인 조용함을 펼치고 있는 회색 비로드도 좋았다. 보기에도 사랑스러운 돌이 박힌 반지 한 개, 거기에는 역시 사랑스러운 부인의 손가락이 필요할 것이다. 그렇게 되면 반지도 한층 더 사랑스러워져서 아마도 장신구에만 남겨진 불멸의 단계에까지 도달할 수 있을 것이다. 벌을 받지 않고는 몸에 지닐 수 없는 조그만 사슬, 사람을 피곤하게 만드는 사슬, 그리고 마지막으로 사람의 목덜미를 본떠서 만든 엷은 황색 비로드 베개 위에는 무척이나 가벼운 목걸이가 있었다. 배열은 예쁘지만 상감(象嵌)은 실패한, 몇 번이나 투조(透彫)가 베풀어진 거미집이다. 어떤 거미가 작은 루비 여섯 개와 그것보다 큰 루비 한 개를 걸려들게 하기 위해 금사(金糸)를 뱉어냈을까? 그리고 거미는 어디에 앉아 있는가, 무엇을 기다리고 있는가? 좀더 많은 다른 루비가 아닌 것만은 확실하다. 오히려 거미줄에 걸려든 루비의 딱딱한, 피와 같은 광채에 사로잡혀 눈을 고정시키고 있는 사람을 기다리고 있었을 것이 틀림없다——다른 말로 하면 내 마음속에서, 또는 이 금목걸이로 만든 거미의 마음속에서, 나는 이것을 누구에게 선물해야 할까 하고 생각하고 있었다.

1937년 1월 18일, 좀더 많은 눈이 내릴 것만 같은 밤, 모든 것을 눈에 맡기고 싶다고 생각하는 사람들이 바라는 만큼 눈이 내릴 것만 같은 밤, 빠그닥빠그닥 소리가 나는 눈길 위에서 나는 얀 브론스키가 내가 서 있는 오른쪽 도로를 건너 한눈도 팔지 않고 보석 가게 앞을 지나 그가 잠시 머뭇거리는 것을, 아니 차라리 누구에겐가 불려 세워진 것처럼 꼼짝않고 멈추어 선 것을 보았다. 그는 방향을 바꾸었다. 또는 누군가가 그의 방향을 바꾸어 놓았다――그때 얀은 하얀 눈을 뒤집어쓰고 조용히 서 있는 단풍나무 사이에 있는 진열장 앞에 섰다.

우아하고, 언제나 조금 가련해 보이고, 직업상 고개를 들지 못하면서도 애정에 있어서는 야심적이고, 어떻든 바보이며 아름다움에 열중해 있는 얀 브론스키, 내 어머니의 육체에 의해서 살고 내가 오늘까지도 믿고 또 의심하고 있는 것처럼 마체라트의 이름으로 나를 낳아 준 얀, 그가 지금 바르샤바의 양복점에서 맞춘 우아한 외투를 입고 서 있다. 그 모습은 그 자신의 기념물 같았다. 그는 돌을 상징하며 나의 유리 앞에 서 있을 생각이었다. 마치 눈 속에 서서 눈 속에서 피를 본 파르치팔처럼 금목걸이의 루비에 시선을 주고.

나는 그를 다시 부를 수도, 북을 쳐서 돌아오게 할 수도 있었을 것이다. 나는 물론 북을 손에 들고 있었다. 외투 밑에서 그것이 느껴졌다. 단추를 하나 끄르기만 하면 되었다. 그렇게 하면 북은 자기 스스로 한기에 튀어나왔을 것이다. 외투에 손을 찔러 넣기만 하면 북채를 쥘 수도 있었다. 사냥에 나선 후베르투스(뤼투히의 사교)는 진귀한 사슴을 사정권 안에 포착하고도 총을 쏘지 않았다. 사울이 바울이 된 것이다. 아틸라는 교황 성(聖) 레오 1세가 반지 낀 손가락을 들어올렸을 때 오른쪽으로 몸을 틀었다. 그러나 나는 쏘았다. 개심(改心)도 하지 않았다, 오른쪽으로 돌아서지도 않았다, 사냥꾼인 채, 오르카르인 채였다. 그리고는 목적을 달성하려고 했다, 단추를 끄르지 않았다, 북을 한기에 드러내지도 않았다, 나의 북채는 겨울의 하얀 양철 위에서 소리내지도 않았다, 1월의 밤을 북의 밤으로 만들지도 않았다, 나는 소리도 없이 부르짖었다, 마치 돌이 외치듯이 그렇게 부르짖었다, 또는 바다 밑의 물고기처럼 부르짖었다.

처음에는 한기의 조직 속에서 부르짖었다, 그 때문에 마침내 새로운 눈이 내리기 시작했을 정도이다. 다음에는 유리 속에다 부르짖었다, 긴밀한 유리 속에, 값비싼 유리 속에, 값싼 유리 속에, 투명한 유리 속에, 깨어지고 있는 유리 속에, 갖가지 세계를 구획짓고 있는 유리 속에, 처녀의 신비스러운 유리 속에, 얀 브론스키와 루비 목걸이 사이에 가로놓인 진열장의 유리 속에 소리지름으로써 내가 알고 있던 얀의 장갑 크기만한 틈을 만들었다. 그리고 들어올리는 뚜껑처럼, 천국의 문과 지옥의 문처럼, 유리를 쨍그렁 하고 열었다. 얀은 흠칫하지도 않았다. 외투 주머니에서 고급스러운 가죽 손을 꺼내어 천국 속으로 밀어넣었다. 그리고 장갑은 지옥을 떠나 천국인지 지옥에서인지 목걸이를 끄집어냈다. 그 루비는 모든 천사에게, 타락한 천사에게도 잘 어울릴 것이다──그리고 나서 그는 루비와 금으로 부푼 주먹을 주머니에 도로 넣었다. 그리고 위험할 텐데도 여전히 입을 벌리고 진열장 앞에 서 있었다. 이미 루비는 피를 토했으므로 그의 눈이나 파르치팔의 눈을 저 어김없는 방향으로 향하게 하는 것은 없는데도 말이다.

아아, 아버지와 아들과 성령이여! 만일 아버지 얀의 주위에서 무슨 일이 일어나지 않았다고 하더라도 그것은 마음속에서 일어나지 않으면 안 되었다. 아들인 오스카르는 외투의 단추를 끄르고 서둘러 북채를 준비하여 양철북을 두들기며 아버지, 아버지 하고 불렀다. 그러자 마침내 얀 브론스키는 천천히 방향을 바꾸어 좀더 천천히 길을 가로지르고, 나, 즉 오스카르가 문간에 서 있는 것을 발견했다.

얀이 여전히 나를 무표정하게, 그러나 해빙(解氷)은 가까웠다는 얼굴로 바라보았을 때, 바로 그때 눈이 내리기 시작했다는 것은 얼마나 멋진 이야기인가. 루비를 만진 장갑이 아닌 다른 한쪽 손을 나에게 내밀고 그는 의기소침해 있는 것은 아니지만 아무 말도 하지 않고 나를 집으로 데리고 갔다.

집에서는 어머니가 나를 걱정하고 있었지만 마체라트는──언제나 그것이 그의 방법이었지만──거의 진지하게 생각하고 있지 않으면서 짐짓 엄숙하게 경찰서로 끌고 가겠노라고 나를 위협했다. 얀은 아무 설명도 하지 않았다. 오래 머물러 있지 않았다. 마체라트가 맥주를 내

놓으며 스카트 놀이를 하자고 꾀었지만 그것도 거절했다. 돌아갈 때 그는 오스카르를 쓰다듬어 주었다. 그리고 오스카르로서는 그가 비밀을 지켜 줄 것을 바라고 있는 건지 우정을 바라고 있는 건지 알 수가 없었다.

그뒤 곧 얀 브론스키는 나의 어머니에게 그 목걸이를 선물했다. 그녀는 그 목걸이의 출처를 확실히 알고 있는 눈치였으나 자기 한 사람을 위해서인지 얀 브론스키를 위해서인지 또는 나를 위해서인지 마체라트가 집을 비운 몇 시간 동안만 그것을 목에 걸었다.

전후에 곧 나는 뒤셀도르프의 암시장에서 열두 카튼의 럭키 스트라이크와 가죽으로 된 서류 가방을 그 목걸이와 바꾸었다.

기적은 일어나지 않는다

오늘 나는 정신 병원의 침대에 누워서 이따금 한기와 어둠을 뚫고 성에를 녹이며 진열장을 깨뜨리고 도둑질로 인도할 수 있었던, 그 무렵 무엇이든 내 뜻대로 되었던 힘이 상실된 것을 깨닫고는 못내 아쉬워한다.

예를 들면 나는 이 방의 문짝 윗부분 3분의 1 지점에 있는 엿보기창의 유리를 얼마나 파괴하고 싶어했는가. 그렇게 하면 내 간호인인 브루노는 나를 좀더 직접 관찰할 수 있는 것이다.

나는 내가 병원에 넣어지기 전 해에 내 목소리의 능력이 없어진 것을 얼마나 괴로워했는지 모른다. 밤 거리에서 성공을 기원하며 고함을 질렀는데도 성공하지 못했을 때 폭력을 혐오하고 있는 내가 초라한 뒤셀도르프 교외에 있는 어느 집 부엌 창문을 향해 돌을 집어 던지는 일을 서슴지 않았던 것이다. 특히 실내 장식가인 비트라르에게는 무언가를 보여 주고 싶어서 견딜 수 없었다. 한밤중이 지났을 때 위쪽 절반은 커튼에 가려져 있었으나 쾨니히잘레의 신사 양품점이나 옛날의 음악당 근처에 있는 향수 가게 진열장 안쪽에서 녹색과 빨강의 양말이 보였기 때문에 그라는 것을 알게 되었을 때, 더욱이 나의 제자이거나 또는 그럴는지도 모르는 그 사나이에게 나는 노래로 유리를 깨보이고 싶었던 것이다. 나로서는 아직도 그를 유다라고 불러야 할지 요한이라고 불러야 할지 알 수 없었으므로.

비트라르는 귀족으로서 이름을 고트프리트라고 말하고 있다. 내가 부끄럽지만 성공을 거두지 못한 노래를 시도한 뒤, 말짱한 진열장 유리를 가볍게 두들겨 장식가에게 나라는 것을 알렸을 때 그리고 그가 십오 분 동안만 거리로 나와서 나와 이야기를 나누며 자기의 장식을 헐뜯었을 때 나는 그를 고트프리트라고 부르지 않으면 안 되었다. 내 목소리가 기적을 나타내어 그를 요한 또는 유다라고 부르는 것을 나에게 허용하지 않았기 때문이다.

얀 브론스키를 도둑놈으로 만들고 나의 어머니를 루비 목걸이의 소유자로 만든 보석 가게 앞에서의 노래가 아마도 탐나는 물건을 장식하고 있는 진열장 앞에서 내가 마지막으로 부른 노래였던 것 같다. 어머니는 믿음이 깊어졌다. 무엇이 그녀를 믿음 깊은 여자로 만들었는가? 얀 브론스키와의 접촉, 도둑질한 목걸이, 부정(不貞)한 생활에서 오는 달콤한 피로, 그것이 그녀에게 믿음을 깊게 하고 신비스런 기적을 열망케 한 것이다. 죄를 저지르기란 얼마나 쉬운가. 목요일에 그들은 시내에서 만났다. 작은 오스카르를 마르크스의 가게에 맡기고 가구점 골목에 가서 대개는 만족스러운 방법으로 체력을 소모하고 그런 다음 카페 바이츠케에서 모카와 케이크로 기분을 상쾌하게 하고 유대 인에게서 아들을 되찾으며 몇 마디 알랑거리는 소리를 듣고 거의 선물이나 다름없는 값으로 비단천을 받아가지고 5번 전차를 탄다. 그리고는 미소를 지으며 엉뚱한 생각을 하면서 올리바 문을 지나 힌데부르크 가도를 달리는 차 속에서 전망을 즐기고 마체라트가 일요일 오전을 보내는, 체육관 옆에 있는 5월의 들에는 거의 관심조차 기울이지 않고 체육관의 커브를 참으면서 멋진 일을 치르고 난 뒤인데도 상자 모양의 이 전차는 왜 이렇게 불쾌할까 하고 생각한다. 다시 왼쪽으로 꺾어지자 빨간 모자를 쓴 학생들이 있는 콘라트 학교(Conradinum)가 먼지를 뒤집어쓴 나무들 뒤로 보인다――오스카르에게도 C라는 금문자가 달린 이런 빨간 모자가 어울린다면 얼마나 멋있을까. 오스카르도 보통 같으면 열두 살 반이어서 김나지움의 삼학년이 되어 있을 것이다. 마침 라틴 어를 시작한 무렵이어서 진짜로 작고 부지런한, 그리고 또 약간은 심술궂고 자존심이 강한 콘라트 고교생으로서 행동하고 있을 텐데.

독일인 거류지와 헬레네 랑게 학교로 향하는 입체 교차로를 지나고 나서야 아그네스 마체라트 부인은 콘라트 학교와 아들 오스카르의 상실된 가능성에 대한 생각이 사라졌다. 다시 왼쪽으로 꺾어져 둥근 탑이 있는 크리스투스 교회를 지나 막스 할베 광장의 황제 커피 상회 앞에서 차에서 내려 경쟁 상회의 진열장을 힐끗 바라본 후 마치 십자가의 길을 지나는 것 같은 마음으로 가까스로 라베스 거리를 걸어갔다. 즉 싹트기 시작한 불쾌한 생각을 안고 발육 부진의 기형아 손을 끈 채 양심의 가책을 느끼며 한편으로는 양심을 되찾게 되기를 기원하면서.

마체라트에 대해 만족을 느끼지 못하고 권태감을 느끼면서, 또한 혐오하고 한편으로는 동정어린 애정을 느끼면서 나의 어머니는 나와 나의 새 북과 반은 선물로 받은 비단천 꾸러미를 안고 가까스로 라베스 거리를 지나 가게로 돌아왔다. 납작 보리, 청어 통 옆의 석유, 씨 없는 건포도, 보통 건포도, 아몬드, 후추가 든 과자 향료, 에트카 박사의 베이킹 파우더, 페르질 세제, 내가 좋아하는 우르빈 치즈, 마기와 크노르 수프, 카트라이나 상치와 하크 커피, 비텔로와 팔민의 마가린, 퀴네 식초와 네 종류의 과일 잼, 갖가지 음역(音域)으로 울리는 파리 박멸기 두 개, 그런 것들이 기다리고 있는 가게로 어머니는 나를 데리고 돌아왔다. 그 파리 박멸기는 우리집 가게의 계산대 위에 꿀처럼 달콤하게 매달려 있었고 여름에는 이틀 간격으로 바꾸어 달지 않으면 안 되었는데 어머니는 여름이나 겨울이나 일 년 내내 높게 혹은 낮게 신음하는, 죄를 불러들이는 달콤한 영혼을 지니고 토요일마다 성심 교회로 가서 빙케 사제에게 죄를 고백했다.

어머니는 나를 목요일에 시내로 함께 데리고 가서 이른바 공범자로 만들었듯이 토요일에는 차가운 가톨릭의 타일을 입힌 곳으로 통하는 현관을 지나 데리고 갔다. 어머니는 북을 미리 내 스웨터나 외투 밑에 집어 넣었다. 북이 없으면 나는 아무래도 제대로 행동할 수 없었던 것이다. 만일 배 앞에 북이 없으면 나는 결코 이마와 가슴과 어깨에 닿는 가톨릭식의 십자를 긋지 않았을 것이다. 구두를 신을 때처럼 무릎을 굽히지도 않았을 것이다. 깨끗한 교회의 의자 위에서, 코 끝에서 천천히 말라가는 성수(聖水)와 함께 침착하게 앉아 있지도 못했을 것이다.

 나는 성심 교회의 일을 세례 때부터 죽 기억하고 있다. 오스카르라는 이름이 이교(異敎)의 이름이라고 해서 여러 가지로 어려움이 있었다. 그러나 누구나 오스카르라는 이름을 고집했다. 세례 입회인인 얀이 교회 현관에서 그 이야기를 했다. 그리고는 빙케 사제가 내 얼굴에 세 번 입김을 불었다. 내 속에 있는 악마를 쫓아낸다는 것이다. 다음에 십자가 그어지고 손이 얹혀졌다. 소금이 뿌려지고 다시 한 번 악마에 대해서 무엇인가가 행해졌다. 교회 안에 있는 진치 세례당 앞에서 다시 멈춰 섰다. 나는 신경(信經)과 주기도문이 나를 위해서 올려지고 있는 동안 가만히 있었다. 그런 다음 빙케 사제는 적당한 시간을 보아 다시 한 번 악마여 사라져라 하고 말하고는 나의 코와 귀를 만졌다. 그렇게 함으로써 이미 모든 것을 알고 있던 나의 마음이 열린 것이라고 생각했다. 그리고 나서 그는 다시 한 번 분명한 소리로 대답을 시키려고 이렇게 물었다.

 「악마를 단념하겠는가? 악마의 소행을 모두? 악마의 허식을 모두?」

 나는 고개를 가로저었을지도 모른다——나는 단념한다는 것을 생각해 본 적이 없으니까——그러나 그러기 전에 얀이 나를 대신해서 세 번 말했다.

 「단념하겠습니다.」

 빙케 사제는 나의 가슴 위와 어깨 사이에 성유(聖油)를 발랐으나 나와 악마의 관계를 단절시킬 수는 없었다. 세례반 앞에서 다시 신경이 외어지고 마지막으로 성수가 세 번 부어지고 성향유(聖香油)가 머리 피부에 발라졌다. 그리고는 더러움을 쫓기 위해 하얀 옷이 입혀지고 암흑의 날들을 위해 촛불이 켜지고 그제서야 석방되었다——마체라트가 돈을 지불했다——얀이 나를 성심 교회의 현관 앞으로 데리고 갔을 때 개었던 하늘이 흐려지기 시작했기 때문에 택시가 기다리고 있었는데 그때 나는 내 속에 있는 악마에게 물었다.
「모든 것을 순조롭게 빠져나올 수 있었느냐?」
악마는 깡총깡총 뛰면서 속삭였다.
「교회 창문을 보았나요, 오스카르? 모두가 유리예요, 전부 유리란 말예요.」
 성심 교회는 보불 전쟁(普佛戰爭) 후의 이른바 포말 회사(泡沫會社: 기반이 약하여 설립하자마자 쓰러지는 회사) 군생 시대에 세워졌기 때문에 양식적으로는 분명히 신(新) 고딕 식이었다. 빨리 검어지는 벽돌로 벽을 쌓고 구리를 입힌 뾰족탑은 즉시 전통적인 동록이 슬었기 때문에 옛날의 고딕 식 연와조(煉瓦造) 교회와 새로운 고딕 식의 차이를 분명하게 구별하는 일은 다만 안식 높은 사람에게만 가능하였다. 낡은 교회에서나 새로운 교회에서나 사람들은 똑같은 방법으로 죄를 고했다. 빙케 사제와 똑같이 다른 많은 사제들이 토요일에 관청이나 회사가 파한 뒤 고해 청문석에 앉아 광택이 나는 거무스름한 창살 사이로 털이 난 귀를 내밀었다. 그런 식으로 교구 사람들을 유혹하여 철망을 통해 사제의 귀에 죄의 실을 꿰려고 한 것이다. 그 실에는 죄의 값싼 장식이 진주처럼 한 알 한 알 연결되어 있었다.
 어머니가 양심을 밝히는 절차에 따라 빙케 사제의 청관(聽官)을 통해 가톨릭 교회의 최고심(最高審)에 그녀가 행한 일, 게을리한 일, 마음과 말, 그리고 일 속에서 일어난 일을 고하고 있는 동안에 아무것도 고해할 것이 없는 나는 너무나도 매끌매끌한 교회 의자를 떠나 타일 바닥 위에서 있었다.
 가톨릭 교회의 타일 바닥, 가톨릭 교회의 냄새, 가톨릭 교회 전체가 뭐라고 설명할 수는 없지만 오늘날까지도 나를 매혹하고 있다는 것을 인정한다. 그것은 내가 붉은 머리털을 다른 빛깔로 염색하고 싶어하면서도 붉은 머리털 소녀에게 매혹되는 것과 같은 이치이다. 그리고 내가 모독스러운 말을 함부로 하는 것은 가톨릭 교회 덕택이라는 것도 인정한다. 내가 그러한 말을 한다는 것은 바로, 설사 쓸데없는 짓이라고 하더라도, 가톨릭 세례를 받았다는 사실을 지워 버릴 수 없다는 것을 거듭 밝혀 주고 있는 것이다. 이따금 나는 아주 평범한 일을 하고 있는 동안에, 예를 들면 이를 닦는다든가 변기에 앉아 있을 때조차도 미사의 주석(注釋)을 늘어놓고 있는 것을 깨닫고는 깜짝 놀라는 경우가 있다. 즉 성(聖) 미사에서는 그리스도의 피는 너를 깨끗하게 하기 위해 새로이 흘려진다. 이것은 그리스도의 피의 성배(聖杯)이다, 그리스도의 피가 흐를 때마다 포도주는 진짜 피가 된다, 그리스도의 참된 피는 존재한다, 거룩한 피를 봄으로써 영혼에는 그리스도의 피가 흘러든다, 거룩한 피가 피에 의해 씻겨진다, 성(聖) 변화(變化) 때에 피는 흐른다, 피로 얼룩진 성의(聖衣), 그리스도의 피의 목소리는 모든 천국을 꿰뚫는다, 그리스도의 피는 하느님의 얼굴보다 먼저 그윽한 향기를 확산한다라는 식으로 말이다.

여러분은 내가 어떤 가톨릭적인 투를 지녔음을 인정하지 않으면 안될 것이다. 예전에 나는 동시에 성모 마리아를 생각하는 일 없이 전차를 기다릴 수 없었다. 나는 성모 마리아를 자비롭고 은혜로운, 축복받은 사람이라고 불렀다. 처녀 중의 처녀, 자애로운 어머니, 축복받은 여자, 더 많은 존경을 한몸에 받은 여자, 그리스도를 낳으신 어머니, 감미로운 어머니, 처녀인 어머니, 영광에 찬 처녀, 예수라는 이름의 감미로움을 맛보게 해주십시오, 당신이 어머니의 마음으로 그것을 맛본 것처럼, 그것은 정말로 음미할 만한 올바름입니다, 합당하고 유익한 것입니다, 축복받은 여자, 축복받은 여자……

이『축복받은』이라는 말은 때때로, 특히 어머니와 내가 매주 토요일 성심 교회를 방문했을 때 나를 황홀하게 만들고 나에게 독을 부어 넣었다. 그 때문에 나는 악마에게 감사했을 정도였다. 왜냐하면 내 속에 있는 악마는 세례에 이기고 나에게 해독제를 제공해 주었기 때문이다. 덕분에 나는 모독스러운 말을 쓰면서도 곧바로 성심 교회의 타일 위를 활보할 수 있었던 것이다.

예수의 마음이 바로 그 교회의 이름이었으나 예수는 신비한 기적 때 이외에도 몇 번인가 색채도 선명한 수난의 길이라는 그림 위에 평면적인 모습을 보이고 있었다. 세 개는 입체적이고 더구나 색칠이 되어 있었으며

기적은 일어나지 않는다   161

모두가 다른 자세를 취하고 있었다.
 거기에는 채색된 석고상 예수가 있었다. 머리를 길게 늘어뜨린 그는 프로이센 식의 푸른 저고리를 입고 금으로 된 대좌(臺座)에 서 있고 발에는 샌들을 신고 있었다. 그는 가슴 위의 옷을 풀어헤치고 흉곽의 한가운데에 그야말로 자연에 반하는 일이지만, 토마토처럼 빨갛고 영광을 부여받은 문자 그대로 피가 흐르고 있는 심장을 보이고 있었다. 이 교회는 이 기관(器管)의 이름을 붙이려고 한 것이다.
 예수의 드러난 심장을 처음 보았을 때 나는 당장 예수가 나의 대부이며 백부이며 아버지라고 추정되는 얀 브론스키와 미세한 점까지 완전히 닮았다는 것을 확인하지 않으면 안 되었다. 순진할 만큼 자기 도취가 심한 푸른 열광자의 눈! 언제라도 울음을 터뜨릴 수 있는 활짝 핀 입맞춤의 입! 속눈썹에 나타나 있는 사나이의 고뇌! 불그스름하게 피가 통하고 있는 볼은 얻어맞기를 원하고 있었다. 두 사람 모두 여성이 애무하지 않고는 견딜 수 없는 옆얼굴을 가지고 있었다. 그리고 무기력하고 피로한 두 손은 일하기 싫어하는 잘 손질된 손으로서 왕가의 일을 도맡는 보석상의 걸작 같은 상혼을 보여 주고 있었다. 예수의 얼굴에 그려진, 아버지로 생각하고 있는 브론스키의 눈은 나를 괴롭혔다. 나는 단지 열광시킬 뿐 납득시킬 수는 없는, 이것과 똑같은 푸른 눈을 가지고 있었기 때문이다.
 오스카르는 오른쪽 측랑에 있는 예수의 심장에서 눈을 돌리고 예수가 십자가를 짊어진 첫번째 수난의 장에서 두 번째로 십자가 밑에 쓰러진 제7장으로 서둘러 갔다. 그곳은 본제단(本祭壇)으로서 그 위에는 똑같이 석고로 만들어진 제2의 예수상이 걸려 있었다. 예수는 너무 지쳤기 때문인지 또는 좀더 정신을 집중하기 위해서인지 눈을 감고 있었다. 이 사나이는 얼마나 멋진 근육을 갖고 있는가! 십종 경기 선수 같은 체격을 가진 이 억센 사나이는 곧 나로 하여금 성심(聖心) 브론스키를 잊게 했고 어머니가 빙케 사제에게 고해할 때마다 나는 그지없이 경건해져서 본제단 앞에 있는 운동 선수를 뚫어지게 바라보았다. 내 말을 믿어 주기 바란다. 나는 기도했다! 나는 그를 다정한 체조 선생이라고 불렀지만 그는 모든 운동 선수 중의 운동 선수이며 일 인치의 손톱으로 십자가에 매달리는 경기의 승자였다. 그리고 그는 미동도 하지 않았다! 피뜩피뜩 움직인 것은 영원한 빛이었다. 그러나 그는 고행을 완전히 끝내어 생각할 수 있는 한 최고점을 획득했다. 스톱워치는 시간을 계속 새겼다. 그는 시간을 몰수당했다. 이미 성물 납실(聖物納室)에서는 미사의 시자(侍者)가 약간 더러워진 손으로 그에게 수여될 금메달을 닦고 있었다. 그러나 예수는 메달을 받기 위해 운동한 것은 아니었다. 나는 신을 믿을 것을 생각했다. 나는 무릎을 최대한 꿇고 북으로 십자를 긋고는 『축복받은』이라든가 『고뇌하는』이라는 말을 제시 오엔스나 루돌프 하르비히와 함께 작년의 베를린 올림픽에다 결부시키려 했다. 그것은 반드시 잘 되지는 않았다. 왜냐하면 나는 도적에 비해 예수가 결코 정정당당하지 않았다고 말하지 않으면 안 되었기 때문이다. 그리하여 나는 그를 저버리고 고개를 왼쪽으로 돌려 새로운 희망에 불타며 성심 교회 내부에 있는 천국의 제 3의 운동 선수 입체상을 거기에서 보았다.

『당신을 세 번 보고 나서 기도하게 해주십시오.』하고 나는 거기에서 말을 더듬고는 또다시 구두 바닥을 타일 바닥에 내리고 체스판 모양의 바닥을 하나씩 밟아 왼쪽 옆에 있는 제단으로 다가갔는데 한 걸음 움직일 때마다『그가 너를 보고 있다.』라고 느꼈다. 성인(聖人)들이 너를 보고 있다, 고개를 숙이고 십자가에 못박힌 베드로가, X자형 십자가에 못박힌 안드레아──그렇기 때문에 성 안드레아 십자가라고 한다──가 보고 있다고 느꼈다. 그 밖에 라틴 십자가 혹은 수난의 십자가와 나란히 그리스 십자가가 있다. 이중 십자가, 정자형(丁字型) 십자가, 계단 십자가가 직물이나 그림 또는 책에 모사된다. 앞발 십자가, 닻 십자가, 클로버 십자가가 입체적으로 짜맞추어져 있는 것을 나는 보았다. 창(槍) 십자가는 아름답고 마르타 섬 십자가는 인기가 있으며 갈고리 십자가, 드골 십자가, 로트링겐 십자가는 금지되었고 안토니오 십자가는 해전(海戰) 때 T자형이라고 불린다. 귀가 달린 십자가는 사슬에 매어지고 도적 십자가는 볼품이 없으며 교황의 십자가는 교황답고 러시아 십자가는 또 나자레 십자가라고 불린다. 또 적십자(赤十字)가 있다. 금주 동맹의 푸른 십자는 청십자를 묶는다. 황십자(黃十子)는 너를 해치고 순양함은 침몰하고 십자군(十字軍)은 나의 마음을 고쳐 주고 십자 거미는 서로 잡아먹고 십자로에서 나는 너와 종횡 십문자(十文字)로 교차하고 반대 심문, 크로스워드 퍼즐은 풀어 달라고 한다. 허리가 펴지지 않는 나는 방향을 바꾸어 십자가를 뒤로 했다. 그리고 나는 그에게 등을 십자로 짓밟히는 위험을 무릅쓰고 십자가에 걸린 운동 선수로부터 등을 돌렸다. 왜냐하면 나는 소년 예수를 오른쪽 넓적다리에 안은 처녀 마리아에게 다가갔기 때문이다.

오스카르는 왼쪽 측랑의 왼쪽으로 옆에 있는 제단 앞에 서 있었다. 그의 어머니가 열일곱 살의 나이로 트로일의 판매원으로 일하고 있을 때 영화를 보러 갈 돈이 없어서 그 대신 영화를 보는 셈치고 아스타 넬센의 그림간판을 바라볼 때 틀림없이 지었을 표정을 마리아는 짓고 있었다.

마리아는 예수에 몰두하지 않고 오른쪽 무릎 옆에 있는 다른 소년을 바라보고 있었다. 나는 오해를 피하기 위해 즉시 그애를 밥티스마 요한이라고 이름지었다. 두 소년은 나와 키가 거의 같았다. 정확하게 대답해서 성서에 의하면 예수는 요한보다 두 살 아래였음에도 불구하고 예수 쪽이 이 센티 가량 컸던 모양이다. 세 살 난 예수를 발가벗겨서 장미빛으로 만든 것은 조각가의 장난이었다. 요한은 나중에 황야로 갔으므로 덥수룩한 모피를 몸에 두르고 있었는데 그것이 그의 가슴 절반과 배 그리고 국부를 가리고 있었다.

오스카르는 나이에 어울리지 않게 놀랄 만큼 그를 닮았고 내성적인 이 두 소년 옆에 있기보다는 본제단 앞이나 고해석 바로 옆에 있는 쪽이 훨씬 더 좋았다. 물론 그들은 푸른 눈을 가졌고 오스카르처럼 밤빛 머리를 하고 있었다. 조각가인 이발사가 두 오스카르를 빗 같은 머리 모양으로 바꾸고 그들의 마개뽑기 같은 고수머리를 잘라 버리고 말았다면 다른 점은 하나도 없었을 것이다.

그다지 긴 시간이 아니라면 나는 『나와 너, 뮐러의 소……』라고 세려는 듯이 왼손 집게손가락으로 소년 예수를 가리키고 있는 소년 요한 옆에 머물러 있고 싶다. 숫자 풀이 놀이에 가담하지 않고 나는 예수의 이름을 부르고 그가 일란성 쌍둥이임을 확인한다. 이 아이는 어쩌면 나와 쌍둥이 형제였는지도 모른다. 이 아이는 나와 똑같은 체격을 가졌고, 그 무렵 아직도 소변 전용으로밖에는 사용되지 않고 있던 나의 성기와 똑같은 성기를 가지고 있었다. 이 아이는 나의 브론스키와 똑같은 눈, 코발트 블루의 눈으로 세상을 보았다. 그리고 그것이 그의 가장 나쁜 점이라고 생각되지만 그는 나의 행동을 그대로 흉내냈다.

 나와 닮은꼴은 두 팔을 올려 마음놓고 무언가를, 예컨대 북채를 붙잡을 수 있는 모양으로 두 손을 쥔 자세였다. 만일 조각가가 장미빛 넓적다리 위에 하양과 빨강으로 된 나의 양철북을 석고로 만들어 붙였다면 그것은 영락없이 나 자신이었을 것이다. 마리아의 무릎에 안겨서 교구 사람들과 함께 북을 두들기고 있는 완전한 진짜 오스카르였을 것이다. 이 세상에는——아무리 신성한 것이라 하더라도——방치해 둘 수 없는 것이 몇 가지 있다!

 융단 한 장을 깐 세 개의 층계가 은녹색의 의복을 걸친 마리아와 요한의 더부룩한 초콜릿 빛 모피 그리고 삶은 햄 같은 빛깔의 소년 예수 앞으로 통하고 있었다. 거기에는 노랗게 변한 촛불과 갖가지 가격의 꽃이 올려진 마리아의 제단이 있었다. 녹색의 마리아와 갈색의 요한 그리고 예수의 장미빛 후두부에는 접시 크기의 후광이 붙여져 있었다. 금박이 그 접시를 값비싼 것으로 만들어 놓고 있었다.

 제단 앞에 층계가 없었다면 나는 결코 올라가지 않았을 것이다. 그 무렵 오스카르는 층계와 문의 손잡이와 진열장에 이끌리고 있었다. 그리고 병원 침대에서 만족하고 있는 오늘에도 무관심하지는 않다. 그는 한 단 또 한 단 유혹되어 갔으나 그때 언제나 같은 융단 위에 있었다. 마리아의 제단을 둘러싸고 그들은 바로 오스카르 가까이에 있었다. 그리고 그의 손가락이 혹은 경멸적으로 혹은 존경을 담고 3인조를 두들기는 것을 허용해 주었다. 그는 손톱으로 할퀴어서 색채 밑의 석고를 또렷이 드러나게 할 수 있었다. 마리아의 옷 주름은 길을 우회해서 구름을 본뜬 발판 위의 발끝에까지 이어져 있었다. 가까스로 마리아의 것임을 알 수 있는 정강이뼈부터 조각가가 우선 살을 붙이고 그런 다음 위에서부터 주름을 씌웠다는 것을 짐작할 수 있었다. 오스카르가 실수로 할례(割禮)를 받지 못한 소년 예수의 성기를 구석구석까지 만져 보고 그것을 쓰다듬고 마치 그것을 움직이려는 듯이 조심스럽게 밀었을 때 자기의 성기 같은 느낌이 들고 쾌감과 함께 새삼 어리둥절해져서 그는 예수의 성기가 예수를 혼란시키지 않도록 그것을 살며시 놓아 주었다.

할례를 받았거나 안 받았거나 나는 그것을 방치하고 스웨터 밑에서 북을 꺼내어 내 목에서 끌러 후광을 건드리지 않도록 조심하면서 예수의 목에 걸었다. 내 키로는 꽤 힘든 일이었다. 대좌(臺座)의 역할을 대신하고 있는 구름 모양의 발판에서 작곡할 수 있게 하기 위해서 나는 그 입상에 올라가지 않으면 안 되었다.

오스카르가 세례 후 처음 교회를 방문했을 때, 즉 1936년 1월에 그런 짓을 한 것은 아니었다. 그런 짓을 한 것은 같은 해의 부활제 전(前) 주였다. 어머니는 겨울 동안 내내 얀 브론스키와의 관계를 뒤쫓듯이 잇따라 고해하느라고 애를 먹고 있었다. 그 때문에 오스카르에게는 그의 계획을 짜낼 시간과 토요일이 충분히 있었다. 계획을 짜고는 거기에 유죄 판결을 내려 그것을 정당화하고 다시 계획을 고쳐 여러 모로 검토한 다음 마지막으로 지금까지의 계획을 모두 백지화하고 솔직하게 부활제 전의 월요일에 계단 기도를 이용하여 일을 수행하려고 생각한 것이다.

어머니는 장사가 가장 바빠지는 부활제 전에 고해하기를 원했기 때문에 성 월요일 저녁에 내 손을 끌고 라베스 거리를 지나 신시장 모퉁이를 에르젠 거리 쪽으로 꺾어져서 마리엔 거리를 통과하고 볼게무트 푸줏간 앞을 지나 클라인하머 공원에서 왼쪽으로 꺾어져서 언제나 누렇고 기분이 나빠지는 물방울이 떨어지고 있는 철도의 육교 밑을 지나 선로 둑에 면한 성심 교회로 들어갔다.

우리는 늦게 갔으므로 고해석 앞에서 차례를 기다리고 있는 것은 두 노파와 무엇인가 마음에 맺힌 것을 가지고 있는 한 젊은 사나이뿐이었다. 어머니가 양심을 조사하고 있는 동안——어머니는 엄지손가락을 연신 빨아가며 어떻게 소득을 속일까 하고 장부를 뒤적거리고 있는 것처럼 양심 규명의 안내서를 뒤적이고 있었다——나는 떡갈나무 의자에서 살며시 내려와 예수의 심장과 십자가 위의 운동 선수에게 들키지 않도록 조심하면서 왼쪽에 있는 제단으로 갔다.
　서두르지 않으면 안 되었으나 나는 입제문(入祭文)을 생략하지 않았다. 층계를 세 단 올라갔다. 인토로이보 아드 알타레 데이(나는 신의 제단에 올라가겠다), 어렸을 때부터 나에게 기쁨을 주신 하느님 곁으로. 목에서 북을 내리고 키리에이션을 길게 뽑으면서 구름 모양의 발판에 올라가 성기 부분에는 머무르지 않고 후광에 조심하면서 구름 모양의 발판에서 내려와 멈추고 용서를 빌었다. 그러나 그 전에 북채 두 개를 예수의 손에 쥐어 주고 하나, 둘, 셋, 층계 세 단을 내려와 눈을 산 쪽으로 돌리고 아직도 조금 융단이 있었으나 마침내 타일 바닥에 도달했다. 그러자 거기에 오스카르를 위한 기도대(祈禱臺)가 있었다. 그는 방석 위에 무릎을 꿇고 북을 두들기는 손을 얼굴 앞에서 모두었다——글로리아 인 엑셀시스 데오(높은 하늘에 계시는 하느님에게 영광이 있으라)——합장한 손을 지나 예수와 그의 북 쪽으로 눈길을 주며 기적을 기다렸다. 예수는 북을 칠 것인가, 아니면 칠 수 없을 것인가, 또는 치는 것이 허용되지 않을 것인가? 예수는 북을 치거나 참된 예수가 아니거나 어느 한쪽이다. 이래도 그가 북을 치지 않을 때는 오히려 오스카르 쪽이 그보다도 진짜 예수이다.
　기적을 바랄 때는 틀림없이 기다릴 수 있다. 지금 나는 기다렸다. 처음에는 참을성 있게 기다렸지만 아마도 충분히 참을성이 있지는 못했던 모양이다.『모든 사람의 눈은 당신을 기다리고 있습니다, 주여.』라는 성서의 말을 되풀이하며 눈을 목표로 돌리고 귀를 기울이고 있는 시간이 길어짐에 따라 기도대의 오스카르는 자기가 점점 더 환멸을 느끼게 됨을 알았기 때문이다. 물론 그는 주님에게 모든 기회를 주었다. 보고 있지 않아야만 틀림없이 예수는 서툰 제 1 타를 내리칠 결심이 서게 되지 않을까 하고 생각하여 눈을 감았다. 그러나 마침내 세 번째 신경이 끝난 뒤에 전능하신 아버지, 보이는 것과 보이지 않는 것을 창조한 다음에 다시 유일하신 주님, 하느님의 독생자, 아버지에게서『태어난』참된 하느님으로부터의 참된 하느님, 그에 의해 창조되고, 창조되지 아니하고『태어나신 사람』, 아버지와 똑같은 사람,『그는』우리들 인간을 위해서 우리의 죄를 씻기 위해 하늘에서 내려오셨다.『성령』에 의해『마리아』

에게서 태어나 『인간』이 되시고 『우리를』 위해 『십자가에 못박히시고』 『빌라도』 밑에서 『고통받으시고』 『죽어서』 장사 지내져 『성서』에 있는 그대로 소생하셔서 『하늘』로 올라가시고 아버지의 『우편』에 앉아 『산 자』와 죽은 자를 『심판』하기 위해 『다시 영광』을 가지고 『오실』 것이다. 『그 나라는』 무궁할 것이다, 나는 믿는다, 『성부와 성자』와 더불어 『영광을 받으시고 예언자를』 통해서 말씀하셨다, 또 믿는다, 유일(唯一), 성(聖), 공(公) 그리고 ……(이 부분 『　』의 대목은 원문에는 없다).

아니, 그때 나는 이제 와서는 그를 가톨릭 교회의 동정(動靜)으로 느꼈을 뿐이었다. 이제는 거의 신앙 같은 것은 문제 밖이었다. 동정(動靜)조차도 안중에 없었다. 무언가를 부여받고 싶었다. 즉, 나의 양철 소리를 듣고 싶었다. 예수가 나를 위해서 무엇인가를, 들릴 듯 말 듯한 조촐한 기적을 행해 주기를 바랐던 것이다. 요란하게 울릴 필요는 없었다. 놀라서 달려오는 보조 신부 라스체이아나 가까스로 기적을 향해 자기의 비계 덩어리를 질질 끌고 있는 빙케 사제를 따라 바티칸의 의향을 헤아린 사교(司敎)로부터 감정받기 위해 서류를 사교구 수도인 놀리바로 가지고 갈 필요는 없었다. 아니, 나는 그때 야심 따위는 조금도 가지고 있지 않았다. 오스카르는 성인(聖人)이다 따위로 불리고 싶지 않았다. 그는 조촐한 개인적인 기적을 바랐던 것이다. 그가 듣고 그리고 보기 위해, 오스카르가 북을 두들겨서 거기에 찬성할 것인가 반대할 것인가를 단 한 번이라도 좋으니까 확인하기 위해서 푸른 눈을 가진 일란성 쌍둥이 가운데 어느 쪽이 장차 예수를 자칭할 수 있는지를 분명히하기 위해 기적을 바랐던 것이다.

나는 앉아서 기다리고 있었다. 그 동안에 어머니는 고해석에 앉아 어쩌면 제6의 계율을 이미 끝냈을지도 모른다. 나는 걱정이 되었다. 언제나 교회를 배회하고 있는 노인이 본제단 근처를 어슬렁거리고 있었는데 마지막으로 왼쪽 옆제단을 지나서 소년을 안고 있는 처녀 마리아에게 인사를 했다. 아마도 북이 눈에 띄었을 테지만 그것이 무엇인지를 알아차리지 못했다. 그는 발을 질질 끌면서 갔다. 그 모습은 전보다도 훨씬 더 늙어 보였다.

시간이 꽤 흘렀으리라고 나는 생각한다. 그러나 예수는 북을 치지
않았다. 위에 있는 합창대 자리에서 소리가 들려왔다. 아마 누구도 오
르간을 치고 싶어하지는 않을 것이다. 나는 걱정이 되었다. 그들은 준비된
것이다. 부활제를 위한 연습일 것이다. 그들의 시끄러운 소리 때문에
마침 소년 예수가 희미하게 치는 북 소리가 지워져 버릴는지도 모른다.

그들은 오르간을 치지 않았다. 예수는 북을 두들기지 않았다. 기적은
일어나지 않았다. 나는 방석에서 일어나 무릎 마디를 딱딱 소리가 나게
꺾었다. 그리고는 지겨워서 융단 위를 뒤뚱뒤뚱 걸어 층계를 한 단씩
올라갔다. 내가 잘 알고 있는 계단 기도는 모두 생략했다. 구름 모양의
석고를 올라가면서 중간 가격의 꽃을 뿌리고 저능한 벌거숭이로부터 나의
북을 빼앗으려고 했다.

나는 오늘, 그리고 되풀이 말한다. 그에게 가르쳐 주려 한 것은 실패
였다고 말이다. 그 무엇으로부터 명령받아 나는 우선 그에게서 북채를
빼앗고 양철을 벗긴 뒤 그 북채로 처음에는 조용히, 다음에는 성급한
교사처럼 가짜 예수 앞에서 어떤 한 곡을 북으로 두들겨 보이고 다음에
또다시 북채를 그의 손에 쥐어 주어 오스카르에게서 배운 대로 두들기게
하려고 했다.

내가 후광에 주의를 기울이지 않고 모든 학생 중에서 가장 완고한 이
학생으로부터 북채와 양철을 빼앗기 전에 빙케 사제가 내 뒤에 서 있
었다──나의 북이 높이 그리고 넓게 교회에 울려퍼졌던 것이다──보조
사제인 라스체이아도 뒤에 있었다. 보조 사제는 나를 잡아끌었고 사제는
나를 가볍게 때렸고, 어머니는 나 때문에 엉엉 울었다. 사제는 나에게
속삭였고, 보조 사제는 무릎을 꿇고 나서 올라가더니 예수에게서 북채를
집었다. 그리고는 북채를 쥔 채 다시 한 번 무릎을 꿇고 북이 있는 데까지
올라가서 북을 집어들었는데 그만 후광을 톡 깨고 성기를 살짝 밀어 구름
모양의 부분도 조금 깨졌다. 그리고 나서 그는 무릎을 꿇었고 다시 한
번 무릎을 꿇은 뒤 내려왔는데 나에게 북을 건네 주려고는 하지 않았다.
내가 화를 내자 그가 좀더 나를 화나게 하는 일을 했기 때문에 나는 어쩔
수 없이 사제를 걷어차고 물어뜯고 할퀴었는데 나의 이러한 행동은 가

뜻이나 체면이 손상된 어머니를 더욱 부끄럽게 만들었다. 그런 다음 나는 사제와 보조 사제 그리고 노인과 어머니의 손길을 뿌리치고는 곧 본제단 앞에 섰다. 내 속에서 악마가 날뛰고 있음을 알 수 있었다. 그리고 세례 때처럼 악마의 말이 들렸다.『오스카르』하고 악마는 속삭였다.『주위를 둘러보아라, 어디나 모두 창문이다, 전부가 유리다. 전부가 유리라고.』
 꼼짝도 하지 않고 침묵한 채로 있는, 십자가 위에 있는 운동 선수의 훨씬 위쪽, 푸른 바탕에 빨강과 노랑 그리고 녹색으로 열두 사도를 나타낸, 맨 뒤에 있는 높은 창을 향해 나는 노래불렀다. 그러나 마가나 마태는 겨냥하지 않았다. 나는 물구나무 서서 성령 강림제를 축하하고 있는 그들 위에 있는 비둘기와 성령을 겨냥했다. 그리고 나는 떨리는 목소리로 나의 다이아몬드와 함께 그 새와 싸웠다. 나에게 책임이 있었는가? 꼼짝도 할 수 없었기 때문에 이의(異意)를 제기한 운동 선수에게 책임이 있었는가? 그것이 기적이었는가, 아무도 그것을 알 수 없었는가? 그들은 내가 떨면서 소리도 없이 맨 뒤를 향해 흘러가는 것을 보고 어머니를 제외하고는 모두 내가 기도하고 있는 것이라고 생각했다. 그러나 나는 산산조각내고 싶었던 것이다. 그러나 오스카르의 목소리는 말을 듣지 않았다. 그의 시대가 아직 오지 않았던 것이다. 나는 타일 위에 쓰러져서 몹시 울었다. 예수의 손이 말을 듣지 않았기 때문에, 오스카르의 목소리가 말을 듣지 않았기 때문에, 사제와 라스체이아가 나를 오해하고 곧 또 후회하여 바보 같은 말을 했기 때문이다. 어머니에게만은 생각했던 대로였다. 그녀는 유리가 깨지지 않았기 때문에 기뻐했어야 함에도 불구하고 나의 눈물을 이해해 주었다.
 그런 다음 어머니는 나를 팔에 안고 보조 사제에게 부탁하여 북과 북채를 돌려받고 깨진 부분은 수리하겠다고 사제에게 약속했다. 그리고 나 때문에 고해가 중도에서 그쳤기 때문에 여기에서 새삼스럽게 사제에게 용서를 빌었다. 오스카르도 무엇인가 축복을 받았으나 그것은 특별한 의미가 있는 것은 아니었다.
 나는 어머니에게 이끌려 성심 교회에서 나오는 동안 손을 꼽아 보았다. 오늘은 월요일, 내일은 성 화요일, 수요일, 성 목요일, 그리고 성 금요일에는 그와 헤어지는 것이다. 북을 두들기지도 못하는 그, 나에게 유리 파편을 안겨 주지도 못하는 그, 나를 닮았지만 가짜인 그, 묘지로 돌아가지 않으면 안 되는 그와는 이제 작별이다. 한편 나는 계속 북을 두들길 것이다. 마냥 계속해서 두들길 것이다. 그러나 이제는 어떤 기적도 바라지 않을 것이다.

성 금요일의 식사

분열, 이것이 성 월요일과 성 금요일 사이의 나의 감정을 나타내는 말일 것이다. 한편에서 나는 북을 두들기려고 하지 않는 석고 소년 예수에게 화를 내고 있었으나, 다른 한편 그 북은 나 한 사람을 위해서 간직되고 있었던 것이다. 한편 나의 목소리는 교회의 창에 대해서 효력을 나타내지 못했지만, 다른 한편 오스카르는 말짱하고 다채로운 유리에 대한 경우 그에게 더욱 많은 자포자기적인 모독스런 말을 퍼붓게 만든 그 가톨릭 신앙의 찌꺼기를 간직하고 있었다.

그 밖에 분열되어 있다고 한다면 성심 교회에서 나와 집으로 돌아오는 도중 시험삼아 다락방의 창을 노래로 깨보아 나는 성공했는데 다른 한편 세속의 물건에 대한 내 목소리의 성공은 이어서 종교 부문에서의 실패에 주의를 돌리게 했다. 분열되어 있다고 나는 말한다. 이 모순은 여전해서 치유되는 일이 없었다. 종교적인 것 속에서도 세속적인 것 속에서도 정착하지 못했고 또한 세상을 조금 떠나 정신 병원에 들어와 있는 지금에도 모순은 모순 그대로 남아 있다.

어머니는 왼쪽 옆에 있는 제단의 손해를 변상했다. 프로테스탄트인 마체라트의 희망으로 성 금요일에는 가게를 닫지 않으면 안 되었는데 부활제의 장사는 순조로웠다. 평소에는 언제나 자기의 의지를 이루어내는 어머니는 이따금 성 금요일에는 한 발짝 양보하여 가게를 쉬고 그대신

성체(聖體) 축일에는 가톨릭이라는 이유로 식료품 가게를 닫을 권리를 주장, 진열장 속의 페르질 꾸러미와 하크 커피의 모조품을 마주 보게 전기로 조명한, 채색된 마리아 상을 부각시키고는 올리바에서의 성체 행렬에 참가했다.

두꺼운 종이 한 장이 있는데 그 한쪽 면에서는 『성 금요일이므로 휴업』이라는 글자를 읽을 수 있었고, 뒷면에는 『성체 축일이므로 휴업』이라고 씌어져 있었다. 북을 빼앗기고 목소리를 빼앗긴 성 월요일에 이어지는 그 성 금요일에 마체라트는 『성 금요일이므로 휴업』이라고 쓴 두꺼운 종이를 진열장에 매달고 우리는 아침을 먹은 뒤 곧 전차를 타고 브레젠으로 갔다. 분열이라는 말에 구애된다면 라베스 거리는 분열이 두드러졌다. 프로테스탄트 사람들은 교회로 가고 가톨릭은 유리창을 닦고 뒤뜰에서는 융단 비슷한 것을 무엇이나 두들기고 있었다. 그 소리는 너무나 강하게 주위에 울리고 있었기 때문에 성서의 종이 모든 아파트의 안뜰에서 복제된 예수를 복제된 십자가에 동시에 못박고 있는 것이라고 생각될 정도였다.

그러나 우리는 수난과 정열을 잉태한 융단털이를 뒤에 두고 어머니, 마체라트, 얀 브론스키, 오스카르라는 언제나 정해진 순서대로 9번 전차에 올라타고 비행장, 그리고 신구(新舊) 엑셀치르 광장을 지나서 브레젠 거리로 갔다. 그리고 자스페 묘지 옆의 대피선(待避線)에서 노이파르바사 브레젠에서 오는 전차를 기다렸다. 마침 이 기회를 이용하여 어머니는 미소를 지으면서이기는 했지만 염세적인 의견을 내놓았다. 지지러진 해변의 소나무 그늘에서 옆으로 기울거나 풀에 가려진 전세기의 묘석이 서 있는, 이용하는 사람이 적은 묘지를 그녀는 깨끗하고 낭만적이고 매력적이라고 말한 것이다.

「언젠간 이곳에서 잠들고 싶어요, 물론 아직도 자리가 남아 있다면 말예요.」 하고 어머니는 열중해서 말했다. 그러나 마체라트는 이곳의 흙에는 모래가 너무 많다고 생각하여 그곳에서 자라고 있는 엉겅퀴와 열매가 없는 귀리를 헐뜯었다. 얀 브론스키는 비행장의 소음과 묘지에 인접한 시전(市電)의 대피선이 목가적인 이 고장의 평화를 어지럽히고 있다고 주장하면서 다시 생각할 것을 요구했다.
 우리를 태우러 온 전차는 대피선으로 들어왔고 차장이 종을 두 번 울렸다. 그리고 자스페와 그 묘지를 뒤에 두고 브레젠으로 향해 떠났다. 브레젠은 해수욕장으로서 그 계절, 즉 4월 말경에는 그야말로 초라하고 황량한 모습을 하고 있었다. 음식점 오두막은 못질이 되어 있고 카지노에는 미늘창이 내려져 있는 해안 뉴보도에는 깃발도 없었다. 그리고 탈의장에는 이백오십 개나 되는 작은 방이 텅 비어 있었다. 일기 예보판에는 아직도 작년의 분필 자국이 남아 있었다. 기온 20도, 수온 17도, 북동풍, 맑은 뒤 흐림.
 처음에 우리는 걸어서 글레트카우로 가기로 했지만 의논도 하지 않고 제방으로 가는 반대편 길을 따라 전진했다. 발트 해는 나른하게 광활한 기슭을 핥고 있었다. 하얀 등대와 항로 표지가 있는 제방 사이에 있는 항구까지 사람이라고는 한 명도 찾아볼 수가 없었다. 전날 내린 비가 그야말로 규칙적인 무늬를 모래 위에 새기고 있었는데 맨발 자국을 남기면서 그 무늬를 지우고 간다는 것은 즐거운 일이었다. 마체라트는 매끄럽게 닦여진 굴덴 은화 크기의 벽돌 조각을 푸르스름한 해면에 튕기고는 자랑스러운 표정을 지었다. 그다지 솜씨가 좋지 않은 얀 브론스키는, 마체라트가 돌팔매를 하고 있는 동안 호박(琥珀)을 찾느라 여념이 없었고 사실 몇몇 파편과 앵두씨만한 것을 하나 발견하여 나를 본따 맨발로 걷고 있던 어머니에게 선물했다. 그가 연신 주위를 두리번거리고 있는 모습은 마치 어머니의 발자국에 반해 있는 것 같았다. 태양은 조용히 빛나고 있었다. 공기는 차고 바람은 조용하고 날씨는 맑게 개어 있었다. 수평선에 또렷하게 가느다란 선을 볼 수 있었는데 그것은 헬라 반도였다. 또 두서너 개의 연기가 옆으로 길게 나부끼며 사라지고 있었는데 상선(商船)의 윗부분이 수평선 위에 빠끔이 얼굴을 내밀었다.
 앞서거니 뒤서거니하면서 서로 멋대로 간격을 두고 우리는 화강암을 쌓아올린 최초의 넓은 제방 밑부분에 도착했다. 어머니와 나는 다시 양말과 구두를 신었다. 어머니는 내가 끈 매는 것을 도와 주었다. 그러는 동안에 벌써 마체라트와 얀은 건들건들하는 제방 위의 돌을 따라 넓은 바다를 향해 뛰어갔다. 구불구불한 해초류가 더부룩하게 제방의 틈새에서 자라고 있었다. 오스카르는 그것들에 빗질을 해주고 싶었다. 그러나 어머니가 내 손을 붙잡고 있었고 우리는 전방에서 국민학교 학생들처럼 놀고 있는 사나이들의 뒤를 따랐다. 한 발짝 옮길 때마다 나의 북이 무릎에 닿았다. 이런 곳에 와서까지도 나는 북을 빼앗기고 싶지 않았던 것이다. 어머니는 산딸기 빛깔의 단을 두른 밝은 청색 스프링코트를 입고 있었다. 화강암 위를 하이힐을 신고 걷는다는 것은 힘든 일이었다. 나는 언제나 일요일이나 축제일에 입는 금빛 닻이 새겨진 단추가 달린 해군 외투를 걸치고 있었다. 나의 해군 모자에는 그레트헨 세프라의 기념품 수집물에서 물려받은, 『제국 군함 자이트리츠』라는 글자가 새겨진 낡은 리본이 감겨져 있어서 바람이 불면 그것이 펄럭였을 것이다. 마체라트는 갈색 외투의 단추를 끌렀다. 언제나처럼 사치스러운 얀은 반짝반짝 빛나는 비로드의 깃을 단 알스타 외투를 입고 있었다.

우리는 제방 끝에 있는 항로 표지까지 뛰어갔다. 표지 밑에는 하역 인부의 모자를 쓰고 솜옷을 입은 중년 사나이가 앉아 있었다. 옆에 감자 구럭이 놓여 있고 그 안에는 노상 꿈틀꿈틀 움직이는 것이 있었다. 아마도 브레젠이나 노이파르바사에 집을 가지고 있을 듯한 이 사나이는 건조용 밧줄의 한쪽 끝을 쥐고 있었다. 밧줄은 해초와 뒤얽혀 바닷물이 섞인 모틀라우의 강물 속으로 사라졌다. 모틀라우의 물은 하구에서는 아주 불투명했으나 바다 물결의 도움을 받지 않고도 제방의 돌과 찰싹거리며 희롱하고 있었다.

하역 인부의 모자를 쓰고 어디에서나 볼 수 있는 건조용 밧줄을 가진 이 사나이가 찌도 없는데 어떻게 낚시질을 하고 있는지 우리는 알고 싶었다. 어머니는 악의(惡意) 없는 농담조로 그에게 물으며 아저씨라고 불렀다. 아저씨는 히죽 웃으며 담뱃진으로 더러워진 잇몸을 드러내보이고 소금기가 섞인 침을 오랫동안 공중에서 회전시켜 밑에 있는 타르와 기름에 뒤덮인 화강암 사이에 퍼져 있는 흐릿한 물 속에 뱉었으나 더 이상 설명은 하지 않았다. 배설물은 오랫동안 물 위에서 흔들리고 있었으나 마침내 한 마리의 갈매기가 와서 돌을 교묘하게 피하고 날면서 그것을 가지고 갔다. 다른 갈매기들이 끼룩끼룩 소리를 지르면서 그 뒤를 따라갔다.
　이제 우리는 그곳을 떠나고 싶었다. 제방 위는 싸늘하고 태양도 전혀 도움이 되지 않았기 때문이다. 그때 하역 인부의 모자를 쓴 사나이가 밧줄을 당기기 시작했다. 어머니는 그래도 그곳을 떠나기 시작하고 있었다. 그러나 마체라트는 그 자리에서 움직이지 않았다. 평소에는 어머니가 하자는 대로 따라하는 양도 이번만은 어머니를 지지하려 하지 않았다. 오스카르는 그 자리에 눌러 있든 떠나든 아무래도 좋았다. 그러나 모두가 머물러 있었으므로 나도 그냥 보고 있었다. 하역 인부가 똑같은 속도로 밧줄을 당기고 한 번 당길 때마다 해초를 뜯어내면서 밧줄을 두 다리 사이에 모으고 있는 동안, 나는 불과 반 시간 전에는 윗부분만을 수평선 위에 드러내고 있던 상선이 이제는 물 속 깊이 선체를 가라앉히고 방향을 바꾸어 항구로 향하고 있는 것을 확인했다. 이렇게 깊이 가라앉아 있는 것으로 보아 철광석을 실은 스웨덴 배일 것이라고 오스카르는 생각했다.
　하역 인부가 영차 하고 몸을 일으켰을 때 나는 스웨덴 배에서 눈을 뗐다.
　「자, 좀 들여다봐요, 어떤 모양인지.」 하고 하역 인부는 마체라트를 향해 말했다. 마체라트는 무슨 뜻인지 몰랐으나 그래도 하역 인부에게 동의했다.
　「자......, 좀 들여다봐요.......」 하고 하역 인부는 자꾸 되풀이하면서 밧줄을 잡아당겼는데 마침내 좀더 애써서 밧줄과는 반대로 돌을 따라 내려갔고 그리고는 손을 집어 넣었다──어머니는 그렇게 빨리 얼굴을 돌리지는 못했다──그는 팔을 벌려 화강암 사이의 부글부글 거품이 이는 바닷물 속에 집어 넣고 무엇인가를 찾았다, 그리고 무엇인가를 붙잡았다, 그리고는 다시 붙잡아 끌어올리고 큰소리로 비켜 서라고 하면서 물이 뚝뚝 떨어지는 무언가 무거운 것을, 물을 튀기면서 살아 있는 덩어리 하나를 우리들 속에 집어던졌다. 그것은 말 대가리였다. 진짜 그대로의 새 말 대가리였다. 검은 말 대가리, 검은 갈기를 가진 말 대가리, 그것은 어제까지는 아직도, 또는 엊그제까지는 힝힝거리며 울부짖고 있었을 것이다. 왜냐하면 그 목은 썩고 있지 않았다, 악취도 나지 않았다. 기껏해야 모틀라우의 물냄새가 나고 있을 뿐이었다. 그러나 제방 일대에 그 냄새는 번져나갔다.

하역 인부의 모자를 쓴 사나이는──모자는 그때 그의 목덜미에 얹혀져 있었지만──이미 다리를 벌리고 말의 한 부분을 타고 앉아 있었다. 말 대가리에서는 엷은 녹색의 조그마한 뱀장어가 꿈틀거리면서 튀어나왔다. 사나이는 뱀장어를 붙잡느라고 애를 썼다. 뱀장어는 평탄하고 더욱이 젖어 있는 돌 위에서 날쌔고 교묘하게 몸을 꿈틀거리고 있었기 때문이다. 곧 다시 갈매기가 날아와서 머리 위에서 울어댔다. 갈매기들은 급강하하여 세 마리 또는 네 마리씩 짝을 짓고 놀면서 작은 것에서 중간 크기의 것까지 뱀장어 한 마리를 놓고 서로 다투면서 쫓아도 도망치지 않았다. 제방은 갈매기의 소유인 것이다. 그래도 갈매기 사이에 섞여서 타닥타닥 두들기면서 뱀장어를 붙잡으려 하고 있는 하역 인부는 아마도 두 다스는 실히 되는 비교적 작은 뱀장어를 구럭 속에 넣을 수 있었다. 남을 도와 주기를 좋아하는 마체라트는 성큼 손을 내밀어 구럭을 잡아 주었다. 그 때문에 어머니의 얼굴이 치즈 빛으로 변하여 처음에는 손을, 다음에는 머리를 얀의 어깨와 비로드의 깃에 기대는 것을 볼 수 있었다.

그러나 작은 것과 중간 크기의 뱀장어를 구럭 속에 집어 넣고 하역 인부가──일하는 동안 모자는 머리에서 떨어져 버리고 말았지만──이번에는 살찐 검은 뱀장어를 말 대가리에서 끄집어내기 시작했을 때 어머니는 주저앉지 않고는 견딜 수 없었다. 얀은 어머니의 얼굴을 돌리게 하려고 했지만 그녀는 마다하고 커다란 황소 눈으로 깜박거리지도 않는 채 하역 인부가 마치 회충 같은 뱀장어를 끄집어내는 것을 말똥말똥 바라보고 있었다.

「자, 그럼」 하고 그 사나이는 일하면서 신음 비슷한 소리를 냈다. 「들여다봐요.」 장화를 버팀목 삼아 말의 입을 벌리고는 막대기 한 개를 턱 사이로 밀어넣었다. 그 때문에 말이 노란 입을 크게 벌리고 웃고 있는 것 같은 인상을 주었다. 그리고 하역 인부가──머리가 벗겨져서 달걀 모양으로 생겼음을 이제야 알 수 있었지만——말의 입 속에 두 손을 집어 넣고 순식간에 적어도 팔뚝만큼 굵고 팔뚝만큼 긴 놈을 두 마리 끄집어냈을 때 어머니도 큰 입을 딱 벌렸다. 그녀는 아침에 먹은 것을 전부 토했다. 덩어리진 계란의 흰자와 실처럼 긴 노른자가 밀크커피와 흰 빵덩어리에 섞여서 전부 제방의 돌 위에 토해졌다. 그녀는 여전히 꽥꽥거리고 있었지만 더 이상 아무것도 나오지 않았다. 그만큼 아침에 먹은 것이 많지 않았던 것이다. 그녀는 지나치게 무거운 체중을 어떻게든 줄이려고 온갖 식이요법을 다 시도했다. 그러나 그것을 완전히 지키는 일은 드물었다——그녀는 숨어서 먹곤 했던 것이다——그녀는 체조보따리를 들고 우스꽝스러운 멋쟁이들에 섞여 파랗게 빛나는 운동복을 입고 곤봉 체조를 해도 도무지 살이 빠지지 않기 때문에 얀이나 마체라트에게조차 마냥 조롱당하곤 했지만 화요일의 부인회 체조에만은 빼놓지 않고 참가했다.

그때도 어머니는 고작 반 파운드를 돌 위에 토했을 뿐이다. 그래서 그녀는 될 수 있는 대로 많이 토하려고 했지만 그 이상 토할 수는 없었다. 푸르스름한 점액 이외에는 아무것도 아무것도 나오지 않았다——그런 참에 갈매기가 날아왔다. 어머니가 토하기 시작했을 때 벌써 와 있었던 것인데 갈매기들은 낮게 선회하며 기름지고 매끄러운 몸으로 돌격해와서 어머니의 아침식사에 달려들어 살이 찔 것 따위는 조금도 걱정하지 않았다. 그리고 그 무엇도 그들을 쫓아 버릴 수는 없었다——또 누가 쫓을 수 있을 것인가?——얀 브론스키는 갈매기가 무서워서 두 손으로 아름답고 파란 눈을 가리고 있었으니까.

더욱이 그들은 북으로 갈매기에 대항하여 하얀 놈을 향해 하얗게 니스칠한 북을 북채로 연타하고 있던 오스카르에게도 귀를 기울이려 하지 않았다. 아무리 두들겨도 소용이 없었다. 그것은 기껏 갈매기를 좀더 하얗게 만들었을 뿐이다. 한편 마체라트는 어머니의 일 같은 것은 안중에 없었다. 그는 웃으면서 강한 신경으로 하역 인부를 흉내냈다. 그리고 하역 인부는 거의 일을 끝내고 마지막으로 말의 귀에서 한 마리의 큰 뱀장어를 끄집어냈다. 말의 뇌수에서 뱀장어와 함께 하얀 오트밀이 주르륵 흘러나왔을 때 마체라트의 얼굴도 마찬가지로 치즈 빛깔이 되었으나 그래도 잘난 체하는 태도는 무너뜨리지 않고 하역 인부로부터 아주 싼 값으로 중간 크기의 뱀장어 두 마리와 큰 뱀장어 두 마리를 샀고 다시 나중에 더 깎아 달라고 흥정하고 있었다.

그때 나는 얀 브론스키를 칭찬하고 싶은 마음으로 가득차 있었다. 그는 마치 울음을 터뜨릴 것 같은 얼굴을 하고 있었으나 그럼에도 불구하고 어머니가 일어서는 것을 도와 주었고 한쪽 팔을 어머니 뒤로 돌리고 다른 한쪽은 앞으로 내밀어 그녀를 데리고 간 것이다. 그 모습은 정말로 우스꽝스러웠다. 어머니는 뒷굽이 높은 작은 구두로 돌에서 돌로, 해안 쪽을 향해 뒤뚱거리며 걸었는데 한 걸음 내디딜 때마다 무릎이 와들거렸고 그러면서도 복사뼈를 삐지는 않았다.

오스카르는 마체라트와 함께 하역 인부가 있는 곳에 머물러 있었다. 왜냐하면 다시 모자를 고쳐 쓴 하역 인부가 실물을 보이면서 어째서 감자 구럭에 굵은 소금을 절반쯤 넣어 두는가 하는 것을 설명해 주었기 때문이다. 뱀장어는 소금 속에서 꿈틀거리다가 죽는다. 그리고 소금이 표면과 내장에서 끈적거리는 점액을 제거해 주기 때문에 구럭 속에 소금을 넣어 두는 것이다. 즉 뱀장어가 소금 속에 있으면 이미 움직임을 중지할 수 없기 때문에 어느새 꿈지럭거리다가 죽고 만다. 그리고 소금 속에 뱀장어의 점액이 남게 된다는 것이다. 뱀장어를 나중에 훈제로 만들려고 할 때 이렇게 하는 것이다. 이 방법은 경찰과 동물애호 협회에 의해 금지되고 있기는 하지만 그럼에도 불구하고 뱀장어는 움직이게 하지 않으면 안 된다. 소금이 없다면 대체 어떻게 해서 뱀장어의 표면과 그 내장에서 점액을 제거할 수 있을 것인가. 그런 다음에 죽은 뱀장어는 건조한 이탄 (泥炭)으로 깨끗이 씻겨지고 훈증기의 너도밤나무 장작 위에 매달려져서 훈제가 되는 것이다.

마체라트는 뱀장어를 소금 속에서 꿈틀거리게 하는 것은 잘못된 것이 아니라고 생각했다. 뱀장어는 말 대가리 속에도 들어가는 것이니까 하고 그는 말했다. 사람의 시체 속에도 들어간답니다 하고 하역 인부는 말했다. 특히 스카게라크 해협에서의 해전 뒤에는 뱀장어가 현저하게 살이 쪘다는 이야기였다. 며칠 전에도 정신 병원의 어느 의사가 살아 있는 뱀장어로써 만족을 얻으려고 했던 어느 기혼 부인의 이야기를 해주었다. 그러나 뱀장어가 꽉 물어뜯었기 때문에 부인은 병원에 실려오지 않으면 안 되었고 그 때문에 나중에 아기를 낳지 못하게 되었다는 이야기이다.

그런데 하역 인부는 소금과 뱀장어가 든 구럭의 주둥이를 단단히 묶고는 평소와 마찬가지로 가볍게 어깨에 둘러메었다. 그리고 감아올린 밧줄을 목에 걸고 성큼성큼 걸어갔는데 바로 그때 노이파르바사를 향해 상선이 들어왔다. 그 배는 약 천팔백 톤 정도로서 스웨덴 배가 아니라 핀란드 배였다. 그리고 싣고 있는 것도 철광석이 아니라 목재였다. 구럭을 짊어진 하역 인부는 핀란드 배에 탄 사나이를 몇 사람 알고 있었던 모양이다. 그는 그 녹슨 배를 향해 신호를 보내고 뭐라고 소리질렀다. 핀란드 배에 탄 사나이들도 신호를 되보내고 마찬가지로 소리질렀다. 그러나 마체라트가 어째서 신호를 보내고 『야호』 운운하는 바보 같은 소리를 질렀는지 나로서는 알 수 없었다. 라인란트 출신인 이 사나이는 배에 대해서는 아무것도 몰랐고 핀란드 인 중에 아는 사람이란 하나도 없었던 것이다. 그러나 상대가 신호를 보내오면 반드시 신호를 되보내고 상대가 소리를 지르거나 웃거나 손뼉을 치면 반드시 같이 소리를 지르거나 웃거나 손뼉을 치는 것이 그의 버릇이었다. 그렇기 때문에 그는 전혀 그럴 이유가 없었는데도 비교적 빨리 당에 들어갔고 거기에서 무슨 이익을 얻은 것이 아니라 단지 일요일의 오전을 빼앗겼을 뿐이었다.

오스카르는 마체라트와 노이파르바사에서 온 사나이와 핀란드 배의 승무원 뒤를 따라 천천히 걸어갔다. 때때로 나는 뒤를 돌아보았다. 하역 인부가 말 대가리를 항로 표지 아래에 그대로 둔 채 왔기 때문이다. 그러나 말 대가리는 이제 전혀 보이지 않았다. 갈매기가 가루처럼 하얗게 그것을 덮고 있었기 때문이다. 그것은 녹색 병 빛깔과 같은 바다 속의 그야말로 가벼운 하나의 하얀 구멍이며 어떤 순간에도 깨끗한 모습 그대로 공중으로 올라갈 수 있는 갓 씻긴 구름이었다. 그것은 큰 고함 소리를 지르면서 지금은 울부짖지 않고 소리치고 있는 말 대가리를 뒤덮고 있었다.

나는 그 광경을 충분히 보고 나서 갈매기와 마체라트에게서 떠나 깡총깡충 뛰면서 주먹으로 양철북을 쳤다. 그리고 짧은 파이프 담배를 피우고 있던 하역 인부를 앞지르고 제방의 입구에서 얀 브론스키와 어머니를 따라잡았다. 얀은 아까와 마찬가지로 어머니를 안고 있었으나 한쪽 손은 어머니의 외투 깃 속에 들어가 있었다. 어머니도 한쪽 손을 얀의 바지 주머니에 찔러 넣고 있었는데 그러나 양쪽 모두 마체라트에게서는 보이지 않았다. 그는 우리들보다 훨씬 뒤에 있었고 때마침 하역 인부가 돌로 기절시켜 준 뱀장어 네 마리를 제방의 돌 사이에서 주운 신문지 한 장에 둘둘 말아 싸고 있었기 때문이다.
　마체라트가 우리를 따라잡았을 때 그는 뱀장어 꾸러미를 흔들며 이렇게 설명했다.
　「하나 하고 오십을 달라고 했어. 하지만 일 굴덴밖에 주지 않았지. 그것으로 충분하거든.」
　어머니의 안색은 다시 좋아져 있었고 두 손은 본래대로 가지런했다. 어머니는 말했다.
　「내가 그 뱀장어를 먹으리라고는 생각하지 마세요. 물고기는 이제 전혀 안 먹을 거예요. 뱀장어는 절대로 안 돼요.」
　마체라트는 웃었다.
　「그러는 당신을 이해할 수 없군, 아가씨. 뱀장어를 이렇게 잡는다는 것은 당신도 알고 있었을 텐데. 그러면서도 당신은 언제나 회를 쳐서 먹기도 했어. 어떻든 이제 알게 될 거요. 내가 재료를 듬뿍 넣고 야채도 조금 곁들여서 특별히 고급스러운 요리를 만들 테니까.」
　마체라트에게 들키기 전에 어머니의 외투에서 손을 뺐던 얀 브론스키는 아무 말도 하지 않았다. 나는 뱀장어 이야기가 또다시 시작되지 않도록 계속 북을 두들기고 있었으나 그러는 중에 브레젠에 도착했다. 정류장에서도, 전차 안에서도, 세 어른이 이야기하는 것을 나는 방해했다. 뱀장어는 어느 정도 조용히 하고 있었다. 바꿔 탈 전차가 이미 와 있었기 때문에 자스페에서 기다릴 필요는 없었다. 비행장을 지나자 곧, 내가 북으로 방해를 하고 있었음에도 불구하고, 마체라트는 맹렬히 배가 고프다고 이야기하기 시작했다. 어머니는 반응을 나타내지 않았고 우리들 모두를 무시하고 있었으나 마침내 얀이 『레가타』 담배를 한 개피 어머니에게 권했다. 얀이 불을 붙여 주어 담배를 입술 사이에 물었을 때 어머니는 마체라트를 향해 미소를 지었다. 그는 아내가 사람들 앞에서 담배 피우는 것을 좋아하지 않았기 때문이다.

막스 할베 광장에서 우리는 차에서 내렸다. 어머니는 그래도 마체라트의 팔을 붙들었다. 내가 기대하고 있었던 얀의 팔이 아니었다. 얀은 나와 가지런히 걸으며 내 손을 잡았고 어머니가 피우다 만 담배를 마지막까지 피웠다.

라베스 거리에서는 가톨릭의 주부들이 여전히 융단을 두들기고 있었다. 마체라트가 집의 자물쇠를 열고 있는 동안에 나는 오층에 살고 있는 트럼펫 주자 마인의 이웃인 카터 부인이 층계를 올라오는 것을 보았다. 그녀는 푸른 기가 있는 붉고 굵은 팔로 접은 갈색 융단을 오른쪽 어깨에 둘러메고 있었다. 양쪽 겨드랑이 밑에 땀으로 꼬깃꼬깃해지고 소금이 돋아 있는 금빛 털이 불타고 있었다. 융단이 앞뒤로 구부러져 휘었다. 그녀는 술에 취한 사나이도 거뜬히 어깨에 둘러메고 운반할 수 있었을 것이다. 그러나 그녀의 남편은 이미 살아 있지 않았다. 그녀가 검게 빛나는 타프트 치마에 싸인 기름진 몸뚱이를 이끌고 지나갔을 때 그 체취가 내 코를 찔렀다. 암모니아, 식초에 절인 오이, 카바이드 냄새였다──월경 중임에 틀림없었다.

이윽고 안뜰에서 융단 두들기는 소리가 규칙적으로 들려왔다. 그 소리는 나를 집 안으로 몰아넣었고 내 뒤를 쫓아왔으므로 마침내 침실의 옷장 속으로 도망쳐 들어가서 잔뜩 웅크리고 있었다. 거기에 매달려 있는 겨울 외투가 부활제 전의 소음 중에서도 가장 불쾌한 소리를 빼앗아가 주기 때문이다.

그러나 나를 옷장 속으로 도망치게 한 것은 융단을 두들기는 카터 부인만은 아니었다. 어머니와 얀과 마체라트가 외투도 벗지 않고 성금요일의 요리 문제를 놓고 벌써 싸움을 시작한 것이다. 그러나 싸움은 뱀장어 문제에만 국한되지 않는다. 나는 다시 한 번 한몫 끼지 않으면 안 되었다. 즉 나의 지하실 층계에서의 추락 사건인 것이다.

「당신의 책임이에요. 당신이 나빠요.」
「나는 뱀장어 수프를 만들 거요, 그렇게 고상한 척하지 말아요.」
「당신이 좋아하는 것을 만드세요, 뱀장어만은 안 돼요, 지하실에 통조림이 잔뜩 있어요, 버섯을 갖다 줄게요, 하지만 뚜껑은 제대로 닫으세요, 또 그런 일이 일어나면 곤란하니까.」
「지나간 얘기는 그만둬요, 뱀장어가 있어요. 이젠 그만 해요, 우유와 겨자와 파슬리를 넣을 거요. 소금물에 삶은 감자, 그리고 월계수 잎 한 장과 정향(丁香)도 조금.」
「그만두세요. 그녀가 원치 않으면 그만두어요, 알프레트.」
「당신은 참견하지 말아요, 뱀장어는 그냥 생긴 게 아니예요, 내장은 깨끗이 제거하고 물로 씻어 두었단 말이오, 안돼 안돼, 이제 알게 될 거요, 식탁에 올려 놓으면 알게 된단 말이오, 누가 잘 먹고 누가 먹지 않는지를 말이오.」

마체라트는 거실 문을 쾅 하고 닫고는 부엌으로 사라졌다. 그가 덜그럭덜그럭 하고 내는 소리가 유난히 크게 들렸다. 그는 뱀장어 대가리 뒤를 열십자로 잘라 죽였다. 공상력이 너무도 강했던 어머니는 소파에 주저앉지 않고는 견딜 수가 없었다. 그것을 기화로 얀 브론스키도 곧 어머니를 따랐다. 그리고 두 사람은 이미 서로 손을 마주 잡고 카슈바이어로 속삭이고 있었다.

세 어른이 거실에 이런 식으로 배치되어 있을 때 나는 이미 옷장에서 나와 마찬가지로 거실에 있었다. 타일을 입힌 난로 옆에 어린이용 의자가 있었다. 거기에 앉아서 다리를 흔들거리고 있는 나에게서 얀은 눈을 떼지 않았다. 내가 두 사람에게 방해가 되고 있는 것을 분명히 알 수 있었다. 마체라트가 거실의 벽 뒤에서, 비록 모습은 보이지 않았지만, 분명히 채찍처럼 날뛰고 있는 반죽은 뱀장어를 위협하고 있었으므로 두 사람은 별로 이상한 일을 할 수는 없었는데도 역시 내가 방해되었던 것이다. 두 사람은 서로 손을 마주 잡고 손가락 스무 개를 깍지끼기도 하고 움직이기도 하여 마디마다 딱딱 소리를 냈는데 그 시끄러운 소리가 내 숨통을 죄었다. 안뜰에서 울려오는 카터 아주머니의 융단 두들기는 소리가 충분히 크지 못했던 것인가? 그 소리는 비록 음량이 커지지는 않는다 하더라도 모든 벽을 뚫고 접근해오지는 않았단 말인가?

오스카르는 의자에서 미끄러져 내려와 너무 눈치가 보이게 달아나지 않기 위해서 잠깐 동안 타일을 입힌 난로 옆에 웅크리고 있다가 그리고는 정말로 북을 손에 들고 급히 문지방을 넘어서 침실로 도망쳤다.

모든 소음으로부터 도망치기 위해 나는 침실 문을 반쯤 열어 놓고 어떤 소리도 나를 쫓아오지 않는다는 것을 확인하고 안심했다. 다시 나는 오스카르가 침대 밑에 있는 것이 좋을지 옷장 속에 있는 것이 좋을지 여러 가지로 생각해 보았다. 나는 옷장 쪽을 선택했다. 침대 아래에서는 나의 섬세한 짙은 감색 해군복이 더러워질 우려가 있었기 때문이다. 옷장의 자물쇠에 마침 손이 닿았다. 그것을 한 번 돌려 거울이 달린 문을 양쪽으로 열고 일렬로 늘어선 외투나 겨울 옷이 걸린 행거를 북채로 한옆으로 밀었다. 무거운 천에 손을 뻗쳐서 그것을 움직이기 위해서는 북 위로 올라가지 않으면 안 되었다. 마침내 옷장 한가운데에 공간을 만들 수 있었는데 그것은 크지는 않았지만 옷장에 기어올라가 그 속에 웅크린 오스카르 한 사람을 수용하기에는 충분한 넓이였다. 게다가 나는 이럭저럭 애를 써서 거울이 달린 문을 끌어당겨 상자 구석에서 발견한 솔을, 즉 그 모서리를 문짝 사이에 끼울 수 있었다. 그 때문에 문에 손가락 하나는 들어갈 수 있는 틈이 생겨 필요하다면 밖을 내다볼 수 있었고 또 공기의 유통도 가능해졌다. 나는 북을 무릎 위에 놓았지만 두들기지는 않았다. 내 의지와는 관계없이 겨울 외투 냄새가 나를 사로잡았고 몸에 배어드는 것을 그냥 내버려 두고 있었다.

옷장이 있다는 것은 얼마나 좋은 일인가. 거의 숨도 쉴 수 없을 만큼 무거운 천이, 거의 모든 생각을 하나로 뭉뚱그리고 그것들을 묶어서 하나의 이상상(理想像)으로 선물하도록 나에게 허용해 주었으니 말이다. 그 이상상은 이 선물을 거의 그것임을 알 수 없는 차분한 기쁨을 가지고 받아들이기에 충분할 만큼 풍부하였다.

내가 정신을 집중하여 내 능력에 걸맞게 살아갈 때 언제나 그러하듯이 나는 브른스헤퍼 거리에 사는 홀라츠 박사의 진찰을 받고 매주 수요일마다 의사에게 다니는 동안 나에게 중요한 그 부분을 즐겼다. 즉 내가 관심을 가지는 것은 나를 점점 더 자세히 진찰하는 의사가 아니라 오히려 그의 조수인 간호사 잉게 쪽이었다. 그녀에게는 내 옷을 벗기고 입히는 일이 허용되어 있었다. 그녀만이 내 신장을 재고 체중을 달고 나를 시험할 수 있었다. 즉 홀라츠 박사가 나에게 시도하는 실험을 잉게 간호사는 정확하게 그러나 약간 불만스럽게 시행하고, 그리고 때때로 약간의 익살을 섞어 실은 실패였다고 가르쳐 준 것이다. 홀라츠 박사는 일부 성공했다고 말하고 있었는데.

내가 잉게의 얼굴을 보는 것은 어쩌다가 한 번씩뿐이었다. 빳빳하게 풀을 먹인, 간호사의 깨끗한 흰 옷, 그녀가 모자처럼 몸에 지니고 있는, 압박감을 느끼게 하지 않는 모습, 적십자 장식이 있는 간소한 브로치에 나의 눈과 이따금 두들기지 않고는 견딜 수 없는 고수(鼓手)의 마음은 사로잡히고 말았다. 그녀의 흰 옷, 언제나 빳빳한 주름에 눈길을 주고 있다는 것은 얼마나 기분좋은 일이었던가? 그녀는 흰 옷 밑에 육체를 가지고 있었던 것일까? 그녀의 점점 늙어가는 얼굴과 아무리 손질을 해도 거칠고 무딘 두 손은 잉게 간호사가 그래도 한 여자라는 것을 느끼게 해주었다. 나의 어머니가 내 눈앞에서 얀이나 또는 마체라트에게 발가벗겨질 때에 말하는 것 같은 여성 체질임을 증명해 주는 냄새, 그러한 냄새를 물론 잉게 간호사는 지니고 있지 않았다. 그녀에게서는 비누와, 사람을 피곤하게 만드는 약품 냄새가 났다. 그녀가 앓고 있는 것으로 되어 있는 내 조그만 육체에 청진기를 대고 있는 동안 나는 졸음에 정복당하는 일이 흔히 있었다. 흰 옷의 주름에서 태어난 가벼운 졸음, 석탄산에 뒤덮인 졸음, 꿈이 없는 졸음이었다. 그녀의 브로치가 멀어져가고 커져가는 것을 제외한다면.

브로치는 커지고, 왠지는 모르지만, 깃발의 물결, 알프스의 석양, 개양귀비의 들판이 된다. 누구에 대해서인지는 모르지만 폭동 준비가 갖추어지고 인디언이나 버치나 코피〔鼻血〕에 대해, 닭벼슬이나 적혈구에 대해 집합하고, 그리고 마지막으로 시야가 닿는 한 펼쳐져 있는 붉은 빛이 어떤 정열을 위한 배경이 되었다. 그 정열은 그때도 지금도 분명히 그것임을 알 수 있는데 붉은 빛이라는 말로는 아무것도 나타낼 수 없으므로 뭐라고 이름지을 수 없는 것이다. 코피라고 해서는 안 되고 깃발의 천은 빛이 바랜다. 그럼에도 불구하고 내가 『붉다』고만 말할 때 붉은 빛은 나를 싫어하고 망토를 펄럭여 검은 빛으로 변한다. 검은 요리사 여자가 와서 나를 놀라게 하여 황색으로 만든다. 나를 기만하여 파랗게 만든다. 나는 파란 빛을 믿지 않는다. 나는 속지 않는다. 녹색이 되지는 않는다. 녹색은 내가 풀을 뜯어먹는 관(棺)이며 녹색은 나를 뒤덮는다, 녹색은 나다, 나는 백색으로 변한다, 백색은 나를 검다고 말한다, 흑색은 나를 놀라게 하여 황색으로 만든다. 황색은 나를 기만하여 청색으로 만든다, 나는 청색을 믿지 않으므로 녹색이 된다, 녹색은 꽃이 피어 붉은 빛이 된다, 붉은 빛은 잉게 간호사의 브로치였다. 그녀는 적십자를 달고 있었다, 정확하게 말하면 깨끗이 세탁된 그녀의 간호사 제복 깃에. 그러나 언제까지나 계속되는 일은 드물었다. 모든 관념 중에서 이 가장 단색 (單色)인 관념에 사로잡혀 있다는 것은 옷장 속에서도 불가능했다.

거실에서 울려오는, 무척이나 요란한 소음이 옷장 문에 부딪쳐서 마침 시작되려던 잉게 간호사에게 바치는 선잠에서 나를 깨웠다. 씁쓸한 기분이 되어 입술을 비죽거리며 나는 무릎에 북을 올려 놓은 채 갖가지 무늬로 된 외투 사이에 앉아 있었다. 마체라트의 제복 냄새가 났다. 검대(劍帶)와 기총(騎銃)의 걸쇠가 달려 있는 가죽띠가 가까이에 있었다. 이제 간호사의 하얀 주름은 아무것도 없었다. 모직물이 떨어졌다. 털실이 매달려 있었다. 굵고 가는 실을 섞어짠 천이 플란넬과 부딪쳤다. 머리 위에는 최근 사 년 동안 유행한 모자가 있고, 발 밑에는 보통 구두, 조그만 구두, 닦여진 가죽 각반, 징을 박은 것과 박지 않은 구두 뒤축이 있었다. 한 줄기 광선이 밖에서부터 스며들어 모든 윤곽을 또렷하게 해주었다. 오스카르는 거울이 달린 문 사이에 틈을 만들어 놓은 것을 유감스럽게 생각했다.

거실에 있는 사람들은 도대체 나에게 무엇을 보내 준 것일까? 어쩌면 마체라트가 소파에 앉아 있는 두 사람을 불쑥 습격했는지도 모른다. 하지만 그런 일은 거의 있을 수 없는 일이었다. 얀은 스카트 놀이를 할 때만이 아니라 마지막 조심만은 언제나 조금도 게을리하지 않았기 때문이다. 아마도, 그리고 실제로 그러했지만, 마체라트가 죽여서 창자를 꺼내어 물로 씻고, 삶아서 향신료를 첨가하여 맛본 뱀장어를 장어 수프로 만들어 소금 물에 삶은 감자와 함께 큰 수프 접시에 담아 거실의 탁자에 늘어놓은 것이다. 그리고 아무도 자리에 앉으려고 하지 않기 때문에 이것저것을 섞어서 만든 물건들을 모두 헤아리며 조리법을 설명하고 굳이 자기의 요리를 선전한 것이다. 어머니는 소리질렀다. 그녀는 카슈바이어로 소리질렀다. 마체라트는 그 말을 이해할 수도 없었고 참을 수도 없었지만 틀림없이 듣기만은 했을 것이다. 그녀가 하려는 말도 알았을 것이다. 그것은 확실히 뱀장어 이야기임이 틀림없었다. 그리고 어머니가 소리를 지를 때는 언제나 그러하듯이 내가 지하실 층계에서 굴러떨어진 일임에 틀림없었다. 마체라트는 대답했다. 그들은 자기의 역할을 알고 있었다. 얀은 항의했다. 그가 없으면 드라마가 되지 않았다. 드디어 제 2 막. 피아노 뚜껑이 요란하게 열리고 악보도 없이 갑자기 두 개의 페달에 발을 올려 놓고 친다. 『마탄의 사수』 중에 나오는 사냥꾼의 합창이 사방으로 울려퍼진다. 이 세상에서 무엇에다 비유할 수 있을까. 할라리(사냥감을 잡았을 때의 신호)가 한창일 때 피아노 뚜껑이 덜컥 하는 소리가 섞인다. 페달에서 떠난다. 피아노 의자가 쓰러진다. 어머니가 걷고 있다. 이미 침실에 왔다. 거울 달린 옷장의 문에 다시 한 번 눈길을 준다. 그리고 나서 그녀는 몸을 던졌다. 나는 틈새를 통해서 보았다. 푸른 천개 밑의 2인용 침대 위에 비스듬히 몸을 던지고 그리고는 울었다. 그 부부의 성(城)의 머리맡에 놓여 있는 금빛 액자에 끼워진 채색된, 속죄하는 막달라 마리아의 초상과 마찬가지로 많은 손가락을 가진 두 손을 괴로운 듯이 비벼댔다.

 잠시, 어머니의 울음 소리와 침대 삐걱이는 소리가, 희미하게 그리고 거실에서 들려오는, 소리를 죽인 중얼거림밖에는 들리지 않았다. 얀은 마체라트를 달랬다. 마체라트는 어머니를 달래 달라고 얀에게 부탁했다. 중얼거림이 사라졌다. 얀이 침실로 들어왔다. 제 3 막. 그는 침대 앞에 서서 어머니와 속죄하는 막달라 마리아를 번갈아 바라보고 신중하게 침대 가에 앉아서 엎드려 누워 있는 어머니의 등과 엉덩이를 문지르며 위로의 말을 카슈바이 어로 어머니에게 했다. 그리고 마침내 말은 이미 소용이 없었으므로──손을 그녀의 치마 밑으로 집어 넣었다. 마침내 그녀는 울음을 그쳤고 얀은 많은 손가락을 가진 막달라 마리아에게서 눈을 돌릴 수 있었다. 얀은 일이 끝난 뒤에 일어서서 손가락을 손수건으로 살며시 닦고는 거실이나 부엌에 있는 마체라트가 알아들을 수 있게 큰소리로 ──이미 카슈바이 어는 사용하지 않고──한 마디 한 마디 강조하여 어머니에게 말하는 광경을 볼 수 있었다.

「자, 따라와요, 아그네스, 이제 그 얘기는 잊어버립시다. 알프레트는 벌써 아까 뱀장어를 화장실에 갖다 버렸어. 정정당당하게 스카트 놀이를 한 판 합시다. 4분의 1 페니히 스카트라도 좋아요. 그래서 모두 잊고 기분이 좋아지면 알프레트는 계란을 풀어서 버섯과 감자 튀김을 만들어 줄 거요.」

어머니는 거기에 대해 아무 말도 하지 않고 황색 이불의 구김살을 펴고 옷장의 거울 앞에서 가볍게 머리를 움직여 머리 모양을 고치고는 얀의 뒤를 따라 침실에서 나갔다. 나는 틈새에서 눈을 뗐다. 이윽고 카드를 치는 소리가 들렸다. 나직하고 조심스러운 웃음 소리가 들렸다. 마체라트가 카드를 치고 얀이 돌렸다. 그리고 그들은 점수를 다투었다. 얀이 마체라트를 앞지른 것 같다. 이미 그는 23점을 넘고 있었다. 다음에 어머니가 얀을 36점까지 밀어올렸다. 그래서 그도 내려 놓지 않으면 안 되었다. 그리고 어머니는 그랑을 시도하여 근소한 차이로 졌다. 다음의 다이아몬드 싱글은 얀이 압도적으로 이겼다. 한편 어머니는 3회전의 2없는 하트의 손을 가까스로 이길 수 있었다.

이 가정 스카트 놀이가 계란 푼 것과 버섯과 감자 튀김 때문에 잠시 중단되었으나 밤까지 계속된 것만은 확실하다. 나는 식후에 한 내기에는 거의 귀를 기울이지 않았다. 말할 것도 없이 잉게 간호사와 잠을 유인하는 그녀의 흰 옷으로 다시 돌아가려고 했던 것이다. 그러나 내가 홀라츠 박사의 진료소에 있어도 내 마음은 언제까지나 개이지 않았던 것 같다. 녹색과 청색 그리고 황색과 흑색이 거듭 적십자 브로치의 붉은 텍스트에

참견했을 뿐만 아니라 오전중에 일어난 사건도 그 속에 끼여들었기 때문이다. 즉 잉게 간호사가 있는 진료실 문이 열리면 언제나 간호사의 청결하고 가벼운 흰 옷은 보이지 않고 하역 인부가 노이파르바사 제방의 항로 표지 아래에서 물방울을 흘리며 꿈틀거리고 있는 말 대가리에서 뱀장어를 끄집어내고 있는 것이었다. 그리고 백색이라고 지칭하는 것, 내가 잉게 간호사와 동류라고 생각하는 것은 실은 갈매기의 날개이며 그것이 그 순간 사람을 기만하듯이 썩은 고기와 썩은 고기 속의 뱀장어를 은폐했다. 그리고 상처가 다시 벌어졌을 때 이제 피는 흐르고 있지 않았으며 붉은 빛은 보이지 않았고 말은 검은 빛이었다. 바다는 병과 같은 녹색이었다. 목재를 실은 핀란드 배는 약간 화면에 녹을 싣고 왔다. 그리고 갈매기들은——이제 나에게 비둘기 얘기는 하지 말아 주기 바란다——제물에게 모여들어 날개의 첨단을 수그리고 뱀장어를 나의 잉게 간호사에게 던져 보냈다. 그녀는 그것을 받아들고 그것을 축복하며 갈매기가 되어 모습을 바꾸고 성령이 되는 일은 있어도 비둘기는 되지 않고 다음에 거기에서 갈매기라고 불리고 있는 모습으로 변하여 구름처럼 고기 위에 날아 내려와서 성령 강림제를 축하하는 것이다.

이런 괴로운 생각은 접어 두고 나는 그때 옷장을 단념하고 내키지 않는 마음으로 거울이 달린 문을 양쪽으로 밀어서 열고 그 상자에서 나왔다. 거울을 보고 나는 내 모습이 전과 달라지지 않은 것을 알았으나 어떻든 카터 부인이 이제는 융단을 두들기고 있지 않은 것이 반가웠다. 오스카르에게는 성 금요일이 끝났지만 부활제 뒤에 마침내 수난의 때가 시작되는 것이다.

다리 쪽으로 갈수록 좁아진다

그러나 어머니에게도 이 뱀장어가 꿈틀거리고 있는 말 대가리의 성 금요일 뒤에야 겨우, 브론스키 일가와 함께 그야말로 시골스러운 비사우의 할머니와 빈첸트 백부에게서 보낸 부활제 뒤에야 겨우, 명랑한 5월의 날씨에조차 영향을 받지 않았던 수난의 때가 시작되었다.

마체라트가 강제로 어머니에게 다시 물고기를 먹게 했다는 말은 사실이 아니다. 그녀는 자발적으로, 그리고 수수께끼 같은 의지에 사로잡혀 부활제 뒤 겨우 두 주 만에 물고기를 먹기 시작했다. 자기의 몸매 같은 것은 개의치 않고 마체라트가「물고기를 그렇게 많이 먹지 말아요, 마치 누군가에게 강요당하고 있는 것 같구려.」하고 말했을 만큼 대량으로 먹은 것이다.

그런데 그녀는 아침 식사로 튀김 정어리를 먹는 것부터 시작하여 두 시간 뒤에는 마침 가게에 손님이 없으면 본자크의 청어가 들어 있는 작은 합판 상자를 타고 넘어와서 점심을 위해서 구워 놓은 넙치나 겨자 소스를 친 대구를 먹고 싶어했고 오후에는 벌써 또 통조림 따개를 손에 들고 있었다. 즉 뱀장어 조림, 청어말이, 튀김 청어의 깡통을 딴 것이다. 그리고 마체라트가 저녁 식사에 다시 물고기를 볶거나 조리는 것을 거부하자 그녀는 한 마디도 하지 않고 유유히 식탁에서 일어나 가게에서 훈제된 뱀장어 한 토막을 가지고 왔는데 그녀가 뱀장어 가죽에서부터 안과 밖 그리고 마지막으로 기름기까지 긁어내고 단지 고기만을 입으로 가져가는 것을 보고 있노라니까 이쪽의 식욕이 없어질 정도였다. 그녀는 하루에 몇 번이나 구토를 하지 않고는 견디지 못했다. 마체라트는 어떻게 할 수는 없으면서도 걱정이 되어서 물었다.

「임신한 것 아니오? 아니면 어디가 잘못되었든가?……」

어머니는 마체라트가 무슨 말을 할 때면「그런 바보 같은 소리 말아요.」하고 말하였지만 할머니 콜야이체크가 어느 일요일 신선한 감자를 곁들인 녹색의 뱀장어가 생크림에 띄워져서 점심에 내어진 것을 기화로「애야 아그네스, 얘기를 해봐라, 어떻게 된 건지. 왜 생선을 먹지? 네 식성에 맞지도 않는데. 왜 그러는지 말도 안 하고, 정말 미친 사람 같구나.」하고 말했을 때 어머니는 다만 고개를 흔들었을 뿐이었다. 그리고 감자는 옆으로 밀어놓고 생크림에 띄워진 뱀장어를 건져서는 마치 열심히 숙제를 끝내지 않으면 안 되는 것처럼 꼼짝도 하지 않고 먹고 있었다. 얀 브론스키는 아무 말도 하지 않았다. 내가 한 번 소파에 있는 두 사람과 불쑥 마주쳤을 때 두 사람은 언제나 손을 마주 잡고 옷은 흐트러져 있었는데 울어서 부은 얀의 눈과 어머니의 냉담한 태도가 나에게 이상한 느낌을 주었다. 그러나 그 무관심이 갑자기 홱 뒤집혔다. 그녀는 느닷없이 일어나 나를 붙들고 들어올리고 끌어안아 나에게 깊은 공복의 구멍을 보여 주었다. 그것은 그 무엇으로도, 즉 튀기거나 조리거나 소금에 절이거나 훈제로 만든 대량의 물고기에 의해서조차도 채워질 수 없을 만큼 큰 것이었다.

며칠 뒤 나는 보고 말았는데, 그녀는 부엌에서 그토록 지겨워하던 튀김 정어리에 덤벼들었을 뿐만 아니라 그녀가 몇몇 빈 깡통에 모아 두었던 정체 모를 기름을 조그만 우유냄비에 부어 가지고 가스불에 데워서 마신 것이다. 부엌 문에 서 있던 나는 북을 떨어뜨리고 말았다.

그날 밤 어머니는 시립 병원에 실려 가지 않으면 안 되었다. 마체라트는 구급차가 오기 전에 슬퍼했다.

「대체 당신은 어째서 애를 원치 않는 거요. 누구의 애라도 좋지 않소? 아니면 아직도 그 지겨운 말 대가리 탓이라는 거요? 그런 곳에 가지 않았더라면 좋았을 것을. 자, 잊어버려요, 아그네스. 나는 그럴 셈이 아니었단 말요.」

구급차가 와서 어머니를 실어갔다. 근처의 어린이와 어른이 길에 모여 있었다. 어머니는 실려갔다. 그리고 어머니는 제방도 말 대가리도 잊지 않고 있었다. 그녀는 말에 대한 기억을──그것이 프리츠라고 불리든 한스라고 불리든──가지고 돌아왔음이 분명해졌다는 이야기이다. 그녀의 기관(器管)은 뼈저릴 만큼 분명하게 성 금요일의 산책을 기억하고 있어서 그 산책이 되풀이되지는 않을까 하는 두려움에서 그 기관과 같은 의견이었던 나의 어머니를 죽게 한 것이었다.

홀라츠 박사는 황달과 생선 중독이라고 했다. 병원에서는 어머니가 임신 3개월이라는 것이 확인되어 독실이 주어졌다. 우리의 문병이 허용되자 그녀는 나흘 동안 구토 증세에 시달린 탓에 거칠어진 얼굴을 우리에게 보이고 있었는데 그 얼굴은 구토를 하면서도 이따금 나에게 미소를 지어보였다.

내가 오늘날 면회일에 찾아오는 친구들에게 애써 행복스러운 얼굴을 해보이는 것과 마찬가지로 어머니도 문병객들을 조금이라도 만족시키려고 애쓰고 있었는데 마지막에는 이미 토할 것은 아무것도 없는데도 간헐적으로 엄습하는 구토증이 서서히 쇠약해지는 그녀의 육체를 되풀이되풀이 파도치게 하는 것을 막을 수는 없었다. 그리고 마침내 그녀는 나흘 만에 그야말로 힘들게 죽었는데 누구나가 사망 증명서를 얻기 위해 마지막으로 내쉬지 않으면 안 되는 그 가냘픈 숨을 거둔 것이다.

우리 어머니의 신체에서 그녀의 아름다움을 손상시키는 구토증의 원인을 이미 찾아볼 수 없게 되었을 때 우리는 모두 후우 하고 안도의 숨을 쉬었다. 그녀는 씻겨지고 수의가 입혀진 채 뉘어지자 즉시 친밀하고 약삭빠른, 미워할 수 없는 둥근 얼굴을 우리에게 나타냈다. 간호장이 어머니의 눈꺼풀을 감겨 주었다. 마체라트도 얀 브론스키도 울고 있어서 눈이 멀어 있었기 때문이다

다른 사람들이 모두, 사나이들과 할머니, 헤트비히 브론스키, 그리고 곧 열네 살이 되는 시테판이 울고 있는데도 나는 울 수가 없었다. 실제로 내 어머니의 죽음은 나를 거의 놀라게 하지 않았다. 어머니에 이끌려서 목요일에는 구시가에, 토요일에는 성심 교회에 가곤 했던 오스카르에게는 마치 어머니가 수년 전부터 삼각 관계를 청산할 하나의 가능성을 진지하게 찾고 있었던 것처럼 생각되었다. 그렇게 하면 그녀가 어쩌면 미워하고 있었을 마체라트에게 그녀의 죽음에 대한 책임을 지우고 얀 브론스키, 즉 그녀의 얀에게는 『그녀는 나를 위해서 죽은 것이다, 내 출세를 방해하고 싶지 않았던 것이다. 그녀는 자기를 희생시킨 것이다.』라고 생각하면서 폴란드 우체국에서의 근무를 계속할 수 있는 것이다.

누구에게도 방해되지 않는 침대를 만드는 것이 두 사람의 사랑에서 중요하다고 생각했을 때 어머니와 얀은 둘이서 할 수 있는 모든 계산을 해보았지만 그 결과 그들은 어떻든 사랑의 이야기의 재능을 나타낸 것이었다. 즉 사람들은 원한다면 그들 속에서 로미오와 줄리엣을, 또는 물이

깊기 때문에 만나지 못했다는 저 두 사람의 임금의 아들과 딸을 볼 수 있다.

임종에 앞서서 종부성사를 받을 수 있었던 어머니는 싸늘해져서 이제는 그 무엇에 의해서도 움직이는 일이 없었다. 사제가 기도를 행하고 있는 가운데 어머니가 누워 있는 동안 나는 할 일이 없었으므로 프로테스탄트인 간호사들을 관찰하고 있었다. 그녀들은 가톨릭과는 다른 식으로 손을 맞잡았다. 나는 너무도 자존심이 강하다고 말하고 싶지만 그녀들은 가톨릭의 원모에서는 동떨어진 말이 있는 『우리 아버지시여』를 외었고, 예컨대 할머니 콜야이체크나 브론스키 일가, 그리고 나도 한 것 같은 십자는 긋지 않았다. 나의 아버지 마체라트도——실제로는 나를 낳아 준 아버지라고 생각하고 있지는 않지만 때때로 그를 아버지라고 불렀다——그는 프로테스탄트이지만 기도할 때는 다른 프로테스탄트와는 달랐다. 왜냐하면 그는 두 손을 가슴 앞에서 맞잡지 않고 밑에 있는 음부 근처에서 경직된 손가락을 하나의 종교에서 다른 종교에로 교대시켜 분명히 자기의 기도 방식을 부끄러워하고 있었기 때문이다. 나의 할머니는 오빠인 빈첸트와 가지런히 앉아 죽은 사람 앞에서 무릎을 꿇고 주위를 무시하고 소리내어 카슈바이 어로 기도하고 있었는데 빈첸트 쪽은 아마도 폴란드 어였겠지만 입술만을 움직이고 있을 뿐이었다. 그러나 그 대신 크게 뜬 눈에는 마음의 슬픔이 한결 더 가득 넘쳐 있었다. 나는 가능하다면 북을 두들기고 싶었다. 결국 내가 하얀 색과 빨간 색으로 된 양철북을 손에 넣은 것은 가련한 나의 어머니 덕분이다. 그녀는 마체라트의 갖가지 소망과 조화를 이루기 위한 저울추로서 양철북을 사준다는 어머니로서의 약속을 내 저울 위에 올려 놓은 것이며 또 어머니의 아름다움은 이따금, 특히 아직도 날씬해서 체조 같은 것이 필요하지 않았을 무렵에는 내 북의 교본이 되어 줄 수도 있었던 것이다. 마침내 나도 더 이상 참을 수 없게 되어 어머니가 죽은 방에서 다시 한 번 회색 눈을 가진 아름다운 어머니의 이상상(理想像)을 양철북으로 표현하였다. 간호장이 즉시 잔소리하였다. 그리고 즉시 잔소리하는 간호장을 달래며 「저애를 그대로 두세요, 간호장. 두 사람은 일심동체였으니까요.」 하고 속삭이며 나를 두둔해 준 사람이 마체라트였다는 사실에 나는 놀랐다.
 어머니는 무척 명랑해질 수 있었다. 어머니는 무척 겁쟁이가 될 수 있었다. 어머니는 곧 잊을 수 있었다. 그럼에도 불구하고 어머니는 기억력이 썩 좋았다. 어머니는 나를 목욕물과 함께 흘려 버렸지만 나와 같은 목욕탕에 들어 있었다. 어머니는 이따금 나에게서 사라져 없어지곤 했지만 그녀는 나를 발견할 수 있는 능력을 가지고 있었다. 내가 노래로 유리를 파괴하면 어머니는 접착제로 그것을 붙였다. 이따금 그녀는 주위에 의자가 있는데도 불의(不義) 위에 주저앉았다. 어머니는 자기 옷의 단추를 채울 때조차도 나에 대해 교육적이었다. 어머니는 틈새기 바람을 두려워하고 있었으나 끊임없이 바람을 일으켰다. 그녀는 사치스럽게 살면서도 세금을 내기는 싫어했다. 나는 그녀의 겉껍질의 안쪽이었다. 그녀는 하트의 손으로 승부할 때 언제나 이겼다. 어머니가 죽었을 때 나의 북 몸통의 붉은 불길은 몇 개인가 빛이 바랬다. 그러나 하얀 니스는 훨씬 더 하얘졌고 오스카르조차도 눈이 부신 나머지 자주 눈을 감지 않으면 안될 만큼 반짝반짝 빛났다.
 나의 어머니는 그녀가 이따금 바라고 있던 자페스의 묘지가 아니라 브렌타우의 작고 조용한 묘지에 매장되었다. 거기에는 또 1917년에 유행성 독감으로 죽은 그녀의 계부인 화약 제조공 그레고르 콜야이체크도 잠들어 있었다. 사람들의 사랑을 받은 식료품상의 장례식답게 참석자는 많았다. 고객의 얼굴만이 아니라 여러 회사의 세일즈맨이나 바인라이히 식료품점이라든가 헤르타 거리에서 일용품점을 하고 있는 프로프스트 부인 같은 경쟁업자들의 얼굴까지도 보였다. 브렌타우 묘지의 예배당은 이들 전원을 수용할 수 없었다. 꽃내음, 그리고 상복에서 구충제 냄새가 났다. 불쌍한 어머니는 열려진 관 속에서 노랗고 쇠약한 얼굴을 보이고 있었다. 어머어마한 장례식이 거행되는 동안 나는 감정의 기복을 억제할 수 없었다. 당장에라도 어머니는 고개를 쳐들겠지, 그녀는 다시 한 번 토하지 않으면 안 되겠지, 신체 속에서 나오고 싶어하는 것이 아직도 남아 있다, 나와 마찬가지로 어느 아버지에게 감사해야 할지 모르는 4개월 된 태아뿐이 아니다. 밖에 나가서 오스카르와 마찬가지로 북을 가지고 싶어하는 것은 그애뿐만이 아니다, 그 밖에 물고기가 있다. 확실히 튀김 정어리는 아니다, 나는 넙치 얘기를 하려는 것은 아니다, 내가 말하고 있는 것은 한 마리의 뱀장어 이야기이다. 뱀장어 고기의 엷은 녹색을 띤 몇 가닥의 섬유, 스카게라크 해전의 뱀장어, 노이파르바사 제방의 뱀장어, 성 금요일의 뱀장어, 말 대가리에서 튀어나온 뱀장어, 어쩌면 뗏목 밑에 깔려서 뱀장어의 먹이가 된 그녀의 아버지 요제프 콜야이체크에게서 나온 뱀장어, 당신의 뱀장어의 뱀장어, 왜냐하면 뱀장어는 뱀장어가 되게 마련이니까…….

그러나 구토증은 일어나지 않았다. 그녀는 마지막 안식을 얻기 위해 뱀장어를 감추어 가지고 가서 흙 속에 묻으려고 계획한 것이다.

사나이들이 관 뚜껑을 들어올려 단호하고 토할 것처럼 보이는 불쌍한 어머니의 얼굴을 덮으려고 했을 때 안나 콜야이체크는 사나이들의 팔 속으로 뛰어들고 다음에는 관 앞의 꽃을 밟고 넘어서 딸에게로 몸을 던졌다. 그리고는 울면서 값비싼 하얀 수의를 쥐어뜯으면서 카슈바이어로 큰소리로 외쳤다.

후년에 많은 사람들이 말하는 바로는 할머니는 추정상의 내 아버지 마체라트를 저주하며 딸을 죽인 것은 너라고 말했다는 것이다. 또 나의 지하실 층계에서의 추락 얘기도 나왔다고 한다. 그녀는 어머니가 지어낸 말을 그대로 믿고 이른바 나의 불행이 마체라트 책임이라고 생각하였다. 마체라트가 모든 타협을 무시하고 거의 뜻에 반하면서까지 그녀를 존경하고 전쟁중에는 설탕, 인조 벌꿀, 커피, 석유의 시중까지 들어 주었는데 그녀는 거듭 그를 책망하였다.

야채 가게의 그레프와 여자처럼 큰소리로 울고 있던 얀 브론스키가 나의 할머니를 관으로부터 떼어 놓았다. 사나이들은 뚜껑을 닫고 관을 메는 사나이들이 관 밑에 있을 때 언제나 짓곤 하는 표정을 겨우 지을 수 있었다.

반쯤 시골 냄새가 풍기는 브렌타우의 묘지는 느릅나무 가로수 길의 양쪽에 부지가 있고 그리스도 탄생도(誕生圖)의 그림 세공에 있는 것 같은 작은 예배상과 두레박 우물이 딸려 있고 활발한 새들이 놀고 있었는데 깨끗하게 청소된 가로수 길을 행렬의 선두에 선 마체라트의 바로 뒤를 따라 걸어갔을 때 비로소 나는 그 관의 모양이 마음에 들었다. 후년에 나는 때때로 최후의 목적을 위해서 사용되는 흑색이나 갈색 기운이 도는 나무를 바라볼 수 있는 기회를 가지게 되었다. 불쌍한 어머니의 관은 검은 빛이었다. 그것은 기막힌 조화를 이루어 다리 쪽으로 갈수록 좁아졌다. 이 세상에 인체의 비율과 이토록 교묘하게 조화된 형태가 또 있을까?

침대도 이렇게 다리 쪽으로 갈수록 가늘게 만들었으면 좋았을 것을! 우리가 사용하는 보통의 소파도 거기에 맞추어 모두 분명하게 발끝으로 갈수록 가늘게 만들어 주었으면 좋겠다. 왜냐하면 우리가 아무리 잘난 체하더라도 결국 우리의 다리에 어울리는 것은 이 좁은 토대뿐인 것이다. 그리고 그것은 머리와 어깨, 그리고 몸통이 사치스러운 넓이를 필요로 하고 있는 데 반해 다리 쪽으로 오면 좁아도 무방한 것이다.

마체라트는 관의 바로 뒤를 따라서 걸어갔다. 그는 손에 실크햇을 들고 천천히 걷지 않으면 안 되기 때문에 깊은 슬픔에 잠겨 있음에도 불구하고 무릎을 펴는 데 애를 먹고 있었다. 나는 그의 목덜미를 볼 때마다 그가 불쌍해졌다. 그의 뒷머리는 툭 튀어나오고 정맥 두 개가 그의 칼라에서 머리털이 난 곳까지 불룩하게 솟아 있었다.

어째서 그레트헨 셰프라나 헤트비히 브론스키가 아니라 트루친스키 아주머니가 내 손을 끌고 있었을까? 그녀는 우리 아파트의 삼층에 살고 있었고 이름은 없는 모양으로 어디에서나 트루친스키 아주머니라고 불리고 있었다.

관 앞에는 향연(香煙)을 들고 있는 미사의 시자(侍者)를 거느리고 빙케 사제가 있었다. 나의 눈은 마체라트의 목덜미에서 종횡으로 주름이 나 있는 관을 메는 사람들의 목덜미로 옮겨갔다. 어떤 강렬한 소망을 억제하지 않으면 안 되었다. 즉 오스카르는 관 위에 올라타고 싶었던 것이다. 그 위에 앉아서 북을 두들기고 싶었다. 오스카르는 북채를 가지고 양철이 아니라 관 뚜껑을 두들기고 싶었다. 그들이 위태로운 걸음으로 관을 운반하고 있는 동안, 그는 그 위에 올라타고 싶었다. 그의 뒤에 있는 참가자들이 사제를 따라 기도를 하고 있는 동안 오스카르는 그들 앞에서 북을 두들기고 싶었다. 그들이 묘혈 위에서 판자와 밧줄로 관을 내리고 있는 동안 오스카르는 뚜껑 위에서 의연한 자세로 있고 싶었다. 기도, 미사의 종, 향연, 성수가 행해지고 있는 동안, 그는 뚜껑으로 그의 라틴어를 두들기고 싶었다. 그리고 그들이 관과 함께 밧줄로 그를 내리는 동안, 지그시 참으며 있고 싶었다. 어머니나 태아와 함께 오스카르는 무덤에 들어가고 싶었다. 유족들이 손에 가득히 움켜쥔 흙덩어리를 집어 던지고 있는 동안 오스카르는 아래에 머물러 올라오고 싶지 않았다. 저 가늘어진 다리 쪽에 앉아 북을 두들기며 있고 싶었다. 가능하다면 흙 속에서 두들기며 있고 싶었다. 북채가 그의 두 손에서 썩어 떨어지고 관 뚜껑이 북채 밑에서 썩고 어머니가 그를 위해서, 그가 어머니를 위해서, 누구나가 다른 사람을 위해서 썩고, 그 고기를 대지와 거기에 사는 사람들에게 부여할 때까지 두들기며 있고 싶었다. 오스카르는 조그만 뼈를 북채 대신으로 써서라도 태아의 부드러운 연골 앞에서 두들기며 있고 싶었다. 만일 그것이 가능하고 또 허용되는 일이라면.

 아무도 관 위에 앉아 있지 않았다. 관은 브렌타우 묘지의 느릅나무와 수양버들 밑을 아무도 태우지 않고 흔들흔들 앞으로 나아갔다. 교회지기의 잡다한 닭이 무덤 사이에서 벌레를 잡아먹고 있었다. 씨는 뿌리지 않지만 수확은 하는 것이다. 그런 다음 양쪽에는 자작나무가 나타났다. 나는 트루친스키 아주머니에게 손을 잡힌 채 마체라트의 뒤를 따르고 내 바로 뒤에는 할머니가 있었다——그레프와 얀이 그녀를 부축하고 있었다——빈첸트 브론스키는 헤트비히의 팔을 붙들고 작은 마르가와 시테판은 손을 마주 잡고 셰프라 부부 앞을 걸어가고 있었다. 그뒤에 시계방의 라우트샤프, 하일란트 노인, 트럼펫 주자인 마인이 뒤따랐는데 그는 악기를 가지지 않았고 그런대로 정신도 말짱한 상태였다.

 의식(儀式)이 모두 끝나고 사람들이 애도의 말을 늘어놓기 시작했을 때 비로소 나는 지기스문트 마르크스를 발견했다. 마체라트, 나, 나의 할머니, 브론스키 가(家) 사람들에게 손을 내밀며 뭐라고 중얼중얼 말을 하려는 참석자들 뒤에 상복을 입은 그는 허둥거리면서 가담했다. 처음, 알렉산더 셰프라가 마르크스에게 뭐라고 말하고 있었는지 나로서는 알 수 없었다. 그들은 비록 서로 얼굴은 알고 있지만 이야기를 나눈 일은 거의 없었다. 마침내 음악가인 마인까지 장난감 가게 주인에게 대들었다. 그들은 손가락 사이에서 문지르면 쓴맛이 나는 이미 빛이 바랜 식목(植木)으로 된, 허리까지 미치는 산울타리 저편에 서 있었다. 카터 부인이 손수건으로 웃음을 감추고 있는, 갑자기 키가 자란 딸 즈지를 데리고 마침 마체라트에게 문상을 하고 있는 중이었다. 물론 내 머리를 쓰다듬는 일도 잊지 않았다. 산울타리 저편의 목소리가 커졌지만 여전히 무슨 말을 하는지 알 수 없었다. 트럼펫 주자인 마인이 집게손가락으로 마르크스의 상복을 가볍게 툭툭 치고 그를 밀치고 가서 지기스문트의 왼팔을 잡았고 셰프라가 오른팔을 잡았다. 두 사람은 돌아서서 걷고 있는 마르크스가 무덤의 경계석에 걸려 넘어지지 않도록 주의하면서 중앙의 가로수 길로 떠밀고 갔고 지기스문트에게 묘지의 문이 있는 방향을 가리켰다. 그는 안내받은 데 대해 감사하고 있는 것 같았으나 그런 다음 출구 쪽으로 걸어가서 실크햇을 썼고 마인과 빵집 주인이 그를 전송하고 있는데도 두 번 다시 뒤도 돌아보지 않았다.

마체라트도 트루친스키 아주머니도 내가 그들과 문상의 말을 늘어놓고 있는 사람들에게서 빠져나온 것을 깨닫지 못했다. 오스카르는 도저히 어쩔 수 없다는 표정을 지으면서 무덤파는 사람과 그 조수 옆을 뒷걸음질쳐서 빠져나왔고 그리고는 담쟁이덩굴 따위는 아랑곳도 하지 않고 냅다 달렸다. 느릅나무 가로수 길에서 아직도 문을 나서지 않고 있는 지기스문트 마르크스를 따라잡았다.

마르크스는 깜짝 놀라며 말했다.

「오스카르 도련님 얘기해 주세요, 저 사람들은 나에게 무슨 짓을 하는 거지요? 나는 뭔가 저런 취급을 받을 만한 일을 했나요?」

나는 마르크스가 무엇을 했는지 알지 못했다. 땀에 젖은 그의 손을 끌고 열려 있는 연철로 된 묘지의 문을 지나 그를 데리고 나왔다. 우리 두 사람, 나의 북지기와 북치기인 나, 어쩌면 그의 북치기인 나는 거기에서 우리와 마찬가지로 천국을 믿고 있는 슈거 레오를 만났다.

마르크스는 레오를 알고 있었다. 레오는 이 고장에서 유명한 인물이었던 것이다. 나는 슈거 레오에 대한 얘기를 들은 적이 있었다. 내가 알고 있는 바로는 레오가 아직도 신학교에 있을 무렵, 어느 개인 날에 세계, 성사, 고해, 천국과 지옥, 삶과 죽음이 레오에게서 완전히 어긋나고 말아, 그 때문에 그뒤 레오의 세계상은 뒤죽박죽이 되고 말았지만 근본은 나무랄 데 없이 빛나고 있다는 것이었다.

 슈거 레오의 일은 언제나 매장한 뒤에——그는 어떤 장례식도 다 알고 있었다——검게 빛나는 낡은 옷을 몸에 걸치고 하얀 장갑을 끼고 참석자를 기다리는 것이었다. 마르크스와 나도 그가 천직으로 지금 이곳 브렌타우 묘지의 연철 앞에 서서 문상 때문에 닳아빠진 장갑을 끼고 물처럼 맑은 광인의 눈을 가지고 언제나 입가에 군침을 흘리면서 장례식 행렬을 맞이하고 있다는 것을 알았다.

 5월 중순이었다. 태양이 찬란하게 빛나는 맑게 개인 날이었다. 산울타리에도 나무들에도 새가 앉아 있었다. 꼬꼬댁 꼬꼬댁 하고 우는 닭들은 그들의 달걀에 의해서, 또 그들의 달걀과 더불어 불멸의 상징이었다. 하늘에서는 벌이 윙윙거리고 있었다. 새로 싹튼 녹색은 먼지를 뒤집어 쓰고 있지 않았다. 슈거 레오는 빛바랜 실크햇을 장갑 낀 왼손에 들고 곰팡이가 핀 장갑을 낀 다섯 손가락을 앞으로 내밀면서 무용수 같은 가벼운 발걸음으로 마르크스와 나를 맞이했다. 실제로 그는 무용수다운 천분을 타고났던 것이다. 그리고 나서 그는 바람이 없음에도 불구하고 바람 속에 있는 것처럼 우리를 향해 비스듬히 서서 고개를 숙였다. 마르크스가 처음에는 쭈뼛거리며, 다음에는 장갑을 끼지 않은 손을 힘차게 레오가 내민 손에 겹쳤을 때 실을 당기는 듯한 어조로 중얼거렸다.

 「기막힌 날씨로군요. 이제 그녀는 모든 것이 값싼 나라로 갔군요. 당신들은 주님을 보았습니까? 하베무스 아드 도미눔(우리는 주님 곁으로 왔다). 주님은 바쁜 걸음으로 지나가셨습니다, 아멘.」

 우리는 아멘 하고 말하고 마르크스는 레오에게 기막힌 날씨라는 것을 보증하고 주님을 보았노라고 거짓말했다.

 우리들 뒤에 있는 묘지에서 떠나오는 참석자들의 떠들썩한 소리가 들렸다. 마르크스는 레오의 장갑에서 손을 떼고 팁을 주느라 조금 지

체하고는 그 특유의 눈으로 나를 바라본 뒤 브렌타의 우체국 앞에서 그를 기다리고 있던 택시를 향해 쫓기듯이 종종걸음으로 사라졌다.
　나는 사라져가는 마르크스를 에워싼 자욱한 먼지를 바라보고 있었는데 그때 이미 또다시 트루친스키 아주머니가 내 손을 쥐고 있었다. 사람들은 삼삼오오 몰려오고 있었다. 슈거 레오는 모든 사람에게 문상의 말을 하고 참석자들에게 좋은 날씨라는 것을 깨닫게 하고 한 사람 한 사람에게 주님을 보았는가고 묻고는 언제나 그랬던 것처럼 비교적 적은 것 또는 비교적 많은 것 등 얼마 안 되는 팁을 받았다. 마체라트와 얀 브론스키는 관을 멘 사람, 무덤파는 사람, 교회지기, 빙케 사제에게 돈을 지불했는데 사제는 불안한 표정으로 한숨을 쉬면서 그 손에 슈거 레오의 입맞춤을 받고, 입맞춤을 받은 손으로 천천히 흩어져가는 참석자들의 배후에서 축복을 보내는 몸짓을 했다.
　그런데 우리들, 즉 나의 할머니, 그 오빠 빈첸트, 아이를 데리고 있는 브론스키 부부, 아내를 동반하지 않은 그레프, 그레트헨 셰프라는 말 한 마리가 끄는 상자마차 두 대에 나뉘어 탔다. 우리는 골트크루크를 지나고 숲을 지나, 폴란드 국경에 가까운 비사우 채석장으로 운반되었다. 평상시의 식사로 돌아가기 위해서였다.
　빈첸트 브론스키의 농원은 어느 우묵한 지대에 있었다. 그 앞에 미루나무가 늘어서서 번개를 피할 수 있게 되어 있었다. 곡물 창고의 문짝이 경첩에서 떼어져서 톱질판 위에 놓여지고 그 위에 천이 씌워졌다. 그리고 이웃 사람들도 모여들었다. 식사는 시간이 걸렸다. 우리는 창고 입구에서 잔치를 벌였다. 그레트헨 셰프라가 나를 무릎에 안고 있었다. 식사는 처음에 기름진 것, 다음에는 단 것이 나왔고 다시 기름진 것으로 바뀌었다. 감자 소주, 맥주, 거위 한 마리와 새끼 돼지 한 마리, 순대가 곁들여진 과자, 식초와 설탕에 절인 오이, 요구르트를 친 과일 오트밀. 저녁에는 바람이 약간 불어서 열어 놓은 창고를 꿰뚫고 지나갔다. 쥐들이 바스락바스락 소리를 냈고 브론스키의 아이들도 이웃 아이들과 함께 마당을 점령했다.
　석유 램프와 함께 스카트 놀이를 위한 카드가 식탁에 준비됐다. 감자 소주만은 치워지지 않았다. 집에서 만든 달걀 리큐르도 있었다. 사람들은 모두 술을 마시고 유쾌해졌다. 술을 마시지 않는 그레프는 노래를 불렀다. 카슈바이 사람들도 노래를 불렀다. 마체라트가 맨 먼저 카드를 돌렸다. 얀이 두 번째이고 벽돌 공장의 견습공이 세 번째였다. 그때 비로소 나는 내 불쌍한 어머니가 보이지 않는다는 것을 깨달았다. 밤까지 승부는 계속되었으나 사나이들은 누구 한 사람 하트의 손에서 이기는 자가 없었다. 얀 브론스키가 4없는 하트의 손을 전혀 까닭 없이 떨어뜨렸을 때 나는 그가 낮은 목소리로 마체라트에게 말하는 것을 들었다.
「아그네스였다면 이 승부는 확실히 이겼을 텐데.」
그래서 나는 그레트헨 셰프라의 무릎에서 살그머니 내려왔다. 밖에는 할머니와 그의 오빠 빈첸트가 있었다. 그들은 마차 채에 걸터앉고 있었다. 빈첸트의 낮은 목소리가 폴란드 어로 낮게 별을 향해 말을 걸었다. 나의 할머니는 이제 울 수 없었다. 그녀는 나를 그녀의 치마 밑에 넣어 주었다.
오늘날 누가 나를 치마 밑에 넣어 주겠는가? 누가 나를 햇빛과 램프빛으로부터 막아 주겠는가? 누가 나에게 저 노랗게 녹고 약간 신맛이 나는 버터 냄새를 맡게 해주겠는가? 할머니는 그 냄새를 나를 위해 치마 밑에 저장하고 거기에 숙박처를 마련하고 침전(沈澱)시키고 그리고 나의 식욕을 자극하여 내가 그 냄새를 좋아할 수 있도록 일찍이 나에게 나누어 주었다.
나는 넉 장의 치마 밑에서 잠이 들었다. 나는 나의 불쌍한 어머니의 기원(起源) 바로 옆에 있었다. 비록 다리 쪽으로 갈수록 좁아진 관 속의 어머니처럼 호흡하지 않는 것은 아니었으나 어떻든 어머니처럼 조용히 하고 있었다.

헤르베르트 트루친스키의 등

 그 무엇도 어머니를 대신할 수는 없다고들 말한다. 어머니의 장례식이 끝난 지 얼마 안 되어 나는 불쌍한 어머니가 없다는 것을 문득문득 깨닫게 되었다. 목요일에 지기스문트 마르크스를 찾아가는 일도 없게 되었다. 누구도 이제는 잉게 간호사의 흰 옷으로 나를 데리고 가는 일은 없었다. 특히 토요일엔 어머니의 죽음을 뼈저리게 느끼게 해주었다. 어머니는 이제 고해에 가는 일도 없어졌기 때문이다.
 따라서 나에게 구시내와 홀라츠 박사의 진찰실, 그리고 성심 교회는 언제나 멀게만 느껴졌다. 나는 시위 운동에서의 즐거움도 상실했다. 오스카르에게 유혹이라는 일조차도 싱겁고 매력이 없어져 버린 지금 나는 어떻게 해서 진열장 앞의 통행인을 유혹할 수 있을 것인가? 시립극장의 크리스마스 동화극, 크로네나 부시의 서커스에 데려다 주곤 하던 어머니는 이제 없었다. 꼬박꼬박 나 혼자서, 그러나 동시에 시무룩한 얼굴로 공부에 열을 올렸다. 클라인하머 거리로 향하는 곧바른 교외의 길을 지나가는 것은 따분했으나 나는 그레트헨 셰프라를 찾아갔다. 그녀는 환희 역행단의 여행 때 간 백야(白夜)의 나라에 대해서 이야기해 주었으나 나는 그동안 의연한 태도로 괴테와 라스푸틴을 비교하기에 바빴다. 그리고 대개는 역사 공부를 함으로써 찬연하고 어두운, 이 진전없는 제자리걸음에서 멀어졌다. 로마 쟁탈전, 카이저의 단치히 시사(市史), 퀼러의 해군 연감이 예로부터 나의 표준이 되는 공부였으나 그것이 나에게 백과사전적인 어중간한 지식을 가져다 주었다. 그래서 나는 오늘날에도 스카게라크 해전에 참가하여 거기에서 침몰했거나 손상입은 모든 함선의 장갑 강판, 장비, 진수(進水), 완성, 승무원 정원수 등에 대한 정확한 보고를 여러분에게 할 수 있다.
 이윽고 나는 열네 살이 된다. 고독을 사랑하고 곧잘 산책을 했다. 북을 함께 가지고 갔지만 양철로 자기를 표현하는 일은 절약했다. 왜냐하면 어머니가 없어졌기 때문에 찢어지면 당장 양철북을 보급받을 일이 의 문시되었고 또 실제로 그러한 상태가 계속되었기 때문이다.

그것은 1937년 가을이었던가 1938년의 봄이었던가? 어떻든 나는 힌 덴부르크의 가로수 길을 시내 쪽으로 아장아장 올라가서 카페 『사계 (四季)』 근처까지 왔을 때 잎이 떨어지고 있었는지 싹이 돋아나기 시 작하고 있었는지 어떻든 자연 속에서 무엇인가가 움직이고 있었는데 그때 나의 친구이며 스승인 베브라, 오이겐 왕자의 직계, 즉 루이 14세의 자손인 베브라를 만났다.

우리가 만나지 않게 된 지 삼 년이 지나고 있었는데도 우리는 스무 걸음쯤 떨어져서 서로를 알아볼 수 있었다. 그는 혼자가 아니었다. 어쩌면 베브라보다 이 센티 가량 작고 나보다는 손가락 셋 정도 커보이는 귀여운 남국의 미인이 그의 팔에 매달려 있었다. 그는 나에게 로스비타 라그나, 이탈리아의 유명한 몽유병자라면서 그 미인을 소개했다.

베브라는 모카를 한 잔씩 마시자고 카페 사계로 끌고 갔다. 우리가 수족관 같은 그 가게로 들어가 앉자 커피를 마시던 아주머니들이 수군 거렸다.

「저것 봐요, 난쟁이 나라의 사람들이야, 리스베트, 보았니? 크로네에 나오고 있는 것 아니야? 한 번 가서 봐야지.」

베브라는 나에게 미소를 지어보였다. 그러자 보일 듯 말 듯한 희미한 주름이 나타났다.

모카를 가지고 온 급사는 무척이나 키가 컸다. 로스비타 부인이 그에게 파이를 주문했을 때 그녀는 연미복을 입은 그 사나이를 마치 탑처럼 올려다보았다.

베브라는 나를 바라보았다.

「우리의 유리 파괴자는 뭐가 제대로 안 되고 있는 것 같군. 어디가 아픈가, 응? 이제는 유리가 싫어졌나? 아니면 목소리가 안 나오나?」

젊고 성미가 급한 오스카르는 즉시, 여전히 쇠퇴하지 않은 재주를 잠깐 보여 주리라고 생각했다. 두리번 두리번 주위를 살펴보고 수조 속의 열대어와 수중 식물 앞의 큰 유리에 눈길을 주었는데 내가 노래를 시작하기 전에 베브라가 말했다.
「그만, 그만둬요! 우리는 당신의 재주를 확실히 믿고 있으니까. 파괴하는 것은 그만둬요. 홍수가 나요. 물고기가 죽는 것도 곤란하고.」
부끄러워진 나는 특히 작은 부채를 꺼내어 신경질적으로 바람을 일으키고 있는 시뇨라 로스비타에게 용서를 빌었다.
나는 사정을 설명하려고 했다.
「어머니가 죽었어요. 그런 일은 어머니가 하지 말았어야 합니다. 나는 어머니가 한 일을 나쁘게 해석합니다. 사람들은 언제나 말하지요, 어머니는 무엇이든지 깨닫는다, 어머니는 무엇이나 느낄 수 있다, 어머니는 무슨 일이나 용서해 준다라고 말입니다. 이런 말들은 어머니 날의 표어로나 알맞지요. 어머니는 내 속에서 난쟁이를 보았습니다. 가능하다면 어머니는 난쟁이를 죽였을 것입니다. 그렇지만 죽일 수 없었습니다, 어린이들은, 물론 난쟁이도 그렇지만, 서류에 기입되어 있어서 간단하게 죽일 수 없었던 것입니다. 또 내가 어머니의 난쟁이였기 때문이고 만일 나를 죽이면 어머니는 자기 자신을 죽이는 결과가 되어 여러 가지로 지장이 있었을 테니까요. 자기냐 난쟁이냐 하고 어머니는 생각한 끝에 자기 쪽에 결말을 내고 말았던 것입니다. 그렇게 되자 어머니는 생선만 먹고 있었습니다, 그것도 신선한 생선이 아니었습니다, 그리고 끝내는 어머니가 좋아하던 사람들과 작별을 고했습니다. 지금 브렌타우에 잠들어 있습니다만 모두들, 즉 좋아했던 사람들이나 가게의 손님들은 말하고 있습니다, 난쟁이가 북을 두들겨서 그녀를 묘지로 데리고 갔다고 말입니다. 오스카르 때문에 어머니는 더 이상 살기를 원하지 않았던 것입니다, 난쟁이가 어머니를 죽인 것입니다.」
나는 한껏 과장했다. 아마도·로스비타 부인에게 깊은 인상을 주려고 했던 것이리라. 결국 대개의 사람들은 어머니의 죽음에 대한 책임은 마체라트와 특히 얀 브론스키에게 있다고 말하고 있었던 것이다. 베브라는 내 속을 꿰뚫어보았다.
「너무 과장이 심하군. 당신은 순전히 그릇된 추측 때문에 죽은 어머니를 원망하고 있어요. 어머니는 당신 때문이 아니라 오히려 부담스러운, 좋아하는 사람들 때문에 무덤으로 갔으니까 당신은 무시당한 셈이라고 생각하는데. 당신은 심술궂고 허세를 좋아하는 사람이오. 그야말로 천재에 가까운……」

그리고는 한 차례 한숨을 쉬고 로스비타 부인을 곁눈질로 보았다.

「우리의 크기를 유지한다는 것은 쉬운 일이 아니에요. 허울만은 커지지 않고 계속 사람다움을 유지한다는 것은 말이오. 얼마나 힘겨운 일인지, 얼마나 힘겨운 천직(天職)인지!」

매끄럽고 그러면서도 주름이 진 살갗을 가진 나폴리의 몽유병자 로스비타 라그나, 나는 그녀의 나이를 열여덟 살이라고 어림잡고 한 번 숨을 크게 쉰 뒤에 열여덟이나 열아홉치고는 꽤 늙어 보인다고 감탄했는데 그 시뇨라 로스비타는 영국에서 만든 사치스러운 베브라 씨의 주문복(마춤옷)을 쓰다듬고 그런 다음 검은 버치 같은 지중해의 눈을 나에게로 돌렸다. 그녀의 과실(果實)을 약속하는 어두운 목소리는 나를 움직이고 나를 경직시켰다.

「키리시모 오스카르넬로(친애하는 오스카르), 당신의 슬픔은 잘 알 수 있어요. 안디아모(갑시다), 우리와 함께 가요, 밀라노, 파리, 톨레도, 과테말라!」

나는 현기증이 날 것 같았다. 라그나의 젊으면서도 늙은 손을 잡았다. 지중해가 나의 해안에 찰싹이고 올리브 나무가 내 귀에 속삭였다.

『로스비타는 너의 어머니처럼 될 것이다, 로스비타는 이해해 줄 것이다. 위대한 몽유병자인 그녀는 모든 사람의 마음을 꿰뚫어보고 인식한다, 다만 자기 자신만은 그럴 수가 없다, 나의 어머니여, 다만 자기 자신만은 그럴 수 없는 것이다, 신이여.』

이상하게도 라그나는 갑자기 무서운 방법으로 손을 나에게서 움츠렸다. 그것은 그녀가 나를 꿰뚫어보고 몽유병자의 눈으로 나를 투시하기 시작했을 때의 일이었다. 열네 살의 내 굶주린 마음이 그녀에게 공포를 안겨 준 것일까? 소녀이든 노파이든 로스비타는 로스비타라는 의식이 그녀에게 싹튼 것일까? 그녀는 나폴리 말로 속삭이며 떨고, 마치 그녀가 내 마음에서 읽은 공포가 이제는 어쩔 수 없는 것처럼 몇 번이나 십자를 굿고 그리고는 말없이 그녀의 부채 뒤로 사라졌다.
 혼란스러워진 나는 설명을 구하고 베브라 씨에게 한 마디 해달라고 부탁했다. 그러나 베브라 씨조차도, 오이겐 왕자의 직계임에도 불구하고 흐트러지고 더듬거리면서 뭐라고 말했다. 이럭저럭 나는 이해했다.
 「젊은 친구여, 당신의 천재를, 신성(神性)을, 그러나 또 당신의 천재 속에 있는 확실히 악마적인 것을 나의 로스비타는 약간 혼란스럽게 만든 것이다. 나도 고백하지 않으면 안 되지만 당신에게 고유한, 갑작스럽게 폭발하는 과격한 언동은, 그것을 전혀 이해하지 못하는 것은 아니지만, 나와는 상관없는 것이다. 하지만 아무래도 좋소.」 하고 베브라는 갑자기 일어섰다. 「당신의 성격이 어떠하든 우리와 함께 가요. 베브라의 기적의 쇼에 나가요. 약간의 극기(克己)와 억제를 배우면 오늘의 정치 정세는 이런 형편이지만 관객을 찾을 수는 있을 거요.」
 나는 즉시 이해했다. 언제나 연단 위에 있어야 하며 결코 연단 앞에 서지 말라고 나에게 충고해 준 베브라는 자기 자신이 보병의 일원이 되고 말았다. 설사 그가 이제부터 서커스에 등장하는 일이 있다고 하더라도. 따라서 내가 그의 제의를 유감입니다만 하고 정중하게 거부했을 때 그는 조금도 낙심하지 않았다. 그리고 시뇨라 로스비타는 들으라는 듯이 부채 뒤에서 한숨을 쉬고 또다시 그 지중해 같은 눈을 나에게 보였다.
 그래도 우리는 족히 한 시간은 이야기했다. 나는 급사에게 빈 컵을 가져오게 하여 노래로 그것을 하트 모양으로 도려내고 그 밑에 역시 노래로 무늬에 대한 서명을 동그랗게 조각했다.『로스비타를 위해서, 오스카르.』 그리고 그 컵을 그녀에게 주어 기쁘게 해주었다. 베브라가 돈을 치르고 팁을 듬뿍 준 뒤 우리는 밖으로 나왔다.
 체육관 근처까지 두 사람은 나를 바래다 주었다. 나는 북채로 5월의 들의 한쪽 끝에 있는 노출된 연단을 가리키며——지금 생각이 났지만 그것은 1938년 봄이었다——내가 북치기로서 연단 밑에서 연출한 사건을 스승 베브라에게 얘기해 주었다.
 베브라는 당혹하여 미소짓고 라그나는 엄숙한 표정을 지었다. 시뇨라가 몇 걸음 떨어져 있을 때 베브라는 작별을 고하며 내 귀에 속삭였다.

「나는 도움이 되어 주지 못했군. 어떻게 앞으로 당신의 선생일 수 있겠소. 아아, 이 추악한 정치!」

그리고 나서 그는 몇 년 전 서커스의 차량 사이에서 만났을 때처럼 내 이마에 입맞춤을 해주었고 로스비타 부인은 도자기 같은 손을 나에게 내밀었다. 나는 열네 살치고는 너무 익숙하지만 격식대로 무릎을 꿇고 몽유병자의 손가락 위에 허리를 구부렸다.

「또 만나요, 우리.」하면서 베브라는 한쪽 눈을 감았다. 「시내가 어떻게 바뀌든 우리 같은 사람은 침몰하는 일이 없소. 당신의 아버지들을 용서해 드려요! 독특한 당신의 존재에 익숙해지는 거예요, 그러면 기분도 안정이 되고 악마는 난처해질 거예요!」하고 시뇨라는 나에게 이렇게 충고했다.

나는 시뇨라에 의해서 다시 한 번, 전혀 소용이 없는데도 다시 한 번 세례를 받은 것 같은 느낌이 들었다. 악마여 물러가라——그러나 악마는 물러가지 않았다. 나는 슬프고 공허한 기분으로 두 사람을 전송하면서 그들이 택시에 탈 때 눈으로 신호를 보냈다. 그들은 택시 속에 완전히 파묻히고 말았다. 그 자동차는 어른을 위해서 만들어져 있었기 때문이다. 자동차가 친구를 태우고 요란한 소리를 내며 멀어져갔을 때 그것은 마치 빈 차로 손님을 찾고 있는 것처럼 보였다.

나는 마체라트에게 부탁하여 크로네 서커스에 데려가 달라고 했으나 마체라트를 움직일 수는 없었다. 그는 완전히 소유한 적도 전혀 없으면서 불쌍한 어머니의 상을 입고 있었던 것이다. 그러나 누가 어머니를 완전히 소유했을 것인가? 얀 브론스키 따위는 아니다. 어쩌면 나였는지도 모른다. 어머니가 없음으로써 가장 피해를 입은 사람은 오스카르이기 때문이다. 덕분에 그의 일상은 뒤죽박죽이 되고 미심쩍은 것이 되었으니까. 어머니는 나를 청결하게 해주었다. 나의 두 아버지에게서 그것은 기대할 수 없었다. 스승 베브라는 괴벨스 선전상에게서 그의 스승을 발견했다. 그레트헨 셰프라는 겨울 빈민 구제사업에 열중하고 있었다. 누구 한 사람도 굶주리게 해서는 안 되고 누구 한 사람도 얼어죽게 해서는 안 된다는 것이었다. 나는 북에 매달려 예전에는 하였으나 두들기는 동안에

얇어진 양철로 고독을 씹고 있었다. 저녁 식사 때는 마체라트와 내가 마주 보고 앉았다. 그는 요리책을 팔락팔락 넘겼고 나는 북의 고충을 호소했다. 이따금 마체라트는 울며 요리책에 얼굴을 묻었다. 얀 브론스키가 집에 오는 일은 점점 더 뜸해졌다. 두 사람은 정치에 관해서 주의를 게을리해서는 안 된다, 사태는 어떻게 진전될지 모른다는 의견이었다. 언제나 얼굴이 바뀌는 제3자를 끌어들여 하는 스카트 놀이도 점점 뜸해졌다. 밤 늦게 할 때는 정치적인 이야기는 일체 하지 않고, 우리집 거실의 전등 밑에서 행해졌다. 안나 할머니는 비사우에서 라베스 거리에 있는 우리집으로 오는 길을 잊어버린 것 같았다. 그녀는 마체라트를, 그리고 어쩌면 나까지도 원망하고 있었다. 왜냐하면 그녀가 이렇게 말하는 것을 들은 일이 있기 때문이다.『내 아그네스가 죽은 것은 더 이상 북소리를 견딜 수 없었기 때문이야.』라고.

나의 불쌍한 어머니의 죽음에 대해 나는 설사 책임이 있을지는 모르지만 점점 더 긴밀하게 모욕당한 북에 매달렸다. 북은 어머니가 죽는 것처럼 죽지는 않았다. 북은 새로 살 수 있었다. 늙은 하일란트나 시계포의 라우프샤트에게 수선을 부탁할 수도 있었다. 북은 나를 이해했다. 언제나 바른 대답을 나에게 해주었다. 북은 내가 북에 의존하듯이 나를 믿고 의지했다.

그 무렵 나에게 우리집이 너무나도 좁아져 열네 살에 시내가 너무 짧거나 길었을 때, 하루 종일 진열장 앞에서 유혹자 노릇을 할 기회가 주어지지 않았을 때, 그리고 저녁 때가 되어도 유혹한다는 것이 그다지 중대한 일이라고는 생각되지 않고 어두운 문간에 서서 반드시 성공하는 유혹자 노릇을 할 기분이 되지 않을 때 나는 백열여섯 계단을 세면서 사층 위까지 올라가곤 했다. 그리고 아무 층에서나 걸음을 멈추고, 때로는 각 층의 다섯 가구의 문에서 새어나오는 냄새를 맡았다. 방이 두 개밖에 없는 집은 나와 마찬가지로 냄새에게도 너무 좁아져 버렸기 때문이다.

처음 한동안은 그래도 이따금 트럼펫 주자 마인의 집에서 행복한 기분에 잠길 수 있었다. 그는 술에 취해서 담요가 널려 있는 건조실에 누운 채 실로 음악적으로 트럼펫을 불어 내 북을 위해서 즐거움을 준비할 수 있었다. 1938년 5월, 그는 진을 끊고 『이제부터 새로운 인생이 시작되는 것이다.』라고 모든 사람에게 털어놓았다. 그는 돌격대 기마 군악대의 일원이 된 것이다. 장화를 신고 가죽 안장을 든 그가 그 이후 층계를 한달음에 다섯 단이나 뛰어오르는 것을 보았다. 그는 네 마리의 고양이를——그 중의 한 마리는 비스마르크라는 이름이었으나——아직도 기르고 있었다. 상상컨대 이렇게 되고서도 그는 이따금 진에 취해서 음악적으로 되는 수가 있었기 때문이다.

어쩌다가 나는 시계포의 라우프샤트네 집 문을 두드리는 수가 있었다. 그는 시끄러운 많은 시계에 둘러싸여 조용히 살아가고 있었다. 이러한 극단적인 시간의 소모를 어떻든 나는 한 달에 한 번은 즐길 수 있었다.

하일란트 노인은 여전히 아파트의 안뜰에 을씨년스러운 오두막을 가지고 있었다. 여전히 그는 굽은 못을 두들겨서 펴고 있었다. 또 옛날 그대로 토끼도 있었고 토끼의 토끼도 있었다. 그러나 안뜰의 악동들 얼굴은 바뀌었다. 그들은 지금은 제복과 검은 넥타이를 매고 이제 벽돌 수프를 만드는 일은 없었다. 거기에서 자라고 나보다도 키가 커진 아이들의 이름을 나는 거의 몰랐다. 거기에 있는 이들은 다른 세대이고 나의 세대는 이미 학교를 마치고 견습 생활을 하고 있었다. 누히 아이케는 이발사가 되었고 악셀 미시케는 시하우에서 용접공이 될 계획이었고 즈지 카터는 시테른펠트 백화점에서 점원 견습중으로서 이미 정해진 연인이 있었다. 삼사 년 동안에 모든 것이 달라지게 마련이다. 물론 옛날의 융단을 널어 놓는 장대는 남아 있었고 거주 수칙에 의하면 화요일과 금요일이 융단을 두들기는 날로 정해져 있었으나 지금에 와서는 그 이틀 동안에도 겨우 어쩌다가 맥빠진 소리가 들려올 뿐이었다. 히틀러가 정권을 쥔 이래 가정에 차츰 전기 청소기가 늘어난 것이다. 융단을 널어 놓는 장대는 고독을 푸념하며 부질없이 참새 떼에게 도움을 줄 뿐이었다.

그렇기 때문에 나에게 남겨진 장소는 계단실과 다락방뿐이었다. 몇 번이나 읽은 책을 찾아서 나는 다락방으로 올라갔다. 사람이 그리워질 때는 계단실에서 삼층으로 올라가 왼쪽의 맨 처음 문을 두드렸다. 트루친스키 아주머니가 언제나 문을 열어 주었다. 그녀가 브렌타우의 묘지에서 내 손을 끌고 불쌍한 어머니의 무덤으로 데리고 간 뒤로는 오스카르가 북채로 문의 널빤지를 두드리면 반드시 그녀가 문을 열어 주었다.
「그렇게 세게 두들기지 말아요, 오스카르 도련님. 헤르베르트가 아직도 자고 있어요. 또 어젯밤에도 고달팠던 거지. 자동차에 태워져서 돌아왔으니까 말예요.」
 그녀는 나를 거실로 끌어들여 보리싹 커피와 우유를 따라 주고 실에 매단 갈색 얼음사탕 한 조각을 커피에 담갔다가 빨아먹을 수 있게 나에게 주었다. 나는 커피를 마시고 얼음사탕을 먹으며 북은 얌전하게 놓아 두었다.
 트루친스키 아주머니의 얼굴은 약간 작고 둥글며 엷어진 회색 머리털이 발처럼 드리워져 있을 뿐이어서 장미빛 피부가 맑게 빛나고 있었다. 얼마 안 되는 머리털이 터무니없이 튀어나온 뒷머리의 한 점에 묶여 있었다. 틀어올린 그 머리는 아주 작았음에도 불구하고——그것은 당구공보다도 작았다——그녀가 돌아서거나 옆을 향해도 어느 방향에서나 보였다. 틀어올린 머리는 뜨개 바늘로 묶여 있었다. 트루친스키 아주머니는 웃으면 더욱 두드러지는 둥근 볼을 매일 아침 상치를 싼 종이로 문질렀다. 그 빨간 종이는 빛이 바래 있었다. 그녀는 쥐 같은 눈을 하고 있었다. 아이가 넷이었는데 각각 헤르베르트, 구스테, 프리츠, 마리아라고 불렸다.
 마리아는 나와 동갑으로서 국민학교를 갓 졸업했을 뿐이었는데 시틀리츠의 관리 집에 들어가 살며 가사를 배우고 있었다. 자동차 공장에서 일하고 있는 프리츠는 어쩌다가 한 번 모습을 보일 뿐이었다. 번갈아 드나들며 침대를 제공해 주는 소녀가 두세 명 있어서 그는 그 소녀들과 오라의 『라이트반』으로 춤추러 가곤 했다. 그는 아파트의 안뜰에 『푸른 빈 사람』이라는 종류의 토끼를 기르고 있었는데 돌보는 사람은 트루친스키 아주머니였다. 프리츠는 여자 친구들을 상대하기에도 바빴던 것이다. 구스테는 서른 살쯤 된 얌전한 여자로서 중앙역 앞에 있는 에덴 호텔의 하녀였다. 아직까지도 미혼인 그녀는 그 일급 호텔의 종업원이 모두 그렇듯이 에덴 빌딩의 맨 위층에 살고 있었다. 마지막으로 제일 맏이인 헤르베르트인데 어머니와 함께 살고 있는 사람은 그뿐이었다──이따금 자고 가는 일이 있는 기계 조립공 프리츠를 제외하고는 말이다. 그는 항구 거리인 노이파르바사에서 급사 노릇을 하고 있었다. 여기에서 그에 대해 이야기를 해야겠다. 왜냐하면 불쌍한 나의 어머니가 죽은 뒤로 헤르베르트 트루친스키는 나의 노력 목표였기 때문이다. 그것은 행복 스러운 짧은 기간에 지나지 않았지만. 지금도 나는 그를 친구라고 부르고 있다.

헤르베르트는 시타르부시네 가게의 급사였다. 그것은 『스웨덴 집』 이라는 이름으로 불렸다. 그 가게는 프로테스탄트의 선원 교회 맞은쪽에 있고 가게의 손님은──『스웨덴 집』이라는 이름으로도 쉽게 짐작할 수 있는 것처럼──대개가 스칸디나비아 사람들이었다. 그러나 자유항으로 부터 러시아 인이나 폴란드 인도 왔고 홀름의 하역 인부나 어쩌다가 입항한 독일 제국 군함의 수병들도 찾아왔다. 그야말로 이 유럽적인 선술집에서 급사 노릇을 하는 데에는 위험이 따르지 않을 수 없었다. 『라이트반, 오라』에서 쌓은 경험이 있었기 때문에──헤르베르트는 파 르바사에 오기 전에 그 삼류 댄스홀에서 급사를 했었다──『스웨덴 집』 에서 소용돌이치는 수개 국어의 혼란을 영어와 폴란드 어 몇 마디를 뒤섞은 저급한 독일 어의 시골말로 처리해 나갈 수 있었다. 그래도 그의 의사에 반하여, 그 대신 무료로 한 달에 한두 번은 구급차가 그를 집으로 실어가곤 했다.

그러한 때 헤르베르트는, 백 킬로나 나갔기 때문인데, 배를 깔고 누워서 고통스럽게 숨을 쉬며 며칠 동안 그의 침대에 부담을 주지 않으면 안 되었다. 그러한 날에는 트루친스키 아주머니는 조금 꾸짖기는 했지만 침식을 잊고 그를 보살펴 주었다. 그리고 간병하면서 그의 붕대를 갈아 준 뒤에는 반드시 틀어올린 머리에서 뽑은 한 개의 뜨개 바늘로 그의 침대와 마주 보며 걸려 있는 유리가 끼워진 초상을 탁탁 두들겼다. 그것은 고지식하고 고집스러운 눈을 가진 데다 콧수염을 기른 사나이의, 수정이 가해진 사진이었다. 그 사나이는 내 사진첩의 첫 페이지에 붙어 있는 그 콧수염의 사나이와 약간 닮았다.

그러나 트루친스키 아주머니의 뜨개 바늘이 가리킨 그 신사는 우리 가족의 일원이 아니라 헤르베르트와 구스테, 그리고 프리츠와 마리아의 아버지였다.
「너도 네 아버지가 죽은 것처럼 죽을 생각이냐?」하고 그녀는 괴로운 숨을 토하며 신음 소리를 내고 있는 헤르베르트의 귀에 대고 역정을 냈다. 그러나 그녀는 검은 니스칠을 한 액자 속의 그 사나이가 어디서 어떻게 죽었는지, 또는 스스로 죽음을 자초했는지에 대해서는 분명히 말하지 않았다.
「이번 상대는 누구였냐?」팔짱을 낀 회색의 쥐는 알려고 했다.
「스웨덴과 노르웨이 놈이에요, 언제나 같이.」헤르베르트는 그러면서 몸을 뒤척였다. 그러면 침대가 삐걱이곤 했다.
「정말 한심하구나! 언제나 그놈들이라고만 하고 있으니. 지난번에는 연습함(練習艦) 놈들이었지. 뭐라고 했지? 어디 말해 봐, 참 『실라게타』라고 했지? 그런데 이번엔 또 뭐라고? 너는 또 스웨덴과 노르웨이 놈 얘기를 하고 있어.」
헤르베르트의 귀는——나에게는 그의 얼굴은 보이지 않았다——뒤까지 빨개졌다.
「그 독일놈들, 언제나 큰소리를 치면서 잘난 척하고 있어.」
「내버려 둬, 그따위 젊은 것들. 너와 무슨 상관이 있냐? 그 사람들이 외출했을 때 이따금 거리에서 만나지만 언제나 반듯하고 단정해 보이더구나. 또 예의 레닌의 생각에 대해서 얘기한 것 아니냐? 아니면 스페인 시민전쟁에 대해서 쓸데없는 소리를 했거나.」
헤르베르트는 더 이상 대답하지 않았다. 트루친스키 아주머니는 보리싹 커피를 가지러 부엌 쪽으로 다리를 끌면서 갔다.
헤르베르트의 등이 낫자마자 나는 그 등을 보았다. 그때 그는 부엌의 의자에 앉아 있었고 바지 멜빵이 푸른 천을 감은 넓적다리에 늘어뜨려져 있었다. 그는 느릿느릿 마치 어려운 생각이 그를 망설이게 하고 있는 것처럼 털 셔츠를 벗었다.
등은 둥글고 언제나 움직이고 있었다. 근육이 끊임없이 이동했다. 그것은 주근깨의 씨가 뿌려진 장미빛 풍경이었다. 견갑골 아래에는 지방이 덩어리진 양쪽 척주에 엷은 갈색 털이 돋아 있었다. 그 곱슬곱슬한 털은 아래까지 이어져서 헤르베르트가 여름에도 입고 있는 바지 속으로 사라지고 있었다. 바지의 상단에서 위쪽으로 목의 근육에까지 시선을 던지자 잔등 가득히 융기한 상흔이 덮여 있었는데 그것은 털의 성장을 중단하고 주근깨를 말살하고 있었다. 주름이 져서 계절이 바뀔 때면 가려워지고 검푸른 빛에서 푸르스름한 하양에 이르기까지의 몇 단계의 빛깔이 뒤섞인 상흔이었다. 그 상흔을 나는 손으로 쥐어 보았다.
　침대에 누워서 창 밖을 바라보고 정신 병원의 관리실과 그 맞은편에 엎드려 있는 오버라트의 숲을 몇 달 내내 관찰하며 더욱이 구석에서 구석까지 바라보고 있는 나는, 대체 오늘날까지 헤르베르트 트루친스키의 잔등의 상흔과 마찬가지로 딱딱하고 느끼기 쉽고 혼란된 것 중 무엇을 쥘 수 있도록 허용받은 것일까? 아마 몇몇 소녀와 여자의 그 부분, 나 자신이 가지고 있는 한 물건, 소년 예수의 석고에 달려 있는 성기, 그리고 불과 이 년 전에 개가 호밀밭에서 주워왔고 겨우 일 년 전부터 보존을 허용받은 그 무명지 정도일 것이다. 그 손가락은 보존병 안에 넣어져서 만져서는 안 되는 것으로 되어 있으나 형태도 망가지지 않았고 없어진 부분도 없으므로 나는 지금이라도 북채를 손에 들기만 하면 그 손가락의 관절 하나하나를 느끼고 셀 수 있을 정도이다.
　나는 헤르베르트 트루친스키의 잔등을 생각해낼 때는 언제나 앉아서 북을 두들기고 있었다. 즉, 손가락이 들어 있는 보존병 앞에서 기억을 확인하면서 북을 두들겼다. 나는, 그러한 일은 좀처럼 드물기는 했지만, 여자의 육체를 탐하고 있을 때는 언제나 상흔과도 비슷한 여자의 부분에 어느 정도 납득하면서 헤르베르트 트루친스키의 상흔을 상상하곤 했던 것이다. 그러나 이렇게 말하는 것이 나을 것이다. 즉 친구의 넓은 등에 있는 융기를 처음 만졌다는 것은 그때 이미 그가 나에 대해 친우 관계를 약속했으며 사랑받을 준비가 되어 있는 여자들에게 아주 잠깐 동안 나타나는 그 경직화를 이따금 소유해도 좋다고 약속했음이다. 어떻든 헤르베르트의 잔등의 표지는 나에게 이미 일찍이 무명지를 약속했고 그리고 헤르베르트의 상흔이 약속을 수행하기 전에는 북채가 나에게 세 번째 생일 이래 상흔과 생식기, 그리고 마지막으로 무명지를 약속한 것이었다.
 그러나 나는 더 거슬러올라가지 않으면 안 된다. 즉 태아 때, 오스카르가 아직도 오스카르라는 이름으로 불리고 있지 않을 때 이미 나의 탯줄과 놀았다는 사실이 잇따라 북채, 헤르베르트의 상흔, 이따금 벌어지는 연한 연상의 여인의 분화구, 그리고 마지막으로 무명지를 약속했다. 그리고 소년 예수의 성기 이래, 나의 실신(失神)과 제약받은 가능성과의 변덕스러운 기념물처럼 내가 의젓하게 매달고 있는 나 자신의 성기를 되풀이하여 약속한 것이다.
 오늘 나는 또다시 북채를 손에 들었다. 상흔, 부드러운 부분, 나의 그 물건, 지금에 와서는 좀처럼 일어나지 않는 강력한 무장을——아마도 나의 북이 줄거리대로 우회로를 통해서이기는 하지만——나는 기억하고 있다. 내가 세 살 때 생일을 다시 한 번 축하할 수 있기 위해서는 내가 서른 살이 되지 않으면 안 된다. 여러분이 추측하신 대로 오스카르의 목표는 탯줄로 돌아가는 일이다. 다만 그러기 위해서만 나는 장황하게 헤르베르트 트루친스키의 상흔에 얽매이는 것이다.
 내가 다시 친구의 등을 묘사하고 설명하기 전에, 오라의 창부가 그의 좌경골(左脛骨)을 문 자국을 제외하고는 크고 막을 길이 없는, 즉 목표를 정하기 쉬운 그의 신체의 전면에는 상처가 하나도 없다는 것을 미리 말해 두지 않으면 안 된다. 놈들은 뒤에서만 그에게 달려든 것이다. 그는 뒤에서만 습격당한 것이다. 그의 등에만 핀란드와 폴란드의 칼, 시파이허 섬의 하역 인부의 단도, 연습함 견습 사관의 잭나이프는 표지를 남긴 것이다.
 헤르베르트가 점심을 먹어치웠을 때——일주일에 세 번은, 누구도 트루친스키 아주머니 만큼 얇게, 기름을 적게, 그러면서도 아삭아삭하게 감자 비스킷을 구울 수는 없다——즉 헤르베르트가 접시를 옆으로 치웠을 때 나는 〈시사 신보〉를 건네 주었다. 그는 바지 멜빵을 늘어뜨리고 셔츠를 벗고 신문을 읽으면서 내가 그의 등에 대해 질문하는 것을 허용해 주었다. 트루친스키 아주머니도 이 질문 시간에는 대개 식탁에서 떠나지 않고 낡은 양말의 털실을 풀며 찬성의 맞장구를 치기도 하고 반대의 주석을 달기도 했으며 이따금 헤르베르트의 침대 맞은쪽 벽에 걸려 있는 유리 뒤에 끼워진 수정된 사진의 사나이가 당한──사람들은 어떻게든 받아들일 수도 있지만──무서운 죽음을 예로 드는 것을 잊지 않았다.

　질문은 상흔의 하나를 손가락으로 가볍게 두드리는 것으로 시작되었다. 이따금 나는 북채 하나로 두들기는 경우도 있었다.

「다시 한 번 눌러 봐, 꼬마야, 어느 것인지 모르겠다. 그놈은 오늘은 자고 있는 모양이다.」 그래서 나는 다시 한 번 좀더 세게 눌렀다.

「아아, 그것? 그것은 우크라이나 사람이었어. 그놈은 구딩겐의 사나이와 함께 마시고 있었어. 처음에는 형제처럼 한 탁자에 앉아 있었어. 그러다가 구딩겐의 사나이가 그놈더러 로스케라고 말했어. 우크라이나 놈은 참지 못하더군. 다른 일 같으면 무엇이든 용서할 수 있지만 로스케라고 불리는 것만은 참을 수 없다는 것이었어. 놈은 재목을 끌고 비스라 강을 내려왔어, 그 전에 다른 강도 두세 개 지나서 말이지. 그래서 장화 속에 듬뿍 돈을 가지고 있었어. 구딩겐의 사나이가 로스케라고 말했을 때는 이미 시타르부시네 가게에서 한 자리에 있던 놈에게 장화의 절반이나 털어서 한턱냈을 때라고. 나는 곧 두 사람을 떼어 놓지 않으면 안되었어. 얌전하게 말이지. 그것이 내 방법이니까. 그런데 헤르베르트의 두 손은 아직도 놈들을 잡고 있었어. 그때 우크라이나 놈이 나를 향해서 바사폴라크(폴란드 말을 쓰는 상부 실레지아 인)라고 말했어. 그러자 하루 종일 준설선에서 흙탕을 헤집고 있던 폴란드 인이 나에게 나치 같은 말을 했어. 이봐 오스카르, 너는 헤르베르트 트루친스키가 어떤 사람인지 알고 있지? 즉, 준설선의 사나이는 화부(火夫) 같은 놈이었는데 즉석에서 넘어져서 변소 앞에 나가뻗었어. 나는 곧 우크라이나 인에게 바사폴라크와 단치히의 똘마니가 어떻게 다른가를 보여 주려고 했지. 그때 놈이 뒤에서 나를 찔렀어──그것이 이 상처라고.」

　헤르베르트는 『그것이 이 상처라고.』 하고 소리를 높여 말함과 동시에 언제나 신문지를 뒤적거렸는데 나에게 다음 상처를 누르는 것을 허용하기 전에 보리 커피를 몇 모금 마셨다.

「아아, 그것? 그건 약간 스친 상처야. 이 년 전이었던가, 필라우에서 수뢰 전대(水雷戰隊)가 이곳에 기항했을 때야, 수병놈들이 몹시 건방지게 굴더군, 놀고 있는 동안에 아가씨들이 놈들에게 미쳐 버리고 말았어. 어째서 그런 건달들이 해군에 들어갔는지 나는 지금까지도 알 수가 없어. 드레스덴에서 왔다고들 하더군. 상상해 보라고, 오스카르. 드레스덴에서 왔다니 말이야! 하지만 너는 수병이 드레스덴에서 왔다고 해봤자 그것이 무슨 뜻인지 알 수 없겠지만.」

아름다운 엘베 강변의 드레스덴에 너무나도 집착하고 있는 헤르베르트의 마음을 거기에서 꾀어내어 다시 노이파르바사로 돌아오게 하기 위해서 나는 다시 한 번 이른바 그의 『약간의 스친 상처』를 가볍게 건드렸다.

「응? 무슨 말을 했었지? 그렇지 참, 놈은 수뢰정(水雷艇)의 신호수였어. 허풍을 떨다가 마침 배를 건(乾)항구에 넣어 두고 있는 어느 차분한 스코틀랜드 인과 시비가 붙었어. 쳄발로, 우산, 그런 것이 원인이었지. 나는 놈에게 조용히 하라고 말했지. 그것이 내 방식이거든, 그런 얘기는 그만두라고 말야. 특히 스코틀랜드 인은 한 마디도 알아듣지 못하고 여전히 소주로 탁자에 그림만 그리고 있었어. 그래서 내가 젊은 친구를 향해 이렇게 말했지, 돌아가게나, 자네는 이런 자네네 나라에 있지 말고 국제연맹에라도 가라고 말야. 그러자 수뢰정의 독일놈이 나더러 『전리품(戰利品) 독일인.』이라고 하더군. 작센 사투리로 말야. 알겠냐?──나는 조용해지게끔 한두 방 먹였지. 반 시간쯤 뒤에 나는 마침 책상 밑으로 굴러간 굴덴 은화를 찾으려고 허리를 굽혔지. 책상 밑은 어두워서 잘 보이지 않았어. 그때 작센 놈이 비수를 꼬나들고 재빨리 나를 찌르더군.」

헤르베르트는 웃으면서 〈시사 신보〉를 뒤적거리고 『이것이 그 상처라고.』 덧붙이고는 투덜투덜 잔소리를 하고 있는 트루친스키 아주머니에게 신문을 들이대며 일어나는 동작을 취했다. 헤르베르트가 화장실에 가기 전에──그가 어디로 가려는지는 얼굴 표정으로 알 수 있었다──그는 탁자 모서리에 이미 엉덩이를 올려 놓고 있었으나 나는 재빨리 스카트 카드의 길이만큼 폭넓은, 흑자색으로 꿰맨 자국이 있는 상처를 가볍게 건드렸다.

「헤르베르트는 화장실에 가야 해, 꼬마야. 갔다와서 말해 줄게.」

그러나 나는 다시 한 번 상처를 건드리고 손발을 동동 구르며 세 살 난 어린애 같은 시늉을 했다. 그것으로 언제나 성공하곤 했다.

「좋아 좋아, 얌전히 하고 있어. 하지만 간단히 말하겠어.」하고 헤르베르트는 다시 앉았다. 「이것은 1930년의 크리스마스 때였어. 항구에서는 아무 일도 일어나지 않았어. 하역 인부는 거리를 어슬렁거리며 누가 침을 멀리 뱉는가 내기를 하고 있었어. 한밤중의 미사 뒤——우리는 마침 폰스를 다 만든 참이었어——그러자 벌써 깨끗이 머리를 빗고 푸른 옷에다 에나멜 구두를 신은 스웨덴과 핀란드 인이 맞은편 선원 교회에서 나오고 있었어. 그때부터 별로 좋은 예감은 들지 않더군. 나는 가게의 문간에 서서 무척이나 믿음이 깊은 얼굴들을 보고 있었지. 놈들이 닻이 새겨진 단추로 무엇을 하며 놀까 하고 생각했지. 그때 벌써 시작되었어. 칼은 길고 밤은 짧다라고나 할까. 핀란드와 스웨덴 인은 전부터 언제나 못 마땅하게 생각하고 있었어. 그런데 헤르베르트 트루친스키가 놈들에게 어째서 쓸데없는 간섭을 해야 했는지는 악마만이 알고 계시지. 나는 열중하고 말았어. 무언가 일어나면 헤르베르트는 가만히 있지 못하거든. 그 순간 나는 문에서 뛰쳐나갔지. 시타르부시가 그래도 『조심하라고, 헤르베르트.』하고 소리지르더군. 하지만 나는 사명을 느끼고 있었어. 목사를 말이지, 아주 작고 젊은 사람이었는데 마르메의 신학교에서 갓 부임한 참이었어, 같은 교회에서 핀란드나 스웨덴 인과 함께 크리스마스를 보낸 일은 아직 없었어, 그 목사를 도와 주려고 한 거야. 무사히 집에까지 바래다 주려고 목사의 겨드랑이에 손을 넣고 도와 주려고 했지. 목사의 옷을 붙잡았을까 말까 한 바로 그때였어, 섬뜩한 것이 뒤에서 푹 쑤시더군. 그때는 크리스마스 밤인데도 『새해 복 많이 받으세요.』라는 말을 생각하고 있었어. 정신을 차리고 보니까 가게의 계산대 위에 누워 있더군. 내 깨끗한 피가 맥주 컵 안에 흐르고 있었어. 공짜로 말야. 시타르부시가 적십자의 고약 상자를 가지고 와서 나에게 이른바 가(假)붕대를 감아 주고 있는 참이었어.」

「어쩌자고 너는 목사 따위에게 신경을 썼단 말이냐.」 하고 트루친스키 아주머니는 화를 내며 틀어올린 머리에서 뜨개 바늘 하나를 뽑았다. 「평소에는 교회에 간 적도 없으면서, 참 모를 일이구나.」

헤르베르트는 손짓으로 가로막고는 셔츠를 내리고 바지 멜빵을 늘어뜨린 채 화장실엘 갔다. 투덜거리면서 그는 걸어갔다. 그리고 무뚝뚝하게 말했다. 「이것이 그 상처라고.」

그가 걷기 시작한 모습은 마치 교회와 교회에 연관된 칼부림 사건에서 짐짓 떠났으면 하고 생각하고 있는 것 같았다. 그리고 또 화장실이라는 것이 사람을 명상가로 만드는 장소이며, 언제부터인가 그러한 장소가 되었고, 언제까지나 그러한 장소로 남아 있을 것이라는 것 같았다.

몇 주일 뒤에 나는, 말도 하지 않고 질문 시간을 기다려 주지도 않는 헤르베르트를 발견했다. 나에게는 그가 슬픔에 잠겨 있는 것처럼 보였으나 그래도 언제나 보아온 잔등의 붕대는 없었다. 뿐만 아니라 그야말로 다른 사람들과 마찬가지로 거실의 소파에 벌렁 등을 깔고 누워 있었다. 그는 다쳐서 침대에 누워 있는 것이 아닌데도 중상을 입고 있는 것처럼 보였다. 나는 헤르베르트가 한숨을 쉬며 하느님이나 마르크스나 엥겔스를 부르면서 저주의 말을 입에 담고 있는 것을 들었다. 이따금 그는 공중에서 주먹을 휘두르고 다음에 그것을 가슴 위에 내려 놓고 다른 한쪽 주먹을 그 위에 포개었다. 그는 메아 쿨파 메아 막시마 쿨파(이는 내 탓이로다, 이는 나의 큰 잘못이로다.)라고 부르짖는 가톨릭 교도처럼 자기를 두들기고 있었다.

헤르베르트는 라트비아 인 선장을 타살한 것이었다. 확실히 재판소는 그에게 무죄 판결을 내렸다──그의 직업상 그러한 일은 가끔 있게 마련이지만──이때도 정당 방위를 위해서 한 일이었다. 그러나 무죄 판결에도 불구하고 라트비아 인은 소생하지 않았다. 그 선장은 날씬하고 게다가 위장병을 앓고 있는 작은 사나이라고 하였는데 백 파운드의 무게로 급사를 괴롭힌 것이다.

헤르베르트는 이제 일을 하러 나가지 않았다. 그는 사직하겠다고 말한 것이다. 가게 주인 시타르부시가 몇 번이나 찾아와서 헤르베르트의 소파 옆에 앉거나 부엌 탁자의 트루친스키 아주머니 옆에 앉아 헤르베르트를 위해서는 1900년 산 시토베의 진 한 병을 서류 가방에서 꺼내고 트루친스키 아주머니를 위해서는 자유항에서 입수한 날 커피콩을 반 파운드 내놓았다. 그는 헤르베르트를 설득하려고 시도하기도 하고 트루친스키 아주머니에게 아들을 설득해 달라고 부탁하기도 했다. 그러나 헤르베르트는 언제나 건들거리며——세상의 말을 빌자면——질문을 피하곤 했다. 그는 이제 노이파르바사에서, 즉 선원 교회의 맞은편에서 급사 노릇을 할 생각은 없었다. 그럴 마음이 전혀 없었다. 이제는 급사를 할 생각이 전혀 없었던 것이다. 급사 노릇을 하면 칼에 찔린다, 찔린 사람은 어느 날 작은 라트비아 인 선장을 타살한다, 그가 선장을 자기의 신체에서 떼어 놓기 위해서, 그가 핀란드, 스웨덴, 폴란드, 자유시, 독일 제국의 사람들로부터 받은 상흔과 나란히 종횡으로 되새겨진 헤르베르트 트루친스키의 잔등에 다시 라트비아의 상처를 남기는 것을 라트비아 인의 칼에 허용치 않기 위해서.

「차라리 나는 세관에 가겠어. 다시 노이파르바사의 급사가 될 정도라면.」 하고 헤르베르트는 말했다. 그러나 그는 세관에 가지 않았다.

니오베

1938년, 세금이 인상되고 이따금 폴란드와 자유시 사이의 경계가 폐쇄되었다. 나의 할머니는 경편 철도를 타고 매주 랑푸르에 올 수 없게 되었다. 그녀의 노점은 닫지 않으면 안 되었다. 그녀는 이른바 알을 까는 참된 기쁨을 가지지 못하고 알을 품고 있었던 것이다. 항구에서는 청어 냄새가 하늘을 찌르고 화물은 산더미처럼 쌓이고 그리고 정치가는 회담을 열어 의견 일치를 보았다. 다만 나의 친구 헤르베르트만은 분열되고 직업이 없는 채 소파에 누워서 태어나면서부터 고생길에 들어선 사람처럼 이것저것 번뇌에 시달리고 있었다.
 더욱이 세관은 급료와 빵을 내밀고 있었다. 녹색 제복과 감시하고 있지 않으면 안 되는 녹색 국경을 내밀고 있었다. 헤르베르트는 세관에 가지 않았다. 이제는 급사가 될 생각도 없었다. 이제는 다만 소파에 누워서 고민만 하면서 지내고 싶었다.
 그러나 사람은 일을 하지 않으면 안 된다. 그렇게 생각한 것은 트루친스키 아주머니만은 아니었다. 그녀는 아들 헤르베르트가 다시 노이파르바사의 급사가 되도록 설득해 달라는 선술집 주인 시타르부시의 당부를 거부하기는 했지만 헤르베르트를 소파에서 끌어내는 일에는 찬성이었다. 그도 두 칸짜리 집에 싫증이 나 있었고 다만 겉으로만 번민하고 있었다. 그리고 어느 날 하찮은 인부의 일자리를 찾기 위해 〈시사 신보〉나 본의 아니게 나치 신문 〈전초〉의 구인난을 훑어보기 시작했다.
 나는 할 수만 있다면 그를 도와 주고 싶었다. 헤르베르트 같은 사나이가 그에게 알맞는 교외 항구 거리에서의 일 이외에 일시적인 모면을 위해 다른 돈벌이를 쫓아다닐 필요가 있었던 것일까? 하역 인부라든가 임시 고용직이라든가 썩은 청어를 파묻는 일거리를.
 나는 갈매기에 침을 뱉고 씹는 담배를 질근질근 씹으면서 모틀라우 다리 위에 있는 헤르베르트를 상상할 수 없었다. 나는 헤르베르트와 짜고 장사를 시작하면 잘될는지도 모른다는 생각에 사로잡혔다. 일주에 한 번, 또는 한 달에 한 번이라도 좋다. 두 시간쯤 집중적으로 일을 하면 우리는 성공할 수 있을 것이다. 오스카르는 오랜 경험으로 이 분야에서는 사정이 밝으니까 주목할 만한 물건이 있는 진열장을 여전히 다이아몬드 같은 그의 목소리로 깨고, 동시에 헤르베르트를 망지기로 만들어 놓고 재빨리 손을 쓸 준비를 하게 하는 것이다. 우리는 버너도, 맞열쇠도, 도구 상자도 필요치 않았다. 우리는 바늘도 총도 가지지 않고 외출했다.『죄수 호송차』와 우리들, 그것은 접촉할 필요가 없는 두 개의 다른 세계였다. 도적과 상업의 신 메르쿠르는 우리를 축복했다. 왜냐하면 처녀좌의 별 밑에 태어난 나는 그 스탬프를 가지고 있어서 때때로 단단한 대상에 도장을 찍었기 때문이다.

이 에피소드를 무시하는 것은 의미가 없을 것이다. 그래서 간단하게 보고하지만 그렇다고 죄를 고백하지 않겠다는 것은 아니다. 헤르베르트와 나는 그가 직업을 가지지 않고 있는 동안에 식료품 가게에서 두 번 중하지 않은 강도짓을 하고 모피상에서 한 번 화려한 장사를 했다. 푸른 여우 석 장, 바다표범 한 장, 페르시아 제(製) 토시를 한 개, 예쁘지만 그렇게 값이 비싸지 않은, 내 불쌍한 어머니 같으면 즐겨 입었으리라고 생각되는 플란넬 외투 한 벌, 그것이 수확이었다.

　우리가 강도짓을 단념한 이유는 격에도 맞지 않게 이따금 죄악감에 사로잡혔기 때문이기도 하지만 그보다는 차라리 훔친 물건을 처리하기가 점점 어려워졌기 때문이다. 헤르베르트는 물건을 유리하게 처분하기 위해 또다시 노이파르바사로 가지 않으면 안 되었다. 그 교외의 항구 거리에만 솜씨 좋은 중개인이 있었기 때문이다. 그러나 그 거리는 위장병 때문에 여윈 라트비아의 선장을 끊임없이 그에게 상기시켰으며 그는 시하우의 작은 길, 하켈 공장 옆, 시민의 들판 등 도처에서 물건을 처분하려고 했다. 다만 모피가 버터처럼 사라져 없어지는 파르바사에만은 가지 않았다. 이렇게 해서 우리의 노획물을 처분하는 데에는 시간이 걸렸다. 결국 식료품 가게의 물건은 트루친스키 아주머니네 부엌으로 흘러갔고 페르시아 제(製)의 토시도 어머니에게 선물하고 말았다. 아니, 헤르베르트는 어머니에게 선물하려고 했다고 말하는 편이 옳을 것이다.

　트루친스키 아주머니가 그 토시를 보았을 때 그녀는 농담을 하지 않았다. 물론 식료품은 법률에 저촉되지 않을 정도의 가벼운 절도라고 생각했는지 잠자코 받기는 했다. 그러나 토시는 사치를 의미했고 사치는 경솔을 의미했고 경솔은 감옥을 의미했다. 트루친스키 아주머니의 생각은 단순하고 옳았다. 그녀는 쥐의 눈을 하고 틀어올린 머리에서 뜨개 바늘을 싹 뽑아들어 그것을 아들에게 겨누고 말했다.「너도 아버지처럼 죽게 될 거다.」그리고는 아들 헤르베르트에게〈시사 신보〉인지〈전초〉인지를 들이댔다. 그녀에게는 어느 거나 똑같은 신문이었다.「자, 너는 온전한 직업을 찾아야 해, 막벌이꾼 같은 것은 안돼. 그렇지 않으면 밥을 먹이지 않을 테다.」

헤르베르트는 다시 일주일 동안 번민의 소파에 누워 있었다. 견딜 수 없는 기분이었다. 그리고 상흔에 대한 질문도, 많은 노획물을 약속하는 진열장을 다시 찾는 것도 생각조차 할 수 없는 일이었다. 나는 친구의 기분을 잘 알 수 있었다. 나는 그의 고뇌의 마지막 찌꺼기를 그가 혼자서 맛볼 수 있게 내버려 두었다. 그래서 나는 시계방의 라우프샤트와 그의 시간을 빼앗고 있는 시계 옆에 있거나 음악가 마인과 다시 한 번 어울리려고 했다. 그러나 그는 이제 소주를 한 방울도 마시지 않았고 지금에 와서는 전적으로 트럼펫으로 돌격대 기마 군악대의 악보를 쫓아다니고 있어서 몸차림도 단정하고 원기도 왕성했다. 한편 취해 있기는 했어도 무척 음악적이었던 시절의 유물인 네 마리의 고양이는 비참한 취급밖에 받지 못했기 때문에 차츰차츰 야위어갔다. 그 대신 어머니가 살아 있을 때는 언제나 마주 앉아서 술을 마시던 마체라트가 자주 밤늦게 멍한 눈으로 작은 술잔을 앞에 놓고 앉아 있는 것을 발견하곤 했다. 그는 사진첩을 뒤적여, 현재 내가 하고 있는 것처럼, 어떻든 적절하게 노출된 조그만 사각 속의 불쌍한 어머니에게 생명을 부여하려 했고 한밤중에는 감정을 억제하지 못해 울음을 터뜨렸다. 그러한 때 여전히 음산한 얼굴로 서로를 노려보고 있는 히틀러나 베토벤에게 『너』라는 친밀한 말을 써서 불렀다. 귀머거리 천재도 대답을 해준 것 같았는데 금욕주의의 총통은 대답하지 않았다. 즉 주정뱅이 반장인 마체라트 따위는 하늘의 뜻에 어울리지 않았던 것이다.

어느 화요일——북의 덕분으로 분명히 기억하고 있다——사태는 갈 데까지 가고 말았다. 즉 헤르베르트는 급히 옷을 입은 것이다. 그는 위가 좁고 아래가 헐렁한 데다 식은 커피가 묻어 있는 푸른 바지를 트루친스키 아주머니에게 솔질하게 하고 바닥이 고무인 구두에 억지로 발을 쑤셔 넣고는 닻이 새겨진 단추가 달린 저고리에 몸을 집어 넣었다. 그리고는 자유항에서 입수한 하얀 실크 머플러를 목에 두르고 역시 자유항의 분토에서 자란 오드콜로뉴를 홀뿌리고 파란 차양이 달린 모자를 쓴 채 의젓하게 서 있었다.

헤르베르트는 『어디, 인부 자리라도 찾아볼까?』 하고 말하고 하인리히 황태자를 연상케 하는 모자를 비스듬히 왼쪽으로 눕히고는 그야말로 거만한 모습이 되었다. 트루친스키 아주머니는 신문을 떨어뜨렸다.

다음날 헤르베르트는 직장과 제복을 얻었다. 그는 짙은 회색 옷을 입고 있었다. 세관의 녹색이 아니었다. 그는 해양 박물관의 수위가 된 것이다.

고스란히 보존할 가치가 있는 이 거리의 모든 것과 마찬가지로 해양 박물관의 귀중품은 어떻든 박물관에 어울리는 낡은 도시 귀족의 저택을 가득 메우고 있었다. 그 건물은 바깥쪽에는 돌로 된 테라스와 아직도 덕지덕지 달려 있는 정면의 장식이 그대로 보존되어 있고 내부는 검은 떡갈나무에 조각이 베풀어져 있고 나선형의 층계가 달려 있었다. 이 항구 도시의 역사가 정중한 일람표로 만들어져서 게시되어 있었는데 그 명성은 언제나 높았기 때문에 강력한, 하지만 대개는 비참한 이웃나라들 사이에서 빛바랜 것이 되었고 빛바랜 채 남아온 것이다. 독일 기사단(騎士団)과 폴란드 여왕으로부터 사들인 문서로 확인된 어마어마한 이 특권들. 비스라 강 하구의 해역을 포위 공격하는 실로 갖가지로 채색된 동판화. 거기에서는 불행한 스타니스라우스 레시치니스키가 시의 성벽 안에 머물러 있고 그의 앞을 작센의 대립 황제가 도망쳐 간다. 유화를 보면 그가 얼마나 겁을 먹고 있는지 분명히 알 수 있다. 수석 대주교 포토츠키와 프랑스 대사 드 몽티도 겁을 먹고 있다. 라시 장군 휘하의 러시아 군이 시를 포위했기 때문이다. 이 그림에서는 모든 것이 상세하게 설명되어 있어서 정박지의 백합의 군기 아래에 있는 프랑스 배의 이름까지도 읽을 수 있다. 화살표 한 개가 가리키는 바에 의하면 시가 8월 3일에 내주지 않으면 안 되었을 때 스타니스라우스 레시치니스키 왕은 이 배를 타고 로트링겐으로 달아난 것이다. 그러나 볼 만한 진열품의 대부분은 전리품이다. 패전이 박물관에 노획물을 제공하는 일은 절대로 없다고 하더라도 극히 드문 일이기 때문이다.

그렇기 때문에 자랑하는 수집품은 큰 피렌체 돛배의 선수상(船首像)이다. 이 배는 브뤼쥐를 모항으로 하고 있기는 했으나 피렌체 출신의 상인인 포르티나리와 타니의 것이었다. 단치히의 해적들과 시의 선장 파울 베네케와 마르틴 바르데비크가 1473년 4월 제란트 섬의 해안에서 슬루이 항을 앞에 두고 지그재그로 항진하고 있던 그 배를 나포하는 데 성공한 것이었다. 나포하자 즉시 그들은 다수의 승무원을 고급 선원이나 선장과 함께 모두 죽이고 말았다. 배와 그 탑재품은 단치히로 운반됐다. 메믈링이 그린, 접을 수 있게 된 『최후의 심판』과 금으로 된 세례반 (洗禮盤)은——두 개 모두 피렌체 인인 타니의 주문으로 피렌체의 교회를 위해 만들어졌다——마리아 교회에 진열되어 있다. 내가 아는 바로는 『최후의 심판』은 오늘날에도 폴란드 가톨릭 교도의 눈을 즐겁게 해주고 있다. 선수상이 전후에 어떻게 되었는지는 여전히 모른다. 내가 있었을 무렵에는 해양 박물관이 보존하고 있었다.

그것은 나무로 만든 풍만한 녹색의 나녀(裸女)였다. 그 여인은 높이 쳐든 두 팔을 손가락이 모두 앞으로 향하게 마주 잡고 목적에 어울리는 두 개의 유방 너머로, 호박(琥珀)을 상감한 눈으로 곧바로 내려다보고 있었다. 이 여인, 이 선수상이 불행을 초래한 것이다. 상인인 포르티나리가 이 조각을 의뢰하여 그와 친했던 플란더즈 소녀의 치수대로, 선수상의 조각으로는 유명했던 조각가에게 만들게 한 것이다. 돛배의 뱃머리에 있는 경사 돛대 밑에 그 녹색의 상을 매달자마자 그 소녀는 당시 흔히 있었던 일이지만 마녀 재판에 회부되었다. 그녀는 화형에 처해지기 전에 준엄한 문초를 당한 끝에 다시 그녀의 후원자인 피렌체의 상인과 역시 그녀의 치수를 정확하게 잰 조각가까지도 끌고 들어갔다. 포르티나리는 불을 무서워하여 스스로 목을 맸다고 한다. 조각가는 앞으로 마녀를 선수상으로 만들지 못하도록 그 재주 좋은 두 손을 잘리고 말았다. 아직도 브뤼쥐에서 재판이 행해지며 사람의 이목을 끌고 있는 동안에——그것은 포르티나리가 부자였기 때문인데——그 선수상을 단 돛배는 파울 베네케 일당의 손에 들어갔다. 또 한 사람의 상인인 타니 씨는 해적의 도끼에 맞아 살해되었다. 다음은 파울 베네케의 차례였다. 즉 몇 년 뒤 그는 고향의 도시 귀족 사이에서 명망을 잃어 시토크 탑의 안뜰에서 익사하고 말았다. 이미 항구에서는 베네케가 죽은 뒤, 그 선수상의 뱃머리에 단 배는, 그것을 달자마자 곧 불태워졌고 다른 배에도 옮겨 붙었다. 물론 그 선수상도 함께 불태워졌지만 그것은 불에 강했다. 게다가 모양이 뛰어났기 때문에 선주 사이에 되풀이해서 애호자가 나타났다. 그러나 그 여인은 본래 놓여져야 할 자리에 놓이자마자 그때까지는 매우 온순했던 승무원들이 그녀의 배후에서 폭동을 일으켜 많은 사상자를 내곤 했다. 1522년, 유능한 에바하르트 페르바 지휘하의 단치히 해군의 덴마크 원정은 실패로 끝나고 페르바는 실각, 시에는 피비린내 나는 반란이 일어났다. 물론 역사는 종교 투쟁에 대해서 말하고 있다――1923년에 프로테스탄트 목사 헤게가 대중을 이끌고 시의 일곱 군데 교회에서 성상(聖像)을 파괴했다――그러나 우리는 언제까지나 이렇게 꼬리를 끄는 불행이 이 선수상 때문이라고 생각하고 있다. 즉 그것은 페르바의 뱃머리를 장식하고 있었던 것이다.

　오십 년 뒤, 시테판 바토리가 무모하게도 시를 포위 공격했을 때 올리바 수도원장 카스파르 예시케는 속죄의 기도를 올리고 이 선수상, 이 죄많은 여인에게 책임을 뒤집어씌웠다. 시로부터 이 여인을 선물받은 폴란드 왕은 그녀를 전진(戰陣)에 데리고 가서 잘못된 조언을 받았다. 이 나무에 새겨진 여인이 시를 습격한 스웨덴 원정군에게 어느 정도의 영향을 미쳤는지, 또 스웨덴 군과 기맥을 통한 광신적인 에기디우스 시트라우흐 박사의 수년에 걸친 감금 생활이 다시 시에 돌아와 있던 이 녹색의 여인을 불사를 것을 어느 정도까지 요구했는지 모른다. 약간 나쁜 보고가 전하는 바로는 실레젠에서 도망쳐온 오피츠라는 시인이 이 시에서 후대를 받고 있었는데도 너무나 어처구니없이 죽고 만 것은 그가 이 위험한 조각을 어느 헛간에서 발견하고 그것을 시로 읊으려 했기 때문이라는 것이다.

　18세기 말엽, 즉 폴란드가 분할되었을 무렵에 처음으로 무력으로 이 시를 지배하지 않으면 안 되었던 프로이센 인이 『목각의 니오베』에 대해 프로이센 왕국의 금지령을 공포했다. 처음으로 그녀는 문서에 이름이 올려졌고, 즉시 저 시토크 탑으로, 즉 그 안뜰에서 파울 베네케가 익사했고 그 회랑에서 내가 원격작용의 노래를 처음으로 시도하여 성공을 거둔 시토크 탑으로 강제로 이전당했다, 아니 감금당했다고 하는 것이 옳을 것이다. 거기에서 그녀는 인간의 공상 중 가장 뛰어난 산물인 고문(拷問) 기구들과 마주하여 19세기 동안 내내 편안하게 잠들어 있었던 것이다.

내가 1932년에 시토크 탑에 올라가 내 목소리로 시립극장의 로비에 있는 창을 방문했을 때 니오베는——사투리로『다트 그리네 마리에르헨』이라든가 『데 그리네 마리에르』(녹색의 소녀라는 뜻)라고 불리고 있었는데——이미 수년 전 고맙게도 탑의 고문실에서 제거되어 있었다. 그렇지 않았더라면 의사 고전적인 건물에 대한 나의 공격이 성공했을지 어떨지 알 수가 없다.

니오베를 가두어 두었던 고문실에서 끄집어내어 자유시 건설 뒤에 생긴 해양 박물관에 들어앉힌 사람은 외지에서 왔기 때문에 아무것도 모르는 박물관장임이 틀림없다. 그뒤 곧 그는 패혈증으로 죽었는데 지나치게 열성적인 이 사나이는 설명문 위에 니오베라는 이름의 선수상이 장식되어 있음을 나타내는 명찰을 붙이고 있을 때 패혈증에 걸린 것이다. 그의 후임은 시의 역사를 잘 알고 있는 신중한 사나이였기 때문에 니오베를 또다시 멀리하려고 했다. 그 사나이는 이 위험한 목각 소녀를 뤼베크에 기증하려고 했는데 뤼베크는 이 선물을 받지 않았다. 트라베 강변에 있는 소도시가 벽돌로 지은 교회를 제외하고는 이번의 폭탄 전쟁을 비교적 말짱하게 치를 수 있었던 것은 단지 이 이유 때문이었다.

니오베 또는『데 그리네 마리에르』는 이런 이유로 해양 박물관에 남게 되었고 박물관이 개관된 지 불과 십사 년 동안에 두 사람의 관장이 죽음을 당했다——신중한 사나이는 죽은 것이 아니라 전임이 되었지만——또 저 중년의 사제는 그녀의 발 밑에서 죽고 공과대학의 한 학생, 대학 입학 자격을 갓 딴 페트리 고교의 최상급생 두 명의 횡사가 잇따르고 네 명의 성실한, 대개는 결혼을 했던 박물관 수위도 죽고 말았다.

어느 사람이나, 공과대학생까지도 밝은 얼굴로 죽어 있었는데 그 가슴에는 해양 박물관에서밖에 볼 수 없는 종류의 날카로운 물체가 박혀 있었다. 즉 선원용 칼, 적선을 낚아채는 닻, 작살, 황금 해안의 섬세한 조각이 되어 있는 창날, 돛을 꿰매는 바늘 등이다. 그리고 마지막에 죽은 고교 최상급생만은 처음에 자기의 주머니칼, 다음에 컴퍼스를 사용하지 않으면 안 되었다. 그가 죽기 직전에 박물관에 있던 날카로운 물체는 모두 사슬에 매어져 있거나 유리 케이스에 넣어져 있었기 때문이다.

살인 수사반의 경찰관은 어느 죽음의 경우나 모두 비극적인 자살이라고 발표했으나 시중에서는, 또 신문지상에서도 『데 그리네 마리에르가 자기의 손으로 해치운 것이다.』라는 소문이 자자했다. 정말로 니오베는 사나이나 소년을 삶에서 죽음으로 몰고 갔다고 의심받은 것이다. 사람들은 이러쿵저러쿵 쑥덕거렸고 신문들은 일부러 니오베 사건을 위해서 자유로운 의사 발표의 난을 마련했고 거기에 따라 갖가지 불길한 사건이 화제에 올랐다. 시대에 걸맞지 않는 미신에 대해 시 당국은 담화를 발표했고 이른바 무시무시한 사건이 정말로 일어났다고 증명되기 전에는 경솔한 행동을 삼가라고 주의했다.

녹색의 목각은 계속 해양 박물관에 진열되어 있었다. 올리바의 주립 박물관, 푸줏간 골목의 시립 박물관, 아르투스호프의 관리자는 남자에 미친 이 여인을 인수하기를 거부했기 때문이다.

박물관 수위를 하려는 자가 없었다. 목각 소녀의 감시를 거부한 것은 수위들뿐이 아니었다. 이곳을 방문하는 사람들도 호박의 눈이 빛나고 있는 방을 피해 다녔다. 등신대(等身大)의 조각에 옆에서부터 필요한 광선을 비쳐 주고 있는 르네상스 풍의 창문 뒤는 길고 언제나 조용했다. 먼지도 쌓였다. 청소하는 여자들도 오지 않았다. 한때는 귀찮을 만큼 밀어닥치던 사진가들도 그 중의 한 사람이 선수상을 촬영한 지 얼마 안 되어——확실히 자연사이기는 하지만——그 사진과의 관련으로 사람들의 눈에 띄게 죽었기 때문에 자유시, 폴란드, 독일 제국, 아니 프랑스의 신문에조차 살인 조각의 프래쉬 사진을 제공하지 않게 되었고 그들이 가지고 있던 니오베 상을 말살, 그뒤에는 다만 숱한 대통령이나 국가 원수, 또는 망명 국왕의 도착이나 출발의 모습을 촬영할 뿐이었고 이따금 계획되는 조류(鳥類)의 전람회, 당대회, 자동차 경주, 봄의 홍수를 찍는 것으로 살아가는 것이 있다.

그러한 연유로 이제 급사가 될 생각도 없고 세관에도 절대로 근무하려고 하지 않는 헤르베르트 트루친스키가 박물관 수위의 쥐색 제복을 입고 모든 사람이 『소녀의 쾌적한 방』이라고 부르고 있는 진열실의 문 옆에 있는 가죽 의자에 자리를 차지할 때까지 이런 상태가 계속되었다.

헤르베르트가 첫 출근을 하는 날, 나는 즉시 막스 할베 광장의 전차 정류장까지 그의 뒤를 따라갔다. 그의 일이 무척 걱정이 되었던 것이다.

「집으로 돌아가거라, 오스카르야. 너를 데리고 갈 수 없단다.」

그러나 내가 북과 북채를 들고 나의 큰 친구를 귀찮게 따라붙자 그는 말했다.

「그럼 『높은 문』까지만 따라오너라. 거기에서 돌아가는 거다. 알았지?」

『높은 문』에서 나는 5번선을 타고 돌아가려 하지 않았다. 헤르베르트는 나를 성령 골목까지 데리고 가서 이미 박물관의 테라스에 나 있는 층계를 올라가기 시작하고 있었다. 거기에서 다시 한 번 나를 뿌리치려고 했으나 마침내 한숨을 쉬면서 창구에서 어린이 표를 샀다. 확실히 나는 이미 열네 살이었으므로 마땅히 어른 표를 사지 않으면 안 되지만 그런 것은 내가 알 바 아니었다.

그날 하루, 우리는 우정에 넘친 조용한 하루를 보냈다. 구경꾼도 없고 검사도 없었다. 이따금 나는 반 시간쯤 북을 쳤고 이따금 헤르베르트는 꼬박 한 시간쯤 잠을 잤다. 니오베는 호박 눈으로 멍하니 앞을 바라보고 우리가 보지 않고 있는 하나의 목표를 향하여 두 개의 유방을 내밀고 있었다. 우리는 그녀의 일 따위는 거의 마음에 두지 않았다.

「어떻든 내가 좋아하는 타입이 아니야.」 하고 헤르베르트는 거절했다. 「저것 보라고, 저 올챙이배와 이중턱을.」

헤르베르트는 고개를 갸웃하고 여러 가지 상상을 시작했다.

「보라고, 저 엉덩이, 2인용 장롱만하군. 나는 좀더 귀여운 여자가 좋아, 인형처럼 아담한 여자 말야.」

나는 헤르베르트가 실로 좋아하는 여자의 타입을 세밀하게 묘사하는 것을 귀담아 들으며 큰 삽 같은 손으로 우아한 여성의 윤곽을 만들어내는 것을 보고 있었다. 그것은 오랫동안, 아니 오늘에 이르기까지, 간호사의 흰 옷 밑에 숨어 있어도 내 여성의 이상상으로서 눈꺼풀 속에 남아 있다.

박물관 생활을 시작한 지 사흘째 되는 날 우리는 문 옆의 의자에서 과감하게 떠나 보았다. 청소를 한다는 구실하에. 실상 방안은 엉망이었다. 우리는 먼지를 털고 떡갈나무의 널빤지에서 거미줄과 먹이가 된 신랑을 털고 방을 실제로 문자 그대로『소녀의 쾌적한 방』으로 만든 뒤 빛을 받아 그림자를 던지고 있는 목각의 선수상으로 다가갔다. 니오베에 대해 우리가 전혀 무관심한 것은 아니었다. 너무나도 분명히 그녀는, 확실히 풍만하기는 하지만 형태가 흐트러지지는 않은 아름다움을 주위에 펼쳐 보이고 있었다. 우리는 다만 그녀의 모습을 즐겼을 뿐, 그것을 소유하고 싶어하는 사람의 눈으로 바라본 것은 아니다. 오히려 모든 것을 사정하는 객관적인 감정가의 관찰법을 연습한 것이다. 헤르베르트와 나라는 두 사람, 냉정함을 잃지 않고 차갑게 도취하는 두 사람의 심미가(審美家)는, 엄지손가락을 세워서 여인의 프로포션을 재고 고전적인 팔등신을 기준으로 하여 바라보았으나 니오베는 약간 짧아 보이는 허벅다리를 제외하고는 길이에 있어서는 균형이 잡혀 있었다. 그러나 폭에 대해서 말한다면 골반하며 어깨하며 가슴이 모두 그리스의 기준보다는 네덜란드의 기준을 적용할 필요가 있었다.

헤르베르트는 엄지손가락을 굽혔다.

「침대에선 이 여자, 나한테는 너무 강할 것 같아. 나는 오라와 파르바사 이래로 레슬링은 잘 알고 있지. 그것을 위한 여자라면 나는 필요없어.」

헤르베르트는 화상을 입은 아이였다.

「응, 그녀가 한 손으로 쥘 수 있을 만한 여자이고, 허리가 가늘고, 게다가 소중하게 다루지 않으면 깨질 것 같은 여자라면 나는 더이상 바라지 않아.」

우리는 물론 그런 것이 문제라면 니오베에 대해 그녀의 레슬링 선수 같은 육체에 대해 화도 내지 않았을 것이다. 헤르베르트는 발가벗었거나 반쯤 발가벗은 여자의, 그가 바라고 있거나 또는 바라고 있지 않은, 소극성이라든가 또는 적극성이라는 것이 연약한 여자, 우아한 여자에 의해 주어지지 않는다는 것을, 그리고 중간 정도의 여자나 풍만한 여자에 의해서도 주어지지 않는다는 것을 잘 알고 있었다. 가만히 잠을 잘 수 없는 날씬한 소녀도 있고 나른한 운하의 물처럼 거의 흐름을 느끼게 하지 않는 뚱뚱한 여자도 있다. 우리는 일부러 단순화하여 모든 것을 두 개의 분모로 나누고 니오베를 일부러, 그리고 점점 더 험악하게 모욕하였다.

그래서 헤르베르트는 나를 팔에 안고 나로 하여금 두 개의 북채로 여자의 유방을 두들기게 하고 마지막에는 구름이나 놀 같은 톱밥을, 점점이 흩어져 있기 때문에 벌레는 살고 있지 않은 무수히 많은 벌레 먹은 구멍에서 털어내게 했다. 내가 두들기고 있는 동안 우리는 진짜 눈처럼 생긴 그 호박을 바라보고 있었다. 조금도 움직이지 않고 조금도 깜박이지 않고 눈물도 보이지 않고 눈물이 쏟아지지도 않았다. 위협적으로 주위를 노려보는 증오의 눈은 그 무엇에 의해서도 가늘어지는 일이 없었다. 붉은기를 띠고 있다기보다는 누르스름한, 잘 닦여진 두 개의 눈망울은 그 방의 전시품과 일그러지기는 했으나 햇볕을 받은 창문의 일부를 완전히 비쳐 주고 있었다.

호박이 사람을 기만한다는 것은 누구나 알고 있는 일이다. 우리도 역시 장식품으로까지 출세한 수지(樹脂) 제품의 음험한 수법을 알고 있었다. 그러나 여전히 일면적인 사나이의 방법으로 모든 여성적인 것을 적극적인 것과 소극적인 것으로 나눈다면 우리는 니오베의 무관심한 태도를 좋아한다고 말하고 싶다. 우리는 자기가 안전하다는 것을 느꼈다. 헤르베르트는 심술궂게 키득키득 웃으면서 그녀의 종지뼈에 못을 박았다. 못을 칠 때마다 내 무릎에 아픔을 느꼈으나 그녀는 결코 눈썹을 치켜뜨지 않았다. 녹색으로 융기한 목각이 보고 있는 앞에서 우리는 온갖 나쁜 짓을 했다. 헤르베르트는 영국 제독의 망토 속에 기어들어가 망원경을 손에 들고 거기에 어울리는 제독모를 쓰고 제독의 몸짓을 해보였다. 나는 빨간 조끼와 머리털이 늘어진 가발을 쓰고 제독의 심부름꾼이 되었다. 우리는 트라팔가 해전을 흉내내고 코펜하겐을 포격하고 나폴레옹 함대를 아브키르에서 섬멸하고 이곳저곳 갑(岬)을 돌아서 역사상의 인물이 되었다. 그리고는 다시 네덜란드 마녀의 치수대로 만들어진, 생각건대 모든 것을 시인하거나 결코 인정하지 않는 선수상 앞에서 현대로 돌아왔다.

오늘 나는 모든 것이 우리를 보고 있어서 어느 한 가지 조사당하지 않는 것은 없고 그래서 벽지(壁紙)까지도 인간보다 좋은 기억력을 가지고 있다는 것을 알고 있다. 모든 것을 보고 있는 것은 사랑하는 하느님이 아니다! 부엌의 의자, 다리미, 반쯤 차 있는 재떨이, 혹은 니오베라는 이름의 나무로 만들어진 여자의 닮은꼴도 잊을 수 없는 모든 행위의 목격자가 되기에 충분한 자격을 가지고 있다.

이 주일간이나 또는 그 이상 우리는 해양 박물관에 근무했다. 헤르베르트는 나에게 북을 사주었고 트루친스키 아주머니에게는 두 번째로 위험 수당의 분만큼 많은 주급을 가져다 주었다. 어느 화요일의 일이었다. 박물관은 월요일이 휴일이었는데도 나는 창구에서 어린이의 표와 입장을 거절당했다. 헤르베르트는 이유를 알고 싶어했다. 창구의 사나이는 언짢은 표정을 하고 있었으나 그래도 호의를 나타내 보이면서 앞으로는 어린이의 입장을 허가하지 말라는 청원서가 제출되었다는 이야기를 해주었다. 소년의 아버지인 자기는 거기에 반대한다, 내가 아래의 창구 근처에 있는 것은 자기로서 잔소리를 하지 않겠다, 사무원이며 홀아비인 자기는 지키고 있을 틈이 없기 때문이다, 그러나 그 방, 소녀의 쾌적한 방에 들어가는 것은 나에게 자격이 없기 때문에 허락할 수 없다는 것이었다.

헤르베르트는 벌써 양보하려 하고 있었다. 나는 그를 떠밀며 그를 격려했다. 그리고 그는 한편으로는 매표원의 말에 수긍하고 한편으로는 나를 마스코트, 수호신이라고 하면서 자기를 지켜 줄 어린애의 순진함에 대해서 이야기했다. 즉 헤르베르트는 매표원과 사이가 좋아지고 매표원의 말대로 오늘 하루만이라는 조건으로 내가 해양 박물관에 입장할 수 있도록 허락받았다.

이렇게 해서 나는 다시 한 번 큰 친구의 손에 매달려 니오베가 놓여 있는 삼층까지 꾸불꾸불하고 언제나 새로 기름이 칠해져 있는 나선형 층계를 올라갔다. 조용한 오전이 오고 좀더 조용한 오후가 왔다. 그는 반쯤 눈을 감고 노란 옷의 대가리가 달린 가죽 의자에 앉아 있었다. 나는 그의 발 밑에 웅크리고 있었다. 북은 울리지 않고 있었다. 우리는 뱃전이 높은 배, 프리게이트 배, 코르베트 배, 다섯 돛의 배, 가레이 배, 작은 돛배, 연안용 돛배, 쾌속 돛배를 눈을 가늘게 뜨고 쳐다보고 있었다. 어느 배나 떡갈나무 널빤지 밑에 걸려 있고 순풍을 기다리고 있었다. 우리는 모형 배를 이모저모로 뜯어보며 그 배와 함께 상쾌한 미풍을 기다리며 이

쾌적한 방의 무풍 상태를 두려워했다. 이런 일을 한 것도 모두 니오베를 점검하거나 무서워하지 않기 위해서였다. 녹색의 목각 내부에 서서히, 그러나 의심할 여지도 없이 파고들어 구멍을 뚫고 니오베가 소멸돼감을 우리에게 증명하는 나무 좀벌레의 움직이는 소리가 들렸다면 우리는 무엇을 지불해도 아까울 것이 없었다. 그러나 벌레는 아무 소리도 내지 않았다. 관리인이 목각을 벌레로부터 보호하여 영구히 보존되도록 조처한 것이다. 그래서 우리에게 남은 것은 모형 배뿐이었다. 어리석게도 순풍을 기다리고 있었던 것이다. 니오베에 대한 공포 속에서 푼수를 모르는 장난을 치기도 했지만 우리는 니오베를 우회하여 억지로 모른 체하고 있었다. 만일 오후의 태양이 갑자기 정면에서 니오베의 호박으로 된 왼쪽 눈에 명중하여 불타오르게 하지 않았다면 아마도 우리는 니오베를 잊고 말았을 것이다.

그때 이 발화(發火)에 우리가 놀라지 않으면 안될 이유 같은 것은 아무것도 없었다. 우리는 해양 박물관 삼층에 볕이 쬐는 오후라는 것을 알고 있었다. 광선이 처마에서 떨어져 돛배를 비출 때 시계가 몇 시를 쳤는지, 또는 몇 시를 칠 것인지쯤은 알고 있었다. 사실 오른쪽 마을, 낡은 마을, 후추 마을의 교회가 시간을 쳐서 먼지를 날리는 햇볕이 진행 상황을 시계로써, 역사적인 종의 시계로써 알리고 역사적인 종의 울림으로 우리들의 역사의 수집품에 봉사한 것이다. 태양이 우리에게 역사적인 것이 되고 진열품을 한껏 비추어 니오베의 호박의 눈이 가진 음모에 의심의 눈을 돌렸다는 것은 얼마나 이상한 일인가.

그러나 우리가 놀이에 대해서도, 도발적인 소란에 대해서도 아무런 흥미도 용기도 가지지 않았던 그날 오후, 평소에는 둔감하던 목각으로 된 타오르는 눈길이 두 배나 강하게 우리에게 쏠렸다. 우리는 시무룩해져 가지고 아직도 견뎌야 하는 반 시간이 빨리 지나가기를 기다렸다. 정각 다섯 시에 박물관은 문이 닫혔다.

다음날 헤르베르트는 혼자 출근했다. 나는 박물관까지 따라갔으나 매표장에서 기다리고 있을 생각은 없었다. 나는 그 도시 귀족 저택의 맞은편에 장소를 찾았다. 나는 북을 가지고 구형의 화강암 위에 앉았다.

그뒤에는 어른들이 손잡이로 이용하는 꼬리가 달려 있었다. 층계의 다른 한쪽 측면이 똑같은 주철제의 꼬리가 달린 똑같이 둥근 것에 의해 감시되고 있었음은 말할 것도 없다. 나는 어쩌다가 북을 쳤을 뿐이다. 그러나 두들길 때는 무섭게 세게 쳐서 대개는 여자인 통행인에게 항의하고 그들을 조롱했다. 그러자 그들은 내 옆에 서서 내 이름을 묻고, 당시 이미 짧기는 하지만 가벼운 곱슬머리가 되어 있던 아름다운 머리털을 땀에 젖은 손으로 쓰다듬어 주었다. 오전은 그렇게 해서 지나갔다. 성령 골목 언저리에 굵고, 작게 녹색으로 솟아 있는 탑 밑에서 빨강과 까망의 벽돌로 만든 암탉이 성 마리아를 부화했다. 비둘기들은 금이 간 탑의 벽에서 몇 번씩이나 일직선으로 날아와서 내 가까이로 모여들어 바보 같은 소리를 지껄이고 있었으나 부화기가 얼마나 계속되는지, 무엇을 부화하는 것이 중요한지, 몇 세기나 계속되는 부화가 마침내 자기 목적으로 타락하는 일은 없는지에 대해서는 아무것도 몰랐다.

정오에 헤르베르트는 골목으로 나왔다. 트루친스키 아주머니가 뚜껑이 닫히지 않을 만큼 듬뿍 담아 준 도시락에 그는 손가락만한 소시지를 끼워 넣고 돼지기름을 바른 빵을 나에게 주었다. 기운을 돋우어 주려는 듯이, 그리고 그는 기계적으로 나를 향해 끄덕거렸다. 내가 먹으려 하지 않았기 때문이다. 마침내 나는 먹었다. 아무것도 먹지 않은 헤르베르트는 담배를 한 대 피웠다. 그는 박물관으로 돌아가기 전에 브로트벤켄 골목의 선술집으로 가서 진 두세 잔을 마셨다. 나는 그가 진을 기울이고 있는 동안 그의 목젖을 보고 있었다. 그가 진을 몇 잔씩이나 목구멍에 쏟아 넣는 모습은 아무래도 내 마음에 들지 않았다. 그가 벌써 오래 전에 나선형 층계를 올라가고 내가 화강암의 구형 위에 다시 앉은 뒤에도 친구 헤르베르트의 목젖의 움직임이 아무래도 오스카르의 눈에서 떠나지 않았다.

오후는 빛바랜 다채로운 박물관의 정면을 넘어서 살그머니 다가왔다. 오후는 처마에서 처마로 돌아서 님프와 풍요의 뿔에 걸터앉고, 꽃을 따려는 살찐 천사를 집어삼키고, 휘어지게 그려진 포도송이를 좀더 휘어지게 하고, 시골 축제의 한가운데로 뚫고 들어가 술래잡기를 하고, 장미의 요람으로 뛰어올라 반바지 차림으로 장사를 하는 시민을 귀족의 반열에 끼게 하고, 개에 쫓기는 사슴을 사로잡고 마침내 삼층의 저 창문에 도착했다. 창문은 태양에게 짧기는 하지만 영구히 하나인 호박의 눈을 비추는 것을 허용했다.

나는 천천히 화강암의 구형에서 내렸다. 북이 움직이지 않는 돌에 세게 부딪쳤다. 하얀 북의 몸통에 칠한 니스와 불꽃 모양으로 니스를 칠한 부분이 몇 군데 벗겨져서 테라스로 통하는 층계 위에 하얗고 빨갛게 흩어졌다.

아마도 나는 뭐라고 소리를 지르고 아래를 향해 뭐라고 기도를 하고 뭔가를 헤아린 모양이다. 그뒤 곧 박물관 현관 앞에 구급차가 와서 멎었다. 통행인이 입구를 둘러쌌다. 오스카르는 구급차의 사나이들 속에 섞여 감쪽같이 건물 안으로 잠입할 수 있었다. 이전에 있었던 사고로 박물관 안의 지리에 밝은 사나이들보다도 빨리 나는 층계를 뛰어올라갔다.

내가 헤르베르트를 보았을 때 웃지 않을 수 있었다는 것은 참으로 놀라운 일이었다. 그는 앞쪽에서 니오베에게 매달려 목각과 교미를 하려고 했던 것이다. 그의 머리는 그녀의 머리를 덮고 있었다. 그의 팔은 머리 위에서 깍지 낀 그녀의 팔에 매달려 있었다. 그는 셔츠를 입고 있지 않았다. 문 옆 가죽의자 위에 반듯하게 접어 놓은 것이 나중에 발견되었다. 그의 등은 상흔이라는 상흔을 모두 드러내고 있었다. 나는 이 필적을 읽고 문자를 세었다. 무엇 하나도 빠진 것이 없었다. 그러나 새로 쓰기 시작한 흔적도 찾을 수 없었다.

바로 내 뒤를 따라서 뛰어들어온 구급차의 사나이들은 헤르베르트를 니오베에게서 떼어 놓는 데 애를 먹었다. 양쪽에 날이 달린 짧은 선원용 도끼가 이 정욕에 미친 사나이를 안전 사슬에서 잡아 떼어 한쪽 날을 니오베의 나무 속에 박아 넣고 다른 한쪽 쐐기를, 여자를 꼭 자기 것으로 만들려는 자기 속에 밀어 넣고 있었다. 윗부분의 결합은 이것으로 완전히 성공하고 있었으나 그의 바지가 벗겨진 채로 있어서 여전히 경직되어 이성을 잃고 우뚝 솟아 있는 아래 쪽에서는 그는 닻을 내릴 장소를 찾지 못하고 있었던 것이다.

『시립구급병원』이라는 이름이 새겨져 있는 담요가 헤르베르트 위에 씌워졌을 때 언제나 무엇인가를 잃었을 때 그렇게 하듯이 오스카르는 북에게로 돌아갔다. 그는 양철을 주먹으로 두들기고 있었는데 박물관의 사나이들이 그를 『소녀의 쾌적한 방』에서 끌어내어 층계를 내려왔고 그리고 마지막으로 경찰의 자동차로 집에까지 보내 주었다.

정신 병원에서 나무와 육체 사이에 있었던 이러한 하나의 사랑의 시도를 회상하고 있는 지금도 그는 다시 한 번 헤르베르트 트루친스키의 용기와 빛깔이 있는 잔등을, 단단하게 느끼기 쉬우며 모든 것의 전조(前兆)가 되고 모든 것을 선취하고 모든 것을 단단함과 민감함으로 능가하는 상흔의 미로를 방황하며 걷기 위해서 주먹을 움직이지 않으면 안 되는 것이다. 장님처럼 그는 이 잔등의 문자를 읽는 것이다.

지금에야 겨우 헤르베르트는 그의 냉혹한 조각품에서 떼내어졌지만 그때 나의 간호인인 브루노가 절망적인 머리를 설레설레 흔들면서 오고 있다. 그는 살며시 내 주먹을 북에서 떼어 놓고 양철을 내 철제 침대의 다리 쪽 왼편 기둥에 걸고 이불을 반듯하게 고쳐 준다. 그는 나에게 주의를 준다.

「하지만 마체라트 씨, 언제까지나 그렇게 큰소리로 북을 두들기고 있으면 어디에 있는 사람에게나 다 들려요. 무척 시끄러운 북소리로군 하고 생각할 거예요. 잠시 쉬든가 좀더 낮은 소리로 두들길 수는 없나요?」

「응, 브루노, 좀더 낮은 다음의 한 장(章)을 나의 양철북에게 받아쓰게 하지. 그 주제야말로 굶주려 울부짖는 오케스트라를 희구하여 마지않겠지만 말요.」

믿음 소망 사랑

옛날 옛적에 한 음악가가 있었다. 그 사나이는 마인이라 불렸고 아주 멋지게 트럼펫을 불 수 있었다. 그는 어느 아파트의 오층 다락방에 살고 있었고 고양이 네 마리를 기르고 있었는데 그 중의 한 마리는 비스마르크라고 불렸다. 그리고 그는 아침부터 밤까지 진 병에 입을 대고 마시고 있었다. 불행이 그를 맨정신으로 만들 때까지 오랫동안 그는 그것을 끊을 수 없었다.

오스카르는 오늘에 와서도 전조라는 것을 그다지 믿고 싶은 마음이 없다. 그래도 그 무렵 어떤 불행의 전조는 확실히 존재했다. 그것은 점점 더 큰 장화를 신고, 점점 더 큰 장화로 더욱 큰 보조를 취하며 불행을 분배하러 다니려고 생각하고 있었다. 그때 나의 친구 헤르베르트 트루친스키는 목각의 여인에게 받은 가슴의 상처가 원인이 되어서 죽었다. 그 여인은 죽지 않았다. 봉인되어 수리한다는 명목으로 박물관의 지하실에 수장되었다. 그러나 사람은 불행을 지하실에 수장할 수는 없다. 그것은 구정물과 더불어 하수도로 흘러들어가고 가스관과 관계를 맺고 모든 가정으로 찾아온다. 그리고 파란 불꽃 위에 수프 냄비를 얹어 놓는 사람은 누구 한 사람 거기에 불행이 요리를 하기 위해 조악한 식료품을 가지고 오리라는 것을 예상조차 못 한다.

헤르베르트가 랑푸르 묘지에 매장되었을 때 나는 브렌타우의 묘지에서 알게 된 슈거 레오와 만났는데 그것이 두 번째였다. 우리들 모두에게, 즉 트루친스키 아주머니, 구스테, 프리츠, 마리아 트루친스키, 뚱뚱한 카터 부인, 장례식 날 트루친스키 아주머니를 위해 프리츠의 토끼를 잡아 준 하일란트 노인, 되도록 배짱 좋은 사람임을 과시하려고 장례식 비용의 절반을 부담한 나의 추정상의 아버지 마체라트, 헤르베르트를 거의 모르고 있었으나 사사로운 인정이 개입되지 않는 묘지라는 장소에서 마체라트를, 또 어쩌면 나와 다시 만나기 위해서 찾아온 얀 브론스키─우리들 모두에게 슈거 레오는 군침을 흘리며 곰팡이가 슨 흰 장갑을 떨며 내밀면서 기쁨인지 슬픔인지 구별할 수 없는 혼란스러운 문상의 말을 늘어놓았다.

슈거 레오의 장갑이 반은 신사복, 반은 돌격대의 제복 차림으로 찾아온 음악가 마인에 대해 하늘하늘 흔들어졌을 때 앞으로 일어날 불행의 먼

전조가 나타난 것이다.

　레오의 빛바랜 장갑은 깜짝 놀라서 날아갔는데 레오도 함께 무덤을 넘어서 사라졌다. 그가 소리를 지르고 있는 것이 들렸다. 그러나 그것은 문상의 말이 아니었다. 그것은 갈갈이 찢긴 말이 되어서 묘지의 나무에 매달려 있었다.

　아무도 음악가 마인에게서 떠나지 않았다. 그러나 그는 참석자 사이에 혼자 오도카니 서 있었기 때문에 슈거 레오는 곧 그를 알아보고 눈길을 주었다. 마인은 겁먹은 표정으로 특별히 지참한 트럼펫을 만지작거리고 있었는데 조금 전에 그것을 헤르베르트의 무덤 저편까지 울려퍼지게 멋지게 분 것이었다. 멋지게 분 것은 오랫동안 끊었던 진을 마셨기 때문이며 그와 동갑이었던 헤르베르트의 죽음이 너무나 뼈에 사무쳤기 때문이었다. 그러나 헤르베르트의 죽음은 나와 나의 북을 침묵케 했다.

　옛날 옛날에 한 음악가가 있었다. 그 사나이는 마인이라는 사람으로서 아주 기막히게 트럼펫을 불 수 있었다. 그는 우리 아파트의 다락방 오층에 살고 있었고 고양이 네 마리를 기르고 있었는데 그 중의 한 마리는 비스마르크라고 불렸다. 그리고 그는 아침부터 밤까지 진을 병째로 들고 마시고 있었는데 마침내 그는 1936년 말인가 1937년 초에 돌격대의 기마부대에 들어가 그곳 군악대의 트럼펫 주자가 되었고, 물론 실수는 훨씬 적어졌지만 그러나 이미 멋지게 트럼펫을 불 수는 없었다. 가죽으로 된 승마바지를 입은 그는 진 병을 버리고 지금에 와서는 맨숭맨숭한 상태로 양철 악기에 숨을 불어넣어 큰소리를 내고 있음에 지나지 않았으므로.

　돌격대원 마인에게는 젊은 날의 친구인 헤르베르트 트루친스키가 죽었을 때──두 사람은 1920년대에 처음에는 공산당의 청년 조직에서, 다음에는 붉은 매(사회주의 청년운동)에서 함께 회비를 납부하던 사이였다──그리고 헤르베르트가 흙 속에 묻히려고 했을 때 마인은 트럼펫과 동시에 진 병에도 손을 내밀었다. 즉 그는 멋진 연주를 하고 싶었고 말짱한 정신으로 있고 싶지 않았던 것이다. 그는 밤털의 말을 타고 다니게 된 뒤에도 음악가의 귀는 잃지 않고 있었다. 그래서 그는 묘지에서 한 모금의 진을 마시고 트럼펫을 불 때는 평복의 외투를 제복 위에 걸쳤다. 처음에는 제모를 쓰지 않았더라도 갈색 제복으로 몸을 감싸고 묘지 일대에 트럼펫 소리를 울려퍼지게 할 생각이었지만.

옛날 옛적에 한 돌격대원이 있었다. 그 사나이는 젊은 날의 친구 무덤에서 정말 멋지게, 진처럼 상쾌하게 트럼펫을 불 때 기마 돌격대의 제복 위에 외투를 걸쳤다. 어느 묘지에나 모습을 나타내는 슈거 레오가 참석자들에게 문상의 말을 늘어놓으려 했을 때 모든 사람은 슈거 레오가 하는 문상의 말을 들어야 했는데 단지 한 사람 돌격대원만은 레오의 하얀 장갑을 쥘 수 없었다. 왜냐하면 레오는 돌격대원을 알고 있었고 매우 무서워하고 있어서 큰소리를 지르면서 장갑과 문상의 말을 거두어 버렸기 때문이다. 돌격대원은 문상의 말을 듣지 못한 채 차가운 트럼펫을 안고 집으로 돌아갔다. 그는 우리 아파트의 다락방인 그의 집에서 그의 네 마리의 고양이를 발견했다.

옛날 옛날 한 사람의 돌격대원이 있었다. 그 사나이는 마인이라고 불리고 있었다. 매일같이 진을 마시고 아주 멋지게 트럼펫을 불고 있었던 무렵부터 마인은 자기의 집에서 고양이 네 마리를 기르고 있었고 그 중의 한 마리는 비스마르크라는 이름을 가졌다. 돌격대원이 젊었을 때의 친구 헤르베르트 트루친스키의 장례식에서 돌아와 아무도 그에게 문상의 말을 해주지 않았기 때문에 다시 술도 깨고 슬픔에 잠겨 있을 때 그는 그야말로 외톨박이었고 집에는 네 마리의 고양이밖에 없다는 것을 깨달았다. 고양이들은 그의 승마용 장화에 몸을 비벼대고 있었다. 그래서 마인은 신문지에 청어 대가리를 가득 담아서 그들에게 주었다. 고양이들을 그의 장화에서 떼어내기 위해서였다. 그날은 특히 방 안에 네 마리의 고양이 냄새가 심했다. 모두 수코양이이고 그 중의 한 마리는 비스마르크라고 불렸고 하얀 발로 걸으면 주위가 검어졌다. 그러나 마인은 집에 진을 두지 않았다. 그 때문에 점점 더 고양이 또는 수코양이의 냄새가 심해졌다. 만일 그의 집이 다락방 오층이 아니었다면 아마도 우리 식료품 가게에까지 내려와서 진을 샀을 것이다. 그러나 그는 층계가 무서웠고 이웃사람들도 무서웠다. 그는 걸핏하면 그 사람들에게 진을 한 방울도 음악가의 입술에는 대지 않겠습니다, 취하지 않은 새로운 인생을 시작하겠습니다, 앞으로는 새 질서에 몸을 맡기고 절대로 빈둥거리며 적당히 보낸 청춘 시절의 명정(酩酊)과는 인연을 끊겠습니다라고 맹세하고 있었기 때문이다.

옛날 옛적에 한 사나이가 있었다. 그 사나이는 마인이라고 불렸다. 어느 날 그가 고양이 네 마리와——그 중의 한 마리는 비스마르크라는 이름이었는데——다락방에 오도카니 앉아 있을 때 수코양이 냄새가 지독하게 코를 찔렀다. 그는 오전중에 괴로운 체험을 했는데 집에는 진이 없었기 때문이다. 괴로운 마음과 목마름이 더하고 수코양이 냄새가 점점 더 심해졌을 때 근본이 음악가이며 돌격대 기마군악대의 대원이었던 마인은 차가운 난로 옆의 부젓가락을 손에 들고 수코양이들을 때리기 시작했다. 그리고 마침내 비스마르크라는 이름의 수코양이를 포함하여 네 마리 모두 죽고 말았다. 비록 방 안의 수코양이 냄새는 그의 어처구니없는 행위에 의해서도 없어지지는 않았지만.

옛날 옛적에 한 시계포 주인이 있었다. 그 사다이는 라우프샤트라는 이름이었고 우리 아파트 이층에 방 두 칸을 빌어서 살고 있었다. 그 방의 창은 안뜰에 면하고 있었다. 시계포 주인인 라우프샤트는 독신으로서 나치스 후생협회와 동물 애호협회의 회원이었고 피로한 인간과 병을 동물, 그리고 망가진 시계의 후생을 돕고 있었다. 시계포 주인이 어느 날 오후 생각에 잠겨 그날 오전에 행해진 이웃 사람의 장례식에 대해 생각하며 창가에 앉아 있을 때 같은 아파트의 오층에 방을 빌려 살고 있는 음악가인 마인이 아래쪽이 젖었는지 물방울이 뚝뚝 떨어지고 있는 반쯤 찬 감자 부대를 짊어지고 안뜰로 나가 쓰레기통 두 개 중 하나에 그것을 밀어넣고 있는 것을 보았다. 그러나 쓰레기통은 4분의 3쯤 차 있었기 때문에 음악가는 뚜껑을 닫느라고 무척이나 애를 먹었다.

옛날 옛적에 수코양이 네 마리가 있었다. 그 중의 한 마리는 비스마르크라는 이름을 가졌다. 이 고양이들은 마인이라는 음악가에 의해 사육되고 있었다. 거세되지 않았던 고양이들은 방 안 가득히 냄새를 피우고 있었고 어느 날 특별한 이유에서 그 냄새가 특별히 코를 찔러 견딜 수 없었던 음악가는 네 마리의 고양이를 부젓가락으로 때려 죽이고 말았다.

238   제 1 부

그리고 시체를 감자 부대에 넣어서 네 개의 층계를 내려가 융단을 널어 말리는 안뜰의 장대 옆에 있는 쓰레기통에 그 포장물을 급히 밀어넣었다. 그 부대의 천은 올이 굵어서 이미 삼층쯤에서부터 물방울이 떨어지기 시작했기 때문이다. 그러나 쓰레기통은 꽤 차 있었기 때문에 쓰레기통 뚜껑을 닫기 위해서 음악가는 쓰레기와 그 부대를 힘껏 밀어넣지 않으면 안 되었다. 그가 그 아파트를 떠나──고양이 냄새가 배어 있기는 하나 고양이가 없는 집으로 돌아갈 마음이 생기지 않았던 것이다──거리 쪽으로 가려고 했을 때 억지로 밀어넣었던 쓰레기가 다시 부풀어오르기 시작하여 그 부대와, 그리고 부대와 함께 쓰레기통 뚜껑을 밀어 올렸다.

  옛날 옛적에 한 사람의 음악가가 있었다. 그 사나이는 기르고 있던 고양이 네 마리를 때려 죽이고 그것을 쓰레기통에 버린 다음 집을 나가 친구들을 찾아갔다.

  옛날 옛적에 한 시계포 주인이 있었다. 그 사나이는 생각에 잠긴 채 창가에 앉아 음악가인 마인이 반쯤 찬 부대를 쓰레기통에 밀어넣고 그 길로 안뜰에서 나가는 것을 보고 있었다. 그리고 마인이 사라진 지 몇 초도 안 되어서 쓰레기통의 뚜껑이 들어 올려지고 여전히 조금씩 들어 올려지는 것을 보고 있었다.

  옛날 옛적에 수코양이 네 마리가 있었다. 그들은 어느 특별한 날에 유난히 강하게 냄새를 풍겼기 때문에 살해당하고 부대에 넣어져서 쓰레기통에 버려졌다. 그러나 고양이들은──그 중의 한 마리는 비스마르크라는 이름이었는데──아직도 완전히 죽지는 않았고 고양이라는 것은 그야말로 끈질기듯이 끈질기게 살아 남아 있었다. 그들은 부대 속에서 움직였고 쓰레기통의 뚜껑을 움직여 여전히 생각에 잠긴 채 창가에 앉아 있는 시계포 주인 라우프샤트에게 물었다. 맞춰 보세요, 음악가 마인이 쓰레기통에 쑤셔 넣은 부대 안에 무엇이 들어 있는지?

  옛날 옛적에 시계포 주인 한 사람이 있었다. 그 사나이는 쓰레기통 속에서 무언가가 움직이고 있는 것을 침착하게 보고만 있을 수 없었다. 그래서 그는 아파트 이층의 집에서 나와 아파트의 안뜰로 가서 쓰레기통의 뚜껑과 부대를 열고 엉망으로 매를 맞기는 했지만 여전히 살아 있는 수코양이를 주워다가 간호를 해주었다. 그러나 그날 밤 동안에 시계 고치는 손으로 간호를 했지만 고양이들은 죽었다. 그리고 그도 회원인 동물 애호협회에 신고를 하여 당의 명예를 손상시킨 동물 학대에 대한 일을 소관구 지도부에 보고하는 것 외에 그로서는 다른 할 일이 아무것도 없었다.

 옛날 옛적에 한 사람의 돌격대원이 있었다. 그 사나이는 네 마리의 수코양이를 죽였으나 고양이가 아직도 완전히 죽지 않았었기 때문에 고양이에게 배신당하고 어느 시계포 주인에 의해 고발되었다. 재판에 회부되어 그 돌격대원은 벌금을 물지 않으면 안 되었다. 그러나 돌격대에서는 이 사건에 대해 함구령이 내려지고 그 돌격대원은 체면을 손상시켰다는 이유로 제명당했다. 그 돌격대원이 나중에『수정(水晶)의 밤』이라고 불린, 1938년 11월 8일부터 9일에 걸친 밤 사이에 특별히 용감한 발군의 공을 세워 다른 몇 사람과 함께 미하엘리스 거리의 랑푸르 유태 교회에 불을 지르는 등 힘껏 협력했을 때조차도, 그리고 다음날 아침 사전에 그에게 할당되었던 몇 가지 임무를 수행했을 때조차도, 그의 열의가 기마돌격대로부터 추방을 저지할 수는 없었다. 비인간적으로 동물을 학대했다는 이유로 그는 계급을 박탈당하고 대원 명부에서 말소되었다. 그는 일 년 후에야 겨우 나중에 무장 친위대에 인계된 방위단에 입대할 수 있었다.

 옛날 옛적에 한 사람의 식료품상이 있었다. 그 사나이는 11월 어느 날 시내에서 무슨 일인가가 일어났기 때문에 가게를 닫고 아들 오스카르의 손을 끌고 5번선 전차를 타고 랑가세 문까지 갔다. 그곳에서도 초포트나 랑푸르에서와 마찬가지로 유태 교회가 불에 탔기 때문이다. 유태 교회는 거의 완전히 불타 버렸고 소방단이 다른 집으로 불이 옮겨 붙지 않도록 감시하고 있었다. 폐허가 된 교회 앞에서는 제복이나 신사복을 입은 사나이들이 책과 예배용 제구, 그리고 독특한 천을 끌어 모으고 있었다. 그것들을 모아 놓은 산더미에 불이 붙었다. 그리고 식료품상은 이 기회를 놓치지 않고 공적으로 인정된 모닥불 위에서 그의 손가락과 그의 감정을 데웠다. 그러나 아들 오스카르는 아버지가 부지런히 일하며 불길에 얼굴을 달구고 있는 것을 보고 있었으나 들통나지 않게 사람들 속으로 섞여 들어가 급한 걸음으로 병기창 거리 쪽으로 사라졌다. 그는 빨간 색과 하얀 색으로 칠해진 양철북이 걱정되었다.

옛날 옛적에 장난감 상인이 한 사람 있었다. 그 사나이는 지기스문트 마르크스라는 이름을 가졌으며 다른 장난감과 함께 하얀 색과 빨간 색으로 나누어 칠해진 양철북을 팔고 있었다. 지금 이야기가 나온 오스카르는 이 양철북의 가장 큰 고객이었다. 왜냐하면 그는 철저한 양철북의 고수였고 양철북 없이는 살아갈 수 없었고 살려고 하지도 않았기 때문이다. 그래서 그는 불타는 유대 교회에서 병기창 거리로 발걸음을 재촉했다. 그곳에는 그의 북지기가 살고 있었다. 그러나 그가 그 사나이를 발견했을 때 그 사나이는 앞으로 또는 이 세상에서는 그에게 북을 팔 수 없는 상태가 되었다.

나, 즉 오스카르가 아까 거기에서 도망쳐온 것 같은 느낌이 드는 똑같은 소방단원들이 나보다도 먼저 마르크스에게로 와서 붓에 그림물감을 묻혀 마르크스의 진열장에 비스듬히 쥐테를린 서체로 『유대의 돼지』라고 써 놓고 있었다. 그리고 그들은 아마도 자기들의 필적에 만족할 수 없었던 것이리라, 장화 뒤꿈치로 진열장 유리를 닥치는 대로 걷어차서 깨었고 그 때문에 그들이 마르크스에게 바친 명칭은 다만 그것이라고 짐작할 수 있을 뿐이었다. 문을 경멸하는 그들은 파괴한 창문을 통해 가게 안으로 뛰어들어 이제 그들의 단순한 방법으로 어린이의 장난감과 놀고 있었다.

내가 그들과 똑같이 창문으로 들어갔을 때 그들은 여전히 놀고 있었다. 몇몇 사람은 바지를 끌어내리고 그 속에서 절반밖에 소화되지 않은 콩이 확연히 들여다보이는 갈색의 올챙이배를 돛배나 바이올린을 켜는 원숭이 또는 나의 북들에게 밀어붙이고 있었다. 그들은 모두 음악가인 마인과 비슷했고 마인과 비슷한 돌격대 제복을 입고 있었으나 마인은 거기에 없었다. 여기에 있으면서 어딘가 다른 곳에 있지 않았던 이 사람들과 마찬가지였으리라. 한 사람이 비수를 뽑아들었다. 그 사나이는 인형을 찢어 발겼는데 그때마다 통통한 인형의 몸통이나 손발에서 톱밥이 쏟아져 나오지 않아 실망하고 있는 것처럼 보였다.

나는 나의 북들이 걱정되었다. 나의 북들은 그들의 마음에 들지 않았다. 나의 양철은 그들의 분노를 누를 수 없어서 조용히 무릎을 꿇을 수밖에 없었다. 그러나 마르크스는 그들의 분노를 피하고 말았다. 그들이 사무실에서 그에게 면회를 요구했을 때 그들은 문을 두드리지 않고 문에 자물쇠가 걸려 있지 않음에도 불구하고 밀어붙여서 부수고 들어갔다.

장난감 상인은 책상 저편에 앉아 있었다. 언제나 마찬가지로 짙은 쥐색의 평상복 소매에 커버를 끼고 있었다. 어깨에 떨어진 비듬으로 보아서 그가 비듬이 많은 체질임을 알 수 있었다. 광대 인형을 손가락으로 쥐고 있던 한 사람이 나무로 만든 광대 할머니와 그를 박치기시켰다. 그러나 마르크스는 이미 말상대도 되지 않았고 모욕도 받지 않았다. 그의 앞에 있는 책상 위에는 컵이 하나 있었는데 그가 목마름 때문에 그것을 마시지 않을 수 없었던 것은 바로 그때 그의 가게의 진열장 유리가 큰 소리를 내며 산산조각이 나서 그의 입 속을 바싹 마르게 했기 때문이었다.

옛날 옛적에 한 사람의 양철북 고수가 있었다. 그 아이는 오스카르라고 불리고 있었다. 그가 장난감 가게에서 쫓겨나고 장난감 가게가 여지없이 짓밟혔을 때 그도 그 중 한 사람인 난쟁이의 양철북 고수들에게 고난의 시대가 시작되는 것을 예감했다. 그래서 그는 가게에서 나올 때 말짱한 북 한 개와 약간 망가진 것 두 개를 잡동사니의 산더미에서 골라내어 그것을 목에 걸고 어쩌면 틀림없이 그를 찾고 있을 아버지를 석탄 시장에서 찾기 위해 병기창 거리를 떠났다. 바깥은 11월의 정오에 가까운 시각이었다. 시립 극장 옆 전차 정류장 근처에 신앙심 깊은 여자들과 추위 보이는 못생긴 소녀들이 서 있었다. 그녀들은 자애로운 소책자를 돌리고 돈을 상자에 거두어 들이며 두 개의 깃대 사이에 펼쳐든 구호를 제시하고 있었다. 그 문자는 고린도전서 제 13장에서 인용한 것이었다. 『믿음, 소망, 사랑』이라고 오스카르는 읽을 수 있었는데 그는 이 세 개의 말을 곡예사가 병을 다루듯이 다룰 수 있었다. 즉 속기 쉽다, 호프만 씨의 물약, 사랑의 진주, 구테호프눙스 공장, 리프프라우엔밀히(포도주의 이름), 채권자 회의, 너는 내일 비가 내리리라고 생각하는가? 속기 쉬운 사람들은 모두 산타클로스를 믿고 있었다. 그러나 사실 산타클로스는 가스

수금원이었다. 호두와 편도 냄새가 나는 듯한 느낌이 든다. 그러나 냄새를 풍기는 것은 가스였다. 지금 우리는, 생각건대 곧 강림절 첫째 주일을 맞이하려 하고 있다는 등의 말을 하고 있다. 그리고 첫째, 둘째, 넷째까지의 강림절 주일을 가스 마개를 비틀듯이 진실이라고 생각했다. 확실히 호두와 편도 냄새가 풍기도록, 모든 호두까기가 안심하고 믿을 수 있도록.
  왔다, 왔다! 누가 왔지? 아기 예수가? 구세주가? 아니면 언제나 칙칙 소리를 내고 있는 가스미터를 옆구리에 낀 천국의 가스회사 사나이가 왔단 말인가? 그리고 그는 말했다. 나는 이 세상의 구세주입니다. 내가 없으면 여러분은 요리를 만들 수 없을 것입니다. 그리고 그는 이야기가 통하는 사나이였다. 유리한 요금표로 계산을 하자고 제의하고 깨끗이 닦은 가스 마개를 비틀어 비둘기를 구울 수 있도록 성령을 유출시켰다. 그리고는 그 자리에서 갓 깬 호두와 편도를 분배하고 동시에 성령과 가스를 흘려보냈다. 그 때문에 속기 쉬운 사람들은 푸르스름한 짙은 공기의 한가운데서 백화점 앞의 모든 가스회사 사나이들 속에서 모든 치수와 가격의 산타클로스와 아기 예수를 보는 것은 쉬운 일이라고 생각했다. 그리고 그들은 가톨릭의 가스회사를 믿었다. 그것은 올라갔다내려갔다 하는 가스미터로 운명을 상징하고 강림절에는 표준 가격으로 영업을 했다. 그뒤에 이어지는 크리스마스를 물론 많은 사람들은 믿었으나 강림절 주일에 살아 남은 것은 편도와 호두의 저축이 넉넉하지 않을 것 같던 그 사람들뿐이었다——누구나가 충분히 있다고 믿고 있었는데.
  그러나 산타클로스에 대한 신앙이 가스회사의 사나이에 대한 신앙이라는 것을 알게 된 뒤에 사람들은 고린도전서의 배열을 무시하고 사랑으로 그것을 해보았다. 즉, 나는 너를 사랑한다라는 식으로. 아아, 나는 당신을 사랑합니다, 당신은 당신 자신마저도 사랑하고 있습니까? 당신은 나를 사랑하고 있습니까? 말해 줘요, 당신은 정말로 나를 사랑하고 있습니까? 나는 나 자신마저도 사랑하고 있습니다. 그들은 순수한 사랑에서 서로를 라디스히엔(파종해서 한 달 내에 먹을 수 있는 서양 무)이라고 부르고 라디스히엔을 사랑하고 서로를 씹어먹었다. 한 사람의 라디스히엔이 다른 사람의 라디스히엔을 씹어먹은 것도 사랑에서였다.

그리고 그들은 라디스히엔 사이의 기막히게 천국적인, 그러나 또 지상적이기도 한 몇 가지 사랑의 예를 서로 이야기하고 씹어먹기 조금 전에 생생하게 허기져서 날카롭게 이렇게 속삭였다. 라디스히엔이여 말해 다오, 너는 나를 사랑하고 있는가? 나는 나 자신마저도 사랑하고 있다.

그러나 그들이 사랑하기 때문에 서로 라디스히엔을 갉아먹고 가스회사의 사나이에 대한 신앙을 국교(國敎)라고 선언한 뒤에는, 즉 신앙과, 뒤에서 주제넘게 튀어나온 사랑 다음에는 다만 고린도전서의 제3장의 팔다 남은 찌꺼기만이 남아 있을 뿐이다. 즉 소망이, 그리고 그들이 아직도 라디스히엔과 호두와 편도를 갉아먹지 않으면 안 되는 동안에도 그들은 이미 새로 시작하거나 앞으로 나아갈 수 있도록 그것이 끝나기를 바라고 있었다. 마지막 음악 다음에, 또는 마지막 음악이 한창일 때 이윽고 종지부를 내리기를 바라고 있었다. 그리고 무엇으로 끝나는지 여전히 모르는 것이었다. 다만 이제 곧 끝난다, 이제 내일이면 끝난다, 아마 오늘 안으로는 끝나지 않을 테지 하고 바라고 있을 뿐이었다. 대체 그들은 갑작스러운 종지와 더불어 무엇을 시작하려는 것일까? 그리고 끝났을 때 그들은 희망에 부풀어 재빨리 거기에서 출발했다. 이 세상에서는 끝은 언제나 시작이며 어느 종말 속에도, 결정적인 종말 속에서조차도 희망은 있기 마련이다. 그렇기 때문에 이렇게도 썩어져 있다. 인간은 그가 바라는 한, 희망에 찬 종말과 함께 거듭 새롭게 시작할 것이다.

나는 그러나, 나는 모른다. 가령 산타클로스의 수염 밑에 오늘 누가 숨어 있는지 모른다. 산타클로스가 자루 속에 무엇을 가지고 있는지 모른다. 가스 마개를 어떻게 잠가서 가스를 봉쇄하는지 모른다. 강림절에는 이미 또 흐르고 있는지, 아니면 여전히 흐르고 있는지 모른다. 시험해 보려고 해도 누구 때문에 시험하는지 모른다. 그들이 쇠된 소리를 지르기 때문에 어쩌면 친절하게 가스 마개를 닦고 있으리라는 것을 내가 믿을 수 있을지 어떨지 모른다. 어느 날 아침, 어느 날 저녁에 닦는지 모른다. 아침, 낮, 저녁을 가리지 않는지 어떤지 모른다. 사랑은 아침, 낮, 저녁을 구별할 줄 모른다. 그리고 희망에는 종말이 없다. 그리고 신앙은 한계를 모른다. 다만 안다는 것과 알지 못한다는 것만이 시간과 한계에 매어

있으며 대개는 시간이 오기 전에 이미 수염이나 짊어진 자루나 편도쯤
에서 끝나는 것이다. 그래서 나는 말하지 않으면 안 된다, 나는 모른다고.
 아아, 예를 들면 그들이 무엇을 창자에 채워 넣는지, 창자를 채우기
위해 누구의 창자가 필요한지 모른다. 고급이든 저질이든 채워 넣는 것의
값을 모두 안다고 하더라도 무엇을 채워 넣는지 모른다. 그 가격에 무엇이
포함되어 있는지 모른다. 어느 사전에서 채워 넣는 것의 이름을 고르는지
모른다. 창자와 마찬가지로 사전을 무엇으로 채우는지 모른다. 누구의
고기인지 모른다. 누구의 말인지 모른다. 즉, 말에는 뜻이 있고 푸줏간은
침묵을 지키고 있다. 나는 덩어리를 자른다. 너는 책을 편다. 나는 내
입에 맞는 것을 읽는다. 너는 네 입에 맞는 것을 모른다. 창자와 책으
로부터 창자 채우기의 덩어리와 인용이다——그리고 나는 창자가 채워
지고 책이 소리높여 읽혀질 수 있도록 하기 위해, 채워지고 쑤셔 넣어지고,
가득히 써넣어지기 위해 누가 조용히 하지 않으면 안 되었는지 누가
침묵하지 않으면 안 되었는지 결코 알 수 없을 것이다. 나는 모른다.
예감할 뿐이다. 즉 사전과 창자를 말과 순대로 채우는 똑같은 푸줏간이
있는 것이다. 바울은 존재하지 않는다. 그 사나이는 사울이라는 이름으
로서 사울의 한 사람이었다. 그리고 사울로서 고린도의 사람들에게 그가
믿음·소망·사랑이라고 이름지은 터무니없이 값이 싼 순대에 대해 조금
이야기를 하고 소화하기 쉬운 것이라면서 권고했다. 그리고 그는 오늘
날에도 사울의 모습을 끊임없이 변화시키면서 그 값싼 물건을 사나이에게
팔고 있는 것이다.
 그러나 그들은 나에게서 장난감 가게의 주인을 빼앗고 그와 함께 이
세계에서 장난감을 없애려고 했다.
 옛날 옛적에 음악가 한 사람이 있었다. 그 사나이는 마인으로서 아주
멋지게 트럼펫을 불 수 있었다.
 옛날 옛적에 장난감 가게 주인이 한 사람 있었다. 그 사나이는 마르
크스라는 이름을 가졌으며 하얀 색과 빨간 색을 구분해서 칠한 양철북을
팔고 있었다.
 옛날 옛적에 음악가가 한 사람 있었다. 그 사나이는 마인으로서 고양이

네 마리를 기르고 있었는데 그 중의 한 마리는 비스마르크라고 불렀다.
  옛날 옛적에 양철북 고수가 한 사람 있었다. 그 아이는 오스카르라는 이름을 가지고 장난감 가게 주인에게 의지하고 있었다.
  옛날 옛적에 음악가가 한 사람 있었다. 그 사나이는 마인으로서 기르고 있던 고양이 네 마리를 부젓가락으로 때려 죽였다.
  옛날 옛적에 시계포 주인이 한 사람 있었다. 그 사나이는 라우프샤트라로서 동물 애호협회의 회원이었다.
  옛날 옛적에 양철북 고수 한 사람이 있었다. 그 아이는 오스카르로서 장난감 가게 주인과 헤어져야만 했다.
  옛날 옛적에 장난감 가게 주인이 한 사람 있었다. 그 사나이는 마르크스로서 모든 장난감을 자기와 함께 이 세상에서 가지고 가고 말았다.
  옛날 옛적에 음악가가 한 사람 있었다. 그 사나이는 마인으로서 죽지 않았다면 오늘날에도 계속 살아 남아서 다시 멋지게 트럼펫을 불 것이다.

양 철 북
제 2 부

고철더미

　면회일이다. 마리아가 나에게 새 북을 가져다 주었다. 그녀가 북과 함께 장난감 가게의 영수증도 침대의 격자 너머로 건네 주려고 했을 때 나는 그것을 거절하고 침대 베개맡에 있는 벨을 눌렀다. 그러자 간호인 브루노가 들어왔다. 마리아가 파란 포장지로 싼 새 양철북을 가져다 줄 때는 언제나 그렇게 하기로 되어 있었기 때문이다. 그는 포장한 끈을 풀고 포장지가 벌럭이며 떨어지는 대로 버려 둔 채 거의 엄숙한 손놀림으로 북을 꺼내고는 정성스레 종이를 접었다. 그리고 나서야 비로소 브루노는 새 북을 가지고 세면기 쪽으로 성큼성큼 걸어가서——내가 이렇게 말할 때는 정말로 큰 걸음으로 걷는 것을 뜻한다——더운 물을 틀어 하양과 빨강의 니스칠이 긁히지 않도록 조심하면서 북의 한쪽 가장자리에 붙어 있는 정가표를 떼어냈다. 별로 신경쓸 것도 없는 면회를 금방 끝내고 돌아갈 때 마리아는 내가 트루친스키의 잔등, 목각의 선수상, 어쩌면 약간 독단적인 고린도전서의 해석을 말하는 동안에 두들겨 부순 낡은 북을 가지고 갔다. 일부는 직업상의 목적으로, 또 일부는 개인적인 목적에 도움이 된 모든 낡은 북과 나란히 우리집 지하실에 보관하기 위해서이다. 나가기 전에 마리아는 말했다.
　「이것 봐요, 지하실에는 이제 보관할 장소가 없어요. 겨울 감자를 어디에 저장하면 좋을지 가르쳐 줘요.」
　어엿한 주부 같은 마리아의 말을 나는 웃으면서 흘려 넘기고 낡은 북에 순서대로 검은 잉크로 번호를 매기고 내가 북의 이력(履歷)에 관해 종이 쪽지에 적은 날짜와 간단한 메모를 수년 전부터 지하실 문 안쪽에 매달려 있는 그 수첩에 옮겨 적어 달라고 부탁했다. 그 수첩은 1949년부터 나의 북에 대해서 모든 것을 알고 있다.
 마리아는 순순히 고개를 끄덕이고 나에게 입맞춤한 뒤 작별을 고했다. 질서에 대한 나의 정신이 그녀로서는 앞으로도 거의 이해되지 않을 것이고 또 약간은 무섭기도 할 것이다. 오스카르로서는 마리아의 의구심을 잘 알 수 있다. 그 자신조차도 어째서 이런 종류의 현학적인 태도가 그를 부서진 양철북 수집가로 만드는지 알 수 없으니까 말이다. 또한 빌크 가에 있는 집의 감자 지하실에 있는 그 고철 산더미를 두 번 다시 보지 않아도 되었으면 하는 바람이 변함없는 그의 소원이니까 말이다. 자식이란 아버지의 수집품을 경멸하게 마련이고 따라서 아들인 쿠르트도 어느 날 유산을 상속하는 날에는 이 비참한 북의 산더미를 거들떠보지도 않으리라는 것을 그는 경험으로 알고 있는 것이다.
 그렇다면 왜 나는 삼 주일마다 마리아에게 이런 희망을 말하지 않고는 배기지 못하는 걸까? 만일 그것이 제대로 실행된다면 언젠가 우리집 지하실은 꽉 차버리고 겨울 감자를 넣어 둘 장소도 없어질 것이라는데.
 어느 날 어딘가에 있는 박물관에서 나의 부서진 악기에 흥미를 보일지도 모른다는 고정 관념이 처음으로 내 머리에 떠오른 것은 이미 몇 다스의 양철이 지하실에 쌓였을 때지만, 그런 생각은 어쩌다가 한 번씩 떠오를 뿐이었고 차츰 그 빈도가 뜸해졌다. 따라서 이 점에 내 수집열의 원인이 있을 까닭이 없다. 오히려 내가 그 일에 대해서 점점 더 정확하게 생각하면 할수록 더욱 더 있을 법한 일로 생각되는 것이 있는데 이 잡동사니 수집의 근저에는 단순한 콤플렉스가 있는 것이다. 즉, 어느 날 양철북이 이 세상에서 사라질지도 모른다, 값비싼 것이 될지도 모른다, 금지될지도 모른다, 절멸할지도 모른다는 걱정이다. 어느 날 오스카르는 별로 심하게 부서지지 않은 양철을 양철 직공에게 수선을 부탁하여 수리받은 낡은 북을 가지고 북이 없는 가공할 시내를 견디어 나갈 수 있도록 도움받아야 할 처지에 놓일지도 모르는 것이다.
 표현은 다르지만 정신 병원의 의사들이 나의 수집욕의 원인에 대해서 말하고 있는 것도 비슷한 이야기이다. 여의사인 호른시테터 박사는 심지어 나의 콤플렉스가 생겨난 날을 알고 싶어했다. 나는 그녀에게 1938년 11월 9일이라고 정확하게 가르쳐 줄 수 있었다. 즉 그날, 나는 지기스문트 마르크스, 나의 북 저장소의 관리인을 잃었다. 나의 불쌍한 어머니가 죽은 뒤 목요일마다 병기창 거리를 방문하는 일은 당연히 없어졌고 마체라트는 내 악기를 보살펴 주는 일이 거의 없었고 얀 브론스키도 집에 오는 일이 점점 더 뜸해졌기 때문에 제때제때 새 북을 구하기가 어려워졌는데 나의 상태에 한층 더 희망이 없어진 것은 장난감 가게가 엉망으로 파괴되고 깨끗이 정리된 책상에 앉아 있는 마르크스의 모습이 나에게 다음과 같은 사실을 분명히 해주었을 때였다. 그 모습은 나에게 말하고 있었다. 마르크스는 이제 당신에게 북을 드릴 수 없습니다, 마르크스는 이제 북을 팔지 않습니다, 마르크스는 지금까지 하양과 빨강으로 아름답게 니스를 칠한 북을 생산하고 있던 그 회사와 거래 관계를 영원히 끊은 것입니다.

그러나 그때 나는 장난감 가게 주인의 최후와 함께 아직도 비교적 화려했던 그 옛날에 놀던 시절이 끝나고 말았다고는 믿고 싶지 않았다. 뿐만 아니라 폐허로 화해 버린 마르크스의 가게에서 말짱한 북 한 개와 언저리만 찌부러진 것 두 개를 골라내어 그 노획물을 집으로 가지고 돌아왔고 이것으로 한동안은 걱정이 없게 되었다고 생각했다.

나는 그것을 소중하게 다루었다. 아주 드물게, 그나마 꼭 필요할 때 외에는 북을 치지 않았다. 오후 동안 내내 북을 치던 일도 단념했고, 그야말로 내 뜻과는 반대되는 일이었지만, 그날 하루를 참고 살아가기 위한 아침 식사 때의 북도 단념했다. 오스카르는 금욕을 훈련하다가 비쩍 야위어서 홀라츠 박사와 점점 더 뼈만 남게 된 조수 잉게 간호사에게로 끌려갔다. 그들은 달콤하고 시큼하고 쓴 맛이 나는 약을 주면서 나의 선병질(腺病質)이 원인이라고 했다. 홀라츠 박사는 번갈아 선(腺)의 기능이 높아졌다떨어졌다 했기 때문에 나의 건강이 손상되었다고 말했다.

홀라츠 박사로부터 도망치기 위해 오스카르는 금욕 훈련을 적절하게 조정했고 다시 체중도 늘어 1939년 여름에는 거의 옛날 세 살 때의 오스카르로 돌아갔다. 그리고 마르크스에게서 산 마지막 북을 끝내 망가뜨렸을 때는 볼의 부기도 원래대로 회복되었다. 양철은 찢기어 불안정하게 덜커덕거렸고 하양과 빨강의 니스는 벗겨지고 녹이 슬었다. 그리고 조화되지 않은 소리를 내며 내 배 앞에 매달려 있었다.

마체라트는 천성적으로 남을 돕기를 좋아하고 게다가 친절한 사나이 였으나 그에게 도움을 청한다는 것은 무의미했다. 나의 불쌍한 어머니가 죽은 뒤 이 사나이는 이제 다만 당의 잡무 외에는 생각하지 않았고 소관구의 상담회에서 기분풀이를 하거나 한밤중에 엉망으로 술에 취해 집으로 돌아와서 거실에 있는 검은 액자에 끼운 히틀러와 베토벤의 사진을 상대로 큰소리로 이야기를 나누며 천재로부터는 운명을, 총통으로부터는 신의 섭리를 배웠다. 그리고 정신이 말짱할 때는 동계 빈민 구제사업을 위한 모금운동을 하느님의 뜻에 따른 운명이라고 생각하고 있었다.

나는 이 모금의 일요일을 생각할 때마다 불쾌해진다. 이러한 어느 날 새 북을 손에 넣으려고 무력한 시도를 계획한 일이 있기 때문이다. 오전중 큰 거리의 영화관 앞이나 시테른펠트 백화점 앞에서 모금운동에 종사한 마체라트는 낮에 집으로 돌아와서는 자기와 나를 위해서 쾨니히스베르크 고기만두를 데웠다. 오늘까지도 무척 맛이 있었음을 기억하고 있는데 식사 후에——마체라트는 홀아비가 된 뒤에도 정열적일 만큼 요리 만들기를 좋아했고 또 훌륭한 요리를 만들었다——피곤했던 모금인은 소파에 누워 잠깐 눈을 붙였다. 숨소리로써 그가 잠이 든 것을 알게 되자 나는 즉시 피아노 위에 놓여 있는 반쯤 찬 모금함을 집어들고 통조림 깡통 같이 생긴 그것을 가지고 가게의 계산대 아래에 숨어 양철 깡통 중에서도 가장 바보스러운 그 깡통에 폭력을 가했다. 잔돈을 몇 개 훔치겠다는 생각을 한 것은 절대로 아니었다. 어떤 어리석은 생각이 이 상자를 북 대신 사용해 보라고 명령한 것이다. 내가 아무리 두들기고 아무리 북채를 놀려도 나오는 대답은 언제나 정해져 있었다. 즉, 동계 빈민 구제사업에 협력해 주십시오, 한 사람도 굶지 않고 한 사람도 추위에 떨지 않게 합시다, 동계 빈민 구제사업에 협력해 주십시오.

반 시간쯤 두들기다가 나는 단념하고 가게 금고에서 잔돈을 다섯 개 집어다가 동계 빈민 구제사업에 기부하고 그만큼 돈이 늘어난 모금함을

제 2 부

다시 피아노 위에 되돌려 놓았다. 마체라트가 다시 그것을 찾아내어 일요일의 나머지를 동계 빈민 구제사업에 낭비할 수 있도록 말이다.

이 실패한 시도 덕분에 나는 두 번 다시 이런 병에 걸리는 일이 없었다. 이제는 결코 통조림 깡통, 거꾸로 뒤집은 양동이, 대야 밑바닥을 북 대신 이용해 보려는 생각을 진심으로 해보는 일은 없게 되었다. 그럼에도 불구하고 내가 그것을 했을 때는 이 불명예스러운 일화를 잊으려고 노력하고 이 지면을 그것을 위해 할애하지 않고 설사 할애하더라도 될 수 있는 대로 적게 할 것이다. 통조림 깡통은 어디까지나 통조림 깡통이지 북은 아닌 것이다. 양동이는 어디까지나 양동이인 것이다. 대야는 어디까지나 몸을 씻거나 양말을 빨 때 쓰는 것이다. 오늘날에도 대용품은 없다. 원래부터 이미 대용품은 없었다. 하양과 빨강의 꺼끌꺼끌한 양철북 자신이 그것을 증명하고 있다. 그렇기 때문에 어떠한 중재도 필요로 하지 않는다.

오스카르는 외톨박이였다. 감쪽같이 당한 것이다. 그에게 가장 필요한 북이 없다면 앞으로 세 살박이 얼굴을 어떻게 유지할 수 있을 것인가? 오랜 세월에 걸쳐 사람을 속여온 노력, 가령 때때로 자다가 오줌을 싸거나 매일 밤 저녁 기도를 어린애처럼 혀가 안 돌아가는 소리로 하거나 실제로는 그레프인 산타클로스를 무서워하거나 싫증도 내지 않고 자동차에는 쇠바퀴가 있어요 따위의 세 살박이 어린애에 걸맞는 어처구니없는 질문을 하는 등──어른이 나에게 기대하는 이러한 발작적 행동을 모두 나는 북 없이 하지 않으면 안 되는 것이다. 나는 손을 들기 직전이었다. 그래서 자포자기한 나는 나의 아버지는 아니지만 나를 낳았을 가능성이 매우 많은 그 사나이를 찾았다. 오스카르는 링 거리에 있는 폴란드 인 거주지 가까이에서 얀 브론스키를 기다렸다.

불쌍한 나의 어머니가 죽은 뒤, 마체라트와, 그 동안에 우체국 서기로 출세한 백부의, 때로는 거의 친밀하다고 할 수 있을 정도의 관계는 한 꺼번에 갑작스럽게 그렇게 된 것은 아니지만 서서히 해소되고 말았다. 정치적인 상황이 점점 더 첨예화함에 따라 매우 아름다운, 함께 한 추억거리를 가지고 있었음에도 불구하고 점점 더 결정적으로 사이가 벌어지고 말았던 것이다. 나의 어머니의 야윈 마음과 뚱뚱한 육체 사이의 붕괴와 더불어 둘이서 그 마음에 모습을 비추고 그 육체를 즐긴 두 사나이의 우정도 붕괴하고 말았다. 이 성찬(盛饌)과 볼록거울이 없어진 지금 그들은 정치적으로는 입장이 반대이지만 같은 담배를 피우는 사나이들의 모임으로 충분하다고 생각하고 있었다. 그러나 폴란드 우체국과 셔츠 차림의 소관구 협의회는 간통은 했어도 정답고 아름다운 여인의 대용품이 될 수는 없었다. 그 때문에 신중에 신중을 기하여——마체라트는 가게 손님과 당에 대해, 얀은 우체국 상사에 대해 신경을 써야만 했다——불쌍한 나의 어머니의 죽음과 지기스문트 마르크스의 최후 사이의 짧은 기간 동안 그래도 나의 아버지라고 추정되는 두 사나이는 만나고 있었던 것이다.

한밤중이 되었을 때, 한 달에 두 번이나 세 번, 얀의 손가락이 우리집 거실 유리창을 두드리는 소리가 들렸다. 그때 마체라트는 커튼을 젖히고 창을 조금 열었다. 두 사람 모두 한참 동안 당황하고 있었으나 결국에는 누가 먼저랄 것도 없이 다가가서 이렇게 늦은 시간인데도 스카트 놀이를 하자고 제안하였다. 그레프를 채소 가게에서 불러 왔다. 그가 승낙하지 않을 때는 얀 때문이거나 한때 보이 스카우트 대장이었던 그는——그는 그 모임을 어느새 해산해 버렸다——신중하게 처신하지 않으면 안 되었기 때문이다. 게다가 스카트가 서툴러서 그다지 하고 싶은 생각이 없다는 이유로 승낙하지 않을 때는 대개는 빵집의 알렉산더 셰프라가 두 사람을 상대했다. 확실히 빵집 주인도 나의 백부 얀과 같은 탁자에 마주 앉기를 좋아하지 않았으나 유산처럼 마체라트에게 이어진 나의 불쌍한 어머니에 대한 어떤 종류의 애착 때문에 또 개인 점포를 운영하고 있는 상인은 단결하지 않으면 안 된다는 셰프라의 주의에 따라 다리가 짧은 빵집 주인은 마체라트가 부르면 클라인하머 거리에서 냉큼 달려왔다. 그리고 우리집 거실에 있는 탁자에 자리를 차지하고, 창백한, 벌레에 물린 밀가루를 반죽하는 손으로 카드를 섞어 굶주린 사람들에게 빵을 주듯 나누어 주는 것이었다.

이 금지된 놀이는 대개 한밤중이 되어서야 시작되고 셰프라가 빵을 굽는 방으로 돌아가지 않으면 안 되는 새벽 세 시에야 중단되었으므로 내가 잠옷을 입은 채 소리나지 않게 침대를 빠져나와 물론 북을 가지지 않고 사람의 눈에 띄지 않게 탁자 밑에 그림자를 드리운 한쪽 구석으로 다다를 수 있는 것은 정말 드문 일이었다.

앞서 이미 깨달았을 테지만 예전부터 나에게는 탁자 밑이 모든 것을 관찰하고 비교하기에 가장 알맞는 장소였다. 그나저나 나의 불쌍한 어머니가 죽은 뒤로는 모든 것이 달라지고 말았다! 얀 브론스키는 탁자 위에서는 신중하게 내기를 하면서 계속 패하고 아래에서는 대담하게 구두를 벗은 양말 신은 발로 나의 어머니의 허벅지 사이를 점령하는 따위의 일을 이제는 하지 않았다. 그 시절의 스카트 놀이의 탁자 밑에는 에로틱 같은 것은 이미 존재하지 않았다. 바지 여섯 개가 다리를 벌리고, 오늬 모양의 갖가지 무늬를 드러낸 채 아무것도 입지 않았거나 잠옷을 입은, 다소 차이는 있지만, 털이 난 사나이들의 여섯 다리가 아래에서는 우연히 부딪치는 일이 없도록 노력하는 한편, 위에서는 몸통, 머리, 팔쪽으로 단순화하고 확대되어서 정치적 이유 때문에 금지되어야 했던 놀이에 열중하여 이기거나 졌을 때마다 변명을 하거나 개가를 올리거나 하고 있었다. 가령 폴란드는 대승을 놓쳤다느니 단치히 자유시는 방금 독일 제국에 대해 다이아몬드 하나로 간단하게 이겼다는 식으로 말이다.

이 연습 같은 놀이가 끝나는 날이 올지도 모른다고 예상되었다——모든 연습이 어느 날 끝나고 그리고 좀더 넓은 평야에서 이른바 전시에 즈음해서는 명백한 사실로 변하듯이.

1939년의 초여름. 마체라트가 매주마다 열리는 소관구 협의회에서 폴란드 우체국원과 한때의 보이 스카우트 대장보다도 좀더 안심할 수 있는 스카트 동료를 발견했다는 것을 알 수 있었다. 얀 브론스키는 하는 수 없이 자기가 어느 쪽 진영에 속하는가를 생각해내고 우체국 사람들, 예를 들면 불구자인 수위 코비엘라에게 의지했다. 그 사나이는 피우스츠키 원수의 전설적인 군단에 근무한 이래 몇 센티쯤 짧아진 한쪽 다리로 서 있었다. 절름발이이기는 했지만 코비엘라는 유능한 수위였고 게다가 손재주가 비상한 사나이였다. 이따금 나는 그의 호의에 기대어 고장난

북을 수리할 수도 있었다. 다만 코비엘라에게 가려면 얀 브론스키에게 데려다 달라고 하지 않으면 안 되었기 때문에 거의 매일 오후 여섯 시쯤 나는 찌는 듯한 8월의 무더위 속에서도 폴란드 인 거주지역 가까이에 서서 근무가 끝난 뒤 대개 정확하게 귀가하는 얀을 기다렸다. 그는 오지 않았다. 너의 추정상의 아버지는 근무가 끝난 뒤에 무엇을 하고 있단 말인가 하고 자문하지도 않고 나는 보통 일곱 시나 일곱 시 반까지 기다렸다. 그러나 그는 오지 않았다. 내가 헤트비히 백모님에게로 가려고 생각했다면 갈 수는 있었다. 어쩌면 얀은 앓고 있어서 열이 있거나 다리가 부러져서 깁스를 하고 있을지도 모른다. 오스카르는 그 자리를 떠나지 않고 이따금 우체국 서기의 집 창문과 커튼을 바라보는 것으로 만족했다. 어떤 이상한 부끄러움 때문에 오스카르는 헤트비히 백모를 방문하기를 꺼려했는데 그녀는 따뜻한 어머니 같은 소의 눈으로 그를 슬프게 만들었기 때문이다. 또 그는 브론스키 부부의 아이들, 그러니까 그와 절반만 피를 나누고 있다고 추정되는 어린이들을 별로 좋아하고 있지 않았다. 그들은 그를 마치 인형을 대하듯이 대했다. 그들은 그를 가지고 놀며 장난감으로 삼으려 했다. 오스카르와 거의 동갑인 열다섯 살 난 시테판이 그에게 아버지 같은 투로 말하고 언제나 가르치는 듯한, 위에서 굽어보는 태도를 취할 권리가 어디에 있단 말인가? 그리고 둥글고 통통해서 마치 달님이 하늘에 뜬 것 같은 얼굴을 하고 머리를 땋아 늘인 열 살짜리 마르가만 해도 그렇다. 그녀는 몇 시간이나 오스카르의 머리를 빗어 주고 솔질을 해주며 깃을 바로잡아 주고 교육할 수 있는, 옷 입은 인형이라고 생각하고 있었단 말인가? 물론 두 사람은 내 속에서 보통이 아닌 불쌍한 난쟁이를 보고 자기들은 건강하고 장래성이 있는 어린이라고 생각하고 있었다. 사실 유감스럽지만 나를 마음에 드는 손자라고는 생각할 수 없었을 할머니 콜야이체크에게는 그들이 대견하고 마음에 들었던 것이다. 나는 동화나 그림책으로는 거의 감당할 수 없는 아이였다. 내가 할머니에게 기대하고 있던 것은, 그리고 오늘날에도 끝없이 즐거움으로 마음에 그리고 있는 것은 그야말로 간단한 일이며 또 그렇기 때문에 좀처럼 달성할 수 없는 일이다. 즉 오스카르는 할머니의 얼굴을 보자마자 할아버지 콜야이체크와 겨루어 할머니 밑으로 기어들어가 가능하다면 두 번 다시 바람이 불지 않는 그 속에서 나오지 않아도 되었으면 하고 바랐던 것이다.

　나는 할머니의 치마 밑으로 들어가기 위해서라면 할 수 있는 모든 일을 다했다. 나는 오스카르가 그 속으로 기어들어갔을 때 그녀가 그것을 좋아하지 않았다고 말할 수 없다. 그녀는 다만 망설이는 것처럼 보였을 뿐이고 대개는 나를 거부했다. 아마도 반쯤이라도 콜야이체크를 닮은 사람이었다면 누구에게나 그 은닉처를 제공했을 것이다. 다만 방화범의 손가락도, 또 언제나 품행이 나쁜 성냥도 가지지 않은 나는 이 요새를 점령하기 위해서는 트로이의 목마를 생각해내지 않으면 안 되었다.

　오스카르는 진짜로 세 살 난 어린애처럼 고무공을 갖고 자기가 놀고 있는 모습을 보곤 한다. 그리고 오스카르가 이따금 공을 치마 밑으로 굴려 보내고는 할머니가 그 속셈을 알아차리고 공을 되돌려 보내기 전에 그 동그란 핑계를 뒤따라서 치마 밑으로 기어드는 모습을 보곤 한다.

　어른들이 그 자리에 있으면 할머니는 내가 오랫동안 치마 밑에 머무는 것을 결코 허용하지 않았다. 어른들이 그녀를 경멸하고 빗대어서 감자밭에서의 그녀의 신부 시절을 연상케 하여 본래가 하얀 편은 아닌 할머니를 언제까지나 빨갛게 물들여 놓았기 때문이다. 그 빛은 거의 머리가 하얘진, 예순 살인 여인의 얼굴에 참으로 어울리지 않는 것도 아니었다.

　그러나 안나 할머니가 혼자만 있을 때는——그런 일은 매우 드물었지만 나의 불쌍한 어머니가 죽은 뒤에는 점점 더 드물어졌고 매주마다 서곤 하던 랑푸르 시장의 노점을 그만두고 나서부터는 거의 없어졌다——좀더 재빨리 좀더 자발적으로, 좀더 오랫동안 감자빛 치마 밑에 내가 들어가 있는 것을 참아 주었다. 입장을 허가받기 위해 좀더 어리석게 고무공과 함께 속임수를 쓸 필요는 조금도 없었다. 북을 가지고 마루 위를 기어가서 한쪽 다리를 꺾어 깔고 한쪽을 가구로 버티고 할머니의 산(山) 쪽으로 몸을 움직여 발 밑에 당도하면 북채로 넉 장의 가리개를 들어올린다. 그리고 할머니 치마 밑으로 들어가 커튼 넉 장을 동시에 내리고 일 분 가량 조용히 있다가 털구멍이라는 털구멍을 모두 열고 호흡을 하면 계절을 불문하고 항상 그 넉장의 치마 밑에 가득찬 약간 시큼해진 강렬한 버터 냄새를 만끽할 수 있었다. 그리고 나서야 겨우 오스카르는 북을 두들기기 시작했다. 오스카르의 할머니가 무엇을 듣고 싶어하고 있는지는 알고 있었으므로 나는 10월의 빗소리를 두들겼다. 콜야이체크가 쫓기는 방화범의 냄새와 함께 그녀 밑으로 숨어 들어간 그때 감자를 굽는 모닥불 너머로 그녀가 틀림없이 들었을 그 빗소리와 비슷하게 말이다. 비스듬히 내리는 가랑비를 나는 양철 위에 내리게 했다. 그러면 내 머리 위에서 한숨과 성자의 이름을 외는 소리가 커졌다. 1899년에 나의 할머니가 빗속에 앉아 있고 콜야이체크가 마른 곳에 앉아 있을 때 커진 한숨과 성자의 이름을 부르는 소리를 여기에서 새삼스럽게 확인하는 것은 독자 여러분에게 맡기기로 하겠다.

내가 1939년 8월, 폴란드 인 거주지역의 맞은쪽에서 얀 브론스키를 기다리고 있을 때 나는 가끔 할머니 생각을 했다. 어쩌면 할머니가 헤트비히 백모를 방문하고 있을지도 모른다. 그러나 치마 밑에 앉아서 시큼한 버터 냄새를 맡을 수 있다는 생각이 아무리 매력적이라고 하더라도 층계를 두 개 올라가 얀 브론스키라는 문패가 붙어 있는 문의 초인종을 울리는 일은 하지 않았다. 오스카르는 할머니에게 무엇을 돌려줄 수 있었겠는가? 그의 북은 망가지고 말았다. 그의 북은 이제 아무것도 부여해 주지 않았다. 그의 북은 10월에 감자 잎을 태우는 모닥불 위에 비스듬히 내리는 가랑비가 어떤 소리인가를 잊어버린 것이다. 게다가 오스카르의 할머니에게는 가을비라는 음향 효과만은 꼭 필요했기 때문에 그는 링 거리에 머물면서 5번선이 다니는 헤레스앙거를 벨을 울리며 오르내리는 시전을 맞이하고 또 배웅하고 있었다.

나는 아직도 얀을 기다리고 있었는가? 나는 이미 기다리기를 단념하고 단념에 어울리는 태도를 생각해내지 못한 채 그래도 다만 같은 장소에서 있었던 것일까? 꽤 오랫동안 기다린다는 것은 교육적인 효과가 있는 법이다. 그러나 꽤 오랫동안 기다리는 가운데 기다리고 있는 사람은 상대방을 만났을 때 어떻게 인사를 할까 하고 구체적인 상상을 하지 않을 수 없으므로 기다리는 사람을 갑자기 놀라게 할 기회는 거의 없다고 해도 좋을 만큼 잃어버리고 마는 것이다. 그럼에도 불구하고 얀은 나를 깜짝 놀라게 했다. 아무런 준비도 되어 있지 않는 그를 발견하면 우선 내 북의 잔해를 두들겨서 그를 부를 수 있다는 공명심으로 가슴을 부풀리고 나는 긴장한 채 북채를 겨냥하고 그 자리에 서 있었다. 처음으로 장황한 설명 따위를 하지 않더라도 양철을 크게 두들기고 고함 소리를 지름으로써 내 절망적인 상태를 분명하게 알려 주리라고 생각하며 나 자신에게 전차를 다섯 대만 더 기다리자, 이제 석 대만 기다리자, 한 대만 더 기다리자 하고 타이르고 혹시 브론스키 일가가 얀의 희망을 받아들여 모들린에서 바르샤바로 옮겨간 것은 아닐까 하는 불길한 생각을 하며 브론베르크나 토리니의 중앙 우체국 서기가 된 얀을 떠올리기도 하면서 지금까지의 맹세를 모두 깨버리고 다시 전차 한 대를 기다린 다음 집으로 돌아가려고 방향을 바꾼 것이었다. 그때 오스카르는 뒤에서 붙잡혔다. 한 어른이 그의 눈을 가린 것이다.

나는 부드럽고 고급스러운 비누 냄새가 나는, 기분 좋게 마른 사나이의 손을 느꼈다. 나는 얀 브론스키를 느꼈다.

그가 나를 놓아 주고 껄껄 소리내어 웃으면서 내 방향을 바꾸어 놓았을 때 양철을 가지고 내 숙명적인 상태를 과시하기에는 약간 형편이 좋지 않았다. 그래서 나는 북채 두 개를 동시에 마직천으로 된 바지 멜빵 뒤에 간수했다. 그 무렵 아무도 돌보아 주는 사람이 없었기 때문에 나는 주머니가 해진 더러운 반바지를 입고 있었다. 두 손이 자유로워진 나는 빈약한 끈으로 목에 매달고 있던 북을 높이 쳐들었다. 호소하듯이 눈보다도 높이, 빙케 사제가 미사를 올릴 때 제병(祭餠)을 받쳐들 듯이 높이 쳐들었다. 실제로 나는, 이것은 나의 살과 피입니다 하고 말할 수 있었을지도 모른다. 그러나 나는 한 마디도 하지 않고 다만 구겨진 금속을 높이 쳐들었을 뿐, 아마 그렇게 되면 기적이라고밖에 말할 수 없는 근본적인 변화 따위는 바라지도 않았다. 즉 북의 수리를 요구했을 뿐이고 다른 뜻은 없었다.

얀은 즉시, 나의 귀에는 신경질적이고 긴장된 웃음이라고 생각된, 그에게는 어울리지 않는 소리높은 웃음을 그쳤다. 그는 그냥 보아넘길 수 없는 내 북을 확인하고 다음에 여지없이 구겨진 양철에서 눈을 떼고 여전히 세 살짜리로밖에는 보이지 않는, 반짝반짝 빛나는 내 눈을 들여다보았다. 처음에는 아무 말도 하지 않는 똑같은 푸른 두 눈동자와 그 속의 광채와 반영, 즉 눈에 표정을 부여하고 있는 모든 것 외에는 아무것도 보지 않았다. 그러나 결국 나의 눈길이 어떤 점에서나 거울이 되는 것을 기뻐하는 임의(任意)의 물웅덩이와 전혀 다름없다는 것을 확인한 뒤에 그의 모든 선의(善意), 그의 기억 속에서 구체적인 형태를 가지고 있는 것을 모아서 나의 두 눈 속에서, 과연 회색이기는 하지만, 똑같이 단정한 내 어머니의 눈빛을 재발견한 것이다. 그럴 수밖에 없는 것이 어머니의 눈빛은 생전에 그의 호의에서부터 정열까지를 반영하고 있었으니까.

그러나 그는 어쩌면 거기에 자신의 눈빛이 반영되어 깜짝 놀랐을지도 모른다. 이것은 여전히 얀이 나의 아버지, 정확하게 말해서 나를 낳아 준 아버지라는 것을 뜻하지 않는다. 왜냐하면 그와 어머니와 나의 눈은 모두 소박하고 빈틈이 없으며 똑같이 천진스러운 아름다움을 특징으로 하고는 있지만 그것은 거의 브론스키 가(家) 전원, 즉 시테판에게도, 그렇게까지 뚜렷하지는 않지만 마르가 브론스키에게도, 그 대신 할머니와 그 오빠 빈첸트에게는 좀더 분명하게 그 얼굴에 나타나 있기 때문이다. 그러나 검은 속눈썹의 푸른 눈에도 불구하고 나의 눈에 방화범인 콜야이체크의 피가 흐르고 있지 않다고는 할 수 없었다——유리를 파괴하는 나의 노래만이라도 생각해 보라——한편 나의 눈에서 라인란트의 마체라트의 표정을 찾아내기 위해서는 무척 애쓰지 않으면 안 되었을 것이다.

이야기를 곧잘 딴 데로 돌리는 버릇이 있는 얀 자신에게 내가 북을 쳐들고 눈을 작용시킨 그 순간 만일 직접 물었다면 그는 이렇게 인정하지 않을 수 없었을 것이다. 즉 이 아이의 어머니 아그네스가 나를 바라보고 있다, 어쩌면 나는 나 자신을 바라보고 있다, 이 아이의 어머니와 나는 너무나도 많은 공통점이 있었다, 그러나 미국에 있거나 또는 바다 밑에 있는 나의 숙부 콜야이체크가 나를 바라보고 있을 수도 있으리라, 다만 마체라트만은 나를 바라보고 있지 않다, 그것으로 충분한 것이다라고.

얀은 나에게서 북을 빼앗아 뒤집어 보고는 가볍게 두들겼다. 연필도 깨끗이 깎지 못하는, 이 쓸모없는 사나이가 마치 양철북의 수선에 대해서는 얼마간 알고 있다는 시늉을 하며, 이러한 태도를 나타내는 일은 드물었지만, 단호히 결심하고는 내 손을 잡고——나는 깜짝 놀랐다. 왜냐하면 그렇게 서두를 필요는 없었기 때문이다——링 거리를 가로질러 헤레스앙거의 전차 정류장으로 갔고 전차가 오자 나를 끌고 5번선의 끽연차로 올라탔다.

오스카르는 두 사람이 시내로 가고 있다는 것을 어렴풋이 알 수 있었다. 헤베리우스 광장의 폴란드 우체국에 있는 수위 코비엘라를 방문할 테지. 그는 오스카르의 북이 수주일 전부터 바라고 있던 그 수선 도구와 능력을 가지고 있는 것이다.

이 전차 여행이 1939년 9월 1일 저녁의 일이 아니었다면 그것은 누구에게도 방해받지 않는 즐거운 여행이 될 수 있었을 것이다. 나중에 끽연차를 연결한 5번선의 기동차는 막스 할베 광장에서 브레젠 해수욕장으로부터 돌아오는, 지쳤으면서도 목소리가 큰 해수욕객으로 만원이 된 채 벨을 울리면서 시내로 향했다. 북을 건네 준 뒤에, 얼마나 멋진 늦여름의 저녁이 카페 바이츠케의 빨대가 딸린 라무네 저편에서 우리를 손짓하고 있었던가! 만일 베스타프라테에 면한 항구에 『실레스비히 호』와 『실레스비히 홀시타인 호』 등 두 척의 전함이 정박하고 뒤에 탄약을 저장한 빨간 벽돌벽에 그 강철 몸체와 회전하는 이중 포탑과 대포를 보이고 있지만 않았더라면 말이다.

폴란드 우체국 수위의 집 초인종을 울려 순진한 어린이의 양철북을 수위 코비엘라에게 넘겨 주며 수선을 부탁한다는 것은 얼마나 멋진 일인가! 만일 우체국 내부가 수개월 전부터 장갑판으로 방어 태세를 굳히고 있지 않았다면 말이다. 그리고 지금까지 순진했던 우체국 직원, 사무원, 집배인이 구디니아나 오크스헤포트에서의 주말 훈련 기간중에 요새 수비대에 배치되지만 않았다면 말이다.

우리는 올리바 문에 가까워지고 있었다. 얀 브론스키는 땀을 흘리며 힌덴부르크 가로수 길의 먼지를 뒤집어쓴 나무들을 바라보며 구두쇠인 그에게 어울리지 않게 여느 때보다도 많은 금테 담배를 피웠다. 오스카르는 아버지로 추정되는 사나이가 이렇게까지 땀을 흘리는 것을 여지껏 본 적이 없었다. 다만 두세 번 예외는 있었다. 그것은 오스카르의 어머니와 그가 소파에 앉아 있는 것을 보았을 때였다.

그러나 나의 불쌍한 어머니는 이미 오래 전에 죽었다. 그런데 어째서 얀 브론스키는 땀을 흘리는 것인가? 거의 각 역마다에 정거하기 직전, 그는 차에서 내리고 싶은 심정에 사로잡히는 것이었다. 하지만 언제나 내리고 싶다고 생각한 순간에 비로소 내가 옆에 있다는 것을 의식하고 나와 북 때문에 다시 자리에 눌러앉는다는 사실을 내가 깨달은 뒤, 얀이 국가 공무원으로서 폴란드 우체국을 방위하지 않으면 안 되기 때문에 땀을 흘리고 있다는 것을 나는 분명히 알게 되었다. 그는 한 번 거기에서 도망쳐온 것이었다. 그리고 나와 부서진 북을 링 거리의 헤레스앙거 한구석에서 발견하고 관리의 의무를 수행하기 위해 되돌아가려고 결심했다가 관리도 아니고 우체국을 방위하는 데 아무 도움도 되지 않는 나를 끌고 와서 땀을 흘리며 그때마다 담배를 피웠던 것이다. 어째서 그는 다시 한 번 내리지 않았을까? 그가 그럴 생각이었다면 나는 분명히 방해 같은 것은 하지 않았을 것이다. 그는 한창 일할 나이였다. 아직도 마흔다섯 살이 되지 않았다. 그의 눈은 파랗고 머리털은 갈색이었는데 손질이 잘 된 두 손은 가늘게 떨고 있었다. 그리고 이렇게 불쌍할 만큼 땀을 흘리지 않아도 되었다면 아버지라고 추정되는 사나이 옆에 앉아 있는 오스카르가 맡은 것은 오드콜로뉴이지 결코 싸늘한 땀냄새가 아니었을 것이다.

우리는 목재 시장에서 내려 구시가 거리를 따라 걸어서 내려갔다. 바람이 없는 늦여름의 저녁이었다. 구시가의 종이 여느 때와 마찬가지로 여덟 시쯤에 청동의 울림으로 하늘을 메웠다. 종소리의 울림은 비둘기들을 날아오르게 했다.『너의 차가운 무덤에 들어갈 때까지 항상 성실하고 정직하라.』라고 종은 노래했다. 그 울림은 아름다워서 눈물이 날 지경이었다. 그러나 주위는 온통 웃음 소리로 가득차 있었다. 볕에 탄 어린애를 데리고 있는 여자, 나사천으로 만든 해변 망토, 알록달록한 비치볼이며 돛배 등 물에서 갓 올라온 사람을 글레트카우나 호이부데의 해수욕장에서 싣고 온 전차가 일시에 뱉어 놓은 것이다. 벌써 졸린 눈을 한 젊은 아가씨들이 잘 움직이는 혀로 딸기 아이스크림을 핥고 있었다. 열다섯 살의 아가씨는 아이스크림을 떨어뜨려 곧 허리를 굽히고 흐물흐물한 그것을 주우려 했으나 그만 주저하더니 녹아서 형태가 무너진 그 아이스크림을 포도(鋪道)와 이제부터 그곳을 지나갈 사람들의 구두 바닥에 맡겨 버렸다. 이윽고 그녀도 어른이 되고 길에서 아이스크림을 핥는 일도 더 이상 하지 않게 될 것이다.

시나이더뮐렌 골목에서 우리는 왼쪽으로 꺾어졌다. 골목을 지나면 헤벨리우스 광장이 있는데 분대별로 나뉘어 서 있는 친위대 방향단(防鄕団) 사람들에 의해 폐쇄되었다. 젊은 사람이 있는가 하면 완장을 차고 보안경찰의 기총을 든 일가의 가장도 있었다. 멀리 돌기는 하지만 이 봉쇄를 우회하여 렘 쪽으로 해서 우체국으로 가기는 쉬웠을 것이다. 얀 브론스키는 방향단원 쪽으로 다가갔다. 의도는 분명했다. 그는 그곳에서 정지당하여 분명히 우체국 건물에서 헤벨리우스 광장까지를 감시하고 있는 그의 상사들 눈앞에서 되쫓겨가기를 바라고 있는 것이었다. 그렇게 되면 그는 격퇴당한 영웅 같은 얼굴로 반은 체면을 유지한 채 그를 이곳까지 싣고 온 것과 같은 5번 선 전차를 타고 집으로 돌아갈 수 있는 것이다.

방향단 사람들은 우리를 통과시켜 주었다. 아마도 세 살짜리 소년의 손을 잡은 점잖은 차림의 신사가 우체국으로 갈 계획이라고는 전혀 생각조차 하지 못했을 것이다. 그들은 정중한 태도로 우리에게 조심하라고 일러 주었다. 그리고 그들이『서라.』하고 소리지른 때는 우리가 이미 격자 문을 지나 정면 현관 앞에 서 있을 때였다. 얀은 엉거주춤한 자세로 방향을 바꾸려 했다. 그때 우체국의 무거운 문이 조금 열려 우리를 안으로 들여보내 주었다. 우리는 폴란드 우체국의 어두컴컴하고 서늘한, 기분좋은 창구가 늘어선 홀에 서 있었다.

얀 브론스키는 그의 동료로부터 그다지 호의적으로 맞아지지는 않았다. 그들은 그를 믿지 않고 이미 그를 체념하고 있는 것 같았다. 더욱이 우체국 서기 브론스키는 도망칠 생각이라고 모두가 의심하고 있었음을 분명히 알 수 있었다. 얀은 그러한 비난을 물리치기 위해 열심이었다. 그러나 아무도 그런 이야기에 귀를 기울이지는 않았고 결국 그는 지하실로 보내져 창구가 늘어선 홀 정면의 창문 앞으로, 모래 부대를 운반하는 일을 명령받은 사람들의 줄 안으로 밀어넣어졌다. 이 모래 부대나 이것과 유사한 잡동사니가 창문 앞에 쌓아올려지고 서류장 같은 무거운 가구가 정면 현관 가까이로 옮겨졌다. 일단 유사시에는 곧 바리케이드를 쌓아 입구 전체를 막아 버리려는 것이다.

내가 누구냐고 물은 사람이 있었으나 얀의 대답을 기다릴 여유 같은 것은 없었다. 사람들은 조급하여 큰소리로 떠드는가 하면 극단적일 만큼 신경을 쓰며 낮은 소리로 수군거리기도 했다. 나의 북과 나의 북의 괴로움은 잊혀져 버린 것 같았다. 나의 배 앞에 있는 낡은 고철을 다시 보일 수 있을 것으로 기대했던 수위 코비엘라의 모습은 여전히 보이지 않았다. 아마도 우체국의 이층이나 삼층에서 홀의 배달부나 창구계와 마찬가지로 탄환을 막을 수 있다는, 터질 듯한 모래 주머니를 열심히 쌓아올리고 있는 것이리라. 오스카르가 옆에 있다는 것은 얀 브론스키에게는 성가신 일이었다. 그래서 나는 다른 사람들이 미션 박사라고 부르고 있는 한 사나이로부터 얀이 명령받고 있는 순간을 포착하여 붐비는 사람들 틈에 섞여들였다. 폴란드의 철모를 쓴 미션 씨는 확실히 우체국장이라고 여겨졌는데 그를 조심스럽게 피하며 몇 번이나 찾은 끝에 나는 이층으로 올라가는 층계를 발견했다. 그리고 이층 복도의 막다른 곳 가까이에서 크기가 중간 정도인, 창문이 없는 방을 발견했다. 그 방에는 탄약 상자를 질질 끌고 있는 사나이도 없었고 모래 주머니도 쌓여 있지 않았다.

여러 가지 우표가 붙은 편지를 가득 실은 바퀴 달린 세탁 바구니가 마루 위에 즐비하게 늘어서 있었다. 그 방은 천장이 낮고 벽지는 갈색을 띤 주황빛이었다. 고무냄새가 조금 났다. 갓 없는 전구가 하나 켜져 있었다. 오스카르는 스위치를 찾기에는 너무 지쳐 있었다. 아득히 멀리에서 성 마리아, 성 카타리나, 성 요한, 성 브리기테, 성 바르바라, 성 삼위일체, 성해(聖骸)의 종이 재촉하고 있었다. 아홉 시예요, 오스카르, 이제 자지 않으면 안 돼요——나는 우편물 바구니 옆에 누워 나와 마찬가지로 지쳐 있는 북도 내 옆에 뉘어 놓고 잠이 들었다.

폴란드 우체국

나는 편지가 가득 들어 있는 세탁 바구니 속에서 잤다. 로취, 루블린, 르워우, 토르니, 크라카우, 체스트호바로 갈 편지도 있었고 로취, 루블린, 렌베르크, 토르니, 크라카우, 체스트호바에서 온 편지도 있었다. 그러나 나는 마트카 보스카 체스트호브스카의 꿈도 꾸지 않았고 검은 성모의 꿈도 꾸지 않았다. 나는 꿈 속에서 크라카우에 보존되어 있는 피우스츠키 원수의 심장도 토르니를 유명하게 만든 후추가 든 과자도 먹지 않았다. 여전히 수선받지 못한 내 북에 대한 꿈도 결코 꾸지 않았다. 꿈도 꾸지 않고 바퀴가 달린 세탁 바구니 속의 편지 위에 누워서 오스카르는 수군거리는 소리도 속삭임도 지껄임도 듣지 않았고 많은 편지를 묶어 놓은 채 둘 때 입에서 큰소리가 되어 나올, 조심성 없는 말도 듣지 않았다. 편지는 나에게 한 마디도 말하지 않았다. 나는 어느 우체국으로 갈 것인지도 몰랐다. 누구도 내 속에서 수취인도 발신인의 이름도 볼 수는 없었다. 나는 세상과는 아무런 교섭도 없이 안테나를 집어 넣은 채 우체국이라는 산 위에서 잠을 잤다. 그 산은 만일 안테나만 세울 수 있다면 얼마든지 정보를 얻을 수 있었을 테니까 그대로 세계라고 할 수도 있었을 것이다.

따라서 나는 바르샤바의 레히 밀레우시크 씨라는 사나이가 단치히 시틀리츠에 사는 그의 조카에게 보낸 편지 때문에 잠을 깨는 일은 없었다. 그 편지는 천 년 묵은 거북이까지도 눈뜨게 할 수 있을 정도의 경보를 내포하고 있었다. 내가 눈을 뜬 것은 가까이에서 난 기관총 소리거나 멀리 자유항에 있던 전함의 이중 포탑에서 발해진 길게 여운을 울리는 일제 사격 소리 때문이었다.
 그것이 기관총이나 이중 포탑이라고 쓰는 것은 쉬운 일이다. 이것은 어쩌면 억수로 퍼붓는 호우, 우박, 또는 내가 탄생할 때의 폭풍과도 같은 늦여름의 폭풍의 내습이라고는 할 수 없었을까? 나는 졸려서 견딜 수 없었기 때문에 이런 부질없는 생각에 잠겨 있었던 것인데 소음을 귀에 담은 채 정확하게 추론하고, 잠에 취한 사람이면 누구나 그러하듯이 상황을 있는 그대로 표현하여, 아아 그들이 쏘고 있구나 하고 나 자신에게 말했다.
 오스카르는 세탁 바구니에서 기어나오자마자 아직도 샌들을 신은 채 건들거리며 서 있었는데 민감한 북의 안부를 걱정했다. 그는 하룻밤의 잠자리를 빌려 준, 딱딱하지는 않지만 상자 모양으로 쌓아올려진 바구니의 편지에 두 손으로 구멍을 팠다. 그러나 편지를 찢거나 접거나 파손시킬 만큼 난폭한 짓은 하지 않았다. 오히려 나는 서로 얽혀 있는 우편물을 조심스럽게 풀어 놓고 대개는 『폴란드 우체국』이라는 스탬프가 찍힌, 보라빛 편지와 엽서에조차도 주의를 기울여 봉함이 뜯어지지 않도록 신경썼다. 모든 것을 변혁시키는, 피할 수 없는 사태에 직면해서도 편지의 비밀은 항상 지켜지지 않으면 안 되기 때문이다.
 기관총의 포화가 번져가는 것과 똑같은 속도로 편지가 가득찬 세탁 바구니의 깔때기 모양의 구멍도 넓어졌다. 마지막으로 나는 만족해서 빈사 상태의 북을 방금 만든, 양쪽 끝이 젖혀 올라간 잠자리에 뉘고 그 위를 가득히 덮었다. 세 겹 정도가 아니라 열 겹, 스무 겹으로, 마치 미장이가 강력한 벽을 만들지 않으면 안될 때 벽돌을 쌓아올리는 요령으로 봉투를 서로 엇갈리게 쌓아올렸다.
 대포의 파편이나 총탄으로부터 양철을 지키기 위한 이 예방 조처를 막 끝냈을 때 헤벨리우스 광장과 접하고 있는 우체국 정면의 창구가 늘어선 홀 근처에서 최초의 대전차포 포탄이 작열했다.
 폴란드 우체국의 육중한 벽돌 건물은 이 정도의 탄환이라면 몇 발을 맞아도 끄떡없이 견딜 수 있었다. 방향단 사람들이 두세 번 마주 쏘다가 종종 훈련하곤 했던 정면으로 돌격해오는 데 충분한 돌파구를 여는 데 성공할 것이라는 따위를 걱정할 필요는 없었다.
 나는 이층에 있는 사무실 세 개와 복도에 둘러싸인, 안전하며 창문이 없는, 우편 발송을 위한 창고에서 나왔다. 얀 브론스키가 어떻게 되었는지 보기 위해서이다. 내가 추정상의 아버지 얀을 감시하면서도, 나는 당연한 일이지만, 한층 더 탐욕스럽게 절름발이 수위 코비엘라를 찾았다. 내가 어젯밤 저녁도 먹지 않고 전차를 타고 거리로 나와 평소에는 아무래도 좋은 헤벨리우스 광장의 우체국까지 온 것은 북을 수리받기 위해서였다. 즉 내가 마침 알맞게, 다시 말해서 확실히 일어날 것으로 생각되는 돌격에 앞서서 수위를 발견하지 못한다면 의지할 곳 없는 양철을 조심스럽게 방위했다는 것 따위는 거의 문제도 되지 않았다.
 그렇기 때문에 오스카르는 얀을 찾았고 코비엘라를 생각했다. 팔짱을 끼고 타일을 입힌 긴 복도를 몇 차례나 왔다갔다 했다. 그러나 아무리 걷고 있어도 여전히 그는 혼자였다. 물론 그는 확실히 우체국에서 소총으로 발사하는 한 발 한 발을, 계속해서 탄약을 낭비하는 방향단의 사격과 구별했는데 조심스러운 사수들은 사무실에서 그 스탬프를, 마찬가지로 스탬프를 찍는 듯한 무기와 바꾸었을 것이 틀림없었다. 복도에는 기회를 보아 반격으로 나갈 준비는 무엇 하나 서지도 앉지도 누워 있지도 않았다. 그곳을 단 한 사람 오스카르가 순찰하고 있었다. 그 입에 납덩어리를 머금고 있지만 금을 머금고 있지는 않은, 즉 일찍 일어나도 아무 소용이 없는 이른 아침의, 역사를 만드는 초입경에 그는 무기도 북도 없이 몸을 드러내 놓고 있었던 것이다.
 안뜰에 면한 사무실에서도 나는 사람의 그림자를 하나도 볼 수 없었다. 나는 경솔하다고 생각했다. 이 건물은 시나이더뮐렌 골목에 면한 쪽도 지킬 필요가 있다. 우체국의 안뜰 그리고 소포를 싣고 내리는 장소와는 단지 판자벽만으로 칸막이가 되어 있을 뿐인 경찰 관구는 다만 그림책에서밖에는 볼 수 없을 것 같은 공격 거점을 이루고 있었다. 나는 사무실, 등기 우편 취급실, 현금 배달인의 방, 회계과, 전보 접수구를 두루 뛰어다녔다. 거기에 그들은 누워 있었다. 장갑판과 모래 주머니 뒤, 뒤집어 엎어진 가구 뒤에 그들은 모여 엎드려서 띄엄띄엄 총을 쏘고 있었다.

대개의 방에서 이미 유리창 몇 장이 방향단의 기관총 세례를 받고 있었다. 대충 그 상처를 보고 나는 편안하고 깊게 호흡하던 평화로운 시대에 나의 다이아몬드의 목소리로써 무너져 버린 유리창들과 비교했다. 폴란드 우체국을 방위하기 위해 내 원조를 바라고 있는 지금, 작고 신념에 찬 미션 박사가 우체국장으로서가 아니라 우체국 방위대장으로서 나에게 다가와 내 목소리가 꼭 필요하다고 말하면서, 나에게 선서시킨 다음 폴란드의 임무를 맡긴다면 폴란드를 위해서, 또 야생이기는 하지만 되풀이하여 열매를 맺는 폴란드의 경제를 위해서 나는 기꺼이 유리를 깼을 것이다. 맞은편의 헤벨리우스 광장에 면한 집들의 유리, 렘 거리에 있는 집들의 유리, 경찰 관구까지 포함하여 시나이더밀렌 골목의 유리의 행렬, 그리고 예전보다도 원격 작용의 힘을 더하여 구시가와 리타 골목의 잘 닦여진 유리창을 몇 분 이내에 바람이 잘 통하는 검은 구멍으로 만들고 말았을 것이다. 그러면 방향단의 단원이나 구경하고 있는 시민들 사이에 큰 혼란이 일어났을 것이다. 그것은 중기관총 여러 개와 똑같은 효과가 있었을 것이다. 그것은 서전(緖戰)에서 이미 기적의 병기를 믿게 했을 테지만 그러나 폴란드 우체국을 구제하지는 못했을 것이다.

오스카르는 출격하지 않았다. 우체국장의 머리 위에 폴란드의 철모를 쓴 미션 박사는 나에게 선서시키지 않았고 내가 창구가 즐비한 홀의 층계를 뛰어내려 그의 다리 사이로 달려갔을 때 나의 따귀를 한 대 아프게 때리고는 즉시 폴란드 어로 소리높여 욕설을 퍼부으면서 다시 방위 업무에 전념했다. 사람들은, 결국 모든 책임을 지고 있는 미션 박사도 포함하여 흥분하고 두려워하고 있었으나 그것은 용서할 수도 있는 일이었다.

홀의 시계가 네 시 이십 분임을 가르쳐 주었다. 네 시 이십일 분이 되었을 때 나는 최초의 전투가 시계를 전혀 손상시키지 않았다는 것을 믿을 수 있었다. 시계는 움직이고 있었다. 그리고 이 시간의 무관심을 나쁜 조짐이라고 생각해야 할지, 좋은 조짐이라고 생각해야 할지 나로서는 알 수 없었다.

어떻든 나는 우선 창구가 있는 홀에 머물면서 얀과 코비엘라를 찾았고 미션 박사를 피했다. 백부도 수위도 찾을 수 없었다. 홀의 유리가 손상 당했음을 확인하고 정면 현관 옆의 장식에 균열이 생겨 끔찍한 구멍이 몇 개 뚫렸다는 것도 확인하고 최초의 두 부상자가 운반되어 들어오는 것도 목격했다. 한 사람은 잿빛 머리털을 반듯하게 가른 중년 사나이 였는데 오른팔의 찰과상에 붕대를 감아 주는 동안 흥분해 가지고 계속 중얼거리고 있었다. 그는 그 가벼운 상처에 하얀 붕대를 감자마자 곧 일어서서 무기를 들고 아무래도 방탄에 도움이 되지 않는 것 같은 모래 주머니 뒤에 다시 엎드리려 했다. 그러나 다행스럽게도 심한 출혈로 인한 졸도가 그를 마루로 끌어들여 휴식을 명했다. 중년이 되면 쉬지 않고서는 무리한 뒤 곧 힘이 회복되지 않는 법이다. 또한 철모를 쓰고는 있지만 신사복의 앞가슴 주머니에서 멋쟁이답게 장식 수건을 세모꼴로 내보이고 있는 작고 다부진 오십대 사나이가 부상당한 중년 사나이에게 폴란드의 이름으로 휴식을 취하도록 명령한 것이다. 이 기사처럼 고상하게 행동한 관리는 박사로서 미션이라고 불리고 있었는데 어젯밤 얀 브론스키를 준엄하게 심문하였다.

두 번째 부상자는 거칠게 숨을 쉬며 짚방석 위에 누워 다시는 모래 주머니 쪽으로 돌아가려는 태도는 보이지 않았다. 일정한 간격을 두고 그는 큰소리로 부끄러움도 체면도 없이 고함질렀다. 그는 배에 관통상을 입었다.

오스카르가 다시 한 번 그가 찾는 인물을 어떻게든 발견하려고 모래 주머니 뒤에 늘어서 있는 사나이들을 검열하려 했을 때 공교롭게도 포탄 두 발이 거의 동시에 정면 현관의 위와 옆에서 작열하여 창구가 늘어선 홀을 뒤흔들었다. 현관 앞에 끌어다 놓았던 선반은 박살나고 철해진 서류 다발들은 산산이 흩어졌다. 그리고 서류 다발은 정말로 날아올라 정규 거점을 잃고 타일 바닥 위에 착륙하여 미끄러지면서 실용적인 부기(簿記) 라는 의미에서는 결코 서로 알게 될 수 없었던 전표와 마주쳐서 그것을 덮어 버렸다. 남아 있던 유리창이 산산이 흩어지고 크고 작은 흰 더미가 벽이나 천장에서 떨어져 내린 것은 말할 것도 없다. 다시 부상자 한 사람이 석고와 석회의 구름 속을 지나 방 중앙으로 끌려왔다. 그러나 그때 철모를 쓴 미션 박사로부터 명령이 내려 사람들은 층계를 통해 이층으로 올라갔다.

오스카르도 한 단 한 단 허덕이면서 올라가는 우체국원과 함께 사나이들의 뒤를 따랐다. 그를 불러 세우는 사람은 없었고 그에게 물어 보는 사람도 없었다. 또는 방금 전에 미션은 나를 때릴 필요가 있다고 생각했을 테지만 이번에는 거친 손으로 뺨을 때리는 사나이도 없었다. 물론 오스카르는 우체국을 방위하는 어른들의 사타구니 사이로 들어가지 않으려고 무척 애를 쓰기는 했다.

나는 천천히 층계를 올라가는 사나이들의 뒤를 따라 이층에 다다랐을 때 나의 예감이 적중했다는 것을 알았다. 즉 부상자를, 창문이 없기 때문에 안전한 우편 발송용 창고로 운반한 것이다. 당초 그 방은 내가 자신을 위해서 예약해 둔 것인데 말이다. 게다가 그 방에는 침대가 없었으므로, 그들은 조금 짧기는 하지만 우편물 바구니가 부상자를 위한 부드러운 침대 대신이 된다고 생각했다. 나는 배달이 불가능한 우편물로 가득 찬, 바퀴 달린 세탁 바구니 하나에 내 북을 잠재운 것을 후회했다. 찢기고 구멍 뚫린 배달부와 창구계원의 피가 열 겹 스무 겹으로 쌓인 종이 다발을 통해 스며들어 지금까지 빛깔이라고 하면 니스를 칠하는 것밖에 모르는 나의 양철에 다른 빛깔을 칠하는 것은 아닐까? 나의 북은 폴란드의 피와 어떤 관련이 있었는가? 그들은 그들의 서류와 흡묵지(吸墨紙)를 그 액체로 물들이기만 하면 되는 것이다! 그들은 그 잉크병에서 푸른 것을 흘려 버리고 거기에 빨간 것을 넣으면 되는 것이다! 그들은 자기의 손수건이나 빳빳하게 풀 먹인 하얀 와이셔츠를 반쯤 빨갛게 물들여 폴란드 국기로 만들면 되는 것이다! 즉 문제는 폴란드일 뿐, 나의 북과는 관계없는 것이다! 폴란드가 져서 하양과 빨강을 잃는 것이 그들에게 비록 중대하긴 하겠지만 그렇다고 해서 나의 북도 갓 칠해진 빛깔을 의심받고 마찬가지로 사라지지 않으면 안 되었던가?

폴란드 같은 것은 알 바 아니다, 중요한 것은 나의 일그러진 양철이 다라는 생각이 차츰 내 마음속에 자리잡았다. 얀이 나를 우체국으로 유인한 것은 그곳 관리에게 폴란드에서는 횃불이 도움이 안 되므로 용기를 고무하는 군기(軍旗)를 가져다 주기 위해서였던 것이다. 어젯밤 내가 바퀴 달린 우편물 바구니 속에서 잠을 자며 뒤척이지도 않고 꿈을 꾸지도 않은 동안에 눈을 뜨고 있던 우체국 관리들은 마치 암호처럼 이렇게 속삭이고 있었다. 죽어가는 어린이의 북이 우리에게 은신처를 요구해왔다, 우리는 폴란드 인이다, 우리는 이 북을 지키지 않으면 안 된다, 특히 영국과 프랑스가 우리들과 상호원조 조약을 맺었으니까 말이다.

반쯤 열린 우편 발송용 창고의 문 앞에서 이러한 무익하고 추상적인 생각에 잠겨 내 행동의 자유를 방해하고 있는 동안에 우체국 안뜰에서 처음으로 기관총 소리가 요란하게 났다. 내가 예상했던 대로 방향단은 최초의 공격을 시나이더밀렌 골목에 접한 경찰관구 쪽에서 시작해온 것이다. 우리는 모두 즉시 태세를 취했다. 방향단 사람들은 우편 자동차용 적하장 위의 소포실로 통하는 문을 폭파하는 데 성공하였다. 이어서 그들은 소포실로 들어갔고 다음에 소포 접수구를 점령했을 뿐 아니라 창구가 늘어선 홀로 통하는 복도 문도 이미 열려 있었다.

부상자를 끌어올려 내 북이 숨겨져 있는 그 우편 바구니에 누인 사나이들이 돌격해 나갔다. 다른 사람들도 그들을 뒤따랐다. 소란한 상태로 미루어 보면 일층 복도에서 전투가 행해지고 다음에 소포 접수구에서 싸우고 있는 것 같았다. 방향단은 퇴각하지 않으면 안 되었다.

오스카르는 처음에는 쭈뼛거리며 다음에는 좀더 의식적으로 우편물 창고에 발을 들여놓았다. 부상자는 누르스름한 잿빛 얼굴을 하고 이를 드러낸 채 감고 있는 눈꺼풀 아래에서 눈동자를 움직이고 있었다. 침을 뱉으면 피가 뒤이어 줄줄 흘렀다. 그러나 그의 머리는 우편 바구니의 언저리에서 나와 있었기 때문에 우편물을 더럽힐 걱정은 없었다. 오스카르는 바구니에 닿기 위해 발돋움하지 않으면 안 되었다. 그 사나이의 엉덩이가 북이 묻혀 있는 장소를 묵직하게 누르고 있었다. 오스카르는 처음에는 신중하게 사나이와 편지에 신경쓰면서, 다음에는 좀더 힘을 주어 잡아당겨 결국 구기거나 찢거나 하면서 신음하고 있는 사나이의 엉덩이 밑에서 몇 다스의 봉투를 끄집어내는 데에 성공했다.

오늘 이야기를 해두고 싶지만 나의 손가락이 북 언저리에 닿았을 때 사나이들이 층계를 뛰어올라와 복도를 달려왔다. 그들은 방향단을 소포실에서 격퇴하고 되돌아온 것이었다. 우선 처음에는 그들이 이긴 것이다. 나는 그들이 웃는 소리를 들었다.

나는 문 가까이에서 우편 바구니 뒤에 숨어 사나이들이 부상자가 있는 곳까지 돌아오기를 기다렸다. 처음에는 그들은 큰소리로 몸짓을 섞어 가면서 이야기하고 있었으나 다음에는 목소리를 죽여가며 욕설을 퍼부으면서 부상자에게 붕대를 감아 주었다.

창구가 늘어선 홀 근처에서 대전차 포탄 두 발이 작열했다. 다시 두 발, 그리고는 조용해졌다. 베스타프라테에 면한 자유항에 있는 전함에서 쏘아대는 일제 사격이 멀리에서 규칙적인 소리를 울렸다.——그것은 모든 사람에게 이미 익숙해져 있었다.

부상자 옆에 있는 사나이들에게 들키지 않도록 하면서 나는 우편물의 창고에서 도망쳐 나왔다. 북은 그냥 버려 두었다. 그리고 다시 한 번 추정상의 아버지이며 백부인 얀을 찾았고 수위 코비엘라를 찾았다.

삼층에 중앙 우체국 서기 나차르니코의 관사가 있었다. 그는 가족을 일찌감치 브론베르크나 바르샤바로 보낼 수 있었다. 처음에 나는 안뜰에 면한 창고를 몇 개인가 찾았는데 얀과 코비엘라가 나차르니크의 관사 어린이방에 있는 것을 발견했다.

그곳은 기분이 좋은 밝은 방으로서 유쾌한 벽지가 발라져 있었으나 유감스럽게도 몇 군데에 유탄(流彈) 자국이 있었다. 평화스러운 때라면 두 개의 창문 앞에 앉아서 헤벨리우스 광장을 바라보면서 아름다운 한 때를 가질 수도 있었을 것이다. 아직도 말짱한 흔들 목마, 갖가지 공, 걷거나 말을 타고 또는 거꾸로 선 납으로 만든 병정으로 가득 메워진 기사의 성, 철도 레일과 작은 화차가 달린 뚜껑 열린 가득찬 마분지 상자, 조금씩은 누더기가 된 인형 몇 개, 어수선한 인형의 방. 즉 장난감의 홍수로 중앙 우체국 서기 나차르니크가 사치스럽게 자란 두 아이, 하나는 아들이고 하나는 딸인 두 아이의 아버지임이 틀림없다는 것을 알 수 있었다. 바르샤바로 보내져 브론스키 남매와 분명히 비슷할 두 남매와 내가 만나지 않아도 된 것은 무엇보다도 다행스런 일이었다. 중앙 우체국 서기의 장난꾸러기 남매가 납 병정으로 가득차 있는 어린이의 천국에서 떠나지 않으면 안 되었을 때 얼마나 괴로웠을 것인가를 상상하자 나는 약간 짓궂은 기쁨을 느꼈다. 아마도 그 아이는 창기병 몇 개를 바지 주머니에 쑤셔 넣었을 테지. 나중에 모들린 요새를 에워싼 싸움에서 폴란드 기병을 강화할 수 있도록 하기 위해서.

오스카르는 지금 지나칠 만큼 납 병정에 대해서 이야기하고 있는데 하지만 이 일만은 고백하지 않을 수 없다. 즉 장난감이나 그림책 또는 유희판을 얹어 놓은 선반 맨 위에 소형 악기가 즐비하게 늘어서 있었다. 벌꿀 빛깔의 트럼펫 하나가 전투 행위에 유순한, 즉 포탄이 작열할 때마다 찌링찌링 하고 울리는 철금(鉄琴)과 함께 소리도 없이 서 있었다. 갖가지 선명한 빛깔의 손풍금이 오른편 바깥쪽에 완전히 펴진 채로 비스듬히 놓여 있었다. 양친은 자기들의 후계자에게 현 네 개가 제대로 달린 정식 바이올린을 사줄 만큼 상궤에서 벗어나 있었다. 홈없는 하얀 가장자리를 보이며 굴러떨어지지 않도록 받침목 몇 개로 둘러싸인──아무도 믿으려 하지 않을 테지만──하양과 빨강의 니스칠을 한 양철북이 바이올린과 나란히 있었다.

나는 처음에 내 힘으로 북을 선반에서 끌어내릴 생각 같은 것은 하지도 않았다. 오스카르는 자기의 세력 범위가 좁다는 것을 알고 있었으므로 키가 작아서 어떻게도 할 수 없을 때는 자진해서 어른들의 호의에 의지하기로 하고 있었다.

얀 브론스키와 코비엘라는 마루까지 열려 있는 창문 아래 3분의 1을 가리고 있는 모래 주머니 뒤에 엎드리고 있었다. 코비엘라는 오른쪽에 있었다. 피를 토하고 있는 부상자 아래에 깔려 틀림없이 차츰 찌부러들고 있을 내 북을 끄집어내어 수선할 틈이 지금 수위에게는 거의 없다는 것을 나는 곧 알 수 있었다. 즉 코비엘라는 싸움에 몰두하고 있었다. 그는 일정한 간격을 두고 모래 주머니의 방벽에 뚫린 틈새에서 헤벨리우스 광장의 시나이더뮐렌 골목 쪽에 조준하고 소총을 쏘고 있었다. 그곳 라다우네 다리 바로 앞에는 대전차포가 진을 치고 있었던 것이다.

얀은 몸을 웅크리고 앉아서 머리를 숨긴 채 떨고 있었다. 그라는 것을 알아볼 수 있었던 것은, 다만 지금은 석회와 모래로 더러워지기는 했으나, 고급스러운 짙은 잿빛 신사복 때문이었다. 똑같이 잿빛인, 오른쪽 발에 신은 구두는 끈이 풀려 있었다. 나는 등을 구부리고 끈을 나비묶음으로 매주었다. 내가 그 나비매듭을 힘껏 졸라맬 때 얀은 깜짝 놀라 지나치게 파란 눈알을 왼쪽 소매 위에서 쳐들고 젖은 물빛 눈으로 나를 바라보았다. 오스카르는 얼핏 보고 알았지만 그는 상처를 하나도 입지 않았는데 소리를 죽이고 흐느껴 울고 있었다. 얀 브론스키는 두려워하고 있었던 것이다. 나는 그의 흐느낌을 무시하고 이미 말한 나차르니크의 아들의 양철북을 가리키며 신중에 신중을 거듭하여 어린이 방의 사각(死角)을 이용함으로써 선반에 다가가 양철을 가져다 달라고 명료한 몸짓 손짓으로 얀에게 요구했다. 나의 백부는 나를 이해하지 못했다. 나의 추정상의 아버지는 나를 이해하지 못했다. 나의 불쌍한 어머니의 연인은 완전히 불안에 사로잡혀 있어서 그에게 조력을 구하고 있는 나의 태도조차도 단지 그의 불안을 높이기만 할 뿐이었다. 오스카르는 큰소리로 그에게 고함을 지르고 싶었으나 자기의 소총만을 상대하고 있는 코비엘라에게 발견되지 않도록 조심하지 않으면 안 되었다.

그래서 나는 모래 주머니 뒤에 있는 얀의 왼쪽 옆에 엎드려서 몸을 그에게 바싹 갖다댐으로써 내 몸에 있는 냉정함의 일부를 불행한 백부이며 추정상의 아버지에게 나누어 주려고 했다. 이윽고 그는 내가 보기에도 얼마간 침착을 되찾은 것처럼 생각되었다. 나의 규칙적이고 힘있는 호흡은 그의 맥박을 대강이나마 규칙적으로 만드는 데 성공했다. 그런 다음 내가 재빨리 그의 머리를 되도록 천천히 그리고 부드럽게 마지막에는 분명하게 장난감이 얹혀 있는 나무 선반 쪽으로 돌림으로써 또다시 나차르니크 아들의 양철북을 깨닫게 했지만 얀은 이번에도 나를 이해하지 못했다. 불안이 그를 밑에서부터 위까지 점령하고 위에서 아래로 몰려가 아래 쪽에서, 아마도 가죽 깔창이 들어 있는 구두바닥 때문이겠지만, 격렬한 저항에 부딪혔다. 그 때문에 불안은 거기에서 한꺼번에 폭발하려고 했지만 되튕겨서 위(胃), 비장, 간장을 스치고 가난한 머리 속에 자리잡았다. 그 결과 그의 푸른 눈은 튀어나오고 흰자위에는 그물 같은 정맥이 보였다. 오스카르는 추정상의 아버지의 안구가 그렇게 된 것을 지금까지 본 일이 없었다.
　내가 백부의 눈동자를 되쫓고 그 심장을 진정시키는 데에는 노력과 시간이 필요했다. 미적 관점에서 나는 애써 봉사했지만 그것은 헛된 일이었다. 그때 방향단 사람들이 처음으로 중형의 야전 유탄포를 발사하여 망원경으로 조준하는 직접 사격으로 우체국 앞의 철책을 납작하게 만들었기 때문이다. 그들은 어지간히 훈련을 쌓은 듯 놀라운 정확성으로 벽돌 기둥을 차례로 무너뜨리고 철책과 함께 철저히 분쇄하고 말았다. 불쌍한 백부 얀은 기둥이 열다섯 개에서 스무 개 가량 쓰러지는 것을 눈앞에 볼 때마다 자기까지 함께 쓰러지는 듯한 기분에 사로잡혀 몹시 당황했다. 마치 대좌(臺佐)만이 쓰러지는 것이 아니라 대좌 위에 서 있는, 백부에게는 정답게 살아 있어야만 마땅한 공상상의 신들의 상이 대좌와 함께 쓰러지고 있는 것처럼 말이다.
　그래서 얀은 유탄(榴彈)이 명중할 때마다 찢어지는 듯한 쇳소리를 내곤 했는데 만일 그 목소리가 좀더 의식적으로 목적을 가지기만 했다면 유리를 깨뜨리는 나의 고함 소리처럼 그 목소리에도 유리를 부수는 다이아몬드의 미덕이 갖추어져 있었으리라는 것만은 분명했다. 확실히 얀은 정열적으로 고함을 지르기는 했지만 무계획적인 고함 소리였기 때문에 결국엔 코비엘라가 앙상한 불구의 몸을 우리 쪽으로 던지며 속눈썹이 없는 야윈 새 같은 얼굴을 들고 젖은 회색 눈동자를 우리들 두 사람의 구난 상조회(救難相助會) 위를 두리번거리게 했다. 그는 얀을 흔들었다. 얀은 흐느껴 울었다. 그는 얀의 셔츠를 헤치고 급히 몸에서 상처를 찾았다──나는 하마터면 웃을 뻔했다──사실은 조그만 찰과상조차도 발견되지 않았기 때문에 이번에는 얀을 반듯하게 누이고 턱뼈를 붙잡고 뚝뚝 소리가 나게 누르고는 얀의 푸른 브론스키의 눈으로 하여금 코비엘라의 안광적인 젖은 회색의 흔들림을 억지로 바라보게 했다. 그리고는 침을 튀기면서 폴란드 어로 얀의 얼굴에 비난의 말을 퍼부었다. 그리고는 결국 얀이 특별히 좁게 만든 총안 앞에 지금까지 사용하지 않고 팽개쳐 두었던 소총을 던져 주었다. 그 총은 안전 장치도 풀지 않은 채였다. 총의 개머리판이 그의 왼쪽 무릎에 닿아 메마른 소리를 냈다. 정신적 고통을 실컷 맛본 뒤에 처음으로 맛본 가벼운 육체적 고통은 그에게 좋은 영향을 준 것 같았다. 즉 그는 총을 잡은 것이다. 그는 금속 부분의 차가움이 손가락에, 그리고 곧 핏속에 느껴졌을 때 처음에는 무서워서 떨 것 같았으나 코비엘라로부터 반은 꾸지람, 반은 설득을 당하여 흥분해 있었기 때문에 총안으로 기어갔다.

   나의 추정상의 아버지는 그의 유연하고 풍부한 공상력에도 불구하고 전쟁에 대해 이렇듯 현실적이고 정확한 관념을 가지고 있었기 때문에 상상력의 부족에서 오는 용감성 같은 것은 그에게는 번거롭고 또 실제로 불가능하기도 했다. 그는 할당받은 총안으로 보이는 사격 범위를 확인하지도 않고 그럴싸한 목표를 차근하게 찾지도 않은 채 총을 비스듬히 몸에서 떼고는 헤벨리우스 광장에 있는 집들 위를 향해 무작정 마구 쏘았기 때문에 탄창은 순식간에 바닥이 났다. 그는 또다시 맨손으로 모래 주머니 뒤에 숨었다. 얀은 은신처에서 수위를 향해 동정을 구하는 눈길을 보냈는데 그것은 숙제를 잊은 학생이 앵돌아져서 어쩔 줄 모르는 채 죄를 고백하고 있는 것 같았다. 코비엘라는 몇 번이나 아래턱을 덜덜거리다가 참을 수 없다는 듯이 큰소리로 웃었다. 그러다가 불안해져서 갑자기 웃음을 그치고는 그의 상사인 우체국 서기 브론스키의 정강이를 서너 번 걷어차고 다시 발을 들어올려 볼품없는 편상화로 얀의 옆구리를 힘껏 내리지르려 했다. 그러나 그때 기관총의 포화가 남아 있던 어린이방의 유리를 박살내고 천장을 뒤흔들었기 때문에 정형외과의 구두를 그대로 밑으로 내리고 자기의 총 뒤에 납작 엎드렸다. 그리고는 얀과 실랑이하느라고 잃어버린 시간을 되찾으려는 듯이 조급하게 그리고 악을 쓰듯이 쏘고 쏘고 또 쏘았다——이것도 모두 제2차 세계대전 중의 탄약 낭비에 한몫한 것이다.

   수위는 나를 발견하지 못한 것일까? 그는 평소에는 엄격해서 접근하기 어려운 사람이었고 상이군인에게만 허용되는 어떤 종류의 경의를 담은 예의바름을 요구하고 있었는데 그날은 납 냄새가 풍기는 통풍이 잘 되는 방에 나를 방치해 두었다. 코비엘라는 이곳이 어린이방이니까 오스카르는 언제까지나 이곳에 있으면서 싸움하는 동안 놀고 있으면 된다고 생각한 것일까?

우리가 얼마나 오랫동안 이렇게 엎드리고 있었는지 나는 모른다. 나는 얀과 방의 왼쪽 벽 사이에 엎드려 있었고 우리는 모래 주머니 뒤에 숨어 있었으므로 코비엘라가 그의 총 뒤에서 우리 두 사람을 대신하여 쏘고 있었다. 열 시경 포화가 멎었다. 윙윙거리는 파리 소리가 들릴 만큼 조용해졌다. 헤벨리우스 광장에서 사람 소리와 명령이 들리고 이따금 부두에 있는 전함의 먼 우뢰 소리 같은 술렁임도 들릴 정도였다. 그 9월의 하루는 개었다가 흐렸다. 태양은 낡은 황금색으로 주위를 물들이고 만물은 숨결처럼 어슴푸레하고 소리에 민감하면서도 귀가 먹었다. 이제 며칠만 있으면 내 열다섯 번째 생일이었다. 해마다 9월이면 나는 양철북을 사달라고 졸랐다. 양철북 이외에는 아무것도 가지고 싶은 것이 없었다. 내 생각은 이 세상의 모든 보물을 단념하고 내 생각은 항상 변함없이 하양과 빨강으로 니스가 칠해진 양철북에만 쏠려 있었던 것이다.

얀은 움직이지 않았다. 코비엘라는 코로 규칙적으로 큰 숨을 쉬고 있었으므로 오스카르는 그가 자고 있다는 것을 알 수 있었다. 전투의 틈을 이용해서 잠깐 눈을 붙이고 있는 것이다. 결국 인간은 누구나, 영웅조차도, 이따금 기분을 바꿔 줄 잠깐 동안의 수면이 필요한 것이다. 나만은 또렷하게 눈을 뜨고 나이에 알맞는 완고함으로 양철을 노리고 있었다. 이제 와서야 겨우, 조용함이 더함에 따라 여름에 지친 마지막 발악같이 윙윙거리는 파리 소리가 울리는 동안에 비로소 어린 나차르니크의 양철북이 내 의식에 떠오른 것은 아니다. 오스카르는 전투가 한창일 때도, 전투의 소음이 주위를 온통 뒤덮고 있을 때도 북에서 눈을 떼지는 않았다. 그런데 지금 아무리 생각해도 놓칠 수 없는 절호의 기회가 다가오려 하고 있다.

오스카르는 천천히 일어나 유리 파편을 피하면서, 그러나 장난감이 얹혀져 있는 나무 선반에 목표를 정하고 조용히 다가갔다. 머리 속으로는 이미 어린애 의자에 집짓기 놀이의 상자를 올려 놓으면 받침대가 된다고 생각하고 있었다. 그렇게 하면 그를 새로운 양철북의 소유자로 만들기에 충분한 높이와 안전이 획득될 것이다. 그때 코비엘라의 목소리가 나를 사로잡았고 이어서 곧 수위의 메마른 손이 나를 붙잡았다. 낙심하면서 나는 손이 닿을 것 같았던 북을 가리켰다. 코비엘라는 나를 끌어당겼다. 나는 두 팔을 뻗쳐 양철북을 붙잡으려고 했다. 절름발이 사나이는 주저하는 것 같았으나 손을 내밀어 나를 행복하게 만들어 주려고 했다. 그때 기관총의 총화가 어린이방에 퍼부어졌다. 현관 앞에서 대전차포 유탄이 폭발했다. 코비엘라는 나를 구석에 있는 얀 브론스키에게로 밀어 던지고 자기는 또다시 소총 뒤에 엎드렸다. 그리고는 내가 여전히 양철북에서 눈을 떼지 않고 있는 동안에 벌써 두 번째의 총탄을 총신에 밀어넣었다.

거기에 오스카르는 엎드려 있었다. 안짱다리이며 속눈썹이 없는 젖은 눈을 가진, 새 같이 생긴 사나이가 목표에 다다를 뻔했던 나를 구석진 모래 주머니 뒤로 가볍게 밀어넣었을 때 나의 사랑스러운 푸른 눈의 백부 얀 브론스키는 코도 처들지 않았다. 오스카르는 눈물 따위는 흘리지 않았다. 노여움 속에서 부풀어올랐다. 기름지고 눈이 없는, 푸른 기가 도는 하얀 구더기가 번식하여 알맞게 썩은 고기를 찾고 있었다, 폴란드와 내가 무슨 상관이 있단 말인가 하는 얼굴로. 폴란드, 그것은 무엇이었을까? 폴란드 인은 폴란드 인의 기사도를 가지고 있었다! 그들은 말을 타고 달리기만 하면 되는 것이다! 그들은 귀부인의 손에 입맞춤하고 그들이 입맞춤한 것은 귀부인의 지친 손가락이 아니라 야전 유탄포의 화장하지 않은 포구(砲口)였다는 것을 깨닫는 것은 언제나 뒤늦은 때였다. 그리고 그때 이미 크루프 일족의 영양(令孃)은 발사되었다. 그때 그녀는 입술을 짭짭거리며 서툴기는 하지만 진짜인, 뉴스 영화에서나 들을 수 있는 전투 소리를 흉내내고 먹을 수 없는 크래커 봉봉을 우체국의 정면 현관에 집어 던져 돌파구를 뚫으려고 했다. 그리고 사실 돌파구를 열었고 파괴된 홀을 지나 계단실에 달라붙으려고 했다. 그곳을 점령하면 이제 누구도 층계를 오르내릴 수 없기 때문이다. 그리고 기관총 뒤에 있는 그녀의 수행원들, 또 『오스트마르크』라든가 『수데텐란트』라는 귀여운 이름이 붙여진 고급 장갑차에 올라탄 사람들은 충분한 전과를 올리지 못하고 장갑판을 덜커덩거리며 정찰하면서 우체국 앞에서 우왕좌왕하고 있었다. 열심히 교양을 쌓고 있는 두 젊은 귀부인은 하나의 성을 정찰하려고 했지만 성은 닫혀 있었다. 이 사실이 언제나 자신의 입장을 인정해 주기를 바라고 있는 응석받이 미인들의 초조감을 고조시켰다. 그리고 그녀들은 할 수 없이 같은 구경인, 납빛이고 관통력이 있는 눈길로 성 안의 모든 방을 엿봄으로써 성주들에게 방이 뜨겁고 차갑고 또 좁아지게 만든 것이다.

마침 한 대의 장갑차가──『오스트마르크』였다고 생각된다──리터 골목에서 다시 우체국을 향해 덜덜거리며 전진해왔다. 그때 벌써 오래 전부터 살아 있는 것 같지 않았던 나의 백부 얀이 오른쪽 다리를 총안으로 내밀었다. 장갑차가 그것을 발견하여 사격해 주기를 바라는 듯이 다리를 쳐든 것이다. 아니면 유탄(流彈)이 그것을 불쌍히 여겨 장딴지나 뒤꿈치를 살짝 스치고 지나가며 상처를 입히고 그 상처가 과장되게 절뚝거리는 군인에게 후퇴를 허락함을 바라고 한 짓인지도 모른다.

이렇게 다리를 내놓고 있는 일이 오랫동안 계속된다면 얀 브론스키는 힘들었을 것이다. 그는 그것을 이따금 중단하지 않으면 안 되었다. 그는 등을 밑으로 하고 몸을 뒤집었을 때 비로소 두 손으로 허리를 받치는 것이 마구잡이 사격이나 조준 사격의 총탄에 대해서 장딴지와 뒤꿈치를 내놓고 있기가 훨씬 수월하고 성공할 가망도 크다는 것을 알게 되었다.

나는 얀의 성질을 잘 알고 있었고, 오늘날에도 잘 알고 있지만, 그의 상사인 우체국 서기 브론스키가 이처럼 한심스럽고 자포자기적인 행동을 하는 것을 보았을 때 코비엘라가 분격해하는 마음도 잘 알 수 있었다. 수위는 단숨에 일어나 두 걸음째에 우리에게로 와서 이미 우리들 위를 덮치고 있었다. 그리고 얀의 저고리와 함께 얀을 붙잡고 그 보따리, 즉 얀의 몸뚱이를 들어올려 두들겨패고 다시 붙잡고는 저고리에서 우두둑 소리가 나게 하고 왼손으로 때리고 오른손으로는 받쳐들고 왼손으로 넘어뜨리고 넘어지는 것을 다시 오른손으로 붙잡고 오른손과 왼손으로 동시에 주먹을 쥐고 위협한 다음에 그 주먹을 크게 휘둘러 얀 브론스키, 나의 백부, 오스카르의 추정상의 아버지를 때리려고 했다──그때 덜거덕거리는 소리가 났다, 아마도 천사가 신의 명예를 위해서 덜거덕거리 듯이. 그때 노래 소리가 들렸다, 라디오에서 에테르가 노래를 부르는 것처럼. 그때 브론스키에게 명중하지 않았다, 그때 코비엘라에게 명중했다. 그때 한 발의 유탄(榴彈)이 우리를 몹시 우롱했다, 그때 벽돌이 웃으면서 균열을 일으키고 파편은 먼지가 되고 장식은 가루가 되고 목재는 도끼를 발견했다. 그때 겁먹은 어린이방 전체가 한쪽 발로 깡총깡총 뛰었고 케테 크루제 인형이 쪼개져서 날았다. 그때 혼들 목마가 지나갔고 기수가 타고 있으면 떨어뜨리려고 했다. 그때 메르클린의 집짓기놀이 나무상자 안에서 건축 구조(構造)가 실패했고 폴란드 창기병은 동시에 방의 네 귀퉁이를 모두 점령했다――그때 마침내 장난감을 올려 놓은 선반이 쓰러졌다. 그리고 철금은 부활제를 울리기 시작하고 손풍금은 열려서 고함을 지르고 트럼펫은 누군가를 위해서 무엇인가를 분 것 같았다. 모든 것이 동시에 소리를 냈다. 그것은 연습중인 오케스트라였다. 그것은 외치고 튕기고 울고 울려퍼지고 산산조각이 나고 파열하고 삐걱거리고 쇳소리를 지르고 높은 소리로 삑삑 지저귀었다. 그리고 훨씬 낮은 곳에서 토대를 파헤쳤다. 그러나 내가 있는 곳에는, 세 살짜리 아이에게 어울리게 유탄이 날아든 동안 어린이방 수호신이 위치하고 있는 창문 바로 밑의 구석에 있던 나에게는, 양철북이 굴러떨어진 것이다――그것은 니스가 약간 벗겨졌을 뿐 한 군데도 구멍이 뚫려 있지 않았다. 오스카르의 새 양철북이었다.

내가 막 손에 넣은, 말하자면 보고 있지도 않는 동안에 직접 발 밑으로 굴러온 소유물에서 눈을 들었을 때 아무래도 얀 브론스키를 돕지 않으면 안 되겠다는 것을 느꼈다. 그는 자기 몸 위로 쓰러진 수위의 무거운 몸을 굴러떨어뜨리려 하고 있었지만 제대로 될 것 같지 않았다. 처음에 나는 얀도 총알에 맞았는가 하고 생각했다. 그는 아주 자연스럽게 흐느껴 울고 있었던 것이다. 결국 우리가 그야말로 자연스럽게 신음하고 있는 코비엘라를 옆으로 굴러떨어지게 했을 때 얀의 몸에 난 상처는 별것도 아니라는 것을 알게 되었다. 유리 파편으로 오른쪽 볼과 한쪽 손등에 찰과상을 입었을 뿐이었다. 재빨리 비교해 보고 나의 추정상의 아버지의 피는, 바지를 입은 두 다리를 넓적다리께까지 흠뻑 적셔서 검게 물들이고 있는 수위의 피보다도 엷다는 것을 확인했다.

물론 얀의 고급스러운 회색 웃도리를 찢고 뒤집은 것이 누구인가는 이제 알 수 없었다. 그것은 코비엘라였을까, 아니면 유탄이었을까? 어깨에서부터 갈기갈기 찢기고 안감이 떨어져 나가고 단추가 떨어지고 솔기가 터지고 호주머니가 뒤집어져 있었다.

나의 불쌍한 얀 브론스키를 관대하게 보아 주기를 바란다. 그는 우선 내 도움을 빌어 코비엘라를 어린이방에서 끌어내기 전에 거친 폭풍이 그의 호주머니에서 털어낸 것을 전부 긁어모으고 있었기 때문이다. 그는 다시 빗을 발견했다. 그의 애인의 사진을 발견했다――나의 불쌍한 어머니의 반신상도 있었다――그의 지갑은 벌어져 있지도 않았다. 혼자서 집어 모으는 것은 힘드는 일이었고 실상 방호용 모래 주머니가 일부분 날아가 버렸기 때문에 온 방안에 흩어진 스카트의 카드를 주워 모은다는 것은 그에게는 여간 위험한 일이 아니었다. 그는 서른두 장을 전부 모으려 했고 서른두 장째가 발견되지 않을 때 그는 불운했다. 그래서 오스카르가 그것을 황폐한 두 개의 인형의 집 사이에서 찾아내어 그에게 건네 주었을 때 그것이 스페이드 7이었음에도 불구하고 그는 미소지었다.

우리가 코비엘라를 어린이방에서 끌어내어 가까스로 복도까지 왔을 때 수위는 의식을 회복하고 얀 브론스키가 이해할 수 있는 말을 두세 마디 중얼거렸다.

「모두 붙어 있어?」하고 절름발이 사나이는 자기의 몸을 걱정했다. 얀은 노인의 다리 사이의 바지 속에 손을 집어 넣고 꽉 움켜쥐고는 코비엘라에게 끄덕거렸다.

우리는 모두 얼마나 행복했던가. 코비엘라는 그가 자랑하는 물건을 잃지 않아도 되었다. 얀 브론스키는 스카트의 카드 서른두 장을 모두, 스페이드 7까지도 포함하여 발견할 수 있었다. 오스카르는 새로운 양철북을 손에 넣었다. 북은 한 걸음 내디딜 때마다 그의 무릎에 부딪쳤는데 그 동안에 출혈 때문에 초췌해진 수위는 얀과, 얀이 빅토르라고 부르고 있는 사나이가 층계를 이층까지 내려와 우편물 창고로 운반하였다.

카드로 세운 집

 빅토르 베룬이 우리를 도와서 출혈이 심해지는데도 불구하고 점점 무거워지는 수위를 운반했다. 지독한 근시인 빅토르는 그때 아직도 안경을 끼고 있었기 때문에 계단실 돌층계에서 넘어지는 일은 없었다. 빅토르의 직업은, 근시의 사나이에게는 믿어지지 않을 일일지도 모르지만, 현금 등기 배달이었다. 오늘날 나는 빅토르의 일이 화제에 오를 때마다 그를 불쌍한 빅토르라고 부르고 있다. 나의 어머니가 온 가족과 함께 항구의 돌제를 산책한 이후 저 불쌍한 어머니가 된 것과 마찬가지로 현금 등기 배달인인 빅토르는 안경을 잃어버림으로써——다른 이유도 있기는 하지만——안경 없는 불쌍한 빅토르가 된 것이다.
 「불쌍한 빅토르를 언제 또 만났지?」하고 나는 면회일에 친구 비틀라르에게 묻는다. 그러나 그 플린게른에서 게레스하임(모두 뒤셀도르프의 도시 이름)으로 전차를 타고 간 이래——이 일에 대해서는 언젠가 이야기하게 될 것이다——빅토르 베룬은 우리에게서 사라지고 말았다. 한가닥 희망은 그를 뒤쫓고 있는 질이 나쁜 놈들도 마찬가지로 그를 찾아도 발견하지 못하리라는 것, 그리고 그가 다시 그의 안경이나 그에게 맞는 안경을 찾아내어, 설사 옛날처럼 폴란드 우체국의 일은 아니라고 하더라도, 서독 우체국의 현금 등기 배달인으로서 근시이기는 하지만 안경을 끼고 갖가지 지폐와 딱딱한 동전으로 사람들을 기쁘게 해주고 있을지도 모른다는 것이다.
 「이건 너무하군.」하고 왼쪽에서 코비엘라를 안고 있던 얀은 숨을 헐떡거렸다.
 「영국과 프랑스가 오지 않는다면 어떻게 될까?」하고 오른쪽에서 수위를 등에 지고 있던 빅토르는 걱정했다.
 「하지만 그들은 올 거야! 리츠 시미글리 대장이 어제도 라디오에서 말했어.『우리는 보장받고 있다. 전쟁이 발발하면 전 프랑스는 한덩어리가 되어 일어설 것이다.』라고 말야.」

얀은 마지막으로 한 말에까지 확신을 가지려고 애썼다. 왜냐하면 찰과상으로 인한 자기의 손등에 난 피를 보고, 물론 폴란드와 프랑스의 원조 조약을 의심하는 것은 아니지만, 전 프랑스가 한덩어리가 되어 일어나 당해 조약을 충실히 지켜 지크프리트 선을 돌파하기 전에 얀은 출혈로 죽을지도 모른다는 두려움이 생겼기 때문이다.

「틀림없이 그들은 벌써 중간까지 와 있을 거야. 게다가 영국 함대도 이미 발트 해의 파도를 헤치면서 오고 있어.」

빅토르 베룬은 공명을 부르는 강한 표현을 좋아했다. 그리고 층계 위에서 총알에 맞은 수위의 몸을 오른손으로 받치고 왼손으로는 무대 위에서처럼 높이 쳐들어 다섯 손가락 전체에게 말을 시켰다.

「오라, 자랑스러운 영국인들이여.」

두 사람이 천천히, 그리고 여전히 폴란드·프랑스·영국의 관계에 대해 이야기하면서 코비엘라를 임시 야전 병원으로 운반해가는 동안 오스카르의 머리 속에서 그레트헨 셰프라의 책 속에서 이 일과 관계있는 부분을 팔락팔락 넘겼다. 카이저의 단치히 시사(市史)에는 이렇게 씌어 있었다. 『1870년~1871년의 독불 전쟁 때의 일이지만 1870년 8월 21일 오후, 네 척의 프랑스 함대가 단치히 만에 진입하여 앞바다를 순항하며 이미 그 포구를 항구와 시가로 향하고 있었는데 그날 밤 사이에 코르베트 함장 바이크만이 지휘하는 스크류 추진의 코르베트함『님프』는 푸치거 비크에 정박중이던 함대를 퇴각시키는 데에 성공했다.』

우리가 이층의 우편물 창고에 당도하기 조금 전, 나중에 확인된 일이지만 다음과 같은 견해에 도달했다. 즉 폴란드 우체국과 전 폴란드 평야에 적의 대군이 쇄도하고 있는 동안 영국 함대는 어떻든 방어를 굳혀 북부 스코틀랜드의 피요르도에 늘어서 있었고 프랑스 육군의 대부대는 아직도 유유히 점심을 먹고 있었고 마지노 선 근처에서 약간의 정찰전을 벌임으로써 폴란드·프랑스 상호원조 조약의 의무를 다한 것으로 생각하고 있었다.

창고 겸 임시 야전 병원 앞에서 우리는 미션 박사에게 붙잡혔다. 그는 여전히 철모를 쓰고 기사의 손수건을 앞가슴 주머니에 꽂은 채 바르샤바에서 온 위원인 콘라트 누구인가와 함께 있었다. 곧 얀 브론스키의 불안이 온갖 연주법으로 노래하기 시작했는데 그것을 들으면 어지간한 중상이라고 생각하지 않을 수 없을 정도였다. 빅토르 베룬은 아직도 상처를 입지 않고 안경도 잃어버리지 않고 있었기 때문에 유능한 저격병으로 싸우기 위해 아래에 있는, 창구가 늘어선 홀 쪽으로 내려가지 않으면 안 되었다. 그러는 동안 우리는 창문이 없는 방안으로 들어가도록 허가받았지만 그 방에서는 단치히 시의 전기회사가 폴란드 우체국에 대한 송전을 이미 중지하고 있었기 때문에 부득이 수지(獸脂) 촛불로 불을 밝히고 있었다.

미션 박사는 얀의 부상 같은 것은 전혀 믿으려 하지 않았지만 우체국을 방위하기 위한 전투 능력이 있다고는 생각하지 않았기 때문에 우체국 서기에게 임시 간호병으로서 부상자를 감시하도록 명령하고 아울러 박사는, 나의 느낌으로는, 자포자기한 모습으로 나를 잠깐 쓰다듬고 어린이가 전투 행위에 휩쓸리지 않도록 나에게서 눈을 떼지 말라고 얀에게 명령했다.

포탄이 홀 근처에서 작열했다. 우리는 사방으로 흩어졌다. 철모를 쓴 미션과 바르샤바에서 파견된 콘라트와 현금 등기 배달인 베룬은 그들의 부서로 달려갔다. 얀과 나는 일고여덟 명의 부상자와 함께 전투의 소음을 희미하게 만들어 주는 닫혀진 방 안에 있었다. 촛불은 밖에서 유탄포가 정색하고 있을 때도 특별히 깜박거리는 일은 없었다. 신음하는 자가 있음에도 불구하고, 또는 신음하는 자가 있기 때문에 주위는 조용했다. 얀은 재빠르게, 그러나 서툰 솜씨로 이불을 찢어 코비엘라의 넓적다리에 붕대를 감아 주고 곧 자기의 상처를 치료하려고 했다. 그러나 백부의 볼과 손등에서는 이미 피가 나오고 있지 않았다. 베인 상처는 딱지가 앉아 침묵하고 있었으나 아직도 아픈 모양이었고 그것이 천장이 낮은 숨막힐 듯한 방에는 출구가 없다는 얀의 걱정을 한층 더 고조시켰다. 그는 어물거리며 주머니를 뒤졌고 짝이 맞는 놀이 도구인 스카트 카드를 찾아냈다. 방위가 실패로 끝날 때까지 우리는 스카트 놀이를 했다.

서른두 장의 카드가 섞여지고, 떼고, 돌려지고, 승부가 시작되었다. 우편 바구니는 전부 부상자들이 차지하고 있었으므로 우리는 코비엘라를 바구니 하나에 기대게 했지만 그래도 이따금 쓰러지려 했기 때문에 다른 부상자의 바지 멜빵으로 그를 붙들어매어 자세를 바르게 함으로써 카드를 떨어뜨리지 않게 했다. 스카트 놀이를 하려면 아무래도 코비엘라가 필요했기 때문이다. 스카트 놀이를 하는 데 필요한 세 번째 사나이가 없다면 우리는 무엇을 할 수 있었을까? 우편 바구니 안에 있는 사람들로서는 빨간 색과 까만 색을 구별하기는 어려웠다. 그들은 이미 스카트 놀이 따위를 할 기분이 아니었다. 코비엘라만 해도 스카트 놀이를 할 생각은 없었다. 그는 눕고 싶어했다. 수위는 되어가는 대로 맡기고 싶어했다. 그는 손의 움직임을 한 번 멈추고 속눈썹이 없는 눈을 감고 마지막의 노력을 기울여 관계를 끊으려고 했다. 그러나 우리는 그런 숙명론을 용서하지 않았다. 그를 단단히 붙들어매고 억지로 제3의 사나이 구실을 하게 하였다. 물론 오스카르가 제2의 사나이 구실을 했다――난쟁이가 스카트 놀이를 할 수 있는 것을 보고 아무도 이상하게 생각하지 않았다.

그렇다, 내가 처음에 어른을 위해 내 목소리를 사용해서 「18.」이라고 말했을 때 얀은 카드에서 얼굴을 들고 알 수 없다는 듯이 파란 눈으로 힐끗 나를 쳐다보았으나 알았다는 듯이 고개를 끄덕였고 내가 다음에 「20?」하고 묻자 얀은 서슴지 않고 「좋아, 좋아.」하고 응했다. 내가 「2? 3? 24?」하고 끌어올리자 얀은 억울하다는 듯이 「통과.」하고 말했다. 그런데 코비엘라는? 그는 또다시 바지 멜빵으로 묶어 놓았음에도 불구하고 새우처럼 몸을 오무리고 있었다. 그러나 우리는 그의 몸을 꼿꼿이 세우고 우리의 유희실로부터 멀리 떨어진 문 밖에서 포탄이 터지는 소리를 기다리지 못하겠다는 듯이 포탄이 터진 뒤에 이어지는 고요 속에서 얀이 속삭였다.「24야, 코비엘라. 이애가 도전하는 소리가 안 들려?」

수위가 어디에서, 어떤 심연에서 떠올라왔는지 나는 모른다. 그의 눈꺼풀을 잭으로 받쳐서 열어 놓지 않으면 안될 것처럼 보였다. 마침내 그의 젖은 눈은 아까 얀이 속이지 않고 그의 손에다 한 장씩 쥐어 준 열 장의 카드 위를 방황했다.

「통과.」하고 코비엘라는 말했다. 그것은 말을 하기에는 너무나 메마른 그의 입술에서 우리가 그것을 읽었다는 의미이다.

나는 클럽을 한 장 내놓았다. 『콘트라』를 준 얀은 최초의 패를 떼기 위해 수위에게 소리를 지르고 친절하면서도 거칠게 수위의 옆구리를 밀어 정신차리고 하던 일을 잊지 않도록 해주어야만 했다. 결국 내가 두 사람으로부터 처음 뗀 패를 전부 돌려받고 클럽의 킹을 희생시키자 얀이 스페이드의 잭을 뒤집어 뗐다. 그러나 나는 다이아를 한 장도 가지고 있지 않았으므로 얀이 다이아의 에이스를 떼고 다시 내 차례가 되어 하트의 잭으로 그에게 하트의 10을 내게 했다——코비엘라가 하트의 9를 버려 결국 내 손에는 확실하게 하트만 모이게 되었다. 즉 1플레이 2콘트라 3시나이더 4회 클럽으로 48 또는 12프페니히이다. 다음 게임에서——나는 2없는 그랑 이상의 위험한 모험을 했다——반대로 두 장의 잭을 가지고 있었으나 33까지밖에 버틸 수 없었던 코비엘라가 내 다이아의 잭을 클럽의 잭으로 끊었을 때 비로소 놀이는 약간 활기를 띠었다. 끊음으로써 끊어진 수위가 계속 다이아의 에이스를 내었고 나도 다이아를 내지 않으면 안 되었다. 얀은 10을 던지고 코비엘라는 끊고 킹을 뺐다. 나는 끊어야 했으나 끊지 않고 클럽의 8을 내고 얀은 가능한 모든 것을 짜내어 거기에다 스페이드의 10으로 승부를 걸었다. 거기에서 나는 끊었으나 실패하고 코비엘라는 스페이드의 잭을 냈다. 나는 그것을 잃거나 또는 얀이 잡을 것으로 생각했는데 코비엘라가 잡고 다시 끊었다. 물론 이번에는 스페이드를 내면서 큰소리로 웃고 나는 버리지 않으면 안 되었다. 얀은 가능한 모든 것을 짜내었고 마지막에는 하트로 모두 내 것이 되었는데 이미 아무런 쓸모도 없었다. 즉 나는 52를 헤아렸다. 2없는 그랑 3회로 60을 지고 120 또는 30프페니히였다. 얀은 나에게서 잔돈으로 이 굴덴을 빌었다. 나는 지불했다. 그러나 코비엘라는 승부에 이겼는데도 이미 다시 몸을 오므리고 건 돈도 받지 않았다. 그리고 그 순간 대전차 포탄이 계단실에서 작열했는데 거기에 대해서조차도 수위는 아무런 반응도 나타내지 않았다. 그가 몇 년 동안 닦고 초칠한 계단실인데도 말이다.

우리가 있던 우편물 창고의 문이 흔들렸을 때 또다시 얀은 불안한 생각에 사로잡혔다. 촛불의 조그만 불꽃은 지금 무엇이 일어났는지, 그리고 자기들이 어느 방향으로 쓰러져야 하는지를 알지 못했다. 계단실이 다시 비교적 조용해지고 다음의 대전차 포탄이 멀리 있는 정면에서 폭발했을 때도 얀 브론스키는 미친 듯이 카드를 섞고 두 번이나 잘못 돌렸는데도 나는 이미 아무 말도 하지 않았다. 포격이 계속되고 있는 동안 아무리 말을 걸어도 얀은 귀를 기울이지 않았고 극도로 흥분하여 패를 잘못 내었고 게다가 스카트를 버리는 것을 잊고 작고 잘 손질된 육감적인 도톰한 귀로 바깥 소리에 끊임없이 귀를 기울이고 있었다. 한편 우리는 그가 놀이의 진행대로 따라오기를 안타깝게 기다리고 있었다. 얀이 점점 더 산만하게 스카트 놀이를 계속하고 있는 동안 코비엘라는 몸을 오무리려고 하지 않았고 옆구리를 찔릴 필요가 없는 한 언제나 놀이 속에 있었다. 그의 놀이 운영은 그가 놓여 있는 상태에서 상상될 만큼 서투르지는 않았다. 그는 작은 놀이에 이기거나 얀이나 나에게 콘트라를 주어 그랑을 실패했을 때에 비로소 몸을 오무리는 것이었다. 이기든 지든 이미 그에게는 흥미가 없었다. 그는 다만 놀이를 위한 놀이를 했다. 우리가 계산을 하고 다시 한 번 계산하자 그는 빌린 바지 멜빵에 비스듬히 매달려 목젖을 기분 나쁘게 실룩거림으로써 수위 코비엘라가 살아 있다는 것을 나타내 보일 수 있을 뿐이었다.

오스카르도 이 세 명이 하는 스카트에 지쳤다. 우체국의 포위 공격과 방위에 따르는 소음과 진동이 신경에 지나친 부담을 준 것은 아니다. 오히려 이것은 내가 계획한 것처럼 시한적이기는 하지만 모든 가면을 비로소 갑자기 벗어 던질 수 있었다. 나는 그날까지 베브라 스승과 몽유병의 귀부인 로스비타 이외에는 그대로의 나 자신을 보인 일이 없었으나 지금 나의 백부이며 추정상의 아버지에게, 또 절름발이 수위에게, 즉 나중에 어떤 경우에도 증인으로서 문제가 되지 않는 사람들에 대해, 물론 약간 무모하기는 하지만 서툴지 않게 스카트를 할 수 있는 출생 증명서 대로의 열다섯 살짜리 반 성인(半成人)의 모습을 보여 준 것이다. 나의 의지에 따라, 난쟁이의 기준에 따라서이기는 하지만 나름대로 온

힘을 다하여 노력한 결과, 불과 한 시간 남짓한 스카트 놀이 다음에는 손발과 머리에 지독한 통증을 느꼈었다.
 오스카르는 그만두고 싶었다. 또 잠시 동안 사이를 두고 잇따라 건물을 뒤흔든 유탄 두 발이 작열하는 사이에라도 거기에서 탈출할 기회는 충분히 있었을 것이다. 그러나 지금까지 경험한 적이 없는 어떤 책임감이 명령하는 대로 나는 참고 견디며 스카트 놀이라는, 유일하게 효험 있는 약으로써 나의 추정상의 아버지의 불안과 어울리고 만 것이다.
 즉 우리는 놀이를 함으로써 코비엘라에게 죽는 것을 금했다. 그는 죽지 않았다. 카드가 항상 움직이고 있도록 내가 신경을 쓴 것이다. 그리고 계단실에서 포탄이 터졌기 때문에 수지 촛불이 쓰러져서 작은 불꽃이 꺼졌을 때 가장 필요한 일을 한 사람은, 즉 얀의 주머니에서 성냥을 꺼내어 다시 세상을 밝게 만든 사람은 나였다. 그때 얀의 금테 담배도 함께 꺼냈지만 얀을 위해서, 그 마음을 가라앉히는 레가타 한 개피에 불을 붙여 주고 코비엘라가 어둠을 이용해서 놀이에서 벗어나기 전에 촛불에 작은 불꽃을 잇따라 옮겨서 어둠을 밝혔다.
 두 자루의 초를 오스카르는 새 북 위에 세워서 언제라도 담배에 불을 붙일 수 있게 했다. 그러나 나 자신이 피울 생각은 털끝만치도 없었다. 되풀이해서 얀에게 한 개피씩 건네 준 것이다. 그리고 코비엘라의 일그러진 입에도 한 개피 물려 주었다. 사태는 호전되어 놀이는 활기를 띠었다. 담배는 사람의 마음을 위로하고 안정시켜 주었지만 얀이 잇따라 지는 것을 방지할 수는 없었다. 그는 땀을 흘렸고, 어떤 일에 열중하고 있을 때는 언제나 그러하듯이 혀 끝으로 윗입술을 핥고 있었다. 그는 어떤 일에 열중하면 흥분해서 나를 알프레트라든가 마체라트라고 부르고 코비엘라를 같이 놀던 친구인 나의 불쌍한 어머니라고 생각하고 있는 것 같았다. 그리고 누군가가 복도에서 「콘라트가 당했다.」라고 소리쳤을 때 꾸짖듯이 나를 바라보면서 말했다.
 「알프레트, 부탁이다. 라디오를 꺼줘. 내가 하는 말도 못 알아듣겠니?」
 우편물 창고의 문이 거칠게 열리며 죽음에로의 여행 준비가 완전히 된 콘라트가 질질 끌려 들어왔을 때 불쌍한 얀은 정말로 화를 냈다.

「문을 닫아, 바람이 들어와!」하고 그는 항의했다. 실제로 틈새로 바람이 들어왔다. 촛불은 깜박거리며 꺼질 듯하다가 콘라트를 방 구석에 내팽개친 사나이들이 문을 닫고 나간 뒤에야 비로소 안정을 되찾았다 우리들 세 사람은 기괴한 모습을 하고 있었다. 우리는 촛불의 불빛에 아래로부터 비추어져서 무엇이라도 할 수 있는 마법사처럼 보였다. 그리고 다음에 코비엘라가 2없는 하트를 올려 27, 30이라고 말하고 아니 목을 걸걸거리며 그렇게 말하고서 끊임없이 눈을 굴리며 자꾸 벗겨지려는 멜빵을 오른쪽 어깨에 고정시키고 꿈틀꿈틀 몸을 움직여 그야말로 무의미하게 행동했다. 마지막으로 움직임을 그쳤으나 또다시 고개를 앞으로 기울여 바지 멜빵이 없는 죽은 자로 가득 찬, 그가 묶여 있는 세탁 바구니를 굴렸을 때 얀이 힘을 다하여 한 번 밂으로써 코비엘라를 세탁 바구니와 함께 일으켜 세웠을 때, 그리고 다시 죽음으로 향한 걸음이 방해당한 코비엘라가 마침내「하트의 손」이라고 가느다란 소리로 말하고 얀이「콘트라」라고 응하고 코비엘라가「더블 콘트라」라고 겨우 소리낼 수 있었을 때, 그때 오스카르는 폴란드 우체국의 방위가 성공하고 공격을 걸어온 놈들이 서전에서 이미 패했다는 것을 알았다. 그들이 전쟁 도중에 알래스카와 티베트, 동방의 섬들과 예루살렘을 점령하는 데는 성공한다고 하더라도 말이다.

다만 한 가지 형편이 나빴던 것은 얀이 확실히 이길 수 있는 4가 붙은 기막힌 그랑의 손을 시나이더시발츠를 선언하면서 마지막까지 끌고 가지 못했다는 것이다.

그는 클럽의 손을 갖추는 것으로부터 시작하여 나를 아그네스라고 부르고 코비엘라에게서 연적인 마체라트를 발견했다. 그리고는 시치미를 떼고 다이아의 잭을 빼고——그런데 나는 그에게 마체라트라고 생각되기보다는 오히려 나의 불쌍한 어머니라고 생각되는 것이 좋았다——이어서 다이아의 잭을 내고——어떤 일이 있어도 마체라트 따위로 오해받고 싶지는 않았다——사실은 절름발이 수위이며 코비엘라라는 이름을 가진 마체라트가 버릴 때까지 얀은 초조하게 기다렸다. 거기에는 시간이 걸렸다. 그러나 마침내 얀은 하트의 에이스를 바닥에 내동댕이쳤다. 그는 이해할 수 없었고 이해하려고도 하지 않았다. 실제로 그는 결코 올바르게 이해할 수 없는 사나이였다. 언제나 다만 푸른 눈을 하고 오드콜로뉴 냄새를 풍기고 있을 뿐이었고 이해력이 없는 사나이였다. 그렇기 때문에 어째서 코비엘라가 갑자기 카드를 전부 손에서 떨어뜨렸는지도 이해하지 못했다. 편지와 죽은 사람을 실은 세탁 바구니가 건들건들 흔들리고 처음에는 죽은 사람이, 다음에는 한 묶음의 편지가, 결국은 예쁘게 엮어진 바구니 전체가 건들건들 흔들려 편지의 홍수가 우리를 덮쳤는데도 그것은 마치 우리가 편지의 수취인이고 카드를 옆에 놓고 편지를 읽거나 우표를 수집할 차례라는 듯한 태도였다. 그러나 얀은 읽으려고도 하지 않았고 수집하려고도 하지 않았다. 그는 어렸을 때 너무나도 많은 우표를 모은 것이다. 그는 놀이를 계속하기를 바랐다. 그랑의 손을 끝까지 해내고 이기게 되기를, 승리하기를 바란 것이다. 그리고 그는 코비엘라를 일으켜 앉히고 바구니를 일으켜 세웠는데 죽은 사람은 그냥 뉘어진 채 두었고 편지를 모아 바구니에 담으려고도 하지 않았다. 즉 바구니에 충분한 짐을 지우려 하지 않았는데 그럼에도 불구하고 코비엘라가 가볍게 움직이는 바구니에 매달려 가만히 앉아 있지 못하고 차츰 앞으로 몸을 수그리게 되었을 때 얀은 놀란 표정을 지었다. 그리고 코비엘라를 향해서 소리질렀다.

「알프레트, 부탁이다, 제발 놀이를 엉망으로 만들지 말아 줘, 내 말 들려? 이 놀이가 끝나면 집으로 돌아가자고. 내 말을 들어 줘.」

오스카르는 지쳐서 일어나 점점 더 심해지는 손발과 머리의 통증을 참으면서 작고 억센 고수의 손을 얀 브론스키의 어깨에 얹고 나지막하지만 맑은 목소리로 말했다.

「그를 내버려 두세요, 아버지. 그는 죽었어요. 이제는 못 해요. 원하신다면 육십육 놀이는 할 수 있어요.」

나에게서 아버지라고 불린 얀은 수위의 시체를 놓고 눈물이 넘칠 듯한 푸른 눈으로 나를 바라보며 꺼이꺼이 꺼이꺼이 하고 울었다……. 나는 그를 쓰다듬어 주었으나 그는 여전히 꺼이꺼이 소리를 그치지 않았다. 나는 의미심장하게 그에게 입맞춤했다. 그러나 그는 끝까지 할 수 없었던 그랑의 손에 대해서만 생각하고 있었다.
「그 놀이는 이길 수 있었는데, 아그네스. 확실히 이길 수 있었어.」
 그렇게 그는 불쌍한 어머니 대신 나에게 호소했다. 그리고 나는——그의 아들은——어머니를 대신하여 그에게 찬성하고 당신은 확실히 이겼을 것이다, 당신은 실상 이겼다, 당신은 다만 그것을 믿기만 하면 된다, 아그네스의 말을 듣기만 하면 되는 것이다라고 맞장구쳤다. 그러나 얀은 내 말을 믿지 않았고 내 어머니의 말도 믿지 않았다. 처음에는 큰소리로 호소하듯이 울고 다음에는 낮은 목소리로 음조를 바꾸지 않은 채 꺼이꺼이 울었다. 그리고는 싸늘해진 코비엘라의 몸뚱이 밑에서 스카트의 카드를 끄집어내고 다리 사이를 헤집고 편지 뭉치를 몇 개인가 들쳐내어 서른두 장 전부를 손에 넣을 때까지 진정하지 못했다. 그리고 그는 코비엘라의 바지에서 떨어져 내리는, 끈적끈적한 액체로 더러워진 카드를 한 장 한 장 공들여 깨끗이 닦고 전부 뒤섞은 다음 다시 돌리려고 했다. 그리고 마침내 그는 결코 낮지는 않지만 약간 납작한, 모양은 좋지만 털구멍이 없는 이마의 피부 뒤에서 이 세상에는 스카트 놀이를 위한 제3의 사나이가 이미 존재하지 않는다는 것을 이해하였다.
 우편물 창고 안은 매우 조용해졌다. 밖에서도 어쩔 수 없이 마지막 스카트 놀이의 동료로서 제3의 사나이를 그리워하는 시간이 언제까지나 계속되고 있었다. 오스카르는 문이 조용히 열린 것 같은 느낌이 들었다. 이 세상 밖에서라면 있을 수 있을지도 모르는 것을 기대하면서 어깨 너머로 시선을 던지자 분명히 장님과도 같이 민둥민둥한 빅토르 베룬의 얼굴이 눈에 들어왔다.
「안경을 잃어버렸어, 얀. 아직도 여기에 있었어? 우리는 도망쳐야 했었어. 프랑스는 오지 않고, 온다고 해도 너무 늦었어. 나와 함께 가자고, 얀. 나를 데리고 가줘, 안경을 잃어버렸으니 말야.」
 어쩌면 불쌍한 빅토르는 방을 잘못 찾은 것이라고 생각한 모양이었다. 대답도 없고 안경도 없고 얀이 언제라도 도망칠 수 있는 준비가 된 팔을 내밀지도 않았기 때문에 그는 안경이 없는 얼굴을 도로 움츠리고 문을 닫아 버렸으니까 말이다. 나는 빅토르가 손으로 더듬어가며 안개를 헤치듯이 도망쳐가는 발소리를 몇 걸음쯤 들었다. 얀의 조그만 머리 속에 어떤 사소한 계기가 생겼는지 모르지만 그는 처음에는 낮은 소리로 울먹이면서, 다음에는 큰소리로 즐거운 듯이 웃기 시작한 것이다. 어떤 종류의 애정을 위해서라도 날카로워지는 신선한 장미빛 혀를 움직이며 스카트의 카드를 던져 올렸다가 받아들고, 마지막으로 침묵한 사나이들과 편지로 가득찬 방이 일요일처럼 무풍지대가 되었을 때 그는 생각을 거듭한 몸짓으로 주의 깊게 호흡을 멈추고 무척 민감한, 카드로 세운 집을 짓기 시작하였다. 스페이드의 7과 클럽의 퀸이 토대가 되었다. 그 두 장을 다이아의 킹이 덮었다. 그는 하트의 9와 스페이드의 에이스로 기초를 만들고 그 위에 클럽의 8을 얹어 제1의 토대와 가지런히 제2의 토대로 삼았다. 이 두 개의 토대를 그 밖의 세로로 놓은 10과 잭, 비스듬히 놓은 퀸과 에이스로 연결하고 모두가 서로 떠받치게 만들었다. 그래서 그는 이층 위에 삼층을 세우기로 결심하고 마법사 같은 손놀림으로 그것을 했는데 이러한 의식(儀式)과 비슷한 손놀림을 나의 불쌍한 어머니는 알고 있었을 것이 틀림없다. 그리고 그가 하트의 퀸을 빨간 하트의 킹에 걸쳤을 때 건물은 무너지지 않았다. 아니, 건물은 공중에 떠 있었다. 숨을 쉬지 않게 된 죽은 사람들과 숨을 죽이고 있는 산 자들로 가득찬 그 방 안에 민감하고 가볍게 숨을 쉬면서 우리가 팔짱을 끼고 있어도 괜찮았다. 그리고 그 카드의 집을 규칙에 따라 검사하는 회의적인 오스카르에게 카드로 세운 집이 서 있는 그 작은 방이 문과 문으로 직접 지옥과 접하고 있다는 인상을 깨우치게 하는, 우편물 창고의 문틈으로 희미하게나마 소용돌이치면서 스며들어온 고약한 연기와 냄새를 잊게 했다.

   그들은 화염 방사기를 배치하고 정면으로 오는 공격을 피하여 최후의 방위대를 연기로 그을려 몰아내려고 했던 것이다. 그들의 공격은 효과가 있어 마침내 미션 박사는 철모를 벗고 이불을 움켜쥐었으나 그것으로도 충분하지 않았기 때문에 그의 기사다운 손수건까지 동원하여 그 두 가지를 흔듦으로써 폴란드 우체국의 인도를 제의하였다.

   그리고 방위대 사람들, 그을리고 축 처진 약 서른 명의 사람들은 팔을 들고 손을 목 뒤에 얹은 채 왼쪽 통용문을 통해 우체국 건물에서 나가 안뜰의 담 앞에 늘어서서, 천천히 다가오고 있는 방향단원들을 기다리고 있었다. 나중에 들은 이야기로는 방위대가 안뜰에 정열하고 도중까지 오고 있던 공격군이 아직도 안뜰에 도착하지 않은 짧은 시간에 세 명인가 네 명이 도망쳤다고 한다. 우체국 차고를 넘고 이웃한 경찰의 차고를 지나 피난을 가서 비어 있던 렐 거리의 집으로 도망쳐 들어갔다는 것이다. 거기에서 그들은 몸을 씻고 당의 휘장까지 달린 옷으로 갈아입고 탈출을 위한 채비를 한 뒤 한 사람씩 인파 속으로 섞여 들어갔다. 그 중의 한 사람은 구시가에서 안경점을 찾아내어 우체국 전투에서 잃은 안경을 새로 구했다고 한다. 새 안경을 낀 빅토르 베룬은——이렇게 말하는 것은 그 사나이가 빅토르 베룬임이 틀림없기 때문이다——목재 시장에서 맥주를 한 잔 들이키고, 화염 방사기 때문에 목이 말라 있었으므로 다시 한 잔 들이키고 나서 눈앞의 안개를 약간 꿰뚫어볼 수는 있었지만 옛날의 안경만큼 완전히 볼 수는 없는 새 안경을 끼고 오늘에 이르기까지 계속되고 있는 그 도주의 여행을 떠났다는 것이다. 그를 쫓고 있는 자들은 그만큼 집념이 강하였다.

　다른 사람들은——도망칠 결심을 하지 못한 서른 명 가량의 사람을 가리키고 있지만——이미 통용문에 면한 담을 따라 서 있었다. 그때 마침 얀이 하트의 퀸을 하트의 킹에 기대 세우고 기쁜 듯이 두 손을 다시 움츠러들었을 때였다.

　나는 더 이상 무슨 말을 해야 하는가? 그들은 우리를 발견했다. 그들은 난폭하게 문을 열고「나와!」하고 소리지르고 바람을 불러일으켜서 카드로 지은 집을 무너뜨리고 말았다. 건축가의 신경 같은 것은 지니고 있지 않았던 것이다. 그들은 콘크리트를 신뢰하고 있었다. 그들은 영원을 위해서 건물을 지었다. 그들은 모욕을 당해 분개한 우체국 서기 브론스키의 얼굴 같은 것은 문제삼고 있지도 않았다. 얀은 끌려나갈 때 다시 한 번 카드에 손을 찔러 몇 장인가 움켜쥐었는데 그들은 거들떠보지도 않았다. 거기에서 나, 즉 오스카르도 새로 손에 넣은 북에서 타다 남은 촛불을 떼어내고 북도 함께 가지고 갔다. 타다 남은 촛불은 버리고 말았다. 회중 전등이 지나치게 밝을 만큼 우리를 비추고 있었기 때문이다. 그러나 그들은 그 전등 때문에 우리의 눈이 너무 부셔서 문이 어디 있는지 거의 찾을 수 없다는 것을 깨닫지 못했다. 그들은 막대기 모양의 회중 전등과 정면을 겨냥한 기총 뒤에서 소리지르고 있었다.
「어서 나와!」
얀과 내가 복도로 나간 뒤에도 여전히 『나와!』하고 소리지르고 있었다.
그들은 『나와!』라는 말을 코비엘라나 바르샤바의 콘라트나 보베크, 또는 살아 있을 때는 전신기 앞에 앉아 있던 작은 비시네프스키를 향해 외치고 있었다. 그리고 방향단 사람들은 얀과 내가 왜 웃는지를 알았을 때 비로소——왜냐하면 그들이 『나와!』하고 소리칠 때마다 나는 큰 소리로 웃었기 때문이다——소리지르는 것을 멈추고 「아, 그런가.」라고 말하고 우리를 안뜰에 있는 서른 명에게로 데리고 갔다. 사람들은 모두 팔을 들고 두 손을 목덜미 뒤에서 깍지 낀 채 갈증을 참으면서 뉴스 영화를 찍었다.
우리가 통용문으로 끌려나오자마자 뉴스 영화반 사람들은 승용차 위에 고정시켜 놓은 카메라를 돌려 우리를 짧은 필름에 담았다. 그것은 나중에 어느 영화관에서나 상영되었다.
나는 담 앞에 서 있는 사람들로부터 격리되었다. 오스카르는 자기가 난쟁이라는 것을 의식하고 어떻게 해도 구실이 될 수 있는 세 살박이의 성질을 생각해냈다. 그러자 또다시 손발과 머리에 심한 통증을 느껴 북과 함께 쓰러지고 말았다. 그리고 반쯤 발작을 참고 반쯤 발작을 가장하면서 몸부림쳤는데 발작하는 동안에도 북을 손에서 놓지는 않았다. 오스카르는 붙잡혀서 친위대 방향단의 공용차에 실렸다. 그리고 차가 움직이기 시작하여 그를 시립 병원으로 싣고 가려 했을 때 얀이, 불쌍한 얀이 가냘프고 행복스러운 미소를 띠고 있는 것이 보였다. 그는 위로 쳐든 손에 몇 장의 스카트 카드를 들고 있었고 왼손에 든 한 장의 카드로——그것은 하트의 퀸이었다고 생각한다——사라져가는 아들인 오스카르에게 신호를 보내고 있었다.

그가 자스페에 잠들다

　방금 나는 지금 막 쓴 문장을 다시 한 번 훑어본 참이었다. 설사 그것이 나를 만족시키지 못한다 하더라도 그만큼 더 오스카르에 의해 씌어진 것이 될 것이다. 오스카르의 붓은 때로는 의식적으로 짧게 정리한 논문과 같은 의미에서 거짓말은 하지 않더라도 과장하는 데에 성공하고 있기 때문이다.
　그러나 나는 어디까지나 진실을 지키고 싶다. 오스카르의 붓의 이면을 쓰고 싶다. 그리고 여기에서 이렇게 보고해 두고 싶다. 즉 첫째로, 얀이 유감스럽게도 마지막까지 해내지 못하고 따라서 이길 수 없었던 마지막 놀이는 그랑의 손이 아니라 2없는 다이아 한 장이었다. 둘째로, 오스카르는 우편 창고를 떠날 때 새로운 양철북뿐 아니라 바지 멜빵이 없이 죽은 사람이나 편지와 함께 세탁 바구니에서 떨어져 부서진 북도 손에 넣었다. 다시 보충한다면 방향단원이 지른 『나와!』라는 소리와 막대기 모양의 회중 전등과 기총에 재촉당하여 얀과 내가 우편물 창고를 떠나자마자, 오스카르는 보호를 요청하여 백부같이 친절하게 해주는 두 방향단원 사이에 몸을 두고 슬픈 듯이 우는 시늉을 하고 불쌍한 사나이를 악인으로 만들어 버리는 호소하는 듯한 몸짓으로 그의 아버지 얀을 가리키며 이 사나이가 순진한 어린애를 폴란드 우체국으로 끌고 들어가 폴란드 식의 비인도적인 방법으로 총알받이로 이용했다고 말한 것이다.
　오스카르는 말짱한 북과 망가진 북을 위해서 이 유대 인다운 연기에 약간 기대를 걸고 그가 말하는 것이 옳다고 생각케 하려고 했다. 그 결과 방향단원들은 얀의 엉덩이를 걷어차고 총개머리판으로 쿡쿡 찔렀는데 나의 북 두 개에는 손을 대지 않았다. 그리고 코와 입 언저리에 아버지로서 겪은 고생을 나타내는 주름이 새겨진 중년의 방향단원은 내 볼을 쓰다듬어 주고, 언제나 웃고 있기 때문에 가느다란 눈이 결코 완전히 드러나지 않는 희끄무레한 금발의 다른 한 사나이는 나를 안아 주었는데 오스카르는 어쩐지 어색한 느낌이 들었다.

오늘날에도 나는 이따금 이 파렴치한 행위를 부끄러워할 때가 있는데 그런 때 나는 되풀이해서 이렇게 말하였다. 즉 얀은 그것을 깨닫지 못했다, 그는 아직도 카드의 일로 가슴이 꽉 차 있었다, 그는 그후에도 카드에서 생각을 떨쳐 버릴 수 없었다, 이미 그 무엇도, 방향단원의 악마 같은 터무니없이 유쾌한 생각조차도 그를 스카트의 카드에서 떼어 놓을 수는 없었다고.

얀이 이미 카드로 지은 영원한 나라로 가고 이러한 행복을 믿는 집에서 행복스럽게 살고 있는 동안, 우리들, 즉 방향단원과 나는——오스카르는 자기를 방향단의 일원으로 포함시키고 있었기 때문이다——벽돌 벽 사이에, 타일을 입힌 복도에, 회칠한 처마가 붙은 천장 밑에 서 있었다. 천장은 벽이나 칸막이 벽과 부자연스럽게 얽혀 있어서 우리가 건축술이라고 부르는 접착 작업이 이런저런 정세에 따라 결합을 단념할지도 모르는 그날, 최악의 사태를 두려워하지 않으면 안 되었을 정도였다.

내가 이 일을 이해한 것은 훨씬 나중에 와서이지만 그렇다고 해서 물론 나의 죄가 용납되는 것은 아니다. 특히——나는 건축용 발판을 보면 언제나 파괴를 생각하지 않을 수 없는데——인간에게 유일하게 어울리는 주택인 카드로 지은 집에 대한 신앙은 나에게 무관한 것이 아니었기 때문이다. 게다가 가계(家系)의 소질이 거기에 추가되어 있다. 어느 날 오후 나는 얀 브론스키 속에서 단지 백부뿐만 아니라 또 추정상의 아버지가 아닌 진짜 아버지도 있다는 것을 확신했기 때문이다. 즉 얀에게는 그를 마체라트에게서 영원히 구별시키는 우월한 점이 있는 것이다. 왜냐하면 마체라트는 나의 아버지거나 아니면 전혀 아무것도 아니거나 둘 중 하나일 뿐인 것이다.

1939년 9월1일——나의 상상으로는 당신들도 그 불행한 오후 동안에, 카드놀이를 하는 불행한 얀 브론스키 속에서 나의 아버지를 인정했을 것이다——그날부터 나의 제2의 큰 죄는 시작되었다.

나는 아무리 기분이 상하더라도 이 일만은 가만히 있을 수가 없다. 나의 북, 아니 나 자신, 북치기 오스카르는 처음에 나의 불쌍한 어머니를,

다음에는 얀 브론스키, 나의 백부이며 아버지를 무덤으로 보낸 것이다.
 그러나 누구나 그러하듯이 그 무엇으로도 방에서 쫓아 버릴 수 없는 무례한 죄악감에 시달리며 병원의 베개에 얼굴을 묻고 있는 나날 동안 나도 나의 무지 때문에 죄를 용서받고 있다. 무지란 그 무렵 유행했고 오늘날에도 멋진 모자처럼 대개의 사람의 얼굴에 잘 어울리는 것이다.
 교활하게도 무지를 가장하고 있던 오스카르는 폴란드 인의 야만적이고 천진한 희생자로서, 열이 오르고 신경을 다쳐 시립 병원으로 보내졌다. 마체라트에게 그 소식이 전해졌다. 그는 내가 없어졌다고 어젯밤에 이미 신고했던 것이다, 내가 그의 소유물이라는 것은 여전히 확정되어 있지 않았음에도 불구하고.
 그런데 그 서른 명의 사나이들은——그 속에는 얀도 포함되어 있었지만——팔을 들고 두 손을 목덜미 뒤에서 깍지 끼고 뉴스 영화에 찍힌 뒤 우선 소개(疏開)한 빅토리아 학교로 끌려갔고 다음에 시스시탕게 형무소에 수용되었다가 결국 10월 초에, 노후화하여 무너진 자스페 묘지의 담 저편에서 부드러운 모래 속에 파묻히고 말았다.
 오스카르는 어디에서 그것을 알아냈는가? 나는 그것을 슈거 레오에게서 들었다. 어느 모래 위에서, 어느 담 뒤에서 서른한 명의 사나이가 사살되고 물론 공식적으로 어느 모래 속에 서른한 명이 파묻혔는지는 알려지지 않았다.
 헤트비히 브론스키는 우선 링 거리에 있는 집에서 떠나라고 명령받았다. 그 집은 어느 고급 공군 장교의 가족에게 주어졌다. 그녀가 시테판의 도움으로 짐을 꾸리고 람카우로 이사갈 준비를 하고 있을 때——그곳에 그녀는 몇 헥타르의 밭과 산림, 그리고 소작인의 집을 가지고 있었다——한 통의 소식이 미망인에게 전달되었다. 그녀는 이 세상의 슬픔을 반영하고는 있지만 이해하지 못하는 눈으로 아들 시테판의 도움을 받아 가면서 그것을 천천히 해독할 수는 있었다. 그리고 자기도 상복을 입어야 할 미망인이 되었음을 알았다.
 거기에는 이렇게 씌어 있었다.

에버하르트 그루프 재판 기록, St. L 41/39
초포트, 1939년 10월6일

헤트비히 브론스키 앞
명에 의하여 통지함. 얀 브론스키는 의용병이라는 혐의로 군법 회의에
의해 사형을 선고받고 처형되었음.

체레브스키
(군법회의 장관)

　보시다시피 자스페에 대해서는 한 마디도 언급하고 있지 않다. 가족의 사정을 고려한 것이다. 너무나도 광대한, 마구 피를 흘린 공동 묘지를 관리하는 그들의 비용을 절약시켜 주려는 배려에서 당국이 관리를 떠맡아 자스페의 모래땅을 반반하게 고르고 탄피를 한 개만 남기고——왜냐하면 언제나 한 개쯤은 남아 있게 마련이므로——주위 모음으로써 기회를 보아 개장(改葬)까지 해준 것이다. 탄피가 흩어져 있으면, 비록 이제는 사용되지 않는 묘지라 하더라도, 아무리 단정한 묘지라 하더라도 그 경관이 손상되기 때문이다.
　그러나 언제나 하나쯤은 남아 있어서, 실은 그것이 문제이지만, 그 탄피 한 개를 아무리 비밀리에 행해지는 매장이라 하더라도 꼭 발견하고야 마는 슈거 레오가 찾아내었다. 나의 불쌍한 어머니의 매장과 상처투성이였던 나의 친구 헤르베르트 트루친스키의 매장 이래 나를 알고 있던 그, 그는 또 지기스문트 마르크스가 어디에 매장되었는지 확실히 알고 있었으며——그러나 나는 그것을 그에게 묻지는 않았다——그러한 그가 회색이 만면하여, 기쁜 나머지 정색을 하고 11월 말——마침 내가 병원에서 갓 나왔을 때였다——비밀을 알고 있는 그 탄피를 나에게 건네 준 것이다.
　그러나 어쩌면 얀을 맞힌 납으로 된 총알을 에워싸고 있었을지도 모를, 이미 조금은 산화한 탄피와 함께 슈거 레오를 앞세워 내가 당신들을,

자스페 묘지로 안내하기 전에 단치히 시립 병원 소아과의 철제 침대와 이곳 정신 병원의 철제 침대를 비교하는 일을 당신들에게 용서받지 않으면 안 된다. 두 침대는 모두 하얀 니스칠이 되어 있었으나 실은 달랐다. 소아과의 침대는 확실히 길이가 짧지만 격자에 자를 대보면 높이는 더 높았다. 나는 1939년에 사용하던 짧고 높은 격자가 끼워진 상자를 좋아함에도 불구하고 오늘 내가 사용하고 있는 성인용 침대와 타협하면서부터 욕심이 없어져 그것에 만족하고 좀더 키가 큰, 마찬가지로 철제이고 니스를 칠한 격자를 내가 몇 달째 계속 찾고 있는 것을 거부하건 인정하건 병원측의 뜻에 맡기고 있는 것이다.

내가 오늘날 거의 무방비 상태로 문병객들의 손에 맡겨져 있는 데에 비해 소아과의 면회일에는 높이 솟아 있는 울타리가 문병을 오는 마체라트나 그레프 부처 또는 세프라 부처로부터 나를 격리시키고 있었다. 그리고 병원 체재의 마지막 무렵에 나의 격자는 할머니 안나 콜야이체크라는 이름의 치마 넉 장을 겹친, 움직이는 산맥을 걱정하여 허덕이고 있는 몇 부분으로 구분하였다. 그녀는 찾아와서 한숨을 쉬고 이따금 주름투성이의 큰 손을 쳐들어 장미빛으로 갈라진 손바닥을 보이고 그리고는 힘없이 손과 손바닥을 내리고 넓적다리 근처를 두들겼다. 이 찰싹찰싹 두들기는 소리는 오늘날까지도 나의 귀에 남아 있지만 북으로는 대충 비슷하게 흉내낼 수 있을 뿐이다.

최초의 면회 때부터 그녀는 오빠인 빈첸트 브론스키를 데리고 왔다. 그는 침대 격자를 붙들고 나지막하기는 하지만 맑은 목소리로 끊임없이 폴란드 여왕인 처녀 마리아에 대해서 이야기했다. 아니, 노래했다, 또는 노래하듯이 이야기했다. 오스카르는 두 사람 옆에 간호사가 있어 주면 반가웠다. 두 사람이 나를 비난했기 때문이다. 두 사람은 티없는 브론스키의 눈으로 나를 쳐다보며 폴란드 우체국에서 한 스카트 놀이의 후유증인 신경열(神經熱)을 극복하기 위해 애쓰고 있는 나에게서 하나의 계기를, 한 마디 애도의 말을, 불안과 스카트의 카드 사이에서 얀이 마지막으로 지낸 몇 시간에 대한 인정미 넘치는 보고를 기대하고 있었던 것이다. 그들은 고백을 듣고 싶어했다. 얀의 죄를 경감시키는 말을 듣고 싶어한 것이다. 마치 내가 그의 죄를 덜어 줄 수 있고 마치 나의 증언이 무게와 설득력을 지니고 있는 것처럼 말이다.

이런 보고가 에버하르트 군사 재판에 대해 무슨 의미가 있었을까? 나 오스카르 마체라트는 9월1일 저녁 귀로에 오른 얀 브론스키를 기다리다가 수리가 필요한 북을 이용해서 얀 브론스키가 방위할 생각이 없어서 한 번 버렸던 그 폴란드 우체국으로 그를 유인했다는 것을 인정한다고 해서 어떻게 된다는 것인가?

오스카르는 이것을 증언하지 않았다. 그의 추정상의 아버지의 죄를 가볍게 해주지 않았다. 그러나 분명히 증언을 하겠다고 결심하자 그는 당장 심한 경련을 일으켜 간호장의 요구로 면회 시간이 제한되고 안나 할머니와 그의 추정상의 빈첸트 할아버지와 면회도 금지당할 정도였다.

두 노인이——그들은 걸어서 비사우에서 왔고 게다가 사과까지 가지고 왔다——소아과의 병실을 극도로 조심스럽게, 시골 사람이 대개 그렇듯이 곤혹스러운 모습으로 병실에서 물러갈 때 할머니의 펄럭거리는 넉 장의 치마와 쇠똥 냄새가 나는 그 오빠의 검은 나들이옷이 벌어짐에 따라 나의 죄책감, 너무나 큰 죄책감이 점점 더 커졌다.

한꺼번에 여러 가지 일이 일어났다. 나의 침대 앞에는 마체라트, 그레프 부처, 셰프라 부처가 과일이나 과자를 가지고 잇따라 찾아들었다. 비사우에서 골트크루크와 브렌타우를 지나 걸어서——왜냐하면 카르타우스와 랑푸르 사이의 철도가 아직도 폐쇄되어 있었으니까——찾아오는 사람이 있다. 흰 옷을 입은 간호원들이 마취 주사를 놓으면서 병원 특유의 수다를 떨어가며 소아병실에서는 천사 대신 구실을 하고 있다. 그 사이에 폴란드는 아직도 패배하지는 않았다. 이윽고 패배하기 시작하여 유명한 십팔 일 간의 저항을 계속한 뒤 마침내 패배했다. 그뒤 곧 폴란드는 여전히 아직도 지지 않았다는 것이 밝혀지기는 했지만 말이다. 오늘날에도 실레젠이나 동 프로이센 출신자들을 문제삼지도 않고 폴란드가 아직도 지지 않은 것처럼.

아아, 광기(狂氣)의 기병대여——말 위에서 귤을 게걸스럽게 먹고 있다. 하양과 빨강의 작은 깃발을 단 창을 들고 있다. 기병 중대의 우울과 전통,

그림책에 있는 것 같은 공격. 모체와 쿠트노의 들판을 넘어간다. 요새 대신 구실을 하는 모들린. 아아 천부의 갤럽. 언제나 저녁 노을을 기다리고 있다. 전경(前景)과 후경(後景)이 장관을 이룰 때 비로소 기병대는 습격한다. 전투는 그림이며 죽음은 화가에게 입각(立脚)과 휴각(休脚)으로 서 있는 모델이기 때문이다. 그리고 나서 모델은 쓰러진다. 귤이나 들장미 열매를 따면서. 그리고 귤이나 들장미 열매는 구르며 터져서 가려움증을 일으킨다. 가렵지 않으면 기병대는 달리지 않는다. 창기병들도 이미 또 가려워져서 볏가리가 있는 근처에서──이것도 한 폭의 그림이 된다 ──말을 돌려 스페인에서 동키호테라고 불리는 기사 뒤에 집합한다. 그러나 그는 판키호트라는 이름의 슬프고 고귀한 모습을 한 순수 폴란드 인으로서 말 위에서 그를 따르는 창기병 전원의 손에 입맞춤을 보낸다. 그래서 그들은 이제 되풀이하여 죽음의 손에──마치 귀부인의 손인 양──우아하게 입맞춤한다. 그러나 그들은 그 전에 집합을 끝내고 있다. 석양 노을을 배경으로 하고──왜냐하면 분위기가 그들의 예비군 구실을 해주는 것이다──전방에는 독일의 전차가 있다. 볼렌과 할바하의 크루프 공장의 종마장(種馬場)에서 태어난 수말이 있다. 좀더 고귀한 것에 탄 사람은 결코 없었다. 그러나 반은 스페인의 피가 반은 폴란드의 피가 섞인, 격에 맞지 않게 죽음을 생각한 그 기사는──천부의 재능을 타고난 판키호트, 너무나도 뛰어난──하양과 빨강의 작은 깃발이 달린 창을 꼬나들고 손에 입맞춤하도록 권하고 그리고 저녁 노을이 지붕 위의 하양과 빨강의 황새처럼 달가닥달가닥 부리를 울리며 앵두가 씨를 토해내고 있다고 소리지른다. 그는 기병대를 향해 소리친다.

「제군, 고귀한 말 위의 폴란드 인이여, 저것은 강철의 전차가 아니다, 저것은 풍차에 지나지 않는다, 양(羊)에 지나지 않는다, 손에 입맞춤하라고 제군에게 권한다.」

이리하여 기병 중대는 희끄무레한 녹색 강철의 옆구리를 향해 말을 몰고 저녁 노을에 좀더 붉은 기를 띤 광채를 더한다.

오스카르가 이러한 각운(脚韻)을 따라 이 야전을 시적으로 묘사하는 것을 용서해 주리라 생각한다. 만일 내가 폴란드 기병대의 사상자 수를 인용하고 이른바 폴란드의 전쟁 지역을 완전히 무미건조하게 상기시키는 통계를 여기에서 밝힌다면 이것은 어쩌면 좀더 정확할 것이다. 그러나 요구에 따라 나는 여기에 ※표를 달고 각주(脚註)를 준비하고 시는 시로서 그냥 도는 것도 용서받을 수 있으리라 생각한다.

9월 20일경까지 나는 병원의 침대에 누워서 예시켄탈과 올리바의 숲속 높은 곳에 포열(砲列)을 설치한 포병대의 포성을 들었다. 그리고 마지막 저항의 거점이었던 헬라 반도가 항복했다. 한자 동맹의 단치히 자유시는 벽돌로 된 고딕과 대독일 제국의 병합을 축하할 수 있었고 지치지도 않고 검은 메르세데스에 서서 거의 끊임없이 팔을 직각으로 들어 인사하는 제국 재상 아돌프 히틀러 총통의 푸른 눈을 환성을 지르면서 쳐다볼 수 있었다. 그 눈은 얀 브론스키의 푸른 눈과 하나의 성공, 즉 여자에 대한 성공을 공유하고 있었다.

10월 중순경에 오스카르는 시립 병원에서 해방되었다. 간호사들과 헤어진다는 것은 나에게 괴로운 일이었다. 한 간호사가——그녀는 베르니라는 이름이었다고 생각한다——에르니인지 베르니인지 하는 그 간호사가 나의 두 개의 북, 즉 나를 죄인으로 만든 부서진 북과 폴란드 우체국을 방위하는 동안에 내가 손에 넣은 말짱한 북을 나에게 주었을 때 나는 이 몇 주일 동안 북에 대해서 생각하고 있지 않았다. 나는 이 세상에는 양철북 이외에 아직도 간호사가 존재하고 있음을 의식했다.

악기를 힘차게 울리며 새로운 지식을 터득한 나는 마체라트에게 이끌려 시립 병원을 나와, 아직도 약간 위태위태한 영원한 세 살박이의 다리로 서면서 라베스 거리에서 일상생활에, 일상생활의 권태로움에 전쟁 첫해의 가장 따분한 일요일에 몸을 맡겼다.

11월도 저물어가는 어느 화요일——나는 몇 주일 동안 정양한 뒤 비로소 다시 거리로 나왔다——오스카르는 막스 할베 광장과 브레젠 거리의 모퉁이에서 습기찬 차가운 날씨 따위에는 조금도 개의치 않고 언짢은 기분으로 멍하니 북을 두들기고 있다가 옛날의 신학교 학생 슈거 레오를 만났다.

우리는 잠시 동안 당혹스러운 미소를 띤 채 서로 마주 보고 서 있었다.

레오가 프록코트의 주머니에서 윤택있는 장갑을 꺼내어 누르스름한 피부빛깔과 비슷한 가죽을 손에 끼었을 때에야 비로소 나는 내가 만난 사람이 누구인지, 이 만남이 나에게 무엇을 가져다 줄 것인가를 이해했다── 그리고 오스카르는 무서워졌다.

우리는 그냥 한동안 황제 커피 상회의 진열장을 들여다보고 막스 할베 광장에서 교차하는 5번과 9번의 시전(市電)을 전송했다. 그리고는 브레젠 거리에 있는 비슷한 집들의 뒤를 쫓고 광고탑을 몇 번인가 돌며 단치히 굴덴과 독일 마르크의 교환을 알리는 게시문을 공부하고 페르질 비누의 광고를 뜯어 하양과 파랑 밑에 약간 빨간 것이 있는 것을 보고는 만족하여 다시 광장으로 되돌아가려고 했다. 그때 슈거 레오는 오스카르를 장갑 낀 두 손으로 어떤 집의 입구에 밀어넣고 장갑 낀 왼쪽 손을 처음에는 자기 뒤에, 다음에는 저고리 옷자락 밑에 넣어 바지 주머니에서 손가락을 옴지락거리며 주머니를 흔들어 무엇인가를 찾아내고, 찾아낸 것을 다시 주머니 속에서 확인하고는 그것으로 만족했는지 손을 쥔 채로 주머니에서 꺼내더니 저고리 자락을 다시 내렸다. 그리고는 장갑 낀 주먹을 천천히 앞으로 내밀고, 점점 더 앞으로 내밀어 오스카르를 입구의 벽으로 밀어붙이고 압력을 가하고는──그리고 벽도 지고 있지는 않았다──비로소 다섯 손가락을 폈다. 내가 폈구나 하고 생각하기 시작했을 때 곧 팔은 그의 어깨 관절에서 튀어나와 독립하여 나의 가슴을 때리고 가슴을 관통하고 견갑골 사이에서 다시 튀어나와 그리고는 이 곰팡이 냄새가 나는 계단실의 벽 속으로 들어갔다──오스카르는 레오가 무엇을 움켜쥐고 있는지 결코 보지 않을 것이다. 어떻든 라베스 거리의 거주자 수칙의 조문과 본질적으로는 다르지 않은 브레젠 거리의 거주자 수칙의 그 조문을 마음에 새겨 둘 것이다.

나의 수병 외투 바로 앞에서 닻 모양의 단추를 누르면서 레오는 장갑을 재빨리 폈다. 그의 손가락 마디에서 우드득 하고 울리는 소리가 들릴 정도였다. 그의 손 안쪽을 보호하고 있는, 곰팡이 냄새를 풍기고 있는 가죽 위에 탄피가 올려져 있었다.

레오가 다시 주먹을 쥐었을 때 나는 그를 따를 준비가 되어 있었다.

작은 금속 조각이 나에게 직접 이야기를 건 것이다. 우리는 가지런히, 오스카르가 레오의 왼쪽에 서서 브레젠 거리를 내려갔다. 어느 진열장에도, 어느 광고탑에도 이제는 들르지 않고 마크데부르크 거리를 가로질러 밤에 이륙하고 착륙하는 비행기를 위해서 경계등이 켜지는 브레젠 거리의 종점에 있는 높고 네모난 두 건물을 뒤로 하고 처음에는 울타리를 둘러친 비행장 언저리를 터벅터벅 걸었으나 결국 잘 건조된 아스팔트 도로로 바꾸어 브레젠 거리를 향해 달리고 있는 9번선 시전의 선로를 따라서 걸었다.

우리는 말을 한 마디도 하지 않았다. 그러나 레오는 여전히 장갑 속에 탄피를 쥐고 있었다. 내가 주저하며 습기와 추위 때문에 되돌아가려고 할 때마다 그는 작은 금속 조각을 손바닥 위에서 톡톡 튀기면서 나를 다시 백 보, 또다시 백 보 하고 유혹하여 내가 자스페 시유지를 저만치 두고 정말로 되돌아가려고 결심했을 때는 음악까지도 동원하였다. 그는 발뒤꿈치로 빙그르르 한 바퀴 돌고는 입을 벌린 탄피 쪽을 위로 향하게 하여 플루트의 숨구멍 같은 그 구멍에 비죽이 나온 군침을 흘리는 아랫입술에 대고는 어떤 때는 날카롭게, 어떤 때는 안개에 흐려진 것 같은 쉰 소리를 점점 더 세차게 내리기 시작한 빗소리에 섞어 버렸다. 오스카르는 얼어붙었다. 탄피의 음악이 그를 얼어붙게 했을 뿐만 아니라 아주 안성마춤으로 주변 분위기에 어울리는 스산한 날씨도 한몫 거들었기 때문에 나의 처절한 떨림을 숨기는 데에 별로 애쓸 필요는 없었다.

대체 무엇이 나를 브레젠 쪽으로 유인했는가? 그렇다, 탄피를 피리 대신으로 삼은 그 유혹자 레오 때문이다. 그러나 좀더 많이 나를 향해서 피리를 부는 것이 있었다. 11월의 짙은 안개 저편에 누워 있는 앞바다의 정박지나 노이파르바사에서, 기선의 사이렌이나 쇼트란트, 셰르밀, 독일인 거류지를 지나 출항하고 입항하는 수뢰정의 굶주린 포효가 우리들 쪽으로까지 울려왔고 그 때문에 레오는 얼어붙은 오스카르를 안개피리나 사이렌, 또는 탄피의 피리로 쉽게 꾀어올 수 있었다.

비행장을 새 연병장과 경계호(境界壕)로부터 구획짓고 있는 철조망이 페론켄 쪽으로 구부러진 곳 부근에서 슈거 레오는 멈춰 서서 잠시 고개를 갸웃하고 탄피에 군침을 흘리면서 오돌오돌 바람에 떨고 있는 내 몸을 바라보고 있었다. 그는 탄피를 삼키고 아랫 입술로 그것을 받친 뒤 어떤 생각을 실행하려는 듯이 팔을 크게 휘둘러 자락이 긴 프록코트를 벗고 습기찬 흙냄새가 나는 그 무거운 옷을 내 몸과 어깨 위에 던져 주었다.

 우리는 다시 길을 걸었다. 오스카르가 그다지 춥지 않았는지 어떤지 나는 모른다. 이따금 레오는 다섯 걸음쯤 전진하고는 멈춰 서서 구김살투성이이지만 놀랄 만큼 하얀 셔츠 차림으로, 예를 들면 시토크 탑 같은 중세의 감옥에서 목숨을 걸고 탈출해온 듯한 인물을 흉내내 보였다. 그 찬란할 만큼 하얀 셔츠는 미치광이에게 잘 어울렸다. 레오는 프록코트를 입고 타닥타닥 걷고 있는 오스카르를 보고는 몇 번이나 폭소를 터뜨렸는데 그때마다 까악까악 우는 까마귀처럼 날개를 퍼덕이면서 폭소를 그쳤다. 사실 나는 왕까마귀가 아니면 까마귀 같은 이상한 새를 닮았음에 틀림없다. 특히 프록코트 자락이 조금 땅에 끌리게 되어 치맛자락처럼 아스팔트 길을 문질렀다. 나는 크고 당당한 발자국을 뒤에 남긴 셈인데 오스카르는 어깨 너머로 그것을 두 번 보기만 하고도 자랑스러워졌다. 그 발자국은 그의 속에 엉겨 있던, 아직도 완전히 익지 않은 비극을 상징까지는 하지 않더라도 암시하고 있었다.

 이미 막스 할베 광장에 있을 때 레오가 나를 브레젠이나 노이파르바사로 데리고 가려 하지 않는다는 것을 나는 어렴풋이 느끼고 있었다. 이 행진의 목적지가 처음부터 자스페 묘지와 바로 가까이에 보안경찰의 현대적인 사격장이 있는 경계호뿐이라는 것은 명백했다.

 9월 말부터 4월 말까지는 임해선(臨海線)의 시전은 삼십오 분마다 발차할 뿐이었다. 우리가 교외인 랑푸르의 마지막 집들을 뒤로 했을 때 연결차 없는 전차 한 대가 이쪽으로 왔다. 그뒤 마크데부르크 거리의 대피선에서 기다리지 않으면 안 되는, 바로 반대쪽에서 오는 시전이 우리를 추월해갔다. 자스페 묘지 바로 가까이까지 왔을 때 그 옆에는 두 번째 대피선이 만들어져 있었는데 가까스로 시전이 벨을 울리며 우리를 추월했다. 그러자 꽤 오래 전부터 전망이 나쁘기 때문에 습기찬 노란 헤드라이트를 켜고 안개 속에서 대피하고 있던 시전이 우리들 쪽으로 향해왔다.
 저쪽에서부터 오고 있는 시전 운전사의 평평하고 언짢은 기색의 얼굴을 아직도 보고 있는 동안에 오스카르는 슈거 레오에 의해 아스팔트 도로에서 이미 모래언덕의 모래를 예감케 하는 느슨한 모래땅으로 인도되었다. 하나의 벽이 정방형을 형성하여 묘지를 둘러싸고 있었다. 남쪽을 향해 완전히 녹슨 당초무늬의 작은 문이 닫혀 있었는데 그것은 허울뿐인 것이었기 때문에 우리는 안으로 들어갈 수 있었다. 대개는 뒤와 옆은 거친 그대로이고 전면만이 잘 다듬어진 스웨덴 산의 검은 화강암이나 휘록암(輝綠岩)으로 만들어진 묘석은 기울어서 쓰러져가거나 이미 생기를 잃고 있었는데 유감스럽게도 레오는 그것을 하나하나 정성스레 바라볼 틈을 주지 않았다. 구불구불 휜 빈약한 소나무 대여섯 그루가 묘지의 점경을 이루고 있었다. 어머니는 생전에 시전을 타고 와서 이 거친 땅을 다른 어떤 조용한 장소보다도 즐기고 있었다. 지금 그녀는 브렌타우에 잠들고 있다. 그곳의 흙은 좀더 비옥했다. 그곳에는 느릅나무와 단풍나무가 자라고 있었다.
 북쪽 담에 열려 있는 격자없는 작은 문을 통해서 레오는 나를 묘지 밖으로 인도했다. 나는 어떤 감정을 느끼는 거친 묘지에 걸음을 멈추고 있을 틈이 없었다. 주위의 바로 뒤에 있는 평평한 모래땅에 우리는 섰다. 금작화, 소나무, 들장미가 수프 같은 안개 속에서 해변 쪽으로 몸을 내밀고 있는 것이 뚜렷하게 보였다. 묘지 쪽으로 눈을 돌렸을 때 나는 곧 북쪽의 벽이 한 군데만 회칠을 새로 했다는 것을 깨달았다.
 레오는 그 구김살투성이의 셔츠처럼 처절할 만큼 하얗게 빛나는 새로 칠해진 벽 앞에서 부산하게 일을 하고 있었다. 그는 되도록 큰 걸음으로 걸으면서 걸음 수를 세고 있는 것 같았다. 소리를 내어 세었다. 오늘날까지도 오스카르는 생각하지만 그것은 라틴 어였다. 그는 또 신학교에서 배운 듯한 성서의 문구도 노래하듯이 중얼거렸다. 그는 벽에서 약 십 미터 되는 곳에 표시를 하고 생각건대 새로 고친 듯한 회칠이 된 벽 앞에 나뭇조각을 하나 놓았다. 이러한 작업을 그는 모두 왼손으로 했다. 오른손에는 탄피를 쥐고 있었기 때문이다. 그리고 마지막으로 꽤 오랫동안 찾기도 하고 재기도 한 끝에 나뭇조각을 치우고 바로 그 옆에 알맹이가 없고 끝이 약간 좁아진 금속을 놓았다. 그것은 누군가가 구부린 집게 손가락으로 압력의 중심점을 찾아 완전히 가장자리를 자르지 않고 납에게 주거 계약의 해제를 예고하고 죽음을 가져다 주는 전택(轉宅)을 명령할 때까지 줄곧 납의 탄환에 보금자리를 빌려 주고 있었던 것이었다.

 우리는 그냥 서 있었다. 슈거 레오는 군침을 흘렸고 그것이 실처럼 길게 늘어졌다. 그는 양쪽 장갑을 한손에 모아쥐고 처음에는 아직도 무언가 노래하듯이 라틴 어를 중얼거리고 있었으나 거기에 힘차게 응답할 수 있는 사람이 아무도 없었기 때문에 그만 입을 다물고 말았다. 레오는 다시 방향을 바꾸고는 화를 내고 초조해하면서 벽 너머로 브레젠 국도를 바라보고 대개는 텅 빈 시전이 대피선에서 멎거나 서로 벨을 울리면서 스치고 지나갈 때에 언제나 머리를 그 방향으로 돌렸다. 아마도 레오는 상을 입은 사람들을 기다리고 있었던 것이리라. 그러나 도보로도, 전차로도, 장갑을 낀 그에게서 문상의 말을 들을 수 있는 사람은 아무도 오지 않았다.

 한 번 머리 위에서 착륙 태세에 들어간 비행기가 울리는 소리가 들렸다. 우리는 위를 쳐다보지 않고 엔진의 소음을 건디며 날개 끝에 눈부신 불빛을 단 세 대의 JU52가 착륙하려 하고 있는 것을 상대에게 납득시키려고 하지는 않았다.

 엔진 소리가 멀어지자 곧──정적은 우리가 면하고 있는 벽이 하얗게 보여서 무척 답답했다──슈거 레오는 셔츠에 손을 찔러 넣고 무언가를 꺼냈고 곧 내 옆에 서서는 오스카르의 어깨에서 까마귀 같은 웃도리를 빼앗아 금작화와 들장미와 소나무가 있는 해안 쪽으로 뛰어갔고 뛰어가면서 분명히 발견해 줄 사람을 기대하는 몸짓으로 그 무언가를 떨어뜨렸다.

 레오의 모습이 완전히 보이지 않게 되었을 때 비로소──그는 땅바닥을 기고 있는 우유 같은 안개에 그 빈터가 완전히 삼켜질 때까지 유령처럼 헤매고 있었다──내가 빗속에서 단지 혼자 되었을 때 비로소 모래에 파묻힌 한 조각의 두꺼운 종이를 손에 넣었다. 그것은 스카트 카드의 스페이드의 7이었다.
 자스페의 묘지에 갔던 날로부터 며칠 뒤 오스카르는 할머니 안나 콜야이체크를 랑푸르의 시장에서 만났다. 비사우의 관세 국경이 철폐된 뒤 그녀는 또다시 달걀, 버터, 그리고 양배추와 사과까지 시장에 가지고 올 수 있었다. 손님들은 반가워하며 많이 사주었다. 생활 물자의 배급 제도가 방금 얼마 전부터 실시되어 사재기를 할 필요가 있었기 때문이다. 오스카르가 물건 뒤에 쪼그리고 있는 할머니를 본 것과 같은 순간에 그는 외투와 스웨터 그리고 소매없는 웃도리 밑의 맨 살에서 스카트의 카드를 느끼고 있었다. 처음에 나는 스페이드의 7을 찢어 버릴까 하고 생각했다. 그것은 시전의 차장이 그냥 태워 주겠다고 해서 자스페에서 막스 할베 광장으로 돌아갈 때의 일이었다.
 오스카르는 그 카드를 찢지 않았다. 그는 그것을 할머니에게 주었다. 그녀는 그것을 보았을 때 양배추 뒤에서 깜짝 놀랐다. 아마도 그녀는 오스카르가 무언가 좋은 것을 가지고 올 까닭이 없다고 생각하고 있었던 것이리라. 그러나 그녀는 생선 바구니에서 반쯤 고개를 내밀고 있는 세 살박이에게 가까이 오라고 눈짓했다. 오스카르는 뭉기적거리며 처음에는 젖은 해초 위에 얹혀 있는 일 미터나 되는 산 대구를 관찰하고 오트민 호에서 잡힌 게가 작은 바구니 속에 몇 다스나 넣어져서 여전히 열심히 옆걸음질을 연습하고 있는 것을 보려고 했다. 그래서 오스카르 자신도 이 걸음걸이를 연습하여 수병 외투의 등을 보이며 할머니의 노점으로 다가가다가 진열품 밑에 놓여 있던 나무 받침대 하나에 걸려 사과를 굴러떨어지게 했을 때 비로소 닻 모양의 금빛 단추를 할머니 쪽으로 돌렸다.
 시베르트페가가 신문지에 싼 뜨거운 벽돌을 가지고 와서 할머니의 치마 밑에 집어 넣고 옛날과 똑같이 자루가 긴 삽으로 식어 버린 벽돌을 꺼내어 매달아 놓은 석반(石盤)에 표시하고는 다른 노점으로 옮겨갔다. 할머니는 나에게 반들반들 윤기가 도는 사과를 주었다.
 오스카르는 사과를 받았을 때 그녀에게 무엇을 줄 수 있었을까? 그는 우선 스카트의 카드를 건네 주고 다음에 역시 자스페에 잠재워 둘 수는 없었던 탄피도 건네 주었다. 오랫동안 알 수 없다는 듯이 안나 콜야이체크는 그 각각 다른 두 물건을 들여다보고 있었다. 그래서 오스카르는 그녀의 두건 밑의 연골 모양의 노인의 귀에 입을 대었다. 그리고 나는 주위를 조심스럽게 살피고 작지만 도톰한 얀의 장미빛 귀와 잘 손질된 긴 귓불을 연상하면서 속삭였다.

「자스페에 잠들어 있어요.」라고 오스카르는 속삭이고 양배추를 담은 바구니를 뒤엎고는 토끼처럼 그곳에서 도망쳤다.

마리아

역사가 큰소리로 임시 뉴스를 알리면서 듬뿍 기름을 칠한 탈것처럼 유럽의 도로, 수로, 하늘을 달리고 물결을 헤치고 날아가면서 정복하고 있는 동안에 니스를 칠한 어린이의 양철북을 다만 두드려 부수기만 하면 되는 나의 일은 순조롭지가 않아 지지부진했고 이제는 전혀 진행이 되지 않았다. 다른 사람들이 값비싼 금속을 주위에 흩뿌리며 낭비하고 있는 동안에 어느새 또 나의 양철은 못 쓰게 되었다. 물론 오스카르는 폴란드 우체국에서 새로운, 거의 손상되지 않은 북을 구출해냄으로써 우체국 방위전에 하나의 의미를 부여할 수 있었던 것이지만 전성기에는 양철을 고철로 바꾸는 데에 불과 팔 주일밖에 걸리지 않았던 나에게, 즉 오스카르에게 나차르니크 씨 아들의 양철북은 어떤 의미가 있었던 것일까?

시립 병원을 퇴원하자 나는 곧 간호사들과 헤어진 것을 슬퍼하며 격렬하게 연타하면서 나의 작업에 정진하고 작업하면서 연타하는 일을 시작했다. 자스페 묘지에서 보낸 비오는 날의 오후도 나의 손작업을 진정시키지는 못했다. 반대로 오스카르는 두 배나 힘들게 작업을 했고 방향단원들 앞에서 한 그의 염치없는 행위의 마지막 목격자인 북을 두들겨 부수기 위해 전력을 기울이는 것을 사명으로 여겼다.

그러나 북은 저항하며 나에게 대꾸했고 내가 두들기면 호소하듯이 되받아쳤다. 이상했던 것은 내 과거의 한 시기를 지워 버리는 것만이 목적이었던 이러한 연타 동안에 되풀이하여 현금 등기 배달인인 빅토르 베룬이 내 의식에 떠오르곤 한다는 사실이었다. 그는 근시이기 때문에 나에게 불리한 증언은 거의 할 수 없었을 텐데 말이다. 그런데 근시인 그는 제대로 도망칠 수 없었던 것일까? 사태는 이제 근시 쪽이 더 잘 보이는 것으로 되어 있는 것일까? 대개는 불쌍한 빅토르라고 불리고 있는 베룬이 흑과 백으로 한 스케치처럼 내 표정을 읽어내고 나의 유대적 행위를 식별하고 오스카르의 비밀과 치욕을 움켜쥔 채 도망쳐서 온 세계에 퍼뜨리고 있는 것일까?

12월 중순이 되어서야 겨우 나에게 매달려 있는, 니스칠을 한 빨갛고 꺼끌꺼끌한 모양의 양심 고발은 설득력을 잃었다. 즉 니스에 가느다란 금이 생기고 벗겨진 것이다. 양철은 무르고 얇아져서 훤히 비치기 전에 찢어졌다. 무엇인가가 손해를 입어 끝장날 때는 언제나 그렇듯이 손해를 입은 목격자는 그 고통스러운 시간을 단축하고 보다 신속하게 최후를 자초하고 싶어하는 법이다. 오스카르는 강림절의 마지막 두 주일 동안 무척이나 서둘러서 이웃 사람이나 마체라트가 머리를 감싸쥘 만큼 두들겨댔다. 크리스마스 이브까지는 청산할 생각이었다. 즉 크리스마스에 나는 새로운, 때문지 않은 양철을 기대하고 있었던 것이다.

나는 해냈다. 12월 24일 전날, 쭈글쭈글하고 언제나 건들거리고 녹이 슬어서 충돌한 자동차를 연상시키는 어떤 것을 나의 육체와 영혼으로부터 제거할 수 있었다. 나의 희망대로 폴란드 우체국의 방위는 이제 나에게도 최종적으로 격파된 것이다.

사람은 그 누구라도──만일 당신들이 나에게서 한 사람의 인간을 볼 용의가 있다면──오스카르보다도 더 기대에 어긋난 크리스마스를 경험한 일은 절대로 없을 것이다. 오스카르에게도 크리스마스 트리 밑에서 선물이 주어지기는 했고 그 선물에는 무엇 하나 빠진 것이 없었으나 양철북만은 없었다.

거기에는 집짓기 장난감 상자가 있었는데 나는 절대로 열지 않았다.

시소가 되는 백조는 특별한 선물을 의미했고 나를 로엔그림으로 만들 참이었다. 그림책 서너 권을 선물이 놓여 있는 탁자에 굳이 올려 놓는 사람이 있었던 것은 나를 정말로 화나게 만들었다. 그러나 장갑과 편상화, 그리고 그레트헨 셰프라가 짠 빨간 스웨터는 쓸모있을 것 같았다. 오스카르는 집짓기 장난감의 상자에서 백조로 멍하니 시선을 옮기고 그림책 속의 우스꽝스러운 봉제 장난감 곰들이 온갖 종류의 악기에 앞발을 걸치고 있는 것을 바라보았다. 거기에는 귀엽게 꾸며진 야수 한 마리가 북을 안고 있었는데 마치 북을 두들길 수 있는 것처럼, 마치 당장에라도 북의 간주곡을 시작할 것처럼, 마치 이미 북을 두들기고 있는 것처럼 보였다. 그리고 나는 백조는 가지고 있었으나 북은 가지고 있지 않았다. 어쩌면 천 개 이상의 집짓기 장난감을 가지고 있었으나 단 한 개의 북도 가지고 있지 않았다. 무척 추운 겨울밤을 위한 장갑은 있었으나 장갑을 끼고 쥘 것은 아무것도 없었다. 둥글고 매끌매끌하고 얼음처럼 차갑고 니스를 칠한 양철이 있으면 나는 겨울밤에 그것을 가지고 나가서 혹독한 추위에 무언가 뜨거운 것을 들려 줄 수 있는 것이다!

오스카르는 생각했다. 마체라트가 아직도 양철을 감추고 있을 것이라고. 아니면 우리집에서 크리스마스 거위를 먹기 위해 빵가게 주인인 남편과 함께 온 그레트헨 셰프라가 그 위에 앉아 있는 것이리라. 그들은 처음에 백조나 집짓기 장난감, 그리고 그림책을 기뻐하고 있는 나를 실컷 즐긴 다음에 천천히 진짜 보물을 꺼낼 생각이리라. 나는 내심 혐오감을 느끼면서 거역하지 않고 적어도 반 시간은 바보처럼 그림책을 뒤적거리며 백조의 등에 빌름 걸터앉아서 흔들거렸다. 그리고 방안은 너무 더울 지경인데도 스웨터를 입고 그레트헨 셰프라의 도움을 받아 편상화에 발을 집어 넣었다——그 사이에 그레프 부부도 도착했다. 거위는 여섯 사람 분으로 만들 생각이었다——그리고 마체라트가 솜씨를 발휘하여 건조 과일을 집어 넣고 만든 거위를 깨끗이 먹어치운 뒤 후식을 먹는 동안 ——자두와 배였다——그레프로부터 네 권의 그림책에 더하여 다시 한 권의 그림책이 주어졌을 때는 정말로 맥이 풀렸다. 수프, 거위, 빨간 양배추, 소금에 삶은 감자, 자두, 배를 먹은 뒤 더울 정도인 타일 난로의 열기를 받으며 우리는 모두 노래를 불렀다——오스카르도 함께 노래했다——크리스마스 캐롤을 한 곡, 다시 기쁘다 구주 오셨네의 한 구절, 오오 소나무야 소나무야 너 푸르도다, 징글벨 징글벨, 그리고 마지막을——밖에서 울려오는 종소리가 모든 사람에게 방해되고 있었다——나는 북이 필요했던 것이다——예전에 음악가였던 마인도 끼여 있던 주정뱅이 브라스 밴드가 악기를 불어대어 창문 앞 처마에서 고드름을. 그러나 나는 가지고 싶었다, 그리고 그들은 주지 않았다, 그것을 꺼내어 건네주지 않았다. 오스카르는 『응.』, 다른 사람들은 『안돼.』였다——그래서 나는 소리지른 것이다, 나는 이미 꽤 오래 전부터 소리를 지르지 않았었다. 그래서 나는 잠시 사이를 두고 다시 한 번 내 목소리를 가다듬고 유리를 금가게 하는 날카로운 악기로 만들었으나 꽃병이나 맥주잔이나 전구 따위는 깨뜨리지 않았다, 나는 유리 찬장을 손상시키지도 않았다, 안경에서 시력을 빼앗지도 않았다——오히려 나의 목소리는 전나무에서 반짝반짝 빛나며 축제기분을 퍼뜨리고 있는 둥근 전구나 작은 종, 깨지기 쉬운 은빛 거품, 크리스마스 트리 끝에 달린 장식 등을 모조리 박살냈다. 쨍그렁 짤그랑 하고 소리를 내면서 크리스마스 트리의 장식물이 산산조각이 난 것이다. 몇 개의 쓰레받기에 넘칠 만큼 전나무 잎도 떨어졌다. 그러나 촛불은 조용하고 거룩하게 계속 타고 있었다. 그리고 오스카르는 그럼에도 불구하고 양철북을 받지 못했다.

　마체라트에게는 통찰력이라는 것이 전혀 없었던 것이다. 그가 나를 교육시키려고 하고 있었는지 어떤지, 아니면 적당한 때에 북을 많이 주려고 단순하게 생각하고 있었는지 어떤지 나는 모른다. 만사는 파멸을 향해 치달았다. 임박한 나의 몰락과 때를 같이 하여 식료품 가게에서도 거의 숨길 수 없을 만큼 복잡한 문제가 점점 커지고 있었기 때문에, 전적으로 나와 가게는——난처할 때는 누구나 그렇게 하듯이——적절하게 도움을 받을 수 있었다.

　오스카르는 필요한 만큼 키가 크지 않았고, 또 가게의 계산대 뒤에 서서 흑빵이나 마가린 또는 인조 벌꿀을 팔 마음도 없었기 때문에, 귀찮아서 마체라트를 다시 아버지라고 부르고 있었으며 마체라트는 나의 불쌍한 친구 헤르베르트의 막내 누이동생 마리아 트루친스키를 가게에 고용하였다.

그녀는 다만 마리아라고 불리고 있었을 뿐만 아니라 실제로 마리아 같은 여자였다. 몇 주일 만에 그녀 덕택으로 우리집 가게가 평판을 되찾았음은 말할 것도 없고 그녀는 상냥하고 빈틈없이 장사를 하는 한편——마체라트는 그 방법에 기꺼이 따랐다——나의 입장에 대해서도 약간 명민한 판단을 내렸다.

마리아가 가게의 계산대 뒤에 자리를 차지하기 전에도 그녀는 배 앞에 못 쓰게 된 북을 매달고 백 개 이상의 계단실 층계를 짜증스럽게 쿵쿵거리며 오르내리는 나에게 낡아빠진 대야를 대용품으로 제공해 준 적이 있었다. 그러나 오스카르는 대용품을 필요로 하지는 않았다. 대야 밑바닥을 두들기는 일을 그는 완고하게 거부했다. 그러나 마리아는 우리 가게에 자리를 잡자마자 마체라트의 뜻과는 반대로 나의 희망을 고려하도록 주선해 주었다. 물론 나는 그녀와 함께 장난감 가게에 들어가고 싶은 마음은 없었다. 이처럼 형형색색의 장난감이 가득 늘어선 가게 안에 들어가면 유린당한 지기스문트 마르크스의 가게와 비교하여 틀림없이 슬픈 기분이 되었을 것이다. 다정하고 온순한 마리아는 나를 밖에서 기다리게 하고 혼자서 물건을 샀는데 필요에 따라 사 주일이나 오 주일마다 새 양철을 내게 사주었다. 그리고 양철북마저 귀해져서 배급제가 된 전쟁 말기에는 나의 양철을 계산대 밑에서 이른바 암거래 물자로서 양도받기 위해 장난감 가게에 설탕이나 진짜 커피를 16분의 1파운드 제공하지 않으면 안 되었다. 그녀는 이러한 일을 모두 한숨도 쉬지 않고 고개도 흔들지 않고 곁눈질하는 일도 없이 해냈다. 오히려 깨끗이 빨아서 반듯하게 손질한 바지와 양말 또는 스모크를 나에게 입히기 위해 지극히 당연한 일로서 무척 진지하게 그 일을 행했다. 그뒤 몇 년 동안 마리아와 나의 관계는 끊임없이 변화하여 오늘날에도 아직 분명하지 않지만 그녀가 나에게 북을 건네 주는 방법은 언제나 같았다. 물론 어린이용 양철북의 값은 1940년에 비해 오늘날에는 훨씬 비싸지기는 했지만.

요즈음 마리아는 어떤 모드 잡지를 정기적으로 구독하고 있다. 면회일마다 그녀의 옷차림은 점점 더 세련되어지고 있다. 그런데 그 무렵에는?

마리아는 아름다웠을까? 그녀는 깨끗하고 둥근 얼굴로서 코 위에서부터 이어진 억세고 짙은 눈썹 밑의, 짧은 속눈썹이 촘촘히 자란 약간 비져나온 회색 눈빛은 냉정하기는 하지만 차갑지는 않았다. 그것임을 뚜렷이 알 수 있는 광대뼈, 몹시 추운 날에는 피부가 푸른 기가 돌며 팽팽해져 터지듯이 했으나 그 광대뼈는 차분하고 평면적인 인상을 얼굴에 주고 있었다. 그것을 가까스로 구제하고 있는 것은 작자만 그렇다고 예쁘지 않은 것도 아닌, 또는 그야말로 애교가 있는, 오히려 귀여운 점에서는 잘 생겼다고 할 수 있는 코였다. 그녀의 이마는 동그랗고 짧으며 이미 어렸을 때부터 털이 돋은 콧마루 위에는 무언가 생각에 잠길 때면 세로로 주름이 잡혔다. 오늘날에도 젖은 나무기둥의 광채를 가진 그 갈색 머리털이 동그스름하고 곱슬곱슬하게 관자놀이에 걸려 있었으나 그것이 트루친스키 아주머니의 경우와 마찬가지로 거의 후두부를 보이지 않는 조그만 머리를 꽉 죄고 있었다. 마리아가 흰 작업복을 입고 우리 가게의 계산대 뒤에 서 있을 때는 피가 통하는 다부지고 건강한 귀 뒤로 아직도 머리를 땋아 늘이고 있었는데 그 귓불은 유감스럽게도 독립되어 있는 것이 아니라 아름답지 않은 것도 아닌 잔주름을 짓고 마리아의 성격이 퇴화하고 있음을 나타내면서 직접 아래턱 위의 살 속으로 파묻혀 들어가고 있었다. 나중에 마체라트는 그 소녀에게 파마를 하라고 권했다. 그 결과 양쪽 귀는 가려져서 두 번 다시 보이는 일이 없었다. 오늘 마리아는 유행하고 있는 짧게 자른 헝클어진 머리 아래에서 살 속으로 파고든 귓불만을 보이고 있다. 그러나 그 조그만 미적 결함을 약간 몰취미한 큰 머리장식으로 감추고 있다.

한줌에 잡힐 듯한 마리아의 머리에 두툼한 볼, 뚜렷한 광대뼈, 깊이 패어 거의 눈에 띄지 않는 코, 얼굴 양쪽에 큰 눈이 붙어 있는 것과 마찬가지로 중간이라기보다는 오히려 자그마한 신체에는 약간 넓다고 느껴지는 두 어깨, 이미 겨드랑이 밑에서부터 불룩하고 풍만한 가슴, 골반에 어울리게 푸짐하게 살이 붙은 엉덩이가 있었는데 그 대신 엉덩이를 받치고 있는 다리는 치모(恥毛) 밑에 틈새가 생길 만큼 날씬하지만 억세었다.

그 무렵 마리아에게는 어쩌면 안짱다리의 흔적이 남아 있었던 것 같다. 또 언제나 빨간 그녀의 손은 성장할 만큼 성장해서 어른의 균형을 간직하고 있는 몸매와는 달리 앳되고 귀여워서 그 손가락은 마치 소시지처럼 보였다. 그녀는 이 어린애 같은 손과 오늘까지도 완전히 인연을 끊을 수는 없었다. 그러나 그 무렵에는 볼품없는 운동화를 신고 며칠 후에는 거의 발에 맞지 않는 옛날식의 사치스러운, 내 불쌍한 어머니의 구두를 억지로 신고 있던 그녀의 발은 차츰 어린애 같은 붉은 기운과 우스꽝스러움을 잃고, 낡고 비위생적인 구두가 아닌 서독(西獨)이나 나아가서는 이탈리아 제의 현대적인 구두가 잘 어울려 보였다.

마리아는 말을 많이 하지는 않았지만 그릇을 씻을 때나 설탕을 일 파운드짜리 파란 부대나 반 파운드짜리 부대에 담을 때는 곧잘 노래를 불렀다. 마리아는 가게를 닫은 뒤 마체라트가 계산하고 있을 때나 일요일, 또 삼십 분 가량이라는 틈이 생길 때면 오빠 프리츠가 소집당해 그로스=보시폴의 병영으로 갈 때 남겨 주고 간 하모니카에 곧잘 손을 뻗었다.

마리아는 하모니카로 거의 모든 곡을 연주할 수 있었다. 여자청년단의 기숙사에서 배운 방랑의 노래, 라디오나 오빠 프리츠에게서 들은 오페레타의 멜로디와 유행가이다. 프리츠는 1940년의 부활제 때 며칠간 공무 출장으로 단치히에 왔던 것이다. 오스카르는 마리아가 몇 번씩 잘못 불어서 되풀이해가며 『빗방울』을 연주하고, 차라 레안더의 흉내를 내지 않고 『바람은 나에게 노래를 불러 주었다』를 하모니카로 불곤 하던 것을 기억하고 있다. 그러나 마리아는 근무중에는 절대로 그녀의 『호너』 하모니카를 꺼내지 않았다. 손님이 없을 때에도 음악은 삼가하고 어린애 같은 동그란 글씨로 가격표와 재고 목록을 기입하고 있었다.

장사를 맡아서 한 것은 그녀이고 나의 불쌍한 어머니가 죽은 후 경쟁 점포로 옮겨가 버린 손님의 일부를 되찾아와 우리 가게의 단골로 고정시킨 사람도 그녀라는 것은 지나칠 수 없는 사실인데도 그녀는 마체라트에 대해 필요 이상으로 굽실거리지는 않았지만 존경심을 버리는 일도 결코 없었다. 덕분에 예전부터 줄곧 자기를 믿어 의심치 않는 마체라트는 당황하지 않아도 되었다.

채소 가게의 그레프와 그레트헨 셰프라로부터 싫은 소리를 듣게 될 때면 으레 그가 『나는 이 아가씨를 가게에 데려다가 교육을 시켰지.』하고 말하였다. 이 사나이의 사고 방식은 이 정도로 단순하였다. 그는 본래, 좋아하는 일, 즉 요리하고 있는 동안에만 사람이 달라지고 민감해지고 따라서 주목할 만한 사람이 되었다. 이 점에서는 오스카르도 그를 인정하지 않을 수 없지만 그의 솜씨 중에서도 식초에 절인 양배추를 곁들인 돼지 갈비의 소금 절임, 겨자 소스를 친 돼지 콩팥, 빈 식의 돼지고기 커틀릿, 그리고 무엇보다도 생크림과 무를 곁들인 잉어는 모양과 향기와 맛이 그야말로 나무랄 데가 없었다. 그는 가게에 있는 마리아를 돕는 일을 별로 많이 할 수 없었다. 왜냐하면 첫째로 그 아가씨는 소자본으로 하는 장사에 대한 감각을 선천적으로 몸에 지니고 있었기 때문이며 둘째로 마체라트는 가게의 계산대 너머에서 하는 흥정에 대해서는 거의 아무것도 몰랐고 어떻든 도매시장에서 물건 구입하는 데나 적합했기 때문이다. 그러나 그는 그 대신 끓이거나 굽거나 찌는 일에 대해서는 마리아를 도왔다. 실제로 그녀는 이 년 동안 시틀리츠의 관리 집에서 하녀로 봉사하고 있었는데도 우리집에 와서는 물조차 제대로 끓일 수 없었다.

이윽고 마체라트는 나의 불쌍한 어머니가 살아 있을 때처럼 행동할 수 있었다. 즉 그는 부엌을 지배하며 일요일의 불고기에서 일요일의 불고기에로 한층 더 열성을 발휘했고 몇 시간씩이나 행복스럽게 그릇을 씻는 일에 만족할 수 있었다. 게다가 전쟁중에 더욱 더 어려워진 도매시장의 상점이나 배급국(配給局)에서 물건을 구입하거나 예약하고 그리고 청산할 일을 도맡았고 약간은 교활하게 세무소와 편지를 주고받았으며 결국 서툰 것이 아니라 제법 공상과 취미를 살려 이 주일마다 진열장을 장식했고 책임을 의식하여 당의 잡무를 처리했다. 마리아는 의젓하게 계산대 뒤에만 서 있었기 때문에 그는 정말로 바빴다.

여러분은 물어 보실 것이다. 이러한 전제, 즉 젊은 아가씨의 골반, 눈썹,

귓불, 손과 발을 시시콜콜하게 검토하는 것이 무슨 의미가 있느냐고. 나도 여러분의 입장에 선다면 나도 여러분과 마찬가지로 이렇게 인간을 묘사하는 방법을 인정하지 않을 것이다. 오스카르는 지금까지 마리아의 모습을 완전히 잘못 묘사한 일은 없지만 왜곡시키는 데는 성공했다고 확신하고 있으니까. 그러므로 어쩌면 모든 것이 분명해지는 마지막 한 마디를 덧붙여 두겠다. 마리아는 이름도 모르는 간호사를 제외한다면 오스카르의 첫사랑이었던 것이다.

이 사실을 의식한 것은——이러한 일은 어쩌다가 한 번씩밖에 없었지만——어느 날 내가 자신의 북소리에 귀를 기울이고 있을 때였다. 그때 오스카르가 얼마나 새롭고 얼마나 강렬하게, 그러나 얼마나 조심스럽게 양철에 그의 정열을 전하고 있었는지 나는 틀림없이 깨달았다. 마리아는 이 북소리를 호의적으로 받아들였다. 그러나 그녀가 하모니카를 손에 들고 구금(口琴) 위에서 이마에 보기 흉한 주름을 모으고 북소리에 맞춰 반주를 하지 않으면 안 되겠다고 생각했을 때 나는 그것을 별로 달갑게 생각하지는 않았다. 그러나 이따금 양말을 깁거나 설탕을 봉지에 담을 때 그녀는 두 손을 축 늘어뜨리고 그야말로 침착한 얼굴로 진지하고 조심스럽게 나의 북채 사이를 바라보고는 또다시 구멍이 뚫린 양말을 집어들기 전에 부드럽고 나른한 동작으로 짧게 깎은 나의 상고머리를 쓰다듬어 주는 일이 있었다.

평소에는 다정하게 쓰다듬어 주는 것조차 참지 못하는 오스카르도 마리아의 손만은 피하지 않았다. 이런 식으로 쓰다듬어지고 있는 동안에 그는 이따금 몇 시간이나 의식하여 쓰다듬지 않고는 견딜 수 없을 듯한 리듬을 양철로 연주하여 마지막에는 마리아의 손이 거기에 장단을 맞추어 그를 꿈꾸듯 황홀하게 해주는 것이었다.

마리아가 매일 밤 나를 침대에 데려다 주게 되었다. 그녀는 내 옷을 벗기고 손발을 씻겨 주고 잠옷으로 갈아입는 것을 도와 주고 자기 전에 다시 한 번 오줌 주머니를 비우도록 명령하고 프로테스탄트임에도 불구하고 나와 함께 하늘에 계신 우리 아버지를 한 차례, 당신에게 인사를 드리는 마리아를 세 번 외우고, 때로는 예수님 당신을 위해서 나는 살고 예수님 당신을 위해서 나는 죽습니다라고 기도했다. 그리고 마지막으로 피로하게 만드는 친절한 얼굴로 나를 덮었다.
　불을 끄기 전의 이 마지막 몇 분 동안은 정말 멋졌다──차츰차츰 내가 『하늘에 계신 아버지』와 『예수님 당신을 위해서 나는 살고』를 부드럽게 외우고 있는 동안에 마리아는 『바다의 별이여 나는 당신에게 인사한다.』로 바꾸고 말았다──매일 밤 행해지는 수면을 위한 준비는 나에게는 고통스러웠다. 하마터면 자제심을 잃을 뻔했다. 여느 때는 어떤 경우에도 얼굴빛을 달리하지 않고 있을 수 있는 나도 어린 아가씨나 고민이 많은 젊은이들처럼 아무리 숨기려 해도 얼굴을 붉히지 않고는 견딜 수 없었다.
　오스카르는 인정한다. 마리아가 그 손으로 내 옷을 벗기고 함석 대야에 나를 집어 넣고 수건과 빗과 비누로 고수(鼓手)의 하루의 먼지를 그 피부에서 북북 씻어내릴 때 언제나, 즉 거의 열여섯이 되어가는 내가 몸에 실오라기 하나 걸치지 않은 발가벗은 모습으로 이제 곧 열일곱 살이 되는 아가씨와 마주하고 서 있을 때는 언제나, 나는 쉴 새 없이 불타면서 새빨개져 있었다.
　그러나 마리아는 나의 피부 빛깔의 변화를 깨닫지 못하는 것 같았다. 그녀는 수건과 빗이 나를 이렇게 뜨겁게 만들고 있다고 생각하고 있었던 것일까? 오스카르를 이렇게 뜨겁게 만드는 것은 건강에 좋은 일이라고 자기 자신에게 타이르고 있었던 것일까? 아니면 마리아는 내가 이렇게 매일 밤 빨개지는 것을 바라보며, 그리고 보고도 보지 않은 체할 수 있을 만큼 수줍음을 잘 타고 빈틈이 없었던 것일까?
　오늘날에도 나는 이렇게 급격히 얼굴 빛깔이 달라지게 되고 말았다. 그것은 그 무엇으로도 숨길 수 없고 어떤 때는 오 분 동안이나 또는 그 이상도 계속되곤 했다. 성냥이라는 말만 들어도 빨개지는 나의 할아버지, 방화범인 콜야이체크를 닮아서 나와 전혀 상관없는 누군가가 내 옆에서 매일 밤 욕조 속에서 수건과 빗으로 씻겨 주는 어린아이의 이야기를 하기만 해도 내 혈관의 피가 끓어오르는 것이다. 그러면 오스카르는 인디언처럼 그곳에 서버리는 것이다. 주위 사람들이 모두 미소를 띠고 나를 괴짜라거나 심지어는 미쳤다고까지 한다. 즉 주위 사람들에게는 어린아이를 비누거품투성이로 만들어 북북 문지르고 수건으로 절대 비밀스러운 장소를 방문한다는 것 따위는 아무런 의미도 없는 것이다.
 그러나 자연아(自然兒)인 마리아는 나의 눈앞에서 난처한 얼굴 따위는 짓지 않고 아주 대담스러운 일을 해내었다. 즉 그녀는 거실이나 침실의 바닥을 닦기 전에 언제나 마체라트로부터 받은 선물이며 그녀도 소중하게 여기고 있던 양말을 허벅다리에서 내려서 벗었다. 어느 토요일, 가게가 닫힌 뒤에——마체라트는 소관구 본부에 볼일이 있어서 우리는 단 둘 뿐이었다——마리아는 치마와 블라우스를 벗고 초라하지만 깨끗한 속옷바람으로 거실에 있는 내 책상 옆에 서서 치마와 인건 블라우스의 몇 군데 더러워진 곳을 벤진으로 문지르기 시작했다.
 마리아가 웃도리를 벗고 벤진 냄새를 풍기자 마리아의 몸에서 기분좋고 아늑한 바닐라 냄새가 난 것은 무슨 이유에서였을까? 그녀는 바닐라 뿌리로 몸을 문지른 것일까? 이런 냄새가 나는 싸구려 향수가 있었던 것일까? 아니면 이 냄새는 그녀의 몸에 배어 있는 것일까? 카터 부인이 암모니아 냄새를 풍기고 나의 할머니 콜야이체크가 치마 밑에서 조금 썩은 버터 냄새를 풍기는 것과 마찬가지로.
 무슨 일이든지 근본까지 거슬러올라가지 않고는 성이 차지 않는 오스카르는 바닐라 냄새도 추적했다. 마리아는 그것을 몸에 문지르지 않았다. 하지만 마리아에게서 그 냄새가 풍겼다. 그렇다, 나는 지금도 확신하고 있지만, 그녀는 자기 몸에 배어 있는 냄새를 전혀 의식하지 않았다. 우리집에서 일요일에, 버터에 볶은 감자와 콜리플라워를 곁들인 송아지불고기를 먹은 뒤에 바닐라 푸딩이 탁자 위에서 떨고 있을 때——이렇게 말하는 것은 내가 장화로 탁자 다리를 걷어찼기 때문이었는데——프루츠 오트밀에는 사족을 못 쓰는 마리아는 그것을 아주 조금, 그나마 마지 못해서 먹었을 뿐이었다. 오스카르가 오늘에 이르기까지 모든 푸딩 중에서 가장 단순하고 어쩌면 가장 진부한 이것을 무척 좋아하고 있는데도.
 1940년 7월, 임시 뉴스가 프랑스 전선에서의 전격적인 승리에 대해 경과를 보도하고 나서 곧 발트 해의 해수욕철이 시작되었다. 지금은 하사가 된 마리아의 오빠 프리츠가 파리에서 처음으로 그림엽서를 보내왔을 무렵, 마체라트와 마리아는 바다 공기는 오스카르의 건강에 좋으니까 꼭 바다에 가지 않으면 안 된다고 결심했다. 마리아가 낮의 휴식 시간에——가게는 한 시부터 세 시까지 닫곤 했다——나를 데리고 브레젠 해안으로 가기로 했다. 그리고 마체라트는 마리아가 네 시까지 가게를 비워도 조금도 걱정할 필요는 없다, 그가 이따금 계산대 뒤에 서서 기꺼이 손님들을 상대하겠다고 말했다.

오스카르를 위해서 위에 닻을 꿰매서 붙인 파란 수영복을 샀다. 마리아는 이미 빨간 테로 장식이 되어 있는 초록색 수영복을 가지고 있었다. 언니인 구스테가 견진 성사의 선물로 사준 것이다. 어머니 때부터 사용한 해수욕용 손가방 속에 역시 어머니가 남기고 간 하얀 나사천으로 된 목욕옷이 있었는데 그것을 손질하고 게다가 쓸데도 없는 조그만 양동이, 조그만 삽, 모래 놀이를 위한 조그만 과자 모양의 삽도 두서너 개 준비했다. 마리아가 손가방을 들고 나는 나의 북을 가지고 갔다.

오스카르는 시전을 타고 자스페 묘지 옆을 지나가기 무서웠다. 이렇게 조용하고 게다가 웅변적인 묘지를 바라봄으로써 어떻든 별로 들떠 있지도 않은 해수욕을 할 기분이 손상될 것을 그는 두려워하지 않아도 되지 않았을까? 오스카르는 스스로에게 물었다. 얀의 암살자가 여름옷을 입고 시전을 타고 무덤 옆을, 벨을 울리면서 지나갈 때 얀 브론스키의 혼백은 어떤 태도를 취할 것인가?

9번선은 멎었다. 차장이 자스페 역이라고 소리질렀다. 나는 긴장해서 마리아에게서 브레젠 쪽으로 눈을 돌렸다. 그쪽에서부터 반대 방향으로 가는 전차가 천천히 모습을 크게 드러내면서 다가왔다. 눈을 돌려서는 안돼. 저쪽에는 무엇이 보였지? 초라한 해안의 소나무, 당초무늬의 녹슨 격자, 잡다하게 늘어선 불안정한 묘석, 그 문자는 엉겅퀴와 열매 맺지 않는 귀리밖에는 읽을 수 없다. 그래서 차라리 열린 창문으로 눈을 밖으로 돌려 하늘을 쳐다보았다. 몸집이 큰 JU52 몇 대가 붕붕거리며 날고 있었다. 마치 비행기 세 대나 기름진 파리만이 구름이 없는 7월의 하늘을 윙윙거리며 날 수 있다는 것처럼.

벨을 울리고 우리의 전차는 발차했다. 저쪽에서 온 전차 때문에 우리의 시야는 차단되었다. 연결차가 지나가자 우리의 머리는 바로 그쪽으로 돌려졌다. 무너진 묘지 전체가 눈에 들어온다. 북쪽 벽의 일부도 보인다. 그 두드러지게 하얀 부분은 그늘져 있었으나 그래도 몹시 가슴을 때렸다…….

그리고 그 장소를 지나 우리는 브레젠 가까이까지 갔다. 나는 다시 마리아를 보았다. 그녀의 가벼운 꽃무늬 여름옷은 터질 것만 같았다. 엷게 빛나는 그녀의 동그란 목 언저리, 살집이 좋은 쇄골 위에는 빨갛게 익은 두 나무가 한 줄로 늘어서 있었다. 모두 똑같은 크기였고 너무 익어서 터지는 것이 아닐까 하고 생각될 정도였다. 나는 다만 그러한 느낌이 들었을 뿐이었을까? 아니면 정말로 냄새가 났던 것일까? 오스카르는 조금 머리를 숙여──마리아가 바닐라 냄새를 발트 해까지 가지고 온 것이다──그 냄새를 깊이 빨아들이고 곰팡이 냄새 나는 얀 브론스키를 순식간에 배제하고 말았다. 폴란드 우체국의 방위전은 방위 전사(戰士)의 뼈에서 살이 떨어지기 전에 이미 역사로 변하고 말았다. 살아남은 오스카르는, 한때는 멋쟁이었으나 지금은 썩어 버린 그의 추정상의 아버지가 몸에 지니고 있던 것과는 전혀 다른 냄새를 맡은 것이다.

마리아는 브레젠에서 앵두를 일 파운드 사고 나의 손을 잡아끌었다──그녀는 오스카르가 그녀에게만 그것을 허용하고 있다는 것을 알고 있었다──그리고 해안의 소나무숲을 지나 탈의장으로 갔다. 나는 머잖아 열여섯이 될 터인데도──그곳 주인은 제대로 볼 줄 몰랐다──부인용 탈의장에 들어갈 수 있었다. 인명 구조협회의 게시문과 가지런히 『수온 18도, 기온 26도, 동풍──날씨는 개일 듯』이라고 흑판에 씌어져 있었다. 그 협회는 서툴고 예스러운 그림을 그려가며 소생술을 보급하기 위해 여러 가지로 진력하고 있었다. 익사자는 모두 줄무늬 수영복을 입고 구조자는 수염을 기르고 밀짚 모자를 음험하고 위험한 물 위에 떠 있었다.

탈의장의 소녀가 맨발로 앞장 서서 걷고 있었다. 그녀는 속죄하는 여자처럼 몸에 밧줄을 감고 있었고 거기에는 탈의실 방을 전부 열 수 있는 큰 열쇠가 매달려 있었다. 판자를 깐 통로. 통로를 따라서 달려 있는 난간. 방 앞에는 야자 섬유로 만든 깔개가 죽 깔려 있다. 우리는 오십삼

호실에 도착했다. 방의 나무는 따뜻하게 말라 있었고 내가 장님빛깔이라고 부르고 싶은 자연 그대로의 푸르스름한 빛깔이었다. 창문 옆에 거울이 걸려 있었는데 이미 자기 자신을 고지식하게 받아들이지 않는 거울이었다.

오스카르가 처음에 옷을 벗지 않으면 안 되었다. 나는 벽쪽으로 얼굴을 돌리고 그것을 했다, 마지못해서 도움을 받았을 뿐이었다. 다음에 마리아가 사무적으로 힘을 주어 나를 빙그르르 돌려 세우고는 나에게 새 수영복을 내밀고 조금도 거리낌없이 꼭 끼는 털 수영복 속에 나를 밀어넣었다. 그녀는, 어깨의 단추를 다 채우고는 방 뒤의 벽가에 있는 나무 의자에 나를 세우고 나의 다리 사이에 북과 북채를 밀어넣고 자기는 잽싸고 기운차게 옷을 갈아입기 시작했다.

나는 처음에 가볍게 북을 두들기며 바닥 판자의 마디 구멍을 세어보았다. 다음에는 세는 것도 두들기는 것도 그만두었다. 아무래도 내가 알 수 없었던 것은 마리아가 구두를 벗으면서 어째서 우스꽝스럽게 입을 비틀고 멍하니 휘파람을 불고 있는가 하는 것이었다. 그녀는 휘파람을 높고 또 낮게 불고는 양말을 벗고 맥주를 운반하는, 또 마부처럼 휘파람을 불고 꽃무늬 옷을 몸에서 걷어냈다. 그리고는 다시 휘파람을 불면서 페티코트를 웃도리 위에 걸치고 브래지어를 내리고 여전히 멜로디가 되지 않는 소리를 열심히 휘파람으로 불고 본래는 체조할 때 입는 바지였던 팬티를 무릎까지 끌어내리고 발목까지 미끄러지게 하고는 동그랗게 말아올린 바짓가랑이로부터 내려 왼발로 그것을 방 구석에다 밀어붙였다.

마리아의 털이 돋은 삼각형에 오스카르는 깜짝 놀랐다. 여자의 하복부가 불모의 땅이 아니라는 것은 불쌍한 어머니의 그것을 보고 알고는 있었지만 마리아는 그에게 그의 어머니가 마체라트나 얀 브론스키에 대해서 여자임을 증명하는 그러한 의미의 여자가 아니었다.

그리고 이제 나는 그녀를 알아본 것이다. 격노(激怒), 수치, 흥분, 환멸, 그리고 반은 우스꽝스럽게 반은 고통스럽게 수영복 밑에서 빳빳하게 경직되기 시작한, 나의 성기가 새로 돋아난 한 개의 막대기 때문에, 북과 두 개의 북채를 나로 하여금 잊게 만들었다.

오스카르는 껑충 뛰어 마리아에게 몸을 던졌다. 그녀는 그 털로 그를 받아들였다. 그의 얼굴을 묻혀 버리고 말았다. 그의 입술 사이에서 그것은 커졌다. 마리아는 웃으며 그를 떼어 놓으려 했다. 그러나 나는 그녀의 것을 점점 더 많이 나의 속으로 끌어들였다. 바닐라 냄새의 실마리를 잡을 수 있었다. 마리아는 여전히 웃고 있었다. 그녀는 그러면서도 내가 바닐라 냄새가 나는 곳에 머물러 있는 것을 허용했다. 그것이 그녀에게는 즐거움인 듯했다. 그녀는 웃음을 그치지 않았으니까.

나의 발이 미끄러졌기 때문에 그녀가 아파했을 때——왜냐하면 내가 털을 놓지 않았거나 털이 나를 놓아 주지 않았기 때문이다——바닐라가 나의 눈에 눈물을 뿌렸을 때, 내가 맛본 것은 살구 버섯이나 무슨 강렬한 것으로서 이미 바닐라는 아니게 되었을 때, 마리아가 바닐라의 배후에 숨기고 있던 흙냄새가 나의 이마에 썩기 시작한 얀 브론스키를 못박아 영원히 무상(無常)한 맛을 나에게 감염시켰을 때, 그때 비로소 나는 그녀에게서 떨어졌다.

오스카르는 탈의실의 장님빛깔의 판자 쪽으로 미끄러졌다. 그리고 이미 또다시 웃고 있는 마리아가 그를 일으켜 세우고는 팔로 안고 쓰다듬으면서 그녀의 몸에 걸치고 있는 단 하나의 장신구인 나무로 만든 앵두 목걸이를 밀어붙였을 때도 여전히 울고 있었다.

고개를 흔들면서 그녀는 나의 입술에서 털을 모으고 어이없다는 얼굴로 이렇게 말했다.

「너는 아직도 나에게는 어린아이야. 너는 처음이니까 뭐가 뭔지 모르는 거야. 그러니까 나중에 울고 있는 거야.」

비등산(沸騰散)

여러분이 이것을 알고 있을까? 예전에는 사계절 어느 때나 넓적한 봉지에 들어 있었다. 나의 어머니는 토하기 위해 가게에서 작은 녹색 봉지에 든 선갈퀴 비등산을 팔고 있었다. 완전히 익지 않은 오렌지 빛깔을 한 그 작은 봉지에는 오렌지 맛이 나는 비등산이라고 씌어 있었다. 다시 딸기 맛의 비등산, 깨끗한 수돗물을 부으면 씩 하고 거품이 일며 흥분하는 비등산, 거품이 가라앉기 전에 마시면 멀리서 희미하게 레몬 맛이 나고 컵에도 빛깔이 남는다. 좀더 분명히 말하면 그야말로 독기가 있는 인공 착색의 노란 빛깔이 남는 비등산도 있었다.

그 작은 봉지에는 맛 외에 또 무엇이 적혀 있었는가? 거기에는 천연 산품(天然産品)——전매 특허, 습기 엄금——이라고 적혀 있고 점선 밑에는 『이곳을 뜯을 것.』이라고 씌어 있었다.

이 비등산은 그 밖에 어디에서 살 수 있었는가? 나의 어머니 가게뿐이 아니라 어느 식료품 가게에서나——황제 커피 상회와 소비조합을 제외하고——위에 말한 분말을 살 수 있었다. 그런 곳이나 또 어느 청량음료수 스탠드에서도 비등산 한 봉지는 삼 굴덴 페니히였다.

마리아와 나는 비등산을 공짜로 손에 넣었다. 우리가 집에 돌아갈 때까지 기다릴 수 없을 때는 식료품 가게나 스탠드에서 삼 페니히나 또 육 페니히를 지불하지 않으면 안 되었다. 즉 한 봉지로는 만족할 수 없어서 두 봉지를 사야 할 때도 있었기 때문이다.

누가 먼저 비등산을 시작했는가? 연인들 사이에서 예로부터 곧잘 언쟁거리가 되는 문제이다. 나는 마리아가 먼저 시작했다고 말한다. 마리아는 오스카르가 먼저라고는 절대로 말하지 않았다. 그녀는 이 문제에는 해답을 주지 않았는데 굳이 말하라고 한다면 이렇게 대답했을 것이다. 『비등산이 먼저야.』 하고.

물론 누구나 마리아의 말이 옳다는 것을 인정할 것이다. 하지만 오스카르만은 이 판정에 만족할 수 없었다. 나는 결단코 소매 가격 한 봉지에 삼 페니히 하는 비등산에 오스카르가 유혹당했다는 것을 인정할 수는 없었을 것이다. 나는 그 무렵 열여섯 살로서 나 자신이라든가 어쩌면 마리아에게 책임은 있더라도 습기 엄금의 비등산에게는 책임이 없다는 것을 역설했다.

그것은 내 생일로부터 며칠 뒤에 시작되었다. 달력상으로는 해수욕철은 이미 끝나 있었다. 그러나 날씨는 9월이 되었다는 것을 전혀 알려고 하지 않았다. 비가 많이 오는 8월이 지나서야 겨우 여름다운 여름이 왔다. 해수욕장 관리인실에 못으로 박아 놓은 인명구조협회의 게시문과 때늦게 시작한 여름 작업의 성과를 가지런히 읽을 수 있었다——기온 29도, 수온 20도, 남동풍——대체로 맑음.

공군 하사가 된 프리츠 트루친스키가 파리, 코펜하겐, 오슬로, 브뤼셀에서 엽서를 보내오고 있는 동안에——이 사나이는 언제나 공용 여행 중이었다——마리아와 나는 얼마쯤 볕에 탔다. 7월에 우리는 볕이 잘 드는 남녀 공용 해수욕장의 벽 앞에 자리를 잡았다. 거기에서 마리아가 빨간 바지를 입은 콘라트 고교 1,2학년생들로부터 쓸데없는 농담을 듣게 되기도 하고 페트리 고교의 어느 2학년생으로부터 따분할 정도로 과장된 사랑 고백을 듣게 되었기 때문에 8월 중순에 우리는 남녀 공용의 해수욕장을 단념하고 여자 전용 해수욕장의 물가에서 훨씬 조용한 장소를 발견했다. 그곳에서는 짧은 발트 해의 파도같이 숨결이 거친 뚱뚱한 여자들이 온몸에 정맥류(靜脈瘤)가 생길 만큼 파도와 희롱하고 있었고 또 발가벗은, 버릇없는 어린아이들은 운명에 도전하고 있었다. 즉 그들은 쌓아도 쌓아도 무너지는 모래성을 더럽히고 있었던 것이다.

여자 전용 해수욕장. 여자들만 있을 때, 여자는 다른 사람이 보고 있지 않다고 생각하면 소년이——오스카르는 자기 속에서 그 무렵 소년이 숨어 있다는 것을 알고 있었는데——눈을 감지 않고는 견딜 수 없을 정도의 노골적인 모습을 드러내는 법이다. 소년은 여자의 이 뻔뻔스러움을 무의식적으로나마 보지 않도록 조심하지 않으면 안 된다.

우리는 모래 위에서 뒹굴고 있었다. 마리아는 빨간 테가 달린 초록색 수영복, 나는 파란 수영복을 입고 있었다. 모래는 잠자고 있었다. 바다는 잠자고 있었다. 조개 껍질은 짓밟혀서 귀기울이지 않았다. 잠을 자지 않는다는 호박(琥珀)은 어느 다른 장소에 있었다. 일기 예보에 의하면 남동쪽에서 불어오는 바람은 천천히 잠이 든다, 확실히 무리한 노력을 거듭해온 넓은 하늘 전체는 이미 하품하는 것도 멈춰 버렸다. 마리아와 나는 약간 지쳐 있었다. 이미 한 차례 수영을 한 뒤였다. 헤엄을 치기 전이 아니라 헤엄친 다음에 식사를 한 것이었다. 아직도 젖어 있는 앵두 씨가 작년에 이미 하얗게 말라서 가벼워진 씨와 가지런히 모래에 누워 있었다.

오스카르는 이렇듯 많은 무상(無常)한 모습을 보고 일 년 전의, 천 년 전의, 그리고 다시 싱싱한 앵두 씨가 뒤섞인 모래를 사르르 북 위에 떨어뜨렸다. 즉, 모래시계를 만들어 뼈와 희롱하면서 죽음의 역할에 대해 생각하려고 했다. 마리아의 따뜻하고 조는 듯한 살 밑에서 나는 확실히 눈뜨고 있는 골격의 몇 부분을 생각하고 척골(尺骨)과 요골(橈骨) 사이를 들여다보는 것을 즐기고 그녀의 척추를 올라갔다내려왔다 하면서 숫자 놀이를 하고 양쪽 관골(臗骨) 구멍에 손가락을 집어 넣고 검상(劍狀) 돌기를 즐겼다.

내가 모래시계와 함께 죽음을 생각하면서 온갖 즐거움을 즐기고 있었음에도 불구하고 마리아는 몸을 움직였다. 그녀는 맹목적으로, 즉 손가락만을 믿은 채 손가방을 들고 내가 마지막 앵두 씨와 함께 나머지 모래를 반쯤 모래에 묻힌 북에 끼얹고 있는 동안 무엇인가를 찾고 있었다. 마리아가 찾고 있는 것은 아마도 하모니카였을 테지만 발견하지 못했기 때문에 그녀는 손가방을 뒤엎었다. 그러자 목욕 수건 위에 굴러떨어진 것은 하모니카가 아니었다, 선갈퀴의 비등산 봉지였다.

마리아는 놀라는 표정을 지었다. 아마 그녀도 놀랐을 것이다. 나도 사실상 놀라서 거듭 나 자신에게 물었다. 오늘에 와서도 묻고 있을 정도이다. 즉, 어떻게 해서 이 비등산 주머니가, 똑바른 라무네를 살 돈이 없기 때문에 실업자나 부두 노동자의 아이들만이 사는 이 값싼 물건이, 이 팔리다 남은 것이 우리의 손가방에 들어가 있었던 것일까?

오스카르가 아직도 이것저것 생각하고 있는 동안에 마리아는 목이 말랐다. 나도 의지에 반하여 나의 사고(思考)를 중단하고 정말로 목이 말라 견딜 수 없다는 것을 고백하지 않을 수 없었다. 손에 컵은 없었다. 또 마실 물이 있는 곳까지는 마리아의 걸음으로 적어도 서른다섯 걸음은 걷지 않으면 안 되었다. 내가 가려면 쉰 걸음은 걸어야 했을 것이다.

해수욕장 관리인에게서 컵을 빌려 관리인실 옆에 있는 수도꼭지를 비틀기 위해서는 니베아 기름을 바르고 누워 있거나 엎드려 있는 고깃덩어리들 사이를 지나고 또 무척이나 뜨거운 모래를 참고 견디지 않으면 안 되었다.

우리는 두 사람 모두 가기를 주저하여 작은 봉지를 목욕 수건 위에 그대로 두었다. 마침내 내가 마리아가 그것을 집으려 하기 전에 집었다. 그러나 오스카르는 마리아가 그것을 집을 수 있도록 다시 수건 위에 놓았다. 마리아는 집지 않았다. 그래서 내가 집어서 마리아에게 주었다. 마리아는 오스카르에게 다시 돌려 주었다. 나는 고맙다고 말하고 그것을 그녀에게 주었다. 그러나 그녀는 오스카르로부터 어떤 선물도 받으려 하지 않았다. 나는 다시 수건 위에다 놓지 않으면 안 되었다. 그것은 한동안 수건 위에 누구의 손도 닿지 않은 채 놓여 있었다.

숨막히는 시간이 지난 뒤 그 작은 봉지를 집어든 사람이 마리아였다는 것을 오스카르는 분명히 기억하고 있다. 그러나 집은 것만으로는 충분하지 않았다. 마리아는 그 종이에,『이곳을 뜯으라.』고 씌어 있는 점선 부분을 반듯하게 일직선으로 뜯었다. 그리고 나에게 입 벌린 봉지를 내밀었다. 이번에는 오스카르가 고맙다고 말하면서 그것을 사양했다. 마리아는 교묘하게 모욕당한 표정을 지어보였다. 그녀는 결연히 열린 봉지를 수건 위에 놓았다. 이제 나로서는 봉지에 모래가 들어가기 전에 집어서 마리아에게 주는 수밖에 없었다.

다시 손가락을 유혹하고 있는 봉지 속에 손가락 하나를 수직으로 집어 넣었다. 손가락 끝에 뭔가 푸르스름한 것이 보이지요? 이것이 비등산이에요 하고 보여 준 것이 마리아였다는 것을 나는 확실히 알고 있다. 그녀는 나에게 손가락을 내밀었다. 물론 나는 그 손가락을 쥐었다. 그것은 코를 찔렀지만 나의 얼굴은 이럭저럭 그 좋은 맛을 반영시키는 데에 성공했다. 마리아는 손바닥을 오므렸다. 오스카르는 그녀의 장미빛 그릇에 비등산을 조금 쏟아 주지 않을 수 없었다. 그녀는 그 분말을 어떻게 해야 좋을지 알지 못했다. 손바닥의 언덕은 그녀에게 너무나도 신기한 것이고 경이로운 것이었다. 그래서 나는 몸을 앞으로 수그리고 침을 다 모아서 그것을 비등산에 뱉고 다시 한 번 그것을 되풀이했다. 그리고 더는 침이

나오지 않게 되었을 때에야 가까스로 몸을 일으켰다.
 마리아의 손 안에서 부글부글 거품이 일기 시작했다. 선갈퀴는 화산처럼 폭발한 것이다. 그때 비등하고 있던 것이 녹색을 띤 어떤 국민의 분노였는지 나는 모른다. 거기에서는 마리아가 아직 본 적이 없는, 아직도 결코 느껴 본 적이 없는 것이 일어나고 있었다. 그녀의 손은 파르르 떨렸고 날아갈 것처럼 되었다. 선갈퀴가 그녀를 깨물었고 선갈퀴가 그녀의 피부에 스며들었고 선갈퀴가 그녀를 흥분시켜 그녀에게 어떤 감정을, 어떤 하나의 감정을 부여했기 때문이다…….
 녹색이 점점 짙어졌는데도 마리아는 빨개졌다. 그녀는 손을 입으로 가져가서 긴 혀로 손바닥을 빨고 그것을 몇 번이나 되풀이했다. 그 모습이 너무나도 자포자기적으로 보였기 때문에 혀가 그녀를 흥분시킨 저 선갈퀴의 감정을 말살하지 않고 보통 모든 감정에 지정되고 있는 어떤 수준까지, 어쩌면 그 수준 이상으로 선갈퀴의 감정을 고조시키는 것이라고 오스카르는 이미 믿으려고 했을 정도였다.
 이윽고 감정은 가라앉았다. 마리아는 키득키득 웃고 선갈퀴의 목격자가 있었는지 어떤지 주위를 둘러보고, 주위에서 수영복을 입고 숨쉬고 있는 물소들이 무관심하게 니베아 기름으로 갈색이 되어 떼지어 있는 것을 보고는 목욕 수건 위에 누웠다. 이윽고 하얀 평면 위에서 수치심으로 인한 그녀의 붉은기는 차츰 사라져갔다.
 만일 마리아가 불과 반 시간 뒤에 다시 몸을 일으켜 아직도 절반이 남아 있는 비등산 봉지에 결단성 있게 손을 뻗치지 않았다면 아마도 그날 낮의 해수욕 날씨는 오스카르를 잠들게 하는 데 성공했을 것이다. 그녀가 이미 선갈퀴의 효력에 놀라지 않게 된 그 손바닥에 그 분말의 나머지를 털어내기 전에 이것저것 고민했는지 어떤지 나는 모른다. 사람이 자기의 안경을 닦는 데에 필요할 정도의 시간만큼 그녀는 왼손에 그 작은 봉지를 들고 오른손은 장미빛 접시 때문에 꼼짝도 하지 않고 그것과 대치하고 있었다. 그녀는 눈을 봉지나 오무린 손으로 돌리지는 않았다. 그녀는 눈을 반쯤 들어 가득찬 것과 빈 것 사이를 방황하지는 않았다. 봉지와 손의 중간에 마리아는 시선을 주고 엄숙하고 어두운 눈을 하고 있었다. 그러나 엄숙한 눈길이 비등산이 반쯤 남아 있는 봉지보다 어느 정도 더 약했는지는 분명할 것이다. 봉지는 오므린 손으로 다가갔고 손은 봉지를 맞이했다. 눈은 우수를 띤 엄숙함을 잃고 호기심에 넘쳤고 마지막에는 그저 탐욕스러워졌을 뿐이었다. 가까스로 태연을 가장하면서 마리아는 더위에도 불구하고 바싹 말라 있는 살집 좋은 손바닥에 나머지 선갈퀴 비등산을 털어서 봉지와 태연함을 버리고 빈 손을 가득찬 손에다 얹고 회색 눈을 잠시 그 분말에 멈추었다가 나를 쳐다보았다. 회색 눈으로 나를 쳐다보고 그 회색 눈으로 무언가를 나에게 요구했다. 그녀는 나의 침을 바란 것이다. 어째서 그녀는 자기의 것을 사용하지 않았을까? 그러나 오스카르에게 침은 거의 없었다. 그녀가 좀더 많이 가지고 있었을 것이다. 침은 그렇게 신속하게 솟아나는 것은 아니다. 그녀는 자기 것을 사용했으면 좋았을 텐데.

 그 침은 더 좋지는 않더라도 마찬가지로 좋았을 것이다. 어떻든 그녀는 나보다 틀림없이 많이 가지고 있었을 것이다. 나는 그렇게 빨리 만들어낼 수는 없었으니까, 또 그녀는 오스카르보다도 컸으니까.

 마리아는 나의 침을 원했다. 나의 침 밖에 필요한 것이 없었다는 것은 처음부터 명백했다. 그녀는 요구의 눈길을 나에게서 떼지 않았다. 나는 그녀가 잔혹할 정도로 완고한 이유는 떨어져서 늘어져 있지 않고 살 속에 파묻혀 있는 귓불 탓이라고 생각했다. 그러나 오스카르는 그것을 삼켜 버리고 평소에 그의 입에 수분을 괴게 했던 방법을 여러 가지 떠올렸다. 그러나 바닷바람 때문에, 갯바람 때문에, 소금기를 머금은 바닷바람 때문이었으리라, 나의 타액선(唾液腺)은 말을 듣지 않았다, 나는 마리아의 시선에 떠밀려서 일어나 걷지 않으면 안 되었다. 오스카르는 좌우를 보지 않고 오십 보 이상 뜨거운 모래 위를 걷고 관리인실까지 좀더 뜨거운 층계를 올라가 수도꼭지를 틀었다. 그리고는 얼굴을 위로 쳐들고 벌린 입을 그 밑으로 가져가 물을 마시고 양치질을 하고 그리고는 또 마셨다. 이것은 모두 다시 침을 나오게 하기 위해서였다.

 여자 전용 해수욕장 관리인실과 우리의 하얀 수건 사이의 거리를──그 길은 무한히 멀고 꺼림칙한 광경으로 얼룩져 있었지만──정복했을 때

비등산(沸騰散) 329

　마리아는 배를 깔고 엎드려 있었다. 그녀는 깍지 낀 팔 사이에 얼굴을 맡기고 있었다. 땋아 늘인 머리가 나른하게 동그란 등 위에 얹혀 있었다.
　나는 그녀를 쿡쿡 찔렀다. 이제 오스카르의 입 속에는 침이 괴어 있었기 때문이다. 마리아는 움직이지 않았다. 다시 한 번 쿡쿡 찔렀다. 그녀는 꼼짝도 하지 않았다. 나는 살며시 그녀의 왼손을 폈다. 그녀는 내가 하는 대로 맡기고 있었다. 손은 비어 있었다. 마치 그 손은 선갈퀴 같은 것은 본 일도 없다고 하는 것 같았다. 나는 그녀의 오른손 손가락을 똑바로 폈다. 손바닥은 장미빛이고 손금은 젖어 있었는데 그것은 뜨겁고 비어 있었다.
　마리아는 자기의 침을 억지로 짜낸 것일까? 그녀는 기다릴 수 없었던 것일까? 어쩌면 그녀는 비등산을 날려 버리고 그녀가 느끼기 전에 감정을 질식시키기고 손을 목욕 수건에 문질러서 깨끗이 닦고 말았을지도 모른다. 그리고 마지막으로 마리아의 정다운 손들이 약간 미신적인 달 속의 산과 기름진 수성, 그리고 팽팽하게 부푼 금성의 띠와 함께 나타난 것이다.
　우리는 그날 곧 집으로 돌아갔다. 마리아가 그날 두 번째로 비등산의 거품을 일게 했는지 어떤지, 비등산과 내 침의 그 화합이 며칠 뒤 비로소 되풀이되어 그녀에게 또 나에게 악덕(惡德)이 되었는지 어떤지, 오스카르는 결코 알 수 없을 것이다.
　우연인지, 또는 우리의 소원을 들어 준 어떤 우연의 결과인지는 몰라도 마체라트가 위에 말한 해수욕 날 밤——우리는 귤 수프와 그뒤에 감자로 만든 과자를 먹었다——마리아와 나에게 의젓하게 말하였다. 즉 그는 소관구 내의 작은 스카트 클럽의 회원이 되었다, 그의 새로운 스카트 동료는 모두 반장이지만 일주에 두 번 시프링거의 레스토랑에 모이게 되었다, 때로는 새로운 소관구 장관인 젤케도 온다고 했다, 그 때문에 어쩔 수 없이 혼자서 가지 않으면 안 된다, 그리고 미안하지만 우리 두 사람을 두고 가지 않으면 안 된다, 스카트 놀이를 하는 날 밤에는 오스카르를 트루친스키 아주머니네 집에서 묵게 하는 것이 가장 좋을 것 같다는 것이었다.

트루친스키 아주머니는 동의했다. 더욱이 이 해결 방법이 전날 마체라트가 마리아에게 의논하지 않고 아주머니에게 말한 제안보다도 훨씬 그녀의 마음에 든 것이다. 전날 한 제안이란 내가 트루친스키 아주머니네 집에서 밤을 지내는 것이 아니라 마리아를 일주에 두 번씩 우리집 소파에서 자게 하는 것이 어떻겠느냐 하는 것이었다.

그때까지 마리아는 예전의 나의 친구 헤르베르트가 그 상처투성이의 등을 뉘고 있던 넓은 침대에서 자고 있었다. 무거운 가구가 비교적 작은 구석방에 있었다. 트루친스키 아주머니는 거실에 자기 침대를 가지고 있었다. 구스테 트루친스키는 여전히 호텔『에덴』의 경식당에 근무하고 있으므로 그곳에서 살고 있었다. 휴일에는 어쩌다가 집에 오기도 했으나 자고 가는 일은 별로 없었다. 자고 간다고 하더라도 그런 때는 소파에서 잤다. 그러나 휴가를 얻은 프리츠 트루친스키가 선물을 잔뜩 가지고 먼 나라에서 집으로 돌아왔을 때는 이 휴가병 또는 공용 여행자가 헤르베르트의 침대에서 잤고 마리아가 트루친스키 아주머니의 침대에서, 그리고 노인은 소파에 잠자리를 보았다.

이러한 질서가 나의 요구로 깨졌다. 처음에 나는 소파에서 자기로 되어 있었다. 이 모욕적인 제의를 나는 가까스로, 그러나 단호하게 거절했다. 다음에 트루친스키 아주머니가 그 노파용 침대를 나에게 양보하고 자기가 소파에서 자겠다고 했다. 그러자 마리아가 이의를 제기하여 여러 가지 불쾌한 일로 늙은 어머니의 안면이 방해당하는 것을 찬성할 수 없다며 헤르베르트의 급사용 옛 침대를 나와 함께 사용해도 좋다는 것을 간단하게 설명했다. 그녀는 그것을 이렇게 표현했다.

「오스카르 도련님과 같은 침대를 써도 좋아요, 이 아이는 보통 사람의 8분의 1밖에 되지 않으니까 말예요.」

이렇게 해서 마리아는 다음 주부터 나와 나의 북을 위해서 일주에 두 번 내 침구를 일층의 우리집에서 삼층으로 올려다가 그녀의 왼쪽에 잠자리를 마련했다. 마체라트가 처음 스카트 놀이를 하는 날 밤에는 그 야말로 아무 일도 일어나지 않았다. 나에게는 헤르베르트의 침대가 무척 크게 느껴졌다. 먼저 내가 잠자리에 들고 나중에 마리아가 왔다. 그녀는 부엌에서 설거지를 끝내고 나서 우스울 만큼 길고 구식으로 생긴 네모난 잠옷을 입고 침실로 들어왔다. 오스카르는 발가벗어서 털이 드러난 그녀를 기대하고 있었기 때문에 처음에는 낙심했으나 다음에 증조모의 서랍에서 끄집어낸 옷이 가볍고 기분좋게 다리를 놓아 간호사복의 하얀 주름을 그에게 연상시켜 주었으므로 만족했다.

 옷장 앞에 서서 마리아는 땋아 늘인 머리를 풀어헤치면서 휘파람을 불었다. 마리아는 옷을 입거나 벗을 때, 땋아 늘인 머리를 묶거나 헤칠 때 언제나 휘파람을 불었다. 빗질할 때조차도 그녀는 지칠 줄도 모르고 이 두 가지 소리를 뾰족한 입술 사이에서 밀어냈는데 그것은 결코 멜로디가 되지는 않았다.

 마리아가 빗을 내던짐과 동시에 휘파람도 그쳤다. 그녀는 천천히 돌아서서 다시 한 번 머리카락을 흔들고 두세 번 손을 움직여 옷장 위를 정리했다. 정리하는 동안에 그녀는 아주 명랑한 기분이 되었다. 그리고 그녀는 흑단(黑檀)의 틀에 넣어진, 수염을 기른 아버지의 수정된 사진에 손으로 입맞춤을 보내고는 엄청난 무게를 싣고 침대에 뛰어들어 몇 번이나 몸을 튕겼다. 마지막으로 튕겼을 때 이불을 움켜쥐고 턱까지 올려 덮었다. 나도 튕기면서 옆에 누워 있었는데 나에게는 전혀 손도 대지 않았다. 그리고 잠옷 소매가 말려 올라간 동그란 팔을 다시 이불에서 빼내어 침대맡에 있는, 전등을 켜는 노끈을 찾아 찰칵 하고 불을 껐다. 어두워진 다음에야 비로소 큰 목소리로 나에게「잘 자요.」하고 말했다.

 마리아는 곧 쌔근쌔근 잠든 숨소리를 냈다. 아마도 그녀는 호흡만 그렇게 한 것이 아니라 실제로 곧 잠이 들었을 것이다. 그녀가 날마다 하는 일 뒤에는 다만 똑같은 왕성한 수면이라는 작업만이 계속될 수 있었고 또 계속되는 일이 허용되었던 것이다.

 오스카르는 그리고도 한참 동안 관찰할 값어치가 있는 어떤 조그만 환상에 사로잡혀 잠을 이루지 못했다. 벽과 창문 앞의 차폐지(遮蔽紙) 사이에는 어둠이 빽빽이 드리워져 있는데도 금발의 간호원들이 헤르베르트의 상처 난 잔등을 들여다보고 있고 슈거 레오가 입은 구김살투성이의 하얀 셔츠에서——그것은 일목요연했기 때문인데——갈매기 한 마리가 나타나 날고 또 날아서 새로 회칠한 듯한 묘지의 울타리 벽에 부딪쳐서 산산이 가루가 되는 등의 환상이다. 끊임없이 농후해지고 피로를 자아내는 바닐라 냄새가 잠들기 전의 환영(幻影)을 힐끗힐끗 비쳐주고 그것이 깨졌을 때 비로소 오스카르는 마리아가 아까부터 숨쉬고 있는 편안한 숨결 소리를 낼 수 있었다.

얌전한 소녀답게 침대로 들어가는 방법을 마리아는 사흘 뒤에도 똑같이 연출해 보였다. 잠옷바람으로 그녀는 들어와서 머리를 헤치면서 휘파람을 불었고 빗질을 하면서도 휘파람을 불었다. 그리고 빗을 내던지고는 그만 휘파람을 그쳤다. 그리고 옷장 위를 정리하고 사진에 손으로 입맞춤을 보내고 힘차게 뛰어올라 몸을 튕기고 이불을 끌어올렸다. 그리고 보았다──나는 그녀의 등을 바라보고 있었다──그녀는 작은 봉지를 보았다──나는 그녀의 길고 아름다운 머리카락에 감탄했다──그녀는 이불 위에서 무언가 녹색의 것을 발견했다──나는 눈을 감고 그녀가 작은 비등산 봉지를 바라보는 일에 익숙해질 때까지 기다리리라고 생각했다──그때 마리아가 몸을 뒤척였기 때문에 침대의 용수철이 큰소리를 냈다. 그때 찰칵 하는 소리가 났다. 그 소리에 내가 눈을 떴을 때 오스카르는 자기가 알고 있던 일을 확인할 수 있었다. 즉 마리아가 전등을 찰칵 하고 끈 것이었다. 그녀는 어둠 속에서 불규칙적으로 숨을 쉬고 작은 비등산 봉지를 보는 일에 익숙해질 수 없었다. 그러나 그녀에게 명령받은 어둠이 비등산의 존재 가치를 높이지 않았는지 어떤지, 선갈퀴를 꽃피게 해서 거품이 이는 소다를 밤을 위해서 처분했는지 어떤지는 여전히 의문인 채였다.

나는 어둠이 오스카르를 편들었다고 하마터면 믿을 뻔했다. 왜냐하면 이미 몇 분 뒤에──캄캄한 방 안에서 분(分)에 대해 말할 수 있다면 말이지만──나는 침대의 머리 쪽에서 무엇인가가 움직이는 것을 확인했기 때문이다. 마리아가 노끈을 찾고 있었다. 그리고 노끈이 손에 잡혔고 그뒤에 나는 곧 마리아에게 잘 어울리는 잠옷 위에 길게 늘어뜨려진 아름다운 머리카락에 감탄했다. 얼마나 한결같이, 그리고 노랗게, 램프에 씌워진 주름잡힌 갓 저쪽의 전구가 침실을 비추고 있었던가! 이불은 여전히 손도 닿지 않은 채 침대 발치에 동그랗게 말려 있었다. 그 산 위의 작은 봉지는 어둠 속에서는 감히 움직이려고도 하지 않았다. 마리아의 증조모의 잠옷이 스치는 소리를 내며 잠옷의 한쪽 소매와 거기에 달려 있는 손이 함께 위로 올라갔다. 그리고 오스카르는 입 속에 침을 모았다.

우리 두 사람은 그뒤 수주일에 걸쳐서 대개는 선갈퀴 맛이 나는 비등산을, 마지막에 선갈퀴가 품절되면 레몬이나 딸기 맛이 나는 것을 한 다스 이상 언제나 같은 방법으로 비우고 나의 침으로 거품을 만들어 마리아가 점점 더 높이 평가하게 된 어떤 감정을 촉진시켰다. 나는 침을 모으는 일에 조금 능숙해졌다. 속임수를 사용하여 신속하게, 그리고 듬뿍 나의 입 속에 수분을 모으고 이윽고 한 봉지의 비등산 알맹이로 마리아에게 잇따라 세 번, 열망하여 마지않는 감정을 부여할 수 있게 되었다.

마리아는 오스카르에게 만족하고 있었다. 어떤 때는 꽉 끌어안아 주고 비등산을 즐긴 뒤에 더욱이 두 번이나 세 번 그의 얼굴 어딘가에 키스를 해주었다. 오스카르는 어둠 속에서 아주 잠깐 동안 마리아가 이를 갈고 있는 소리를 들었으나 그런 뒤에 그녀는 대개 곧 잠들고 말았다.

나는 잠들기가 점점 더 어려워졌다. 나는 열여섯 살로서 기복이 심한 정신과 잠을 방해하는 요구를 가지고 있었는데, 그것은 비등산 속에 잠재해 있다가 나의 침에 의해 눈을 뜨고 언제나 같은 감정을 일으키게 하는 가능성과는 다른, 뜻하지 않았던 여러 가지 가능성을 마리아에 대한 나의 사랑에 지니게 하고 싶다는 요구였다.

오스카르가 생각에 잠기는 때는 전등을 끈 뒤의 시간에만 한정되어 있지는 않았다. 하루 종일 나는 북 뒤에서 생각에 잠기고 전에 읽은 라스푸틴의 발췌를 뒤적이고 그레트헨 셰프라와 불쌍한 어머니 사이에서 옛날에 행해진 교육의 터무니없는 소란을 상기하고 내가 라스푸틴과 마찬가지로 『친화력』의 발췌에서 보아서 알고 있던 괴테와도 의논하고, 즉 가지 기도사(加持祈禱師)의 본능을 취하고 모든 세계를 포함하는 시성(詩聖)의 자연스런 감정으로 본능을 연마하여 어떤 때는 마리아에게서 여왕의 풍모를, 또 아나스타샤 대공비(大公妃)의 이목구비를 부여하고 라스푸틴의 상궤를 벗어난 귀족의 수행원 가운데서 귀부인을 골라내고는 이윽고 너무나도 강한 정욕에 반감을 느껴 오틀리에의 천상적(天上的)인 맑음 속에서 또는 샤롯테의 교양 있고 억제된 정열의 배후에서 마리아를 보았다. 그리고 오스카르는 자기 자신을 번갈아가며 라스푸틴 개인이나 그의 피해자, 또 어떤 때는 대위(大尉)로 간주하기도 하고 드물게는 샤롯테의 변덕스러운 남편이라고 간주하기도 했다. 그리고 한 번은——나는 정직하게 말하지 않으면 안 된다——잠자고 있는 마리아에게서 유명한 괴테의 모습을 하고 떠도는 천재를 보기도 했던 것이다.

나는 이상하게도 발가벗은 실제 생활에서보다도 문학에서 더 많은 자극을 기대했다. 그렇기 때문에 나는 얀 브론스키가 나의 불쌍한 어머니의 살에 여러 가지로 손을 대는 것을 싫도록 보아왔으면서도 그런 그에게서는 거의 아무런 영향도 받지 않았다. 나는 어머니와 얀, 또는 마체라트와 어머니의 두 쌍이 번갈아가며 이룬, 한숨을 쉬고 안간힘을 다하고 마지막에는 지쳐서 허덕이고 길게 꼬리를 끌면서 무너지는 뒤얽힘이 사랑을 의미한다는 것을 알고 있었음에도 불구하고 오스카르는 그 사랑이 사랑이라는 것을 믿으려 하지 않았다. 그리고 사랑에서 다른 사랑을 찾다가 그래도 몇 번인가 이 사랑의 뒤얽힘으로 되돌아왔지만 그가 이 사랑을 사랑으로서 연습하기까지는 미워하고 있었다. 그리고 그뒤에는 이것을 진실의 가능성이 있는 유일한 사랑이라고 인정하고 자기의 눈에 띄지 않게끔 하지 않으면 안 되었다.

마리아는 누운 채로 비등산을 손에 쥐었다. 분말이 거품을 내기 시작하면 그녀는 다리를 까딱까딱 움직이며 허우적대는 버릇이 있었기 때문에 어떤 때는 이미 최초의 감정을 맛본 다음에 보면 잠옷이 그녀의 넓적다리 근처까지 말려 올라가는 것이었다. 두 번째 거품이 일 때면 잠옷은 대개 주르르 밀려서 배를 넘고 그녀의 가슴까지 말려 올라갔다. 괴테나 라스푸틴을 읽으면서 사전에 이런 가능성을 고려에 넣고 있었던 것은 아니고 자연발생적으로 그렇게 되었는데 나는 몇 주일인가 그녀의 왼손을 가득 채우다가 딸기 비등산의 나머지를 마리아의 배꼽에다 부어 넣었다. 그리고 그녀가 그만두게 하려고 하기 전에 나의 침을 거기에 흘려 넣었다. 분화구에서 부글부글 끓기 시작하자 마리아는 저항하는 데 필요한 모든 논거를 잃고 말았다. 즉, 끓어오르면서 거품이 이는 배꼽은 손바닥보다도 훨씬 바람직했던 것이다. 물론 같은 비등산이었고 나의 침도 같은 나의 침이었고 느낌도 다른 것이 아니었으나 다만 훨씬 더 강렬했던 것이다. 마리아에게는 그 느낌이 거의 참을 수 없을 만큼 극단적으로 고조되었다. 그녀는 등을 구부려 혀를 가지고 배꼽의 냄비 속에서 거품을 뿜고 있는 딸기를 제거하려고 했다. 선갈퀴가 그 책임을 다했을 때 그녀가 손바닥에 있는 그것을 혀를 가지고 말살하는 것이 버릇이었던 것처럼.

그러나 그녀의 혀는 그렇게 길지 않았다. 그녀의 배꼽은 그녀에게 아프리카나 페고 섬(남아메리카의 남쪽 끝에 있다)보다도 멀었다. 그러나 나에게 마리아의 배꼽은 바로 옆에 있었기 때문에 혀를 그 속에 파묻어 딸기를 찾고 점점 더 대량으로 발견하여 수집하는 일에 열중하고 있는 동안에 딸기 채집 허가증을 제시하라고 하는 산지기가 없는 장소에 도달하고 말았다. 나는 딸기를 한 개도 남김없이 채집할 의무를 느껴 나의 눈, 감각, 심장, 귀에는 이제 딸기 외에는 아무것도 없었다. 딸기 냄새만을 맡았다. 이렇게 딸기의 뒤를 쫓고 있는 동안에 오스카르는 다음과 같은 것을 깨달았다. 마리아는 네가 열심히 채집하고 있는 데에 만족하고 있다. 그래서 그녀는 불을 끈 것이다. 그래서 안심하고 졸음에 몸을 맡기고 좀더 찾아내도록 너에게 허용하고 있는 것이다. 마리아는 딸기를 많이 가지고 있으니까.

이제 더 이상 찾을 수 없게 되었을 때 나는 우연히 다른 장소에서 살구버섯을 발견했다. 그것은 이끼 밑에 아주 깊이 숨어서 돋아 있었기 때문에 내 혀로는 어떻게도 할 수 없었다. 그래서 나는 열한 개째의 손가락을 돋아나게 했다. 손가락 열 개도 마찬가지로 소용이 없었기 때문이다. 이리하여 오스카르는 세 개째의 북채를 손에 넣었다──그것은 충분히 쓸모있을 만한 나이가 되어 있었다. 나는 양철을 두들기지 않고 이끼를 두들겼다. 그리고 나는 그 이상의 일은 알지 못했다. 거기에서 북을 두들기고 있는 것은 나인가? 마리아인가? 나의 이끼인가, 그녀의 이끼인가? 이끼와 열한 개째의 손가락은 어떤 다른 사람의 것이고 살구버섯만이 나의 것인가? 그곳 밑에 있는 신사는 자기의 머리를, 자기의 의지를 가지고 있었는가? 아이를 만든 것은 그 오스카르인가, 아니면 나인가?

그리고 마리아는 위에서 잠자고 아래에서는 그 자리에 입회하고 있었다. 그녀는 순진한 바닐라이고 이끼 아래는 향기가 강한 살구버섯이었다. 기껏 그녀가 바란 것은 비등산이었지 그것은 바라지 않았다. 나 역시 그것을 바라지는 않았다. 그것은 혼자서 생겼다. 그것은 자기의 머리가 있음을 증명했다. 그것은 내가 불어넣지도 않은 것을 내뿜었다. 그것은 내가 누워 있는데도 일어섰다. 그것은 나와는 다른 꿈을 가지고 있었다. 그것은 읽지도 쓰지도 못하면서 나를 대신해서 서명했다. 그것은 오늘날에도 자기의 길을 걷고 있다. 그것은 내가 처음으로 그것을 인정한 그날 벌써 나에게서 떠나고 말았다. 그것은 내가 되풀이해서 동맹을 맺지 않으면 안 되는 나의 적이다. 그것은 나를 배신하고 나를 죽게 내버려 둔다. 나는 그것을 배반하고 그것을 팔아 버리고 싶다. 나는 그것을 부끄러워한다. 나는 그것에 넌덜머리가 난다. 나는 그것을 씻고 그것은 나를 더럽힌다. 그것은 아무것도 보지 못하면서도 무엇이나 느낀다. 그것은 내가 『당신』이라고 부르고 싶을 만큼 나와는 사이가 멀다. 그것은 오스카르와는 전혀 다른 추억을 가지고 있다. 즉 오늘날 마리아가 내 방에 들어오고 브루노가 조심스럽게 복도 저편으로 자취를 감출 때 그로서는 그것이 마리아인지 누군지 두 번 다시 알 수 없는 것이다. 알려고 하지도 않고 그럴 능력도 없다. 몹시 냉담하게 행동하고 있다. 그러는 동안에 오스카르의 마음은 고동치면서 내 입으로 하여금 이렇게 말하게 하는 것이다. 『들어 봐요, 마리아, 친절한 제안이라고 생각하니까 말야. 나는 컴퍼스를 살 수 있어. 그리고 우리 둘레에 원을 그리는 거야. 같은 컴퍼스로 당신 목의 경사각(傾斜角)을 측량하지, 측량하는 동안 당신은 책을 읽어도 좋고 바느질을 해도 좋고 지금처럼 내 휴대용 라디오를 듣고 있어도 좋아. 라디오를 그대로 두어 둬. 친절한 제안이라고. 나는 눈에 종두(種痘)를 받고 또 눈물을 흘릴 수도 있어. 이웃 푸줏간에서 고기를 써는 기계로 오스카르는 자기의 심장을 썰게 할 거야. 당신이 당신의 영혼을 똑같이 썰게 한다면. 우리는 천으로 만든 동물을 사도 좋아, 그것을 우리 두 사람 사이에 언제까지나 가만히 놓아 두는 거야. 만일 내가 벌레가 되기로 결심하고 당신이 끈기있게 되려고 결심한다면 우리는 낚시를 하러 가서 훨씬 더 행복해질 수 있어. 아니면 그 무렵의 비등산이 좋아? 당신은 기억하고 있어? 당신은 나를 선갈퀴라고 부르지, 나는 거품을 일구고. 당신은 더 많이 탐내지, 나는 나머지를 당신에게 주고——마리아, 비등산이야, 친절한 제안이지?

어째서 당신은 라디오를 트는 거요? 어째서 라디오만 듣는 거요? 마치 임시뉴스를 듣고 싶어서 견딜 수 없다는 듯이』

임시 뉴스

내 북의 하얀 원판 위에서는 실험을 해도 제대로 되지 않는다. 그 사실을 나는 알고 있지 않으면 안 되었던 것이다. 나의 북은 언제나 같은 나무를 요구한다. 그것은 두들기면서 질문을 받고 두들기면서 대답하기를 바란다. 또는 연타로 마냥 지껄이면서 질문과 대답을 그대로 두기를 바란다. 즉 나의 북은 인공적으로 달구어져 날고기를 깜짝 놀라게 하는 프라이팬도 아니고 자기들이 한몸인지 아닌지 모르는 남녀 한 쌍을 위한 무도장도 아니다. 그렇기 때문에 오스카르는 또 아주 고독한 때조차도 비등산을 북 위에 흩뿌리고 침을 거기에 섞어 한바탕 연극을 벌이는 따위의 일은 결코 하지 않았다. 그는 그런 연극을 벌써 몇 번째 본 일이 없었다. 나로서는 그것이 매우 유감스럽다. 물론 오스카르는 예의 분말을 가지고 하는 시도를 완전히 단념할 수는 있지는 않았지만 그는 좀더 직접적으로 전진하여 북을 내동댕이쳐 둔 것이다. 즉 나는 약점을 그대로 드러내 놓고 있었다. 북이 없으면 나는 언제나 무방비 상태인 것이다.

우선 비등산을 손에 넣기 어려웠다. 나는 브루노에게 그라펜베르크의 식료품점을 이 잡듯이 뒤지게 하고 전차로 게레스하임에 보내기도 했다. 나는 또 시내에 나가서 찾아 보도록 그에게 부탁했다. 그러나 시전의 종점에 흔히 있는 청량음료수 판매소에서도 브루노는 비등산을 손에 넣을 수 없었다. 비교적 어린 점원들은 애당초 모르고 있었고 중년의 매점 주인은 입심좋게 생각해내고는——브루노의 보고에 의하면——이마를 문질러대면서 말했다.
 「아저씨, 무엇이 필요하십니까? 비등산이라고요? 그게 있었던 때는 꽤 옛날이지요. 빌헬름 2세 시대부터 팔기 시작해서 아돌프(히틀러) 시대까지도 아직 팔고 있었지요. 꽤 오래 된 이야기지요. 그렇지만 라무네나 코카콜라는 어떨까요?」
 즉 나의 간호인은 내 돈으로 라무네와 코카콜라는 두세 잔 마셨지만 내가 필요로 하는 것은 구해오지 못했다. 그렇지만 오스카르를 도와 주는 사람이 있었다. 브루노는 제법 끈기를 보여 어제 아무것도 씌어 있지 않은 흰 봉지를 가져다 주었다. 정신 병원의 여자 약제사, 클라인 양인가 하는 사람이었는데, 그녀가 호의적으로 발벗고 나서 준 것이다. 그리고 그녀의 깡통과 서랍, 그리고 조제 편람을 뒤적여가며 여기에서 몇 그램, 저기에서 몇 그램씩 떠서 마지막으로 몇 차례 시험한 뒤에 브루노가 말한 대로, 즉 거품이 일고 콕콕 쏘고 녹색이 되고 아주 미묘한 점까지 선갈퀴의 맛이 나지 않으면 안 된다고 한 브루노의 말대로 비등산을 조제해 주었다.
 그리고 오늘이 면회일이었다. 마리아는 왔다. 그러나 처음에 온 사람은 클레프였다. 우리는 사십오 분간쯤 뭔가 잊어도 될 만한 이야기를 하면서 함께 웃었다. 나는 클레프와 클레프의 레닌주의적 감정을 감안하여 현실 문제는 건드리지 않았다. 즉 나의 조그만 휴대용 라디오에서 들은——마리아가 몇 주일 전에 준 것이다——스탈린의 죽음을 알린 그 임시 뉴스에 대해서는 한 마디도 언급하지 않았다. 그러나 클레프는 그 일을 알고 있는 것 같았다. 그의 체크무늬의 갈색 외투 소매에는 아무렇게나 꿰맨 상장(喪章)이 달려 있었기 때문이다. 그때 클레프가 일어났고 동시에 비트라르가 들어왔다. 두 친구는 아직도 싸움을 하고 있는 모양이다.

비트라르는 클레프에게 웃음을 던지고 손가락으로 도깨비 뿔을 만들어 보이면서 인사했다.
「스탈린의 죽음에는 놀랐는 걸, 오늘 아침 수염을 깎고 있을 때였어.」
그는 빈정거리면서 클레프가 외투를 입는 것을 거들었다. 클레프는 넓적한 얼굴에 자못 경건한 표정을 짓고 외투 소매의 검은 상장을 펄럭거렸다.
「그러니까 상을 입고 있는 거야.」하고 그는 한숨을 짓고 암스트롱의 트럼펫을 흉내내면서 뉴올리안즈 펑크션에서 장송(葬送)곡의 첫 몇 구절을 노래했다. 트라 트라다다 트라 다다 다다다──그리고 그는 문을 열고 나갔다.
그러나 비트라르는 남았다. 그는 앉으려고 하지도 않고 거울 앞에서 간들간들 발을 움직이고 있었다. 우리는 십오 분간쯤 서로가 서로를 이해하는 미소를 나누고 있었다. 스탈린에 대한 얘기는 아예 꺼내지도 않았다.
나는 비트라르를 믿을 수 있는 친구로 삼으려고 했는지 아니면 그를 내쫓으려고 했는지 알 수 없다. 나는 그에게 침대에 걸터앉으라고 눈짓하고 귀를 내밀라고 눈으로 말했다. 그리고 숟가락만큼이나 큰 그의 귓불에 대고 속삭였다.「비둥산이야, 알고 있어? 고트프리트.」
비트라르는 깜짝 놀라면서 격자가 끼워진 내 침대에서 떠났다. 그는 언제나 그렇게 하듯이 정열을 담고 연극조로 집게손가락을 나를 향해 내밀고는 속삭이듯이 말했다.
「어쩌자고 악마는 비둥산으로 나를 유혹하려고 하지? 자네는 내가 천사라는 것을 아직 모르나?」
그리고 비트라르는 천사처럼 날개를 퍼덕이면서 세면대 위에 있는 거울에 다시 한 번 자기의 모습을 비추어보고는 나가 버렸다. 정신 병원 밖에 있는 젊은이들은 정말 다르다, 그리고 너무 잘난 체한다.
그때 마리아가 왔다. 그녀는 새 봄옷을 맞추어 입고 있었다. 게다가 세련되어서 야단스럽지 않은, 밀짚빛깔의 장식이 달린 고급 쥐색 모자를 쓰고 있어서 내 방에 들어와서도 이 예술품을 벗으려 하지 않았다. 그녀는 총총히 인사를 하고 볼을 내밀고는 곧 휴대용 라디오를 틀었다. 그것은 물론 그녀가 나에게 선물한 것이기는 하지만 자기가 사용하기로 작정한 것 같았다. 즉 이 지겨운 플라스틱 상자는 면회일에는 우리들의 대화에서 한 부분을 대신하지 않으면 안 되는 것이다.

「오늘 아침 방송 들었어요? 굉장하더군요. 안 그래요?」

「그렇더군요. 마리아.」 하고 나는 참을성 있게 대답했다. 「스탈린의 죽음을 나에게까지도 숨기지 않더군. 제발 부탁이야, 라디오를 꺼줘요.」

마리아는 잠자코 시키는 대로 했고 여전히 모자를 쓴 채 자리에 앉았다. 우리는 언제나 그랬던 것처럼 어린 쿠르트에 대해서 이야기했다.

「상상해 봐요, 오스카르. 그애는 벌써 긴 양말은 신지 않겠다는 거예요, 아직 3월인데 말예요. 다시 추워진다고 했어요, 라디오에서 그랬어요.」

나는 라디오 방송을 듣지는 못했지만 긴 양말 문제에서는 쿠르트 편을 들었다.

「그애는 벌써 열두 살 아니오? 마리아, 학교 친구들 앞에서 긴 털실 양말은 창피할 거요.」

「하지만 나는 그애의 건강이 더 중요해요. 부활제까지는 꼭 신고 다니게 하겠어요.」

이렇게 기한을 딱 잘라말하기 때문에 나는 신중하게 방침을 바꾸려고 했다.

「그렇다면 스키 바지를 사줘요. 사실 긴 털실 양말은 싫을 거요. 그 나이 때의 당신을 생각해 봐요. 라베스 거리에 있는 우리 안뜰에서의 일 말요. 언제나 부활제까지 긴 양말을 신고 있던 꼬마 치즈에게 우리는 무슨 짓을 했지? 내내 크레타 섬에 있는 누히 아이케, 종전 직전까지는 네덜란드에서 피둥피둥 살아 있던 악셀 미시케, 그리고 하리 실라거, 놈들은 어린 치즈에게 무슨 짓을 했지? 그 긴 털실 양말에 타르 칠을 했었지. 그것이 달라붙어 떨어지지 않아서 어린 치즈는 병원에 실려가야만 했었어.」

「그건 특히 즈지 카터가 나빴어요, 양말 탓이 아니예요.」 마리아는 화를 내며 큰소리로 말했다. 즈지 카터는 전쟁이 시작되자 통신대의 조수가 되었고 나중에 바이에른에서 결혼했다고 하는데 마리아는 몇 살인가 위인 즈지를 항상 원망하고 있었다. 어렸을 때의 반감을 할머니가 될 때까지 계속 품고 있을 수 있는 사람은 여자들뿐이다. 그러나 어린 치즈의 타르가 칠해졌던 털실 양말 이야기를 꺼낸 것은 어느 정도 효과가 있었다. 마리아는 쿠르트에게 스키 바지를 사주겠다고 약속했다. 우리는 화제를 바꾸었다. 우리 쿠르트의 훌륭한 점이 보고되었다. 켄네만 선생이 지난번 학부모회 때 극구 칭찬을 했던 것이다.

「생각해 보세요, 그애는 반에서 2등이래요. 게다가 내 일도 거들어 주고, 정말 뭐라고 해야 좋을지 모르겠어요.」

그래서 나는 좋아, 알았어 하고 고개를 끄덕이고 식료품점의 최근 상황을 말하게 했다. 그리고 오버카셀에 지점을 내자고 하면서 마리아를 격려했다. 시기가 좋아 하고 나는 말했다. 호경기는 계속될 거야──그 이야기를 나는 라디오에서 얼핏 듣고 있었다──그리고 나는 지금이 브루노를 부르기 위해 벨을 눌러야 할 때라고 생각했다. 그는 들어와서 나에게 비등산이 들어 있는 하얀 봉지를 건네 주었다.

오스카르는 계획을 충분히 짜놓고 있었다. 아무런 설명도 하지 않고 나는 마리아에게 왼손을 내놓으라고 했다. 처음에 그녀는 오른손을 내놓았다가 다시 바꾸었는데 고개를 흔들고 웃으면서 왼손 손등을 내밀었다. 아마 손에다 키스를 하리라고 생각했던 모양이다. 내가 그 손을 뒤집고서 달의 산과 금성의 산 사이에다 봉지의 분말을 사르르 쏟았을 때 비로소 그녀는 깜짝 놀라는 표정을 지었다. 그러나 그녀는 내가 하는 대로 가만히 있었다. 그리고 오스카르가 그녀의 손 위에 몸을 숙이고 침을 비등산의 산 위에 듬뿍 뱉었을 때 비로소 놀라는 것이었다.

「어머, 바보 같은 짓 그만해요, 오스카르!」

그녀는 분개하여 펄쩍 뛰고는 간격을 두고 어이없어하면서 끓어올라 녹색의 거품이 이는 분말을 바라보고 있었다. 마리아의 이마에서부터 얼굴 전체에 걸쳐 발그레한 기운이 번졌다. 나는 이미 기대하고 있었다. 그때 그녀는 세 걸음쯤 세면대 쪽으로 걸어가 물을, 지겨운 물을, 처음에는 차갑다가 차츰 따뜻해지는 물을 우리의 비등산에 붓고 두 손을 내 비누로 씻었다.

「당신은 이따금 정말 참을성이 없어지는군요, 오스카르. 뮌스터베르크 씨가 우리를 어떻게 생각할지 모르겠군요.」

그녀는 나를 너그러이 보아 달라고 부탁하는 눈으로 브루노를 쳐다보았다. 그는 내가 시험하고 있는 동안 내내 침대 끝에 서 있었다. 마리아가 더 이상 부끄러워하지 않아도 되게 나는 간호인을 방에서 내보내고 문이 꼭 닫히자마자 다시 한 번 마리아에게 내 침대 옆으로 다가오도록 부탁했다.

「기억하지 못해요? 잘 생각해 봐요, 비등산이라고. 한 봉지에 삼 페니히였지. 생각해 봐요, 선갈퀴와 딸기 맛, 얼마나 아름답게 거품을 일으키면서 끓곤 했던지. 그리고 그 느낌, 마리아, 그 느낌 말이오!」

마리아는 기억하고 있지 않았다. 그녀는 어리석게도 내게 불안을 느껴 몸을 조금 떨더니 왼손을 감추고 억지로 다른 화제를 찾으려고 했다. 그리고 다시 한 번 쿠르트의 학교 성적, 스탈린의 죽음, 마체라트 식료품점의 새 냉장고, 오버카셀에 지점을 내는 계획에 대해서 나에게 말했다. 그러나 나는 비등산에 충실했다. 비등산 하고 나는 말했다. 그녀는 일어섰다. 비등산 하고 나는 끈질기게 졸랐다. 그녀는 지체없이 작별을 고하고 모자를 고쳐썼으나 가야 할지 어떨지를 모르고 있었다. 그리고 라디오의 스위치를 돌렸다. 라디오가 꽝꽝 울렸고 나는 라디오에 지지 않으려고 소리질렀다.

「비등산이야, 마리아, 기억을 되살려 보라고!」

그녀는 문간에 서서 울면서 고개를 흔들고 있었으나 이윽고 살며시 문을 닫고 꽝꽝 쿵쿵 울리고 있는 휴대용 라디오와 나만을 남겨 놓고 말았다. 마치 죽어가는 사나이를 저버리듯이.

마리아는 즉, 이제는 비등산을 생각해낼 수 없는 것이다. 그러나 내가 숨쉬고 북을 두들길 수 있는 한, 비등산은 거품을 일으키는 일을 멈추지 않을 것이다. 1940년의 늦여름, 선갈퀴와 딸기를 생생하게 만들고, 감각을 눈뜨게 하고, 나의 육체를 탐험에 내보내고, 나를 살구버섯이나 우산버섯, 또 내가 알지는 못하지만 마찬가지로 먹을 수 있는 그 밖의 버섯의 채

집자로 만들고, 나를 아버지로 만든 것은 나의 침이었다. 그렇다, 아버지다, 어린 아버지, 침으로 아버지가 된 것이다. 감각을 눈뜨게 하고 채집하고 아이를 만드는 아버지가 된 것이다. 11월 초에는 이미 의심할 여지가 없었다. 마리아는 홑몸이 아니었다. 마리아는 2개월째였다. 그리고 나 오스카르가 아버지였던 것이다.

 그 일을 나는 지금까지도 믿고 있다. 왜냐하면 마체라트와 사건이 일어났기 때문이다. 그것은 내가 그녀의 상처투성이의 오빠 헤르베르트의 침대에서 하사인 그녀의 작은 오빠에게서 온 군사우편을 앞에 놓고 어두운 방에서 벽과 차폐지에 둘러싸인 채 잠들어 있는 마리아를 임신시킨 뒤 꽤 오래 지나서였다. 아니, 이 주일 뒤, 아니 열흘 뒤의 일이었다. 나는 이미 잠들어 있지 않고, 오히려 활동적으로 할딱거리고 있는 마리아를 우리집의 소파 위에서 발견했다. 마체라트 밑에 그녀는 누워 있었다. 그리고 마체라트는 그녀 위에 누워 있었다.

 오스카르는 다락방에서 생각에 잠겨 있다가 북을 가지고 내려와 현관방을 통해서 거실로 들어간 참이었다. 두 사람은 나를 눈치채지 못했다. 머리를 타일 제(製) 난로 쪽으로 향하고 있었다. 그들은 완전히 옷을 벗고 있지는 않았다. 마체라트의 팬티는 무릎 근처에 머물러 있었다. 바지는 융단 위에 뭉쳐져 있었다. 마리아의 옷과 페티코트는 브래지어를 넘어서 겨드랑이 밑에까지 말려 올라가 있었다. 팬티가 그녀의 오른발에서 흔들리고 그 발은 보기 흉하게 휘어진 아랫도리와 함께 소파 아래로 늘어져 있었다. 왼쪽 다리는 마치 아무런 관계도 없다는 듯이 무릎 부분에서 꺾어져 소파의 등받이에 얹혀져 있었다. 그 다리 사이에 마체라트가 있었다. 오른손으로 그녀의 머리를 젖히고 다른 한쪽 손으로 그녀의 사타구니를 벌려 그가 궤도에 진입하는 것을 돕고 있었다. 마체라트의 벌어진 손가락 사이로 마리아는 곁눈질하여 융단 위를 바라보고 있었다. 융단의 무늬를 책상 밑까지 추적하고 있는 것 같았다. 그는 비로드 커버가 씌워져 있는 쿠션을 물고 있었는데 서로 이야기를 할 때만 쿠션에서 떨어졌다. 이따금 그들은 행위를 중단하지 않은 채 이야기를 주고받았던 것이다. 다만 시계가 사십오 분을 쳤을 때 즉 음향 장치가 의무를 수행하고 있는 동안 두 사람은 동작을 멈추었고 그리고는 시계가 울리기 전과 마찬가지로 또다시 그녀에게 동작을 취하면서 그는 말했다.
「벌써 사십오 분이군.」
그런 다음 그는 어떻게 해줘야 그녀가 좋아할지를 그녀로부터 듣고 싶어했다. 그녀는 그 질문에 몇 번인가 좋아요 하고 대답하고 조심하라고 부탁했다. 그는 그녀에게 틀림없이 조심하고 있다고 약속했다. 그녀는 그에게 안 돼요라고 명령하고 오늘은 특별히 조심해 달라고 간절히 부탁했다. 그리고 그는 그녀가 곧 도달하게 됐는지 어떤지를 물었다. 그녀는 이제 곧 도달한다고 말했다. 그때 그녀의 소파에서 늘어뜨려져 있던 그 발이 경련을 일으켰다. 그녀는 발을 공중으로 쭉 뻗은 것이다. 그러나 팬티는 발에 걸린 채였다. 그때 그는 또다시 비로드 커버가 씌워진 쿠션을 꽉 물었다. 그리고 그녀는 비켜요 하고 소리쳤다. 그도 몸을 떼려고 했다. 그러나 그때 그는 이미 비켜날 수 없었다. 그가 몸을 떼기 전에 오스카르가 두 사람 옆에 있었기 때문이고 내가 그의 허리뼈 근처에 북을 놓고 두 개의 북채로 양철을 두들겼기 때문이고 내가 빼라느니 비키라느니 하는 말을 듣지 못했기 때문이고 나의 양철이 그녀의 비켜요라는 말보다 소리가 컸기 때문이고 나는 얀 브론스키가 언제나 어머니에게서 몸을 떼던 것과 똑같이 그가 몸을 떼는 것을 용서하지 않았기 때문이다. 어머니는 언제나 얀에게 그만 내려가요, 마체라트에게 그만 내려가요 하고 말하곤 했다. 그런 다음 그들은 따로따로 무너져 내리고 콧물 같은 것을 거기 어디쯤에, 그것을 위해 준비한 헝겊에 찔끔찔끔 흘렸고, 또는 헝겊에 손이 닿지 않을 때는 소파 위나 어쩌면 융단 위에도 흘리곤 했었다. 그러나 나는 그것을 볼 수 없었다. 결국 나 역시 빼지 않았던 것이다. 내가 빼지 않았던 최초의 사나이인 것이다. 그러므로 내가 아버지이고 언제나, 그리고 마지막까지 자기가 내 아버지라고 믿고 있던 마체라트는 아버지가 아닌 것이다. 그때에도 아버지는 얀 브론스키였다. 그리고 나는 마체라트보다도 먼저 몸을 떼지 않았다는 것, 내가 그 속에 머물고 그 속에 쏘았다는 것은 얀으로부터 물려받은 것이었다. 그리고 태어난 아이는 나의 아들이었다. 그의 아들이 아니다! 그는 애초에 아들 같은 것은 가지지 못했다. 절대로 진짜 아버지가 아니었다. 설사 그가 불쌍한 어머니와 열 번 결혼했다고 하더라도, 또 마리아가 임신했다고 해서 그녀와 결혼을 하더라도 아버지일 수는 없다. 그는 아파트 사람들이나 동네 사람들이 두 사람에 대해 확실히 생각해 주고 있다고 믿고 있었다. 물론 그들은 마체라트가 마리아를 임신시켰고 그녀가 열일곱 살 반이고 그가 마흔다섯이 다 된 나이인데도 두 사람은 결혼할 것이라고 생각하고 있었다. 그러나 그녀는 나이에 걸맞지 않게 똑똑했다. 꼬마 오스카르에게도 그 계모가 와주어서 기뻤던 것이다. 마리아는 불쌍한 어린 것을 대하는 세상의 계모들과는 달라서 오스카르의 머리가 별로 똑똑하지도 못하고 본래 같으면 오스카르는 질버하머나 타피하우의 장애자 시설에 들어가 있어야 할 처지인데도 진짜 어머니처럼 대해 주었기 때문이다.

마체라트는 그레트헨 셰프라의 충고에 따라서 나의 연인과 결혼하기로 결정했다. 즉 내가 나의 추정상의 아버지인 그를 아버지라고 부른다면 나의 아버지가 나의 미래의 아내와 결혼한 것을 나는 확인하지 않으면 안 된다. 그리고 나의 아버지는 나중에 나의 아들 쿠르트를 그의 아들 쿠르트라고 부르고 내가 그의 손자에게서 나의 동생을 인정하고 나의 연인인 바닐라 냄새가 나는 마리아가 계모로서 생선알 썩은 냄새가 나는 그의 침대에 들어가는 것을 내가 참을 것을 나에게 요구한 것이다. 그러나 내가 다음 사실을 인정한다면 어떻게 될까. 즉 이 마체라트는 절대로 너의 추정상의 아버지가 아니다, 이 사나이는 완전한 타인이고 동정할 만한 값어치도 없으며 네가 반감을 가져야 할 사나이도 아니다, 그는 요리를 잘 만들 뿐이고 너의 불쌍한 어머니가 너에게 그를 남겨 놓고 갔기 때문에 지금까지 정직하게 아버지 대신에 훌륭한 요리를 만들면서 너를 보살펴 준 것이다, 그는 지금 여러 사람 앞에서 너에게서 최상의 아내를 빼앗고 너를 결혼식의 입회인으로, 5개월 뒤에는 아이의 세례 입회인으로 만든다, 즉 너 자신이 집행하는 것이 훨씬 어울리는 두 가지의 가족적인 축하행사에 너를 손님으로 만든다, 사실은 네가 마리아를 호적 관청에 데려가야 하고 네가 세례 입회인을 정해야 되는 것이다, 내가 나 자신에게 이렇게 타이르고 있을 때, 즉 내가 이 비극의 주역이라는 것을 알고 있으면서 잘못된 배역으로 이 연극이 진행되고 있는 것을 인정하지 않으면 안 되었을 때, 나는 극장이라는 것에 절망하고 만 것이다. 참된 성격 배우인 오스카르에게 없어도 좋을 단역이 배당되었기 때문이다.

내가 아들에게 쿠르트라는 이름을 짓기 전에, 내가 절대로 불러서는 안될 아들을 이름으로 부르기 전에——나는 이 사내아이에게 그의 진짜 할아버지 빈첸트 브론스키의 이름을 붙여 주고 싶었다——즉 내가 쿠르트라는 이름으로 만족하기 전에, 오스카르는 마리아가 임신하고 있는 동안, 이윽고 이루어질 출산에 대해 얼마나 저항했는가를 아무래도 이야기하지 않을 수 없다.

내가 소파에 있는 두 사람을 불시에 습격해서 북을 두들기면서 마체라트의 땀에 젖은 등 위에 허리를 굽히고 조심해 달라는 마리아의 요구를 방해한 그날 밤 동안에 나는 연인을 탈환해야겠다는 절망적인 시도를 꾀했다.

마체라트가 가까스로 나를 밀쳐냈을 때 이미 때는 너무 늦었다. 그래서 그는 나를 때렸다. 마리아는 오스카르를 감싸며 마체라트가 주의를 게을리했기 때문이라면서 그를 비난했다. 마체라트는 노인처럼 자기 변호를 했다. 마리아가 나빠 하고 그는 궤변을 토했다, 그녀가 한 번으로 만족했으면 되었을 텐데 좀처럼 그렇게 되지 않았기 때문이라면서. 거기에 대해 마리아는 울면서 말했다. 자기의 경우에는 아무리 능숙하게 넣었다뺐다 해도 그렇게 빨리는 되지 않는다, 그것이 싫으면 다른 여자를 찾을 일이다, 자기는 확실히 경험이 없지만 『에덴』에 있는 언니인 구스테가 잘 알고 있어서 자기에게 가르쳐 주었다, 그렇게 빨리 숙달되는 것이 아니다, 마리아, 조심해라, 세상에는 단지 자기의 콧물만을 방출할 상대를 구하는 사나이가 있다, 그리고 그 사람, 마체라트는 아마 그러한 사람 중의 한 명일 것이라고 일러 주더라고 했다. 어떻든 자기는 이제는 함께 하지 않겠다. 자기의 경우는 지금 한 것과 마찬가지로 벨을 울리지 않으면 안 된다. 그러나 그렇기 때문에, 아니 그럼에도 불구하고 그가 조심하지 않으면 안 되었다, 그에게는 좀더 자기에 대해서 생각할 책임이 있다라고 말했다. 그렇게 말하고 그녀는 울며 여전히 소파에 앉아 있었다. 마체라트는 팬티바람으로 이런 개짖는 소리는 이제 더 듣고 싶지 않다고 소리질렀다. 그리고 그는 노여움을 폭발시킨 것을 미안해하며 또다시 마리아에게 폭행을 가했다. 즉 그는 아직도 발가벗은 채인 그녀를 애무하려고 했다. 그리고 그것이 마리아를 광포하게 만들었다.

오스카르는 이러한 그녀를 아직 한 번도 본 적이 없었다. 빨간 얼룩이 그녀의 얼굴에 나타나고 회색 눈은 점점 더 흐릿해졌다. 그녀는, 일을 끝내고 바지에 손을 뻗쳐 바지를 입고 단추를 채우는 마체라트를 보고 겁쟁이라고 불렀다. 그리고는 마음놓고 반장들한테나 가보는 게 좋을 것이다, 어차피 그들도 한결같이 속사(速射) 물총일 테지 하고 마리아는 소리질렀다. 마체라트는 웃도리를 들고 다음에 문의 손잡이를 붙들고 이렇게 단언했다. 나는 이제부터 생각을 달리하겠다. 여자 쓰레기에는 이제 넌덜머리가 난다. 그렇게 음탕하다면 그녀는 이제 외인 노동자, 프랑스 놈팽이라도 낚는 게 낫겠다, 그놈들은 맥주를 가지고 와서 아마 좀더 잘 해줄 것이다. 나 마체라트는 사랑이라는 이름으로 단순한 음란 행위와는 다른 그 무엇을 생각하고 있었다, 이제부터 스카트를 하러 가겠다, 거기에서 무엇이 나를 기다리고 있는지 나는 알고 있다라고.

이렇게 해서 나는 거실에 마리아와 둘만 남게 되었다. 그녀는 이미 울고 있지 않았다. 무언가를 생각하며 몹시 조심스럽게 휘파람을 불면서 팬티를 입었다. 잠시 동안 그녀는 소파 위에서 견디고 있던 옷의 구김살을 폈다. 그리고는 라디오를 틀고 비스라 강과 노가트 강의 수위에 대한 보도를 조용히 듣고 있으나 모틀라우 강 하류의 수위를 알려 준 뒤 왈츠 음악에 대한 예고가 있고 그것이 실제로 들려왔을 때 느닷없이 또 팬티를 벗고 부엌으로 가서는 식기를 덜커덕거리면서 물을 틀었다. 가스에 불을 켜는 소리가 들렸으므로 나는 마리아가 뒷물을 할 셈인 모양이군 하고 생각했다.

별로 재미없는 이 광경에서 벗어나기 위해 오스카르는 왈츠 음악에 귀를 기울였다. 분명히 기억하고 있는데 나는 그때 슈트라우스 음악의 몇 소절을 북으로 쳐서 울분을 터뜨렸다. 그리고 방송국의 왈츠 음악은 중단되고 임시 뉴스의 예고가 있었다. 오스카르는 대서양의 뉴스일 테지 하고 예상했는데 실제로 그것은 적중했다. 수척의 잠수함이 아일랜드 서쪽에서 수천 톤 되는 배 일고여덟 척을 침몰시키는 데 성공했다. 게다가 또 다른 잠수함은 대서양에서 거의 같은 톤의 배를 격침하는 데 성공했다. 특히 눈부셨던 것은 셰프케 대위가 지휘하는 잠수함이——그것은 크레치마르 대위였는지도 모른다——어떻든 그 어느 쪽인가가, 또는 제3의 유명한 대위가 가장 많은 톤수를 격침시켰을 뿐만 아니라 다시 XY클래스의 영국 구축함까지도 침몰시킨 것이었다.

내가 임시 뉴스에 이은 영국 원정가(遠征歌)를 변주하고 거의 왈츠로 바꾸려고 할 무렵 마리아가 수건으로 된 손수건을 팔에 걸치고 거실로 들어왔다. 낮은 목소리로 그녀는 말했다.

「들었어요? 오스카르 도련님, 또, 또, 임시 뉴스예요! 만일 이대로 간다면……」

이대로 간다면 어떻게 될 것인지 오스카르에게는 가르쳐 주지 않고 그녀는 의자에 앉았다. 그 의자의 등받이는 마체라트가 언제나 웃도리를 걸게 되어 있었다. 마리아는 젖은 손수건을 비틀어서 소시지처럼 만들고 꽤 높은 휘파람을 불었다. 라디오는 이미 끝났는데도 그녀는 마지막 부분을 다시 한 번 되풀이하고 그리고는 그릇선반 위에 있는 상자형 라디오가 다시 변하는 일이 없는 왈츠 음악을 큰소리로 연주하기 시작하자 스위치를 껐다. 그 소시지 같은 손수건을 그녀는 탁자에 그냥 놓아 둔 채 의자에 앉고 손을 넓적다리 위에 놓았다.

우리의 거실은 아주 조용해졌고 큰 벽시계만이 점점 더 소리를 높였다. 마리아는 라디오를 다시 한 번 켜는 것이 좋지 않을까 하고 생각하고 있는 것 같았다. 그러나 그때 그녀는 다른 결심을 하였다. 그녀는 탁자 위에 있는 손수건 소시지를 머리에 찰싹 붙이고 팔을 무릎에서 융단 쪽으로 늘어뜨린 채 소리를 죽여 규칙적으로 흐느껴 울기 시작했다.

내가 그런 꼴사나운 모습을 하고 있던 그녀를 불쑥 덮쳤기 때문에 마리아가 부끄러워하고 있는 것일까 하고 오스카르는 자문했다. 나는 그녀를 격려해 주리라고 결심하고 살며시 거실에서 나와 어두운 가게의 푸딩 포장과 기름종이 옆에 있는 작은 봉지를 찾아냈다. 가게만큼 어둡지 않은 복도에서 보니 그것이 선갈퀴 비등산 봉지임을 알 수 있었다. 오스카르는 자기가 제대로 집은 것을 기뻐했다. 나는 때때로 마리아가 다른 어떤 맛보다도 선갈퀴를 좋아하고 있다는 것을 알고 있었던 것 같은 느낌이 들었기 때문이다.

거실로 돌아왔을 때 마리아의 오른쪽 볼 위에는 여전히 소시지 모양으로 비틀어진 수건이 위에 얹혀 있었다. 그녀의 팔도 아까와 마찬가지로 기댈 곳 없이 흔들거리면서 넓적다리 사이에 늘어뜨려져 있었다. 오스카르가 왼쪽으로 다가가 보았을 때 그녀의 눈은 감겨져 있고 눈물도 흘리고 있지 않는 것을 알고는 실망했다. 나는 그녀가 속눈썹이 돋은 눈꺼풀을 올릴 때까지 참을성 있게 기다렸다가 그녀에게 봉지를 내밀었으나 그녀는 선갈퀴를 깨닫지 못하고 봉지와 오스카르를 지나쳐서 엉뚱한 곳을 바라보고 있는 것 같았다.

눈물 때문에 그녀의 눈이 보이지 않게 되었을 테지 하고 나는 마리아를 용서하고 마음속에서 조금 생각한 뒤, 좀더 직접 공격하기로 작정했다. 오스카르는 탁자 밑으로 기어들어가 안쪽으로 가볍게 구부린 마리아의 발 밑에 웅크리고 거의 융단에 닿을 것 같은 왼손을 잡고 그것을 손바닥이 보이게 비틀고는 이빨로 봉지를 찢고 속에 든 알맹이의 절반을 축 늘어져서 나에게 맡기고 있는 접시 속에 붓고 거기에 침을 보태어 최초의 비등을 바라보고 있었다. 그때 마리아로부터 정말로 아프게 가슴을 걷어채였다. 그 때문에 오스카르는 거실의 탁자 한가운데까지 융단 위를 날아가고 말았다.

아픈 것을 참고 나는 곧 다시 탁자 밑에서 일어났다. 마리아도 마찬가지로 서 있었다. 우리는 가쁜 숨을 쉬며 서로 마주 보고 서 있었다. 마리아는 수건으로 된 손수건을 쥐고 왼손을 깨끗이 닦고 그 천을 내 발 밑에 던지며 나를 가리켜 지겨운 돼지, 독을 가진 난쟁이, 미치광이 난쟁이, 덜컹거리는 수차(水車)에다 처박어 넣어야 하겠다고 말했다. 그리고는 나를 붙잡고 내 뒷머리를 때리며 너 같은 개구쟁이를 낳았다면서 나의 불쌍한 어머니를 비난하고, 내가 소리를 지르려고 했을 때,

내 고함 소리가 거실과 전세계의 유리를 겨냥했을 때, 내 입을 수건으로 된 손수건으로 틀어막았다. 그것은 깨물었지만 쇠고기보다도 질겼다.
오스카르가 붉으락 푸르락 안색을 달리했을 때에야 가까스로 그녀는 나를 자유롭게 해주었다. 이제 나는 쉽사리 모든 유리를, 유리창을, 그리고 다시 한 번 큰 벽시계의 문자판을 덮고 있는 유리를 고함 소리 하나로 박살낼 수 있었다. 그러나 나는 소리지르지 않았다. 나는 증오가 내 마음을 점령하는 것을 허용했다. 증오심은 그뒤 줄곧 눌러앉아 버리고 말아서 오늘날에도 마리아가 내 방에 들어서자마자 나의 그 이빨 사이의 수건처럼 증오심을 느낄 정도였다.
마리아는 변덕스러웠기 때문에 나에게서 떨어져서는 기분좋게 웃으며 다시 라디오를 켜고는 왈츠에 맞추어 휘파람을 불면서 내 머리카락을 달래듯이 쓰다듬기 위해――나는 그녀가 그렇게 해주는 것을 원래 좋아했었다――내게로 가까이 왔다.
오스카르는 그녀가 바로 옆에까지 다가오도록 내버려 두었다가 양쪽 주먹으로 그녀를 밑에서부터 위로, 즉 그녀가 마체라트에게 들어오는 것을 허락했던 장소를 향해 치고 들어갔다. 그녀가 제2타를 받기 전에 내 주먹을 붙잡았으므로 나는 그 저주받은 장소를 꽉 물고는 그녀와 함께 소파 위에 쓰러졌다. 라디오에서는 다시 임시 뉴스를 예고하는 소리가 들렸으나 오스카르는 그런 것을 들을 생각이 없었다. 그래서 누가 무엇을 얼마만큼 침몰시켰는지 여러분에게 보고할 수는 없다. 격렬하게 흐느껴 우는 소리가 들렸으므로 나는 물었던 이빨을 늦추었다. 나는 마리아 위에 꼼짝도 하지 않고 누워 있었다. 그녀는 아픔 때문에 울고 있었으나 오스카르는 미움 때문에 울고 있었다, 애정 때문에 울고 있었다, 그 사랑은 납처럼 무기력해졌으나 그래도 사라지지는 않았다.

그 무기력을 그레프 부인에게로 가져가다

나는 그레프라는 사나이를 좋아하지 않았다. 그레프 쪽에서도 나를 싫어하고 있었다. 그뒤 그가 북 장치를 만들어 주었을 때도 역시 좋아할 수 없었다. 반감을 계속 품고 있는 것도 꽤나 힘든 일이어서 지금의 오스카르로서는 다소 겸연쩍은 일이지만, 여전히 그를 별로 좋아할 수 없었다. 당사자인 그레프는 벌써 이 세상 사람이 아닌데도 말이다.

그레프는 채소 장수였다. 그렇다고 해서 착각하지 않기 바란다. 그는 감자나 오그랑 양배추 같은 것을 좋아하지도 않으면서 야채 재배에 대해서는 박식해서 원예가나 자연 애호가, 또는 채식주의자인 체하고 있었다. 그러나 고기를 먹지 않았다는 사실이야말로 그가 진짜 채소 장수는 아니었다는 이야기가 된다. 그는 작물에 대한 이야기를 작물 이야기답게 할 수 없었다.

「이 귀한 감자를 아무쪼록 잘 들여다보세요.」하고 고객에게 이야기하고 있는 것을 나는 곧잘 듣곤 했다.「터질 듯이 부풀어서 잇따라 새로운 형태를 생각해내고 그러면서도 알맹이는 순결무구한 이 과육. 나는 감자를 좋아하지요. 왜냐하면 이것은 나에게 말을 걸어오니까요.」

물론 진짜 채소 장수라면 이런 화법으로 손님을 어리둥절하게 만들 리가 없다. 나의 할머니 안나 콜야이체크는 감자밭에서 나이를 먹은 여자였으나 감자가 크게 풍년진 해일지라도『흠, 금년 것은 작년 것보다 조금 큰 것 같군.』하는 정도의 말밖에는 입 밖에 내지 않았다. 더욱이 감자 수확에 정말로 의존하고 있던 사람은 안나 콜야이체크와 그 오빠인 빈첸트 브론스키 쪽이지 채소 장수 그레프의 경우는 그런 정도까지 되지도 않았다. 채소 장수로서 감자가 흉작인 해에는 자두가 풍작이어서 그것으로 벌충할 수 있었던 것이다.

그레프의 경우에는 하는 일이 모두 과장되어 있었다. 굳이 가게에서 초록빛 앞치마를 걸칠 필요가 있었을까? 시금치 빛깔의 앞치마는 어떠나는 듯이 히죽히죽 웃으며 손님에게 보이고 『이것은 하느님의 원예용 초록빛 앞치마입니다.』하고 말하곤 했으니 얼마나 주책없는 일인가. 또한 그는 보이 스카우트와도 인연을 끊지 못하고 있었다. 물론 이미 1938년에 그 모임은 해산되고 말았지만——어린이들은 갈색 셔츠와 산뜻한 검정 겨울 제복을 배급받고 있었다——그후에도 양복을 입거나 새로운 제복을 입은 옛날 대원들이 이따금 정기적으로 옛 상관인 그를 찾아와서는 합창을 시작한다. 그는 하느님에게서 차용한 그 원예용 앞치마를 걸치고 기타를 치면서 함께 어울려 아침의 노래, 석양의 노래, 방랑의 노래, 용병의 노래, 수확의 노래, 마리아의 노래, 국내 국외의 민요 등을 닥치는 대로 불렀다. 그레프는 이래저래 나치스 자동차 부대의 대원이 되어 있었고 1941년 이후에는 채소상 간판 외에도 방공 감시인의 직함도 가지고 있었고 게다가 예전의 대원 가운데 두 사람이 히틀러 청소년단 소년부에서 중책을 맡게 되어 오늘날에는 대장(隊長)과 소관구장이었기 때문에 그레프의 감자 저장실에서 행해지는 노래의 밤은 히틀러 청소년단 중관구 지도부에 의해 공인된 것이나 마찬가지였다. 또 그레프는 대관구 교육부장인 뢰프자크로부터 부탁받고 옌카우 교육원에서의 합숙 기간중에 노래의 밤 등을 개최하기도 했다. 1940년 초에는 그레프와 어느 국민학교 교사가 위탁을 받아 『함께 노래하자!』라는 제목의 청소년 노래모음을 단치히=서(西) 프로이센 대관구를 위해서 편집했다. 이 책은 큰 성공을 거두었다. 채소상은 베를린에서 제국 청소년 지도 통감의 서명이 든 편지를 받고 베를린에서 열린 창가 지도자 모임에 초대받았다.

이래서 그레프는 스타였다. 모든 노래의 가사를 알고 있을 뿐만 아니라 텐트를 칠 줄도 알았고 캠프 파이어를 피우거나 끄기도 할 줄 알아서 산불 걱정 같은 것은 할 필요가 없었다. 자석에 의지하고 행진하여 착오없이 목적 지점에 도달했다. 눈에 보이는 별 이름을 모두 말할 수 있었다. 유쾌한 이야기나 모험담을 아주 재미있고 흥미있게 이야기해 주었다. 비스라 유역의 전설도 알고 있었다. 『단치히와 한자 동맹』이라는 제목으로 교육원의 밤을 주최했고 중세기 기사단장들의 이름을 연대순으로 줄줄이 외었다. 그것만으로는 만족하지 않고 다시 기사단 영토에서 갖는 독일의 사명에 대해 많은 것을 들려 주기도 했으나 그러면서도 보이 스카우트 냄새가 강하게 나는 교훈을 이야기에 섞는 일은 좀체로 없었다.
 그레프는 젊은 사람들을 좋아했다. 소녀들보다도 소년들을 좋아했다. 아니 애초부터 그는 소녀를 별로 좋아하지 않았고 소년들만을 좋아했다. 함께 노래부르는 정도로는 자기의 기분을 나타낼 수 없을 만큼 좋아하는 경우도 흔히 있었다. 그것은 저 그레프 부인의 탓인지도 모른다, 언제나 때 절은 브래지어와 구멍투성이의 팬티를 입고 있는 칠칠치 못한 여자 때문에 그는 깔끔하고 씩씩한 사내애들 속에서보다 청결한 사랑의 척도를 찾으려고 한 것인지도 모른다. 그러나 그레프 부인의 지저분한 속옷이 사계절 내내 가지에 꽃을 피우고 있는 수목 중 어느 하나의 뿌리도 파일굴 수는 있었다. 생각건대 그레프 부인이 단정하지 못하게 된 이유는 채소 장수인 방공 감시인이 무덤덤하고 약간 바보스러운 아내의 풍만함을 충분히 감상할 수 있는 눈을 가지고 있지 못했기 때문이었다.
 그레프는 빈틈이 없는 것, 다부지고 늠름한 것, 단련된 것을 좋아했다. 그가 자연(自然)이라고 할 때 그것은 동시에 고행(苦行)을 의미하고 있었다. 그가 고행이라고 할 때 그것은 일종의 독특한 체육(體育)을 의미했다. 그레프는 자기의 육체에 대해서 잘 알고 있었다. 자기의 육체를 정성들여 훈련하고 육체에 열을 가하거나 특별한 연구를 쌓아 한기(寒氣)에 노출시키거나 했다. 오스카르가 유리를, 가까이에 있는 것뿐 아니라 멀리에 있는 것도 노래의 위력으로 박살내고 때로는 유리창의 성에를 녹이거나 고드름을 녹여 낙하시키는 데 대해 채소 장수는 작은 연장을 사용해서 얼음을 공격하는 사나이였다.
 그레프는 얼음에 구멍을 뚫었다. 12월, 1월, 2월에 손도끼로 얼음에 구멍을 뚫었다. 이른 새벽 아직도 어두운 동안에 지하실에서 자전거를 끄집어내어 얼음을 깰 손도끼를 양파 부대에 싸가지고 자스페를 지나 브레젠으로, 브레젠에서 다시 눈에 파묻힌 해안 유보도를 따라 글레트카우 쪽으로 자전거를 몰았다. 브레젠과 글레트카우의 중간에서 자전거에서 내려 주위가 점점 밝아지는 가운데 도끼를 넣은 양파 부대를 실은 자전거를 끌고 얼어붙은 해안 쪽으로 가더니 거기에서 다시 얼어붙은 발트 해로 이삼백 미터나 더 전진했다. 안개가 연안 일대를 감싸고 있었기 때문에 누구의 눈에 띌 걱정이 없었다. 그레프는 자전거를 옆에 세워 놓고 양파 부대에서 도끼를 꺼내고는 잠시 엄숙한 표정으로 꼼짝도 하지 않고 선 채 정박지에서 얼음에 갇혀 있는 화물선의 안개 속 고동 소리에 귀를 기울이고 있더니 이윽고 잠바를 벗어 던지고 약간 몸을 움직이고 나서 마침내 안정된 동작으로 도끼를 힘있게 내리쳐 발트 해에 둥그런 구멍을 뚫기 시작하였다.

 그레프가 이 구멍을 뚫는 데는 족히 사십오 분은 걸렸다. 어떻게 내가 그것을 알고 있는가 하는 것은 아무쪼록 따지지 않기 바란다. 오스카르는 그 당시 웬만한 일은 모두 알고 있었던 것이다. 그래서 그레프가 얼음판에 구멍을 뚫는 데 어느 정도의 시간이 걸렸는지도 알고 있었다. 그는 땀을 흘렸고 그 짭짤한 땀은 혹처럼 튀어나온 이마에서 흘러내려 눈 속에 흩뿌려졌다. 그는 기막힌 솜씨로 도끼를 깊이 내려치면서 동그란 도랑을 파고 도랑이 파이기 시작한 지점까지 오자 다음에는 장갑도 끼지 않은 채 두께가 약 이십 센티나 되는 얼음덩어리를, 헬라 반도나 스웨덴까지 이어졌을 것으로도 생각되는 광대한 빙면에서 들어올렸다. 구멍 속의 바닷물은 옛날부터 잿빛이었고 거기에 얼어붙은 오트밀이 흩어져 있었다. 김이 약간 오르고 있었으나 온천은 아니었다. 구멍에 물고기들이 모여 들었다. 얼음 속의 구멍은 물고기를 유인한다고 한다. 그레프는 칠성장어나 이십 파운드나 되는 대구를 낚을 수도 있었을 것이다. 그러나 낚시질은 하지 않고, 아니, 낚시질은커녕 그는 셔츠를 벗기 시작하더니 곧 알몸뚱이가 되었다. 대개 그레프가 옷을 벗을 때는 완전히 알몸뚱이가 되었다.

 당신들의 등골에 겨울의 오한을 가져다 줄 생각은 이 오스카르에게 털끝만치도 없으므로 간단하게 보고하기로 하겠다. 채소 장수 그레프는 겨울 석 달 동안에 매주 두 번씩 발트 해에서 냉수욕을 했다. 수요일에는 이른 아침에 혼자서 냉수욕을 했다. 여섯 시에 출발하여 여섯 시 반에 현장에 도착, 일곱 시 십오 분까지 구멍을 뚫고 과장된 몸짓으로 냉큼 옷을 벗어 던지고 눈으로 온몸을 마사지한 뒤 구멍으로 뛰어들어 그 속에서 고래고래 소리를 질렀다. 나는 그가 노래부르는 것을 이따금 들은 적이 있다.『기러기가 밤하늘에서 날개짓을 한다.』라든가『우리는 폭풍을 좋아한다……』를 그는 노래했다. 이 분 동안이나 혹은 고작 삼 분 동안 냉수욕을 하고 소리소리 지른 뒤 단숨에 한달음에 수면으로 뛰어올랐다. 게처럼 빨개져서 김을 무럭무럭 내뿜고 있는 고깃덩어리가 구멍 주위를 여전히 소리소리 지르면서 뛰어다니고 온몸이 화끈하게 달아오르면 그제서야 옷 속에 몸을 집어 넣고 자전거에 올라탔다. 여덟 시가 채 되기 전에 벌써 라베스 거리로 돌아와서 그레프는 정각에 채소 가게를 열었다.

  제2의 냉수욕을 하는 날은 일요일로서 이때는 몇몇 소년을 데리고 왔다. 오스카르는 이 냉수욕 장면을 보았다고는 하지 않겠다, 사실 본 일은 없다. 훗날 다른 사람들이 그 얘기를 해준 것이다. 음악가인 마인은 채소 장수에 대해서 여러 가지 일을 알고 있어서 이러한 얘기를 주변 일대에 트럼펫으로 불어제꼈는데 이 트럼펫 주자의 말에 의하면 혹독하게 추운 겨울 몇 달 동안 일요일마다 그레프는 몇몇 소년을 데리고 냉수욕을 했다는 것이다. 물론 그러한 마인도 채소 장수가 자기와 똑같이 발가벗고 얼음구멍 속으로 뛰어들도록 소년들에게 강요했다고는 말하지 않았다. 소년들의 나긋나긋하고 꽉 죈 육체가 반라 또는 전라에 가까운 모습으로 얼음 위를 뛰어다니고 눈으로 서로 마사지하는 것만으로 그레프는 만족했다는 것이다. 뿐만 아니라 그레프는 눈 속의 소년들을 보고 있는 동안에 벌써 완전히 즐거워져서 냉수욕 전후에 몇 차례나 함께 뛰어놀고 이애 저애의 마사지를 도와 주고 또는 그의 몸을 마사지하도록 애들 모두에게 허용했다. 놀라운 나체의 그레프가 노래를 하거나 고래고래 소리를 지르면서 발가벗은 제자 두 사람을 끌어당겨 안아 일으키고, 나체와 나체가 겹쳐지고, 고삐 풀린 삼두마차가 되어서 고함을 지르면서 발트 해의 두꺼운 얼음 위를 폭주(暴走)하는 것을, 연안에 안개는 끼었으나 글레트카우의 해안 유보도에서 목격할 수 있었다고 음악가 마인은 주장하고 있다.

  이미 상상할 수 있었겠지만 그레프는 어부의 아들은 아니었다. 브레젠과 노이파르바사에는 그레프라는 성을 가진 어부가 많이 살고 있기는 했지만 말이다. 채소 장수 그레프는 티겐호프 출신이지만 리나 그레프, 즉 바르추라는 옛 성을 가진 그의 아내는 프라우스트에서 그레프와 알게 되었다. 그는 젊고 사업을 좋아하는 그곳의 조임 사제를 도와서 가톨릭 직업조합의 일을 거들고 있었다. 리나도 역시 그 조임 사제의 일로 매주 토요일에 공민관에 갔다. 여기에 있는 사진 한 장에서 보면, 그 사진이 아직까지도 내 사진첩에 붙어 있는 것을 보면, 그레프 아주머니가 준 것이 틀림없지만, 스무 살 때 리나는 통통하게 살이 찌고 튼튼해 보이는 데다 명랑하고 마음씨가 착해 보이고 그러면서도 덜렁거리고 둔감해 보인다. 그녀의 아버지는 장크트 알브레히트에서 꽤 크게 원예업을 하고 있었다. 그녀는 스물두 살 때에 조임 사제의 권고로 그레프와 결혼했는데 그 무렵의 나는 정말 순진한 아가씨였지 하고 훗날 곧잘 되뇌이곤 했다. 결혼 후 아버지로부터 자금을 받아 랑푸르에 채소 가게를 열었다. 상품의 대부분을, 특히 과일은 전부라고 해도 좋을 만큼 아버지의 원예장에서 싸게 사들였기 때문에 장사는 저절로 번창하게 되어 그레프가 다소 실수를 해도 끄떡도 없었다.

가게 장소는 아이들도 많이 있는 교외이고 또 근처에 경쟁 상대도 없는 매우 유리한 곳이었으므로, 이 채소 장수에게 무슨 일이든 손수 세공하고 싶어하는 어린애 같은 나쁜 버릇만 없었다면 가게의 벌이로 돈방석에 앉는 것도 그리 어려운 일은 아니었을 것이다. 그러나 세 번 네 번 도량형 검정국의 관리가 찾아와서는 야채 저울을 검사하고 저울추를 압수하고 저울도 차압하고는 그레프에게 크고작은 벌금을 과하였을 때 고객의 일부는 등을 돌리고 매주 장이 서는 시장에서 물건을 사게 되었다. 그들의 말에 의하면, 그레프의 가게에는 확실히 좋은 물건이 갖추어져 있고 값도 별로 비싸지는 않지만 아무래도 부정이 행해지고 있는 것 같다, 검정국 관리가 또다시 모습을 나타냈다는 것이었다.

나는 확신하고 있는데, 그레프에게는 속일 생각 같은 것은 털끝만치도 없었다. 큰 감자 저울은 이 채소 장수의 세공이 가해진 뒤 오히려 이 사나이가 손해를 보게끔 눈금이 돌아가 있었던 것이다. 그래서 그는 전쟁 직전이었지만 이 저울에 이번에는 오르골을 끼워 넣어 감자 무게에 따라 노래를 들려 주게끔 만들었다. 감자가 이십 파운드 경우에는 말하자면 손님은 덤으로『잘레 강의 밝은 기슭에서』를 들을 수 있었고 오십 파운드 때면『언제나 바르고 성실하게』, 백 파운드 나가는 겨울 감자라면『타라우의 엔헨』의 순박하고 매혹적인 멜로디를 들을 수 있었다.

이 음악 유희가 검정국의 비위를 거스르고 있다는 것은 알고 있었으나 오스카르 자신은 채소 장수의 기분을 이해할 만한 마음을 가지고 있었다. 리나 그레프도 남편의 이러한 기발한 방법에 이러쿵저러쿵 딴소리를 하지 않았다. 어떻든 그레프 부부는 상대방의 기분을 서로 묵인해 주기로 약속이 되어 있었던 것이다. 그렇기 때문에 그레프 부부의 결혼 생활은 그런대로 원만할 수 있었다고 말해도 좋다. 채소 장수는 아내를 때리지 않았고 아내를 속여 다른 여자에게 마음을 돌리는 일도 없었고 술고래도 도락가도 아니었으며 오히려 단정한 몸차림의 유쾌한 사나이로서 싹싹하고 남을 도와 주기를 좋아하는 성격이었으므로 젊은 사람들 사이에서 인기가 좋은 것은 말할 것도 없고 감자를 사면서 음악까지 덤으로 들은 고객들 사이에서도 그런대로 평판이 좋았다.

아내 리나는 나이와 함께 점점 더 악취를 풍기는 칠칠치 못한 여자가 되어갔으나 그레프 쪽에서도 이것을 잠자코 관대하게 보아넘기고 있었다. 그에게 호의를 가진 사람들이 리나를 단정치 못한 여자라고 나무랐을 때 그가 히죽히죽 웃고 있는 것을 나는 보았다. 마체라트가 그레프의 아내에게 화를 내면 그레프가 감자를 다루는 손치고는 꽤 손질이 잘 되어 있는 두 손에 입김을 불고 싹싹 비비면서 이렇게 말하는 것을 여러 번 들었다.「확실히 당신 말이 옳아요, 알프레트. 그 사람은 조금 칠칠치 못해요. 리나는 말예요. 하지만 당신도 그렇고 또 나도 그렇지, 어디 완전무결하다고 할 수 있겠소?」

마체라트가 양보하지 않으면 그레프는 그러한 토론에 단호하게, 그러나 부드러운 말로 결말짓는 것이었다.「당신 말은 하나에서 열까지 옳아요. 하지만 그 사람은 좋은 사람이에요. 뭐니뭐니 해도 리나에 대해서는 내가 가장 잘 알고 있으니까요.」

그는 그녀를 알고 있었다고 할 수 있을지도 모른다. 그러나 그녀 쪽에서는 그를 거의 알고 있지 못했다. 언제나 찾아오곤 하는 청소년들과 그레프의 관계를 아마도 그녀는 근처 사람들이나 고객들과 마찬가지로 정열적인 청소년의 벗, 청소년 교육가에 대한 젊은이들의 감격을 나타내는 것으로 단순하게 생각하고 있었으리라.

그레프도 나에 대해서는 감격케 할 수도 교육시킬 수도 없었다. 도대체 오스카르는 그레프가 좋아할 수 있는 유형이 아니었다. 물론 성장할 결심만 갖고 있었더라면 그가 좋아할 수 있는 유형이 되었을지도 모른다. 사실 내 아들인 쿠르트는 지금 열세 살쯤 되었지만 그 굵은 뼈대와 키큰 체격은 그야말로 그레프가 좋아할 타입이다. 단, 그애는 마리아를 쏙 빼닮아 나와는 닮은 데가 별로 없고 마체라트와는 비슷한 점조차 전혀 없지만.

마리아 트루친스키와 알프레트 마체라트의 결혼식이 올려졌을 때 휴가를 얻어 돌아온 프리츠 트루친스키와 함께 그레프도 입회인이 되었다. 마리아도 남편 쪽도 모두 프로테스탄트였으므로 호적 관청에 가기만 하면 되었다. 그것은 12월 중순의 일이었다. 마체라트는 당 제복차림으로 결혼 선서를 했다. 마리아는 임신 3개월이었다.

내 연인의 배가 불룩해짐에 따라 오스카르의 증오심도 점점 더해졌다. 임신한 것을 탓할 생각은 별로 없었다. 자기가 만든 사랑의 결정이 이윽고 마체라트라는 이름을 내세우게 될 것이라고 생각하는 것만으로 대를 이을 아들이 태어날지도 모른다는 기쁨은 모조리 빼앗기고 말았다. 그래서 나는 마리아가 5개월째 되는 때, 물론 너무 늦었지만 처음으로 낙태를 시도하기로 했다. 마침 사육제였다. 가게의 계산대 위에 있는 놋쇠 몽둥이에는 소시지와 베이컨이 매달려 있었는데 마리아는 이 몽둥이에 몇 개의 종이 리본과 주먹코를 한 광대의 탈을 두 개 붙이려고 했다. 선반에 걸쳐 놓을 때는 언제나 안정되곤 하던 사다리가 계산대에 걸치려고 하자 건들건들 흔들렸다. 마리아는 사다리 위에서 두 손에 종이 리본을 안고 있고 나는 밑에서 사다리의 발을 누르고 있었다. 나는 어깨와 굳센 의지의 도움을 받아 나의 북채를 지렛대 대신에 사용하여 사다리의 발을 들어 올려 옆으로 쓰러뜨리려고 했다. 마리아는 종이 리본과 광대의 탈 사이에서 앗 하고 놀라는 소리를 질렀으나 벌써 사다리는 건들거리고 있었다. 오스카르가 비켜나자 바로 그 옆에 오색의 종이 리본이나 소시지 그리고 베이컨과 함께 마리아가 굴러떨어졌다.

보기보다 심하게 다치지는 않았다. 그녀는 발을 삐었을 뿐으로 누워서 안정하지 않으면 안 되었으나 그 밖에는 아무런 피해도 없었다. 그리고 그 뒤 점점 더 모습이 꼴사납게 되었으나 누구 때문에 발을 삐었는지는 마체라트에게 이야기하지 않았다.

다음해 5월, 출산 예정일을 삼 주일쯤 앞두고 나는 두 번째의 낙태를 기도했으나 이때 비로소 그녀는 남편 마체라트와 의논했다. 그러나 모든 것을 남김없이 털어놓지는 않았다. 식사 때 나도 있는 자리에서 그녀는 말했다.

「오스카르 도련님은 요즘 아주 장난이 심해요. 이따금 내 배를 두들기곤 해서 아주 난처해요. 아기가 태어날 때까지 내 어머니와 함께 살게 하면 어떨까요? 거기에는 방도 남아 있으니까.」

마체라트는 이 이야기를 곧이들었다. 실은 어떤 살인 충동이 나에게 마리아와 전혀 다른 만남을 경험케 하고 있었던 것이다.

그녀는 한낮의 쉬는 시간에 소파에 누워 있었다. 마체라트는 점심 식사 후 설거지를 하고 가게에 나가 진열장을 장식하고 있었다. 거실은 조용했다. 파리가 한 마리 있었는지도 모른다. 시계는 평소와 다름없었고 라디오는 낮은 소리로 낙하산 부대의 크레타 섬에 대한 큰 성공을 알리고 있었다. 내가 라디오에 귀를 기울인 것은 위대한 권투 선수 막스 시멜링이 한 마디 하였을 때뿐이었다. 듣건대 이 사나이는 크레타의 바위투성이의 땅에 강하할 때에 세계 챔피언의 발을 삐고 말았기 때문에 한동안은 조심스럽게 누워 있지 않으면 안 되었다. 그것은 마치 마리아가 사다리에서 떨어져 누워 있지 않으면 안 되는 것과 흡사하다. 시멜링은 차분하게 조심스럽게 말했다. 그뒤에 무명의 낙하산 부대원들이 이야기를 했는데 오스카르는 이에 귀를 기울이지 않았다. 조용했다. 파리가 한 마리 있었는지도 모른다. 시계는 평소와 다름없었고 라디오 소리는 정말 조용했다.

나는 창문 앞의 작은 의자에 앉아 소파 위에 누운 마리아의 몸을 지켜보고 있었다. 그녀는 괴로운 듯이 숨을 헐떡이면서 눈을 감고 있었다. 이따금 나는 화가 치미는 대로 나의 양철을 두들겼다. 그러나 그녀는 꼼짝도 하지 않았다. 같은 방에서 그렇게 하고 있자니까 그녀의 배의 움직임에 맞추어 숨을 쉬지 않으면 안될 것 같은 심정에 사로잡혔다. 확실히 이 방에는 그 밖에도 시계가 있었고 유리창과 커튼 사이에 파리가 있었고 돌멩이투성이의 크레타 섬을 배경으로 한 라디오 방송도 있었다. 그러나 이러한 모든 것은 순식간에 내 앞에서 사라져 버리고 나에게는 이제 그 배밖에는 보이지 않았다. 동그랗게 부른 배가 어느 방에 있는지도, 누구의 배인지도 알 수 없었고, 또 이 배를 이렇게 크게 만들어 놓은 것이 누구의 짓인지도 잘 알 수 없었다. 다만 한 가지 소원만은 분명했다. 저 뱃속의 것을 처치하지 않으면 안 된다. 저것은 잘못된 것이다. 저것은 너의 앞길에 방해가 된다. 자, 일어서야 한다! 나는 일어섰다. 자, 어떻게 해야 좋을지 생각하는 것이다. 나는 배가 있는 곳으로 다가갔으나 가다가 말고 무엇인가를 손에 쥐었다. 조금은 통풍이 잘 되게 해주어야겠다. 이렇게 부풀어 있는 것은 좋지 않다. 그래서 나는 가는 길에 붙잡은 것을 들어올려 배 위에서 함께 숨을 쉬고 있는 마리아의 손과 손 사이를 겨냥했다. 자, 지체없이 해버려라, 오스카르, 우물쭈물하고 있다간 마리아가 눈을 뜰 거다. 이때 나는 마리아가 이미 마리아가 보고 있다는 것을 느꼈으나 똑같은 자세로 가느다랗게 떨고 있는 마리아의 왼손을 바라보고 있었다. 더욱이 그녀가 오른손을 뻗쳐 무언가를 하려고 하는 것을 확실하게 깨닫고 있었다. 그래서 마리아의 오른손이 오스카르의 움켜쥔 손에서 가위를 빼앗았을 때 별로 놀라지는 않았다. 또 그러고도 이삼 분 동안 빈 손을 쳐든 채 그냥 서 있었던 모양이다. 귀에 시계와 파리, 그리고 크레타 섬의 보도가 끝났음을 알리는 아나운서의 목소리가 라디오에서 들려왔다. 이윽고 나는 뒤돌아서서 다음 프로──두 시부터 세 시까지의 경음악──가 시작되기 전에 거실을 떠났다. 부풀어오른 육체를 보고 있기가 숨가빠졌기 때문이다.

 이틀 뒤, 나는 마리아로부터 새 북을 받고는 삼층에 있는 트루친스키 아주머니의 대용 커피와 감자 튀김 냄새가 나는 집으로 옮겨졌다. 처음에 나는 소파에서 잤다. 헤르베르트의 옛날 침대가 있었지만 여전히 마리아의 바닐라 냄새가 배어 있을지도 몰랐기 때문에 오스카르는 거기에서 자는 것을 거부한 것이다. 일주일이 지났을 때 하일란트 노인이 나무로 만든 내 어린이용 침대를 아래층에서 끌어올려 왔다. 예전에 나와 마리아가 우리의 비등산 밑에서 꼼짝도 하지 않고 있었던 그 침대와 이 나무 침대를 가지런히 놓는 것을 나는 허락했다.

오스카르는 트루친스키 아주머니네 집에서 지내는 동안에 차츰 안정을 되찾았다. 또는 무관심해졌다고 해도 좋다. 이제 그 배를 보지 않아도 되었기 때문이다. 마리아의 층계를 오르내리는 일을 피하고 있었던 것이다. 나는 일층의 집에도, 가게에도, 거리에도, 안뜰에조차도 가지 않았는데 그 안뜰에서는 점점 더 어려워지는 식량 사정 때문에 다시 토끼를 기르고 있었다.

오스카르는 프리츠 트루친스키 하사관이 파리에서 보내오거나 가지고 온 엽서를 앞에 놓고 앉아 있는 일이 많았다. 나는 파리의 거리를 이것저것 상상했고 그리고 트루친스키 아주머니가 에펠 탑의 그림엽서를 주었을 때는 이 대담한 철근 건축을 주제로 하여 파리를 북으로 연주하기 시작했다. 그것은 일종의 뮤제트였으나 사실 나는 그때까지 뮤제트 곡을 별로 들은 적이 없었다.

6월 12일, 나의 계산으로는 이 주쯤 조산한 셈이 되지만 쌍둥이좌의 별 밑에서——나의 계산대로라면 게 자리가 되었을 것이다——나의 아들 쿠르트가 태어났다. 아버지는 목성(木星)의 해이고 아들은 금성의 해였다. 아버지는 처녀좌의 수성에 지배되고 있기 때문에 의심이 많고 변덕스럽다. 아들도 역시 수성에 지배되지만 쌍둥이좌이기 때문에 냉정하고 노력형의 지성을 부여받고 있다. 나의 경우에는 성위(星位)의 궁에 천칭좌(天秤座)의 금성이 있어서 부드러워졌지만 아들의 경우에는 그 궁에 백양좌가 있어서 악화되어 있었다. 나는 백양좌의 화성을 감지하는 운명에 있었다.

트루친스키 아주머니는 흥분해서 생쥐 같은 말투로 그 뉴스를 알려 주었다. 「알겠냐, 오스카르야. 황새가 귀여운 동생을 데려다 주었단다. 나도 말이다, 계집애가 아니었으면 하고 생각하고 있었지. 계집애는 두고두고 속을 썩이니까 말이야.」

그러는 동안에도 나는 에펠 탑과 갓 도착한 개선문의 그림엽서를 앞에 놓고 거의 쉴 새 없이 북을 두들기고 있었다. 트루친스키 아주머니도 할머니가 된 데 대한 축하의 말을 나에게서 기대하고 있는 것 같지는 않았다. 일요일도 아닌데 아주머니는 연지를 살짝 찍어 볼 기분이 되어 몇 번이나 실험했던 갯씀바귀를 싼 종이로 볼을 문질러 화장하고 산뜻하게 착색한 얼굴로 방을 나서서는 아버지로 인정받게 되어 있는 마체라트를 돕기 위해 아래층으로 내려갔다.

이 일이 있었던 때는 아까도 말한 것처럼 6월이었다. 거짓의 달이다. 어느 전선에서나 전과를 올리고 있었으나——발칸 반도에서의 전과 따위를 전과 속에 포함시킬 때의 이야기지만——이에 대신해서 동부 전선에서 좀더 큰 전과가 다가오고 있었다. 어마어마한 대군이 행동을 개시했다. 철도는 무척 바빴다. 프리츠 트루친스키는 지금까지 파리에서 매우 즐겁게 지내고 있었지만 그러나 그도 동부를 향해서 떠나지 않으면 안 되었다. 좀처럼 끝날 것 같지도 않은, 휴가 여행 따위와는 분명히 다른 여행이었다. 그러나 오스카르는 반짝반짝 빛나는 엽서를 앞에 놓고 침착하게 앉아서 온화한 초여름의 파리에 머물면서『세 명의 젊은 교수』를 가볍게 두들겼다. 독일 점령군과는 아무런 관계도 없었으므로 따라서 게릴라에게 세느 강의 다리에서 떼밀려 떨어질 걱정도 없었다. 뿐만 아니라 나는 완전히 평복으로 북을 든 채 에펠 탑에 올라가 위에서 조망을 적당히 즐기고 지극히 만족하여 높은 곳의 유혹에 져서 달콤한 자살을 생각하는 일도 없었다. 그래서 에펠 탑의 발 밑에 구십사 센티의 신장으로 내려섰을 때에야 겨우 내 아들이 태어났다는 것을 새삼스럽게 의식하였다.

나는 생각했다. 여기에 한 아들이 있다. 세 살이 되면 양철북을 사줘야지. 우리는 어차피 알고 싶은 것이다, 이애의 아버지가 누구인지——마체라트인가, 아니면 나 오스카르 브론스키인가를.

무더운 8월이었다──스몰렌스크에서 포위전이 끝나고 또다시 큰 성공을 거두었다는 보도가 있었던 무렵이라고 생각하지만──이 무렵 나의 아들은 쿠르트라고 명명되었다. 그런데 나의 할머니 안나 콜야이체크와 오빠인 빈첸트 브론스키가 명명식에 초대된 것은 어떻게 된 일일까? 물론 얀 브론스키가 나의 아버지이고 말이 없어지고 점점 더 기인이 되어가는 빈첸트가 아버지 편의 할아버지라는 설명을 여기에서 끄집어낼 마음이 된다면 초대의 이유는 충분히 있을 것이다. 마침내 나의 조부모가 나의 아들 쿠르트의 증조부모가 된 것이다.

이러한 논증은 물론 초대한 당사자인 마체라트로서는 생각조차 하지 못한 일이다. 이 사나이는 아무리 자기에게 자신을 가지지 못한 순간에도, 예를 들면 스카트 놀이에서 한껏 깨진 뒤에도 나를 낳은 아버지이며 기른 아버지, 즉 이중의 아버지라고 생각하고 있었다. 오스카르가 조부모를 다시 만날 수 있었던 데에는 여러 가지 다른 이유가 있었다. 이 두 노인은 완전히 독일인이 되었다. 그들은 이미 폴란드 인이 아니었고 지금은 다만 꿈 속에서밖에 카슈바이 어를 사용하고 있지 않았다. 그들은 국외 독일인, 민족의 제3집단이라고 불렸다. 그리고 또 얀의 미망인 헤트비히 브론스키는 람카우 지구 농민장(農民長)으로 있는 발트 지방의 독일인과 결혼했다. 이미 신청중이었지만, 이것이 인가되자 마르가와 시테판 브론스키는 계부 엘러스의 이름을 물려받아도 좋도록 되었다. 열일곱 살인 시테판은 스스로 지원하여 그로스 보시폴 연병장에서 보병 훈련을 받기 때문에 유럽의 전쟁 무대를 방문할 수 있도록 허용될 가망은 충분히 있었다. 한편 오스카르는 병역 연령이 되기는 했지만 여전히 북을 앞에 놓고 육군이나 해군, 또는 공군에서라도 세 살박이 양철북의 고수가 필요해질 때까지 기다리고 있지 않으면 안 되었다.

지구 농민장인 엘러스가 맨 처음에 왔다. 세례가 있기 이 주일 전에 그는 쌍두마차의 마부석에 헤트비히와 나란히 앉아서 라베스 거리로 들이닥쳤다. 그는 안짱다리에다 위병(胃病)을 가지고 있어서 얀 브론스키와는 비교가 되지 않았다. 얀보다는 확실히 머리 하나는 작은 그가 거실 탁자에 소 눈을 가진 헤트비히와 나란히 앉아 있었다. 그의 풍채에는 마체라트조차도 놀랐다. 이야기가 잘 될 것 같지도 않았다. 날씨 얘기를 하거나 동부 전선에서 여러 가지 일이 일어나고 있다는 둥, 대단한 진격이라는 둥의 이야기가 오고갔다. 1915년 당시보다도 좀더 신속하다고 그 당시 거기에 참가했던 마체라트는 회상했다. 얀 브론스키의 이야기는 하지 않으려고 일동은 세심한 주의를 기울이고 있었으나 내가 그들의 암묵의 계획을 깨고 순진하고 익살스러운 입 모양을 만들어 가지고 큰 소리로 몇 번씩이나 오스카르의 백부인 얀의 이름을 불러 주었다. 마체라트가 배짱 좋게 옛 친구이며 연적이었던 사나이에 대해 이것저것 호의적인 일, 또는 의미심장한 일을 이야기했다. 엘러스는 자기의 전임자를 만나 본 적도 없으면서 마체라트의 이야기에 곧 동의해서 이러쿵저러쿵 맞장구를 쳤다. 그러자 헤트비히의 눈에서 정말로 눈물방울이 천천히 굴러떨어졌는데 마지막으로 헤트비히는 이 얀에 대해 다음과 같은 말로 맺었다. 「정말 좋은 사람이었지. 파리도 죽이지 못하는 사람이었어. 그렇게 되리라고 누가 생각이나 했겠나. 거짓말 같은 것은 절대로 하지 못하는 겁 많은 사람이었는데.」

이 말이 끝나자 마체라트는 뒤에 서 있는 마리아에게 명령하여 병맥주를 가져오게 했다. 그리고는 엘러스에게 스카트 놀이를 할 줄 아느냐고 물었다. 엘러스는 할 줄 몰랐기 때문에 무척 섭섭해했으나 마체라트는 크게 너그러운 면을 보여 이 지구 농민장의 조그만 결점을 눈감아 주었다. 뿐만 아니라 맥주가 컵에 따라지자 어깨를 두들기며 스카트를 몰라도 좋다, 얼마든지 사이좋게 지낼 수 있을 것이라고 장담했다.

이렇게 해서 헤트비히 브론스키는 헤트비히 엘러스가 되어서 다시 우리집에 나타났는데 나의 아들 쿠르트의 세례를 위해서 남편인 지구 농민장 외에도 전 시아버지인 빈첸트 브론스키와 그 누이동생 안나도 함께 데리고 왔다. 마체라트는 사정을 잘 알고 있는 것 같았다. 이웃집 창문 밑의 거리에서 이 두 노인에게 큰소리로 깍듯이 인사하고 거실로 들어와서는 나의 할머니가 세례를 축하하기 위해 넉 장의 치마 밑에 손을 넣어 통통하게 살찐 거위를 꺼냈을 때 「할머니, 이렇게까지 안 하셔도 좋았는데. 아무것도 안 가지고 와도 그냥 와주신 것만으로도 고마운데.」

하고 말했다.
 이것은 오히려 내 할머니의 마음에 들지 않았다. 할머니는 자기가 가지고 온 거위의 값어치를 인정받고 싶었던 것이다. 그녀는 살찐 새를 손바닥으로 두들기면서 불평했다.
 「이건 아무 데나 흔히 있는 것과는 달라요, 알프레트. 이건 카슈바이의 거위라고는 하지 않고 이제는 국외 독일의 거위라는 거예요. 맛은 전쟁 전과 조금도 다르지 않아요.」
 이것으로 민족 문제는 모두 해결되었는데 아직 몇 가지 문제가 남아 있었다. 그것은 정작 세례 때가 되었을 때 오스카르가 프로테스탄트 교회 안으로 들어가기를 거부했기 때문이다. 사람들은 내 북을 택시에서 가지고 와서 양철을 미끼로 사용하여 프로테스탄트 교회에는 북도 얼마든지 가지고 들어갈 수 있다고 몇 번이나 보장했지만 나는 여전히 완고한 가톨릭 교도임을 고집했다. 프로테스탄트의 세례 선고를 들을 정도라면 차라리 빙케 사제의 귀에 모든 것을 고해할 마음이 생겼을 것이다. 마체라트가 양보했다. 아마 내 목소리와 내 목소리가 불러일으킬 손해 배상 청구가 두려웠던 것이리라. 그래서 나는 교회 안에서 세례가 진행되고 있는 동안 택시 안에 남아서 운전사의 뒤통수를 관찰하고 백미러에 비치는 오스카르의 얼굴 모양을 음미하고 벌써 몇 년 전의 내 자신이 세례받던 때의 일, 빙케 사제가 수세자 오스카르에게서 악마를 쫓으려고 여러 가지로 애쓴 모습 등을 되새겼다.
 세례가 끝나자 식사를 하게 되었다. 탁자를 두 개 끌어모았다. 우선 처음에는 송아지 수프가 나왔다. 숟가락이 접시 가장자리에 닿았다. 시골 사람들은 후루룩 마셨다. 그레프는 새끼손가락을 치켜 올리고 있었다. 그레트헨 셰프라는 수프를 씹었다. 구스테는 숟가락을 든 채 큰 입을 벌리고 싱글벙글 웃고 있었다. 엘러스는 숟가락 너머로 말을 걸었다. 빈첸트는 떨려서 숟가락을 제대로 다루고 있지 못했다. 노부인들, 즉 할머니 안나와 트루친스키 아주머니만이 숟가락을 열심히 놀리고 있었다. 한편 오스카르는 이를테면 숟가락을 내려놓고 사람들이 아직 열심히 먹고 있는 동안에 그곳을 빠져나와 침실에서 자기 아들의 요람을 찾았다.

오스카르는 자기 아들의 일을 잘 생각해 보고 싶었던 것이다. 그러는 동안에도 다른 사람들은 숟가락으로 수프를 몸 속으로 계속 집어 넣고 있었는데 그러면서도 그들은 숟가락의 배후에서 점점 더 생각없이, 점점 더 공허하게 시들어가고 있었다.

엷은 물빛 비단 포장이 유모차의 바구니 위에 쳐져 있었다. 바구니 언저리가 너무 높았기 때문에 처음에는 무언가 푸르스름하게 비뚤어진 것이 보였을 뿐이었다. 나는 북을 디딤판으로 해서 잠을 자면서도 신경질적으로 푸득푸득 움직이고 있는 아들을 관찰할 수 있었다. 아아, 아버지의 자랑, 그것은 언제나 훌륭한 말을 찾아낸다! 그러나 나는 이 젖먹이 갓난애를 보면서 이애가 세 살이 되면 북을 사줘야지 하는 말밖에 떠오르지 않았기 때문에──게다가 아들은 자기의 사고(思考)의 세계를 전혀 설명해 주지 않았고 나로서는 이애가 나처럼 귀가 밝은 애가 되어 주었으면 하는 기대밖에 없었으므로──나는 세 살이 되는 생일에 양철북을 선물할 것을 다시 한 번 약속했다. 그리고는 양철의 발판에서 내려 거실의 어른들을 다시 한 번 시험해 보기로 했다.

거실에서는 마침 송아지 수프가 끝난 참이었다. 마리아가 버터에 녹인 녹색의 달콤한 통조림 완두콩을 가지고 왔다. 마체라트는 돼지 불고기 요리에 책임을 느끼고 있었으므로 손수 큰 접시의 고기를 분배하기로 하여 웃도리를 벗고 와이셔츠 차림이 된 그는 고기를 한 장 한 장 썰어 나갔는데 끈적끈적한 고기를 보고는 신통하다는 듯이 씽긋 웃었기 때문에 나는 그만 눈을 돌리지 않을 수 없었다.

채소 장수 그레프를 위해서는 특별 요리가 나왔다. 통조림 아스파라거스, 완숙한 달걀, 생크림을 친 무가 제공되었다. 그는 채식주의자로서 고기를 먹지 않았기 때문이었다. 그러나 매시드 포테이토는 다른 사람들과 마찬가지로 접시에 덜어 받았고 단, 다진 고기 소스는 안 되기 때문에 눈치빠른 마리아가 부엌에서 프라이팬을 지글거리면서 볶아 가지고 온 애터를 받아서 쳤다. 다른 사람들이 맥주를 마시고 있는 동안에 그레프에게는 과즙을 따라 주었다. 키예프 포위전 이야기가 나왔고 사람들은 모두 손을 꼽아가며 포로의 수를 집계했다. 그러자 발트 인인 엘러스가 특별히 약삭빠른 면을 보여 십만 명마다 손가락 하나를 세어나갔고 백만 명이 되어서 두 손의 손가락이 모두 펴지자 이번에는 손가락을 한 개씩 접으면서 세어나갔다. 러시아 포로의 수가 점점 늘어나 차츰 가치가 없어지고 재미가 없어졌기 때문에 이 화제를 집어치우고 이번에는 세프라가 고텐 항의 잠수함 이야기를 했다. 마체라트가 나의 할머니 안나의 귀에 대고 소곤거렸다. 시하우에서는 매주 잠수함 두 척이 진수하고 있습니다. 그러자 채소 장수 그레프가 세례식의 손님 모두를 향해 잠수함이 어째서 배의 뒷부분부터가 아니라 옆부분부터 진수하지 않으면 안 되는가를 설명했다. 그는 이것을 구체적으로 나타내려고 모든 것을 손놀림으로 표현했는데 잠수함의 매력에 사로잡힌 일부의 손님들이 이것을 서툰 손짓으로 열심히 흉내내려고 했다. 빈첸트 브론스키는 왼손으로 잠수함이 가라앉는 장면을 흉내내려다 그만 맥주컵을 엎어 버리고 말았다. 그래서 나의 할머니가 고함을 지르려고 했다. 그러나 마리아가 할머니를 달래면서 말했다. 그런 건 신경쓸 필요가 없다, 탁자보는 어차피 내일 세탁할 생각이었다, 세례를 축하하는 식사니까 얼룩이 생기는 것쯤 당연한 일이라고. 이때 재빨리 트루친스키 아주머니가 행주를 가지고 와서 엎질러진 맥주를 닦아냈다. 그 왼손에 쥔 큰 유리 주발에는 편도가 든 초콜릿 푸딩이 가득 담겨 있었다.

아, 초콜릿 푸딩용 소스가 다른 것이었다면, 또는 소스 같은 것은 없었으면 좋았는데! 그러나 바닐라 소스가 분명히 쳐져 있었다. 흐물흐물한 노란 액체 바닐라 소스. 그야말로 평범하고 흔해빠진 것이기는 하지만 그러면서도 유일무이한 바닐라 소스. 이 세상에 바닐라 소스만큼 반가운 것은 없고 그러나 또 이처럼 슬픈 것도 없을 것이다. 은은하게 바닐라의 향기가 감돌고 점점 나를 마리아 속에 묻히게 했다. 모든 바닐라의 장본인인 마리아는 마체라트와 가지런히 손을 잡고 앉아 있었으나 그 때문에 나는 이제 더 이상 그녀를 바라보고 있을 수 없었다.

어린이용 의자에서 미끄러져 떨어진 오스카르는 그레프 부인의 치마에 매달려 탁자 위에서 숟가락을 사용하고 있는 그녀의 발 밑에 누워 리나 그레프가 발산하는 독특한 냄새를 처음으로 맡았는데 그것은 순식간에 바닐라를 완전히 압도하고 삼켜 버리고 또 죽여 버리고 마는 냄새였다.
 코를 톡 쏘는 냄새였으나 나는 끝까지 새로운 냄새 쪽으로 얼굴을 돌린 채 버텼다. 그러자 마침내 바닐라에 얽힌 모든 기억이 마비되어가는 것처럼 생각되었다. 천천히 소리도 없이, 경련도 수반하지 않고 해방하는 구역질이 엄습했다. 내 입에서 송아지 수프와 잘게 썬 돼지 불고기, 거의 원상 그대로의 녹색 통조림 완두콩과 저 바닐라 소스를 곁들인 초콜릿 푸딩이 서너 숟가락 정도 쏟아져 나왔는데 그러는 동안에 나는 나의 무기력을 이해하고 나의 무기력에 잠겨들고 오스카르의 무기력이 리나 그레프의 발 밑으로 번져나갔다──그리고 나는 이제부터는 매일 나의 무기력을 그레프 부인에게로 가지고 가리라고 결심했다.

양 철 북 I

- 저 자 / G. 그 라 스
- 역 자 / 박 수 현
- 발행자 / 남   용
- 발행소 / 一信書籍出版社

주소 : 121-110 서울 마포구 신수동 177-3
등록 : 1969. 9. 12. NO. 10-70
전화 : 영업부 703-3001~6
　　　편집부 703-3007~8
　　　FAX 703-3009
ⓒ ILSIN PUBLISHING Co. 1990.

값 10,000원